KRONIKI H

ZIE
BEZ RADOSCI

KSIĘGA ELTARY I ARGNISTA

TEGO SAMEGO AUTORA
POLECAMY

CYKL **PIERŚCIEŃ MROKU**

Część I Ostrze elfów

Część II Czarna Włócznia

Część III Adamant Henny

CYKL **KRONIKI HJÖRWARDU**

ŚMIERĆ BOGÓW
Księga Hagena

WOJOWNIK WIELKIEJ CIEMNOŚCI
Księga Arjaty i Trogwara

NIK PIERUMOW

KRONIKI HJÖRWARDU

ZIEMIA BEZ RADOŚCI

KSIĘGA ELTARY I ARGNISTA

Przełożyła
Ewa Skórska

Prószyński i S-ka

Tytuł oryginału:
ЗЕМЛЯ БЕЗ РАДОСТИ

Projekt okładki:
Maciej Sadowski

Ilustracja na okładce
Peter Bruegel „Szalona Greta" (fragment)

Redakcja:
Łucja Grudzińska

Redakcja techniczna:
Elżbieta Urbańska

Korekta:
Grażyna Nawrocka

Łamanie:
Małgorzata Wnuk

ISBN 978-83-7469-552-7

Fantastyka

Wydawca:
Prószyński i S-ka SA
02-651 Warszawa, ul. Garażowa 7
www.proszynski.pl

Druk i oprawa:
Drukarnia Naukowo-Techniczna
Oddział Polskiej Agencji Prasowej SA
03-828 Warszawa, ul. Mińska 65

Mojej żonie Oldze

PASMO OBRONNE
HUTOR ARGNISTA
WZGÓRZE DEMONÓW
JASNA GÓRKA
HJÖRWAR
LEŚNA GRANICA
KOŚCIANE PASMO
RYCERSKA RUBIEŻ
WODOSPAD
MALDENA
FORT GES
KRÓLESTWO GALEŃSKIE
GALEN
ŚWIĄTYNIA HEDINA
OPUSZCZONY BRZEG
ELFRAN
MORZE ELFRANU
ZAGÓRZE
(BARBARZYŃCY)
TARDEJL
Dor Wejtarn
NELLAS
ŚWIRIA
BETTOR
ZAMEK CZARNEGO ZAKONU
SKONDE
DAJRE
w. MERKOL
GÓRY SMOCZE KŁY
SKALDE
MORZE ŚRODKOW
CZERWONY ZAMEK
DEM BINNORI
ZAGÓRZE POŁUDNIOWE
PUSTYNIA

PÓŁNOCNY
ŚNIEZNY ZAMEK
OM HROBTA
SORA
rz. EGER
WIECZNE LODY
GÓRY PÓŁNOCNE
TUNDRY
GNIPAHELLIR
RÖDULSWALL
zat. UNAWAGAR
w. OSŁONOWA
przyl. STAWENS
HJÖRWARD WSCHODNI
ZIEMIE BONDÓW PÓŁNOCNYCH
DOLINA BRUNEWAGAR
GÓRY KRASNOLUDÓW
PUSZCZA BASTEROWA
ERWASUND
KRÓLESTWO HIMINWAGAR
ŻYWE SKAŁY
w. HEDINSEY
HATOR
DĄBROWY
ZIEMIA NICZYJA (WSPÓLNOTA WOLNYCH LUDZI)
STRZEŻONE KRÓLESTWO
ALWLAND
STEPY ROGHEIM (KOCZOWNICY)
ERYWAG
STOLICA
rz. OTOL
ZIEMIE TANÓW
ZIEMIE BARONÓW
ZIEMIE JARLÓW
GÓRY OSORA
ZIEMIE BONDÓW
REPUBLIKA HANDLOWA HADEBJU
JOL
ZIEMIE TANÓW
MORZE JARLÓW
BIRKA
PIERWSZA
WYSPY STRAŻY PODWÓJNEJ
DRUGA
CIEŚNINA MIĘDZYKONTYNENTALNA
w. STRAŻY SAMOTNEJ
HJÖRWARD
HJÖRWARD POŁUDNIOWY

I cały świat zwariował,
I dżuma wszędzie,
I wszędzie w niej,
Szalone uczty.

Adolf Galland

Prolog

Po polu bitwy, po trawie zroszonej krwią szło czterech mężczyzn i trzy kobiety. Byli wyczerpani, ranni. Nie wiedzieli, kto walczył tutaj, w tej rzeczywistości, czyje armie się starły, nie wiedzieli też, kto zwyciężył. Znaleźli się tu przypadkiem.

– Według mnie to Biełosta – przerwał ciężkie milczenie wysoki, jasnowłosy mężczyzna o dziwnie białych oczach bez źrenic, które wyglądały jak wypełnione czystym płomieniem. Miał rozszarpaną pierś, ale chyba nawet nie zauważył tej strasznej rany.

– Biełosta – odezwał się drugi, smagły i krępy. – Masz rację, bracie. To ona. Poznałem ją.

– Świat demonów – powiedziała młoda kobieta, krzepka, z szerokimi biodrami. Głos miała niski, gardłowy. – Byłam tu... i nawet co nieco zapożyczyłam.

– Czyj to był pomysł, żeby się tu przenieść? – spytał mężczyzna o białych oczach.

– Zdaje się, że wszyscy jednocześnie pomyśleliśmy o tym samym – odpowiedział smagły z uśmiechem.

– I staliśmy się... niemal ludźmi – powiedziała krępa kobieta. Druga kobieta, gibka i wiotka jak młody pęd, z grzywą niepokornych włosów w kolorze słomy, wciąż milczała.

– To nic, Jatana. – Smagłolicy położył dłoń na ramieniu mówiącej. – Mogło być znacznie gorzej.

– I wcale nie staliśmy się ludźmi – włączył się do rozmowy wysoki, czarnowłosy mężczyzna o szybkich, nerwowych ruchach. – Nie czujesz tego, siostro?

– Tak, Jambrenie, nie staliśmy się ludźmi – rzekł ten o białych oczach. – I to daje nadzieję.

– Pięknie mówisz, bracie Jamercie, ale zdaje się, że nie zwróciłeś uwagi na pewną rzecz... Jesteśmy w tym, a nie innym miejscu, porozumiewamy się słowami, nie możemy lecieć, Astral zaś jest dla nas zamknięty...

Jamert nie odpowiadał. Zatrzymał się i popatrzył na pobliskie wzgórze, nagie, kamieniste. W jednej chwili zbocze pokryło się płomieniem, który zaraz opadł, posłuszny poruszeniu brwi Jamerta.

– Nie sądzisz chyba, że przekonają mnie twoje sztuczki? – wiotka kobieta o słomianych włosach odezwała się po raz pierwszy. – Dosyć już ognia i krwi. Nie brałam udziału w tej wojnie i chcę wracać.

Reszta zamarła w zdumieniu.

– Zwariowałaś, Jalini? – powiedziała powoli Jatana. – Wrócić? Dokąd? Z czym? A przede wszystkim pod czyją władzę? Tych dwóch uzurpatorów?

– Oni mnie nic a nic nie obchodzą! – odparła ostro Jalini. – Gdy wyście jęczeli i krzyczeli, ja poprosiłam o coś i moja prośba została wysłuchana. Wyznaczono mi próbę. Odchodzę. Jatano, bracia, żegnajcie! I jeśli będziecie naprawdę mądrzy, nie będziecie się mścić.

– Co ona plecie? – wybuchł Jambren.

– Żegnajcie – powtórzyła Jalini. Zrobiła krok do przodu, uniosła ręce w modlitewnym geście i rozpłynęła się w powietrzu.

A tam, gdzie jeszcze przed chwilą stała, z bezdennej pustki na oszołomioną szóstkę spojrzały drwiąco zielone oczy – i każde z nich miało cztery źrenice.

CZĘŚĆ SZÓSTA

Rozdział I

Mroźna zimowa noc. Krystaliczne ogniki gwiazd wydają się wycelowanymi w człowieka śmiercionośnymi grotami strzał. Nie da się odetchnąć – mroźne powietrze parzy gardło i płuca. Nisko, nad nieruchomą, zastygłą z przerażenia ziemią mkną szalone, dzikie chmury pędzone niewidocznymi biczami tutejszych wiatrów. Z ich kosmatych ciał spadają w dół ciemne leje trąb powietrznych, jakby chmury chciwie wysysały z ziemi resztki ciepła.

Mroźna zimowa noc. Nie ma ratunku ani w lesie, ani w polu, nawet ogień nie chroni, przeciwnie, zdradza, ściągając do miejsca twego noclegu nieuchronną śmierć. Wszystko, co żyje i co jeszcze zostało na tych ziemiach, już dawno skuliło się w swoich legowiskach – nieważne, czy to gawra pod korzeniami wywróconej sosny, czy otoczony częstokołem chutor. Kto nie zdążył, nie dożyje jutra. Takie jest prawo. Taka jest zapłata i nikt nie protestuje. Byli tacy, którzy protestowali i próbowali uciekać na południe, ale wszyscy zginęli na Kościanych Wzgórzach. Do dziś wicher turla ich czaszki i kości po zboczach. Nikt nie uciekł – kostucha nie wypuszcza swojej zdobyczy.

Ściany trzeszczą pod uderzeniami wiatru. Dygoczą mimo dwóch warstw bierwion i torfowej „poduszki" między nimi. A w rogach izby już się rozpanoszył szron, choć w obu piecach i w palenisku buzuje niebieski ogień krasnoludów, płomienny kamień, za sporą cenę i z wielkim ryzykiem dostarczony w lecie z gór Ar-an-Aszparangu. Bardziej odległe izby stoją puste od nastania zimy, wszyscy mieszkańcy chutoru, od najmłodszego do najstarszego, gromadzą się przy wielkich piecach. Za przegródką jest bydło, zwierzęta potrzebują ciepła nie mniej niż ludzie. Jeśli padnie krowa albo dojna klępa, co drugi dzieciak nie dociągnie do wiosny.

W przestronnej izbie jest cicho, słychać tylko ciche brzęczenie strun gareka w rękach starego Fiorga. On jeden umie przepędzić – choćby na krótko – przytłaczający smutek tych nocnych godzin, gdy na dworze szaleje zamieć i wiadomo, że Orda znowu wyszła na wielkie polowanie.

Fiorg zaczyna pieśń. Melodia jest przeciągła i smętna, głos starca drży, a jednak wszyscy słuchają z zapartych tchem. On jeden umie garek ożywić. A ludzie dobrze pamiętają dawne proroctwo, jakie za spore pieniądze wygłosił przechodzący przez wieś elf wróżbita: „Dopóki rozbrzmiewa garek, dopóty będą stały ściany domostwa Argnista!".

Argnist to gospodarz chutoru, ale nie urodził się tutaj. Kiedyś był setnikiem królewskiego wojska, służył na południu, w zielonym Galenie, gdzie, jak mówią, morze nigdy nie zamarza. A tutaj trafił, gdy jego wysokość posłał oddziały na Ordę, myśląc, że skończy z nią w jednej bitwie... Prawie całe wojsko tu wtedy poległo. Argnist cudem ocalał, ale wrócić na południe już nie dał rady, droga była odcięta. Lecz nie poddał się, nie złożył rąk – umiał i do ludzi wyjść, i gospodarstwo założyć, a nawet Obrońcę zdobyć.

Skrzypnęły drzwi. Skrzydło uchyliło się powoli, z zimnej sieni wpadł do izby kłąb pary. Przez próg przeszło powoli kudłate sześcionogie cielsko wielkości dwóch potężnych byków. Ludzie szybko się odsunęli, ustępując mu miejsca.

Obrońca położył się, wyciągając zziębnięte macki i łapy do ognia. Kleszcze, schowane w futrzanych torbach na boku, prawie nie zmarzły. Z wielkich liliowych oczu płynęły łzy, sierść na czarnym nosie sterczała w soplach. Obrońca przekręcił się na grzbiet i zadarł w górę wszystkie sześć łap. Wtedy na znak Argnista baby przyniosły gar z gorącą wodą i czyste szmaty. Jeśli Obrońca odmrozi sobie łapy, z chutorem będzie źle.

Trójka dziesięciolatków (wszystkie chude, w podartych koszulinach i z bliznami na twarzach) skoczyła, żeby wyczesywać gęstą, długą białą sierść. To także ważne zadanie. Obrońca nie cierpi wszy czy śnieżnych pcheł. Nie może wtedy spać, jest niespokojny, traci apetyt... A to znaczy, że padnie w pierwszej walce, jeśli na przykład zetknie się z trąbaczem.

– Hej tam, nie żałować rąk! – krzyknął na dzieci Argnist, ale tylko dla porządku. Chłopcy i tak starali się na całego, a dziewczynka usiłowała za nimi nadążyć, co chwila zdmuchując z czoła nieposłuszny złoty lok. Dobra z niej będzie gospodyni... Na wiosnę może uda się ją dobrze sprzedać...

Artaleg, średni syn gospodarza, wstał, dorzucił do paleniska łopatę węgla. Artaleg jest wielki jak niedźwiedź i tak samo kudłaty. A jaki pies na baby! Jego żona, zielarka Saata, z brzuchem chodzi, a on prawie co wieczór do którejś się pcha. Zimno jak licho, oddech zamarza, ale co tam! Zadzieraj, babo, spódnice, nachyl się – i tyle! No to się nachylają. A co mają zrobić? Było nie było, gospodarski syn...

I nic w tym dziwnego, że sam do ognia dorzuca. Węgiel zimową porą droższy od chleba i futer. Najemnemu robotnikowi dorzucania nie powierzysz, jeszcze wyciągnie z ognia kawałek węgla i potem do swojego pieca włoży, dziewkę będzie ściskał, bogów fałszywych cieszył...

Cisza w izbie, jedynie struny gareka brzękają. Fiorg gra nieźle, tylko czemu znowu bez słów?

Saata, która siedziała tuż przy piecu z trzema młodymi dziewczynami, drgnęła nagle. Smukłymi dłońmi o długich palcach – złotem powinny takie palce wyszywać, a nie widłami robić! – zasłoniła twarz i zaczęła ciężko dyszeć.

Zamarli wszyscy. Mówią, że Saata jest nie tylko zielarką, ale i prawdziwą wiedźmą, dlatego swoją siłą zawsze Ordę wyczuje. Zaraz się wszystko rozstrzygnie. Do nas? Nie do nas?

Frant, który wychodki czyścił, i jego żona też oczy zamknęli, jakby się modlili. Nie dziwota – to ich trzeci chutor w ciągu dwóch miesięcy, czyżby teraz znowu? I Obrońca, nadzieja wszystkich, też się wzdrygnął. Nie ma lekko, zmarzłeś czy nie zmarzłeś, jak przyjdzie Orda, musisz wstać i wyjść, twojej roboty nikt za ciebie nie wykona.

Straszna cisza w izbie, słychać, jak myszy chroboczą. Chociaż nie, nawet one przycichły. Jeśli chutor zginie, one też nie ocaleją. Śmierć jest tuż obok... Zaraz, za chwilę...

I wtedy nagle Obrońca oklapł, odprężył się, znów wyciągnął macki do ognia. Wszyscy jednocześnie odetchnęli. Czyżby tym razem ich ominęło?!

I rzeczywiście – mieli szczęście, przeszło bokiem! Ochronili ich Prawdziwi Bogowie, Hedin i Rakot Miłościwy; odsunęli nieszczęście! Saata odetchnęła głęboko i odchyliła się na ławie. Orda poszła dalej.

Hej, to ci radość dopiero! Ktoś się zaśmiał, a młody Kaprod ze szczęścia Liisie łapę za pazuchę wsadził. Jeszcze chwila i wlezie na nią przy wszystkich, po nim można się wszystkiego spodziewać. Nic w tym dziwnego – gdy Orda chutor omija, ludzie nie takie rzeczy z radości wyczyniają. A poza tym – co innego robić? Niby wszyscy mają ręce zajęte – jedni strugają drzewca, inni groty mocują, miecze i topory ostrzą, wiją sznur... Baby przędą albo na drutach robią, małym dzieciom Saata naparu nasennego zaparzyła, a starsze do roboty zaprzęgła. Ale prawdziwej męskiej pracy nie będzie, póki się zamieć nie skończy i dom ziębnąć nie przestanie. W takie wieczory każdy, kto może, dzieci robi, żeby smutek i strach zagłuszyć.

Ale jeśli nie tutaj, to pewnie do Niwena Orda idzie? Innej drogi nie ma. Skoro już przeklęty władca Ordy, Czarny Bezimiennik, stwory wygonił z legowisk, to dopóki się ciepłej krwi nie napiją, dopóty się nie uspokoją. Jak taki stwór człowieka nie złapie, to sam osłabnie i padnie ofiarą swoich.

– Alort! – Głos Argnist ma dźwięczny, silny, przywykły sotnią komenderować. Ileż to razy jego donośny głos biedę na nich ściągał, nie zliczyć! – Otwórz przegródki! Przedni chlew i stajnię ogrzać, jak zwykle. Ej, dość ściskania bab! Pasy zakładać i miecze przytroczyć, na wszelki wypadek. Kto wie, jak się tam u Niwena potoczy...

Taki on jest, Argnist setnik, twardy i nieugięty, chociaż mu sześćdziesiątka stuknęła. Chłopów podrywa, choć nikt jeszcze larum nie woła. Od walki z Ordą są Obrońcy, ale zdarza się, że sobie sami poradzić nie mogą i wtedy chłopy chutorskie za miecze i siekiery muszą łapać. A jak już sprawy stoją bardzo źle, to po pomoc do sąsiadów posyłają. Tylko że wtedy ten, co o pomoc prosił, musi być gotów, że sąsiad zapłaty zażąda: drewna przywieźć, częstokół odnowić albo dziewczynę za mąż dać. I jeśli sąsiad o pomoc poprosi, ty będziesz mógł od niego zapłatę wziąć.

Chłopi nie są zadowoleni, ale nikt się z gospodarzem nie spiera. Niewielki to trud – założyć zbroję. Niech tam. Za to gospodarz sprawiedliwy: i doli urodzaju nie zatrzymuje, i brzęczącą monetą płaci, nie to co skąpy Niwen. Podobno chciał swoim wypłacać dolę polanami. Bierzcie i sprzedajcie, mówi, a bo to moje zmartwienie? Nigdzie nie jest powiedziane, czym trzeba dolę płacić.

Ale skoro sąsiad w nieszczęściu, to dobry czy zły, trzeba pomóc. Jak sam na sam z Ordą zostaniesz, żaden Obrońca cię nie uratuje. No i zapinają chłopi pasy, wciągają kurtki z owczej wełny, na wierzch kładą stalowe kolcze koszule, przeważnie przez krasnoludy kute. Argnist to gospodarz niebiedny i na broń dla swoich pieniędzy nie żałuje. Jak raz złota poskąpisz, życiem potem zapłacisz. A taki Niwen – zbroję u górskich mistrzów tylko dla siebie zamówił, reszta zadowala się, czym może. Dlatego giną, giną, giną... Ech, co za życie! Skąd się wzięła ta Orda przeklęta! Powiadają przecie starcy, był taki czas, że o Ordzie nikt nawet nie słyszał...

Zahuczała, zabrzęczała broń w izbie i znowu cicho. Dzieci milczą, tylko oczami łypią przestraszone. Czyj tatko przed świtem martwy na śnieg padnie? Baby też wargi gryzą, oczy im lśnią od łez. Jak tylko wyjdą chłopy za próg, płacz się podniesie! Dobrze jeszcze, że Dejera, gospodyni, żona Argnista, przykładu im nie daje. Wiadoma sprawa, żona setnika nie może wyć przy ludziach za mężem, co na bój wyrusza. Teraz też – podeszła do Argnista, wysoka, postawna, prosto w usta go pocałowała, pokłoniła się i odeszła. Roboty dużo, po co pożegnania przeciągać, duszę rozdzierać, smutek łzami zalewać?

I znów cisza. Tylko wiatr na dworze wyje jak kot, któremu na ogon nadepnęli. Czekanie to udręka okrutna. Żeby już szybciej! Wszystkie oczy w izbie wpatrzone w Obrońcę. A ten leży spokojny, co mu tam, nie jego chutor atakują, można się przy piecu grzać. Argnist swego najmłodszego, Armiola, posłał na górę, na wieżę obserwacyjną. Wprawdzie chutor Niwena jest za lasem, ale wieżę widać – za dnia, rzecz jasna. Na wypadek nocnego ataku przygotowano rogożę z płonącym proszkiem, też kupionym od krasnoludów. Można go sypać na podchodzącą Ordę, można sygnały sąsiadowi posyłać. Płonie tak jasno, że widać go nawet w głuchej ciemności, nawet we mgle, wystarczy tylko pochodnię do rogoży przytknąć i na wszystkich okolicznych chutorach od razu wiedzą, że źle się dzieje i trzeba wysłać pomoc.

*

Armiol wyszedł na niedużą, kołyszącą się pod naporem wiatru platformę. Osłonił twarz rękawem – wprawdzie w kapturze jest tylko wąska szczelina, ale lodowate podmuchy i tak tną twarz jak nożem. Rękami w grubych rękawicach z niedźwiedziego futra złapał żerdź poręczy – jeszcze go wiatr zdmuchnie! I wreszcie, mrużąc oczy, popatrzył wokoło.

Ciemność, chmury, śnieżna zwierzyna roztańczyła się w powietrzu, rozhulała w dzikim tańcu, nic nie widać. Nawet pobliski brzeg lasu utonął w mroku. W uszach tylko świst wiatru...

Mroźne strugi powietrza powoli, ale nieuchronnie torują sobie drogę do ciała, omijając wszystkie przeszkody niczym wytrawni wojownicy. Choćbyś nie wiadomo ile wkładał na siebie wełnianych koszul i futrzanych kurtek, zimno i tak cię dosięgnie. Długo na tej wieży nie wytrzyma! Ojciec o tym wie, pewnie zaraz przyśle zmianę.

I wtedy w samym środku śnieżnych kłębów zapłonęła czerwona gwiazdka. Armiol zamarł. Czerwona, sygnał powszechnego zboru! Jeszcze nigdy takiej nie widział! Białe zdarzały się często (sam dwa razy takie wysyłał), białe wzywały na pomoc najbliższych sąsiadów. Żółte widział trzy razy, wtedy dwa albo trzy chutory się podnoszą. Ale gdy ktoś czerwony ogień zapala, to znaczy, że źle z nim! Przybywajcie wszyscy, kto żyw, bo będzie po nas!

Armiol zleciał po oblodzonych stopniach na złamanie karku. Popędził przez boczne izby i wpadł do głównej.

– Ojcze! Czerwony ogień u Niwena!

Wszyscy zamarli. Czerwony ogień!... To znaczy, że wszyscy pójdą walczyć na śmierć i życie... I nikt nie będzie liczył poległych.

Argnist zerwał się na równe nogi. Szarpnął długą brodę i machnął ręką. Nic nie mówił, po co tu słowa? I tak wszystko jasne. Idziemy na śmierć, bracia!

Baby jęły lamentować jednocześnie, jakby się umówiły. Nawet Dejera drgnęła i wargę przygryzła. Niejeden pogrzeb będzie o świcie...

Ruszyli, pobrzękując bronią. Stajnia do tego czasu już się ogrzała, nie na darmo Argnist kazał przegródki otwierać, żeby ciepło do koni bojowych przepłynęło. W takiej zamieci tylko na koniach można się przedrzeć – a raczej tylko tych koniach. Przypominają zwykłe, ale są dwa razy większe i całe futrem pokryte, zimno im niestraszne. Ale najbardziej niesamowite mają nogi – mogą się kończyć kopytami, a mogą szerokimi, płaskimi łapami, które po każdym śniegu przejdą. Konie potrafią zaspy piersią taranować i na górę się wspiąć, a w walce są bezcenne. Boki i pierś pokrywa im pancerz rogowy, jak u smoka, tylko z sierścią na wierzchu. Strzały odskakują, a takich stworzeń, których zęby czy pazury mogłyby pancerz przebić, jest w Ordzie niewiele. Koń ma ogon giętki, z rogowym grotem na końcu – jednym ruchem wieprza na pół przetnie. Rycerze z Zakonu Gwiazdy, co to mają stanicę na południu, dają za takiego konia górę pieniędzy! Ale nie ma chłopa, który by się na złoto połasił i konia sprzedał. Wprawdzie rycerze walczą z Ordą i na południe jej nie puszczają, lecz przy okazji nowe ziemie zagarniają! Nieraz walczyli z nimi chutorianie i przed Ordą, i za czasów Ordy, aż wreszcie król Grejstard wziął północnych wieśniaków pod swoją rękę. Wielki to był król! I rycerzy poskromił, i broń dawał, czasem nawet nadwornych czarowników na pomoc posyłał...

Ciężkie wrota z wielkich dębowych belek odsunęły się ze skrzypieniem. Zaspy nawiało takie, że nawet dziesięciu chłopa wrót nie otworzy, dlatego zrobili tak, żeby odciągał je na bok skomplikowany system lin i bloków.

Przed nimi rozwarła się przepaść. Śnieg siecze i chłoszcze, miota się jak niespokojna dusza ojcobójcy. Ale co tam, włócznia w dłoń, tarcza za plecy i naprzód, bracia!

Chrypiąc i rycząc niczym głodne wilki, konie ruszyły do przodu. Im wszystko jedno, czy śnieg, czy wiatr, czy koniec świata. Zwłaszcza jeśli są dobrze karmione i przed drogą ogrzane. Teraz najkrótszą przetartą drogą do chutoru Niwena... Pewnie, lepiej byłoby spaść na Ordę całym oddziałem, ale gdy chodzi o tyle żywotów, nikt nie ma głowy do wojskowych sztuczek. Wystarczy, jak Ordę uda się zatrzymać.

Minęli pola. Konie na swoich szerokich łapach idą po zaspach jak po twardej ziemi. Wszyscy jeźdźcy jak jeden mąż nakryli głowy kapturami, patrzeć nie muszą, konie same drogę odnajdą. Oszczędzaj oczy, wojowniku, przydadzą ci się w sąsiednim chutorze. Tam się kapturem przed wiatrem nie ochronisz.

Jechali Leśną Granicą. Tutaj wiatr trochę ucichł – drzewa wiekowe, same sosny i świerki, a jednak dają ochronę. Odpędź ciemne myśli, wojowniku, do boju trzeba iść radosnym, jak na wesele! Wróg się przed tobą cofnie, gdy zrozumie, że się kostuchy nie boisz. A jeśli stanie się najgorsze – jeśli ranią cię albo z konia ściągną – to pamiętaj, że w kaptur kolczy masz wszytą wilczą jagodę. Przegryziesz ją i po wszystkim. Odejdziesz cicho i bez bólu.

Szybko biegną silne konie, czują, że czeka je bitwa, przyspieszają same, bez poganiania. Do sąsiedniego chutoru pół godziny drogi, ale dojadą wcześniej.

Armiol, sam gorący, jeszcze zagrzewa swojego wierzchowca i prawie że przed ojca wyjeżdża. Śmiały chłopak. Siebie nie oszczędza, w walce o ostrożności nie myśli. Argnist nieraz mu uwagę zwracał, już i lejcami próbował rozumu uczyć, wszystko na nic. Chłopak rwie się w największą gęstwę, szyku nie trzyma, w pędzie plecy odsłania... Bracia go już dwa razy ratowali, a ten ciągle swoje. Tak samo teraz. Argnist rzucił synowi surowe spojrzenie, lecz nie zdążył nic powiedzieć – drzewa rozstępują się i oto już pola sąsiedzkie, oto i chutor Niwena!

A wokół niego Orda.

Przybyli w samą porę. Na polu jasno jak w dzień, nie żałuje Niwen płonącego proszku, choć skąpiec z niego, to wie, że nastał czas wszystkie zapasy zużyć. Przyoszczędziłby teraz na proszku, zapłaciłby życiem. Pierwszy częstokół już płonie, fosa zawalona martwymi stworami Ordy, nie inaczej, tylko Obrońca tu był. Wszyscy ludzie Niwena są w środku, odpierają atak, ale widać, że jest źle. Trąbacze usiłują wdrapać się na dach, żuki-ścianołomy łamią dolne zręby, wielogłowce jadowitym dymem plują (gdzie jest Obrońca?! Przecież to jego zadanie – nie dopuścić tych stworzeń do chutoru!), rogacze żywą drabinę budują, żeby sześciołapych zębaczy na górę wpuścić... Skrzydłodzioby w powietrzu krążą, czekają, aż się jaki człowiek na podwórcu pokaże; wtedy one pierwsze idą.

Argnist ściągnął wodze.

– W koło, łucznicy! Szykuj się! – Nijak nie może się oduczyć starych komend, dalej z przyzwyczajenia komenderuje jak gwardzistami na placu. A ludzie i tak wiedzą, co robić.

Cięciwy łuków myśliwskich naciągnięte aż do ucha. Nałożone strzały bojowe, groty kute przez krasnoludów, dawno zauważyli, że górskiej stali Orda boi się bardziej niż ludzkiej. Już skrzydłodzioby wyniuchały, co się dzieje, już zawróciły, paszcze pootwierały – kły w nich płoną czerwonym ogniem – i ruszyły do przodu.

Argnist opuścił rękę i w wycie wichru wplótł się śpiew dziesiątków spuszczonych cięciw. Północnym wojownikom żaden wiatr nie zbije celu! Dobrze wystrzelili, jednocześnie, strzały poleciały chmarą, prawie wszystkie wbiły się w pierś wodza skrzydłodziobów. Stwór ma wprawdzie na ciele pancerz rogowy, ale za cienki, żeby strzały odbić. O, już skrzydłami zatłukł, już się na bok przechylił... Już po nim, zaraz na śniegu siądzie! Tak jest, już usiadł! Zaraz go wykończymy!

– Artaleg! – Argnist uniósł się w strzemionach, kaptur odchylił, przed siebie patrzy. Wie, że średni syn i jego dziesiątka sami sobie ze skrzydłodziobem poradzą. Stary setnik myśli teraz o czym innym – musi zrozumieć, w którym miejscu w Ordę uderzyć, żeby ją od chutoru odciągnąć, dać obrońcom wytchnienie, aż inne oddziały nadciągną. Decyduj, decyduj, setniku! Z okienka strzelniczego już pochodnią machają, dają sygnał – atakujcie szybciej, nie utrzymamy się!

Postanowione – przez zwaloną bramę pójdą do miejsca, w którym stwory piramidę tworzą. Tam najbardziej niebezpiecznie.

Znowu Argnist rękę podnosi. W milczeniu, bez słów. I daje koniowi łydkę.

W tym czasie Artaleg ze swoją dziesiątką postrzelonego skrzydłodzioba otoczył i cisnął w jego grzbiet obustronne siekiery – każda na skórzanym rzemieniu, wystarczy szarpnąć, a siekiera do ręki wróci, nie trzeba podchodzić do niebezpiecznego stwora. Skrzydłodzioby są żywotne i sprytne, lecz jeśli na samym początku walki pokona się ich przywódcę, reszta się do walki nie pcha. Ale jeśli się wodza nie załatwi...

Argnist tymczasem prowadzi swój klin do wrót. Stworów Ordy i tutaj nie brakowało, lecz to głównie drobnica, z nimi same konie sobie poradzą. Węże jakieś wielonogie, jaszczury dwugłowe, robale grubości ręki i inne paskudztwo, gdyby wszystkie człek chciał opisać – pergaminu nie starczy. A każdy z jakąś osobliwością – noga od jednego zwierza, ogon od drugiego, tułów od trzeciego, a głowa rodem ze strasznego snu. Jakby ją lepili z gliny, lepili, a potem machnęli ręką, kilka razy o ścianę palnęli, nogą kopnęli, o próg plasnęli i do pieca wsadzili.

*

Do bramy jeźdźcy Argnista doszli jak ciepły nóż wchodzi w masło – Orda nie zdążyła się przestroić. Włócznie rozpruwały szare pancerze pancerników, topory rąbały czaszki, konie ogonami i rogiem na piersi torowały sobie drogę. Z chutoru próbowali pomóc, widocznie Niwen rzucił do walki ostatnią rezerwę. Ale gdzie, na Rakota Miłościwego, podziewa się Obrońca?!

Orda już się połapała, w czym rzecz. Rogacze szybko rozsypały z takim trudem utworzony pomost i pochylając rogi, ruszyły do kontrataku. Trąbacze opuściły łapy-trąby i też zwróciły się do zuchwałych przybyszów. Czterdziestu wojowników znalazło się w półokręgu. Jedyna otwarta droga to ta w stronę bramy. Prosty plan – przedrzeć się do murów i ruszyć wzdłuż nich na spotkanie Obrońcy – nie zadziałał.

*

No, bracie, będzie gorąco! Cofają się, cofają, włóczniami dźgają, któryś z tyłu za cięciwę szarpie – najlepiej trafić rogacza czy trąbacza strzałą w oko. Prze, prze na ludzi szczelna ściana rogów, dziobów, paszcz, szponów, wyszczerzonych mord i kudłatych macek – zmiłuj się, Hedinie! – prze, szyku nie łamiąc. Włócznie ich dzisiaj nie zatrzymają, z mieczami trza się wycofywać.

I wtedy przybyła pomoc – ludzie Artalega skrzydłodzioba dobili i ruszyli do bramy. Artaleg ryczy jak niedźwiedź, toporem jednemu rogaczowi głowę ściął, włócznią przebił pancernika – aż drzewce w cielsku zostało...

*

Jeźdźcy Argnista cofają się zwartym szykiem, wystawiając przed siebie częstokół włóczni. Ponad głowami pierwszych szeregów gęsto biją łucznicy.

Rogacze, trąbacze, nogogryzy, kościożercy, pancerniki, brzuchojady, ścianołomy, paszczogłowy – wszystkie atakują w ścisłym porządku, jak w dobrze zorganizowanej armii, gdzie każdy zna swoje zadanie i solennie je wypełnia. A druga połowa Ordy nadal szturmuje chutor, żeby oblężeni nie mogli pomóc jeźdźcom Argnista.

Mimo wszystko stary setnik zdołał ściągnąć na siebie część sił Ordy i tym samym ulżyć ludziom Niwena. Teraz należało wyciągnąć stwory jak najdalej w pole, tam łatwiej będzie walczyć, gdy przybędą z pomocą sąsiedzi. Jednak starego setnika ciągle dręczy pytanie – co się stało z Obrońcą Niwena? Przecież w każdym chutorze jest ich dwóch, zwykle pełnią służbę na zmianę, a jak robi się gorąco, walczą obaj. I rzadko, bardzo rzadko się zdarza, żeby któryś zginął.

*

Dobrze wyszkolone konie cofają się krok po kroku. Drzewce włóczni pokryte krwią niebieską, czarną i Rakot wie jaką jeszcze, a cuchnącą straszliwie. Plecy na razie osłonięte – trzymamy się, bracia! Tylko gdzie wsparcie? Najwyższy czas, żeby sąsiedzi przybyli... Armiol, najmłodszy syn Argnista, znów wyskoczył do przodu – do walki wyrywny, że słów brak. A tak to nieśmiały, cichy, nikt by nie powiedział, że syn gospodarza. Dziewczyny jeszcze ani razu nie ściskał, wstydzi się. Za to w walce zmienia się nie do poznania. Ot i teraz, jeden z rogaczy za bardzo się z szyku wysunął, szyję grubą, całą w zielonych fałdach skóry lśniącej od tłuszczu odsłonił i włócznia Armiola już go dosięgła. Dokładnie w żyłę – czarna krew trysnęła fontanną. Śmierć czując, zaryczał rogacz, do przodu ruszył i znowu oberwał. Armiol z taką gracją siekierę ciska, jak dziewczyna wzór na tkaninę rzuca. Do siekiery dużej siły nie trzeba, najważniejsze zakręcić jak należy. Zaokrąglone ostrze nie rąbie, raczej tnie jak dobra szabla...

Alort na prawym skrzydle też sobie nieźle radzi. Do przodu wyrwał się jeden trąbacz, śmiały amator ludzkiego mięsa, po prawej stronie pancernik kły szczerzy, po lewej brzuchojad oczy wytrzeszcza, między łapami ma dwa nogogryzy, a na karku kościożerca – atak jak się patrzy! Młody koń jednego z chłopaków zawahał się, a stwory już są przy nim. Koń zarżał dziko, zrozumiał, że swego pana w łapy kostuchy wepchnął, i ogonem uderzył – trąbaczowi w oko. Pękło ohydne ślepie, stwór zawył i swoją trąbą konia zdzielił. Dobrze, że wierzchowiec zdążył jeźdźca zrzucić, ale szyk już się złamał, musiał Alort sobą tę dziurę zatykać. Konia dęba postawił i wsadził trąbaczowi włócznię w drugie oko, a siekierę na rzemieniu cisnął w mordę pancernikowi. Koń jego, Kardan, róg na piersi wbił w wyrywnego kościożercę. Oślepiony trąbacz uderzył łapami, drzewce włóczni złamało się jak patyk. Pancernik ryknął, zacharczał, zabulgotał – w otwartej paszczy ziała straszna rana. A on napiął się, nadął, naprężył i drugą paszczę wysunął, mniejszą od poprzedniej. Ale wtedy jeźdźcy Alorta wzięli stwora na włócznie. Jednego nogogryza stratował Kardan, drugi sam uciekł, został jedynie brzuchojad. Brzuchojady mają mniej rozumu niż mole. Umieją tylko naprzód leźć i żreć wszystko, co popadnie. A kiedy sam został, załatwili go raz-dwa, włócznię mu w szyję wbili, Alort jeszcze siekierą poprawił. Trąbacz z wyłupionymi oczami wycofał się szybciutko, trąbacze są zmyślne.

Zdawać by się mogło, że walka z Ordą to żadna filozofia. Po co Obrońcy, skoro ludzie sami stworów nasiekli bez miary? A jednak... Orda właśnie dlatego jest straszna, że można zwalić dwa, trzy, cztery pancerniki, a z lasu do chutoru ciągle nowe wyłażą.

Stwory wyparły pięćdziesięciu jeźdźców Argnista w szczere pole. Pierścień wokół ludzi szybko się zamykał. Ze śnieżnych wirów wyłaniały się coraz to nowe szeregi Ordy. Większość zdążała do płonącego już z jednej strony chutoru Niwena. Jeszcze chwila i Argnist każe się przegrupować do obrony w okrążeniu. Żeby tylko jeszcze trochę wytrzymać... Harłag, Dromar i Ergast powinni się zaraz zjawić, a wtedy...

★

W polu szybkie ataki konnicy przeciwko Ordzie są bez szans. Choćby człowiek pędził z całych sił, Orda i tak go w końcu zatrzyma. Ona strat nie liczy, jej wszystko jedno, ile stworów dziś padnie, jutro i tak z lasu wyjdą nowe. I wcześniej czy później wpadniesz na oślizłą barierę cielsk przebitych włóczniami, wcześniej czy później zatrzymasz się, a Orda tylko na to czeka. Wtedy stwory zaczną atakować z boków i od tyłu – w tym są mistrzami.

★

Pierwszy przybył Harłag. Chutor ma duży, osiemdziesięciu jeźdźców. Choć Harłag nigdy nie był królewskim wojownikiem, słuchał uważnie zaleceń Argnista i uderzył jak należy – od tyłu, w stwory, które okrążyły pierścieniem jeźdźców starego setnika. Szczelny klin konnych włóczników zepchnął, stratował i rozrzucił na wszystkie strony falę bestii, zostawiając za sobą zdeptany śnieg zalany dymiącą krwią. Barczysty chłop z wielką brodą, sięgającą niemal do pasa, machnął ręką na powitanie.

– Ho, Argnist! Czerwony ogień widziałeś? Jak tylko zobaczyłem – zaraz tutaj! Co się dzieje? Gdzie Obrońcy? Jak uderzać będziemy?

– Obrońców nie widać. – Stary setnik ledwie mógł przekrzyczeć wycie zamieci i świst wichru. – Uderzymy na wrota, już tam byłem, ale mnie odepchnęli. Jeśli Ordy od chutoru nie przepędzimy, z Niwenem koniec...

– Obu Obrońców stracił? – zdumiał się Harłag, gładząc brodę. – W życiu o czymś takim nie słyszałem!

– Żadnego Obrońcy nie ma. Idziemy, bracie, prowadź swoich!

Teraz w klinie szło trzynaście dziesiątek ciężkozbrojnych jeźdźców. Ludzie Harłaga wrzeszczeli, żądając, żeby ich puścić pierwszych, bo nie są zmęczeni. Uderzyli. Znów rozrzucili tabun stworów przed sobą, znowu usłali śnieg czarnym dywanem, znowu wpadli we wrota – i w samą porę.

Żuki-ścianołomy już przebiły mocnymi łbami dwie dziury w wewnętrznych ścianach, już widać wnętrze chutoru. Po oblodzonych bierwionach sunęły nogogryzy, kościożercy i inna drobnica, za nimi tłoczą się pancerniki, szykowała się do decydującego ataku kawaleria rogaczy. Trąbacze nie pokazywały się, widać atakowały chutor z drugiej strony. Mają to we krwi, żeby zawsze z dwóch stron atakować.

Jeźdźcy – piątkami i szóstkami – przeciskali się przez bramę, a Orda już utworzyła szyk obronny. Podstawą były rogacze pochylające wielkie głowy z zaostrzonymi długimi rogami. Każdy róg może się wydłużać i skracać – jakby człowiek włócznią dźgał. Co prawda wolniej im to wychodzi niż człowiekowi, i chwała Hedinowi!

Wewnętrzny częstokół chutoru jeszcze się palił, z osłony przemieniając się w przeszkodę – jeźdźcy nie mogli się rozwinąć. Trzeba było iść prosto na rogacze.

– No, do roboty! – warknął Harłag. – Hej, podnieść włócznie!

W wysokim, wąskim oknie ściany chutoru mignęła słabo widoczna postać – dziewczyna z pochodnią. Z prostymi włosami, w samym tylko futrzanym kubraku wysunęła się po pas i zaczęła krzyczeć:

– Sąsiedzi! Ratujcie! Orda już w środku!... – Jej słowa przeszły w dziki krzyk, pochodnia się zachwiała. Na chwilę pojawiła się włochata macka, pochwyciła dziewczynę... I rozległo się głuche burczenie, trzask, rytmiczne sapanie. Trąbacz dorwał się do dziewczyny. Dziewkę zgwałcić to dla nich jeszcze większa przyjemność, niż pożreć. I mają do tego całe męskie wyposażenie...

Wtedy już krew człowiekowi do głowy uderza, dusza się rwie, w oczach ciemnieje, wtedy już wojownicy nie widzą kłów ani rogów. Wściekłość jeźdźców wyczuwają konie i też się rozgrzewają, i na rogaczy idą jak na jakichś tam kościożerców.

– Tnij! Rąb! – wrzasnął Harłag tak, że nawet stwory na chwilę się cofnęły. Chutorianie runęli do przodu, nie myśląc już o swoim życiu, a to się rzadko zdarza. Konie zderzyły się z rogaczami, pancernikami i brzuchojadami; na udeptanym śniegu podwórca wierzchowcom szerokie łapy nie były potrzebne, pojawiły się kopyta, ostre, zabójcze, bardziej śmiercionośne niż kopyta łosia. Lokran, koń Argnista, wbił swój róg w gardło rogacza, wyszarpnął, wbił znowu... Argnist, który skoczył do przodu, róg odsunął tarczą i uderzył stwora włócznią w oko, tak że ostrze z karku wystawało. Pod nogi Lokrana skoczyły dwa kościożercy – jednego koń zmiażdżył kopytami, drugiego setnik zarąbał mieczem, wychylając się z siodła.

I chutorianie złamali, zgnietli szyk Ordy. Pierś w pierś uderzyli, śnieg zrosili swoją krwią, ale się przedarli. Chociaż rogacze próbowały atakować i ludzi, i konie, było już za późno. Kto się z przodu znalazł, ten stworom Ordy w plecy uderzał. Pohulały sobie rohatyny i siekiery po łuskowatych grzbietach, naścinały głów do woli! A konie kościanymi żądłami rozrywały pancerze pancerników...

Rozdzielając się na dwa strumienie, jeźdźcy otaczali chutor, przebijając włóczniami wszystkie napotkane bestie. Obrońców ciągle ani śladu, za to dziur i wyrw w ścianach chutoru aż nadto. Do środka już wdarło się kilka stworów Ordy.

Płonący częstokół walił się z trzaskiem, pod niebo leciały fontanny bursztynowych bryzgów, szybko zabieranych wiatrem w głuchą mroźną noc. Śnieg tajał, znikając pod szczodrze przelewaną gorącą krwią, parujące wnętrzności ciągnęły się za konającymi stworami, jęczącymi i skamlącymi w agonii...

Argnist zawrócił swoich. Ze trzydziestu wojowników zeskoczyło z koni i wpadło do środka zabudowań. Podłogi były śliskie od rozlanej krwi, która zdążyła już zamarznąć, leżał tu martwy rogacz, rozrąbany pancernik, trzej kościożercy z czaszkami zmiażdżonymi uderzeniami młota. Leżał również ten, który ich pokonał – kowal Margat z wypatroszonym brzuchem i z rozrzuconymi rękami, obok niego pudowe kowadło. Dalej, dalej, dalej... Brzuchojad z trzema włóczniami w grzbiecie... Kobieta w średnim wieku, teraz bez twarzy. Obok niej, z siekierą w czaszce, paszczogłów...

A oto i żywi. Ruszająca się, wyjąca, piszcząca ściana. W wąskim korytarzu, gdzie z trudem można zrobić zamach mieczem, krew zbryzgała nie tylko podłogi, ale i ściany, i sufit.

Ludzie Niwena trzymają się resztką sił. Już jesteśmy, bracia!

Z naskoku, z rozmachu, z całej duszy, całą siłą jątrzącej nienawiści – włócznią w kark rogacza, w czułe miejsce nad ogonem pancernika, w bok brzuchojada, gdzie chcesz, byle przelać jak najwięcej czarnej krwi! Stwory szarpią się i miotają, a ty idziesz przez nie, znowu robisz zamach, znowu tniesz, odpłacając bestiom Ciemnego Władcy za wszystko: za ubogie, smętne, pozbawione radości życie w ciągłym poniżeniu i strachu, za porwane i pożarte dzieci, za pohańbione dziewki, za zniszczone gniazda rodowe, za śmierć, za wszystko!

Szybko rozprawiając się ze stworami, które napierały na ludzi Niwena, wojownicy Harłaga i Argnista zaczęli szukać gospodarza. Bo skoro Obrońców nie ma, skoro obaj zginęli – choć wydaje się to niemożliwe – teraz Niwen musi zdecydować, czy jego ludzie zostaną dalej w chutorze (a bez Obrońców nie utrzyma się nawet jednej nocy! Przecież nie będzie co dzień zwał na pomoc sąsiadów czerwonym ogniem!), czy powie: „To koniec, odchodzimy".

A na dworze ciągle trwa walka. Orda się nie poddaje. Nie można jej ostatecznie zwyciężyć, można tylko odepchnąć na jakiś czas – i czekać, aż wróci. Nie dziś, to jutro, nie jutro, to pojutrze, ale wróci.

Na dworze komenderował Alort, najstarszy syn Argnista. Słuchali go i wojownicy z chutoru ojca, i ci, których przyprowadził Harłag. Niwen na pewno nie będzie ryzykował, nie zostanie na tych ruinach, a to znaczy, że trzeba oczyścić drogę odejścia, by mogły przejechać sanie z ocalałym dobrem, dziećmi, babami i starcami.

Dromar i Ergast zdążyli w samą porę. Ich oddziały mają ledwie po trzy dziesiątki, ale w takiej walce każda włócznia jest na wagę złota, jak mawiają krasnoludy. Doświadczeni wojownicy już się połapali, co trzeba robić, uderzyli w Ordę z tyłu, oczyszczając najkrótszą drogę odejścia – do chutoru Argnista.

Argnist miał szczęście – dotarł do Niwena prędzej niż trzy nogogryzy z pancernikiem i paszczogłowem. Setnik uderzył najbardziej niebezpiecznego paszczogłowa siekierą (włócznia złamała się już dawno), pancernikowi wbił miecz pod fałdę pancerza, a nogogryzy załatwił sam Niwen.

– Uch, sąsiedzie, aleś nam robótkę przygotował! – Argnist zdjął hełm, otarł mokre czoło. – A gdzie Obrońcy?

– Nie ma już Obrońców, Argnist! Nie ma! – Niwen szlochał, mówił urywanie, niewyraźnie. – Nie ma, rozumiesz? Obu nie ma! Polegli w mig! – Płakał, nie wstydząc się łez.

Twarz Niwen miał czerwoną, ogorzałą, pooraną zmarszczkami, bródkę lichą, rzadziutką, jak u piaskowego krasnoluda, oczy głęboko osadzone, chytre, a blizn na twarzy mniej niż u Argnista.

– Polegli... w mig? – zdumiał się Argnist, zakładając żelazny hełm. – Jak to może być?

– Może, sąsiedzie, może. – Niwen uśmiechnął się martwo. – Nowe potwory się pojawiły. Najpierw myśleliśmy, że to rogacze, ale gdzie tam! Ręce mają ludzkie, lecz siłę nadludzką. Obrońcy ich zabili, ale i sami przy tym padli.

– Źle, oj, źle – powiedział powoli stary setnik.

I rzeczywiście, nie wyglądało to dobrze. Niwen musiał teraz porzucić zasiedziane miejsce, wyprowadzić ludzi, prosić bliższych i dalszych sąsiadów, żeby ich przyjęli, nie pozwolili zginąć nieszczęsnym. I sobie musi ciepłego kąta poszukać, żeby pod drzewem nie sczeznąć. Choć wielu wybierało taką śmierć zamiast życia w hańbie...

Niełatwo zdobyć miejsce przy cudzym ognisku, a jak twoich chutorian rozrzucą po okolicy, tam dwie rodziny, ówdzie trzy – to potem ich nie zbierzesz. Wejdą do nowych klanów, tam złożą przysięgę na wierność i zajmą się najbrudniejszą, najcięższą pracą, jaka tylko jest w chutorach. Fraft nie będzie długo czyścił wychodków, znajdą się następni... Bo jak się zimą w Leśnej Granicy czy w chutorze nie ukryjesz, to zdechniesz, nakarmią się tobą kruki i wilki.

Niwen wiedział o tym i chociaż walka wygrana i Orda odepchnięta – właśnie Artaleg przyniósł wiadomość – łez nie ukrywał. Będzie teraz nędzarzem, przygarniętym z łaski i kto wie, czy ktoś prócz żony przy nim zostanie.

Argnist milczał. Na taki smutek żadne słowa nie pomogą.

– Wołaj swoich – rzekł w końcu stary setnik. – Pora do domu. Sam wiesz, że lada chwila...

– Poczekaj, Argniście. – Oczy Niwen miał szalone, jakby szedł na śmiertelny bój. – Poczekaj, sąsiedzie! O jedno cię błagam, daj mi czas do jutra. Pozwól mi pomyśleć, głową ruszyć, z mołojcami moimi pogadać. Jutro, jeśli coś...

– Ty co, jutro też czerwony ogień zapalisz? – Argnist sposępniał. – Znowu sąsiadów zwoływać będziesz? Uważaj, bo się nie wypłacisz! A jak bez moich chłopaków i ludzi Harłaga przez lasy pójdziesz?!

– Sąsiedzie... – Oczy Niwena nalane były krwią, jeszcze chwila i sam jeden na wszystkich niczym rogacz by ruszył. – Sąsiedzie, zaklinam cię na bogów strzegących nas, zaklinam na Hedina Świętego i Rakota Miłosiernego, daj mi czas do jutra! I obiecaj, że jeśli wezwę cię na pomoc, to przyjdziesz! Nie zdołam żyć, przygarnięty z łaski! Już lepiej wyjść na rogacza z gołymi rękami!

Daj mi czas! Może wymyślimy, jak się bez Obrońców utrzymać! Bijemy przecież Ordę na polu, na koniu! Ty sam bijesz! Dlaczego nie mielibyśmy jednego umocnionego miejsca obronić?!

Argnist tylko głową pokręcił. Widać, że człowiek zaczął na umyśle szwankować z rozpaczy, skoro takie rzeczy wygaduje.

– O babach i dzieciach pomyśl, Niwenie! – mówi twardo stary setnik. – Nie o sobie teraz myśl, lecz o innych! Dumę swoją schowaj, nie płać za nią cudzymi żywotami! Nad dzieciakami się zlituj!

– Odmawiasz? – syknął Niwen, zaciskając pieści wielkie jak kowadła. – Argniście, synu Gortora! Ja ci to jeszcze przypomnę! Przypomnę ci, słyszysz?!

Stary setnik splunął zirytowany.

– Widać, sąsiedzie, że ci się rozum miesza... Rób, jak chcesz, ja idę. Jeśli cię jutro Orda zeżre, miej pretensje wyłącznie do siebie.

Argnist odszedł, Artaleg za nim.

– Ojcze, pozwolisz zapytać?

– Pytaj – warknął Argnist, gryząc obwisły wąs.

– Ojcze, czemuś Niwena próbował przekonać? Niechby zaryzykował! A bo to ciężko by nam było jeszcze raz do jego chutoru przylecieć? Dzisiaj strat żadnych nie ma, jeden Kaprod w szyję zraniony. Niwen by spróbował, a jakby mu się udało, to potem my byśmy od niego sposób przejęli. A jak go stwory wykończą, znaczy się, taka była wola Hedina.

– Czyś ty się, synu, wilczych jagód nażarł?! – Wściekły Argnist odwrócił się gwałtownie. – Czyś się blekotu opił?! W chutorze pełno ludzi! Samych bab z pięćdziesiąt! Dzieciaki, niemowlęta... Wszystkich Ordzie na pożarcie?!

Artaleg aż się cofnął, nie spodziewał się po ojcu takiego wybuchu. Co staremu do głowy uderzyło? Co Artalega obchodzą ludzie Niwena? Dla niego Orda może wszystkich pożreć! Byle własny chutor przeżył, to najważniejsze. Artaleg wzruszył ramionami, ale ojcu się nie sprzeciwił. Głowę pochylił, ręce rozłożył, że niby przeprasza, że tylko tak, bez zastanowienia gadał.

Ojciec i syn wyszli z na wpół spalonego, na wpół rozwalonego chutoru. Na podwórcu wrzała robota. Ludzie Argnista, Harłaga, Dromara i Ergasta patroszyli cielska potworów. Z Ordy przeklętej jest czasem korzyść. Wątroba rogacza to wspaniałe lekarstwo, i na żołądek pomaga, i na rany gnijące najlepsza. A starte na proszek kły trąbacza z miodem lipowym pić to najlepszy środek na gorączkę. Zmielony pancerz nogogryza gotowany z drobno posiekanymi płucami pancernika jest dobry, gdy z południa morowe powietrze przychodzi. Za to lekarstwo wielkie pieniądze płacili, gdy w Hjörwardzie Północnym szalała ta choroba. Z tamtych czasów Argnistowi został jeszcze worek królewskich gryfów.

Co tam za hałas? A, ludzie Argnista i Dromara o dwa nogogryzy się kłócą. Pierwsi wołają, że byli tu, gdy tamci jeszcze baby na ławkach ściskali, a ludzie Dromara dowodzą, że ich grot w cielsku widać. No, z Dromarem zaraz sobie poradzimy, niech się cieszy, że go w ogóle do podziału dopuścili...

Argnist podszedł, huknął i tamci odeszli jak niepyszni. A ludzi Niwena jak nie było, tak nie ma, czyżby sąsiad naprawdę chciał tu zostać?!

Podział zakończyli, łupy w sakwy schowali, już i w drogę pora, a stary setnik ciągle zwleka. Nie po ludzku to – półtorej setki narodu na pewną śmierć rzucić. Zaraz wyjdą lamentujące baby z dzieciskami, mężczyźni zaczną ładować toboły na sanie i chutor ruszy...

Podeszli Dromar, Ergast i Harłag.

– Co oni tam robią? Mnie i moich jeszcze długa droga czeka. Dromar, ty ilu weźmiesz?

– Z półtora dziesiątka, nie więcej.

– Hej, sąsiedzi mili, posłuchajcie!

Niwen stał na rozwalonym przez rogacze ganku. Nie wyglądał na człowieka, który ma zamiar umierać. Trzymał się prosto, mówił butnie, niczym dawny Niwen, pierwszy bogacz w okolicy.

– Dziękujemy wam za pomoc, sąsiedzi. Co się należy, zapłacimy, powiedzcie tylko, jak chcecie, złotem czy pracą. Ale po innych chutorach się nie rozbiegniemy, zostaniemy tutaj. Spróbujemy sobie bez Obrońcy poradzić. A jak się nie utrzymamy, to i tak lepiej niż cudze gówno wygrzebywać.

– O cie choroba – wymamrotał Harłag, zsuwając hełm i drapiąc się po karku. – Czyś ty czasem w głowę nie oberwał, Niwen?

– Dziękuję ci, Harłag, sąsiedzie drogi, że się tak o moje zdrowie troszczysz. Nie, nie oberwałem. I nie ja jeden, wszyscy moi tak myślą. No, mówcie, komu czego od nas potrzeba!

Gospodarze chutorów popatrzyli na siebie. Widać, nic innego, tylko Niwena opętało. Dobry czarownik mógłby pomóc, ale gdzie teraz czarownika szukać? Zielarki są w każdym chutorze, lecz one tu na nic.

Harłag pierwszy ochłonął, westchnął i wzruszył ramionami.

– Ja zapłatę w gryfach wezmę.

– I ja też, ja też! – wtórują Ergast i Dromar.

Nic dziwnego! Jak Orda jutro spadnie na pozbawiony Obrońców chutor Niwena, to od kogo wykonania obiecanej roboty żądać? Chyba tylko od rogaczy...

Splunął Argnist, ręką machnął i też wziął swoją dolę w złocie. Niwen oczywiście wszystko zrozumiał, uśmiechnął się krzywo, ale nic nie powiedział.

A gdy wszystkie sprawy już załatwili, przyszła pora się zbierać – na siodła i do domów. Wiatr cichnął powoli, chmury się rozeszły. Nad czarnym, poszarpanym murem pobliskiego lasu stał księżyc. Drogę oświetlał, łatwiej było wracać. Argnist wsiadł na konia, ze zmęczeniem ręką machnął i oddział ruszył w drogę powrotną. Staremu setnikowi ciężko było na duszy. Powariowali ludzie! Wszyscy zamyślili umierać. A jak jutro chutor Niwena istnieć przestanie, komu od tego będzie lżej?

Walka skończyła się pomyślnie, zabitych nie ma, jeden Kaprod ranny. Rzadko się tak zdarza. Żadna baba nie będzie po powrocie oddziału nieboszczyka opłakiwać. Cieszyć się powinien stary setnik, a on nie, on by najchętniej do bagiennych wróży szedł, żeby duszę oczyścili, od strasznego smutku i tęsknoty wybawili. Czarna noc w sercu, jakby kamień ciężki. I nikomu nie można smutku pokazać – cierp w milczeniu, setniku!

Pogrążony w posępnych rozmyślaniach nawet nie zauważył, jak doprowadził oddział do chutoru. Wjechał przez bramę, wodze chłopakowi rzucił. Teraz przede wszystkim do łaźni, a potem do Dejery pod kołdrę. A może najpierw którąś z młodych dziewek zawołać? Dejera z powodu kobiecej choroby tylko pościel grzać może, ale dobrze rozumie, że chłopu bez baby nijak, to nawet nic mówić nie trzeba, sama kogo należy przyprowadzi...

*

Niwen zrobił tak, jak zapowiedział. Wszyscy jego ludzie zostali w chutorze – na wpół spalonym, z dziurami w ścianach – który postanowił żyć na przekór wszystkiemu. Nie mieli już Obrońców i nie było sensu modlić się o nowych: Rakot i Hedin dawali każdemu chutorowi tylko jedną szansę. Nie mogłeś, nie zdołałeś – ustąp miejsca innym, którzy przeżyją. Ród ludzki w Hjörwardzie powinien liczyć na siebie, a nie na wieczną pomoc bogów.

Chutor Niwena przetrwał. Dzień po dniu jego mieszkańcy jak pracowite mrówki ścinali drzewa, zwozili je do chutoru, stawiali nowy częstokół i łatali wyrwy w ścianach.

Argnist nie wytrzymał, posłał do sąsiada Armiola.

– Pracują, ojcze – zameldował syn po powrocie. – Ale mnie tam za bardzo nie zapraszali, bardziej z boku się przyglądałem.

– Nawet ogrzać się nie zawołali? – oburzyła się Dejera.

– Zawołali, mamo, zawołali, jakżeby mieli nie zawołać. Ale patrzyli przy tym, jak... jak na stwora z Ordy.

– I Flota też? – zapytała przenikliwie matka.

Syn spuścił oczy zakłopotany.

– Jasna sprawa. – Argnist zakasłał, zmienił temat. – A z Ordą u nich jak? Śladów dużo?

– Dużo, ale głównie z boku lasu, przy chutorze ani jednego nie widziałem. Wielu pytałem, a wszyscy odpowiadali, że spokój. Ale, ojcze... oni tam chyba chcą się wszyscy razem do Hedina przenieść. W rogach izb płonący proszek widziałem. Chyba jak się Orda wedrze, to chcą wybuch zrobić. Żeby i siebie, i Ordę...

– Rakocie Miłościwy, toż to strach! – Dejera przycisnęła dłoń do policzka.

Jednak ta sprawa nie zajmowała zbyt długo Argnista i jego domowników. Orda jakby się z łańcucha zerwała! Po klęsce pod chutorem Niwena zaatakowała najpierw Harłaga, a potem samego Argnista.

W mroźną, burzliwą noc, taką jak ta, gdy Niwen zapalił czerwony ogień, stwory przyszły w gości do starego setnika.

Znowu wszyscy stłoczyli się w jednej, największej izbie, ratując się przed przeklętą samotnością i czarnymi myślami. Znów dzikie wycie wichru za zamkniętymi na głucho grubymi okiennicami (na południu takie okiennice mogłyby służyć za drzwi więzienia), znów leciały pochwycone huraganem wielkie płaty śniegu. Do rana tak zasypie, że będzie widać tylko dach chutoru...

Ale w środku było cicho, ciepło i spokojnie. Takie noce to tutaj zwykła sprawa. Saata, żona Artalega, siedzi markotna – jej mąż w sieni grubą Miitę obściskuje, nawet tu słychać, jak tam sapią, jęczą i stękają. Ludzie nic nie mówią, przywykli. W chutorze nie takie rzeczy widywano.

Obrońca ułożył się tuż przy piecu, prawie całe wolne miejsce zajął. Oczy niby przymknął, ale pozostał czujny, pędzelki na uszach podrygują, a to znaczy, że Orda krąży gdzieś blisko. Jego brat, który teraz patrolował chutor, da sygnał, jak tylko coś dostrzeże.

I dał. Zerwał się Obrońca, w jednej chwili gotów do walki! Już nie wyglądał jak najedzony kot, co się przy piecu grzeje, lecz jak kłębek mięśni.

Drzwi otworzyły się szybko, Argnist zerwał się na równe nogi.

– Do broni!

Obrońcy Obrońcami, ale nie zawadzi im pomóc.

Chłopy chwycili pochodnie i wyskoczyli z izby. Dzieci nie płaczą – raz na zawsze nauczone. Baby woreczki z płonącym piaskiem z piwnic powyciągały, na wypadek gdyby Orda doszła do ścian.

Alort wyskoczył na dwór, mroźne powietrze parzyło. Gdy Orda atakowała chutory, koni nie wyprowadzali, lepiej odpierać atak zza częstokołu. Obrońcy krążą wokół zewnętrznego częstokołu, a ty pilnuj, żeby żaden stwór nie wskoczył do środka. Ogień pal, smołę wrzącą lej, strzelaj z łuku, ale do walki wręcz się nie pchaj. To sprawa Obrońców i dopóki nie jest bardzo źle, nie wychylaj się. Powiadają, że na początku Orda często odciągała Obrońców od chutoru, udając, że się wycofuje. Ale teraz nikt się nie da na to złapać. Wszystkich stworów i tak nie wybijesz, nawet żebyś rąbał dzień i noc. Wystarczy, że atak odparty, że Orda od chutoru odpędzona – i to już sukces. Więcej nikt zrobić nie zdoła.

Stworów wokół częstokołu kłębiło się tyle, że nie było widać śniegu pod nimi. Szły łeb w łeb, łapa w łapę, jak zwykle ścianołomy z trąbaczami pierwsze, za nimi pancerniki z brzuchojadami, paszczogłowy oddzielnie, a z tyłu zębata drobnica – nogogryzy z kościożercami. Rogaczy nie widać, pewnie zostały w rezerwie (w całym chutorze prócz Argnista i jego synów nikt nie zna takiego mądrego słowa jak „rezerwa").

– Stawać, stawać, strzały szykować, ruszać się, pętaki! – poganiał Alort zbyt powolnych.

Jemu jako najstarszemu z braci dostało się najtrudniejsze stanowisko przy głównej bramie. Artaleg komenderuje z prawej strony, Armiol z lewej. Ojciec ma zadanie najważniejsze – błyskawicznie rozstrzygać, komu i kiedy pomóc. Jak się za bardzo pospieszy, to w decydującej chwili szturmu zostanie bez świeżych wojowników, a za długo będzie zwlekał, to pomoc na nic się nie przyda.

Wzdłuż zewnętrznej strony częstokołu sunął Obrońca, zostawiając za sobą rozszarpane trupy. Stwory Ordy dusił długimi mackami, szarpał strasznymi kleszczami (które z powodzeniem mogły rozedrzeć nawet podwójną kolczugę), deptał potężnymi łapami, rwał wysuniętymi szponami, ciął na pół zębatą paszczą. Obrońcy byli znacznie silniejsi od każdego potwora Ordy, widocznie Czarny Władca nie był w stanie stworzyć godnego przeciwnika. Co prawda Niwen mówił, że przy jego chutorze pojawiły się jakieś nowe stwory, zdolne zabić Obrońcę, ale tutaj w szeregach atakujących bestii Alort niczego nowego nie widział.

Zwyczajny szturm, normalna sprawa... Ręce robią wszystko same. Oto stłoczona wokół trąbacza grupka stworów minęła Obrońcę z tyłu i ruszyła do częstokołu. Tak, trąbacz, trzy pancerniki, pięć brzuchojadów, z dziesięć paszczogłowów i drobnica.

– No, bracia, razem! W trąbacza strzałami! W oczy celować, w gardło! Futro ma łajdak grube, nie każda strzała skórę przebije. Pancerników – włóczniami! Ścianołomy się do roboty wzięły – smołę lejcie! Ruszać się, ruszać, jeśli chcecie wschód słońca zobaczyć!

Alort zręcznie cisnął siekierę w dół i od razu szarpnął za rzemień, wciągając ją z powrotem, już zakrwawioną. Próbujący wspiąć się na częstokół brzuchojad został pozbawiony głowy. Na dziesięć żuków-ścianołomów, które już się uformowały w żywy taran, wylali z góry cały kocioł wrzącej smoły. Trąbacz ze strzałami w cielsku podniósł mordę do góry, macką się podciągnął – wzięli go na topory. Trąbę ten stwór ma jakby pokrytą kolczugą, ludzka ręka jej nie przetnie, ale poranić można. Odepchnęli go, pochodniami podpalili, smołą poparzyli – i wtedy Obrońca podszedł...

Tylko trąbacz może walczyć z Obrońcą jeden na jednego. Dwa pancerniki Obrońca wykończył, nawet nie patrząc, brzuchojady odskoczyły, lecz mackami je dosięgnął. Trąbacz zasyczał jak rozzłoszczony kot, ale nie miał szans – Obrońca przycisnął go do częstokołu.

Zawyła drobnica, skoczyła Obrońcy pod nogi, trąbacz mu prosto w oko strzelił trąbą szybko, jak z łuku. Obrońca się uchylił, ale za wolno, i niebiesko-różowa macka maznęła go po górnej wardze. Zaczął krwawić, lecz ciął bestię kleszczami tuż u nasady trąby, trysnęła czarna krew – przecięta została jedna z głównych żył. Świetny cios, drugi już nie będzie potrzebny, stwór sam się wykrwawi. Skok, uderzenie wszystkimi sześcioma łapami w pierś trąbacza i potwór wali się na śnieg, bulgocząc i charcząc. Ocalałe pancerniki i brzuchojady prysnęły na boki, wojownicy jeszcze raz smołą polali ścianołomy – i po wszystkim. W tym miejscu przy częstokole było już pusto. Za Obrońcą ciągnął się pas trupów, jeszcze się ruszały kończyny i szczęki, jeszcze skrobały pazury, ale ze strasznych ran płynęła krew, a wraz z nią ze straszydeł wypływało życie.

Walka przy bramie ucichła.

Armiolowi było znacznie trudniej – na jego odcinku do ataku ruszyły rogacze. Razem z pięcioma trąbaczami wciągnęły do walki Obrońcę, a mniejsze stwory i z pół tuzina innych trąbaczy skoczyły do częstokołu. Rozgorzała ciężka walka, w pewnej chwili ohydna trąba zagarnęła jednego z wojowników, zdusiła i rozerwała.

Tutaj już musiał się włączyć Argnist. Trąbacze odgonili, drobnicę wybili, a wtedy nadszedł Obrońca i resztę załatwił.

Przed świtem Orda wycofała się do lasu, jak zawsze nie uznając swojej klęski. Ciała stworów rozczłonkowali już w świetle niskiego, słabego, zimowego słońca. Spiesz się, bracie, zimowe dni są krótkie, na brzeg lasu można wychodzić tylko do zmroku. Dopóki słońce nie zajdzie, największe i najbardziej niebezpieczne stwory się nie pokazują, a przed drobnymi jakoś się obronisz.

I tak zaczął się nowy dzień, który od poprzednich różnił się tylko tym, że po południu pochowali Wartaga, młodego chłopaka rozerwanego w nocy przez trąbacza. Baby polamentowały, popłakały, ale niezbyt długo – czas dzienny jest na wagę złota.

Rozdział 2

Nawet najstraszniejsza, najmroźniejsza i najcięższa zima musi się kiedyś skończyć. Słońce stało coraz wyżej ponad Czarnym Lasem, dzień robił się coraz dłuższy i Orda traciła swoją zimową napastliwość. Latem nie pojawiała się wcale – to czas Plugastwa i Nieludzi, którzy przetrwali zimowe chłody w swoich legowiskach i teraz wyszli. O, to dawni wrogowie, dawniejsi niż Orda. Kiedyś cała ta ziemia należała wyłącznie do nich, Rycerska Rubież przebiegała wtedy bardziej na południe. Ale z biegiem czasu w Szczęśliwym Galenie było coraz więcej ludzi, a ziemi nie przybywało. W końcu ci najbardziej zdeterminowani i najzuchwalsi powoli, rodzina za rodziną, klan za klanem ruszyli na północ. Tam, za wzgórzami, na których nie stanęła nigdy ludzka stopa, i za rzekami, na których nigdy człowiek nie płynął łódką, leżały puste, wolne ziemie. Nie było tam ani królów, ani pazernych baronów, ani ściągających dziesięcinę świątyń, ani złych czarowników myślących tylko o tym, jak by tu ludziom zaszkodzić. Te ziemie należały do Plugastwa i Nieludzi. Gobliny, trolle, garrydy, hedy, arry, mormaty, gurry – nie sposób ich zliczyć! To właśnie Nieludzie. Co prawda są wśród nich także bardziej sympatyczne stwory. Na przykład krasnoludy. Górskie, czyli powszechnie znani mistrzowie, i leśne, znacznie mniejsze, wiercipięty i psotnicy. Ciągle rozprawiają o tym, że dobrze byłoby wreszcie obrać króla i przestać żyć w anarchii na pośmiewisko innym, szanującym się narodom – nigdy jednak nie udało im się przejść od słów do czynów. Są też krasnoludy piaskowe, całkiem malutkie, sięgające dorosłemu człowiekowi do kolan. Wszystkie ludziom życzliwe. Wróżki też bywają różne. Są maleńkie, mieszkające w kwiatach – ich panią jest Królowa Mab, która mieszka w Hjörwardzie Zachodnim, ale często oblatuje swe posiadłości na szybkim stateczku sunącym po srebrzystym promieniu księżyca. Statkiem jest klonowy liść, za olinowanie służą mu nitki leciutkiej pajęczyny. Powiadają, że w przeszłości Bogowie, którzy Odeszli, przemienili ją w człowieka, w złą leśną czarownicę, ale gdy zapanowali Nowi Bogowie, Hedin i Rakot, Królowa Mab znów stała się sobą... Prócz wróżek i krasnoludów wrogami ludzi nie są też koboldy, ponurzy podziemni budowniczy, ale niewiele o nich wiadomo.

Gdzieś na tej północnej ziemi żyją po dziś dzień również elfy ze swymi wiecznymi towarzyszami, alwami. Śmiertelnikowi niełatwo je zobaczyć. Zdarzyć się może, że jesienią albo wiosną na twoim progu stanie wysoki, smukły wędrowiec o złocistych włosach, ubrany w szmaragdowy strój, ze srebrnym łukiem za plecami, długim, wąskim mieczem przy pasie i rogiem zdobnym runami. Pamiętaj, nie odpędzaj go! Zaproś do domu, posadź na honorowym miejscu, ugość czym chata bogata. Jeśli chcesz poznać przyszłość, nie żałuj pieniędzy, a gość ci ją odsłoni – elfy nie mylą się nigdy. A jeśli wędrowiec będzie zadowolony z twej gościnności, twojego domu długo nie opuści szczęście i pomyślność, omijać go będą choroby i kłopoty. Tylko pamiętaj, nie dręcz gościa pytaniami, nie wypytuj go o niego! I tak ci nie odpowie, a jeszcze może się obrazić. To dawne prawo – Nieśmiertelni rozmawiają ze śmiertelnikami wyłącznie o śmiertelnikach.

Są też drzewne olbrzymy. Wyglądają jak wędrujące drzewa, bywają i dobre, i złe, zależy jakie się spotka.

To tyle, jeśli chodzi o Nieludzi.

Na północnych ziemiach nie brakuje również ohydnego Plugastwa – i wśród nich już dobrych nie ma. Człowiek o czystym sercu nie szuka u nich pomocy, tylko posępni czarnoksiężnicy włóczą się po starych kurhanach i porzuconych cmentarzach, gdzie zastygły, wznosząc ręce ku niebu, posągi pradawnych bogów. Plugastwo to wampiry, widma, duchy, w rodzaju Pozbawionych Ciał, wiedźmy, zabite niegdyś przez wieśniaków albo nieprawidłowo, albo nie do końca (powszechnie wiadomo, że wiedźmy są bardziej żywotne niż szczury), leśne strachy-odmieńce, z których ludzie najlepiej znają wilkołaki... Kiedyś te wszystkie stwory niepodzielnie władały Hjörwardem Północnym. Dlatego budowali tu swoje siedziby czarnoksiężnicy, którym często udawało się zakląć część Plugastwa i zmusić do służenia.

Gdy z nadejściem wiosny Orda wynosi się na północ, do swoich tajemnych legowisk, nieznanych nawet czarnoksiężnikom, przybywa złośliwe Plugastwo i Nieludzie. Nawet latem spokój nie trwa długo. Nie zdąży człek martwego rogacza zakopać, a tu już z parowu goblin lezie, z gałęzi gurr z łuku mierzy, a nad stodołą widmo krwiopijca wieczorami krąży...

A jednak są w roku przynajmniej dwa miesiące, kiedy ludziom żyje się spokojniej. To miesiąc odwilży wiosną i miesiąc złotych liści jesienią. Na początku odwilży Orda już wynosi się na północ, a Plugastwo i Nieludzie jeszcze nie zdążyli otrząsnąć się z zimowego snu. Zresztą gdyby w łapy Ordy wpadł jakiś ork czy hed, rozerwałaby go na strzępy. W miesiącu złotych liści na odwrót – Orda jeszcze się nie zjawiła, a letni wrogowie ludzi już myślą o zimowym śnie. Wtedy wyprawia się weseliska, chutorianie jeżdżą do siebie w gości – nie pojedynczo oczywiście, lecz po troje, po czworo. Nawet człek doświadczony i bywały może zabłądzić w lesie, jeśli będzie sam.

Śnieg topniał z każdym dniem coraz szybciej. Jeszcze wczoraj wszędzie wybrzuszały się zaspy, a dziś białą skórę Zimowego Zwierza upstrzyły czarne plamy i sama „skóra" skurczyła się prawie o połowę. Na południowych zboczach wzgórz, nad brzegami rzeki zrobiło się już zupełnie czarno, gleba łapczywie wchłania przezroczystą posokę stopniałego śniegu. Ukazała się ziemia, cała w burym płaszczu zeszłorocznych liści. Las jeszcze się nie obudził, jeszcze nie pęka żaden pąk, nie rozwinął się żaden kwiat, ale słońce już władczo rozpędziło grube poduchy chmur i przygrzewało z całej siły. W głębi drzemiących jeszcze pni zaczynały krążyć wiosenne soki.

Porośnięte młodym sośniakiem wzgórze zdawało się mruczeć z zadowolenia jak syty kot. Zbocza schodziły do rzeki zwanej Rybiną, która całkiem niedawno uwolniła się ze skuwających ją lodów. Koryto rzeki wyginało się łagodnie, opływając wzgórze, między stojącymi w wodzie młodymi sosenkami pluskały mętne fale.

Nieco wyżej na zboczu, na starym, niemal białym pniu zwalonego dawno temu drzewa siedział myśliwy w grubej szarozielonej kurtce z mocnego sukna. Osłaniając oczy dłonią, patrzył w dół, na wezbraną od stopniałego śniegu Rybinę. W prawej ręce trzymał krzywą, starą fajkę, od której płynął przyjemny zapach mocnego aromatycznego tytoniu.

Odpoczywał i najwyraźniej nigdzie się nie spieszył. Duży myśliwski łuk i porządny skórzany kołczan pełen strzał oparł o pień, na kolanach złożył włócznię z pociemniałym od krwi drzewcem.

Myśliwy był stary, siwy, wokół oczu miał głębokie zmarszczki, twarz zbrązowiałą od słońca i wiatru, na czole i policzkach kilka szram, prostych i cienkich, wyraźnie zostawionych przez ostre żelazo. Łatwo w nim było poznać wojownika – mocne i wyraźnie zarysowane mięśnie, ani grama tłuszczu, inaczej niż u nieznających wojskowej musztry wioskowych siłaczy. W jego uważnych szarych oczach widniał spryt, mądrość i odwaga.

Argnist, mąż Dejery, gospodarz chutoru mógł sobie pozwolić na chwilę beztroskiego odpoczynku. Tutaj na Jasną Górkę, tak blisko Starej Sosny Plugastwo nie miało przystępu. Czasem pchała się tu Orda, ale prawdziwe, Pradawne Zło nigdy nie podchodziło. W tym miejscu czuło się dziwne czarodziejstwo, głębokie, silne, spokojne i czyste jak podziemne źródło. Chutorskie baby bajały, że obok Starej Sosny obchodziły swoje święta elfy w tych dawnych czasach, gdy Pierworodzonych często spotykało się wśród śmiertelników. Argnist nie bardzo wierzył w te bajki, ale jedno wiedział na pewno – gobliny, gurry, nawet odważne trolle nie śmiały wsadzać tu nosa, nie mówiąc już o hedach, garrydach czy innych widmach. Nadrzeczne wzgórze wszystkie stwory omijały szerokim łukiem.

Nie było innych tak czystych miejsc w pobliżu chutoru; dlatego nawet małe dzieci, które dopiero zaczęły wychodzić za częstokół, uczono na pamięć całej drogi do Jasnej Górki. Stara Sosna dobrze strzegła swojej ziemi.

Argnist palił fajkę, wypuszczając z ust błękitne kółeczka dymu. Ech, postrzelił kilka głuszców, udany był dzień... W worku miał trzy duże ptaki. Właściwie powinien już wracać do domu, nie było go cały wieczór, noc i ranek, nie należało tak długo trzymać bliskich w niepewności.

Mimo to siedział i palił. Wyglądał, jakby zupełnie się rozluźnił i beztrosko odpoczywał, ale w rzeczywistości mógł w każdej chwili zerwać się do walki.

...I znowu udało się przeżyć kolejną zimę... Nie wolno Hedina i Rakota gniewać, zima nie była taka najgorsza – tylko pięciu dorosłych zginęło. Co prawda wiosną na dzieci jakiś mór padł i póki Saata nie znalazła lekarstwa, zmarło siedmioro. Bydło przeżyło, cielaki zdrowe. Złotowłosą dziewkę Szoorę oddali do odległego bogatego chutoru za duże pieniądze...

A jednak Argnista dręczył jakiś niepokój. Pod koniec zimy Orda napierała tak, że chwilami myślał: Już po nas! W jeden tydzień czterech poległo. Jeśli następna jesień zacznie się tak samo... Niwen się utrzymał, choć stracił trzydziestu swoich. Zdumiewająca rzecz – Orda prawie go nie atakowała, jakby straciła zainteresowanie bezbronnym chutorem.

Argnist siedział i palił... Ech, posiedzieć tak w prawdziwej leśnej ciszy to dopiero szczęście! Głupi był wcześniej, nie rozumiał, wiecznie chciał się zasłużyć. Cóż, można powiedzieć, że się zasłużył...

Przyszedł na świat pięćdziesiąt dwa lata temu, na szczęśliwym południowym wybrzeżu. Wioska była przypisana do Wielkiego Hedina i gdy krzepki chłopak skończył czternaście lat, wstąpił na świątynną służbę – miał się uczyć i zostać wojownikiem. Ale w świątyni długo miejsca nie zagrzał. Karku giąć nie umiał, nabożeństw unikał, obściskiwał po kątach dziewuchy albo w karczmie grał. Za to wojaczki uczył się gorliwie i już wkrótce umiał wspaniale władać mieczem i włócznią – pewnie tylko dlatego ze świątyni go nie wyrzucili. Któregoś dnia przejeżdżał w okolicy młody król Galenu, jego wysokość Grampedius. Zajrzał do świątyni, żeby przenocować i pomodlić się, i przypadkiem zobaczył, jak Argnist tępym drewnianym mieczem broni się przed trzema dwudziestoletnimi osiłkami. Nie namyślając się długo, król zawołał przeora i poprosił, żeby święty ojciec podarował mu tego chłopaka. Przeor rad był i królowi się przysłużyć, i od nicponia uwolnić. Tak trafił Argnist do królewskiej armii.

Co tu dużo mówić, na początku ciężko mu tam było. Połowę zębów stracił, honoru swojego broniąc, ale w końcu go zaakceptowali.

Nie minęły nawet dwa lata, gdy wojsko królewskie ruszyło na wyprawę przeciwko baronom Fejnu. Argnist siedział już wtedy w siodle jak przyklejony, na turniejach nagrody zdobywał, oglądały się za nim arystokratki...

A niech to Jamert spali! Tyle razy sobie przysięgał, że nie będzie tego wspominał! Ale gdzie tam, tej twarzy nie da się wymazać z pamięci. Dziewczyna szesnaście lat miała...

Dobrze, to ominiemy. Już w tej pierwszej wyprawie Argnist się wyróżnił – gdy pod Aksorą baronowie jego wysokość Grampediusa do bastionów przycisnęli, dziesiątka, w której był Argnist, znalazła się naprzeciw głównego uderzenia. Dziesiętnika, wujka Mnema, bełt powalił, pozostałych baronowska konnica na włócznie wzięła – jedynie Argnist ocalał. I nie tylko ocalał, ale jeszcze trafił strzałą w wizurę słynnego Dżemberga, przywódcy zbuntowanych baronów, który był na tyle głupi, że leciał zaraz za pierwszą linią swoich włóczników. No i oberwał, Argnist powalił go na otwartym polu. Skrzydła wojska wszystko świetnie widziały. Oddziały baronów wycofały się szybko – po śmierci Dżamberga każdy chciał zostać tym najważniejszym, każdemu spieszno było do domu, nikt już o walce z królem nie myślał.

I tak w wieku osiemnastu lat Argnist został dziesiętnikiem królewskiej armii. A pięć lat później – setnikiem. To działo się wtedy, gdy zaatakowali piraci z Hjörwardu Południowego...

Ciężka to była wojna, oj, ciężka. Połowa baronów od razu na stronę południowców przeszła, jedna trzecia czekała na rozwój wypadków, nie wiedząc jeszcze, za kim się opowiedzieć, a reszta, choć pomoc obiecała, wcale się z nią nie spieszyła.

Gdyby piraci po prostu kraj złupili i szybko się wynieśli, wszystko potoczyłoby się inaczej, ale ci głupcy chcieli zająć część królestwa. Rozgorzała najprawdziwsza wojna i trwała dwa lata – wtedy dopiero udało się wypchnąć południowców w morze, i to mimo wszystkich błędów króla Grampediusa. Naprawiając je, poległa pod Galenem połowa sotni, w której skład wchodziła dziesiątka Argnista...

Król Grampedius był tak głupi, że tych, którzy prawdę znali i jego błędy naprawiali, nie ścinał od razu – co zrobiłby każdy normalny władyka – lecz nagradzał i wynosił. Po tym, jak w bitwie pod Galenem zabili setnika i Argnist przejął dowodzenie nad pozostałymi pięcioma dziesiątkami, młody dziesiętnik dostał pod swoją komendę sotnię.

Po zwycięstwie nad piratami król Grampedius nie utrzymał się na tronie nawet pół roku. Jego stryjeczny brat, Ignaron, który właściwie tę wojnę wygrał (dowódca był z niego pierwszorzędny!), lekkomyślnego brata na długą pokutę do odległego monastyru odesłał i koronę jego wziął...

Zaczęły się nieprzerwane wyprawy – innych zajęć niż walka Ignaron ścierpieć nie mógł. Baronów rychło poskromił, sąsiednie królestwa przymusił do złożenia hołdu. I wtedy stało się prawdziwe nieszczęście – zabrakło wrogów, nie było z kim walczyć! Przez Las Zagłady nie przejdziesz, za Góry Tajemne nie zajrzysz... Wówczas król na własną zgubę przypomniał sobie o Ordzie.

Orda dręczyła ziemie północne od dawna. Wieśniacy trzymali się mocno i nie tylko na południe jej nie puszczali, ale jeszcze udawało im się do Galenu swoje towary słać! Włości Ordy zaczynały się od Rycerskiej Rubieży, co wtedy biegła od wodospadów Egeru poprzez lasy aż do fortu Gesar, na samej granicy ziem krasnoludów, ich królestwa Ar-an-Aszparang. I chociaż stwory hulały na swoich ziemiach od trzystu lat, ludzie ciągle tam żyli.

Było to plemię dzielnych i krzepkich wieśniaków, którzy wiedzieli, z jakiego końca łapać za miecz. Pod toporami chłopów padały wiekowe sosny, wśród jezior i bagien pojawiały się pola, na rzekach młyny, a na trawiastych polanach pobrzękiwały dzwonki krów. W środku kręgu oczyszczonych ogniem pól stawiano chutor – domy budowano tak, żeby wszystkie okna wychodziły na prostokątny wewnętrzny podwórzec. Jedyną bramę stawiano z najgrubszych dębowych bali i nie żałując pieniędzy, kupowano od krasnoludów zasuwy i zawiasy. Oddzielnie stała tylko kuźnia – z obawy przed pożarem.

Chutorianie żyli sami sobie, nie potrzebując królów ani władców. Zwolennicy Prawdziwej Wiary podejrzewali ich o bezbożność i herezję, ale ponieważ wieśniacy okazali się znacznie lepszą tarczą dla nadbrzeżnych miast niż wszystkie rycerskie zakony i królewskie armie razem wzięte, władcy południowych krain nie ściągali podatków z Wolnych Chutorów – zresztą który poborca by po nie pojechał?!

Orda ciągle próbowała przedrzeć się na południe – tam było tak wiele zdobyczy, tak wiele miękkich, wspaniałych w smaku ludzkich ciał – i raz po raz atakowała Rycerską Rubież. Wprawdzie najbardziej przenikliwi dostojnicy Królestwa Galenu (zwykle są nimi lord skarbnik i lord strażnik tajnej pieczęci) brzydko podejrzewali, że dowódcy Zakonu Gwiazdy poważnie przesadzają, głosząc swoje zasługi w powstrzymywaniu Ordy. Podejrzenia te przeradzały się w pewność, gdy z Rycerskiej Rubieży przychodziło kolejne żądanie, aby wspomóc zakon pieniędzmi, prowiantem czy bronią...

Krótko mówiąc, król Ignaron postanowił zwalczyć Ordę, uformował armię i wyruszył. Rycerzy Gwiazdy, którzy nie ustawali w przechwalaniu się, jak świetnie biją potwory, zabrano ze sobą – jako najbardziej doświadczeni mieli służyć radą i pomocą.

Nie zaszli daleko. Niemal cała armia poległa w tych lasach, poległ również król. Rycerze Gwiazdy – bardziej doświadczeni – zdążyli uciec.

Nacierpiał się wtedy Argnist biedy... Ale nie poddał się i w końcu przyszła jego kolej ziemię pod chutor wybierać i pierwsze słupy wbijać.

Postawił swój chutor na starym, spłaszczonym wzgórzu. Różdżka pokazała, że pod ziemią na niedużej głębokości jest woda. Półtorej mili na zachód leżało duże, obfitujące w ryby jezioro, w lasach nie brakowało jagód, nieopodal rozciągały się omszałe bagna. Jednym słowem, wszystko byłoby dobrze, gdyby nie Orda. Z Nieludźmi można się jakoś dogadać, nie zawsze trzeba mieczem machać, czasem sprawę rozwiąże się pokojowo. Sprytnemu Niwenowi udawało się nawet najmować trolle, żeby stada strzegły, a gobliny i gurre, które miały znakomity węch, wysyłał do lasu na poszukiwanie grzybów i korzeni.

Nieludzie nie żywili do wieśniaków nienawiści. Główni ich wrogowie mieli siedzibę na południu i byli nimi rycerze Zakonu Gwiazdy. O, z nimi już hedy i gobliny nie wdawały się w dyskusje! Rycerze Gwiazdy byli pyszni i butni do nieprzytomności. Stoimy na straży całego Południa! – mawiali. A przecież, jeśli taki z ciebie wojak, to rób swoje i nie chwal się, ludzie sami w pas ci się pokłonią, chlebem i solą powitają. Jeśli swoje zwycięstwa na każdym rogu ogłaszasz, to znaczy, że coś tu nie jest czysto.

Rycerska Rubież istniała od niepamiętnych czasów. Na długo przed pojawieniem się Ordy rycerze bronili reszty ziem przed nocnymi stworami na linii ciągnącej się od wodospadów Egeru na zachodzie aż do fortu Gesar na wschodzie. Jeszcze dalej na południe, wzdłuż Lasu Zagłady i Opuszczonego Brzegu, ciągnęły się ziemie zakonu. Życie płynęło tam cicho i spokojnie – nawet za cicho i za spokojnie. Rycerze od wieków święcie przestrzegali swojego kodeksu, zwanego Słowem Gwiazdy. Argnist nieraz myślał, że chcąc przestrzegać wszystkich przykazań zakonu, człowiek rychło by zwariował. Alkoholu nie pij, kobiet nie tykaj, najwyżej własną żonę, a i to tylko po to, żeby dziecko począć, do bogów wszystkich możliwych się módl, postów przestrzegaj, bliźniemu wszystko oddawaj, bogactwa ni sławy nie szukaj, nędzarzami się opiekuj. Piękne słowa i ten, kto je spisał, świętym człowiekiem musiał być – jeśli tylko nie kłamał. Ale przestrzegać ich... to już przecież życia nijakiego nie będzie!

A i sami rycerze, w szczególności wyższa ich kasta, kodeksu swego przestrzegali tylko w gębie. I dziewki macali, i od trunków nie stronili, i zjeść dobrze lubili. No, ale mimo wszystko do tej pory na drugą stronę Rubieży ani Orda, ani żaden z Nieludzi przedostać się nie zdołał.

Dla swoich poddanych, wieśniaków mieszkających na ziemiach zakonu, rycerze byli bezlitośni. Spróbowałby który dziewkę w karczmie pomacać – zaraz go w kajdany i do kamieniołomów! A tam – módl się i postów przestrzegaj, i przed rycerzami dziesięć razy dziennie czapkę zdejmuj albo na kolana padaj. I podatek zakonowi płać, i cały handel prowadź tylko z zakonem. Ojcowie-ekonomi niezłe majątki potrafili zgromadzić. Potem takiego a takiego brata, starego i schorowanego, nagradzano za długą wzorową służbę i wysyłano na południe – widział Argnist, jakie domy sobie ci „starzy i schorowani" stawiali...

Z Nieludźmi rycerze nie żartowali. Jak któregoś do niewoli wzięli, wyrok był jeden – na żelaznej kracie rozciągnąć i na wolnym ogniu smażyć. Pewnie dlatego Nieludzie niemal zawsze wybierali śmierć w walce...

Słońce tymczasem wzniosło się wysoko. Argnist klepnął się po kolanach, szykując się do drogi. W domu pewnie doczekać się go nie mogą, Dejera już zła jak osa. „Widziane to rzeczy?! – zacznie pokrzykiwać. – Żeby sam gospodarz po łąkach skakał jak chłopak! To już nie ma innych, żeby ptaka postrzelili?!".

Inni, oczywiście, byli. Trzech synów, siedemdziesięciu robotników, którzy przystali do Argnista w ciągu dwudziestu pięciu lat jego życia w lasach, i troje wnucząt – dzieci Alorta, najstarszego. Ale to jeszcze maluchy! Arfoł ma trzy lata, Feeta dwa, Argotor nawet miesiąca nie ma. Na myśl o wnukach Argnist się uśmiechnął. Miłe bąki. A wkrótce wnuków przybędzie. Rok minął, jak wyprawili wesele drugiego syna, Artalega, z Saatą, dziewczyną z klanu Kargara, z sąsiedniego chutoru. Synowa już dawno z brzuchem chodzi, niedługo rodzić będzie. Dobra dziewczyna, posłuszna. Ale charakter średni syn ma ciężki.

Najwyższy czas wracać! I chociaż nie chciało się wstawać z ciepłego pnia, przyjemnie się na nim siedziało i grzało w słońcu – zwłaszcza po pięciu miesiącach okrutnej zimy z takimi mrozami, że drzewa trzeszczały i ptaki w locie padały – Argnist musiał się zbierać.

Ruszył w górę po zboczu, tam gdzie zaczynała się ścieżka biegnąca do chutoru, gdy nagle za jego plecami rozległo się ohydne skrzypienie.

Setnik galeńskiego króla odwrócił się z godną podziwu zwinnością. Oho, coś tu jest nie tak. Nie inaczej, tylko Orda musi być gdzieś blisko!

Na drugim brzegu Rybiny zaszeleściły krzaki, ktoś albo coś pchało się przez zarośla wikliny, rozległy się głośne przekleństwa.

– Rrrodgar, znowu woda! – zawołał ktoś z rozpaczą, z rozpędu wpadając do rzeki. Trysnęła fontanna bryzgów jak od kuli wystrzelonej z katapulty. Dziwny przybysz, prychając i plując, szybko płynął na drugi brzeg.

Wtedy znów rozległo się skrzypienie – obrzydliwe, wstrętne, jakby ocierały się o siebie kruszące się, przegniłe kości. Zarośla się zatrzęsły niczym przerażone żywe istoty i na niski, grząski brzeg wytoczyła się ciemnofioletowa kula wielkości człowieka, pokryta wypukłościami, które połyskiwały metalicznie. Zatrzymała się tuż przed samą wodą, znowu ohydnie skrzypnęła i rozpadła się na kawałki.

Ścianołomy, zwykłe ścianołomy... ale żeby się tak toczyły? Te stwory wielkości dużego psa najbardziej przypominały żuki majowe, lecz miały wysunięte do przodu ostre i mocne szczęki.

Żuki jednocześnie wskoczyły do rzeki i – zdumiewająca rzecz! – zaczęły sunąć po jej powierzchni jak pająki. Niczym wyszkoleni żołnierze otoczyły pechowego pływaka, który zachrypiał jak przerażony koń i zaczął jeszcze szybciej pracować rękami.

Argnist rzucił włócznię na ziemię. Ręce same podniosły łuk, oczy wzięły żuka na cel, świsnęła puszczona strzała i trafiony w oko ścianołom poszedł na dno jak kamień, machając wszystkimi kończynami. Drugi strzał okazał się mniej udany – grot ześliznął się po twardym pancerzu, za to trzecia strzała trafiła następnego żuka w oko, składające się jakby z małych szkiełek niczym lampa nad karczmą. Z rany trysnęła ciemnobrązowa ciecz i stwór poszedł na dno.

Takie one są, te ścianołomy. Jedną strzałą można je zabić, byle trafić w oko. Gdy taranują częstokoły, zasłaniają oczy specjalnymi płytkami pancerza, wtedy można je powstrzymać tylko smołą.

Dla pozostałych stworów to było jak sygnał – porzucając swoją poprzednią ofiarę, ruszyły na Argnista; dzięki temu pływak zdołał wydostać się na brzeg. W ostatniej chwili jeden ze stworów wbił szczęki w jego nogę; rozległ się straszny ryk, w którym nie było jednak bólu, tylko gniew i irytacja:

– Rrrodgar, moje buty!

Mignęła gruba umięśniona ręka pokryta rudymi włosami i pięść wielkości saganka rąbnęła prosto w wytrzeszczone oko ścianołoma, odrzucając go niemal na środek rzeki. Oko przemieniło się w miazgę, wydzielając brunatny śluz, a żuk jakby nigdy nic zaczął pracować nogami i ruszył do walki.

Żywotne draństwo...

Pozostałe ścianołomy wyszły tymczasem na brzeg. Strzały Argnista załatwiły jeszcze trzy, jednak gdy stwory podeszły bliżej, stary setnik musiał rzucić łuk i chwycić włócznię.

– Ramię w ramię stawaj, inaczej nas zeżrą! – krzyknął do pływaka, łamiąc szczękoodnóża najbardziej wyrywnemu żukowi. Taki wypad przyniósłby mu zaszczyt nawet na królewskiej paradzie. Setnik cofnął włócznię i tępym końcem drzewca walnął w przednie łapy następnego ścianołoma.

Nieznajomy pływak już nadbiegał. Mokra bordowa kurtka, zbyt lekka jak na tę porę roku, oblepiała jego potężne ciało; niski i krępy, z szeroką piersią, wydawał się prawie kwadratowy. Ręce i ramiona oplatały liny muskułów, na pierś spadała ruda, pozlepiana wodą broda. Stary setnik miał przed sobą górskiego krasnoluda, który nie wiedzieć jak znalazł się w lasach Leśnej Granicy.

– E-he-hej! Już ja was!... – wrzasnął krasnolud na całe gardło. – Ii-jach!

Skoczył, podkutym żelazem butem celując w pysk ścianołoma. Oczy żukowi pękły, szczęki zostały złamane.

– Ar-tarrag! – ryknął dziko krasnolud niczym trzydzieści trzy podziemne bazyliszki, usiłując kopnąć następnego żuka.

– Za pasem mam siekierę! – krzyknął Argnist, wywijając włócznią.

– Rrodgar! – Krasnolud aż podskoczył. – I dopiero teraz o tym mówisz, człowiecze?!

Krasnoludy zawsze słynęły ze swego swarliwego charakteru...

Stary setnik poczuł, jak silne palce wyszarpnęły mu broń zza pasa, i rychło pożałował, że przypomniał sobie o siekierze. Krasnolud rzucił się do przodu na złamanie karku.

Do tej chwili Argnist wykończył jeszcze dwa stwory – teraz, gdy zostało ich tylko sześć, ścianołomy stały się ostrożniejsze. Otaczając człowieka i krasnoluda ze wszystkich stron, drapieżnie zgrzytały szczękoodnóżami, jakby już-już miały się rzucić do ataku, a jednak zwlekały, czekając na odpowiednią chwilę. Włócznia Argnista nauczyła ich ostrożności.

– Ar-asz-tarraga!

Siekiera z sykiem cięła powietrze. Siła ciosu była tak wielka, że pancerz żuka pękł, na ziemię wylało się brunatne ohydztwo. Gdy kolejnego wroga przebiła włócznia Argnista, cztery ocalałe ścianołomy zdecydowały, że mają dość – zrobiły w tył zwrot i popędziły do rzeki. Krasnolud z rykiem pobiegł za nimi i nad samą wodą udało mu się zabić jeszcze jednego.

– Uciekły, gady! – splunął, patrząc na odpływające żuki.

– Nie dziwota, toż to ścianołomy. – Argnist wzruszył ramionami. – Co prawda nigdym wcześniej nie widział, żeby się tak toczyły... Cały jesteś, czcigodny?

– Cały, cały, jakżeby inaczej – zapewnił krasnolud i wyciągnął do setnika szeroką dłoń. – Dwalin jestem. Wędruję.

– Argnist, gospodarz chutoru – przedstawił się setnik. – Jakżeś tu zawędrował? Nikt po naszych lasach w pojedynkę nie chodzi, nawet wiosną!

– Jeśli trzeba, to i zimą pójdziesz – burknął krasnolud, widocznie nie chcąc poruszać tego tematu. Przerzucał siekierę z ręki do ręki, jakby żałując, że trzeba ją oddać, w końcu westchnął i podał Argnistowi. – Jak to się stało? A Rodgar wie! Siedziałem pod krzakiem, jadłem i nagle nie wiadomo skąd kula się wytoczyła i na mnie leci! A siekiera w worku! – gorączkował się krasnolud. – I zbroja tam została, i hełm... Z gołymi rękami żem został, nawet pałki nie było! No i dasz wiarę, czcigodny? Musiałem uciekać!

Argnist uniósł brwi. Tylko ostatni głupiec włóczy się po lesie bez kolczugi, z toporem w worku... Kiego licha krasnolud tu przylazł?! Ani się obejrzy, jak go pożrą. Dobrze jeszcze, że nie walczył z chmarą żuków gołymi rękami.

Krasnoludy zasadniczo słyną ze zdrowego rozsądku, rzadko pośród górskiego plemienia zdarzają się szalone pałki. Jeśli krasnolud widzi, że wróg jest znacznie silniejszy, to nie ruszy do walki dla samej walki, tylko rzuci się do haniebnej – z punktu widzenia ludzi – ucieczki. Inna sprawa, gdy chodzi o złoto albo honor – o, wtedy krasnoludy będą walczyć do ostatniego tchu i albo opuszczą pole bitwy jako zwycięzcy, albo zostaną na tym polu na wieki.

– Dwa stwory pokaleczyłem, gdy mnie do rzeki goniły – mówił Dwalin. – Wszystkie rzeczy tam zostały. Trzeba będzie wracać, nie ma rady.

Świetnie władał językiem galeńskim, nie było słychać nawet cienia gardłowego akcentu, tak charakterystycznego dla jego współplemieńców. Mówił dużo i chętnie, zadając kłam powszechnemu przekonaniu, jakoby górskie krasnoludy nie lubiły gadać i każde słowo trzeba wyrywać z nich obcęgami.

– Wracać? – zdumiał się Argnist. – Gdzie chcesz wracać? Zaraz się ściemni. Chodź ze mną, w chutorze przenocujesz, a rankiem pomyślimy co dalej.

– Dziękuję ci, czcigodny, ale nie mogę! – Krasnolud pokręcił głową. – Bez moich rzeczy nijak się nie obejdę. To nic, w lesie przenocuję, przywykłem.

– Czyś ty zgłupiał? – Argnist zaczął się złościć. – Pożrą cię, nim zacznie świtać, rozumiesz? Pożrą razem z kośćmi! Orda żartować nie lubi.

– No to pożrą, co ci za różnica? – odciął się krasnolud. – Idź swoją drogą, poradzę sobie bez ciebie!

– Tfu, na psa urok, w życiu nie widziałem takiego głupiego krasnoluda! – Argnist splunął. – Chcesz umrzeć? No to już, jeszcze sznur ci pożyczę i sadłem nasmaruję! Mniej będzie bolało!

Ale prawdę mówi przysłowie: Prędzej górę przesuniesz, niż krasnoluda przekonasz. No przecież nie zostawi go tutaj na pewną śmierć! Przemoczony do suchej nitki, woda z niego cieknie...

– Dobra, pójdę z tobą – powiedział zdecydowanie stary setnik. W domu poczekają... Wprawdzie wieczór za pasem, a Orda gdzieś blisko się włóczy, lecz to nic, damy radę. Dejera płakać będzie... – Ale może wpierw się wysuszysz?

– Pójdziesz? – ucieszył się krasnolud, jakby nie pamiętając już swoich butnych słów. – Dobrze! Ruszajmy! A na tamten brzeg jak? Wpław? To może potem się suszyć będziemy, jak rzeczy odzyskam?

– Nie trzeba wpław. Mam tu niedaleko, przy brzegu tratwę schowaną...

Argnist, gospodarz roztropny, miał w różnych miejscach wzdłuż koryta rzeki poukrywane ze trzydzieści małych tratw, w razie potrzeby można było, nóg nie mocząc, na drugi brzeg się przedostać.

Człowiek i krasnolud spuścili na wodę niewielką tratwę, odepchnęli się żerdziami i popłynęli. Krasnolud stracił humor, mruczał pod nosem jakieś przekleństwa – jego naród nie znosił wody.

Już na drugim brzegu szybko znaleźli ślady niedawnej walki.

– Gołymi rękami zadusiłem – oznajmił Dwalin chełpliwie.

Minęli plamę stratowanego śniegu i szczątki pechowego ścianołoma. Niebieskie twarde pokrywy skrzydeł, od których odbijały się strzały chutorian, były połamane i pokruszone.

Rzeczy krasnoluda znaleźli na niewielkiej polance otoczonej gęstym młodym sośniakiem. Dwalin skoczył do swojej wysrebrzonej siekiery, jak do utraconej ukochanej – gładził ostrze, coś szeptał, a nawet ją pocałował.

– Rrrodgar! O, teraz inaczej pogadamy! – Przy workach Dwalina leżały dwa zabite przez niego żuki i krasnolud skoczył, żeby odrąbać im szczęki. Potem zrobi sobie z nich naszyjnik. – Niedźwiedziarze tak robią – wyjaśnił Argnistowi. – Ci, którzy polują na draksy, też.

Draksami krasnoludy Hjörwardu Północnego nazywały nieduże, wielkości wieprza, skrzydlate smoki występujące na Paśmie Obronnym i w górach Ar-an-Aszparangu. Ziać ogniem nie umiały, za to kłami i szponami walczyły tak, że zazdrość brała. Ich łuska z powodu właściwości leczniczych była trzy razy droższa od złota, czarownicy i znachorzy chętnie płacili też za języki tych stworzeń. Polowanie na draksy nie było łatwe. Jak zobaczysz takiego stwora, rzuć monetą. Jeśli upadnie herbem do góry, ty przeżyjesz, a jak portretem jego wysokości, to draks – głosiło wierzenie myśliwych i oznaczało, że połowa walk kończyła się śmiercią człowieka. Niewielu utrzymywało się dłużej niż rok. Nawet jak ci się ze stworami powiedzie, to miejscowe krasnoludy cię dostaną. Krasnoludy nie lubią obcych, twierdzą, że draksy to ich zwierzyna, i koniec.

Pochylony nad jednym z żuków Dwalin już zamachnął się siekierą, gdy Argnist nagle skoczył mu na plecy, przewrócił go i zwalił na śnieg. W górze coś niegłośno zaszeleściło.

Dwalin podniósł głowę – śniegiem pluje, w oczach wściekłość, twarz wykrzywiona, zaraz się z pięściami rzuci – ale złość szybko mu przeszła. Dziesięć kroków od nich, na brzegu polany widać nową kulę ścianołomów, niebieskostalową, połyskliwą. A na sośnie, na tej wysokości, na której przed chwilą była głowa

Dwalina, po korze rozchodzi się plama spalenizny i kwasem śmierdzi. Któryś z żuków splunął trucizną... A przecież nigdy przedtem tak nie robiły!

Gdyby nie intuicja i doświadczenie Argnista, krasnolud już by nie żył. Na brzegu polanki poruszyły się gałązki sosny, ale staremu setnikowi to wystarczyło. Gdy brał udział w wyprawie w Fejnie, tamtejsi baronowie ustawiali strzelców wzdłuż wszystkich leśnych ścieżek. Jak widzisz, że się zarośla poruszyły, padaj plackiem na ziemię, potem sprawdzisz, co to było. Jeśli się zawahasz, będziesz miał strzałę w gardle.

Krasnolud ochłonął pierwszy.

– Rrrodgar! Zabawimy się! – wycharczał.

Argnist nie zdążył nawet mrugnąć okiem, a Dwalin już miał na głowie hełm, już jednym ruchem naciągnął kolczugę na mokrą kurtkę. Niezwyczajna to była kolczuga! Mieniła się, opadając łagodnymi falami, jakby nie z metalu ją zrobiono, lecz z jedwabiu. Była warta majątek, pewnie tylko króla by na nią stać, a i to nie każdego. Górski naród nie lubił takich skarbów sprzedawać.

Gardząc niebezpieczeństwem, Dwalin pobiegł do przodu, prosto na złowieszczą kulę, nie zastanawiając się, czy Argnist za nim idzie. Setnik zerwał łuk z ramienia; zanim dojdzie do walki wręcz, swoje słowo powinny wyrzec strzały.

Pierwsza świsnęła tuż nad głową krasnoluda, trafiła w sam środek pancerza ścianołoma i odskoczyła. Kula żuków drgnęła, potoczyła się do przodu i wtedy uderzył w nią Dwalin. Jego siekiera błysnęła oślepiająco, z chrzęstem wbijając się w cielska ścianołomów. Kula rozpadła się w tej samej chwili. A żuków tam było – ojcze nasz, Hedinie! – ze czterdzieści co najmniej! I jak sprawnie idą w okrążenie!

Ech, krasnoludzie, krasnoludzie, za wcześnieś polazł do przodu! Można by jeszcze ze trzy żuki postrzelić, a tak jedyna nadzieja we włóczni. Nigdy wcześniej ścianołomy nie toczyły się takimi kulami, nigdy nie atakowały ludzi taką hurmą...

Argnist już był obok Dwalina, już jego włócznia przebiła najszybszego żuka. Człowiek ramię w ramię z krasnoludem przyjęli nierówną walkę.

Robiło się gorąco. Argnist musiał rzucić włócznię – ścianołomy podeszły zbyt blisko – i zaczął walczyć toporem. Stal z brzękiem odskakiwała od niebieskawych pancerzy. Śnieg na ziemi zrobił się brunatny od brązowej krwi potworów, szczęki łamały się o kolczugę Dwalina, rękawy i poły kurtki Argnista przemieniły się w strzępy...

Żuki atakowały umiejętnie, szybko, ze wszystkich stron. Wprawdzie było ich teraz o połowę mniej, lecz Argnist czuł coraz większe zmęczenie. Stwory atakowały to z prawej, to z lewej strony i uchylanie się przed atakami stawało się coraz trudniejsze.

Było naprawdę źle. W serce Argnista niczym wąż wśliznął się chłód śmierci. Czy naprawdę zginie tu, tak głupio, na wiosnę, tylko dlatego że chciał pójść na głuszce? Dwalin przestał wydawać okrzyki bojowe – chyba się zorientował, że sprawa jest poważna i trzeba oszczędzać oddech. Teraz tylko radośnie ryczał, gdy udało mu się przeciąć kolejnego ścianołoma na pół.

Argnist zmiażdżył mordę kolejnego stwora i właśnie wyciągał topór z ziemi, gdy krasnoludowi skończyła się cierpliwość. Obłąkańczo łyskając oczami, niczym prawdziwy berserk, ryknął jak trzy tysiące bazyliszków i runął do przodu. Ostrzegawczy okrzyk Argnista nie mógł go już powstrzymać, a ścianołomy tylko ucieszyły się z tego niespodziewanego prezentu i całym stadem zaatakowały Dwalina z tyłu.

Krasnolud był wprawdzie mocny, ale nie zdołał utrzymać się na nogach – padł jak długi, pogrzebany pod stertą stalowoniebieskich ciał. Argnist skoczył mu na pomoc, lecz powstrzymały go inne ścianołomy. Wzięły go w kleszcze, mógł się tylko bronić toporem, stojąc w miejscu.

I zapewne ten dzień byłby ostatnim i dla szalonego krasnoluda, i dla starego setnika, ale w ostatniej chwili, gdy już niemal zgasła ostatnia nadzieja, spomiędzy gałęzi sosny świsnęła niespodziewana strzała z białym pierzyskiem. Za nią pomknęła druga, trzecia, czwarta...

Leciały jedna za drugą, nieznany łucznik wypuszczał je z taką szybkością, że Argnist nie zdążał nawet okiem mrugnąć, a za jedną białą błyskawicą już mknęła druga. Strzały tajemniczego łucznika z łatwością przebijały pancerze żuków (przecież strzały setnika zawsze się od nich odbijały!) i nie minęło nawet kilka minut, gdy przywalająca krasnoluda zwarta masa stworów rozpadła się na pojedyncze trupy.

Dwalin leżał na wznak, nieruchomy i zakrwawiony.

Ocalałe żuki rzuciły się do ucieczki z godnym pochwały pośpiechem. Po krótkiej chwili na polanie prócz Argnista i krasnoluda zostały tylko martwe ścianołomy.

Stary setnik nie zauważył nawet, w którym momencie ich zbawca pojawił się na brzegu polany – gałęzie sosny nawet nie drgnęły, a przy ostatnim pniu już stoi wysoka smukła postać w ciemnozielonym płaszczu z wycięciami na ręce. W dłoni trzyma długi cienki łuk z dziwnego białego drewna.

– Hej, jesteście cali? – W strwożonym głosie słychać wewnętrzną łagodność, jakiej nie uświadczysz u twardych tutejszych myśliwych. Nieznajomy kocim krokiem podszedł do pobojowiska, pochylił się nad Dwalinem i zmienił się na twarzy. – A niech mnie! Niedobrze, trucizna dostała się do ran! Trzeba szybko...

Argnist sam widział, że z krasnoludem jest bardzo źle, zdarzało mu się oglądać ładniejszych nieboszczyków. Szyja, ręce, nogi, wszystko, co nie było okryte kolczugą, przemieniło się w jedną wielką ranę czerniejącą szybko. Dobrze, że palce rąk ma całe... między pierścieniami zbroi z zastraszającą szybkością spływały czerwone strumyczki. Strzelec odłożył biały łuk i przykląkł obok Dwalina.

Dopiero teraz stary setnik mógł się porządnie przyjrzeć nieznajomemu. Regularne rysy, nieco pociągła twarz z wysokimi kośćmi policzkowymi, nieduża, ciemnokasztanowa bródka – dziewki takie lubią. Brwi zrośnięte nad nosem, a pod nimi błyszczą wydłużone dziwnie oczy, szare i spokojne. Zdumiewająco spokojne, jakby wcale nie było tu krwawej walki, jakby nie charczał mu na rękach spływający krwią krasnolud. Gdzieżeś się tak strzelać nauczył, chłopie?! I skądś wziął takie strzały, co pancerz ścianołomów przebijają jak zgniłą rogożę? I łuk masz niezwykły, choć w Galenie nie takie zamorskie cuda się czasem widuje...

Krasnolud krwawił, oczy miał wywrócone. Ściągnęli z niego kolczugę, potem przesiąkniętą krwią kurtkę ze skóry górskiej żmii. Nieznajomy aż gwizdnął na widok tych strasznych ran i ostro wziął się do roboty.

Najpierw wyjął z torby jakieś buteleczki i mazidła, ale gdy uniósł nieprzytomnemu powiekę, aż usta zacisnął i wszystkie medykamenty odsunął na bok. Położył dłonie na zakrwawionej piersi krasnoluda (palce miał długie, szczupłe, jak można takimi miecz utrzymać?) i skrzywił się w grymasie bólu. Raz dłońmi nad ranami przesunął, drugi, trzeci... Argnist patrzył i czuł, że mu się rozum miesza.

– To z ciebie czarownik, chłopaku? – wychrypiał z szacunkiem.

Jeszcze chwila i krew przestała płynąć, rany goiły się w oczach, straszna czarna barwa znikała. Widział już Argnist takie cuda w Galenie. Główny nadworny czarodziej jego wysokości Ignarona podobne rzeczy wyczyniał...

– Nic takiego – rzekł nieznajomy ze zmęczeniem, ocierając pot z czoła. – Teraz spójrzmy na twoją rękę.

Zręcznie rozpruł łachmany, w jakie przemieniła się kurtka Argnista; rana była niewielka, ale już zdążyła zgnić i sczernieć. W gwardii wyleczyliby go prosto – cięliby mieczem tuż poniżej ramienia i po sprawie. A tutaj dziwy jakieś... Czarownik przesuwał dłonią tuż nad skórą i potworny wrzód od razu pękł, ropa zawrzała jak woda w kociołku i ukazała się zdrowa różowa skóra.

– Już po wszystkim. – Nieznajomy bezsilnie usiadł na śniegu.

– Pozwól, że teraz ja ci pomogę, mistrzu. – Argnist zakrzątnął się wokół swojego wybawcy. Zaklęcia to nie przelewki, każdy to wie.

– Dziękuję, już mi lepiej. – Czarodziej otworzył oczy. – Ale krasnoluda trzeba szybko przenieść w ciepłe miejsce, bo obawiam się, że w przeciwnym razie więcej nie wstanie...

– A to sobie narobił! Niech go! Tak dzielny, jak głupi. Dobrze, dociągnę go jakoś. A ciebie jak zwą, mistrzu?

– Mów mi Elstan. – Czarodziej wstał z trudem. – No, do dzieła!

Argnist kilkoma uderzeniami topora ściął kilka młodych sosenek. Szybko zrobili nosze, położyli na nich krasnoluda i ruszyli w stronę chutoru.

Do domu dotarli po zmroku. W drodze milczeli; Argnist wiedział, że czarownika nie należy bez potrzeby wypytywać, a Elstan nie zaczynał rozmowy.

– Mam do ciebie ważną sprawę, czcigodny Argniście – odezwał się czarownik, gdy podeszli do chutoru. – Chcę porozmawiać o Ordzie.

– To czemuś do tej pory milczał, czcigodny mistrzu? – zdumiał się stary setnik. – Tyleśmy szli, można było porozmawiać!

– Pilnowałem stworów Ordy. Z tymi żukami – ścianołomy, tak? – poradzilibyśmy sobie, ale tam krążyły znacznie gorsze bestie. Nie mogłem się rozpraszać.

– Skoroś przyszedł mówić o Ordzie, to pomówimy, czemu nie. – Argnist skinął głową.

– Pochodzę z Rycerskiej Rubieży – rzekł Elstan, nieco szybciej niż przystało na szanującego się czarownika. – Byłem w zakonie, ale odszedłem i teraz wędruję sam – wypalił jednym tchem. Zwykły chutorianin może niczego by nie zauważył, lecz Argnist nie na darmo służył w gwardii dwóch królów. Młody czarodziej, delikatnie mówiąc, kręcił. I to bardzo po ludzku.

Wrota chutoru mimo nocnej godziny były otwarte na oścież. Na podwórzu płonęły liczne pochodnie, ze stajni wyprowadzano konie, słychać było ostry, donośny głos Alorta, najstarszego syna Argnista.

– Co to za hałasy? – rzucił gniewnie Argnist do osłupiałych domowników, znienacka wyłaniając się z noszami. – Co za zamieszanie? To już nie mogę chwilę dłużej w lesie posiedzieć? Dziecko jestem? Poślijcie kobiety, żeby dwa gościnne łoża przygotowały. I Saatę wezwijcie! To nasza zielarka – wyjaśnił Elstanowi.

– Nie zaszkodzi – przyznał czarodziej.

– Ojcze, jesteś cały we krwi! – krzyknął Armiol. – Co się stało? Czy Orda...?

– Głupstwa, pół tuzina ścianołomów, nie ma co gdakać! – skarcił syna Argnist. – Baba jesteś, że się tak drzesz? Nie widzisz, że na nogach stoję?!

Chłopak przygryzł wargę. Starsi bracia, Alort i Artaleg, zerknęli na niego niezadowoleni – i w samej rzeczy, czego miauczy? Wiadomo przecież, że ojciec nawet jak będzie umierał, zrobi tak, żeby nikt o niczym nie wiedział.

– Pomóżcie go wnieść do środka – zarządził Argnist i synowie od razu złapali za nosze. – Krasnoluda przynieśliśmy – wyjaśnił ludziom zebranym przy bramie. – Orda go przetrzepała. A to Elstan, doskonały medyk i wyśmienity strzelec.

Młody czarownik przyłożył ręce do piersi i skłonił się.

– Przepuście mnie! – Dał się słyszeć wysoki kobiecy głos drżący od powstrzymywanych łez. – Odejdźcie, dajcie przejść!

Robotnicy i służące, nawet synowie setnika pospiesznie się rozstąpili. Małżonki Argnista, czcigodnej Dejery, córki Liity, bali się wszyscy bez wyjątku, nawet trochę mąż. Gdy gospodyni się gniewała, lepiej było trzymać się od niej z daleka.

Wyłoniła się wreszcie – wysoka, postawna, z ledwie widoczną siwizną na gęstych kasztanowych włosach. Patrzyła z wyrzutem i gorzką urazą, palcami mięła brzeg fartucha.

– Co to ma znaczyć?! – Skoczyła na Argnista jak furia, czego nigdy nie robiła przy ludziach. – Nie inaczej, tylko się na tamten świat wybrałeś, mężu! Widziane to rzeczy, żeby się po lesie tak długo włóczyć, niechby nawet wiosną?! O, proszę, doczekałeś się! – Spojrzała na zakrwawiony rękaw. – A co ja ci mówiłam?!

– Dobrze, gospodyni, dobrze, nie krzycz. Nie gniewaj się, widzisz, co się przytrafiło, krasnoluda spotkało nieszczęście, to co, miałem go w lesie zostawić?

Na podobne słowa Dejera nie znalazła odpowiedzi.

– I gościa mamy. – Argnist odsunął się na bok.

Elstan skłonił się znowu, tym razem Dejerze. Któraś z dziewcząt demonstracyjnie westchnęła – przybysz był taki piękny...

– To czemu gościa w progu trzymasz? – oburzyła się Dejera. – A wy tu czego sterczycie? – zwróciła się do synów, którzy zastygli z noszami na ramionach. – Nieście na górę, do pustej świetlicy! Po Saatę żeście chociaż posłali?

– Posłaliśmy, mamo – powiedział szybko Alort.

– Gdyby wam człowiek nie przypomniał, tobyście w wygódce zapomnieli spodni zdjąć! – Dejera machnęła ręką.

Powoli zamieszanie cichło. Krasnoluda ułożono na starannie przygotowanym łożu i Saata, która przygotowała odpowiedni napar, wlała Dwalinowi napój do ust. Krasnolud momentalnie zasnął.

– Słusznie, czcigodna – rzekł Elstan do młodej kobiety. Saata podniosła oczy na gościa i od razu je spuściła, czerwieniąc się jak mak. W głębi oczu Elstana płonął ciepły ognik, którego znaczenie każda kobieta odgadłaby nieomylnie.

Z niezręcznej sytuacji wybawił Saatę gospodarz, prosząc Elstana na wieczerzę.

Przy jedzeniu nikt o nic nie pytał z szacunku do gościa. Jednak gdy tylko wieczerza się skończyła, Elstana otoczono ze wszystkich stron. Argnist nazwał młodego czarodzieja „medykiem i strzelcem”, gdyby wymówił słowo „czarownik”, nikt nie zbliżyłby się do gościa na odległość lotu strzały.

Wszyscy zaczęli mówić jednocześnie, domagając się szczegółów. Saata skromnie stała z boku, choć właśnie ona mogłaby co nieco powiedzieć o dziwnym gościu. Ją, zielarkę, niełatwo było oszukać. Rany na szyi i rękach Dwalina mówiły same za siebie, ale Saata milczała...

– Poczekajcie, poczekajcie! – śmiał się Elstan, unosząc ręce w geście udawanego przerażenia. – Najpierw muszę pomówić z czcigodnym Argnistem. Potem będę wasz, przyjaciele! Zaśpiewamy i zatańczymy, co?

– Zatańczymy, zatańczymy! – piszczały zachwycone dziewczyny. Chłopcy wyrazili swoją aprobatę zgodnym „aha!" i krąg się otworzył, Elstana wypuszczono.

Stary setnik zaprowadził gościa do odległej izby, osobiście zapalił łuczywa w kutych świecznikach, postawił malowany dzban z grzanym miodem i kilka czarek.

– Domyślam się – zaczął Argnist – że zbierasz wiadomości o Ordzie. Pora, dawno już pora, żeby się czarodzieje za nią wzięli! Opowiedzieć o Ordzie możemy dużo, chociaż czego jeszcze o niej nie wiesz, skoro z Rycerskiej Rubieży przychodzisz? – zapytał podchwytliwie.

– Tam umieją jedynie odpędzać stwory od murów twierdz. – Elstan uśmiechnął się lekko. – Nic bliższego o tych potworach nie wiadomo. A przecież muszą się skądś pojawiać i gdzieś się rozmnażać – czyż nie tak? Muszą mieć jakieś kryjówki, siedziby. Nawet znam jedno takie miejsce.

Do izby wsunęli się zakłopotani synowie Argnista, za nimi Dejera. Gospodyni prowadziła za rękę onieśmieloną Saatę, czerwoną jak burak. Teściowa była wysokiego mniemania o swojej młodszej synowej, powiadali, że Saata umie wróżyć i prawie że czarować. Dejera w to wszystko święcie wierzyła i ciągnąc za sobą opierającą się dziewczynę, mówiła:

– Patrz w samo sedno, dziewuniu, w tobie cała moja nadzieja. Ten przybysz może dużo napleść i w głowach ludziom namieszać! Kto ich tam wie, tych wędrowców! Powiadają, że teraz dobrzy ludzie po drogach się nie włóczą. Kto mądrzejszy, ten siedzi na południe od Rycerskiej Rubieży, a kto głupszy, jak my, to tutaj Ordę odpędza, żeby ci na południu mogli sobie wielkie tyłki wyhodować. Więc patrz pilnie! – Dejera nawet pogroziła synowej palcem.

– Mateczko... ale przecież Artaleg... mąż mój... co on powie, jak zobaczy, że się w gościa wpatruję? Sami syna swojego dobrze znacie, mateczko!

Dejera spochmurniała. Jej średni rzeczywiście nikczemnego był charakteru... uparty, zły, na Saatę potrafił rękę podnieść! I ojciec już prawie nad nim władzy nie ma. A przecież Saata dziecko pod sercem nosi! O nie, dość tego! Jak jeszcze raz dziewczynę ukrzywdzi, to... to niech w kuźni mieszka! Tak się Argnistowi zapowie, za miękki on dla tego gałgana. Setnik przez całe życie żony palcem nie tknął, oni naprawdę żyli „w miłości i zgodzie", jak w pieśniach śpiewają.

– Artalega się nie bój – powiedziała zdecydowanie gospodyni, marszcząc brwi. – Zaraz sama z nim porozmawiam.

Gdy synowie Argnista siadali za stołem, a Saata naprzeciw Elstana, Dejera szarpnęła Artalega za ramię.

– Chodź ze mną, gołąbeczku – powiedziała i zacisnęła usta. Początek rozmowy nie wróżył nic dobrego, chłopak ponuro poszedł za nią. – Uważaj – wysyczała Dejera synowi prosto w twarz. – Znowuś żonę pięścią poczęstował! Ani słowa! W kogoś ty się wdał, nicponiu! Jak byłeś mały, kocięta dręczyłeś, myślałam, że z głupoty, a ty dorosłeś i taki sam drań jesteś! Dobrze, o tym później pogadamy, a teraz słuchaj uważnie. Kazałam Saacie przyjrzeć się Elstanowi. Rozumiesz? Ja kazałam! I żebyś nie ważył się jej słowa powiedzieć! Bo jak się dowiem, żeś ją znowu bił... – zamilkła na chwilę, zbierając siły. – To cię przeklnę! Żebyś wiedział, przeklnę!

– Matko, co ty? – mruknął Artaleg, spuszczając głowę i ściągając brwi. – Satka zasłużyła. Grzebie się, nie usłuży należycie. Jak z lasu przyjdę, to mi nawet butów nie zdejmie!

– Ja ci dam! – wybuchnęła Dejera. – Żona mu będzie buty zdejmować! Bydlę jesteś i koniec! Noo, ja z tobą jeszcze porozmawiam!

– A ja jej i tak przyłożę – wymruczał Artaleg. – Nie będzie na skargę latała!

Matka mocno szarpnęła go za włosy.

– Ani słowa, powiedziałam! A teraz wracamy! Wszystko zrozumiałeś?

Artaleg ponuro wzruszył ramionami. Nadęty, patrząc wilkiem, wszedł do izby za matką. Chłop był z niego silny, barczysty, ale oczy miał mętne, jakby zgniłe, wiecznie zmrużone, usta zawsze pogardliwie wykrzywione... Wiedział, że Saata wyszła za niego tylko dlatego, że taka była wola rodziców – rodzina Argnista i Kargara ustaliła to osiem lat temu. I to nie dawało Artalegowi spokoju, z każdym dniem dręczyło go coraz mocniej.

– Prosimy o wybaczenie, drogi gościu – przepraszała Dejera, siadając obok męża. – Musieliśmy chwilę porozmawiać. Zresztą nie ma się co spieszyć, noc długa.

– Zgadza się, czcigodna gospodyni. – Elstan skłonił głowę. – Czy będzie mi wolno zacząć?

Ani chybi z południa, pomyślał Argnist. Tutaj żebyś całą okolicę gęstym grzebieniem przeczesał, to drugiego, żeby tak gadał, nie znajdziesz.

– Szukałem twojego chutoru, czcigodny Argniście. Wiem, że służyłeś w królewskim wojsku i zostałeś w lasach po tamtej nieszczęsnej wyprawie. Zbieram wiadomości o Ordzie, dowiedziałem się bardzo wiele i teraz chcę zaproponować tobie i twoim synom wyprawę. Trudną i niebezpieczną. Znam jedno z legowisk Ordy. W tej okolicy stwory wychodzą spod ziemi przez rozwalony szczyt Wzgórza Demonów.

Rozdział 3

– Wiesz, skąd do nas Orda idzie? – Argnist czuł się tak, jakby go uderzyli w głowę czymś ciężkim. Przywykł do Ordy, wiedział, że zawsze była, jest i będzie. Że nie da się jej zwyciężyć, że jedyne, co można zrobić, to odpędzić ją od swojego domu na jakiś czas.

– Wiem. – Elstan przytaknął.

Widzicie go, siedzi prosty, surowy, wargi zaciśnięte, w oczach ciemny płomień. Silny czarodziej, bardzo silny. Różnych już czarowników oszustów widywał Argnist w południowych krainach. Nauczył się wyczuwać siłę i teraz mógłby przysiąc, że ten dziwny chłopak jest prawdziwie silny.

A Elstan jakby czytał w jego myślach – sięgnął za pazuchę i wyjął laskę czarownika! Ci, którzy umieją zaklęcia rzucać, różni bywają. Najniżej stoją rozmaici uzdrawiacze, zielarze. Jeśli nawet czarują, to tylko odrobinę. Ludzie z nich pożyteczni i szacunku godni, choć oczywiście zdarzają się wyjątki. Stopień wyżej stoją wróże. Ci już się trochę czarować uczyli, mogą błyskawicę z nieba ściągnąć, deszcz przywołać, rzecz zgubioną znaleźć i tak dalej. Nad nimi stoją czarodzieje. Ci mają laski z białej kości rzeźbione, z przezroczystym kamieniem na końcu. A najwyższą kastą są magowie – oni z kosturami chodzą. Powiadają, że w kosturze jest główna siła maga, ale Argnist w to nie wierzy. Co z ciebie za mag, jeśli bez swojej zabawki zmieniasz się w bezradnego staruszka?

Synowie Argnista popatrzyli na siebie z błyskiem w oku. Usłyszeli coś nowego, od czego w żyłach zaczynał płynąć ogień.

Legowisko Ordy! Jeszcze żaden człowiek do niego nie dotarł. Oni muszą być pierwsi!

A Dejera upadła na duchu. Wszystko przepadło, teraz już mąż nie usiedzi na miejscu. Żeby tak tego Elstana trąbacz pożarł!

– I chciałem jeszcze ostrzec ciebie i innych chutorian, że Orda się zmienia. Pojawiają się nowe stwory, znacznie groźniejsze, one jeszcze do was nie przychodziły. Rada Magów Galenu zastanawia się, jak wyprowadzić ludzi z północy za Rycerską Rubież.

– Co? – spytał oszołomiony Argnist. – Na południe? W jarzmo zakonu?

– Kto wie, może będzie to jedyne wyjście – westchnął Elstan. – Ale teraz mówimy o czym innym. Jestem zwiadowcą i mam dwa zadania; jedno polega na tym, żeby dowiedzieć się jak najwięcej o nowych stworach. Zrobić to mogę jedynie koło miejsca, z którego wychodzą na powierzchnię. Dlatego przyszedłem zapytać, czy nie zechciałbyś mi towarzyszyć.

Towarzyszyć! Łatwo powiedzieć, trudniej zrobić! Laskę masz, chłopcze, piękną, nie ma co... i strzały pewnie zaczarowane... ale czego chcesz szukać obok Wzgórza Demonów?

Ostatnią myśl Argnist wypowiedział na głos.

– Jak to czego? – zdumiał się Elstan. – Chcę znaleźć odpowiedź na proste pytanie: kto nasłał Ordę na te ziemie? Za co i dlaczego? I przede wszystkim: jak się jej pozbyć?

– A do czego my ci jesteśmy potrzebni? Jak szliśmy do chutoru, mówiłeś, że chcesz nas wypytać o stwory Ordy...

– Chcę i będę pytał – powiedział z żarem przybysz. – Ale najważniejsze informacje są obok jej legowiska. Wielka armia nic tam nie zdziała, lecz nieduży oddział może się prześliznąć.

– A po co ci mój mąż i synowie? – zaperzyła się Dejera. – Ty, gościu drogi, czarodziejem jesteś, to zniszcz Ordę! Do gadania wy pierwsi... a potem się okaże, żeś swój tyłek ratował, Argnistem i chłopcami się zasłaniając!

Słychać było, jak Elstan zęby zacisnął – aż zgrzytnęło.

– Czcigodna gospodyni, klnę się na Krew Przedwiecznych Gwiazd, że gdybym był wystarczająco potężny, zniszczyłbym Ordę, nawet gdyby miało mnie to kosztować życie. Niestety, nie leży to w mojej mocy. Sam jeden do Wzgórza Demonów się nie przedostanę. Magia magią, ale bez mieczy się tam nie obejdzie. Nie jestem aż tak potężny, czcigodna gospodyni, żebym mógł skinieniem dłoni oczyścić całą drogę przed sobą. Gdyby tak było, nie nosiłbym ani miecza, ani łuku.

Zamilkli. Saata aż się czerwona zrobiła. Dobrze, że Artaleg nie widzi, jak Elstan na mnie patrzy, myślała. Oj, czemu mi tak serce bije? Przecież jestem mężatką!

Argnistowi, gdy tylko o Krwi Gwiazd usłyszał, prawie oczy na wierzch wyszły, jak ciemnemu wieśniakowi, który się pierwszy raz w Galenie znalazł.

– Dobrze, Elstanie czarodzieju – powiedział w końcu gospodarz. – Nie mogę ja takiej prośbie odmówić. Pójdę z tobą. Nie pierwszy raz będziemy Ordę rohatyną macać. Może i tym razem bogowie miłościwi, Hedin i Rakot, będą nas strzec.

Dejera twarz dłońmi zasłoniła. Nie inaczej, tylko jej mąż zwariował! Pójdzie i zginie nadaremnie! I co potem, czy ona ma przez resztę życia we wdowieństwie chodzić?...

– No, nie płaczże, przecie jeszcze żyję. – Argnist pogładził żonę po głowie, do synów się odwrócił i rzekł: – Artaleg, pójdziesz ze mną, ty, Armiol, także. A ty, Alorcie, w chutorze za gospodarza zostaniesz.

– Armiol ci po co?! – krzyknęła Dejera. – Zostaw go! Chcę jeszcze i jego wnuki poniańczyć.

– Mamo, przecież wrócimy! – uspokajał ją Armiol. Bał się, że go w domu zostawią.

– Wyruszymy jutro – zdecydował Argnist. – Alort, nie rób takiej miny! Twojej pieczy całe gospodarstwo powierzam. Matkę, ludzi. Chutoru masz bronić, żebyśmy mieli dokąd wrócić.

Solidny Alort w milczeniu skłonił głowę. Słowo ojca musi być prawem, inaczej już dawno przepadliby z kretesem.

Kobiety w milczeniu wstały i pokłoniły się.

– Pójdziemy przygotować wam rzeczy na drogę – powiedziała Dejera martwym głosem.

Młody czarodziej wyszedł do chutorian z dużą lutnią. W przestronnej izbie zaraz rozległa się muzyka. Elstan starał się śpiewać wyłącznie wesołe pieśni, do tańca i oczywiście ludzie nie usiedzieli na miejscu. Dopiero grubo po północy Argnist pogonił wszystkich spać.

*

Elstan poczuł na ramieniu delikatne dotknięcie. Odwrócił się gwałtownie – zbyt gwałtownie, niewysoka postać cofnęła się przestraszona.

– Przepraszam, nie chciałem cię wystraszyć. – Rozłożył ręce. Rozpoznał Saatę, żonę Artalega, średniego syna Argnista. Zielarkę. Przyjrzał się jej uważniej. Zielarka i odrobinę... czarodziejka! Dlatego posadzili ją naprzeciwko, dlatego tak się wpatrywała w jego twarz! Chcieli się rozeznać, upewnić. Nie wierzyli, bali się.

Znów się uśmiechnął, ale tym razem z goryczą. Nie ufali mu. Nieważne, że pięknie śpiewał, dla nich pozostawał brudnym czarownikiem.

Pora przywyknąć, Elstanie, tłumaczył sobie.

– Odprowadzę cię na spoczynek – speszona Saata nie wiedziała, co zrobić z rękami.

Po co? – zdumiał się czarodziej. – Znam drogę. A poza tym przecież są służące! Saata w dodatku jest w stanie błogosławionym! Zresztą niech tam. Zobaczymy, co z tego wyniknie.

– Dobrze, pani, jestem gotów iść za tobą. – Skłonił się ceremonialnie, czym ją wyraźnie spłoszył.

Zaprowadziła go do znajomej izby. Żółta podłoga z desek była wyszorowana do blasku, na szerokiej pryczy leżała świeża pościel. Saata zapaliła łuczywo. Właściwie powinna już wracać, ale wyraźnie zwlekała.

– Powiedz, czy wy z ojcem wrócicie? – spytała nagle.

A więc synowa nazywa Argnista ojcem. Dlaczego?

Na proste, pełne ufności pytanie nie godzi się odpowiedzieć pocieszającym kłamstwem. Posłuszny magii zielonych oczu Elstan odparł szczerze:

– Nie wiem, pani. Możliwe, że ta wyprawa zakończy się naszą śmiercią. To nie pojedynek, gdy zawsze jest nadzieja, nawet jeśli masz silniejszego przeciwnika. Orda to śmierć. Jedno tylko mogę powiedzieć na pewno – albo wrócimy wszyscy, albo nie wróci nikt. Nie będę za swoją skórę płacił życiem waszych bliskich.

– Wierzę, wierzę! – usłyszał gorący szept. – Ale... tyś czarodziej... I to znacznie silniejszy, niż pokazujesz. Wprawdzie jestem tylko wiejską zielarką, lecz czuję w tobie coś wysokiego, chłodnego, czystego. Kim jesteś? Czy naprawdę zwykłym śmiertelnym czarownikiem?

Zielone oczy błagały o jedno – o prawdę. I właśnie tej prawdy Elstan nie miał prawa wyjawić.

– Czego spodziewasz się po mnie i moich umiejętnościach? – zapytał, robiąc unik przed odpowiedzią.

– Zajrzyj w przyszłość! – powiedziała z żarem Saata. – Powiedz, czy sądzone jest wam wrócić?

Elstan pokręcił głową.

– O twoim ojcu, czcigodnym Argniście, nic powiedzieć nie mogę. Nie mogę wróżyć przyszłości własnej wyprawy. Bogowie i tak nie odpowiedzą. Ale chyba nie tylko o ojca chciałaś zapytać? I nawet nie o córkę? – Elstan popatrzył bacznie w jej oczy i Saata odniosła wrażenie, że zajrzał jej w duszę. – O syna swojego, jeszcze niepoczętego, chciałaś zapytać, tak? Bo jego los można odmienić czarami.

Saata drżała, nie mogąc wykrztusić ani słowa. Skinęła głową.

Czarownik zgrzytnął zębami. Powinien natychmiast, jednoznacznie odmówić! Ale te oczy, te oczy... Na Krew Gwiazd, co za oczy!

– A co powie na to twój mąż? – Sięgnął po ostatni argument.

Saata uśmiechnęła się krzywo.

– Podsunęłam mu trzy kobiety. Każdej dałam po sznurku rzecznych pereł, nie tak drogo. Nie wypuszczą go do rana...

Elstan tylko westchnął.

Drzwi do izby zamknął na ciężką żelazną zasuwę, zapalił dwa łuczywa na brzegu stołu i wyjął swoją laskę – kamień na czubku świecił łagodnie błękitem i srebrem. Zrobił krok w stronę swojej torby, ale się rozmyślił. Usiadł, kładąc laskę na czystym blacie stołu. Złączył ręce nad kamieniem i zaczął półgłosem wymawiać zaklęcie w dziwnym, niebywale melodyjnym języku.

Recytował długo. Zaklęcie wiło się niczym rzeka i nad stołem między płonącymi łuczywami pojawiła się opalizująca kula, w jej wnętrzu zaczęła rosnąć złota iskierka i nagle Elstan cofnął się zaskoczony. Spoza granic świecącej kuli do złotej iskry ze wszystkich stron chlusnęła ciemność.

Jej czarne strumienie wyglądały niczym żmije spieszące do swej ofiary. Chociaż nie! Nie! One nie chciały pochłonąć iskry! Chciały tylko wypchnąć ją na powierzchnię szarego oceanu.

Kula pękła, a Elstan z krótkim, zdławionym okrzykiem padł piersią na stół.

Saata skoczyła do niego. Ostrożnie dotknęła głowy młodego czarownika, z nieśmiałą czułością przesunęła palcami po jego długich włosach. Jakie miękkie! Przestraszona cofnęła się, gdy Elstan zachrypiał i podniósł głowę, rękami trzymając się stołu.

– Co?... – wyszeptała dziewczyna.

Elstan patrzył szeroko otwartymi oczami na opalone deski stołu.

A to dopiero! A to dopiero! Wielka Ciemności, czego chcesz od tego dziecka? Czego od niego chcesz? Gwiazdy oddają mu rozsianą w Sferze Światów siłę, a ty chcesz rzucić tę siłę do walki... Przeciwko komu? Nowym Bogom? A może to właśnie owo wielkie zło, którego przyjście przepowiadają wszyscy prorocy?

– Ja... ja nie mogę ci nic powiedzieć – wychrypiał Elstan w odpowiedzi na palące, błagalne spojrzenie Saaty.

Dziewczyna nie zdołała wyciągnąć z niego nic więcej.

*

Rankiem z chutoru wyruszył niewielki oddział. Elstan, Argnist, Armiol i Artaleg. Czterech przeciwko całej Ordzie.

Drogę do Wzgórza Demonów znali dobrze. Cieszyło się złą sławą, ale czemu – nikt nie wiedział. Tajemne świątynie trolli i goblinów były bardziej na północ, siedzib wampirów czy wiedźm na tym wzgórzu nikt nigdy nie widział. Lecz plotka uparcie mówiła jedno – to złe wzgórze. Trzeba jednak przyznać, że te wiadomości pochodziły z zamierzchłych czasów, na Wzgórze Demonów od dawna nikt nie chodził. Orda napierała i chutorianie nie mieli czasu na wędrówki, zwłaszcza do miejsc o tak nieprzyjemnych nazwach.

Jechali wąską leśną ścieżką. Na przedzie sam Argnist, tuż za nim Elstan z białym łukiem w pogotowiu, Artaleg i Armiol z tyłu. Gdy minęli brzeg lasu, dała znać o sobie Orda. Pięć nogogryzów wyskoczyło spod korzeni. Elstan wsadził jednemu strzałę w grzbiet, resztę stratowały konie.

– Pierwsza wiadomość. – Argnist zsiadł z konia, żeby zetrzeć z kopyt Lokrana krwawą miazgę. – Sporo ich jeszcze będzie.

Do wieczora takich „wiadomości" było cztery – niedużo jak na podobną wyprawę. Raz ścianołomy; Elstan naszpikował niebieską kulę strzałami w takim tempie, że nikt nawet nie zdążył podnieść ręki. Potem trafił się pancernik; Armiol dosięgnął stwora włócznią, jego koń dokończył sprawę kopytami. Trzecie starcie okazało się poważniejsze; na drodze stanęły dwa trąbacze ze świtą. Nawet dla Obrońcy byłby to twardy orzech do zgryzienia i oddział miałby się z pyszna, gdyby nie Elstan. Dwie strzały – i jeden trąbacz oślepiony, wzniesiona laska z czerwoną kulą – drugi stwór przewrócił się na grzbiet, machając łapami w powietrzu.

– Wszystko! – Czarodziej odchylił się w siodle, omal nie wypuszczając łuku. – Dalej żelazem.

Argnist uderzył swego konia w bok i ruszył do przodu. Włócznia do połowy drzewca weszła w brzuch trąbacza, krew chlusnęła na wszystkie strony wachlarzem gorących strug. Artaleg starł się z trzema brzuchojadami, Armiolowi znów dostał się pancernik, a stary setnik zajął się kościożercami.

Tymczasem oślepiony trąbacz rozerwał sobie skórę czaszki i stamtąd wysunęło się nowe oko. Za to drugi, ten przewrócony, już nie wstał, widocznie włócznia przebiła mu kręgosłup. Artaleg wykończył dwa brzuchojady, koń Armiola stratował pancernika – od drobnicy się opędzili. Z trąbaczami by tak łatwo nie poszło, ale tu znowu pomógł Elstan.

– Pędźcie naprzód! – wychrypiał. – Ja zbiję stwory z tropu.

I rzeczywiście zbił, choć potem trzeba go było do siodła sznurami przywiązać, tak opadł z sił.

Nastał wieczór. Zaszli daleko, tak daleko, że nawet Argnist nie znał tu bezpiecznych miejsc w rodzaju Jasnej Górki, gdzie można się nie bać Plugastwa.

Gdy już zjedli skromną kolację, Elstan znów wziął się do roboty, zakreślając wokół ich obozowiska kilka kręgów ochronnych. Cienkie srebrzyste obręcze jedna po drugiej kładły się na czarnej ziemi, jeszcze gdzieniegdzie pokrytej śniegiem. Kręgi przez chwilę jasno płonęły, potem zgasły. Ocierając pot z czoła, wyczerpany Elstan usiadł przy ognisku.

– Mam nadzieję, że te czary zatrzymają drobnicę... Na duże zastawiłem jedną pułapkę, więcej nie mogę. Orda jest bardzo silna. Chciałbym wiedzieć, kto jej daje tę moc...

– Ciemny Władca, któż by inny – burknął Artaleg, który od początku zerkał na młodego czarodzieja z niechęcią.

– Ciemny Władca? – Elstan uśmiechnął się, zmrużył oczy. – A gdzie on jest, gdzie jego twierdza? Jak pokonać jego twory?

– To już wy, czarownicy, powinniście wiedzieć!

– Słusznie. A żebyśmy my, czarownicy, wiedzieli, muszę wejść do Wzgórza Demonów.

Rozmowa się urwała. Argnist milczał ponuro.

Wychodziło na to, że czarownik tylko się niepotrzebnie przechwalał, a tak naprawdę nic nie może... Trąbacza przewrócił i omal sam nie zemdlał. Jeszcze się okaże, że jego trzeba będzie ratować! No, ale strzelał doskonale.

Ciemne godziny krótkiej przedwiosennej nocy płynęły szybko. Argnist pełnił wartę pierwszy, po nim Armiol, nad ranem Artaleg. Panowała cisza i spokój, Orda się nie pokazywała, Plugastwo również. Przy pierwszych promieniach słońca czterej wędrowcy już byli na nogach.

Drugi i trzeci dzień drogi nie przyniósł większych niespodzianek, jakby Orda nasyciła swoją wściekłość. Raz wystraszyli samotnego goblina – Argnist zawołał go, chcąc o coś zapytać, ale goblin rzucił się do ucieczki. Trzask łamanych gałęzi słychać było jeszcze długo.

Rzecz jasna, Orda nie zniknęła bez śladu. Cały las był strwożony, wystraszony. Ptaki latały niespokojnie, kilka razy jeźdźcy natrafiali na ślady łosi – wyglądało na to, że zwierzęta biegły co sił, jakby ratując się przed pogonią. Wieczorem trzeciego dnia zobaczyli na drodze świeży, ogryziony do czysta szkielet niedźwiedzia. Kości były połamane.

Okolica Wzgórza Demonów robiła przygnębiające wrażenie. Ponure bagna, gdzieniegdzie brzozy i sosny. Ani grzybów, ani jagód, ani zwierząt. Na obrzeżach bagien ciemne świerki stały niczym wojsko gotowe do szturmu; drogę tarasowały zwalone drzewa. Nawet słońce ukryło się w chmurach i zaczął mżyć deszcz.

Rankiem czwartego dnia wędrowcy znaleźli się na brzegu porośniętej krzewami równiny. Pośrodku, niczym wielki guz, wznosiło się Wzgórze Demonów.

Wstrzymując oddech, patrzyli na otulony szarą mgłą nagi kamienisty szczyt. Nieco niżej, na zboczu widniała czarna gardziel jaskini – stamtąd zwartym strumieniem płynęła Orda.

Ze skraju lasu nie dało się dostrzec szczegółów. Argnist wytężał wzrok, mrużył oczy, ale i tak zdołał zobaczyć tylko ruchliwą rzekę, a w niej długie szyje trębaczy, łby rogaczy... Od czasu do czasu pojawiały się skrzydlate cienie – pewnie skrzydłodzioby. Reszta kryła się w szarej mgiełce. Za to jakie dźwięki! Zgrzyt, pisk, wycie, burczenie, chrypienie, klekot, świst... A smród taki, jakby ktoś chlewu ze sto lat nie czyścił.

Ale skoro tam jest jaskinia, to pewnie można zawalić sklepienie.

Argnist i synowie popatrzyli wymownie na Elstana. Skoro jesteś magiem, to, na Rakota, zmuś kamień do posłuszeństwa! Jakby czytając ich myśli, czarodziej powiedział:

– Spróbuję zawalić jaskinię. Jeśli możecie, osłaniajcie mnie.

Co będzie, jeśli Ciemny Władca, który nasłał Ordę, dowie się, kto „zaplombował" legowisko jego stworów? – myślał. A przecież będę musiał wymówić imię mojego króla, w przeciwnym razie Orda rozwali kamienie w jednej chwili. Co wtedy, *o larie saiti alen*?!

– A stąd nie możesz zawalić? – zapytał Argnist.

– Nie.

– No to naprzód!

Konie, piersią rozsuwając niewysokie zarośla, zaczęły iść stępa do przodu.

Co z tobą, Argniście? – karcił się setnik w myślach. Boisz się? Nie bałeś się śmierci na polach walki, nie bałeś się starości – dawnoś postanowił, że nie czekając na starczą niemoc, sam odejdziesz do Rakota – więc czemu teraz serce podchodzi ci do gardła? Ech! Nie tak powinniśmy się zbliżać do wzgórza! Konie należało z Armiolem zostawić – przynajmniej najmłodszy by przeżył – i podczołgać się... Ale w siodle mamy przewagę nad stworami Ordy, dlatego ryzykujemy.

– Stójcie! – syknął nagle Elstan, wstrzymując swojego wierzchowca. – Są tuż obok. Słyszycie? Do mieczy!

Rogaczowi udało się podejść bardzo blisko. Z zarośli wysunął ohydny łeb pokryty ciemnobrązową lśniącą łuską. Rozwarła się paszcza podobna do beczki, długi różowy język zatrzepotał jak u żmii. Z paszczy po czarnych wargach spływała cuchnąca ślina.

Strzała czarownika weszła w mordę rogacza po pierzysko. Uderzyły włócznie Argnista i Armiola, Artaleg zręcznie cisnął siekierą, Lokranowi udało się ciachnąć stwora ogonem. Jeden z rogów bestii wydłużył się gwałtownie. Elstan cudem się uchylił, obiema rękami ściskał swój srebrzysty cienki miecz i wychylając się z siodła, wbił ostrze aż po rękojeść w szyję stwora. Klinga doszła do serca, potworny byk ryknął krótko i padł.

– Zręcznie – pochwalił Argnist, dysząc ciężko. – Dobrą masz klingę, mistrzu. Gdzie takie robią? W Ar-an-Aszparangu?

Elstan pokręcił głową.

– Za morzem, w Hjörwardzie Południowym.

Nie godzi się łgać tym, którzy walczą z tobą ramię w ramię, pomyślał.

– Duży. – Artaleg trącił butem cielsko rogacza. – Nieźle by się trzeba napocić.

Mało powiedziane! Sam na sam z rogaczem zwykły człowiek jest bez szans. We trzech, na koniach już sobie radzili, ale zwykle nie obchodziło się bez ran.

– Ruszamy. – Argnist na Lokranie wysunął się do przodu. – Już niedaleko.

Zarośla skończyły się nagle, w górę biegło strome, pozbawione roślinności zbocze. Kamienie, pokryte śmierdzącym śluzem, lśniły oleiście. Konie parskały niezadowolone, ale posłusznie szły dalej.

Usiłując nie patrzeć na cuchnącą maź i nie słuchać złowieszczych dźwięków, jeźdźcy ostrożnie wspinali się po nagim zboczu. Przed nimi z wnętrza podziemnej kawerny Orda wydostawała się na wolność – i zaraz za progiem jaskini żywy strumień skręcał w lewo, znikając za załomem zbocza.

Elstan miał rację – rzeczywiście było tu pełno bestii, jakich Argnist jeszcze nigdy nie widział. Mordy, paszcze, kły, szpony, macki, rogi. Wijące się, pełzające, toczące się, skaczące, kroczące cielska. Szelest niezliczonych łap. Łopot skrzydeł. Wilgotne cmokanie szczęk.

Żywa rzeka wyniośle ignorowała czterech wędrowców. Ręce Elstana zaczęły wykonywać tajemnicze gesty...

I wtedy z góry, spoza chmur, dobiegło wściekłe wycie, pełne okrutnej siły i okrutnego rozkazu. Sens rozkazu wędrowcy zrozumieli natychmiast, gdy tylko zatrzeszczały krzaki u podnóża zbocza.

Z szarej, wilgotnej mgły nad ich głowami runęło trzydzieści skrzydlatych stworów – i wcale nie były to zwykłe skrzydłodzioby! Były znacznie większe, groźniejsze i bardziej ohydne. Argnist zdążył się jeszcze zdziwić, jakim cudem niewielkie skrzydła mogą utrzymać w powietrzu takie cielska, wyposażone w liczne śmiercionośne narzędzia. Sierpy, piły, rogi, włócznie na piersi i grzbiecie, szpony na zgięciach skrzydeł i potężnych łapach... I każda z tych bestii była wielkości dwóch sporych wilków.

A w górę zbocza już pędził w podskokach cały tabun stworów: ścianołomy, paszczogłowy, kościożercy, rogacze i inne, zupełnie nowe. Dobrze jeszcze, że na razie nie pojawiły się trąbacze.

– O mamusiu! – jęknął po dziecięcemu Armiol.

Konie gniewnie zarżały, same zwracając się w stronę niebezpieczeństwa i ryjąc kopytami ziemię. Lokran rozdął chrapy, szykował się do śmiertelnego boju.

– Łuki! – ryknął Argnist. – Szybciej, Elstanie!

– Potrzebuję czasu! – rzucił gorączkowo czarodziej. Dłońmi kreślił figury wymyślnego tańca i setnik odniósł wrażenie, że między palcami Elstana zamigotały iskierki białego płomienia.

Opuszczające jaskinię stwory spoglądały na jeźdźców obojętnie. Elstan nagle zamachnął się i cisnął w ciemną gardziel kawerny kłębek białego ognia. Cisnął, cofnął konia i zdjął łuk z ramienia.

– Zaraz wybuchnie! – ostrzegł, jednak mijały sekundy, a w jaskini nic się nie działo. Skrzydlate bestie krążyły w górze, ale nie atakowały, jakby czekając na współbraci wspinających się po zboczu.

Armiol i Artaleg puścili strzały. Jeden stwór ochryple zakrakał. U podstawy jego skrzydła sterczały dwa drzewca z szarymi gęsimi pierzyskami – najlepsze strzały bojowe z grotami krasnoludzkiej roboty.

Argnist ujrzał, jak młody czarodziej z rosnącym zdumieniem wpatruje się w ciemność jaskini... i jak zdumienie w jego oczach zastępuje rozpacz.

– Nie działa! – zawołał Elstan z przerażeniem.

W tej samej chwili skrzydlate stwory zaatakowały.

Niepowodzenie czarodziejstwa nie wpłynęło na zręczność Elstana – biała strzała przeszyła powietrze, aż po pierzysko wchodząc w oko stwora. Potwór gruchnął na ziemię, rycząc głucho i łamiąc sobie łapy na kamieniach.

W twarz Argnista uderzył strumień ohydnej woni, od której mąciło się w głowie. Mignął paskudny łeb pokryty szarozieloną łuską, rozwarta paszcza, sześć rzędów kłów. Pomiędzy oczami straszydła sterczała prawdziwa kościana włócznia, jej koniec zazgrzytał o brzeg hełmu Argnista.

Stary setnik szybkim ruchem wysunął miecz do przodu i w górę wytrenowanym ruchem, jakby znów znalazł się na szczeblach drabiny szturmowej przy wrogim okienku strzeleckim. Ostrze weszło w pierś stwora, trysnęła czarna, ohydna krew. Drugim zamachem Argnist ciął skrzydło i pechowy potwór potoczył się po kamieniach. Na Leśne Siły, czemu Elstan zwleka?!

Lokran zarżał wściekle, ciosem ostrego kopyta miażdżąc czaszkę brzuchojada. Argnist obejrzał się – Elstan z zaciętą miną rąbał srebrzystym mieczem zwarte szeregi wychodzących z jaskini stworów. Czy chciał przedrzeć się do środka? Czarna krew tryskała fontannami, wokół czarodzieja wznosiły się sterty martwych ciał, ale plecy miał zupełnie odsłonięte.

– Szybciej! – krzyknął setnik w kark czarodzieja. Łańcuch ścianołomów i innych stworów Ordy znajdował się w odległości dwudziestu kroków.

Od stóp do głowy pokryty czarną krwią, Elstan po trupach stworów dotarł do wejścia jaskini. Przyciśnięty do ściany, znów zaczął lepić z powietrza niewidoczną figurę.

Z atakujących szeregów Ordy wyrwał się wielki rogacz i ruszył prosto na Argnista. Wyszkolony Lokran zrobił krok w bok, jak setki razy wcześniej. Ale teraz za Argnistem stał Elstan i setnik nie mógł wykonać uniku. Dlatego ściągnął wodze i przyjął cios na siebie.

Świat stanął dęba, jasność dnia zaczęła gasnąć. Setnik mimo ogłuszającego, wszechogarniającego bólu w ostatnim wysiłku wbił klingę w głąb smrodliwej gardzieli.

– Ojcze! – usłyszał rozpaczliwy krzyk i wszystko zgasło.

Szczęki rogacza miotały nieprzytomnym Argnistem, zgrzytając po stalowej zbroi. Armiol i Artaleg wbili siekiery w ciało stwora, Lokran przeszył rogiem jego szyję.

Imieniem Wiecznego Króla!... – zdecydował Elstan. Inaczej nie zadziała. *Larie sajti!*

Wypływającą z jaskini rzekę potworów przeszył długi skurcz. Pod nogami Elstana rozchyliła się jakaś paszcza usiana hakami zębów. Panowie Wzgórza Demonów wreszcie się zorientowali, w czym rzecz.

Zdeterminowany czarodziej kopnął mordę butem – ręce miał zajęte splataniem ognistych sieci. W jego kolczugę wbiły się pazury, gwałtownie ciągnąc go w dół. I wtedy dłonie mu drgnęły od naporu dawno oczekiwanej siły.

– *Irijeho wantioto! Wantioto suelde!*

Czysty, potężny głos, w którym zabrzmiał huk przyboju i delikatny dźwięk kryształowych dzwoneczków, nie pasował zupełnie do świata znanego chutorianom – Artaleg ujrzał, jak z dłoni czarownika wypłynęła ognista kula i znikła w czarnym wnętrzu jaskini. A Elstan, wymachując bezładnie rękami, zwalił się na strumień potworów.

Gdy synom Argnista udało się wyrwać ciało ojca z paszczy rogacza, w głębi jaskini rozległ się straszliwy łoskot.

Huk był taki, że Artaleg i Armiol omal nie spadli z koni, i na jakiś czas ogłuchli. Ziemia pod ich nogami zadrżała, z głębi podziemi w górę strzeliło tornado splecione z lin wielobarwnego płomienia i owinęło się wokół szczytu wzgórza. Spiralny płomień palił i przemieniał w nicość ohydne szare chmury, popielił skrzydlate bestie, przemieniał stwory w żywe pochodnie. A potem osłupiali braci zobaczyli, jak ożywają kamienie przy wejściu do jaskini, jak przepychając się i chwiejąc, niczym podpici drwale, granitowe głazy ruszyły ku wejściu do podziemi. Zachrzęściły kości miażdżonych stworów, w szczelinach między kamieniami pojawiły się białe rozbłyski, jakby niewidoczny krawiec zszywał kamienie ognistą igłą. Poruszona wolą Elstana granitowa ściana szła i szła, aż wreszcie głazy zderzyły się z łoskotem. Biały ogień stopił ich krawędzie, na amen zamykając wejście.

Elstan został w środku.

Na zboczu Wzgórza Demonów, pokrytym teraz czarną tłustą sadzą, nie było już żadnych stworów, nie było nikogo prócz nieprzytomnego Argnista i jego synów.

– Podnieś ojca! – wrzasnął Armiol prosto do ucha brata. – Lokran!

Mądry koń na rozkaz ugiął kolana. Bracia posadzili nieprzytomnego ojca w siodle, przywiązali go zapasowym popręgiem i sami wskoczyli na siodła. Pozostanie tutaj było ponad ich siły.

Jechali dopóty, dopóki strasznego wzgórza nie przesłoniły drzewa. Wtedy młodzieńcy ostrożnie zdjęli nieprzytomnego ojca z siodła i położyli na rozścielonym płaszczu.

Artaleg szlochał, nie mógł się powstrzymać. Armiol zaciskał zęby. Kły i rogi rozerwały kolczugę Argnista, głęboko rozorały pierś, brzuch i plecy. Poszarpane ciało wisiało strzępami, stary setnik stracił dużo krwi. A jednak, gdy Armiol przyłożył ucho do zakrwawionej piersi ojca, usłyszał słabe, niepewne, lecz wyraźne uderzenia serca.

Bracia szybko opatrzyli rannego, wykorzystując środki, które dała im Saata. Argnist nie odzyskiwał przytomności i oddychał z trudem. Pewnie nie dożyje, myśleli posępnie Armiol i Artaleg. Ruszyli w drogę powrotną do chutoru.

Interludium
Początek wielkiej gry

Pod kryształową kopułą fruwają złotoskrzydłe ptaki. Z góry spada melodyjny wodospad odurzająco pachnącej wody. Perłoskrzydły gryf o srebrzystej grzywie zwinął się w kłębek na kobiercu ze świeżych płatków róż. Przed moimi oczami pojawia się piękna kobieca twarz. Złociste oczy zaglądają w głąb mojej duszy. Podbródek zaostrzony, policzki zapadnięte – ta kobieta przypomina gotowego do skoku drapieżnego ptaka. Na dnie bursztynowych oczu drzemie Siła. Ogromna Siła.

Co ja tu robię? Skąd ten ból? Dlaczego nie czuję własnego ciała?

– Witaj, zabawko – mówi piękność.

Zabawko? Chcę odpowiedzieć, ale nie mogę. Próbuję spojrzeć w bok, ale mi się nie udaje. Słyszę słodką muzykę.

Młoda kobieta obrzuca mnie przeciągłym, badawczym spojrzeniem.

– Takich jak ty dawno tu nie było. Cóż, Dżybulistan zasłużył na niewielką rozrywkę, ja również.

Z kocią gracją siada na niskiej sofie. Cicho szeleści barwny jedwab spowijający jej ciało. Niewiarygodnie wąską talię opina szeroki czarny pas, podejrzanie prosty w tym królestwie przepychu i wyrafinowania. Za pas zatknięto miecz o dziwnej rękojeści – z obrobionego korzenia. A właśnie, gdzie jest mój miecz?

Kobieta podnosi do ust piękną złotą czarę. Przygląda mi się uważnie.

– Czemu milczysz? – pyta, teraz już ze zniecierpliwieniem. – Opowiedz coś o sobie. Po co przyszedłeś do naszego pałacu pod górskimi korzeniami?

Górskimi korzeniami? Nic nie rozumiem. Przyszedłem? Stop! Nie pamiętam, jak się nazywam! I nie mogę mówić! Nie jestem w stanie nawet mruknąć ani poruszyć oczami!

Zdaje się, że kobieta jest zaskoczona.

– Nie lubię, kiedy na moje pytania uparte zabawki odpowiadają dumnym milczeniem – oznajmia, biorąc z tacy soczysty owoc. – Nie poznajesz mnie? A może twoje plemię nigdy nie wspominało o Królowej Cieni?

Pierwsze słyszę. Jaka królowa? I niby do jakiego plemienia ja należę? Chciałbym jej to wszystko wyjaśnić, ale wargi mnie nie słuchają. Tymczasem kobieta osuszyła czarę i zdawała się coraz bardziej rozdrażniona.

– Liczysz na to, że rzadko niszczę nowe zabawki? – mówi, zniżając głos. Wyczuwam w nim groźbę. – To prawda... Ale są wyjątki od tej reguły. Mogę cię zepsuć od razu. Wprawdzie potem będę się strasznie nudzić, lecz jakoś to przeżyję. To jak będzie z twoją opowieścią, zabawko?

Milczę. Mimo że bardzo chcę, nie jestem w stanie nic powiedzieć. Nie potrafię nawet mrugnąć. Dziwne, że nie pieką mnie oczy...

Kobieta zaczyna się złościć.

– Leży jak kłoda – mówi w przestrzeń, potem przygryza wargę i pstryka palcami. – Orkus!

Na moją twarz pada cień, ale nieznany mi Orkus stoi z tyłu i nie mogę go zobaczyć.

– Zajmij się tą upartą sztuką – mówi piękność niedbale.

Otoczenie się zmienia. Jasne, złociste barwy ustępują miejsca krwistej czerwieni i głębokiej czerni. Słodka muzyka milknie, w głuchej ciszy słychać jedynie brzęk kajdan.

Teraz stoję. Widzę nadal niewiele. W oddali kłębią się purpurowo-czarne chmury, podłoga wyłożona jest świecącymi żółtymi płytami. Piękność w jedwabnej sukni ma ręce skrzyżowane na piersi.

– Nawet nie zerkniesz na rozkoszne narzędzia Orkusa? – pyta, unosząc brwi.

Rozumiem, że chcą mnie torturować, ale się nie boję. Nie ma we mnie żadnych uczuć. Moje myśli są krótkie, urywane.

W polu widzenia pojawia się wreszcie Orkus, potężne bydlę, połączenie człowieka i wieprza, zamiast twarzy morda świni. W wielkich łapach trzyma jakieś zardzewiałe narzędzie, które zapewne wygląda złowieszczo, ale nie jestem pewien. Wszystko mi jedno. W głowie i duszy mam pustkę.

– Zaczynaj! – komenderuje Królowa Cieni.

Orkus podchodzi do mnie, rozlega się głuchy szczęk i jakby klaśnięcie. Nadal nic nie czuję. Widzę, jak Królowa Cieni blednie.

– Mocniej, Orkus! – rozkazuje ostro.

Bydlę odpowiada głuchym rykiem. Znowu rozlega się metaliczny szczęk. Moje ciało rwą na kawałki, ale myślę o tym ze zdumiewającą obojętnością. Nie czuję zupełnie nic. Zaczynam podejrzewać, że w ogóle nie istnieję.

– Stój, Orkus, stój! – krzyczy Królowa Cieni. Twarz ma białą jak kreda. – Odejdź od niego! I w ogóle precz mi z oczu!

Bydlę mamrocze coś, to mamrotanie powoli cichnie za moimi plecami. Chyba faktycznie Orkus wychodzi. Królowa staje tuż obok mnie.

– Więc jednak się do nas dostałeś! – cedzi przez zęby. – Witaj, Gubicielu!

Gubicielu? Dlaczego tak mówi?

– Jesteś tego pewna, siostro? – rozlega się za moimi plecami ogłuszający bas. – Zastanów się dobrze, czy jesteś pewna?

– Tak. – Królowa przygryza wargi. – Gdy Orkus wziął się za niego, nawet nie drgnął.

– Wobec tego idę – mówi bas. W tym głosie słychać zaskoczenie.

Chwilę później zjawia się przede mną olbrzym z byczym karkiem i gigantycznymi mięśniami przelewającymi się na obnażonym torsie. Wygląda jak witryna rzeźni.

Stop! Rzeźnia? To pierwsze pojęcie z mojej przeszłości, jakie przebiło się przez barierę zapomnienia. Rzeźnia! Usiłuję przypomnieć sobie coś jeszcze, ale nic z tego.

Olbrzym świdruje mnie wzrokiem. Ma małe oczka ginące w fałdach tłuszczu, niezwykle przenikliwe. Zewnętrznie przypomina górę mięcha, lecz jest bardzo niebezpieczny.

– Orkus nieźle się postarał – mruczy i wyciąga do mnie rękę. Gdy po chwili ją cofa, wszystkie palce ma pokryte krwią. Czerwoną krwią. Pewnie moją.

Powoli obchodzi mnie dookoła.

– Przecież on jest uwięziony – mówi. – Wrzućmy go do pieca. Z jego siły mogłoby powstać coś ciekawego. – Śmieje się i obejmuje Królową Cieni ramieniem. – Nie rozumiem twojego niepokoju, siostro. Powinniśmy się cieszyć! Może uda nam się pozbyć zajadłego wroga!

Zajadłego wroga. Trzeba to zapamiętać. Tylko po co?

– Nie rozumiesz? – Królowa wyrywa się z objęć olbrzyma. – Sama widzę, że jest uwięziony. Ale czy nie widzisz, co to za więzienie? Przyjrzyj się, ślepy krecie! Przyjrzyj się, a zrozumiesz, co z nami będzie, jeśli wrzucimy go do twojego pieca!

Olbrzym długo chodzi wokół mnie i cmoka językiem jak kupiec na targu. Stop! Kupiec na targu! To również obraz z przeszłości... Idę między długimi rzędami kramów, przy których stoją dziwne, niskie, krępe ludziki z długimi siwymi brodami. Na kramach leży broń, dużo broni. Wybieram sobie miecz... Koniec obrazu, nic więcej nie pamiętam, ale teraz już się nie martwię. Pamięć wróci, na pewno wróci.

Olbrzym krzywi się i wzrusza ramionami.

– W takim razie co z nim zrobimy? Do pieca nie można... To może w przepaść? Ku granicom Nienazwanego?

– Brzmi kusząco – cedzi przez zęby Królowa Cieni. – Ale wtedy jego siła na zawsze zniknie ze Sfery Światów. Co się wtedy stanie z nami?

– Lepiej o tym nie mówmy, siostro... Kto wie, może on nas słyszy? Masz rację, nikt nie wie, co się stanie po upadku Gubiciela. Posłałbym po Czarnego, ale on siedzi na tym swoim agatowym sześcianie i nie chce o niczym słyszeć. Będziemy musieli podjąć decyzję we dwoje.

– Myślę o Odradzającym... – mówi powoli Królowa Cieni.

– O Odradzającym? Przecież od dawna nikt o nim nie słyszał!

– To prawda. Ale to nasza jedyna szansa. Przepowiednia mówi...

– Milcz! – krzyknął olbrzym. – Przysiągłbym na krew Jamerta, że ten spryciarz nas słyszy! Idę o zakład, że specjalnie tak wszystko urządził, żeby się tu znaleźć!

– Ciekawe, co Gubiciel by robił, gdyby nas zabrakło.

– Zastanowisz się nad tym w wolnej chwili – rzuca olbrzym ze złością. – Wspominałaś o Odradzającym? Zatem odszukaj go! Zajmij się tym natychmiast, słyszysz? A ja idę.

I rzeczywiście wyszedł.

– Zostaniesz tu, Gubicielu – mówi Królowa Cieni, znowu podchodząc bliżej. – Nie jestem w stanie cię przekonać, żebyś z nami nie walczył, mogę tylko znaleźć sposób, żeby z tobą skończyć. A jeśli nie znajdę tego sposobu... wówczas zostaje już tylko Otchłań. Zaryzykuję, żeby wybawić od ciebie całą moją rasę!

Oho! Więc zagrażam całej rasie!

Królowa odchodzi. Czerwono-czarne tło znika, teraz widzę biegnący w górę niekończący się szyb. Tam, na strasznej wysokości, dostrzegam zarysy wzgórza z rozwalonym szczytem i maleńkie figurki ludzi obok rozwartej paszczy jaskini. Dziwne – patrzę na wszystko z dołu, a mam widok z góry, jakbym szybował nad kamienistym zboczem. Widzę maleńką iskierkę, oddzielającą się od jednej postaci. Widzę ognistą żmiję, która owija się wokół wzgórza i strząsa szaro-zielony żywy osad potworów ze zboczy. Widzę też głazy zawalające wejście do podziemi i znikającą pod ich ogromem maleńką postać ze srebrzystą klingą w rękach.

I wtedy wizja się zmienia. Czuję się tak, jakbym mknął w górę po tym szybie, coraz wyżej i wyżej, coraz bliżej zawalonego kamienia... jestem tuż obok...

Oślepiający wybuch, przed oczami zimny biały płomień... Znowu spadam w niebyt.

*

– Achsss, missstrzu, jesssteś pewien, że to tutaj?

– Jestem pewien. Hiss, przestań się trząść, bo ukręcę ci ogon!

– Achsss, missstrzu, nie trzeba, nie trzeba! Mój ogon... mój ogon... jessst taki...

– Taki podniecający, chciałeś powiedzieć? Racja! Bez ogona nie dopuszczą biednego Hissa do żadnej spódniczki! Komu potrzebny pozbawiony ogona chodzący wąż?

– Missstrzu, nie drwij sssobie! Nikt nie powinien się śmiać ze ssstarego Hisssa!

– Stary, czy ja dobrze rozumiem, że mi grozisz?

– Grożę? Achsss! Ssstary Hisss nikomu nie grozi. On tylko ossstrzega. Termin mojej sssłużby u twojego ojca, missstrzu, dobiega końca. A potem... kto wie?

– I co, postanowiłeś, że jak już dostaniesz laskę, to będziesz mógł mi bezkarnie dołożyć, ponieważ ojczulek nie darzy mnie sympatią?

– Achsss!

– Dobrze, dajmy temu spokój. Wszystko mi jedno. Czeka cię ostatnie zadanie. To, po co nas posłali, musi się znaleźć u mojego ojca. Wtedy ty otrzymasz swoją laskę, a ja...

– O co poprosssisz, missstrzu?

– Chciałbyś wiedzieć, przerośnięty robalu? Otóż ja zrezygnuję ze spadku i poproszę, żeby uczynił mnie zwykłym Nieśmiertelnym, co na zawsze wybawi mnie od twoich forteli, mój stary.

– Missstrzu, missstrzu, ssstary Hisss za bardzo się gorączkował...

– Przecież masz zimną krew, przyjacielu.

– Powiedziałem to w przenośśśni!

– Dobrze. Wyjmij szpadel i zacznij kopać; tutaj zaklęcia nie zadziałają. Uprzedzam, że czasu mamy mało, a gleba jest kamienista. Gdybyś nie ganiał za jaszczurkami, prosząc, żeby oddały się wraz z tobą miłosnym igraszkom...

– Achsss! Przecież sssstary Hisss musssi mieć jakieś rozrywki w tych ssstrasznych ziemiach!

– Musi, musi... Uważaj, jeśli zawalimy to zadanie przez ciebie, spędzisz w niewoli kolejne sto lat.

– Tak jessst, missstrzu!

– Trzeba było tak od razu...

*

Na pokrytym zwęglonymi kośćmi zboczu Wzgórza Demonów stał wysoki, szczupły mężczyzna w średnim wieku, ubrany w prosty szary płaszcz z kapturem. Ogorzała twarz, ostre rysy, zimne spojrzenie, wąskie wargi mocno zaciśnięte. Określenie „serdeczny" raczej do niego nie pasowało. Nie miał przy sobie żadnej broni i w ogóle nie wiadomo było, jak się tu dostał – przecież nie przyszedł na piechotę? Z uwagą oglądał wejście do jaskini, zapieczętowane przedśmiertnymi czarami Elstana. Powoli jego zimne spojrzenie stawało się lodowate.

– Widzicie go – wymamrotał i kilka razy kopnął zsunięte zaklęciem granitowe głazy. – Imienia króla nie pożałował! I coś ty najlepszego zrobił, chłopcze? – powiedział z irytacją. Odwrócił się plecami do zawalonego wejścia, zaczął iść w dół zbocza.

Dotarł już do skraju lasu, gdy w miejscu, które niedawno opuścił, ostro świsnęło. Odwrócił się. Szczyt Wzgórza Demonów otuliła czarno-granatowa chmura. Wędrowiec wykrzywił wargi w mrocznym uśmiechu, jakby chciał powiedzieć: „No, teraz mi zatańczycie".

Chmura uniosła się gwałtownie, jakby ciągnęły ją w niebo niewidoczne liny, i odsłoniła stojące na szczycie wzgórza pięć kobiet w jaskrawoczerwonych luźnych szatach. Wokół głowy jednej z nich pląsały języczki płomienia, tworząc ognistą koronę. Ta kobieta uniosła rękę. W jej dłoni pojawił się cienki ognisty miecz.

Wędrowiec czekał spokojnie, przechylając głowę na bok.

Żaden śmiertelnik nie zdołałby zrozumieć, jak to się stało, że pięć wojowniczek w jednej chwili znalazło się obok człowieka w szarym płaszczu.

Wszystkie były piękne, tym strasznym pięknem właściwym zabójczej broni. Wąskie twarze, wąskie oczy, blade wargi, zapadnięte policzki... Każda miała w ręku płomienną klingę. Przywódczyni przystawiła swoją broń do szyi wędrowca; szary płaszcz zaczął się dymić.

– Nareszcie – odezwała się. – Moja pułapka zadziałała! Pobiegłeś na pomoc temu niedouczonemu czarownikowi, tak jak się spodziewałam! Nareszcie! – Wykrzywiła się w pełnym nienawiści grymasie. Oczami miotała błyskawice, wydawało się, że jeszcze chwila, a przebije mieczem szyję przeciwnika.

– Wielka Kero, czy godzi się zabijać bezbronnego? – zapytał spokojnie wędrowiec, zręcznie gasząc płomyk, który pojawił się na jego płaszczu. – Czy nie widzisz, że jestem sam i mam gołe ręce? Tym chciałaś pochwalić się przed siostrami?

– Zabić? – Kera zaśmiała się demonicznie. Wędrowiec podobną intonację słyszał u jarmarcznych aktorek. – O, taka kara byłaby dla ciebie zbawieniem! Za to, co mi zrobiłeś, zapłacisz inaczej! Staniesz się moim niewolnikiem! Przeprowadzę cię przez cierpienie i poniżenia! Będziesz każdym zwierzęciem dopadniętym przez drapieżnika, każdym ograbionym, poniżonym, torturowanym! Będziesz każdą rozszarpywaną istotą tego przeklętego świata!

– Jaka piękna scena. Szkoda, że prócz tych ognistych widm nie ma tu widzów, którzy mogliby je właściwie docenić.

– Wystarczy mi jeden widz, ja sama! O, jakże słodka będzie moja zemsta! Zobaczyć ciebie, potężny Ragnwaldzie, bezbronnego, poniżonego, całkowicie w mojej władzy! Na kolana, robaku! Będziesz lizał moje buty, błagając o litość!

Człowiek zwany Ragnwaldem uśmiechnął się lekko.

– Czy było nam razem źle, Kero? Czy zawiodłem twoje oczekiwania jako mężczyzna? Czy składałem ci jakieś przysięgi lub obietnice? Ale jeśli chcesz rozerwać się pojedynkiem, proszę bardzo! Dla mnie również będzie to rozrywka! Wiesz, to nawet dobrze, że nie mamy widzów. Wówczas musiałabyś wszystkich zabić, żeby nie został żaden świadek twojej klęski.

– Mojej klęski?! – Z oczu Kery płynął ogień. – Czy nie jesteś zbyt zarozumiały, żałosny kuglarzu? Ukradłeś któremuś z tytanów kilka efektownych zaklęć i spodziewasz się pokonać jedną z Ognistych Dziewic?

– Hm... Dziewic? – Ragnwald uśmiechnął się bezczelnie.

Kpina dosięgła celu. Kera rozzłościła się jeszcze bardziej.

– Naprawdę będę musiała cię zabić! Sam się o to prosisz!

– Dobrze, wobec tego atakuj. I przestań, na wszystkich bogów, niszczyć mój nowy płaszcz. Utkały go wróżki, nie chcę, żeby coś mu się stało. – Ragnwald rzucił Kerze zniecierpliwione spojrzenie. – No, na co czekasz? Mam wiele spraw do załatwienia.

Kera opuściła płomienną klingę.

– Nawet tak nikczemne istoty jak ty, bałamutniku, zabijam jedynie w uczciwym pojedynku!

– Na Wielką Równowagę, znudziła mnie już ta scena. Chcesz zawrzeć pokój, proszę bardzo, chcesz walczyć, nie ma sprawy, tylko, na bogów, zdecyduj się wreszcie! Czas ucieka.

– Dobrze – wysyczała Kera. Jej spojrzenie przesunęło po ziemi, pozostawiając dwie smugi ognia.

Cofnęła się o trzy kroki, uniosła miecz w ceremonialnym salucie. Ragnwald demonstracyjnie złożył ręce na piersi.

– Szybciej, szybciej! – ponaglił rozdrażniony. – Nie mogę dłużej czekać!

Zaatakowała. Jej ruchów nie dostrzegłby ani śmiertelnik, ani Nieśmiertelny, wydawało się, że powietrze przeszyła czerwona błyskawica. Cios spadł z lewej strony, z góry i miał w założeniu rozciąć człowieka od ramienia do pasa.

Ragnwald zrobił niedbały ruch prawą ręką. Minę wciąż miał znudzoną.

Czerwona błyskawica wbiła się w ziemię dwadzieścia kroków od niego. Pojawił się płomień otoczony wspaniałą koroną iskier, a chwilę potem języki ognia opadły, ukazując kobiecą postać. Czerwony strój Kery był teraz wymazany błotem – Ragnwald wrzucił swoją namiętną przeciwniczką w głęboką kałużę. Magiczny miecz leżał obok, złamany przy rękojeści.

Towarzyszące Kerze widma rzuciły się na Ragnwalda jednocześnie. Dwa ruchy ręką i widma znikły w czarnym tornadzie. Czarownik odwrócił się do Kery.

Ognista Dziewica powoli wygrzebała się z błotnistej kałuży, rycząc ze wściekłości i bezsilności. Poszedł do niej i wyciągnął rękę.

– Bardzo mi przykro, Kero – powiedział łagodnie. – Naprawdę. To było zupełnie niepotrzebne. Wybacz, ale zgodnie z Prawem Równowagi nie mogę pozwolić, żebyś posiekała mnie na kawałki. Pozwól, że ci pomogę.

Jeszcze półleżąc w kałuży, Kera podniosła na niego oszalałe oczy i nagle zastygła w bezruchu, zapominając o wściekłości, nie będąc w stanie oderwać wzroku od dziwnie zmienionej twarzy Ragnwalda.

– Ty... ty... a więc to znaczy... Ach!

I niczym zwykła śmiertelniczka omal nie zemdlała.

– Nie, nie, nie! – Wędrowiec objął ją w talii, pomagając wstać. – Nie bój się...

– Na Wielkie... Wielkie Siły... – Ognista Dziewica dygotała, nie wiedząc, czy ma się rozpłakać, czy raczej paść na kolana. – Jaka kara mnie czeka, o wielki?

– Kara zapomnienia – rzekł Ragnwald z powagą. – Muszę tu zrobić coś bardzo ważnego, a niepowściągliwość kobiecych języków jest przysłowiowa. Sprawię, żebyś zapomniała o tym spotkaniu. Dla twego własnego dobra.

– Niech stanie się wedle twojego życzenia, o najwyższy – wyszeptała Kera, przywierając do jego piersi. Ragnwald delikatnie dotknął dłonią jej czoła. Kera zamknęła piękne oczy, zapadła w sen.

– Do nieprędkiego, niestety, spotkania, moja piękna – wyszeptał ze smutkiem, czyniąc płynny gest lewą dłonią. Śpiąca kobieta natychmiast zniknęła. Ragnwald poprawił płaszcz, obejrzał uważnie miejsce, w którym pojawił się płomień – czy czasem nie ma dziury – i ruszył przed siebie.

Zgodnie z Prawem Równowagi nie wiedział, że całą tę scenę z gęstwiny mrocznego lasu oglądały czyjeś oczy...

*

Potężne skrzydła gryfa poruszyły powietrze. W dole rozciągała się szmaragdowa zieleń iglastych lasów, z rzadka poprzecinana błękitnymi wstęgami rzek. Jeziora, niebieskie jak oczy wróżek, zagadkowo spoglądały w górę, gdzie w warstwach krystalicznie czystego powietrza płynęła magiczna istota.

Gryf majestatycznie odwrócił głowę, zerkając na dosiadającą go kobietę. Dumne zwierzę czekało na rozkazy i rozkazy padły. Oczy kobiety poruszyły się nieuchwytnie, lecz skrzydlatemu wierzchowcowi to wystarczyło. Gryf posłusznie podążył ku ziemi, zataczając szerokie kręgi.

W dole, wśród lasów, błękitniało jeszcze jedno jezioro, znacznie większe od pozostałych. Północny i zachodni brzeg nikły w delikatnej mgiełce, a w miejscu, w którym zbiegały się południowy i wschodni brzeg, na wysokim wzgórzu stał niewielki zamek z cienkimi diamentowymi iglicami i kryształowymi kopułami. Do bursztynowych wrót prowadziła słabo widoczna droga porośnięta trawą, nieco krótszą i twardszą niż na okolicznych łąkach. I tą właśnie drogą do zamku zmierzały wspaniałe powozy pozbawione kół, zaprzężone w wielkie łabędzie, białe jednorożce, gryfy i skrzydlate lwy. Z rzadka nadjeżdżali również jeźdźcy na centaurach czy jednorożcach.

Otwierały się ozdobione płaskorzeźbami skrzydła bramy, małe brodate ludziki w kolorowych liberiach pomagały wejść elegancko ubranym mężczyznom i kobietom, jednakowo wysokim i smukłym. Broń nosili wszyscy, nie wyłączając pięknych dam.

Gryf nie lądował przed bramą zamku, ale na jednym z jego balkonów. Dziewczyna poklepała wierzchowca po wspaniałej grzywie i puściła wolno. Kryształowe drzwi się otworzyły i weszła do przestronnego buduaru. Uniosła palec wskazujący, na którym widniał pierścionek z brylantami, i rzeźbiony panel odsunął się posłusznie, ukazując pojemną garderobę. Na przedzie wisiała suknia z perłowoszarych nici, ozdobiona mieniącymi się kroplami rosy. W komnacie rozszedł się aromat kwitnącej wiosennej łąki.

Dziewczyna zaklaskała w dłonie i podskoczyła radośnie. Potem pokazała język swojemu odbiciu w lustrze i zaczęła szybko zmieniać strój. Gdy skomplikowany proces ubierania się, niepojęty dla żadnego mężczyzny, miał się ku końcowi, ktoś zastukał do drzwi.

Nie, nie zastukał – wulgarne dźwięki nie naruszyły tej drogocennej ciszy. Po prostu dziewczynie powiedziano, że ma odebrać wiadomości wielkiej wagi.

W zdumieniu unosząc brwi, podeszła do lustra, gdzie na eleganckim stoliku z bursztynowej bryły spoczywała kryształowa kula na hebanowej podstawce. Kula rozjarzyła się od wewnątrz czerwonym światłem. Szybko następując po sobie, popłynęły urywane obrazy, jakby pochwycone czyimś wzrokiem: kamieniste wzgórze z rozwalonym szczytem... czarna gardziel jaskini... żywa rzeka potworów płynąca z podziemi niczym wiosenne wody, które zerwały tamę... czterech jeźdźców na dziwnych potężnych koniach... wybuch... rogaty stwór mknie w górę zbocza... jeden z jeźdźców zasłania sobą innego, który rozpaczliwie atakuje bestię długą lśniącą klingą...

Dziewczyna krzyknęła, zbladła straszliwie. Przyciskając ręce do piersi i zagryzając wargi, wpatrywała się w głąb kuli jak zahipnotyzowana.

– *Irijeho wantioto! Wantioto suelde!* – dobiegł słaby głos z głębi kuli i wizja utonęła w białym ogniu. Gdy chwilę później kula znów się oczyściła, dziewczyna ujrzała granitowe głazy zamykające wejście do jaskini i znikającą figurkę, nadal ściskającą srebrzysty miecz. Nieprzytomna padła na podłogę.

CZĘŚĆ SIÓDMA

Rozdział I

Krasnolud Dwalin leżał na ławie ponury i strasznie zły. Nie wzięli go na wyprawę! Jego, od którego zaczęła się ta cała historia! Uważał, że wszystkie jego rany ostatecznie się zagoiły. Oczywiście, nie do końca tak było, ale uparty krasnolud nie chciał o niczym słyszeć.

– Rozwiążcie mnie! – krzyczał, miotając się i omal nie przewracając przy tym ławy. – Rozwiążcie, bo będzie źle!

– Jeśli komuś będzie źle, to tylko tobie, durny – oznajmiła spokojnie Liisa, młoda, krzepka dziewucha, która niedawno przeszła do Argnista z rozgromionego chutoru. Dziś ona pełniła obowiązki niańki przy chorym. Saata zagroziła, że domiesza mu do piwa ziela nasennego, jeśli krasnolud się nie uspokoi. – Jeszcze ci się rany otworzą, potrzebne ci to?

– Nie otworzą, nie otworzą! – Wiercił się rozpaczliwie, żeby rozluźnić pęta.

– Jak się otworzą, będzie za późno – zauważyła roztropnie dziewczyna. – Gdyby nie czarownik z białym łukiem i jego czarodziejstwo, już byś odszedł do Hedina! Nasza Saata zielarka nijak by ci nie pomogła!

– Czarodziejstwo?! – wrzasnął krasnolud. – Powiedziałaś: czarodziejstwo?

– Owszem – przytaknęła Liisa prostodusznie. – Takie rany, jak u ciebie, tylko czarami można było wyleczyć.

– Przybysz Elstan nałożył na mnie swoje czary? – powiedział powoli krasnolud.

– Nałożył, nałożył! – Liisa kiwała radośnie głową, nie rozumiejąc, co się nie podoba krasnoludowi. – Mocne czary! To silny czarownik, miał prawdziwą laskę.

– Laskę... – Krasnolud zamknął oczy, opadł na poduszkę i znieruchomiał. Wyglądał, jakby stracił przytomność.

– Ej! – zaniepokojona młódka pochyliła się nad chorym. – Stało się co?

– Wszystko w porządku – odpowiedział przez zaciśnięte zęby. – Wszystko w absolutnym porządku.

Nie dowierzając, podeszła bliżej i tak jak ją uczyli, wymacała żyłę życia na lewym nadgarstku krasnoluda. Wyglądało na to, że naprawdę nic złego się nie dzieje, ale Dwalin leżał nieruchomo, z brodą zadartą do góry, twarz mu zbladła jak płótno – a bladość z trudem przebijała się przez czerwonobrązową skórę, pociemniałą od kowalskiego dymu i ogorzałą od żaru pieca. Po chwili Dwalin otworzył oczy, popatrzył na wystraszoną Liisę i rzekł:

– Wszystko w porządku, Rrrodgar... Tylko mi przykro, że mnie nie wzięli.

To było bezczelne, otwarte kłamstwo i każdy bardziej podejrzliwy słuchacz od razu usłyszałby fałsz. Ale Liisa nie miała zamiaru nabijać sobie głowy cudzymi problemami. Skoro krasnolud powiedział, że wszystko w porządku, to znaczy, że tak jest. Nie prosi, żeby go rozwiązać, nie woła, żeby go puścić, czyli nie ma się o co martwić.

Dwalin przestał się wprawdzie szarpać i szaleć, ale w jego oczach zagnieździł się przejmujący smutek i ból.

Stopniowo wracał do zdrowia. Poszarpane rany goiły się zdumiewająco szybko. Elstan naprawdę się postarał. Wkrótce Saata pozwoliła Dwalinowi wstać z łóżka – dokładnie wtedy, gdy Elstan, Argnist i jego synowie starli się z Ordą na Wzgórzu Demonów.

Najpierw Dwalin poszedł do kuchni.

– Widzę, że drwa się kończą? – zagadnął gospodynię.

Polan ciągle brakowało, mężczyźni na wszelkie sposoby wykręcali się od tego przykrego zajęcia – komu by się chciało cały dzień toporem machać, rąbać pniaki?

– Pewnie w brzuchu burczy? – uśmiechnęła się Dejera. – Rozumiem, rozumiem. Nakarmię bez zapłaty.

– Nie, nie! – oburzył się. – U nas to nie jest przyjęte!

– A u nas jest przyjęte, żeby najpierw robotnika nakarmić, a potem robotę dawać! – Nalała zupy do glinianej malowanej michy.

Krasnolud nie dał się dwa razy prosić. A gdy już wyczyścił miskę do blasku, siekierę zza pasa wyciągnął i przed drewutnią pokazał, jak się obchodzić z toporem. Polana latały we wszystkie strony i jakby same z siebie układały się w równe sterty. Potem wyszedł na podwórze, przeszedł się po wszystkich stajniach i stodołach... Ciągle się kręcił po obejściu, ciągle szukał jakiegoś zajęcia, jakby bał się zostać sam na sam z niewesołymi myślami. Niczym przeklęty, przez trzy dni nie wychodził z kuźni, nie bacząc na ostrzeżenia Saaty, że rany mogą dać o sobie znać.

Gdy dorwał się wreszcie do ulubionego zajęcia, pracował bez chwili wytchnienia. Giął stalowe łuki, dopasowywał dźwignie, sprężyny i kółka, konstruując jakiś zmyślny mechanizm. Do kuźni kilka razy przychodziła Liisa, wołać go do jedzenia, ale tylko się opędzał. Nie jadł prawie nic, pił jedynie wodę, ani razu nie tykając ulubionego napoju swojego narodu – ciemnego piwa. „Jakby go ktoś odmienił!" – powiedzieliby rodacy z Ar-an-Aszparangu.

*

Artaleg i Armiol mieli szczęście. Orda szła na północ, w drodze do domu tylko raz natrafili na grupkę ścianołomów. Armiol wsadził jednemu strzałę w oko, koń Artalega stratował drugiego i reszta osłabionych wiosną bestii wycofała się, rezygnując z walki.

Bardziej niż Ordy bracia się bali, że nie dowiozą ojca żywego do chutoru. Ale Hedin Dobroczyńca patrzył przychylnym okiem – wprawdzie Argnist nie odzyskiwał przytomności, lecz jego stan się nie pogarszał. Stary setnik oddychał wolno, ale równo, serce biło słabo, ale jednak biło. Rany przestały krwawić i synowie zaczęli mieć nadzieję, że Saacie uda się wyleczyć ojca.

O Elstanie nie mówili – obcy zawsze pozostanie obcym. I w dodatku czarownik, a czarowników Artaleg nie cierpiał. Armiol też za nimi nie przepadał, lecz nie czuł do nich takiej wrogości.

– Czarownicy, czarodzieje, magowie! – syczał Artaleg przez zęby. – Nienawidzę ich! To pewnie przez nich Orda się pojawiła!

– Coś ty, bracie! – protestował młodszy. – Ordę nasłał Ciemny Władca, każdy to wie!

– Nasłał, nasłał, a już ci – mruczał średni. – Żadnych władców na oczy nie widziałem, a czarodzieje ciągle się tu kręcą.

Przeklęty kuglarz! Gdyby nie on, siedzielibyśmy w chutorze i ojciec byłby cały i zdrowy!

– Przecież Elstan pierwszy zginął – sprzeciwił się Armiol.

– Zginął, zginął! – przedrzeźniał Artaleg. – A widziałeś go martwego?

– Bracie, nie mów tak! Walczył dzielnie i na naszych oczach kamienie go przygniotły!

– Przygniotły, a jakże! Może nam się tak tylko zdawało! Może on specjalnie wszystko tak urządził, żeby naszego ojca zabić! Może i nas chciał tam pogrzebać, a sam wskoczył do jaskini i tyle go widziano! Czarownikom wierzyć nie można! Zginął ten twój czarownik czy nie, tylko Prawdziwi Bogowie wiedzą. Czarownik jest dobry wtedy, jak się pożytecznymi sprawami zajmuje, ludziom pomaga albo bydło leczy, a do żadnych innych spraw się nie miesza. Cała ta ichnia magia... to zguba dla porządnego człowieka.

Kilka dni później bracia dotarli w znajomą okolicę, a tam już czekali swoi. Na brzegu lasu siedzieli chutorscy chłopcy, którzy od razu dali sygnał, machając rękami z takim zapałem, że omal sobie ramion nie powyrywali.

W chutorze z kuźni walił gęsty dym. Zamknięte na głucho wrota uchylono tylko na tyle, żeby wpuścić jeźdźców pojedynczo.

Pierwsza podbiegła do synów Dejera. Chłopcy już przekazali wiadomość – dwóch jedzie na koniach o własnych siłach, jednego wiozą. Serce gospodyni omal nie wyrwało się z piersi. Podbiegła i zastygła, zagryzając dłoń na widok nieprzytomnego Argnista, bezsilnie zsuwającego się z konia.

– No i czego stoicie?! – warknął Alort, który właśnie podbiegł. – Ojca do domu nieście, Saatę z jej lekami wołajcie! Za wszystkich ja muszę myśleć!

O Elstanie nikt nawet nie wspomniał.

*

– I co my teraz, nieszczęśni, zrobimy? – szlochała Dejera, ocierając łzy brzegiem fartucha. W duszy miała ciemno jak w najczarniejszą noc zimową.

Siedzi matka z synami, głowią się, myślą. Z obcych nikogo nie zawołali, nawet żon Alorta i Artalega. Zresztą Saata i tak by nie przyszła, siedzi przy Argniście, nie odchodzi od jego łóżka. Zmiłuj się, groźny Rakocie! Na razie staremu setnikowi się nie pogarsza, Saata ma nawet nadzieję, że teść się wykaraska.

– Co robić, co robić – syknął Artaleg. Dobrych pomysłów ma tyle co kot napłakał, za to złości na dziesięciu wystarczy. – Jasna sprawa! Chutor, ludzi, bydło dzielić trzeba! Każdemu jego dolę, póki wiosna jest, póki nie ma ani Ordy, ani Plugastwa.

Wszyscy zamarli.

– Coś ty, bracie, jużeś ojca do trumny położył? – Alort zmrużył oczy, jeszcze chwila i rzuci się na brata.

– Aha! Tyś najstarszy, ty nigdzie iść nie musisz, tobie wszystko gotowe się dostanie – odgryzł się Artaleg. – A ja i Armiol na wszystko sami musimy zapracować!...

Dejera poczuła, że mołojcy zaraz za łby się wezmą, więc wtrąciła się szybko:

– Synkowie, synkowie, co z wami? Jak się będziemy kłócić, spierać, dzielić, to ani się obejrzymy, jak nas Orda rozszarpie. Dałby wam ojciec za swary! Artaleg, Alort, spokój! Ty, średni, jeszcze się ze stypą wstrzymaj, a ty, starszy, rusz głową – trzeba być przygotowanym na wszystko. Jakby co, Artalega trzeba będzie wydzielić, zwyczaj taki... Ale może, synu, co lepszego zaproponujesz?

Artaleg nie usłyszał wyrzutu w głosie matki, ożywił się.

– A pewnie, zaproponuję! Na południe odejść, do Rycerskiej Rubieży!

Znowu wszyscy milczą.

– Ty co? Swoje miejsce chcesz porzucić? Przez lasy iść, na południe? – zdumiewa się Dejera. – Już ile lat nikt tam nie szedł.

– Bo się pustych czaszek na Kościanej Górze boją! – rzuca Artaleg. – Nikt nawet nie spróbował.

– Nie dlatego nie próbowali, że się bali, durniu – wycedził Alort wzgardliwie – ale dlatego że tu jesteśmy gospodarzami na swoim! A tam kim będziemy? Nędzarzami, włóczęgami, obcymi albo i gorzej – niewolnikami! Każdy będzie nam mógł na szyję sznurek zarzucić!

To była prawda. Na południu nie brakowało ludzi bez ziemi. Artaleg wiedział o tym nie gorzej od innych, jednak nie ustępował.

– A tu co, jesteśmy gospodarze całą gębą?! Pola mamy szerokie, łąki przestronne, stada tuczne?! Jak myszy pod miotłą siedzimy, za bramę nosa nie wysuwamy! Jeszcze trochę i pod ziemią się chować będziemy!

– Chcesz iść, to idź – powiedziała zimno Dejera. – Twoją dolę wypłacę ci w złocie, które ojciec ma schowane. Idź gdzie oczy poniosą! Tylko nam tu wody nie mąć!

Artaleg umilkł przestraszony, widać, że nie tego się spodziewał. Spuścił głowę, wymamrotał, że niby tak tylko gada, że to tylko słowa...

– A, jak słowa, to i dobrze – ucięła Dejera tym samym stanowczym tonem.

Już zapanowała nad sobą. Chutor jest teraz w jej rękach, nie pozwoli mu paść. Niwen do dziś sobie radzi bez Obrońców!

W końcu niczego nie postanowili. Zresztą nad czym tu radzić? Bez Argnista przeciwko Ordzie ciężko im będzie, on się najlepiej wyznaje na sprawach wojennych. Nic to, jakoś za częstokołem przesiedzą...

*

Krasnolud ostatni raz uderzył młotem w rozżarzony kawałek metalu na kowadle. Przyjrzał mu się uważnie, pokiwał z zadowoleniem głową i wielkimi szczypcami wsunął do przygotowanego wcześniej stopionego tłuszczu brzuchojada, idealnego do hartowania stali.

Nastał wieczór, ciepły wieczór miesiąca ptasich śpiewów. Tutaj, w Hjörwardzie Północnym, z pogodą działo się coś dziwnego – na ziemiach, na których szalała Orda, zawsze panowały straszliwe, mordercze zimy i piękne, ciepłe, obfite w deszcze lata. Zboża dojrzewały w porę, nic nie gniło, nie wysychało i nie marzło. Wodnym szlakiem udawało się wysłać na południe niektóre towary, po zaniżonych cenach oczywiście. Kupcy chętnie brali tanie północne zboże, drewno, len, miód, skóry, futro i całą resztę, w zamian przysyłając niezbędne przedmioty, głównie broń. Mieszkańcy chutorów byli najlepszymi nabywcami galańskich zbrojmistrzów. Każdy chutor, wysyłając swoją tratwę, przyczepiał do worków i zwojów metki, na których widniało, co chłopi chcą otrzymać w zamian. Kupcy, rzecz jasna, nie przegapiali okazji zarobku, ale starali się handlować uczciwie – ludzie z północnych krain własną piersią Plugastwo powstrzymywali, nie godziło się ich oszukiwać. Zwykły kupiecki zysk wystarczy.

Dwalin stanął na progu kuźni, prostując ramiona, bo mięśnie zaczęły go boleć ze zmęczenia. W tym krótkim czasie krasnolud zrobił tyle, że kowalowi człowiekowi starczyłoby na pół roku. Przed rozpaczą ratowała go tylko praca i – co tu kryć – tutejsze dziewki.

Z dawien dawna młódki gorącym szeptem przekazywały sobie opowieści, jedna bardziej wstydliwa od drugiej, że krasnoludy wprawdzie wzrostu są nikczemnego, za to w łóżku nikt, nawet najlepszy kochanek im nie dorówna. Poza tym, co bardzo ważne, z takich stosunków nie mogły się urodzić dzieci. Jeśli nawet chłopy o tym babskim gadaniu wiedzieli, to nie przydawali im znaczenia – baby zawsze plotą, co im ślina na język przyniesie. I niesłusznie.

Jako pierwsza krasnoludem zawładnęła Liisa – nie na darmo przychodziła wołać na posiłki. Krasnolud, chociaż zmęczony całym dniem uczciwej kowalskiej pracy, czuł przecież ssącą pustkę w sercu i dlatego nie oparł się kusicielce.

Do niemożliwości zadowolona, Liisa weszła do dziewczyńskiej izby z takimi błyszczącymi i sytymi oczami, że tylko ślepy by nie zrozumiał, czym się zajmowała. Rzecz jasna, Liisa nie omieszkała się przyjaciółkom pochwalić.

Od tej pory krasnolud nie mógł narzekać na brak kobiecej czułości, a sam starał się nie rozczarować odwiedzających go dziewuch. I dziwna rzecz, chociaż chutorskie dziewczyny potrafiły sobie oczy wydrapać z powodu jakiegoś mołojca, to o Dwalina zupełnie się nie kłóciły! Mężatki zerkały zazdrośnie, gryzły wargi, ale żadna nie przyprawiła rogów małżonkowi.

Krasnolud postał chwilę przed kuźnią, odetchnął świeżym powietrzem i już miał wrócić do pracy (na kowadle czekała niewidziana tu wielostrzałowa, łatwa w obsłudze kusza – Dwalin chciał w tę broń wyposażyć wszystkie dzieci i kobiety w chutorze), gdy nagle ktoś go zawołał. Dzielny krasnolud zadrżał i omal nie padł na kolana. Ten ktoś zwracał się do niego w ojczystym języku, głosem delikatnym, czystym i pełnym siły.

– Od władającej do nikczemnego: słuchaj, bądź posłuszny i odpowiadaj! Jak się nazywa to miejsce?

Krasnolud ogromnym wysiłkiem woli przezwyciężył pragnienie padnięcia plackiem na ziemię. Podniósł wzrok i oblał się potem, jakby dźwigał dziesięciopudowy ciężar.

Przed nim stała władająca.

Wąska talia, twarz lekko pociągła, dołeczki w policzkach. Prosty, cienki nos i ogromne oczy o dziwnym, wydłużonym kształcie, z lekko uniesionymi zewnętrznymi kącikami; brwi wygięte jak łuk.

Władająca miała na sobie dziwaczny strój – pozszywana z kawałeczków skóry kurtka nieprawdopodobnego kroju z krzywym zapięciem, spodnie wpuszczone w buty – czarne, z łuskowatej skóry jakiegoś zwierza, może górskiej żmii? Zza jej ramienia wystawał łuk, na pasie miała cienką szablę. Żadna inna broń nie rzucała się w oczy. Spod czapki wysuwał się przerzucony na pierś gruby warkocz w kolorze jesiennych liści klonu, niespotykanym u tutejszych dziewcząt.

– Bądź zdrowa, wędrowczyni – powiedział ochryple krasnolud, zmuszając się do mówienia w ludzkim języku. W końcu mógł nie zrozumieć mowy Ar-an-Aszparangu, przecież to nie Południe.

I od razu poczuł się tak, jakby chlasnął go niewidoczny, parzący bat. Oczy władającej płonęły gniewem. Dwalin czuł, jak jego wola się topi niczym kawałek ołowiu w piecu. Zlany potem cofnął się, przytrzymał za futrynę drzwi. Prawą rękę bezwolnie zwiesił u boku, nie sięgał po broń.

– Od władającej do nikczemnego: Pradawny Dług! Padnij na ziemię i bądź posłuszny! – powiedziała przybyła, znowu w języku Ar-an-Aszparangu.

Dwalinowi trzęsły się kolana. Stare przekleństwo jego narodu pozostawało w mocy.

– Porozmawiajmy normalnie, dobrze? – wytchnął. Dźwięki ludzkiej mowy sprawiły, że poczuł się nieco lepiej.

Niespodziewanie usłyszał za sobą nieprzyjazny głos Liisy.

– Ejże, kim ty jesteś? – Krępa młódka, z łatwością podnosząca dwupudowe worki, podparła się pod boki i wyzywająco patrzyła na nieznajomą.

Przybyła odwróciła dumną głowę.

– Czcigodna, jak nazywa się ten chutor? – zapytała z melodyjnym akcentem przypominającym sposób mówienia Elstana.

Nigdy nic nie mów nieznajomym! Dejera powtarza, że w naszych czasach dobrzy ludzie po świecie się nie włóczą! Liisa zmierzyła gościa nieufnym spojrzeniem.

– Poczekaj tutaj. Zawołam gospodynię.

– Czy nie masz języka, żeby odpowiedzieć sama? – spytała dumnie nieznajoma.

– A kim ty w ogóle jesteś, żeby mi rozkazywać? – oburzyła się Liisa. – Nic ci nie powiem! Stercz sobie pod bramą choćby do wieczora!

– Liiso! Nie! – wychrypiał krasnolud, ale było już za późno.

Nieznajoma przymrużyła oczy, gwałtownie uniosła rękę, rozcapierzonymi palcami celując w niebo – i ubranie Liisy zatrzeszczało w szwach. Pasek ześliznął się niczym wąż, za nim na ziemię podążyła spódnica. Młódka krzyknęła, próbując zasłonić się rękami.

– To cię nauczy szacunku – zauważyła chłodno czarodziejka. – No więc, jak się nazywa to miejsce?

I wtedy Liisa pokazała charakter. Zamiast się rozpłakać, uciec albo zemdleć ze wstydu, rzuciła się na nieznajomą nie gorzej niż skrzydłodziób. Dziewczynie było już wszystko jedno, czy ktoś zobaczy ją bez spódnicy.

Czarodziejka wyraźnie się nie spodziewała ataku. Zanim zdążyła obnażyć szablę czy wypowiedzieć zaklęcie, Liisa chwyciła ją za włosy i kolanem z całej siły uderzyła w brzuch. Miała spore doświadczenie w walce wręcz.

Krasnolud poczuł paniczny rozkaz władającej – natychmiast przyjść jej z pomocą! Nogi wbrew jego woli oderwały się od podłoża. Liisa przewróciła nieznajomą na ziemię, bezlitośnie okładając pięściami. Dwalin rzucił się do walczących. Jeśli nie zdąży odciągnąć chutorianki...

Zdążył. W ostatniej chwili. Nieźle poturbowana władająca – z jej delikatnego nosa płynęła krew – właśnie miała zadać cios.

– Nie! Powstrzymaj się! To chutor Argnista! – krzyknął rozpaczliwie krasnolud.

Uniesiona ręka powoli opadła.

– Tak już lepiej, nikczemny. Okazałeś nieposłuszeństwo i zostaniesz ukarany.

– Jestem wolnym krasnoludem – powiedział w języku Ar-an-Aszparangu. Zacisnął pięści, ciągle walcząc z pragnieniem padnięcia plackiem na ziemię, obejmowania nóg władającej i skamlania o przebaczenie.

– Jesteś wolny jedynie w granicach Pradawnego Długu – zauważyła chłodno władająca, nie próbując wstać. – Długo mam tak leżeć, nikczemny?

Tu trzeba powiedzieć, że określenie „nikczemny" nie oznaczało osobistego stosunku nieznajomej do Dwalina, lecz wynikającą ze starych przykazań pozycję krasnoluda.

Dwalin z ponurą miną podał władającej rękę. Opierając się na niej z gracją, czarodziejka wstała. Liisa do tego czasu zdążyła włożyć spódnicę.

– Przekaż tej chamce, urodzonej w błocie, że zapłaci za to wysoką cenę – wyniośle poleciła krasnoludowi władająca. – A teraz, nikczemny, prowadź mnie do gospodarza tego... zabudowania.

Krasnolud zgrzytnął zębami. Liisa, która nie zrozumiała ani słowa z rozmowy, ze zdumieniem patrzyła, jak krępy, niewysoki Dwalin z szacunkiem wprowadza smukłą nieznajomą przez bramę. Krasnolud nie miał już sił dłużej stawiać oporu.

– To nie był najlepszy sposób zaprzyjaźnienia się z tutejszymi mieszkańcami – warknął w języku ludzi. Odpowiedzią było palące spojrzenie, od którego wargi Dwalina zamknęły się tak szczelnie, jakby je zespawano.

Ludzie z chutoru z rozdziawionymi ustami patrzyli na krasnoluda i jego towarzyszkę. Czerwona jak burak Liisa gdzieś zniknęła.

– Zamelduj o mnie tak, jak się należy w podobnych wypadkach – poleciła władająca.

Argnist, nadal bardzo słaby, leżał w łóżku, chociaż wysiłki Saaty nie pozostały bez efektu – życiu starego setnika nic już nie zagrażało. Dwalin zastukał do drzwi akurat w chwili, gdy Dejera karmiła męża mięsną polewką.

– Co tam znowu? Nie możesz poczekać? – naskoczyła na krasnoluda, jednak szybko urwała, widząc obłąkane, wytrzeszczone, nalane krwią oczy Dwalina. Próżno by w nich szukać rozumu.

– Nisko urodzeni, padnijcie przed obliczem czarodziejki Przeczystego Kręgu, niezrównanej Eltary Elfrańskiej!

Oszołomiony setnik i jego żona gapili się na drzwi. Dwalin niczym drewniana kukła ostrym, szarpanym ruchem otworzył skrzydło jeszcze szerzej – do izby weszła nieznajoma w skórzanym stroju. Krasnolud zamknął drzwi i znieruchomiał przy nich jak posąg.

Ta, którą nazwał Eltarą, przeszła się po niewielkiej izbie, marszcząc arystokratyczny nos. Sprzęty, na których mogłaby usiąść, najwyraźniej nie odpowiadały jej wyobrażeniom o czystości.

– Tłumacz, nikczemny.

Krasnolud odchrząknął.

– Rakocie Wszechmocny, co to wszystko znaczy? – odezwała się Dejera ze złością.

Eltara zmarszczyła brwi. Fartuch Dejery uniósł się gwałtownie, załopotał i zatkał żonie Argnista usta.

– Teraz już nikt nie przeszkodzi nam w rozmowie – przetłumaczył krasnolud.

– Kim jesteś? – Argnist uniósł się i zacisnął pięści. Dejera, bełkocząc coś, daremnie próbowała pozbyć się knebla.

– Jestem Eltara, czarodziejka. Odpowiedz na moje pytanie, nisko urodzony, a szczodra nagroda cię nie minie. Czy w twoim chutorze był niejaki Elstan?

– Krasnoludzie, co to za baba?!

– Na Wielkie Góry, odpowiedz jej, czcigodny Argniście! Ona zetrze twój chutor z powierzchni ziemi jednym ruchem ręki!

Poczerwieniały z gniewu Argnist wziął się w garść.

– Sam jej odpowiedz, przecież wiesz – burknął.

– Eltara Elfrańska zna ludzkie narzecza! Odpowiedz, gdy pyta!

Setnik zgrzytnął zębami, ale posłuchał.

– A więc wyruszył do Wzgórza Demonów, a ty byłeś z nim – stwierdziła czarodziejka. – Co stało się dalej, nisko urodzony?

Krasnolud przetłumaczył i Argnist, tłumiąc gniew, opowiedział. Dejera nadal nie mogła pozbyć się fartucha kneblującego jej usta. To dało setnikowi do myślenia.

Po wysłuchaniu opowieści czarodziejka wstała. Jej twarz nie wyrażała niczego.

– Powiedz temu wieśniakowi, nikczemny, że przez jeden obieg słońca żaden stwór Ordy nie wyrządzi krzywd ani jemu, ani jego bliskim. A to pomoże leczyć rany i choroby. – W ręce czarodziejki pojawił się srebrny lichtarz ze srebrzystym łuczywem. – Gdy ktoś dotknie palcami jego końca, pojawi się płomyk. W jego świetle goją się wszelkie rany, mija każda choroba. Zaklęcie będzie działać, póki nie dopali się łuczywo.

Eltara majestatycznie wstała i wyszła. Dwalin, ledwie skończył tłumaczyć, pędem rzucił się za nią.

– Zdaje się, nikczemny, że wezmę cię ze sobą. Posłużysz mi za zabawkę... i przydasz się przy Wzgórzu Demonów.

Znaleźli się na podwórzu. Liisa zwołała kogo się dało i teraz drogę czarodziejce zagradzali posępni młodzieńcy. Krasnoludowi zadrżały ręce.

– Powiedz im, żeby odeszli, zanim przemienię ich w ścianołomy – wycedziła Eltara przez zęby.

Niełatwo zastraszyć dumnych chutorian i Dwalin omal nie ochrypł, błagając, żeby ci, którzy uratowali mu życie, nie pchali teraz głowy w pętlę. Mołojcy z ociąganiem zwolnili przejście. Dwalin przeszedł między nimi, czując na karku pogardliwe spojrzenia. Policzki mu płonęły ze wstydu.

Nie odwracając głowy i nie rozglądając się, Eltara wyszła za bramę. Pstryknęła palcami i rozległ się łopot potężnych skrzydeł. Z nieba spadał wielki gryf.

– Opuszczamy to miejsce, nikczemny. Wiem już, co chciałam wiedzieć. Czeka nas Wzgórze Demonów.

Rozdział 2

– Missstrzu! Missstrzu! Ssstary Hisss jesst zmęczony! Zupełnie ssstarłem sssobie łapy tym okropnym szszszpadlem! Dlaczego nie użyjecie magii, missstrzu?

– Hiss, wygląda na to, że mój ojciec tylko niepotrzebnie tracił na ciebie czas i siły, skoro do tej pory zadajesz idiotyczne pytania. Chcesz, żeby Pieczęć Wiecznego Króla wymknęła nam się z rąk? A przecież tak właśnie się stanie, jeśli użyjemy magii!

– O, missstrzu, wybacz! Wasz czcigodny rodzic nie zdradził mi tego!

– Wielu rzeczy nie zdradził ani mnie, ani tobie. Odpocząłeś? To bierz się do pracy. A łapy starłeś, boś głupi. Proponowałem ci przecież rękawiczki...

*

Powoli dochodzę do ciebie. Ciemność, coś bezlitośnie uwiera w bok, panuje ohydny smród. Na Wielkie Siły! Mogę się poruszać! Tak, na pewno! Mogę się ruszać! Poruszam ręką, nogą... Moje ciało jest mi posłuszne. Palce dotykają jakichś łuszczących się, podłużnych przedmiotów.

Kości. Spalone, zwęglone kości. Wiem to na pewno, mimo że nic nie widzę, wiedza przychodzi wraz z dotykiem. Pierś uciska coś ciężkiego... Odrzucam to. Teraz mogę wstać. Dziwne, wokół panuje absolutna ciemność, a ja widzę wszystko w najdrobniejszych szczegółach.

Jestem w jaskini. Za moimi plecami wznoszą się zwalone głazy, podłoga pokryta jest ogromną ilością spalonych kości. To znaczy, że szalał tu ogień. Teraz patrzę na siebie, na swój myśliwski strój. Skąd wzięła się ta kolczuga? Czy kiedykolwiek jej potrzebowałem? Osłanianie ciała jest takie trywialne! A miecz? Co to za klinga? Ach tak, zaczarowany... Widocznie walczyłem z jakimś magiem, skoro nałożył na ostrze siedem starych run. Bez wątpienia! Przeciwko każdemu innemu wyszedłbym ze zwykłą bronią albo gołymi rękami. Siły powinny być wyrównane.

Więc jednak coś pamiętam. O zbroi, o mieczu... o równych siłach? Kobieta o twarzy drapieżnego ptaka nazwała mnie Gubicielem, jej brat proponował, żeby wrzucić mnie do Otchłani, do Nienazwanego.

Nienazwany. Od tego słowa nie wieje pozagrobowym chłodem czy zwykłą śmiercią, oznaczającą jedynie cielesną zagładę. Nie! Od niego emanuje śmierć ostateczna, rozpad całej istoty!

Ale to jedynie wrażenia. Nadal nie mogę przypomnieć sobie nic konkretnego, nie pamiętam twarzy, miejsc, wydarzeń. Nie pamiętam swego prawdziwego imienia. Tylko to dziwne przezwisko – Gubiciel... Gubiciel, przeciwko któremu ma wystąpić jakiś Odradzający... Właśnie, wspominali też o jakimś Czarnym...

Uciskam skronie dłońmi. O! Okazuje się, że rosną mi włosy! Wcześniej tego nie było, jestem pewien. Tylko skąd ta pewność?

Wstaję. Trzeba iść, przecież nie będę tu siedział całą wieczność, czekając, aż wzgórze się rozpadnie. Oczywiście nic by mi się nie stało, po prostu przespałbym cały ten czas i otworzył oczy w chwili, gdy zamkniętych powiek dotknęłyby promienie słońca. Ale odnoszę wrażenie, że wówczas ominęłoby mnie coś ciekawego. Przecież mam w tym świecie obowiązek do spełnienia! – przypominam sobie nagle. Bardzo ważny obowiązek. Nie pamiętam jaki, ale to nieistotne. We właściwej chwili los mi podpowie, że nadszedł czas.

Wstaję, wsuwam srebrzystą klingę do pochwy. Zaczynam iść tunelem, który łagodnie opada w głąb ziemi. Gubiciel! Sympatyczne przezwisko, nie ma co.

*

Po spotkaniu z Kerą Ragnwald pospiesznie oddalał się od Wzgórza Demonów. Nie mylił się. Pieczęć Wiecznego Króla była tam, gdzie spodziewał się ją zastać. Biedny chłopiec! Użył sił, o których prawdziwej potędze nie miał pojęcia. Teraz trzeba będzie wypić piwo, którego nawarzył. I to tak nie w porę!

Orda stanęła mu na drodze na krótko przed zachodem słońca, gdy znalazł się daleko od strasznego wzgórza. Tutaj ziemię rozorały długie szramy parowów, jakby uczynione gigantycznym mieczem. Parowy porośnięte gęstym młodniakiem mogłyby ukryć całe wojsko.

Ragnwald zatrzymał się na nocleg. Nie uciekając się do magicznych sztuczek, zebrał chrust, potem zwalił suche gałęzie, tworząc porządny stos – do rana powinno wystarczyć. Skrzesał iskrę, rozdmuchał płomyk. Z ziemi obok ogniska odgarnął śnieg, ułożył tam stertę świerkowych gałęzi, zawinął się w płaszcz i zamknął oczy.

Stwory zaatakowały niespodziewanie, ze wszystkich stron. Jeszcze chwilę temu nic nie wróżyło zagrożenia, nie rozległ się najmniejszy szelest, nie zatrzeszczała żadna gałązka, nie poruszył się żaden liść – a ciemność nocy w jednej chwili znikła, pożarta przez szczelną masę potworów.

Ragnwald zerwał się na równe nogi. Pięści miał zaciśnięte, oczami spod krzaczastych brwi miotał błyskawice. Ze złością przygryzł wargę, gwałtownie opuścił obie ręce, jakby odpychał się nimi od ziemi – i... zniknął! Atakujące ze wszystkich stron potwory zderzyły się ze sobą w miejscu, w którym jeszcze przed chwilą stał dziwny wędrowiec – a teraz zostało jedynie żarzące się ognisko.

Głęboko w dzikim lesie dziwny stwór, obserwujący tę scenę przez kryształową kulę, chrumkał z zadowoleniem. Pan się ucieszy, rozkaz został dokładnie wykonany.

*

– Missstrzu, missstrzu! Tu jessst ssskała! Mój szszszpadel nie przebije kamienia!

– No, Hiss, wal mocniej. To sklepienie tunelu, ziemia spiekła się od żaru. Jeśli przebijemy sklepienie... Wyjmę kilof. I-ech, i-ech! I-ech! Widzisz, ustępuje!

– Niech żyje mądry missstrz! Hura! Ssstary Hisss będzie kopał. Bardzo bolą go łapy, ale będzie kopał.

– No, jeszcze go raz! I jeszcze! Rozgarniaj kruszywo! Tak! Tak! Tak! Oczyszczaj starannie, mówię! No dalej, niedużo zostało! Widzisz szczeliny? Uff, zmęczyłem się. Spróbuj teraz ty.

– Sss! Missstrzu! Ssstary Hisss już nie może...

– Jak cię zaraz wezmę za kark, to się dowiemy, czy możesz, czy nie!...

– Achsss, missstrzu! Moje łapy sssą całe we krwi!

– Bo nie umiesz pracować! Myślałby kto, król węży! Ani motyki, ani szpadla nigdy nie miał w ręku! Ech! Nie gap się na mnie tymi swoimi oczyskami. I tak nie dasz mi rady, ani teraz, ani później. Więc lepiej się nie krzyw, tylko pracuj. Pomyśl o lasce, którą otrzymasz, gdy wrócimy do ojca! I pamiętaj, że musimy się spieszyć, zanim nas inni uprzedzą!...

– Missstrzu! Ale ja czuję, że tu był obcy!

– Co?! Jesteś pewien, zielony ogonie?!

– Tak sssamo jak tego, że jessstem lordem Hisssem, królem węży!

– Hm... Ale Pieczęć Króla jest na miejscu... Dobrze, kopiemy dalej bez względu na to, kto tu był! W ostateczności będziemy walczyć!

– Tak! Walczyć, missstrzu! Dawno już nie walczyłem!

– Kop, kop! Wolałbym zdobyć Pieczęć Króla i wynieść się stąd bez hałasu. Walczyć lepiej z dziewczętami w łóżku.

– Missstrzu! Ssstary Hisss chyba się przebił!

– Pokaż no. Zgadza się! Sklepienie jest przebite! Teraz trzeba jeszcze poszerzyć przejście... Szpadlem, szpadlem! No, udało się. Mocuj linę!

– Ossstrożnie, missstrzu!

– Nie pierwszyzna... tak... trzyma mocno. Jak dam ci znak, wciągniesz mnie na górę. Podaj lampę! Do licha, nawet zwykłego ognia nie można tu czarami zapalić!

– Wszyssstko w porządku, missstrzu?

– Tak. Pełno tu jakichś kości. Aha, czuję Pieczęć... Przygotuj się, zielony ogonie, jak tylko zdejmę zaklęcie, skały wylecą w powietrze! Jeśli nie zdążysz mnie wyciągnąć, wszystko przepadnie, i ty też zginiesz.

– Rozzzumiem, missstrzu! Możeszszsz być ssspokojny!

– Uwaga! Zaczynam!

*

Schodzę coraz głębiej. Na powierzchni trwa jakaś niezrozumiała krzątanina, ale się nie przejmuję. Niech sobie robią, co chcą, moja droga prowadzi w dół. Nie mogę się mylić, właśnie tam, na dnie, kryją się oceany siły, a siła będzie mi potrzebna. Czuję, że powtórne spotkanie z tą ślicznotką, panią Orkusa i jej bratem raczej nie przebiegnie pokojowo. A ja chcę złożyć im wizytę. Czuję, jak w duszy powoli zapala się ciemny ogień. Myślę o torturach, którym poddam tych dwoje, gdy już odniosę zwycięstwo. Czuję przyjemność. Chyba nie powinienem tak myśleć... to chyba niedobrze... ale dlaczego niedobrze? Oni mogą mnie torturować, a ja nie mogę? A, pytasz, czym się wtedy będę od nich różnić, cichy głosie, który zagnieździłeś się w mojej świadomości. Masz rację, mój mały – niczym. Dlatego że nigdy niczym się od nich nie różniłem. Po prostu jestem silniejszy, to wszystko. I oni się mnie boją. Ten fakt sprawia mi przyjemność i nie potrafię tego zmienić – musiałbym przestać być sobą.

W tunelu panuje nieprzenikniona ciemność. Nie zwykły mrok, bo w nim widziałbym równie dobrze jak w świetle dnia, lecz absolutna ciemność. Czyjaś wola wypełniła powietrze lepką, drżącą ciemnością – żeby przeszkodzić takim jak ja.

Takim jak ja... Na Nienazwanego, kim ja jestem? Czy naprawdę po prostu Gubicielem?

Gładkie ściany, równa podłoga. Wszędzie są kości, jakby szalało tu Zaklęcie Ognia. Popiół i proch, proch i popiół. Myślę o miriadach stworzeń, które spłonęły tu żywcem, i robi mi się przyjemnie. To musiała być wspaniała bitwa! Nie bawi mnie niszczenie dla samego niszczenia. Ale wiem, że w walce niezbędne jest okrucieństwo. I szanuję tych, którzy są do niego zdolni.

Tunel nadal prowadzi w dół. Idę nim już bardzo, bardzo długo. Jak bardzo – nieważne, przecież nie potrzebuję ani snu, ani jedzenia, ani wody. To znaczy, mogę jeść, pić i spać, i odczuwać z tego powodu przyjemność, ale doskonale się bez tego obywam.

W końcu podłoga podziemnego tunelu staje się pozioma, nie spada już w dół. Ściany rozsuwają się na boki – jestem w jaskini tak przestronnej, że nawet ja nie mogę wypatrzyć odległej ściany.

Stoję na progu. W jaskini nie ma skalistego dna, tylko dyszące żarem purpurowe jezioro. Jego woda – jeśli to woda – jest lepka jak kisiel. Powierzchnia wrze, wśród pękających pęcherzy widać zarysy ohydnych stworzeń – łapy, paszcze, macki, skrzydła... Wyczuwam w nich tępą, śmiercionośną złość. Nie są ciekawe. Nie potrafią upajać się walką, czerpać z niej rozkosz. Nie wiedzą nawet, czym jest śmierć. Jeśli pośle się je do walki, pójdą i będą zabijać, bo jedynie to potrafią. Ciekawe, kto zabawia się w taki sposób. Zresztą to nieważne. Ten ktoś robi dobrą rzecz – daje komuś wrogów, których można niszczyć, walcząc tym samym z nudą, najstraszniejszym wrogiem istot żyjących.

Brzegiem wrzącego jeziora wije się wąska ścieżka. Idę nią. Czuję ogromną siłę posyłaną z jakichś głębi do tego jeziora i mam zamiar zaczerpnąć pełną garścią z tej tak szczodrze rozrzucanej mocy. Ale w tym celu muszę zejść jeszcze głębiej. Jestem pewien, że znajdę drogę.

*

Ragnwald stał na skraju lasu, a przed nim rozpościerało się ciche, okrągłe jezioro. Zachodzące słońce tonęło w chmurach, przeszywało je purpurowymi włóczniami promieni. Dzień dogasał.

Jezioro leżało dwa dni drogi od Wzgórza Demonów. Zaklęcie Przemieszczenia posłało wędrowca właśnie tutaj – skoro już Orda zaatakowała, zmuszając go do odkrycia się, to przynajmniej oszczędzi nogi. Tu, nad jeziorem, było wszystko, czego potrzebował, aby naprawić szkody, które uczynił młody czarownik.

Ragnwald spojrzał pod nogi. Leżała tam torba wypchana jego dzisiejszą zdobyczą – zioła i korzenie używane przez tutejszych czarowników, łapka nietoperza, zajęczy ślad, kawałek zrzuconego poroża łosia, ząb niedźwiedzia i w specjalnym skórzanym woreczku uśpiona królowa mrówek – wielkości dłoni dorosłego człowieka.

Leśni mieszkańcy nie ukrywali się przed Ragnwaldem. Czarownik, myśleli, zwykły czarownik. Wprawdzie nieznajomy, ale cóż z tego? Ostrożne leśne duchy na wszelki wypadek wciskały się głębiej w swoje legowiska – a nuż przybysz dojdzie do wniosku, że duchy są mu potrzebne i czarami zamknie je w maleńkich pudełeczkach? Będą potem musiały służyć nieznanemu władcy w jego czarodziejskich poczynaniach. Puszczańskie hedy też szybko schodziły mu z drogi; gurry jakiś czas patrzyły na przybysza z ciekawością, ale uznając go za śmiertelnego czarownika, zostawiały w spokoju. Dla nich był zbyt silny.

I tylko wróżki zaczęły coś podejrzewać. Gdy Ragnwald stanął na brzegu łąki, kwietny naród co sił popędził w stronę przybysza. Trzepotały przezroczyste skrzydła, na maleńkich twarzyczkach malowały się zachwyt i uwielbienie. Czystych dusz wróżek nie oszukał starannie opracowany maskaradowy kostium „śmiertelnego czarodzieja". Ragnwald pospiesznie wycofał się do lasu, ale było już za późno. Nadal obserwujące go przez kryształową kulę nieludzkie oczy widziały tę scenę. Żółte kły wyszczerzyły się w uśmiechu. Oto i drugi sukces! Pan będzie zadowolony, bardzo zadowolony!

Ragnwald zebrał już wszystko, czego potrzebował. Nie chciał zdradzać swojego incognito, ale czasu było niewiele... Zrobił lekki, nieuchwytny gest i zniknął. Rzecz jasna, Czytający Zaklęcia odczytałby w swojej lśniącej Kuli Eteru zwykłe zaklęcie Przemieszczenia...

Oto i znowu Wzgórze Demonów! A teraz do pracy... Ale stop! Coś się tu stało! Pieczęć!

*

– Missstrzu, missstrzu! Jesssteś teraz taki zajęty... Wypowiadaszszsz bardzo, bardzo niebezpieczne sssłowa! Ssstary Hisss nawet nie przypuszszczał, że je znaszszsz... Nie usssłyszyszszsz mnie teraz, missstrzu, nie zdołaszszsz nic zrobić! Nie będzieszszsz sssię więcej śśśmiał z wielkiego króla węży... Przywołujeszszsz duchy! Bardzo dobrze, ssstary Hisss będzie wiedział... A jakie duchy? O tak, bardzo, bardzo potężne! Arfauejel, Duch Niebiańssskiego Ognia... Nie wiedziałem, że twojemu ojcu udało sssię go zakląć... Ibidras'zil, Duch Rozproszszszonego Śśświatła Gwiazd... Sssamossstanel, Duch Zarodników Życia we Mgle... Tak, wielka trójca... Teraz zaczynają zdejmować Pieczęć... nacinać utrzymujące ją pęta... Całą reszszsztę zdołaszszsz zrobić sssam, missstrzu... Tak... pęta zossstały zerwane... Duchy sssię oddalają... No proszszszę, takie sssilne, takie potężne, a sssłużą takiemu ssskąpcowi jak twój ojciec... I odchodzą tak po cichu, ssskromnie, żadnych fajerwerków... A teraz chyba udało ci sssię zdjąć Pieczęć...

– Hiss, Hiss! Ciągnij, na wszystkich bogów! Ciągnij! Nie mam sił... Do licha! Omal nie upuściłem Pieczęci! Szybciej!

– Missstrzu! Zaraz upuśśściszszsz Pieczęć!

– Nie, wszystko dobrze! Tylko ciągnij! Ciągnij!

– Zupełnie osssłabłeśśś, missstrzu... Daj rękę...

– Masz... Stój! Pieczęć! Nie! Hiss, ty łajdaku! Ty zdrajco!

– Kpiłeś ze mnie, missstrzu. Twoje palce osssłabły i ja wyrwałem Pieczęć. A teraz...

– Ach, więc masz jeszcze nóż! Nie! Nie! Nieee!

– Leć w ciemnośśść, missstrzu...

*

Gryf Eltary wzbił się w powietrze. Oszołomieni mieszkańcy chutoru wpatrywali się w piękne stworzenie – nigdy przedtem gryfa nie widzieli. Razem z dziwną nieznajomą zniknął nie mniej dziwny krasnolud Dwalin, przepadły też wszystkie jego rzeczy – kiedy zdążył je zebrać? Młódki zgrzytały zębami i z byle powodu wrzeszczały na swoich kawalerów. Żaden nigdy nie zdoła dorównać krasnoludowi w łóżku!

To był pierwszy podniebny lot w życiu Dwalina. Jego żołądek ścisnął się zdradziecko, dłonie pokryły się potem. Za żadne ziemskie czy niebiańskie skarby krasnolud nie spojrzałby w dół, ale twardo postanowił, że prędzej sam zeskoczy z grzbietu gryfa w objęcia nieuchronnej śmierci, niż pokaże strach Eltarze. Władająca Eltara Elfrańska... znowu zgrzytnął zębami. Ale wpadł! Został niewolnikiem! Niewolnikiem, który nie może ani uciec, ani się zbuntować! Pradawne zaklęcie spadło na jego barki! A przecież do tej pory uważał, że coś takiego może spotkać jedynie słabych duchem, tych, którzy wynieśli się na Południe, uciekając przed ciągłą wojną z Ordą i Plugastwem. Cóż, przed wojną rzeczywiście uciekli, ale przed Pradawnym Długiem nie...

Zerknął na zatkniętą za pas wysrebrzoną siekierę. Pokusa była ogromna. Jednym ciosem położy kres wszystkim swoim mękom! Oto czyn godny wojownika górskiego plemienia, który szedł w hidrze przeciwko armadzie trolli Pasma Odporowego! Tego dnia trupy poległych zasłały pole bitwy. Przez wiele lat nic nie chciało tam rosnąć, matka ziemia wchłonęła zbyt wiele litrów trującej krwi trolli... Dobrze! Trzeba podjąć decyzję! Wystarczyłby ułamek sekundy – wyciągnąć broń, zrobić zamach i ściąć dumną, piękną głowę okrutnej Eltary! Nawet tak potężna czarodziejka jak ona nie zdąży go powstrzymać... Oczywiście sam zginie kilka sekund później – bo tyle będzie trwał jego lot z grzbietu gryfa na ziemię. Ale zginie, jak przystało na krasnoluda... A Eltara już nigdy nie przemieni w żałosnego sługę nikogo z górskiego plemienia!

Palcami powoli sunął po pasie... namacał ciepłą rękojeść... Powoli, ostrożnie pociągnął broń w górę... Nie myślał o śmierci. Najważniejsze było wyciągnięcie siekiery, reszta nie miała już znaczenia. Eltara chyba nic nie zauważyła...

Mokry od potu krasnolud cal za calem wyciągał broń zza pasa. Kilka razy zastygał, gdy Eltara robiła jakiś ruch i wydawało się, że zaraz się odwróci. W końcu udało mu się uwolnić rękojeść. Pozostawało wykonać tę łatwiejszą część...

Wpatrywał się w kark swego pięknego wroga. Jak każdy górski krasnolud był nieobojętny na piękno, szczególnie tak niezwykłe. Uderzyć... rozpłatać czaszkę, żeby wspaniałe włosy zalała krew... Ciało od razu spadnie w dół, a stwory Ordy urządzą sobie ucztę.

Dwalin nigdy nie atakował od tyłu. Co innego w szale bojowym, na polu bitwy, gdy jesteś sam przeciwko wielu wrogom, gdy już nie wiesz, gdzie zadajesz cios – w pierś czy w łopatkę wroga. Ale uderzyć tak podle i podstępnie, roztrzaskać głowę tej, wobec której jego plemię, a więc i on sam, ma ogromny, niespłacony dług? Pokręcił głową. Pot zalewał mu oczy. Do licha, nie chciał tak głupio umierać!

Ale i żyć w ten sposób niepodobna!

Powoli unosił siekierę; Eltara nie odwracała głowy.

Ostrze uniosło się jeszcze wyżej – i wtedy czarodziejka zaczęła śpiewać.

Gdyby to była czarująca, słodka pieśń, Dwalin pewnie by uderzył (w każdym razie tak potem myślał), ale to była pieśń pełna złości i bólu.

Wiodłem armię w ogień ku zwycięstwu,
Kroczyłem, burząc miasta,
Potęgę Gondoru przemieniłem w pył
I starłem ją na zawsze.

Wiodłem swe wojsko przez setki lig
W ogniu, w krwi i w walce.
Do szarej zatoki doszedłem na czas,
Obrońców wbiłem w proch.

I wieże zapłonęły ogniem,
A ja przez miasto dumnie szedłem,
Gdy Kirden, wznosząc klingę,
Stanął na głównym placu.

Kirdena potęgą swą pokonałem,
Mój miecz pyszałka poraził,
Lecz tu młody hobbit z kindżałem losu
Drogę mi zagrodził.

Jemu zwycięstwo oddał los,
klinga moje serce przebiła
i krwawa mgła zasnuła mi oczy.
Zostałem zupełnie sam.

Przed tą ciężką i czarną drogą,
Co czeka wszystkich zrodzonych,
Straszny i smutny – tak jak dla wszystkich! –
był ten mój fatalny lot.
I dalej pamiętam czarny ból,
I straszny sąd Valarów...

– Hej, co robisz?! – krzyknęła nagle czarodziejka do gryfa, który niespodziewanie zaczął pikować w dół.

Dwalin, zasłuchany w pieśń, przegapił moment, w którym można było zadać cios, poruszył się niezręcznie. Eltara odwróciła się i... ujrzała krasnoluda z siekierą wzniesioną do ciosu.

Nie zdążyłaby rzucić żadnego zaklęcia, ale w jej pięknych oczach malowało się takie przerażenie i takie zdumienie, że Dwalinowi ręka drgnęła.

Gryf niemal wbił się w ziemię. Mimo że nie było to miękkie lądowanie, krasnolud zachował zimną krew i nie odrywając wzroku od Eltary, powoli schował siekierę za pas.

Panowała cisza.

Czarodziejka uaktywniła już zaklęcia ochronne, ale Dwalin nie miał zamiaru atakować.

– Chciałeś... mnie... zabić? – wykrztusiła zdumiona, tym razem opuszczając słówko „nikczemny".

– Tak, chciałem cię zabić – powiedział krasnolud, z trudem przeciskając słowa przez gardło.

– Przecież wtedy ty również...

– Lepiej umrzeć, niż żyć w niewoli! – Wyprostował się dumnie.

– W niewoli? Ale Pradawny Dług to rzecz święta! – Jej oczy zapłonęły gniewem. – Masz obowiązek być mi posłuszny, nikczemny!

– A ja cię pożałowałem... – powiedział cicho Dwalin, czując, że czarodziejka próbuje zawładnąć jego świadomością. – Dobrze o mnie mówili: Kto się głupcem urodził, głupcem umrze. Nie należało się nad tobą litować... i co się tak we mnie wślepiasz, szlachetnie urodzona Eltaro! Twoja nie mniej szlachetna siostra traktowała mnie ździebko inaczej!

– Coś ty powiedział?! – Oczy Eltary rozszerzyły się tak, że zajmowały teraz pół twarzy. – Coś ty powiedział o mojej siostrze, krasnoludzie?

– To co słyszałaś – odparł zjadliwie Dwalin. – Twoja siostra była ze mnie bardzo zadowolona... po pewnej wesołej nocy w forcie Gesar!

– A więc to byłeś ty! – szepnęła Eltara.

– Krasnolud Dwalin z Ar-an-Aszparangu, do usług. – Skłonił się błazeńsko. – Nawet nie zadałaś sobie trudu, żeby poznać moje imię! A przecież twój czcigodny rodzic wyznaczył za moją głowę tyle szlifowanych brylantów wielkości pięści, ile będzie ta głowa ważyć... Co się tak gapisz? Machaj rękami, rób to swoje czarodziejstwo! Nie mam nic do stracenia. No dalej, bo ci naprawdę głowę zetnę!

Gryf jednym szybkim ruchem znalazł się między Dwalinem i Eltarą, własnym ciałem zasłaniając swoją panią. Orli dziób, twardy i ostry, celował w pierś krasnoluda.

– A co! – rzekł Dwalin, przyjmując postawę bojową. – To nawet lepiej. Powiadają, że śmierć w boju godna jest i wesoła.

– Śmierć zawsze jest ohydna i straszna, krasnoludzie – powiedziała z niespodziewanym spokojem Eltara. – Daj spokój tej fanfaronadzie, nie wzywaj kostuchy, zanim nastanie twój czas.

– Nie mam zamiaru przez resztę życia słuchać słowa „nikczemny”! No, czemu zwlekasz? Poszczuj swego zwierza! Mam nadzieję, że zdążę poczęstować go moją stalą. Sam kułem, sam hartowałem... No już, nie mam siły dłużej czekać!

– Próbuję wydać ci rozkaz, ale ty nie słuchasz – powiedziała ze zdumieniem Eltara. – Co się z tobą dzieje, krasnoludzie?

– Co się ze mną dzieje? Nie wiem i nie chcę wiedzieć! To jak, będziemy walczyć czy nie? Moja siekiera wyraźnie się nudzi!

– Nie słuchasz, nie słuchasz... – szeptała gorączkowo Eltara, szybko splatając jakieś zaklęcia.

– Ej, ej! Nie rzucaj na mnie swoich czarów!...

– Milcz! Muszę się zorientować...

– A co ja jestem, szczur czy co? – rozzłościł się Dwalin.

– Tak, nie słuchasz się... – powtórzyła zdumiona Eltara, opuszczając ręce. – Pradawny Dług nie ma nad tobą władzy. Oczywiście mogłabym cię zmusić do posłuszeństwa odpowiednimi zaklęciami, ale... ale wtedy przemieniłbyś się w bezwolną marionetkę...

– Nic nie rozumiem – rzekł krasnolud ze zmęczeniem.

Bojowe szaleństwo, jakie go przed chwilą ogarnęło, odchodziło i teraz napływało zmęczenie. Dwalin chciał tylko jednego – żeby to wszystko wreszcie się skończyło, wszystko jedno jak.

– Nie mogę ci już rozkazywać – powiedziała Eltara. – Jesteś absolutnie wolny i możesz iść, dokąd chcesz. Jestem w stanie rzucić na ciebie zaklęcie, tak jak na każdego innego śmiertelnika, ale nic więcej. Rozumiesz?

– A... a po co mi to wszystko mówisz? – zdumiał się krasnolud. – Ja chciałem cię zabić, a ty, zamiast poszczuć na mnie swojego zwierza, tłumaczysz mi to wszystko...

– Głupiś! – Czarodziejka ściągnęła brwi. – Szanuję wolność ducha, nieważne, w kim się przejawia! W odróżnieniu od swoich pobratymców, ty się nie poddałeś.

– Nie boisz się, że...

– Że opowiesz o tym innym krasnoludom? Nie boję się. Twój dar, Dwalinie, jest bardzo rzadki. Proponuję ci za to, żebyś wstąpił do mnie na służbę. Jestem hojna – wiesz przecież, kim tak naprawdę jestem!...

– Wiem – burknął Dwalin. – Spadkobierczyni...

– Nie tutaj – przerwała mu Eltara. – Nie w takim miejscu. To jak, umowa stoi?

– Obraziłaś Liisę. Byłaś bardzo wyniosła wobec ludzi w chutorze.

– Na Wielki Kamień! Krasnolud prawi mi morały! Chyba nie zdołam przywyknąć – westchnęła czarodziejka. – Czy ktoś może kiedyś ci mówił o Prawie Równowagi?

– Chodzi o dobro, zło i takie tam? – spytał krasnolud.

– Nigdy nie słyszałam równie wzgardliwej definicji... ale ogólnie rzecz biorąc, masz rację. Otóż czarodziej nie może robić samych tylko dobrych rzeczy – ani też wyłącznie złych. Musi zachować równowagę. Zerwana spódnica tej Liisy jest najniższą zapłatą za prawo noszenia Białego Odzienia. Rozumiesz?

– Mniej więcej – odparł stropiony krasnolud. – Czyli cały ten Pradawny Dług i wszyscy moi współplemieńcy w niewoli...

– Są zapłatą za możliwość przeciwstawiania się śmierci we wszystkich jej obliczach, Dwalinie. A teraz wstawaj, czas ruszać do Wzgórza Demonów.

*

Rzecz jasna, znalazłem tę okrężną drogę na dół i teraz schodzę po schodach wyrąbanych w skale przed tysiącami lat. Wiele nóg stąpało po tych wyślizganych stopniach, wiele łap należących do dziwnych stworzeń... Nagle uświadomiłem sobie, że schodów tych nie stworzyli ludzie ani krasnoludy, nie zrobili tego również Pierworodzeni! Skalne stopnie przechowywały w sobie pradawną złość Stworzonych w Nocy! Pamiętam ich! Pamiętam! Tak, to byli moi pierwsi wrogowie, w mojej pierwszej bitwie. Stawali się na przemian to wzgórzami, to rzekami, to jeziorami, starając się zbić mnie z tropu, oszukać, skryć się... Ale zawsze ich doganiałem. Dobrze walczyli, wspominam ich z wdzięcznością. Próbowali się bronić, z uporem drążyli tunel w głąb ziemi, pragnąc zawładnąć Siłą. Ale czy im to pomogło?

Nie pamiętam tylko jednego – czemu z nimi walczyłem? Dlaczego staliśmy się wrogami?

Odpowiedzi nie znałem i chyba nie pragnąłem poznać.

Spiralne schody zaprowadziły mnie do ciasnej celi. Nikt tu nie wchodził od dwóch czy trzech tysięcy lat. Pośrodku stał okrągły, wyciosany z kamienia ołtarz. Nad nim – wąski otwór komina. Tutaj palono ofiary, tutaj, zwabione cierpieniem torturowanych, spełzały się ziemne strachy, które pojawiły się w pierwszych chwilach po Stworzeniu. Tutaj właśnie Stworzeni w Nocy próbowali przejąć siłę swoich strasznych gości... Niewiele im to dało.

Tak, kamienie jeszcze pamiętają dawną siłę. I śladami tej dawno minionej teraz płynie nowa siła, inna, okrutna i bezlitosna. Ma ostry, cierpki smak. Zanurzam się w jej niewidzialnym strumieniu. Niewyobrażalna rozkosz.

Poprzez zasłonę zapomnienia przedzierają się jakieś obrazy. Zamieram... ale to nie są wizje, których się spodziewałem.

Spokojne, szmaragdowe łąki na brzegach czystych, błękitnych jezior, tak podobnych do ufnie otwartych oczu ziemi. Kryształowe iglice zamków. Sympatyczne gryfy zachowujące się jak kocięta. I ludzie. A raczej – istoty bardzo ich przypominające. Wytężam wzrok. No oczywiście, któż by inny!

Skąd we mnie te cukierkowe obrazki? Ta trawa, polanki, strumienie? We mnie, który umiłował sobie krwawe pola bitew, który bił się w niezliczonych wojnach we wszystkich światach Wielkiej Sfery? Nie znajduję odpowiedzi. Zbyt wiele osłania mgła zapomnienia. Pierwsze przebijają się uczucia, dopiero potem nadejdą prawdziwe wspomnienia.

Chciwie wypijam Siłę sączącą się przez ziemię. Nie potrzebuję żadnych zaklęć ani podobnych bredni. Zostawmy to niemądrym czarownikom! Oni jeszcze nie wiedzą, że skoro pojawiłem się w tym świecie, to znaczy, że muszą szykować się do wojny.

Każda cząstka mojej istoty przeobraża się i odradza jak pod ciepłym ożywczym deszczem. Wlewająca się we mnie potęga budzi pragnienia – jeszcze niejasne i niewyraźne. Stanąć samotnie naprzeciw całej armii... Rzucić się w krwawą rzeź, zapominając o wszystkim...

Wiem, że można mnie zabić, że nie jestem nieśmiertelny, i to nadaje walce szczególny, niepowtarzalny posmak. Jeśli nie ma ryzyka, nie ma zagrożenia, po co w ogóle walczyć?

Płynąca z podziemnego strumienia Siła nie jest w stanie mnie nasycić, ale budzi inną moc, do tej pory drzemiącą w mej jaźni. A im dalej, tym więcej siły mogę czerpać wprost z przenikających świat wielkich strumieni. Mogę, ale nie chcę. Muszę dać szansę przeciwnikom. Tak jest! Nie skorzystam z mojej wewnętrznej mocy, dopóki nie zetknę się z przeciwnikiem silniejszym ode mnie. Może będzie to ów Odradzający, o którym wspomniała Królowa Cieni? W tym świecie będę miał pełne ręce roboty! Odradzający – raz, tajemnica mojego przezwiska – dwa, tajemnica Czarnego, który nie życzy sobie z nikim rozmawiać, tajemnica Otchłani i Nienazwanego... Coś czuję, że tylko z tym ostatnim mógłbym się zmierzyć jak równy z równym. A przecież tym światem na pewno władają jacyś bogowie! Im również wypada złożyć wizytę.

Dobrze, starczy tej Siły! Więcej mi na razie nie potrzeba. Mógłbym stać się znacznie silniejszy, ale nie chcę. Świadomość, że jesteś niepokonany, psuje całą zabawę. Zostawmy odrobinę niepewności... Pora wracać! Pamiętam, że kamienie w ślepym zaułku tunelu zapieczętowało jakieś wyszukane zaklęcie. Doskonale! Od tego właśnie zaczniemy.

Wchodzę na górę po kamiennych schodach. Wydaje mi się, że Stworzeni w Nocy rzucają mi spod kamiennych płyt spojrzenia pełne bólu i nienawiści. Niewykluczone, że te istoty dałoby się przywrócić do życia! Ciekawe, co by powiedziały, gdyby z nimi teraz porozmawiać...

Ogniste jezioro wita mnie mrokiem i chłodem. Zabrałem całą przeznaczoną dla niego moc i zgasło. Czerwona woda zastygła, przemieniając się w krwisty kamień. W nieruchomych falach widać niepokojące zarysy rodzących się tu stworów. Odebrałem im siłę. Szkoda! Ktoś został bez wroga. A może strumień siły odrodzi się jeszcze? Raczej nie, konieczna byłaby ingerencja tego, kto ten kanał otworzył.

Teraz w górę – ku powierzchni tego świata. Potrzebuję jakiegoś potężnego czarodzieja, nie pierwszego lepszego, lecz takiego, który mógłby mi otworzyć Wrota Światów. Mam ochotę odwiedzić Królową Cieni! Chociaż nie, to byłoby zbyt proste. Najpierw popatrzę, co mnie czeka na górze, i spróbuję odnaleźć drogę sam. Dowiem się czegoś o Otchłani i Odradzającym, i w ogóle odpocznę nieco od czerwono-czarnych przestrzeni magicznych. Niech oczy zakosztują łagodnego szmaragdu lasów i błękitu mórz zdobnego bielą spienionych fal.

Idę na górę.

Gdy pokonałem już ponad połowę drogi, poczułem tam, w górze, magiczną Siłę, gotową rozerwać zasłonę zaklęć. Zgadza się, chodzi o to wymyślne zaklęcie, które chciałem zlikwidować. Ktoś mnie uprzedził.

Czuję, jak zaczyna się we mnie gotować. Jak śmieli rzucić mi wyzwanie!

Koncentruję się. Tak, pęta za chwilę się rozejdą. A wtedy ten, który leży obok kamieni zawalających wyjście, zamieni się w nicość. Czuję jego strach, jego ból... ale próbuje mężnie powitać śmierć.

Nie, chłopcze, nie umrzesz! Posyłam do przodu odrobinę swojej siły, żeby złagodzić cios.

I wtedy ziemia pod moimi nogami wzdryga się w skurczu. Wstrząs o potwornej sile porusza ściany, podłogę i strop tunelu. Na moją głowę sypią się odłamki kamieni, a potem z góry spadają ogromne masy ziemi, grzebiąc mnie pod sobą.

*

Hiss, Hiss, ty zdrajco... pchnąłeś mnie nożem... Dobrze, że włożyłem kolczugę... Aleś ty przebiegły, wężu! Ile własnych sił dodałeś do potęgi zdjętej Pieczęci! W takim razie dlaczego jeszcze żyję? Rozbłysk, huk... a ja nic nie poczułem. Jakby mnie ktoś okrył niewidzialną tarczą.

Nie ma co, dałeś plamę, Cheorcie! Ojciec nawet nie będzie chciał na ciebie patrzeć, nie dopuści cię do siebie. Będziesz jadł w czeladnej, razem z goblinami i trollami ze służby. I dobrze ci tak! Już nie miałeś komu zaufać, tylko temu staremu wężowi? O, do licha, ale bok krwawi... Silna z niego bestia, zdołał przebić kolczugę... A ja groziłem, że mu nakładę po karku... Zobaczylibyśmy, kto by komu nakładł...

Wychodzi na to, że ktoś mnie uratował. Żeby tak wiedzieć kto! No bo przecież nie ojciec... od niego by się człowiek doczekał. Trzeba się stąd jakoś wydostać... Ale gruchnęło! Cały tunel zawaliło! Dobrze chociaż, że ocalała ta dziura w sklepieniu, którą przebiliśmy z Hissem! O, poczekaj ty, przerośnięty robalu, już ja cię dopadnę! Wprawdzie masz w rękach jedną z Wielkich Pieczęci, ale twoja istota się od tego nie zmieni. Cały Hjörward przejdę, jeśli będzie trzeba! Do Graora Dusiciela się zwrócę, zostanę jego uczniem, ale na tobie, wężu, jeszcze się zemszczę!

Trzeba wstać. Ten kamień chyba można przesunąć... O, do licha! Z rany płynie krew... Jak to opatrzyć...

*

Ragnwald znalazł się przy Wzgórzu Demonów kilka chwil po wybuchu. Wzgórze zmniejszyło się o połowę.

Nie było mowy o pomyłce – ktoś go uprzedził i zdjął Pieczęć, zdjął, łamiąc wszelkie prawa magiczne. Pobladły Ragnwald patrzył na rozwalone wzgórze. W wyobraźni ujrzał kataklizmy, które spadną na tę znękaną, nieszczęsną ziemię. Spóźnił się! Przeklęte Prawo Równowagi zadziałało.

Za plecami Ragnwalda zaszeleściły gałęzie. Odwrócił się gwałtownie.

– Witaj! – powiedziała istota w języku nieznanym ani ludziom, ani krasnoludom, ani nawet Pierworodzonym. Na brzegu lasu stał pająk o ludzkiej twarzy, dość sympatycznej twarzy mężczyzny w sile wieku. Władczy podbródek, skronie przyprószone siwizną...

Ragnwald sposępniał.

– Wiedziałem, że to twoja robota – rzekł w tym samym języku. – Nie za wiele na siebie bierzesz? Wymyśliłeś to wszystko sam czy tylko wykonałeś wolę swego pana?

– Po co tyle pytań, sędzio! – Pająk udał zdumienie. – Już dawno chciałem się z tobą spotkać. Tyle spraw mamy do omówienia!

– Twój Ciemny Władca stracił wszelki umiar.

– A ty, choć jesteś Sędzią, i tak go nie dosięgniesz – zauważył pająk złośliwie. – No dalej, zmierzmy się siłami!

– Czy twój pan nie boi się stracić tak pożytecznego i oddanego sługi? – zapytał Ragnwald, wysuwając do przodu lewą nogę i zaciskając pięści niczym wiejski chłopiec szykujący się do bójki.

– Cha, cha! Mój władca ma tysiące tysięcy takich jak ja! Lepiej zrobisz, Sędzio, jak przestaniesz się popisywać i przyjmiesz dawno proponowane stanowisko. Na najwyższym stopniu tronu Władcy Zła! Pomyśl o tym!

– Ech, rozmawiać z tobą to tyle, co przelewać z pustego w próżne. Chcesz pojedynku, to zaczynajmy. Nie mam czasu na głupstwa.

– Uważaj, bo gdy zaczniesz żałować, może być za późno! – wysyczał pająk.

Stanął na tylnych odnóżach, wysuwając przednie, a za jego plecami w górę strzeliła ściana ryczącego płomienia. Wokół przednich łap zatańczyły płomyki, tworząc jatagan. Klinga wzleciała w górę i spadła niczym ciemna błyskawica.

Ragnwald Sędzia zrobił krok do tyłu i uniósł nad głową rękę zgiętą w łokciu. Na chwilę otuliło ją srebrzyste lśnienie i jatagan, który w nią uderzył, rozpadł się w chmurze gasnących iskier. Czarodziej zachwiał się, ale utrzymał równowagę.

– Grrchm... – wyrwało się pająkowi. Po jego twarzy przemknął ból. – Zręcznyś, Sędzio!

– A co, spodziewałeś się, że padnę i będę błagał o litość? – zapytał sarkastycznie Ragnwald, przechodząc do ataku. Walczył gołymi rękami, nie potrzebował ani miecza, ani zbroi. Jeden skok i znalazł się obok pająka.

Pięść Ragnwalda, otulona srebrzystym lśnieniem niczym stalową rękawicą, trafiła potwora między oczy. Pająka odrzuciło do tyłu. Jego ludzka twarz zalała się krwią, ale wstał zdumiewająco szybko i z rykiem rzucił się na czarodzieja. Ragnwald powitał go starannie wyliczonym ciosem – kopniak w staw kolanowy przedniej łapy. Chrzęst, trzask, kończyna się złamała i pająk gruchnął na ziemię.

– Masz dość czy kontynuujemy? – zapytał Ragnwald.

Pająk wydał nieartykułowany ryk. Jego odnóża spazmatycznie skrobały ziemię, odwłok zadygotał i nagle skóra potwora zaczęła z trzaskiem pękać jakby przecięta mieczem, w szczelinach zagotowała się biała ciecz. Płyty czarnego pancerza zaczęły odpadać i po kilku chwilach zamiast pająka pojawił się nieforemny pagórek. Kilka sekund później od środka rozpruła go czerwona błyskawica, kokon stwardniałej piany pękł i przed Ragnwaldem stanął nowy przeciwnik – gigantyczny skorpion, już bez żadnych ludzkich cech.

Z brązowych szczęk ściekał jad i tam, gdzie krople kapały na trawę, pojawiał się płomień. Giętki ogon ze śmiercionośnym żądłem wygiął się, celując w pierś czarownika. Kleszcze szczęknęły groźnie.

Ragnwald zmrużył oczy i ruszył do nowego ataku. Oszukując skorpiona fałszywym bocznym zamachem, mocno uderzył w prawe kleszcze. Rozległ się chrzęst i zmiażdżone kleszcze obwisły bezsilnie, ale wtedy skorpion zaatakował ogonem. Czarodziej nie zdążył się już uchylić przed czarnym żądłem. Weszło w jego pierś, skrwawiony koniec wysunął się z pleców.

Czarownik upadł na trawę. Zdumiony skorpion przez kilka chwil patrzył na trupa, a potem uniósł ocalałe kleszcze i okolicą wstrząsnął jego potężny głos:

– Zabiłem go! Panie, nareszcie zabiłem Sędziego! Zwyciężyłem! Jestem najpotężniejszym żołnierzem armii Zła! Pokonałem Sędziego!

Cóż, nie świadczyło to najlepiej o inteligencji stwora.

Ragnwald leżał nieruchomo, tylko powieki lekko mu zadrżały jak od powstrzymywanego śmiechu.

I wtedy dał się słyszeć łopot potężnych skrzydeł. Z nieba ostrą spiralą schodził w dół srebrnoskrzydły gryf. Skorpion zamarł, wpatrując się w nowego wroga.

*

– Zobacz, potwór! – krzyknęła Eltara, wskazując na dół. Ragnwald właśnie przeszedł do fatalnego ataku. – I człowiek! Walczy z nim! Trzeba mu pomóc!

– Może byśmy tak sobie pomogli – mruknął rozsądnie krasnolud, ale było już za późno. Łapy gryfa dotknęły ziemi, a sama Eltara, dumnie unosząc głowę, ruszyła na potwornego skorpiona. Obok niej szedł gryf; o Dwalinie w zamieszaniu wszyscy zapomnieli.

– Rrrodgar, ale bydlę! – szepnął krasnolud pobielałymi wargami. Ujął wygodniej siekierę i zaczął podkradać się do stwora od tyłu.

Skorpion szykował się do skoku. Opróżnione żądło jeszcze nie zgromadziło nowej porcji trucizny, Eltara wiedziała o tym i dlatego musiała działać szybko.

Zaczerpnęła z powietrza garść czegoś niewidocznego i z rozmachu cisnęła – w powietrzu zawirowała biała sieć. Skorpion machnął ocalałymi kleszczami, nici wpiły się w twardy pancerz stwora, napięły i pękły. Eltara słabo krzyknęła i zachwiała się na nogach.

Broniąc swojej pani, gryf zasłonił ją sobą, wściekle klekocząc. Ciosem przedniej łapy odrzucił wysunięte kleszcze i skorpion zderzył się ze skrzydlatym zwierzem pierś w pierś. Pazury i dziób gryfa zostawiały głębokie rany na boku i brzuchu potwora, ale nie zdołały go zatrzymać – skorpion już sięgał jadowitymi szczękami do Eltary. Utkana przez czarodziejkę perłowa tarcza rozpadła się w drobny mak pod naciskiem tępej czarnej mordy.

– I-ech! – Zapomniany przez wszystkich krasnolud z rozmachu wbił siekierę w ogon skorpiona tuż przy odwłoku.

Potwór zawył i obrócił się w miejscu. Krasnolud wiedział, gdzie trzeba uderzyć – ogon ze śmiercionośnym żądłem bezsilnie wlókł się po ziemi. A gdy łeb stwora znalazł się tuż obok, krasnolud bez wahania ciął siekierą jak szablą – ostrze rozcięło oczy skorpiona.

Gryf zatrzepotał skrzydłami. Ciało skorpiona upadło na ziemię, a w niebo wzbił się dziwny stwór przypominający wielkiego nietoperza. Ze wściekłym krzykiem wstydu i bólu skrył się za wierzchołkami świerków.

– No i uciekł, łobuz jeden! – wymamrotał Dwalin, wstając i wycierając pot z twarzy, który się pojawił, gdy jadowite szczęki stwora znalazły się na odległość wyciągniętej ręki.

Długo tarł siekierę o trawę, mimo że nie było już na niej żadnych śladów czarnej krwi. Nie mógł dojść do siebie. Eltara trzy razy go wołała, zanim wreszcie podniósł głowę.

– Uratowałeś mi życie – odezwała się z powagą. – Dlaczego? Przecież jeszcze niedawno byłeś gotów zabić i mnie, i siebie.

– Skąd ta myśl, że ratowałem ciebie? Siebie ratowałem! Siebie, jasne? Jak przystało na wyrachowanego i pamiętliwego krasnoluda!

Eltara się uśmiechnęła. Na widok tego uśmiechu śmiertelny mężczyzna oszalałby ze szczęścia, ale krasnolud tylko spuścił głowę, mrucząc coś w rodzaju: „Chodźmy, co tu będziemy siedzieć i czekać nie wiadomo na co”.

– Tak, chodźmy – zgodziła się czarodziejka. – Tylko najpierw pochowajmy tego nieszczęśnika. – Wskazała ciało Ragnwalda.

Wykopali niezbyt głęboką mogiłę i Eltara w śpiewnym, melodyjnym języku wygłosiła pożegnanie swojego narodu.

Z wysokiej gałęzi tę scenę obserwował brązowy sokół. Gdy na mogiłę upadła ostatnia garść ziemi, zerwał się, zatoczył krąg ponad głowami Eltary, krasnoluda i gryfa, i niczym strzała pomknął na wschód.

– Chciałbym wiedzieć, skąd się tu wzięły takie sokoły – burknął Dwalin, odprowadzając wzrokiem potężnego ptaka.

Obszedł skorpiona dookoła, mocno się zamachnął siekierą i trzema ciosami odrąbał straszliwe żądło.

– Przyda się – wyjaśnił zdumionej Eltarze.

Żądło starannie zawinął w skórę, potem w płótno i schował na samym dnie worka.

– Dokąd teraz? – zapytał.

– Do Wzgórza Demonów. – Eltara zdecydowanie podniosła głowę.

– Co, do środka?!

Czarodziejka nie zaszczyciła go odpowiedzią.

*

– Przepraszam – powiedział krasnolud, gdy we troje – on, gryf i Eltara – weszli na wzgórze – ale gdzie jest szczyt?

Jego pytanie pozostało bez odpowiedzi. Eltara poruszała szybko dłońmi otoczonymi siecią błękitnych i srebrnych iskierek. Krasnolud machnął ręką, podszedł do dziury w ziemi i wsunął tam głowę.

– Hej, czcigodna! Tam jest ktoś żywy!

Eltara podbiegła do dziury, omal nie zwalając z nóg krzepkiego krasnoluda.

– *Wanaioro linoe! Wanaioro!*

Z ciemności dobiegł słaby jęk.

– On tam jest! – Eltara omal nie wskoczyła do dziury, krasnolud złapał ją w ostatniej chwili.

– Zaczekaj, aż spuszczę drabinkę.

Minutę później w ciemności podziemia zapłonął błękitny ogień magiczny. Przy ścianie tunelu leżał jakiś człowiek przysypany ziemią. Eltara chwyciła go za ramię, odwróciła do siebie i z trudem powstrzymała jęk zawodu. To nie był Elstan!

Czarodziejce pociemniało w oczach i Zaklęcie Światła omal nie umarło. Ranny znów słabo jęknął.

Eltara zacisnęła wargi. Elstana nie ma, tunel zawalony... Ale może ten śmiertelnik był tutaj razem z jej wybrańcem?

– Dwalinie! Ciągnij!

Potężny krasnolud bez trudu wciągnął nieprzytomnego człowieka na górę.

Eltara i Dwalin ujrzeli ciemnowłosego młodzieńca, chyba siedemnastoletniego. Pociągłą twarz trudno było nazwać urodziwą – długi nos, wąskie oczy, wysokie kości policzkowe... Chłopak oddychał z trudem.

– Stracił wiele krwi – stwierdziła czarodziejka, oglądając rannego. – Ale to drobiazg, poradzimy sobie.

I rzeczywiście. Wkrótce na bladej, ziemistej twarzy pojawił się delikatny rumieniec. Rzęsy zadrgały i młodzieniec otworzył oczy.

★

Ziemia przygniatała mi pierś. Tamten człowiek dawno by umarł, gdyby nie ja. Ale i moje siły mają pewne granice. Nie przebiję się ani na powierzchnię, ani w dół. Pozostaje mi tylko jedno – odejść z tej rzeczywistości. Wiem, że jestem do tego zdolny, lecz niestety, moja pamięć jest pusta. Na próżno po niej szperam, szukając wspomnień. Nic nie ma. Nawet niebezpieczeństwo nie może otworzyć tego zamka, który zamyka przede mną przeszłość.

No tak, nie umarłem, ale jestem uwięziony. Czy naprawdę będę musiał czekać tysiące lat, zanim deszcz i wiatr zniszczą ten kurhan? Czy będę musiał się pogrążyć w wielowiekowym śnie? O nie! Nie po to przyszedłem do tego świata, żeby teraz leżeć pod ziemią jak gnijący trup! Wydostanę się! Muszę się wydostać! Przezwisko Gubiciel zobowiązuje!

Nawet przez grubą warstwę ziemi słyszę głosy. Na górze są żywi, ale dla mnie nie ma to żadnego znaczenia. Nawet gdyby byli potężnymi czarownikami, nie zdołają się do mnie dostać. Muszę uwolnić się sam, muszę drążyć ziemię jak kret...

Zbieram wszystkie siły i powoli wysuwam ręce do przodu. Moje dłonie zanurzają się w suchej ziemi, a ja wbijam je coraz głębiej, jakby w ciało straszliwego wroga, i podciągam się. Wbijam i podciągam się, wbijam i podciągam... I tak bez końca.

*

– Nazywam się Cheort, jestem synem Gordżelina. Słyszeliście o takim czarowniku? Mówią na niego Śnieżny Mag. Sześć dni temu zawołał mnie do siebie i mówi: Idź do Wzgórza Demonów, pozostawiono tam jedną z Pieczęci Wiecznego Króla. Jest mi potrzebna, zdobądź ją za wszelką cenę. Zgodziłem się, a wtedy on dał mi na towarzysza Hissa... Hiss to król węży, ale przypomina jaszczurkę chodzącą na tylnych łapach. Był uczniem ojca, a towarzyszenie mi miałoby być jego ostatnim zadaniem. Potem, po powrocie, Hiss dostałby swoją laskę... ojciec ma prawo wręczania laski, przyznało mu je konklawe dawno temu. No i wyruszyliśmy. Ukrywaliśmy się przed Ordą, załatwiliśmy po drodze trzy trolle i pięć gurrów. Do wzgórza dotarliśmy szczęśliwie. Skąd ojciec wiedział o Pieczęci? Nie wiem, należałoby jego zapytać. Nie ufał mi i niewiele mi mówił. A potem przebiliśmy sklepienie, zeszedłem na dół, zdjąłem Pieczęć – ojciec dał mi na tę okazję specjalne jednorazowe zaklęcia... A potem Hiss wyrwał mi Pieczęć, ciął mnie nożem w bok i zepchnął w dół, łobuz. Pamiętam, że był straszny wybuch, łoskot, huk... Tunel się zawalił, cud, że mnie nie pogrzebało. Próbowałem się wydostać, ale osłabłem od rany, nie mogłem. Co było dalej, nie wiem, straciłem przytomność.

– Dlaczego przeżyłeś, skoro tu wszystko wybuchło? – zapytała Eltara, gryząc wargę.

– Sam nie wiem, najpiękniejsza. Pewnie osłoniła mnie jakaś siła.

– Dobrze. Poleż tu spokojnie. – Czarodziejka wstała. – Dwalinie, przypilnuj go, proszę!

Poszła, myślał krasnolud. Pewnie się rozryczy. No jasne, już ryczy. Wszystkie tylko na pozór są twardsze od kamienia i zimniejsze od lodu. A w środku takie same baby jak w chutorze Argnista. Tak, kochana, nie poszczęściło ci się. Poszedł twój ukochany do Wzgórza Demonów i tam został. Jeśli nawet na początku przeżył, to potem go zasypało. Nie odkopiesz, nawet gdybyś cały Ar-an-Aszparang wezwała do pomocy. Jakim cudem ten Cheort przeżył? Może w ostatniej chwili ojczulek go osłonił... Oho, Eltara wraca!

– Dwalinie, bądź tak dobry i rozbij tu obóz. Muszę się porządnie zająć tym wzgórzem. Nie odejdziemy stąd, dopóki nie będę miała pewności, że... że...

O, jak głos jej drży!

– A potem zajmiemy się tym Hissem. Pieczęć musi wrócić do prawowitego właściciela.

– Och, najpiękniejsza! Czy ty... czy ty jesteś z samego... z samego Elfranu?!

– Nie twoja sprawa. Ani ty, ani twój ojciec Pieczęci nie dostaniecie. To wiedz na pewno – w głosie czarodziejki zadźwięczał metal.

– No to co mam zrobić, najpiękniejsza? Ojciec zetrze mnie na proszek!

– Nie przypuszczam – powiedziała z przekonaniem Eltara.

– Najwyżej wychłoszcze – dorzucił krasnolud.

Cheort zwiesił głowę.

– Bez Pieczęci nie mam po co wracać. Gdybym jej po prostu nie zdobył... ale nie, wydostałem i straciłem. I teraz ma ją ten wąż Hiss!

– Wybacz, chłopcze, ale to już twój problem – stwierdziła czarodziejka. – I czemu ty, syn czarodzieja, w dodatku takiego słynnego, postanowiłeś zginąć od zwykłej rany? Nie mogłeś zagoić?

Chłopak poczerwieniał.

– Nie mogłem. Ojciec dał mi siły tylko na zaklęcia do zdobycia Pieczęci.

– A to dlaczego? – zdumiał się krasnolud.

– Nie ufał mi. Może bał się, że zniknę razem z Pieczęcią.

– A w efekcie zniknął z nią Hiss! – wybuchła Eltara. – I teraz trzeba go będzie szukać, żeby odebrać Pieczęć...

– Najpiękniejsza! – Chłopak chyba chciał paść na kolana. – Weź mnie ze sobą, jeśli chcesz szukać Hissa! I tak nie mogę wrócić do ojca!

– Wziąć cię ze sobą? – powiedziała z powątpiewaniem Eltara. – A czy ty w ogóle coś umiesz, bohaterze?

– Zajrzyj do mojego umysłu, najpiękniejsza, a zobaczysz sama! Przecież jesteś czarodziejką. – Cheort spuścił wzrok.

– Zajrzę. – Eltara zadarła dumnie podbródek. – Tak... nieźle władasz mieczem i czarować trochę potrafisz... Tylko że twój ojciec nałożył na ciebie mocne zaklęcie... długo trzeba by rozplątywać... A poza tym, chłopcze, jesteś całkiem w porządku. – Uśmiechnęła się. – Dobrze, pójdziesz z nami. Ale mój gryf nie uniesie trzech osób.

– Mieliśmy konie. Pewnie Hiss się nimi zajął. A jak nie on, to Orda.

– Dobrze! Dwalinie, bierz się do rozbijania obozu, a Cheort niech odpoczywa.

– Nie! Najpiękniejsza, pozwól, że pomogę czcigodnemu krasnoludowi!

– Powiedziałam, że masz leżeć! Nałożyłam na ciebie zaklęcia leczące, więc to ja będę decydować, kiedy i co będziesz robił.

Jednak się trzyma! – pomyślał Dwalin z uznaniem. Zuch! Widać, że oczy ma na mokrym miejscu – i to kto, Pierworodzona! Ale się trzyma – rozkazuje, decyduje. Bardzo przypomina siostrę, bardzo. Tylko tamta miała łagodniejszy charakter... Co ona chce teraz zrobić? Aha, chodzi po wzgórzu... pewnie szuka czarami śladów Elstana...

Krasnolud się nie mylił. Eltara czuła, że jeśli osłabi swoją wolę, zacznie szlochać. Wkładając w poszukiwania całą swą niemałą moc, szła po rozszarpanym wybuchem zboczu wzgórza, próbując odnaleźć ślady ukochanego. Specjalne zaklęcia zmuszały do udzielania odpowiedzi piasek i trawę, kamienie i drzewa z niedalekiego lasu. Wizję, którą ujrzała niedawno w kryształowej kuli, teraz wzbogaciła licznymi szczegółami. Już wkrótce znała dokładny przebieg wydarzeń na powierzchni ziemi. Teraz musiała się dowiedzieć, co się stało w głębi.

To było okropne miejsce. Pod tym wzgórzem kryło się jedno z legowisk ohydnej Ordy. Młoda czarodziejka poczuła wytyczone przez kogoś kanały złej mocy, zasilającej rodzące się legiony potworów. Całe wzgórze spowijał splątany system zaklęć i kontrzaklęć. Wewnętrznym spojrzeniem widziała wijący się pod ziemią tunel przypominający jelita jakiegoś starożytnego smoka. I po tym tunelu uparcie pełzło w górę jakieś monstrum.

Eltara zadrżała niczym ptak pochwycony przez węża. Stwór, który próbował wydostać się na powierzchnię, był nieporównanie gorszy od wszystkiego, z czym stykała się do tej pory, zostawiał daleko w tyle słynne bestie starożytności. Czuło się w nim moc, która mogłaby rozsypać góry w proch, zgasić gwiazdy i dla kaprysu ugotować zupę z wielorybów, doprowadzając do wrzenia całe morza i oceany.

Czarodziejka przycisnęła palce do skroni. Czy naprawdę ojciec miał rację, mówiąc, że gdy Pieczęć zostanie usunięta toporną siłą, do świata wedrze się koszmar, w porównaniu z którym Orda wyda się dziecięcą igraszką?

I ślady Elstana giną właśnie tam, na dole, na przecięciu jego drogi z tym monstrum! Czarodziejka zadrżała. Wyobraźnia usłużnie podsunęła jej straszną wizję – przegniłe zęby trupojada wgryzają się w stygnące ciało Elstana, chrzęszczą kości, rozlega się zadowolone burczenie i mlaskanie... A teraz ten stwór lezie na górę!

O nie! Ona się nie cofnie, przyjmie walkę, jak przystało córce i spadkobierczyni Wiecznego Króla. Nie ma znaczenia, że on jest wieczny. Gdy nadejdzie czas, jej królestwo będzie odrębnym państwem. Chociaż... ten czas nie nadejdzie nigdy, jeśli nie uda jej się powstrzymać tego stwora. Ale ona nie podda się bez walki!

Stanęła, uspokoiła oddech, wyciszyła rozszalałe myśli. I zaczęła niespiesznie pleść najbardziej śmiercionośne, najbardziej mordercze ze wszystkich znanych jej Wielkich Zaklęć.

Rozdział 3

Gdy odleciała ta wariatka Eltara, życie w chutorze wróciło do normy. Szkoda tylko, że czarownica – a żeby ją pokręciło! – zabrała ze sobą Dwalina. Mistrz był z niego pierwszorzędny. No i jaki chutor mógłby się pochwalić, że u nich prawdziwy górski krasnolud młotem macha?!

Tymczasem minęła wiosna, skończył się miesiąc ptasich śpiewów, zaczął miesiąc traw, zbliżały się sianokosy – a krasnoluda ani widu, ani słychu. Młódki z chutoru posmuciły się, popłakały i rade nierade wpuściły pod kołdrę poprzednich kawalerów, którzy w wyniku męskich wyczynów krasnoluda znajdowali się w niełasce.

W pierwszych dniach miesiąca traw chutor niespodziewanie zaatakowała Orda – z dziesięć trąbaczy, pół setki pancerników, tyleż brzuchojadów, z tysiąc ścianołomów, nie licząc innej drobnicy. Obrońcy, rozleniwieni ciepłem, zorientowali się zbyt późno i stwory podeszły aż do częstokołu. Co było robić, złapali za siekiery i włócznie, odpędzili drańtwo. Trąbacze poległy wszystkie, z reszty stworów uszła z życiem ledwie jedna trzecia.

Gdy drogi obeschły, chutor Niwena, który zimę bez Obrońców jakoś przeżył i w miejscu zniszczonych chat twierdzę postawił, zaczął zwoływać do siebie mistrzów. Niwen wydumał rzecz niebywałą – wzniesienie kamiennych murów. Mówił, że lepiej wznieść mury, niż wykosztować się na Obrońców, i że jeszcze wszyscy będą im zazdrościć. Argnist, słysząc o tym szaleństwie, tylko głową kręcił. Dejera odwiedzała żonę Niwena, przekonywała, namawiała, żeby męża od tego zamiaru odwiodła, a ta w głos płacze i mówi, że nic nie poradzi! Wszyscy jakby poszaleli, wołają, że innym drogę pokażą, życia nauczą, że ich za to czeka i ludzka życzliwość, i wdzięczność, i bogactwa niemałe! Tylko kilka młódek, dzieci zabrawszy, z niweńskiego chutoru precz poszło; dwie takie biedaczki Argnist przyjął do swojego gospodarstwa.

Powoli wszyscy zapomnieli o krasnoludzie i o czarodziejce. Historię o walce Dwalina i Argnista ze ścianołomami długo jeszcze dzieciom wieczorami przy piecu opowiadano, ale stopniowo i ona zaczęła stawać się coraz bardziej nierealna. Każdy miał pełne ręce roboty, nie było czasu rozmyślać nad minionymi dziwami. Ledwie skończyli z sianokosami, już trzeba było szykować towary do wysyłki drogą wodną, a tu i zboża ozime zaczynają dojrzewać! Lato jak zawsze było piękne i urodzajne.

Życie od wieków płynęło utartą koleiną i wydawało się, że nic tego zmienić nie może – nawet tak niebywała rzecz jak śmierć Obrońców Niwena i stawianie kamiennej twierdzy. Nieraz mówili o tym, rozprawiali, ale na rozmowach się kończyło i żaden z gospodarzy innego chutoru nie rwał się do stawiania kamiennych budowli.

Jednakże gdzieś w połowie miesiąca słonecznego skwaru po chutorach rozeszła się wieść, że Orda postąpiła wbrew swoim dotychczasowym zwyczajom. Zamiast wynieść się na lato daleko na północ, ruszyła na południe i teraz szturmuje Rycerską Rubież.

Opowiadali o tym kupcy, którzy przedarli się przez pełne potworów lasy. Krasnoludy z Ar-an-Aszparangu, również wrogowie Ordy, pozwolili kupieckim karawanom przejść na północ tajnymi górskimi tunelami. Gdyby się nie zgodzili, chutory nie otrzymałyby zamówionej broni i reszty niezbędnego wojownikom wyposażenia.

Drugiego dnia trzeciego tygodnia miesiąca słonecznego skwaru do Argnista przybyła niewielka konna karawana. Trzech krzepkich kupców dostarczyło zamówione jeszcze zeszłym latem towary.

– Witaj, gospodarzu! – Skłonili się grzecznie, bez uniżoności. – Przyjmij swój towar. Przywieźliśmy wszystko jak należy, ale co się strachu po drodze najedliśmy! Towarami niech się zajmą inni, a ja mam obowiązek wręczyć ci królewskie pismo. Kapituła Zakonu Gwiazdy też tam swoją pieczęć przystawiła.

– Hedinie Walczący, co za dziwy! – Argnist pokręcił głową. Stary setnik poczuł chłód w sercu. Królewskie pisma nie wróżyły niczego dobrego.

– Polecono mi odczytać je we wszystkich chutorach, do których zajadę – powiedział kupiec i rozwinął zwój pergaminu ozdobiony kolorowymi pieczęciami.

– Wybacz, ale przywykłem czytać rozkazy jego wysokości swoimi oczami. – Argnist wziął od niego zwój.

Tak jak przypuszczał, w piśmie nie było dobrych nowin. Jego wysokość wzywał swych ukochanych poddanych z północnych chutorów, aby spiesznie się zbroili i szli na południe, gdzie rycerze Gwiazdy usiłują powstrzymać napór Ordy. Sam król również przybędzie z wojskiem na Rycerską Rubież, czeka tylko na podejście pospolitego ruszenia baronów z Fejnu.

A jużci, doczekacie się! – prychnął w duchu Argnist.

– Przeczytałeś, gospodarzu? To daj z powrotem. Muszę to jeszcze w innych chutorach odczytać.

Argnist oddał zwój.

Tego samego wieczoru ludzie zebrali się w wielkiej świetlicy i Argnist głośno, żeby wszyscy słyszeli, opowiedział o królewskim rozkazie. Nastała grobowa cisza. Wojować nie chciał nikt. Jedna sprawa swojego chutoru bronić, bab i dzieci, a zupełnie inna maszerować za siódmą górę do Rycerskiej Rubieży (małośmy tych rycerzy bili?!), przez lasy pełne potworów, zostawiając chutor pod nie wiadomo czyją opieką. Pewnie, że są Obrońcy, ale bez ludzi sobie nie poradzą! I co nas w ogóle obchodzi to całe południe?! Trzysta lat z Ordą walczymy i jakoś żyjemy, a tych tam raz jeden przycisnęło i już ze strachu w portki robią!

Argnist dobrze wiedział, że tak myślą teraz prawie wszyscy, którzy słuchali jego przemowy. Rozumiał też, że nie znajdzie słów, które przekonałyby jego ludzi, by poszli z nim tam, gdzie jego, który przysięgał Galeńskiej Koronie, wzywał obowiązek.

Owszem, w chutorze nie brakowało młodych chłopaków chętnych do bijatyki, ale na południe iść nie chciał nikt. Jeden tylko Artaleg, a i to bez zapału.

Królewskiego rozkazu nie wykonano. Pięćdziesięciu wojowników Argnista pozostało w chutorze.

Stary setnik mógłby kazać swoim ludziom wyruszyć i wtedy udałoby mu się wystawić jeśli nie pięćdziesięciu, to choć trzydziestu wojowników. Ale prowadzenie do walki ludzi, którzy myślą tylko o tym, gdzie by się tu zadekować, żeby całym i zdrowym wrócić do żony i dzieci, to dla dowódcy gorsze niż śmierć. Wojownicy gwardziści, dawni towarzysze Argnista, poszliby do walki bez namysłu i żadna żona by ich nie powstrzymała. Ale gwardia to gwardia. Wstępują do niej ci, którym życie bez ryzyka niemiłe, którym wszystko jedno, z kim się będą bić. A w chutorze chłopaki są wprawdzie odważne i nikomu w walce nie pofolgują, lecz tylko gdy ta walka będzie na progu ich chaty. Na daleką wojnę nie pójdą, choćbyś ich na kawałki ciął.

– Ej, mężulku, a dokąd to? – Dejera wpadła do izby jak wicher.

Argnist podniósł wieko kufra i spokojnie wkładał do worka rzeczy niezbędne na wyprawę.

– Jak to dokąd? Wykonać królewski rozkaz – mruknął setnik.

– Sam?!

– Sam, Dejero. Wiem, że nikt ze mną nie pójdzie. Chutor zostawiam pod opieką Alorta. Jakby się co stało, będzie z niego dobry gospodarz. Artalega wydziel, nie ukrzywdź. Chociaż... Saatę chłopak tyranizuje, to może niech lepiej zostaną tutaj, pod twoim okiem.

– Co ty, czemu mówisz o sobie jak o nieboszczyku? – zlękła się Dejera. – Nawet o tym nie myśl!

– Daj spokój, żono. Przysięgałem królowi, jego chleb jadłem i teraz, gdy mnie wzywa, nie mogę się do niego plecami odwrócić!

– A ja? A chutor? A gospodarstwo?

– Tylko ty mnie tu trzymasz – rzekł ponuro Argnist. – Ale i...

– Chcesz nas wszystkich porzucić? Na to południe przeklęte iść? A niechby je Orda wzdłuż i wszerz przeorała!

Na nic jednak zdały się łzy i błagania; rankiem stary setnik odszedł i tyle go widzieli. Chciał dołączyć do kupców, którzy planowali wracać przez Ar-an-Aszparang.

Pęk gospodarskich kluczy przeszedł na pas Dejery – Alort stanowczo odmówił ich przyjęcia. Widziane to rzeczy, żeby za życia ojca syn klucze brał! Jak stary zginie, gdy się go pochowa, stypę wyprawi, odżałuje... wtedy to inna sprawa.

Ale na razie Argnist żył, na razie było lato. Latem życie zawsze łatwiejsze. O zimie starano się nie myśleć.

*

Eltara zastygła w bezruchu, napięta niczym cięciwa. Wydawało się, że w dłoniach trzyma ciężką, niewidzialną czarę. Zapanowała martwa cisza. Dwalin, Cheort i gryf na wszelki wypadek schowali się za kamieniami.

– Jak zaraz gruchnie, no, jak zaraz gruchnie! – powtarzał pod nosem krasnolud.

Gdzie jesteś, ohydny stworze pełen morderczej siły, niszczącej wszystko co żywe i nieożywione? Widzę cię, czuję cię pełznącego niczym olbrzymi czerw, rozsuwasz przed sobą ziemię... Jakże ogromna siła do tego potrzebna! Widzę, jak pełzniesz coraz wyżej, ale nie wiesz, że na twojej drodze stoję ja – Eltara Elfrańska! To przeklęte wzgórze pochłonęło Elstana, wywołało z nieznanych głębin tego wstrętnego stwora i wypuściło na wolność – zaraz zobaczymy, czy zdoła pokonać mnie!

Smukłe palce delikatnie przechyliły niewidzialną czarę.

Już zaraz... za chwilę... już! Jesteś w splocie moich sieci! One nie pozwolą mojemu ogniowi rozpłynąć się po ziemi, nakierują całą jego moc i wściekłość na ciebie. I przemienisz się w popiół, gorący, tłusty popiół, a twoja uwolniona moc wzniesie nad mogiłą mojego Elstana iście królewski grobowiec.

Sieci się zaciskają. Oczywiście, mógłbyś je rozerwać, dlatego muszę atakować w tej krótkiej chwili największego ściągnięcia nici...

Ukryty za kamieniami Dwalin zobaczył, jak Eltara nagle wspięła się na palce i przechyliła niewidzialne naczynie.

– *Irieho wantioto! Wantioto suelde!*

W dół ku ziemi popłynął strumień widmowego białego płomienia. Ziemia zapłonęła pomarańczowym ogniem, ale strumień płomienia już płynął poprzez nią, w głąb wzgórza, do miejsca, w którym zbiegały się niewidoczne koryta jego strumieni.

Maksymalnie skoncentrowana Eltara gnała przed siebie śmiercionośny płomień, aż poczuła, że jej broń dosięgła celu.

*

Dziwne, trafiłem na twardą przeszkodę składającą się z setek tysięcy cienkich nici. Co to jest? Skąd się wzięło? Czy pochodzi od tych, których wyczuwam na powierzchni? Ale, ale! Oni nie ograniczają się do sieci!

Z góry napływa ogromna siła ognia. Oho! Rozpoczęło się prawdziwe polowanie! O, znakomicie, ogień pomoże mi się uwolnić. Teraz wszystko należy zrobić bardzo skrupulatnie, w przeciwnym razie strumień płomienia może się okazać zabójczy.

O, dawno nie miałem przeciwko sobie tak niebezpiecznego i silnego wroga...

O ewentualnej zagładzie myślę z całkowitym spokojem. Ten spokój zapanował we mnie dawno temu, zżyłem się z nim. To było jak hazard – kto zwycięży? Ja czy nieznany przeciwnik? Stawką w tej grze jest moje życie, niższych stawek nie uznaję. No, ogniu, przybywaj, jestem gotów!

To dziwne, ale moje uczucia świetnie dają się opisać słowami. Są bardzo proste, nie ma w nich subtelnych odcieni i głębi. A przecież pamiętam, że kiedyś było inaczej...

Żar wokół mnie narasta. Czas zwalnia bieg. Sięgam myślami w górę, próbuję zobaczyć przeciwnika.

Na Siły i Bogów, pamiętam tę dziewczynę! Ale... skąd? Kim ona jest?... O, ta przeklęta pamięć, która stała się białą kartą! Zapewne najpierw należałoby odwiedzić Królową Cieni i wyciągnąć z niej – siłą lub podstępem – wszystkie wiadomości o sobie.

Dziewczyna na górze nienawidzi mnie. Włożyła w ogień całą swoją siłę, licząc, że mnie zgładzi. Mam ochotę zrobić jej przyjemność, nie chcę jej rozczarować. Zapamiętam ją i odnajdę w bardziej sprzyjających okolicznościach.

Ogień wreszcie do mnie dotarł. Do dzieła, Gubicielu!

*

Wzgórze Demonów stanęło dęba. Światło dnia przygasło, rozległ się straszliwy łoskot, ziemia zadrżała i jęknęła – od wzgórza ku niebu strzelił czarny wir z ziemi i kamieni. Eltara wydawała się teraz maleńką białą iskierką w samym sercu niesamowitego sztormu. Przywołane przez nią tornado błyskawicznie pożerało Wzgórze Demonów, mieląc nawet skały. Pośród czarnych spirali wiru pojawiły się czerwone nici, rozbłyskiwały i gasły w locie.

Cheort trząsł się i szczękał zębami. Nie był tchórzem – po prostu pierwszy raz widział taki taniec sił. Dwalin leżał skulony za głazem, nasuwając na głowę hełm. Z nieba padał prawdziwy deszcz kamieni. W pewnej chwili krasnoludowi wydawało się, że w strumieniach czarnego wiru widzi jakąś widmową postać, która mignęła i znikła.

– Tfu, tfu, na psa urok! – splunął.

Powoli tornado zaczęło znikać, ryk osłabł, niebo się przejaśniło. Blada, wyczerpana Eltara dowlokła się do obozu i pewnie by upadła, gdyby Dwalin jej nie pochwycił.

– Stwór... pełzł... z głębi... już... po nim – wykrztusiła.

Potem, gdy Dwalin napoił ją gorącym winem (poświęcając zawartość manierki, trzymaną na czarną godzinę), zdołała bardziej sensownie opowiedzieć, co się stało. Cheort słuchał z otwartymi ustami, patrząc na nią z naiwnym dziecięcym uwielbieniem. Dwalin zdjął hełm i podrapał się po karku.

– Żadnych śladów Elstana? – zapytał.

– Jego ślady przecinały się ze śladami tego stwora z głębin. Jestem pewna, że Elstan... – Eltara zaszlochała, ale szybko pokonała słabość. – Zaklęcia nie mogą oszukiwać. Nie ma go już wśród żyjących. Wędruje teraz po szarych równinach Astralu.

– Niech jego droga będzie lekka – wygłosił uroczyście Dwalin. – Zwyczaj nakazuje uczcić jego pamięć...

W ciszy dopili wino. Powstrzymując płacz, czarodziejka powiedziała:

– Za to zemściłam się na jego zabójcy. Stwór, który pożarł Elstana, przemienił się w popiół!

– I dobrze mu tak – pochwalił Dwalin.

– Nie mam już innych spraw tutaj, w północnej krainie – mówiła dalej Eltara. – Dowiedziałam się wszystkiego... czego nie chciałam się dowiedzieć. I teraz muszę zająć się czymś innym... – Nie dokończyła i nie powiedziała, że jej dusza jest pusta i zimna, że musi zająć się czymkolwiek, by ból nie doprowadził jej do szaleństwa. Mieszkańcy Elfranu przeżywają utratę bliskich znacznie bardziej niż ludzie czy krasnoludy. – Więc co mówiłeś o tym Hissie, Cheorcie? Dokąd się mógł udać?

– Do Królestwa Węży, na południe! Pochodzi przecież z Hjörwardu Południowego!

– Daleka droga... A jak w ogóle tu trafił?

– Naród węży od dawna handluje z Galenem, przede wszystkim niewolnikami. Mają nawet swoje statki...

– Nie minęło zbyt wiele czasu. Wąpię, by Hiss zdołał dotrzeć do Zatoki Galeńskiej. Chyba że... Cheorcie, czy twój znajomy nie włada czasem sztuką przemieszczenia? Nie zna tych zaklęć?

– Gdy był uczniem mojego ojca, nie znał. Władzę nad nimi miał otrzymać razem z laską.

– A może udał się z Pieczęcią do Śnieżnego Zamku i powiedział, że zginąłeś?

– Nie jest aż tak głupi! Ojciec dobrze wie, czy żyję, są na to specjalne amulety!

– A czy twój ojciec nie ma zamiaru cię pomścić?

Cheort westchnął ciężko.

– Nie zrobi tego. Mógłby zemścić się na Hissie za to, że go oszukał, ale... Naród węży dostarcza ojcu niewolników.

– Po co czarownikowi niewolnicy? – wtrącił zdumiony Dwalin. – Przecież może stworzyć, co tylko zechce!

– Żywi słudzy są tańsi i wygodniejsi.

A co on się tak zjeżył i sposępniał? Chyba palnął o tych niewolnikach bez zastanowienia, a teraz się trzęsie. Coś tu śmierdzi... – tak myślał Dwalin, który sporo słyszał o porządkach i zwyczajach w Śnieżnym Zamku.

– Czyli Hiss nie pójdzie do Gordżelina?

– Nie. Musi wyruszyć do Galenu, na południe. Jego naród cumuje tylko w tym porcie.

– W takim razie ruszamy do Galenu! Zbierajcie się, ja muszę jeszcze trochę poczarować, żeby gryf mógł unieść nas troje...

Zmieniłaś się, czarodziejko! – myślał krasnolud. Już nie nazywasz nikogo nikczemnym, rozmawiasz normalnie. Jeszcze trochę i między nami dojdzie do tego samego, do czego doszło z twoją siostrą. I niech się ten wasz Wieczny Król wścieka!

Zwinęli obóz. Eltara długo szeptała coś gryfowi, który klekotał niezadowolony, ale w końcu uspokoił się i wziął na swój grzbiet troje pasażerów. Potężne skrzydła wparły się w powietrze, magiczny zwierz wzniósł się nad lasem.

*

Patrzyłem, jak odchodzili. Dziewczyna z rasy czarowników, krasnolud i człowiek. Dziewczynę skądś znałem, ale skąd? W jakich okolicznościach się poznaliśmy? I skoro jej droga już przecięła się z moją, to czemu ona żyje? Nie miałem przyjaciół, jedynie wrogów i tymczasowych sprzymierzeńców, którzy nieuchronnie stawali się wrogami. A ona była zbyt słaba, żeby stać się sprzymierzeńcem. Wprawdzie wywołany przez nią strumień ognia mógł się okazać niebezpieczny, ale w pojedynku, w prawdziwym pojedynku nie wytrwałaby nawet kilku sekund...

Z mojej pamięci wypływało niezłomne przekonanie, że nigdy nie postąpiłbym w taki czy inny sposób, nigdy nie rozmawiałbym z kimś takim... Czy tak jak teraz – że ta dziewczyna nigdy nie zostałaby moim sprzymierzeńcem. Ale dlaczego? Dlaczego powinienem postępować tak a nie inaczej?

Nie znam odpowiedzi.

Zrzucam płaszcz niewidzialności, nie jest mi już potrzebny. Wychodzę z gęstwiny na odsłoniętą równinę. Co dalej, Gubicielu? To przezwisko już do mnie przyrosło, stało się prawdziwym imieniem...

A więc, co najpierw? Tajemnica Odradzającego czy tajemnica mojego imienia? A może Otchłanie Nienazwanego? Albo Królowa Cieni? Czuję korzenny smak tajemnicy. Kosztuję go bez pośpiechu... Cóż, na pierwszy ogień pójdą Odradzający i bogowie tego świata. Niegdyś władałem Zaklęciami Poznania, ale teraz w pamięci zieje dziura. Zaklęcia bojowe wychodzą mi same z siebie, z całą resztą jest znacznie gorzej. Będę musiał zastosować metodę zwykłych śmiertelników – chodzić, szukać, pytać.

Naprzód! Ani woda, ani jedzenie nie są mi potrzebne. Kieruję się na południe; coś mi mówi, że w północnych puszczach nie znajdę odpowiedzi na moje pytania.

*

Miarowo pracując skrzydłami, gryf leciał na południe. W dole rozpościerał się zielony dywan lasów. Eltara, jakby chcąc udowodnić swoim towarzyszom, że smutek nie ma już nad nią władzy, szczegółowo wypytywała Cheorta o Hissa. Jakie ma przyzwyczajenia, jaką wybierze drogę, jak będzie się bronił przed stworami Ordy...

Okazało się, że Hiss ma tylko dwie drogi.

Pierwsza – na wschód. Mijając góry krasnoludów, mijając Śnieżny Zamek, potem przez posiadłości baronów Fejnu – ale tam nie mógłby się spodziewać serdecznego powitania.

Druga – na południe. Przez ziemie Leśnej Granicy, w dół Egeru, Wielkiej Rzeki, do Jasnopienistego Galenu. Tu miałby tylko jedną przeszkodę, Rycerską Rubież. Ale król węży jest sprytny, prześliźnie się. Zapewne będzie płynął Wielką Rzeką, pływa jak ryba, jeśli nie lepiej. Pogoni się nie spodziewa... Zanim Śnieżny Mag się zorientuje, w czym rzecz, dużo wody w rzece upłynie...

– Myślę, że najlepiej będzie przechwycić go właśnie w Galenie – podsumowała Eltara po zastanowieniu. – Do Egeru może wejść w każdym miejscu.

– A nie da się odszukać Pieczęci twoim czarodziejstwem, najpiękniejsza? – ośmielił się zapytać Cheort.

– Jestem prawie bez sił – wyznała Eltara niechętnie. – [illegible] go podziemnego stwora straciłam wszystko, co miałam, teraz muszę odpocząć. Czyli lecimy do Galenu!

– Chcesz wylądować przed królewskim pałacem? – zapytał złośliwie krasnolud.

– Nie zadawaj głupich pytań, Dwalinie – powiedziała chłodno czarodziejka. – Nikt w Galenie nie może wiedzieć, kim jestem i skąd pochodzę. Mojemu gryfowi nic tłumaczyć nie trzeba, on świetnie umie się kryć.

– A pieniądze masz? – drążył krasnolud. – Życie w Galenie może być drogie.

– Nie denerwuj się, nie poproszę cię o pożyczkę – ucięła Eltara.

Gryf wzniósł się jeszcze wyżej, żeby nie dostrzeżono go z dołu.

A nieco przed nim, tylko niżej, leciał wielki brązowy sokół.

*

Argnist ruszył w drogę. Rankiem wyprowadził Lokrana ze stajni i nie oglądając się za siebie, pojechał przez pola w stronę lasu. Tam już czekali kupcy – wyprzedali cały towar i wynosili się stąd.

Ponieważ Orda szturmowała Rycerską Rubież, należało skręcić na wschód, żeby ostatni odcinek drogi biegł przez ziemie krasnoludów. Do ich kamiennych bastionów potwory na razie nie podchodziły.

Ku ogólnemu zdumieniu droga była bardzo spokojna. Stwory Ordy nie pokazywały się w ogóle, zniknęło nawet Plugastwo.

– Jak za legendarnych czasów – zauważył jeden ze współtowarzyszy Argnista. – Nie daj Hedinie, żeby się nasz pan dowiedział o tym spokoju, bo zaraz obniży zapłatę.

– A wy... do Rycerskiej Rubieży... jak? – zapytał ostrożnie Argnist.

– My nie będziemy walczyć, my ludzie spokojni. Przed stworami w lesie się obronimy, ale żeby na pole bitwy?... Nie, nie, niech wojuje ten, komu żołd płacą. Bracia rycerze nigdy nie zapomnieli podatku ściągnąć, to niech teraz mieczami pomachają, akurat sadła trochę zrzucą.

Stary setnik opuścił głowę. Niczego innego się nie spodziewał. Kupcy za nic mieli i króla, i przysięgę, i ojczyznę swoją, do której lada chwila wedrze się Orda. Niech inni walczą na śmierć i życie, niech inni głowy kładą. My staniemy do walki dopiero wtedy, jak nas za sakiewkę chwycą.

ybko i nic dziwnego – stworów nie ma, walczyć nie
czysta... Kupcy z zawiścią zerkali na Lokrana – ta-
nie można było kupić za żadne pieniądze. Po trzech
ak zwykle sześciu) dniach drogi nad lasem zamajaczy-
ły następnego dnia szczyty zasłaniały już pół nieba. Piątego dnia ich oddział minął graniczny posterunek krasnoludów.

Wijąca się między wzgórzami droga wparła się teraz w wysoki czarny mur wzniesiony od jednego brzegu wąwozu do drugiego. Mieszkańcy Ar-an-Aszparangu włożyli ogrom pracy, zanim uczynili okoliczne górskie szczyty absolutnie niedostępnymi. W murze widniała brama, dorównująca pozostałym umocnieniom. Czarna, z oksydowanej stali, bez żadnych ozdób, nie przypominała zwykłych wyrobów mistrzów górskich.

Po obu stronach bramy wznosiły się półokręgi wież, a w jej żelaznych skrzydłach była wąska furtka, teraz uchylona, nad którą wisiała krata, gotowa w każdej chwili spaść i zamknąć przejście. Obok furtki stała straż – dziesięciu barczystych podziemnych wojowników w pełnym uzbrojeniu. Przyłbice hełmów mieli opuszczone.

– Zaraz się nowin dowiemy. – Kupiec skierował konia ku milczącym strażnikom.

Na temat samego przejścia rozmawiali krótko – wędrowcy zapłacili podatek (ze względu na obecny czas wojenny bardzo niski, pobierany raczej dla porządku) i spod kupieckich płaszczy wyłoniła się manierka z dobrym czerwonym winem z Hjörwardu Zachodniego. Poczęstunek natychmiast rozwiązał krasnoludom języki.

Nowiny nie były dobre. Królewska armia ciągle stała w okolicy Galenu, czekając na drużyny baronów, które nadciągały powoli i niechętnie. Rycerze Gwiazdy zostali zepchnięci ze wszystkich pozycji i wycofali się na główną linię, której Orda nie zdołała na razie przerwać. Król wysłał gońców również do Ar-an-Aszparangu, ale krasnoludy całkiem rozsądnie stwierdziły, że nie będą ginąć, skoro królewskie wojsko drepcze pod stolicą jak owca na postronku. Posłowie otrzymali uprzejmą odpowiedź – gdy jego wysokość władca Galenu ze swą groźną i niezwyciężoną armią zechce podejść do Rycerskiej Rubieży, to i my, krasnoludy, stać z boku nie będziemy.

Krasnoludy mówiły o tym bardzo spokojnie. Ordy się nie bały – żadne potwory nie sforsują kamiennych bastionów. Bardziej dotkliwie odczułyby zawieszenie handlu na ziemiach Królestwa Galeńskiego, dlatego też powoli, ale jednak szykowały się do wojny.

Droga przez ich ziemie była bezpieczna, spokojna i nudna. Żadnych cudów nie udało się zobaczyć – wszystkie swoje prace krasnoludy prowadziły pod ziemią, a tam już obcych nie wpuszczano.

Wzdłuż kupieckiego traktu, który prowadził głębokim wąwozem obok rwącej rzeczki Gardrag, jednego z dopływów Egeru, rozsądne krasnoludy postawiły zajazdy i karczmy. Ludziom, którzy w nich zarządzali, straszliwie zazdrościli wszyscy mieszkańcy południa – podatki krasnoludów były najniższe w całym Hjörwardzie Zachodnim. Górski naród najmował ludzi, gdyż sam nigdy nie zniżał się do obsługiwania przejezdnych.

Gdyby nie Pradawny Dług, krasnoludy nie usługiwałyby nigdy i nikomu.

Argnist rozstał się ze swoimi towarzyszami na granicy Ar-an-Aszparangu. Kupcy nie spieszyli się z powrotem do Galenu – tam czekała ich nowa praca. Planowali jechać niezbyt szybko, stawiając sobie za cel nadrzędny porównywanie smaku piwa sprzedawanego w przydrożnych karczmach oraz wyłonienie ostatecznego zwycięzcy. To musiało potrwać, dlatego też Argnist pognał Lokrana do przodu.

Droga przez posiadłości krasnoludów zajęła staremu setnikowi trzy bite dni.

Pradawny trakt kupiecki prowadził z państwa górskich mieszkańców do fortu Gesar, najbardziej wysuniętego na wschód punktu Rycerskiej Rubieży. Argnist spodziewał się, że tam właśnie dołączy do obrońców.

Fort Gesar wzniesiono na południowym brzegu wartkiego Gardragu; odsunięty od jego bastionów mur wpierał się w pograniczne umocnienia krasnoludów. Argnist, siedząc w siodle, patrzył na oświetloną zachodzącym słońcem twierdzę i czuł, że za chwilę serce wyskoczy mu z piersi. Nie był tu ponad trzydzieści lat.

Fort prawie się nie zmienił. Te same niezbyt wysokie mury z czerwonej cegły – nie chciało się łupać kamieni, to napiekli glinianych placków – te same wieże bez dachów, brama otwierająca się na most na rzece. Most nie był zwodzony, bramę zbito z drewna – po krasnoludzkich umocnieniach Gesar wydawał się żałosną parodią twierdzy. Ciekawe, czy wytrzymałby napór Ordy choćby przez godzinę, w dodatku bez Obrońców...

Deski mostu upstrzone były czarnymi, zwęglonymi plamami – widocznie odpierając ataki, oblężeni próbowali spalić most. Od południa Gesar osłaniał jedynie drewniany mur, nieco wyższy od chutorskich częstokołów. Argnist tylko zgrzytnął zębami.

Zresztą nawet niewysokie mury i drewniana brama stają się mniej ważne, gdy twierdzy bronią silni duchem wojownicy, którzy dobrze wiedzą, że nie ma się dokąd cofnąć, muszą wytrwać tu do końca.

Argnist ruszył. Obok południowej bramy twierdzy zobaczył jeźdźca. Świetnie się składa, będzie można zasięgnąć języka.

Gdy podjechał do bramy, jeździec już się skrył. Argnist przygotował się na okrzyk „Stój, kto idzie!", ale nikt przybysza nie zatrzymywał. Skrzydła bramy były uchylone. Setnik zsiadł z konia i prowadząc go za sobą, wszedł na podwórzec.

Pusto, cicho, głucho. Ani żywego ducha, fort jakby wymarł. Argnist pokręcił się chwilę, w końcu znalazł otwarte drzwi. Za nim były prowadzące w dół schodki. Pachniało mocnym tytoniem i tanim piwem.

– Kogo tam diabli niosą? – rozległ się niezadowolony niski głos.

Stary setnik pchnął drzwi i wszedł.

To było coś w rodzaju kordegardy. Na długim stole walały się gliniane kubki i miski, leżały butelki, noże, topory, bełty i kusze. W powietrzu wisiał siwy dym. W głębi pomieszczenia było ze trzydziestu wojowników. Jedni spali na szerokich ławach, inni siedzieli, obejmując głowę rękami. Dwóch płakało.

Przy drzwiach siedział niemłody, ciężki mężczyzna z obwisłymi wąsami i kolczykiem w uchu. Lewe oko zasłaniała mu czarna opaska, wargę podciągała w górę krzywa szrama.

– Czego chcesz? – Wojownik z kolczykiem popatrzył na Argnista takim wzrokiem, jakby ujrzał ducha.

– Przyszedłem dołączyć do armii. Na królewski rozkaz.

Wojownik zerwał się i obszedł Argnista dookoła, jakby się bał, że dziwny gość zaraz zniknie.

– A wiesz ty, chłopie, za który koniec się miecz trzyma?

– Grągiel z ciebie brzuchaty i tyle – powiedział spokojnie Argnist w żargonie gwardii królewskiej.

– Co?! – Wojownik wytrzeszczył oczy. – Czekaj no, czyżby gwardia?!

Zamiast odpowiedzi Argnist płynnym ruchem wyciągnął miecz. W chwilę później wszyscy obecni mogli ujrzeć serię doskonale przeprowadzonych sztychów. Ten widok stopiłby serce każdego starego wojaka, bez powodzenia starającego się wtajemniczyć w te arkana poborowych młodzików.

– Wybacz, bracie. – Wojownik z kolczykiem wyciągnął do Argnista rękę. – Jaki pułk?

– Zielone Trzpioty – odpowiedział z uśmiechem Argnist.

Oficjalnych nazw pułków każdy mógł się nauczyć, ale ich przezwiska znał tylko wąski krąg weteranów.

– Ja byłem w Słodkich Dzieweczkach. – Wojownik klepnął Argnista po ramieniu. – Frabar, dziesiętnik.

– Argnist, setnik.

Frabar natychmiast wyprężył się jak struna – zanim do końca uświadomił sobie, co usłyszał. Wieloletnie przyzwyczajenie zadziałało od razu.

– Czekaj no, ten sam Argnist?

– Świątynnik. – Setnik skinął głową.

– Powiadali, żeś zginął dawno temu.

– Jak widzisz, żyję. Po tamtej wyprawie zostałem w Leśnej Granicy. Ale stare czasy powspominamy później. Mów, co się dzieje na Rubieży. Gdzie siły zakonu? Gdzie bracia rycerze? Co z pospolitym ruszeniem przygranicznych ziem? Dlaczego w twierdzy nikogo nie ma? Gdzie straże, niech mnie Jamert spali?!

– Nie ma straży, setniku. – Frabar zaklął szpetnie. – Nikogo nie ma, ja tylko zostałem i ci chłopcy. Przysłali ich, że niby wsparcie, a oni nawet miecza w rękach trzymać nie umieją!

– Jak to? A rycerze gdzie? – Argnist osłupiał.

– Gdzie, gdzie... W twierdzach siedzą. Ojcowie komandorzy cały arsenał wywieźli, teraz zamierzają prowiant wywieźć.

– A kto szturmy odpiera? – zapytał cicho stary setnik.

– Najpierw stali tu wojownicy, ale potem przyszedł rozkaz – wszystkich na wschód, do głównych twierdz. Mieli przysłać „czerwone koguty", a zamiast nich dali tych chłopaków. No to siedzimy i czekamy, aż tu Orda wpadnie. Oni wszyscy już dawno zamówili sobie nabożeństwa żałobne – wskazał głową młodzieńców.

„Czerwonymi kogutami" nazywano doborowe oddziały najemnej ciężkiej piechoty Zakonu Gwiazdy. Bracia rycerze często stawiali ich na najbardziej niebezpiecznych odcinkach, sporo płacąc walecznym najemnikom.

– Wszystko jasne. – Argnist zgrzytnął zębami. – No cóż, Frabarze dziesiętniku, będziemy tu stali razem!

– To i dobrze. – Na twarzy wojownika pojawił się krzywy półuśmiech. – Teraz, znaczy, na całą twierdzę będzie dwóch obrońców, ty i ja.

– A czemu tych chłopaków w obroty nie weźmiesz? Zanim Orda podejdzie, prawdziwych „kogutów" można z nich zrobić!

– Ech, setniku, już ty mnie nie ucz! Chłopakom spodnie nie wysychają, oni już jedną nogą są na tamtym świecie! Ja do nich tak i siak, groziłem, że im gardła popodrzynam – a oni na to: podrzynaj! Wszystko lepsze od śmierci z łap nieznanych potworów. Szybsza to śmierć, mówią, i nie tak bolesna.

Argnist ścisnął rękojeść miecza. Wprawdzie spodziewał się czegoś w tym rodzaju, ale nie do tego stopnia!

– Chodźmy na górę! – zawołał Frabara. – Tam porozmawiamy.

– Przysłali nas tutaj na rzeź! – powiedział płaczliwie któryś z chłopaków. – Po co my wam tutaj? Wypuść nas do domu, czcigodny setniku, a my ci się odwdzięczymy, ostatnią koszulę oddamy!

– Co?!! – wrzasnął Frabar, przyskakując do chłopaka purpurowy ze złości. – Łapówkę chcesz dać, szczeniaku? Skórę swoją ratować, nogi za pas brać? Skoro ci miecz dali, to znaczy, żeś teraz wojownik! Wojownik, a nie baba, nie rozumiesz? Zaraz tak przyłożę, że zrozumiesz w mig!

– Zostaw go, bracie – powstrzymał rozgorączkowanego wojaka Argnist. – Bóg z nimi, z takim wojskiem wiele nie nawojujesz. Ale może chociaż do kopania ziemi się nadadzą? Most trzeba rozebrać, zanim się Orda zjawi. Czy ojcowie zakonni przynajmniej narzędzia zostawili?

– Dużo rzeczy zostawili. Ale grozili, że niedługo przyjadą, by resztę wywieźć.

– Już ja im wywiozę! – Argnist uśmiechnął się złowieszczo. – Dobrze. Poderwij swoich orłów! Niech biorą łomy i most rozbierają. To twoje niedopatrzenie, dziesiętniku! Dawno trzeba było to zrobić, czemuś zwlekał?

– A jak ich zmusić? Tylko patrzą, gdzie by tu smyrgnąć, żeby nogę dać. Sam jeden bym ich nie upilnował!

– A, zapomnijmy o tym. Teraz jest nas dwóch, poradzimy sobie.

– Dobrze mówisz, setniku Argniście. Hej tam, darmozjady! Słyszeliście, co setnik powiedział? Migiem do piwnicy po narzędzia! I ruszać się, żywo! Ostatni oberwie ode mnie tak, że się nie pozbiera!

„Orłom" nie trzeba było dwa razy powtarzać.

Argnist osobiście zamknął południową bramę.

Skrzydła północnej były za to otwarte na oścież. Poganiana przekleństwami i kuksańcami Frabara kolumna rozglądających się lękliwie „ochotników" z łomami, toporami i kilofami w rękach wyszła na most. Argnist rozstawił ich błyskawicznie – jedni mieli nawierzchnię ściągać, inni bale rąbać, jeszcze inni robić co innego. Chłopaki lękliwie zerkali na zarośla północnego brzegu – widać myśleli, że zaraz wyskoczy stamtąd straszliwa Orda. Przez jakiś czas Argnist obserwował ich w milczeniu. Kiepsko pracowali, oj kiepsko, gdzie im do jego chutorskich mołojców! Tamci w mig by ten most na drzazgi roznieśli. Ale co poradzisz, setniku (znowu setnik! Nie „były" i nie „stary", po prostu setnik!). Walczyć musisz z tymi, co się pod twoją komendą znaleźli, innych nie ma.

Za plecami Argnista rozległ się potężny stuk. Argnist odwrócił się – ktoś z całej siły walił w skrzydła południowej bramy, chyba pałką.

– Otwieraj, Frabarze! Otwieraj w imieniu zakonu! – wrzeszczał ktoś piskliwym głosem.

Argnist podszedł do okienka. Za południową bramą Gesaru stało kilka wozów zaprzężonych w niskie kosmate koniki. Kulili się przy nich zamorzeni, wystraszeni chłopkowie. Pod samą bramą przechadzał się gruby mnich w zakurzonym szarym habicie.

– Otwórz! To przecież ja, Hieronim, ojciec ekonom! – darł się grubas. – Piwskiem żeś się opił czy jak? Otwieraj natychmiast, muszę prowiant wywieźć!

Argnist odsunął zasuwę niewielkiej furtki w prawym skrzydle i wyszedł na zewnątrz.

Na widok nieznajomego wysokiego wojownika w pełnym rynsztunku mnich wytrzeszczył oczy.

– Niczego i nikogo stąd nie wywieziesz, ojcze Hieronimie – oznajmił spokojnie Argnist. – Wojownicy też muszą coś jeść.

– A tym kim niby jesteś?

– Argnist, setnik gwardii. Przejąłem dowodzenie w forcie Gesar.

– Jakim prawem? – oburzył się tłusty mnich. – Jaki setnik Argnist? To twierdza zakonu rycerskiego Jasnej Gwiazdy!

– Gwiżdżę na to. Lada chwila będzie tu Orda, a w twierdzy same żółtodzioby! Co będzie, jeśli stwory przedrą się za Rycerską Rubież? No? Milczysz? Krótko mówiąc, zawracaj i wynocha stąd. A innym ojcom z kapituły tak właśnie powiedz – w forcie dowodzi setnik Argnist i nie odejdzie stąd, póki żyje. Orda przejdzie tę rzekę tylko po moim trupie.

Mnich zbladł, poczerwieniał, zzieleniał. Zastraszeni chłopi z przerażeniem patrzyli na jego zmieniającą barwy fizjonomię. Po chwili ojciec Hieronim widać rozumiał, że wobec bywałego, pociętego szramami setnika nic nie zdziała. Frabarowi, który podlegał zakonowi, mógłby wydać rozkaz, ale jak na złość nie było go widać. Niemniej grubas postanowił wytoczyć ostatnie działo.

– A Frabarowi powiedz, że od jutra nie będzie go w zakonie! Wyrzucą go i pozbawią nadziału! Jego rodzina pójdzie z torbami!

– No, bracie Hieronimie. – Argnist uśmiechnął się wrednie. – Obawiam się, że wtedy będę musiał użyć twojej głowy do robienia stracha na wróble!

– Ręce masz za krótkie! – wrzasnął mnich. – Za krótkie masz ręce, wieśniaku! Nie będziesz mi tu szczekał na ojca ekonoma Zakonu Gwiazdy!

– Tak? Zaraz zobaczymy.

Mnich trzymał w rękach potężną pałkę, lecz Argnist nawet na nią nie spojrzał. Jednym nieuchwytnym ruchem zbił grubasa z nóg i wciągnął za bramę.

– Hej, wy tam, z wozami! – zawołał do chłopów. – Zajeżdżajcie do środka, ale już, szybko!

Drżący ze strachu chłopi pospiesznie wykonali rozkaz.

Ci z południa zupełnie wstydu nie mają, pomyślał Argnist. Dla nich kto ma miecz, ten ma prawo. No nic, postoicie trochę na murach, to się nauczycie.

– Konie rozsiodłać, do stajni zaprowadźcie! A sami – do wartowni, jeszcze zostało tam coś do żarcia. Potem miecze w ręce i do roboty!

– Nie zabijaj nas, miłościwy! – zaczęli jęczeć. – Gdzie nam do mieczy! My przecież tylko przy wozach... W domu baby, dzieciska... Jeszcze nam się za ojca Hieronima dostanie... Jeszcze nas nadziału pozbawią...

– Ech, wy! – Argnist ze złością splunął na drogę. – Jesteście mężczyznami czy nie? Jak się Orda przedrze, to po waszych chałupach, babach i dzieciach śladu nie zostanie! Walczyć trzeba, walczyć, a nie ciągle na rycerzy liczyć!

Hieronim piszczał cienko w potężnych łapach setnika.

– A ciebie na razie zamknę w celi, posiedzisz, ochłoniesz – rzekł Argnist do mnicha, ciągnąc go za habit do odległego zakątka podwórca. Setnik szedł tam, gdzie, jak mu się zdawało, powinna być cela. I nie pomylił się. Sześć schodków w dół, żelazne drzwi – zdaje się, że jedyne takie w forcie – i maleńka cela sześć na sześć stóp.

– Tu sobie posiedzisz, gołąbeczku. – Wepchnął mnicha do środka i zamknął drzwi; na szczęście klucz sterczał w zamku.

Nie zwracając uwagi na dobiegające z celi okrzyki, Argnist ruszył z powrotem, żeby zaprząc do pracy niespodziewane wsparcie w postaci dziesięciu wieśniaków.

Nie myślał o tym, czy Orda w ogóle zaatakuje fort. Znów był w swoim żywiole i szykował się do odparcia szturmu tak, jakby przeciwko niemu zbierały się wszystkie armie Wielkiego Hjörwardu.

*

– Oto i Eger, Wielka Rzeka. – Krasnolud odwrócił się do Cheorta, ryzykując, że spadnie z grzbietu gryfa.

To był trzeci dzień ich drogi na południe. Zostawili za sobą Leśną Granicę i Rycerską Rubież, teraz skrzydlaty zwierz Eltary leciał nad szeroką ciemnoszarą wstęgą rzeki. Eger płynął niemal dokładnie z północy na południe, a u ujścia rzeki, na licznych wyspach jej delty rozłożył się Galen.

– Och ty! – Młodzieniec otworzył usta. – Wiele razy ojciec pokazywał mi tę rzekę w magicznym krysztale, a jednak zobaczyć ją na własne oczy to zupełnie co innego!

Eltara uśmiechnęła się lekko.

– Zwykła szeroka rzeka. Bywają znacznie szersze. Na przykład w Hjörwardzie Południowym.

– A czy piękniejsze też tam są? – zapytał Cheort z szacunkiem.

– Owszem, podobnie jak w Zachodnim i we Wschodnim.

– Niesamowite! Mój ojciec nigdy się nigdzie nie ruszał, całe życie przesiedział w Śnieżnym Zamku. A ja chciałbym popatrzeć, jak jest tam, za morzami.

– Prawie wszędzie tak samo – rzuciła Eltara obojętnie. – Bo widzisz, ludzie są wszędzie jednakowi. Różnią się kolorem skóry, ale w środku są tacy sami.

Wyraźnie była nie w humorze. Cheort czym prędzej zmienił temat.

– Najpiękniejsza, czy mógłbym spróbować poszukać Hissa? Może teraz płynie rzeką. Znam pewne zaklęcia...

– Żarty sobie stroisz, kawalerze? – Eltara spojrzała mu surowo w oczy. – Jeśli ten stwór ma Pieczęć, wyczuje twoje czary natychmiast. Siedź spokojnie i nie szarp się. Jak powiem: „czaruj!", wtedy użyjesz swoich zaklęć. A na razie obaj siedźcie cicho, muszę pomyśleć!

Krasnolud znów się odwrócił i mrugnął porozumiewawczo do chłopaka. W ciągu tych kilku dni zdążyli się zaprzyjaźnić. Cheort okazał się bystry, oczytany, znał kilka języków i ze Śnieżnego Zamku bacznie obserwował przesuwającą się na południe Ordę – mieli z Dwalinem o czym porozmawiać. Eltara nie słuchała tych rozmów i krzywiła się demonstracyjnie, dając do zrozumienia, że wie na ten temat znacznie więcej i że rozmowa z takimi nieukami jest dla niej zwykłą stratą czasu.

Pod wieczór gryf zszedł do lądowania na skraju lasu. Tutejszy las znacznie różnił się od kniei Leśnej Granicy, do których przywykli Cheort i krasnolud. Tutaj sosny sąsiadowały z brzozami, olchami, wierzbami i lipami. Na południu mieszkało znacznie więcej ludzi niż u źródeł Egeru i lasy zajmowały tu mniej miejsca. Jak okiem sięgnąć rozciągały się pola, pastwiska, łąki; spokojne, żyzne ziemie, domena jego wysokości galeńskiego króla. Dużo było klasztorów, świątyń, majątków. Tu nikt nigdy nie widział stworów Ordy, nawet ostatnie niepokoje w okolicach Rycerskiej Rubieży były niepokojami na dalekiej północy i w żaden sposób nie dotyczyły tutejszych mieszkańców.

Słońce opadało za Góry Tajemne. U ich podnóża Las Zagłady wznosił ku ciemniejącemu niebu czarne, bezlistne gałęzie. Przez te ostępy nie mogła przejść żadna żywa istota, ani człowiek, ani goblin, ani troll, ani nawet olbrzym czy mormat. Zresztą co tam olbrzymy, mormaty! I najpotężniejsi czarodzieje Galenu nie mogli dotrzeć do Gór Tajemnych! Las Zagłady był potęgą sam w sobie. Nie słuchał magicznych zaklęć, a każdego, kto wszedł pod jego nagie drzewa, czekała szybka i nieuchronna śmierć. Brzeg lasu pokrywała warstwa białych kości – piasek uparcie nie chciał ich przykryć, ziemia nie chciała przyjąć do swego łona. Wymyte deszczami czaszki szczerzyły się upiornie w wiecznym ostrzeżeniu dla tych, którzy chcieliby ruszyć do Lasu Zagłady na przechadzkę.

– My idziemy tutaj. – Eltara skinęła dłonią na południowy wschód. – To galeński trakt, do stolicy dotrzemy przed nocą.

– A on? – Krasnolud wskazał gryfa.

– Puszczę go wolno. – Czarodziejka wzruszyła ramionami. – Gdy będzie potrzebny, wezwę. Dobrze, bagaż na plecy i w drogę.

Ładując na ramiona ciężki worek, Dwalin zmełł w ustach przekleństwo. Eltara przywykła podróżować komfortowo, więc główny ciężar stanowiły jej stroje i różne kobiece drobiazgi, bez których nie obejdzie się młoda i piękna czarodziejka. Cheort dźwigał plecak bez słowa, a Dwalin burczał, wzdychał, utyskiwał, spluwał i na wszelkie sposoby okazywał niezadowolenie. Eltara nie zwracała na to najmniejszej uwagi.

Zgodnie z obietnicą czarodziejki wieże i iglice miasta ujrzeli przed zapadnięciem zmroku. Galen od lat nie zaznał ataku wrogów – ostatnim był ów zawadiacki wypad morskich rozbójników, w efekcie którego król Grampedius stracił tron, i od tamtej pory panował spokój. Wydawało się, że kolejni królowie Galenu cierpieli na brak pieniędzy – miejskich bastionów nie remontowano od dziesięciu z górą lat; za czasów wojowniczego Ignarona byłoby to nie do pomyślenia. Niestety, jego następcy nie umieli rozsądnie zarządzać odziedziczonym dobrem. Buntowniczy baronowie Fejnu – wróg znany i niezbyt groźny – ciągle nie mogli dojść między sobą do porozumienia i wystawić wspólnej, silnej armii, wystarczającej do szturmowania stolicy niespokojnego suwerena. W Galenie baronów się nie bano, a jeśli chodzi o piratów, to święcie wierzono, że po ostatnim pogromie na zawsze zapomnieli drogę do stolicy. Mury bastionów niszczały, fosa zrobiła się płytsza, mostu prawie nigdy nie podnoszono na noc. W Galenie zamiast umocnień wznoszono kolejne bogate domy i pałace, w czym niemały udział mieli dawni ojcowie z Zakonu Gwiazdy...

Teraz pod miastem stacjonowało królewskie wojsko, czekając, aż ściągną oddziały z okolicznych prowincji. Zgodnie z królewskimi rozkazami i reskryptami drużyny baronów Fejnu powinny stawić się już wkrótce; niestety, baronowie się nie spieszyli.

Obóz wojskowy znajdował się około pół mili od bramy miejskiej. Stały tu wysokie namioty lordów i szlachty ozdobione herbowymi sztandarami, stały wielkie szare namioty czeladzi, a nieopodal widniały pstre kibitki markietanów, markietanek i tych, którzy skupowali wojenne łupy. Nie brakowało też różnych włóczęgów, którzy jak świat światem ciągnęli się za wojskiem niby kruki. Wprawdzie ta wyprawa nie przewidywała zajmowania wielkich miast, ale wojsko miało nadzieję pożywić się w posiadłościach zakonu. To nic, że tam też są swoi ludzie – wojownik żyć musi, a tamtejsi mieszkańcy pod skrzydłami zakonu na pewno uciułali sporo grosza.

Większość galeńskiej szlachty również rozbiła tu namioty – idealne miejsce na hulanki. Wojownicy prawie cały czas spędzali w mieście, oddziały z dalekich ziem ściągały powoli, baronowie wymyślali coraz to nowe wymówki. Wyruszenie ciągle odkładano mimo coraz rozpaczliwszych wezwań magistratu braci rycerzy i, co ważniejsze, kapituły, która posiadała w samym królestwie niemałe bogactwa.

O tym wszystkim Eltara opowiedziała swoim towarzyszom w drodze do bram Galenu.

Szeroki, wyjeżdżony trakt kupiecki biegł prosto przez bujną zieleń sadów owocowych do wysokich wież nad bramą. O wieczornej godzinie ludzi było tu niewiele, nocą wszyscy woleli trzymać się z daleka od niespokojnego, hałaśliwego obozowiska. I sakiewkę mogli odebrać, i dziewczynie spódnicę zadrzeć... Jednym słowem – wojsko się nudziło.

Do bramy miejskiej zostało najwyżej trzysta kroków, gdy naprzeciwko Eltary i jej towarzyszy pojawił się niewielki oddział podpitych wojowników – z prawdziwych rycerzy z dziada pradziada. Ci nawet w czasie hulanki nie rozstawali się z mieczami, niektórzy mieli na sobie kolczugi. Dwalin zwolnił kroku i krótko gwizdnął przez zęby, jakby chciał powiedzieć: Aleśmy wdepnęli!

Jedenastu potężnych wojowników, żartując rubasznie, zagrodziło drogę Eltarze i jej towarzyszom. Dwalin zauważył, że Cheort od niechcenia sięga do cholewki buta, gdzie miał schowany nóż.

– Ho, ho, ślicznotko, późno spacerujesz! I to jeszcze w takiej kompanii! Karzeł i chłopiec! Ho, ho! Nie będziesz z nich miała pożytku! Chodź lepiej z nami! My damy ci więcej przyjemności!

Nie odwracając głowy, czarodziejka chciała ich po prostu ominąć, ale wojownicy nie mieli zamiaru na to pozwolić. Jeden krok, drugi, trzeci i Eltara z Cheortem i Dwalinem znalazła się w szczelnym pierścieniu. Wojownicy, rozgrzani tanim winem, już położyli ręce na rękojeściach mieczy. Dwalin skrzywił się pogardliwie, ramię wysunął, głowę pochylił i ruszył naprzód. Cheort, mrużąc oczy, spiął się, jakby szykował się do skoku.

– Spokojnie. – Eltara chwyciła krasnoluda za ramię. – Sama to załatwię.

Nim potężne łapy wojowników złapały ją za delikatne ramiona, młoda czarodziejka na chwilę przycisnęła dłonie do oczu. Dwalin ujrzał rozbłyski białego płomienia między jej palcami. W jednej chwili na miejscu pięknej Eltary pojawił się czarny zwierz przypominający wielkiego kota, wyszczerzył kły.

Z zuchwałych junaków od razu wywietrzał alkohol. Czarne kocie łapy uderzyły w pierś wojownika, który nie zdążył się uchylić, i przewróciły go na plecy. Zanim którykolwiek z rycerzy zdążył się zamachnąć, zwierz przewrócił jeszcze dwóch.

– Czarodziejka! – ryknął któryś olśniony. Połowa wojowników rzuciła się do ucieczki, ale ci, którzy zostali, chcieli walczyć. Nie wszyscy wojownicy baronów byli tchórzami.

– Ehe-hej, Rrrodgar, wreszcie się zabawimy! – Dwalin wyszarpnął zza pasa siekierę, a Cheort wyciągnął nóż z cholewki.

Naprzeciwko nich stało pięciu wojowników z obnażonymi mieczami. Było oczywiste, że walki nie da się uniknąć, jednak rozsądny krasnolud nie mógł nie spróbować pertraktacji.

– Ech, bracia, życie wam niemiłe? – odezwał się pojednawczo. – Przeciwko nam nie macie żadnych szans! Rozejdźmy się po dobroci. Po co nam trupy?

Odpowiedzią było posępne milczenie. Wojownicy ruszyli do przodu, wystawiając klingi przed siebie. Za najgroźniejszego przeciwnika uważali Eltarę, Cheorta i krasnoluda w ogóle nie biorąc pod uwagę. Poważny błąd!

Syn Śnieżnego Maga szybko udowodnił, że nie na darmo uczył się sztuki magicznej. Po mistrzowsku rzucił zaklęcie. Nóż jak żywy wyskoczył z jego ręki i nim oszołomieni wojownicy zdążyli się poruszyć, chlasnął jednego po nodze. Wojownik krzyknął i chwycił się za ranę, a nóż wrócił do dłoni Cheorta. Chłopak był zlany potem, ale jego czary zrobiły wrażenie. Wojownicy się cofnęli.

– Jeszcze was spotkamy! – syknął ten, którego zranił ożywiony nóż. – Teraz w Galenie nie lubią czarowników!

Wojownicy odeszli, ranny opierał się na ramionach towarzyszy. Dwalin opuścił siekierę; czarny zwierz błyskawicznie stał się Eltarą.

– Uff! – odetchnął krasnolud. – A już się przestraszyłem, że przyjdzie nam zabić tych żołdaków. Zręczny jesteś, chłopak! – Klepnął Cheorta po plecach.

– Nie mamy czasu do stracenia – powiedziała głucho Eltara. Drżała jakby z zimna. – Chodźmy do miasta, dopóki nie zebrały się tu wszystkie drużyny baronów Fejnu! Nie podoba mi się ta wzmianka o czarownikach. Chodźmy! Muszę się rozgrzać. Te przemiany strasznie wyczerpują.

Stojący w bramie strażnicy odprowadzili trójkę przybyszów fałszywie obojętnymi spojrzeniami. Czarownicy! Za taki donos można by dostać ze trzy żółte okrąglaki z podobiznami Hedina Obrońcy albo Rakota Miłościwego.

Rozdział 4

Argnist spodziewał się, że będzie źle. Bardzo źle. Ale nigdy by nie przypuszczał, że będzie aż tak źle. Cały garnizon fortu składał się z czterdziestu młodych najemników – zwykłych wieśniaków, którym nie wystarczyło srebra, żeby wykupić się ze służby, i tuzina chłopów z taboru, którzy nigdy nie trzymali w ręku miecza. Ba, nigdy go nawet nie widzieli! A oprócz nich jeszcze on, Argnist, i stary dziesiętnik Frabar. Ostatnim obrońcą Gesaru był ojciec Hieronim, ale mnich siedział pod kluczem, nie przestając przeklinać z wirtuozerią. Frabar kilka razy podchodził do celi, przykładał ucho do stalowych drzwi i na jego twarzy pojawiała się niebiańska błogość.

– Ale zasuwa, szelma! Tego to nawet ja nie słyszałem. Umieją w kapitule przeklinać!

Mimo tak znikomych sił wrzała w forcie praca. Most rozebrano, wychodzącą na niego północną bramę umocniono od środka polanami i workami z ziemią. Jeśli chodzi o uzbrojenie, to pod dostatkiem było staroci – nową broń Hieronim zdążył wywieźć wcześniej, Argnist podejrzewał, że spora część tego dobra została sprzedana okolicznym rozbójnikom albo baronom. Cóż, nic się na to już nie poradzi.

Jęcząc, płacząc i rozmazując smarki po policzkach nowicjusze czyścili stare miecze z rdzy. Broń kiepska, ale zawsze lepsza niż gołe ręce. Łuków było do licha i trochę, ale dobrych zaledwie dwadzieścia. Kusz – ponad dwie setki, wyłącznie stare, bardzo ciężkie i trudne do ładowania. Nie brakowało kolczug, hełmów –

przeważnie za dużych – i tarcz. Gdy Argnist jako tako uzbroił swój oddział, zaczął go bezlitośnie musztrować. Frabar po jakimś czasie wydzierania się stracił głos i tylko chrypiał.

Setnik uczył chłopaków wszystkiego, co sam umiał. Jakie stwory występują w Ordzie, jak sobie z nimi radzić, jakie są słabe punkty trąbaczy, pancerników i brzuchojadów, jak walczy się z potworami w pojedynkę, we dwóch i we czterech – gdy jeden odwraca uwagę zwierzęcia, drugi podcina mu łapy, trzeci odrąbuje macki, a czwarty zadaje ostateczny cios. Zgodnie działająca czwórka wojowników (na przykład Argnist z synami) mogła załatwić trąbacza w kilka sekund. Inna sprawa, że trąbacze już dawno nie atakowały w pojedynkę.

W miarę możliwości setnik pogłębił fosę i umocnił wały, ale do takich prac jego ludziom brakowało sił. Jeden z chłopów przewoźników próbował uciec. Czujny Frabar schwytał zbiega, który z niewielkim węzełkiem kosztownych przedmiotów zabranych z fortu spuszczał się z muru na linie. Według wszystkich pisanych i niepisanych praw za coś takiego należała się kara śmierci, lecz Argnist tylko machnął ręką. Nakładł uciekinierowi po karku i posłał do czyszczenia latryn.

Pracowali tak przez dziesięć dni. Wydawało się, że o forcie Gesar wszyscy zapomnieli, nawet ojcowie z kapituły nie wysyłali nikogo, żeby sprawdzić, co się stało z ojcem Hieronimem. Mnich nadal siedział w swojej celi, ale przestał już przeklinać i teraz tylko gorzko skarżył się na swój los.

Setnik nie tracił czasu. Powoli z oddziału mazgajów wyłonili się ci, którzy chcieli i mogli walczyć. Było ich niewielu, ale jednak byli. Argnist zebrał doborową dziesiątkę, a na resztę machnął ręką. Jak przyjdzie czas, pokażą, jacy z nich wojownicy. A jeśli nie zdołają, to znaczy, że taka ich dola. Jedni żyją, inni umierają, człowiek sam jest kowalem swojego losu. Pierwsze prawo wojownika – nie wiąż się z tym, który przedwcześnie wybiera się na tamten świat. I jego nie uratujesz, i sam zginiesz. Okrutne? Trudno! W wojsku, w prawdziwym wojsku inaczej się nie da. Albo wrogowi gardło poderżniesz, albo sam zginiesz. Tylko dlaczego razem z tobą mają zginąć inni?!

Każdego ranka Argnist wyprowadzał swoich podkomendnych na podwórzec i czy to słońce, czy deszcz ganiał ich do siódmego potu. Był przekonany, że Orda nie ominie fortu. Intuicja starego żołnierza, który nieomylnie wie, gdzie i kiedy wróg zada główny cios, jeszcze nigdy go nie zawiodła. Dlatego teraz umieścił stały posterunek obserwacyjny na lesistym brzegu rzeczki po tej stronie, z której spodziewał się ataku. Tam pełnili straż ci z doborowej dziesiątki.

Do garnizonu nie docierały żadne wieści, co się dzieje na innych odcinkach Rycerskiej Rubieży. W okolicznych wsiach ludzie nic nie wiedzieli. Walki toczyły się bardziej na zachód, w pobliżu głównych twierdz zakonu.

Argnist zabronił sobie myśleć o chutorze, Dejerze i synach, ale domownicy i tak przychodzili do niego każdej nocy w snach. W milczeniu stawali przy łóżku, patrząc na nowego dowódcę fortu Gesar z niemym wyrzutem. W dzień przed tymi natrętnymi myślami setnika ratowała praca.

Była noc, ciepła, cicha i spokojna. W taką noc dobrze jest spacerować z dziewczyną, jeśli jesteś młody, albo – jeśli jesteś u schyłku życia – siedzieć na ławce przed domem, palić fajkę i oddawać się niespiesznym rozmyślaniom. Dużo przyjemnych rzeczy można robić w taką noc... I walka do nich nie należała.

A jednak czasem w taką właśnie noc trzeba walczyć.

Argnista zerwał z łóżka strasznym krzykiem wartownik, który wpadł do jego pokoju. Był to jeden z tych chłopców, którzy nie nauczyli się iść do walki, na nic się nie oglądając. Tych setnik umieszczał na murach fortu jako straż wewnętrzną.

– Ojcze dowódco! Nieszczęście! Idą tu! – Wartownik trząsł się ze strachu.

– Mówże po kolei! – huknął na niego Argnist, odrzucając kołdrę. – Kto idzie? Skąd? A przede wszystkim dokąd? Kapituła zakonu w pełnym składzie?

– Orda! – Chłopak opadł na ławkę. Z przerażenia zapomniał o subordynacji i dyscyplinie. W innej sytuacji zarobiłby po karku, ale teraz Argnist nie zwrócił na to uwagi.

– Skąd? – zapytał stary setnik, wciągając kurtkę. – Kto przyniósł wieść?

– Kilian z przedniego posterunku przybiegł, a Mrom tam został, obserwuje. Wieść jest taka: idzie Orda! Wszystko tak jak opisywaliście, i trąbacze, i brzuchojady, i pancerniki, i inne, nieznane. Nie zliczyć! Idą starą ścieżką do mostu. To znaczy tam gdzie był most.

– Bij na alarm – zarządził Argnist, wkładając zbroję. – Leć budzić Frabara! Ludzi na mury! Zrozumiałeś?

Chłopak pokiwał głową. Argnist podejrzewał, że biedak ma już mokro w spodniach.

Setnik wybiegł na podwórzec. Fort spał jeszcze, łowiąc ostatnie słodkie chwile snu. Zaraz uderzy stary dzwon i wyrwie obrońców z drzemki; dla wielu z nich ten ranek będzie ostatnim.

Przybiegł zasapany Kilian, tuż za nim Mrom. Dzielne chłopaki, jedni z najlepszych, którzy nie zamykali oczu i nie krzyczeli: „Mamusiu!", gdy trzeba było zacisnąć zęby i walczyć.

– Walą całą hurmą, dowódco – wysapał Mrom, nie zapominając o regulaminowym wyprężeniu się. – Kogo tam nie ma!

– To właśnie ty masz mi powiedzieć, kogo tam nie ma. – Setnik ściągnął brwi. Trzeba wymagać regulaminowego zachowania od chłopaka, którego na nie stać.

Mrom zmarszczył czoło z wysiłku.

– Jakich nie było? Trąbacze były... pancerniki i brzuchojady też... paszczogłowy... Ścianołomów tyle, że ziemi nie widać... Nie, dowódco! Przybyły wszystkie.

– To znaczy, że potraktowali nas poważnie – westchnął setnik. – No to nie ma co stać jak słupy. Na miejsca!

Sam zadzwonił na alarm.

Z mieszanymi uczuciami goryczy i bólu obserwował, jak zaspani nowicjusze zmieniają się na twarzy, gdy im oznajmiano, że na fort idzie Orda. Ktoś się rozpłakał, nie wstydząc się sąsiadów, ktoś chwycił się za głowę, ktoś krzyczał: „Mamo!". Ponure milczenie zachowała tylko doborowa dziesiątka Argnista. Chłopi z taboru mazali się podobnie jak poborowi. Wydawało się, że wszystkie wysiłki Frabara i Argnista poszły na marne, ale setnik nie chciał nikogo pochopnie osądzać. Nie nazywaj nikogo tchórzem, dopóki nie zaczął uciekać przed strzałami.

– Słuchajcie, chłopcy – zaczął setnik prostą przemowę. – Wali na nas Orda. Sądząc z tego, ile jej tu jest, walka będzie okrutna, a pomocy znikąd spodziewać się nie należy. Pamiętajcie o jednym – za nami jest cały kraj. Dlatego lepiej żebyśmy tu wszyscy polegli, niż patrzyli, co Orda zrobi na południu, gdy już się tam przedrze. A to oznacza, że musimy stać tu do końca! Kto stchórzy i zacznie uciekać, tego własnoręcznie położę. Jeden tchórz może cały oddział odesłać do Rakota Miłościwego. To wszystko. Na mury!

Rozkaz padł w samą porę – za rzeką zatrzeszczały gałęzie. Nie kryjąc się, Orda dumnie i zuchwale wychodziła na północny brzeg Gardragu.

Nawet Argnist, który widział już niejeden atak Ordy, aż gwizdnął z wrażenia.

Pod Ordą znikały ostatnie wysepki ziemi – pod brunatnozielonymi i czarnymi cielskami. Niezliczone łapy wdeptywały w błoto liście, pod naporem ciasno stłoczonych ciał trzeszczały, łamały się i przewracały drzewa. Pierwsze szeregi, pchane przez następne, już schodziły ku wodzie. W gęstej masie cielsk nie widać było ani centymetra prześwitu.

Co mówili zakonnicy mądrale? Że Gesar znajdzie się bardziej na wschód głównego uderzenia? No, jeśli to, co teraz Argnist miał przed sobą, nie było głównym uderzeniem...

Wierny Lokran, czując bliskość wroga, zarżał na podwórcu. Argnist zacisnął zęby, aż zachrzęściło. Ech, żal, że chłopaki z chutoru zostali w domu! Ich by tutaj... chociaż tych pięćdziesięciu wojowników, których Argnist zwykle prowadził do walki...

Łatwo się domyślić, co zrobi teraz Orda; jej taktyka nie wyróżniała się finezją – atak wszystkimi siłami naraz i tyle. Tylko po co stwory szły na Gesar, w którym, było nie było, siedzi uzbrojony garnizon, skoro mogły zaatakować kilka lig bardziej na zachód?

Nie należało spodziewać się wsparcia zakonu, „czerwone koguty" strzegły tłustych zadów zakonników kapituły. Tutaj, na wschodzie, ty, setniku Argniście, musisz się jakoś sam wykaraskać.

Nagle któryś z młodych wojowników zapiszczał histerycznie, rzucił się na złamanie karku w dół i zaczął biec przez podwórzec. Południowa brama była zamknięta, wszystkie drabiny przewidujący Frabar polecił schować, a jednak nieszczęsny chłopak rzucił miecz i tarczę, i próbował sforsować bramę, chwytając za wystające zawiasy skrzydeł.

Argnist demonstracyjnie podniósł kuszę – żeby widziało to jak najwięcej osób. Nie miał zamiaru żartować.

– Stój! – wrzasnął do nieszczęsnego tchórza, lecz uciekinier nawet nie odwrócił głowy.

Setnik nacisnął spust. Kusza szczęknęła dźwięcznie i chłopak, wyjąc, sturlał się w pył. Z jego biodra sterczał ciężki żelazny bełt.

– Wszyscy zrozumieli?! – zawołał Argnist, spoglądając na pobladłe twarze swoich wojowników. Chłopi z taboru poruszali wargami, wznosząc oczy ku niebu. Pewnie się modlili.

Zraniony przez setnika chłopak wił się na ziemi i jęczał.

– Frabar! – zakomenderował Argnist. Dziesiętnik szybko skinął głową i pobiegł do machin miotających ustawionych na pomostach murów.

Przygotowując się do oblężenia, Argnist budował machiny według tego, co zapamiętał ze służby w gwardii. Jak się okazało, wbito mu wówczas do głowy wszystkie niezbędne wiadomości. I właśnie na te swoje katapulty, balisty i inne machiny najbardziej liczył, rozumiejąc, że z pięcioma dziesiątkami wojowników – nawet świetnie wyszkolonych – fortu nie obroni.

Przy okienkach strzelniczych zostało niewielu ludzi.

Tymczasem Orda przestała się wahać i ruszyła do szturmu – jakby otrzymała niesłyszalny rozkaz. Na czele szturmujących sunęły niezliczone ścianołomy, za nimi trąbacze, brzuchojady i pancerniki. Drobnicy w rodzaju nogogryzów i kościożerców Argnist na razie nie widział. Nic dziwnego, twierdza to nie chutor. Przed chutorami zwykle nie ma rzek.

Gardrag spienił się i zmętniał. Wydawało się, że Orda za chwilę wychluszcze całą rzekę z koryta; w niektórych miejscach pływających stworów tłoczyło się tyle, że nie widać było wody.

– Dawać, zasrańcy! – ryknął Argnist, jakby znów stał na czele swojej sotni na polu bitwy i czekał na atak konnicy baronów.

Frabar powtórzył rozkaz. Mrom uderzeniem miecza wybił klin utrzymujący przeciwciężar i machina Argnista ruszyła.

To było coś w rodzaju olbrzymiego kiścienia. Na długim drewnianym koromyśle, wykonanym z dwóch pni, na łańcuchach wisiał wielki kawał granitu. Kamień zakreślił wysoki łuk i spadł w gąszcz płynących bestii. W górę strzeliła fontanna wody i z pół tuzina stworów zostało przemienionych w krwawą miazgę.

Jednocześnie zaczął działać drugi taki sam kiścień na drugim końcu północnych murów fortu. W szczelnym dywanie potworów Ordy na chwilę pojawiła się wyrwa, ale szybko zniknęła – stworów było mrowie.

Argnist westchnął ciężko. Gdyby tu miał Obrońców... Ale Obrońców, cudownego daru Hedina, nie było i mógł liczyć tylko na siebie.

Zazgrzytały kołowroty, liny zaczęły sunąć po wygięciach granitowych bloków, wciągając je z powrotem. Ożyły miotacze strzał, długie groty przebijały na wylot pancerze i skóry stworów, ale konające bestie natychmiast znikały pod naporem nowych szeregów sunących z północnego brzegu.

Tymczasem kiścienie szybko przeładowywano, a kilku chłopów już rozpalało ogień pod kotłami ze smołą.

Argnist stał na środku północnego muru, nad zabarykadowaną bramą. Raz po raz strzelał z łuku w głowy najgroźniejszych stworów – trąbaczy. Nie myślał o wycofaniu się. Do tego dojść po prostu nie mogło. Orda nie przejdzie, chyba że po jego trupie.

Pierwsze szeregi ścianołomów, które dotarły na południowy brzeg, były już porządnie przerzedzone. Niemniej żuki od razu wzięły się do pracy – robiły podkopy, budowały żywe drabiny. Argnist podbiegł do najbliższego kotła, nabrał czerpakiem i z serdecznym przekleństwem wylał wrzącą smołę na wierzchołek szybko rosnącej piramidy ścianołomów. Syk, trzask, swąd spalenizny i rozpadła się piramida, martwe żuki wpadły do Gardragu.

Znów uderzyły kiścienie, robiąc krwawe przesieki w szeregach szturmujących. Argnist mógł być z siebie dumny, jego machiny działały bez zarzutu. Ale doskonale wiedział, że Ordę mogłoby zatrzymać wyłącznie kilka tuzinów Obrońców. Doświadczone oko starego setnika nie mogło się mylić – Gesar wytrwa najwyżej do wieczora, a to znaczy, że trzeba będzie wysłać gońca. Niech uprzedzi okolicznych wieśniaków, może zdążą uciec...

Na razie setnik raz za razem wylewał na ścianołomy jeden czerpak wrzącej smoły za drugim. Zaraz w kotłach pokaże się dno... Dlaczego ci chłopi tak się grzebią?! Już dawno trzeba było podciągnąć zapasowe sagany – co oni, z lasu je na własnym grzbiecie targają?!

Jedna z żywych piramid zrównała się z krawędzią muru. Argnist puścił strzałę prosto w oko pancernika próbującego sforsować mur i skoczył w stronę piramidy, w biegu wyciągając miecz.

Wymach! Drugi, trzeci! Miecz Argnista przemienił w krwawą kaszę trzy ścianołomy, kolejny cios odesłał w niebyt paszczogłowa, który pierwszy wbiegł po tej żywej drabinie na własną zgubę. Obok Argnista znalazł się któryś z młodych, wrzasnął, może ze strachu, a może z wysiłku i wylał pełną kadź wrzącej smoły na piramidę. Żywa drabina rozpadła się i Argnist mógł się rozejrzeć.

Frabar dowodził machinami i najwyraźniej nieźle sobie radził. Kamienne kiścienie nadal robiły wyrwy w gąszczu napastników, lecz uderzały za rzadko i było jasne, że stworów nie powstrzymają. Ścianołomów ciągle przybywało, czerpaki zgrzytały już po dnach kotłów ze smołą, jeszcze chwila i zakute w pancerze żuki stworzą jedną wielką piramidę szerokości całego północnego muru Gesaru...

Nie utrzymasz się, stary! – przemknęło Argnistowi przez głowę. Nie oszukuj się. Tylko chłopców niepotrzebnie zgubisz. Trzeba się wycofać, i to natychmiast.

– Ej tam, przy kołowrotach! Zostawić wszystko! No, żywo, wasza mać! – wrzasnął setnik. – Podnieść tarcze! Wycofujemy się! A nie zapomnijcie mnicha wypuścić!

Nie miał zamiaru rzucać ojca Hieronima Ordzie na pożarcie.

Młodzi wojownicy jakby go nie słyszeli, nadal kręcili korbami ze zwierzęcą wściekłością, aż Frabar musiał ich siłą odciągać od lin.

– Nie słyszeliście? Wykonać rozkaz, żywo!

Argnist byłby złym dowódcą, gdyby zawczasu nie zatroszczył się o odwrót. Konie stały przygotowane, wystarczyło wskoczyć na siodło i pędzić. Teraz, gdy starł się z całą siłą Ordy, zrozumiał, jak naiwne i śmieszne były jego nadzieje na zatrzymanie tutaj, pod Gesarem, naporu potworów. Dobrze jeszcze, że na razie żaden z tych dzieciaków nie zginął! No cóż, mieszkańcy zza Rycerskiej Rubieży będą się musieli nauczyć sąsiadowania z Ordą, już sobie za murami nie posiedzą...

Ale tam, gdzie doświadczony dowódca widział klęskę, młodzi wojownicy, którzy niedawno wzięli miecze w dłonie, a teraz wpadli w szał bojowy, widzieli wszystko zupełnie inaczej. Rozkaz Argnista wykonali jedynie w połowie – porzucili kołowroty i liny, lecz zamiast biec do koni, chwycili tarcze i na złamanie karku polecieli do setnika, na grzbiet muru północnego, przez który za chwilę przeleje się niepowstrzymana fala Ordy...

Argnist osłupiał. Te niedorostki, te fujary, ci mazgaje, z których dopiero co zaczął wykuwać prawdziwych żołnierzy – teraz zamierzali tu polec! Taki heroizm jest bardzo chwalebny, ale nie wtedy, gdy wrogów jest tyle, że stratują cię i nawet tego nie zauważą! Warto poświęcić swoje życie, jeśli takie poświęcenie jest usprawiedliwione – na przykład gdy trzeba się utrzymać, póki nie nadejdzie pomoc. Ale tutaj nie ma skąd spodziewać się pomocy.

Nie zdążył nic zrobić, ani powstrzymać swoich ludzi, ani ich zawrócić. Żywe piramidy żuków w pięciu miejscach dosięgły krawędzi muru i stwory Ordy weszły na balustradę.

*

Zapomniałem już, jak przyjemna może być zwykła włóczęga po lesie. Ja, Gubiciel, który walczyłem w niezliczonych wojnach w niezliczonych światach, na jakiś czas zapomniałem o swoim głównym celu – zrozumieniu, kim jest Odradzający i jacy bogowie panują w tym świecie. Zapomniałem, rozkoszując się mrocznym pięknem tych ziem. Nie wiedziałem, dokąd mam iść. Ludzie mieszkali daleko na południu, ale tam zawsze zdążę. Teraz chciałem się więcej dowiedzieć o krainach północnych, które nie mogły narzekać na brak wrogów.

Tak, to były te same stwory, które wyłaniały się z jeziora rozpalonej lawy... Było ich mnóstwo. Początkowo nie mogłem zrozumieć – przecież to ogniste stwory, żeby istnieć, potrzebują chłodu, a teraz jest gorące lato i wszystkie lasy aż od nich kipią! Bestie długimi kolumnami niczym doskonale wyszkoleni żołnierze podążały na południe. Cóż, ktoś ma szczęście – będzie mógł rozwiać nudę walką. Nie będę mu w tym przeszkadzał. Nuda to największe zagrożenie, a nienawiść do wroga i walka to najlepszy przed nią ratunek.

Ale dwa razy nie mogłem sobie odmówić przyjemności starcia. Istoty stworzone przez nieznanego mistrza rzuciły mi wyzwanie i postanowiłem je przyjąć.

Staliśmy naprzeciw siebie w jasnym, wesołym lesie, pośrodku ukwieconej polany otoczonej drzewami o białych pniach z czarnymi plamami na korze – pamiętałem, że w jakiejś rzeczywistości na takie drzewa mówi się „brzozy". Ja i mój przeciwnik czekaliśmy, kto pierwszy zaatakuje. Oczywiście nie miałem zamiaru użyć pełni swoich sił – wtedy pojedynek nie sprawiłby mi żadnej przyjemności. Świadomie się ograniczyłem, zostawiając nieco ponad to, czym dysponowali mieszkańcy tutejszych lasów. Jeśli zdecydowałeś się walczyć, przestrzegaj reguł, żebyś potem nie musiał się wstydzić sam przed sobą.

To był duży stwór o długiej szyi, paszczy wysadzanej krzywymi kłami, z potężnymi szponami na mocnych, krótkich przednich łapach i mniej groźnymi pazurami na łapach środkowych i tylnych. Muszę przyznać, że nie pamiętam, żebym gdziekolwiek indziej spotykał sześcionogi, ale wielu rzeczy nie pamiętam. Tutejsi mieszkańcy nazywają te stwory trąbaczami, jak dowiedziałem się z rozmów podsłuchanych w chutorach.

Chytry i ostrożny stwór czuł, że nie jestem zwykłym przeciwnikiem, ale był bardzo głodny i zaryzykował – gdy udałem, że chcę wejść w głąb lasu, i odwróciłem się plecami, on odbił się od ziemi wszystkimi sześcioma łapami i wyciągnął szyję, chcąc chyba jednym kłapnięciem szczęk przegryźć mnie na pół. Rozmiar kłów sugerował, że może mu się to udać.

Odskoczyłem. Krew zawrzała mi w żyłach. Niebezpieczna gra, w której stawką było moje życie, stała się moją jedyną rozrywką, jedyną radością. Teraz również ryzykowałem. Świadomie ograniczając siły, stałem się prawie śmiertelnikiem; gdyby stwór mnie pokonał, pożegnałbym się z życiem. A przecież dla Nieśmiertelnego śmierć jest czymś niewyobrażalnie strasznym.

No, zobaczymy, kto silniejszy!

Chwyciłem stwora za dolną szczękę, mocno szarpnąłem w dół. Krótki chrzęst – i po moich rękach popłynęła ciepła, cuchnąca ciecz przypominająca krew. Stwór zaczął się szamotać, ale drugim szarpnięciem wyrwałem szczękę. Kiepsko tworzycie, panowie czarodzieje.

Na tym walka się skończyła. Ciało stwora leżało na trawie, długą, wyciągniętą szyję wieńczyły skrwawione strzępy mięsa i ostre kawałki kości. Odetchnąłem głęboko. Walka dobiegła końca, zanim krew uspokoiła się w moich żyłach. Stwór okazał się słaby.

Hm, najwyraźniej muszę poszukać godniejszego przeciwnika. Pomyślałem, że chyba niepotrzebnie tak długo siedzę na północy. Piękne widoki ważna rzecz, ale imię Gubiciel do czegoś zobowiązuje. Może na południu trafi się lepszy wróg? Może ten, przeciwko któremu skierowano główne uderzenie tych stworów, nie zdoła sobie z nimi poradzić? Nigdy nie wtrącałem się do cudzych wojen, uważałem, że pozbawiając kogoś wroga, obrażam go.

Ale tutaj, wśród tych złych, nierozumnych, stworzonych przez toporną magię potworów żyli ludzie, zwykli śmiertelnicy! Wędrując północnymi lasami, mogłem z bliska przyjrzeć się ich życiu, życiu w skrytych w głuszy maleńkich chutorach, życiu w otoczeniu tych bestii. Walka z potworami nie zawsze kończyła się dla ludzi pomyślnie.

Wędrowałem po lasach z czystą pamięcią, ciągle nie wiedziałem, kim jestem, skąd przybyłem, po co i dlaczego właśnie tu, a co najważniejsze, nie wiedziałem, na czym polega mój obowiązek! Stopniowo z głębin pamięci wyłaniały się emocje. Coś mi się podobało, a coś budziło wstręt – jak na przykład to zabite monstrum. Coraz częściej chciałem się wtrącić, coraz częściej widok tutejszych stworzeń budził chęć zlikwidowania ich – nie jak wrogów, ale jak robactwo. Miałem kiedyś dom i wiem, że od czasu do czasu trzeba w nim posprzątać.

Zdaje się, że to się nazywało „pomoc". Pomoc słabym i bezbronnym. Na niebiosa i otchłanie! Nigdy w życiu nie zajmowałem się czymś takim, nigdy nikomu nie pomagałem! To wiem na pewno. Czyżby do mojej świadomości wpełzło współczucie, razem z innymi emocjami i wizjami z najwyraźniej nie mojego życia? Czułem, że te doznania są obce, obce od początku do końca!

Wtrącanie się do nie swojej wojny, zwłaszcza magicznej, zawsze uważałem za gruby nietakt!

Powoli zdążałem na południe, klucząc po lasach i od czasu do czasu zabijając gołymi rękami jakiegoś stwora Ordy – bo tak je nazywali tutejsi mieszkańcy.

To były dni dziwnego rozdwojenia. Nic o sobie nie wiedząc, niczego nie pamiętając, czułem tylko głuche ściany zakazów i otchłanie namiętności. Szedłem, wsłuchując się w bardzo wyraźny, rozbrzmiewający we mnie wewnętrzny głos. Mówił, że stwory Ordy to straszliwe zło, trzeba je jak najszybciej zgładzić, każda godzina zwłoki oznacza męczeńską śmierć kolejnych mieszkańców tych ziem.

Dla mnie to było coś nowego. Przywykłem, że moje życie to walka, a jeśli kiedyś żyłem w innym celu, to nic o tym nie wiedziałem. Co mnie obchodzą ci, którzy zamieszkują niezliczone światy Wielkiej Sfery? Nie zaczepiałem ich, ci śmiertelnicy nie byli moimi wrogami, więc nie zaprzątałem sobie nimi głowy. Nie potrzebowałem ani ich uległości, ani czci... Choć teraz rozumiałem, że wśród tych, którzy padli z mojej ręki, wielu pożądało władzy nad tymi śmiertelnikami, chcieli uczynić z nich swoich niewolników. Nigdy nie mogłem pojąć, w jakim celu.

A teraz... Jak możesz nie widzieć cierpienia i męki tych, którzy z woli losu są słabsi od ciebie?! – krzyczało coś we mnie. Jak możesz pozostać obojętny? Dlaczego nie wykorzystasz swoich sił, żeby wyrwać tych nieszczęśników z niewoli, żeby im ulżyć?!

Te myśli powodowały chaos. Byłem Gubicielem, wrogiem wszystkiego i wszystkich. Nie wiadomo przez kogo i w jakim celu zrodzonym, nie wiadomo gdzie i jak dorastającym. Nigdy nie walczyłem, by komuś pomóc. I teraz nagle... A przecież zawsze traktowałem z ironią oświadczenia Białych Rycerzy, którzy mienili się jedynymi obrońcami Dobra i Uporządkowanego...

Stop! Biali Rycerze! To również wspomnienie z przeszłości, zupełnie i całkowicie zapomnianej! Próbuję sobie przypomnieć coś jeszcze – kim są owi rycerze, skąd się wzięli, z kim walczą –

ale na próżno. Czasem mi się wydaje, że ktoś specjalnie wydziela mi wspomnienia małymi kawałkami...

Ten dziwny głos wewnętrzny nie skłoni mnie do rezygnacji z przyjętego planu! Ale może jednak warto zerknąć, co się dzieje na południu? Zajrzeć nie tylko do świątyń i siedzib czarowników?

Był słoneczny, spokojny dzień, gdy zobaczyłem chutor stojący w pewnym oddaleniu od innych. Niczym się nie wyróżniał – ten sam prostokąt ścian, czarna od dymu kuźnia... A jednak na widok tego chutoru wewnętrzny głos ożywił się i to ożywienie udzieliło się również mnie.

Znałem ten chutor. Kontaktowałem się z jego mieszkańcami. Całkiem niedawno. Chodziło o coś bardzo ważnego... kwestia życia i śmierci... czyżbym kogoś tu uratował?

Zawahałem się. Co to wszystko znaczy? Czyżbym tu był, zanim straciłem przytomność i odzyskałem ją w siedzibie Królowej Cieni? Zdaje się, że nawet przyjaźniłem się z którymś z mieszkańców chutoru... Nieprawdopodobne!

A jednak tak właśnie było. Z pamięci wypływały niejasne, pokryte mgłą wspomnienia. Strzały z białymi lotkami, przebijające sinostalowe pancerze olbrzymich żuków... ciało strasznie poranionego, niewysokiego, krępego i barczystego człowieka z długą brodą... i drugi człowiek, wysoki, potężny, niemłody...

Tak! To przecież chutor tego wysokiego, którego uratowałem w lesie przed stworami Ordy! A może to nie ja go uratowałem? W takim razie dlaczego tak wyraźnie to pamiętam?

Aż przysiadłem na omszałym kamieniu nieopodal złocącego się pola. Myśli plątały się i przeplatały... Co to wszystko znaczy?

Spod sąsiedniego kamienia biło słabe źródełko, woda wypełniała zagłębienie usłane mchem, tworząc naturalne zwierciadło. Pochyliłem się nad nim.

Tak, to moja twarz. W pierwszej chwili wydała mi się obca, ale wkrótce spod nałożonej maski zaczęły się wyłaniać moje rysy. Włosy się przerzedziły (niedługo śladu nie zostanie po czuprynie!), oczy osadzone głębiej, ich lekkomyślny błękit ustępował posępnej czerni. Podbródek stawał się bardziej masywny, kości policzkowe traciły miękkość, wąskie usta wyglądały jak rana od miecza. Ramiona się rozszerzały, napełniały siłą, ręce pokryły mięśnie, dłonie stały się mocniejsze. Ale to ja; moja twarz pasująca do mego imienia. Całe szczęście, bo już zacząłem myśleć, że tracę rozum. Tylko dlaczego tak natrętnie pchają się obce wspomnienia? Nawet pamiętam, jak nazywał się gospodarz tego chutoru – Argnist.

Wystarczyło, żebym wymówił w myślach to imię, a w mojej głowie wybuchły błyskawice. Argnist! Uratowałem go! I... i on teraz znów jest w straszliwym niebezpieczeństwie!

Niczym na jawie widzę niewysoki ceglany mur jakiejś twierdzy oblepiony najróżniejszymi stworami Ordy. Żywe piramidy pancernych żuków posłużyły za drabinę większym stworom, aż do prawdziwych gigantów. I teraz na górze muru rozgorzała rozpaczliwa walka. Ujrzałem człowieka, którego niegdyś uratowałem. Zręcznie opędzał się mieczem przed atakującymi go stworami. Obok walczyło kilku chłopaków, nieumiejętnie wymachujących klingami. Ich los był przesądzony, nie utrzymają się nawet kilku minut! Przegrają tę walkę! Biada zwyciężonym!

Ale skoro raz uratowałem tego człowieka, to znaczy, że miałem ku temu ważkie powody. Czyli muszę to zrobić po raz drugi!

Zacisnąłem pięści. To nie przystoi Gubicielowi, ale... ale teraz trzeba działać! Na rozmyślania będzie czas po walce.

★

Błękitne niebo nad twierdzą obojętnie spoglądało w dół. Może nawet bawił je ten krwawy spektakl? Bogowie lubią przyglądać się namiętnościom i porażkom ludzi... I rzadko, bardzo rzadko śmiertelnikom udaje się im za to odpłacić.

Porzucając machiny miotające, wojownicy Argnista pobiegli na mur, do starego setnika. Argnist wrzasnął: „Z powrotem!", ale było już za późno, ludzie starli się z pancernikami, brzuchojadami i paszczogłowami. Lekcje Argnista nie poszły w las – chłopcy nie walili, gdzie popadło, lecz w słabe miejsca potworów. W pierwszej chwili nawet udało im się powstrzymać napór Ordy.

Pod starymi, ciężkimi mieczami rozpadały się mocne pancerze, pękały rozcinane oczy, z poderżniętych gardeł chlustała ciemna krew, plamiąc kamienie. Pierwsze martwe ciała spadały w dół, niszcząc piramidy wniesione przez ścianołomy.

Bestie Ordy nie spodziewały się takiego oporu. Nacisk zelżał i Argnistowi udało się oczyścić wierzch muru z potworów. Niestety, zanim obrońcy fortu zdążyli odetchnąć, napłynęła nowa fala – nadchodziły trąbacze, główna siła uderzeniowa.

Nie przestając machać mieczem, stary setnik rzucił swoim chłopcom szybkie spojrzenie. Było źle. Ten ranny, tamten ledwie trzyma się na nogach... to koniec, muru nie utrzymają.

Już miał wydać komendę odwrotu, gdy nagle na polu bitwy zaszła nieuchwytna zmiana. Na północnym brzegu Gardragu, w tylnych szeregach atakującej Ordy zapanował zamęt. Przez niekończące się szeregi przeszły krótkie skurcze, niczym kręgi po wodzie od rzuconego kamienia. A potem nad łbami stworów przeleciało cielsko trąbacza jak puszczony z katapulty kamień i z całej siły rąbnęło w jedną z żywych piramid, robiąc ze ścianołomów krwawą miazgę. Mur zadrżał od tego potwornego uderzenia, Argnist przestraszył się, że stare cegły nie wytrzymają.

A na północnym brzegu pojawiła się widmowa postać olbrzymiego wojownika. Wyglądała jak utkana z porannej mgły, nie dało się dojrzeć twarzy, broni, nawet stroju. Widmo szło prosto na twierdzę, rozcinając szeregi potworów niczym miecz samego Rakota Groźnego w pamiętnych dniach jego powstania.

Wokół widmowej postaci w powietrze wzbijały się fontanny czarnej krwi. Pocięte, poszarpane ciała latały na wszystkie strony jak kamienie z procy. Widmo gołymi rękami rozdzierało wrogów na strzępy.

Przy straszliwym przybyszu rozgorzała walka. Nieznające strachu, pozbawione własnej woli potwory gwałtownie zwróciły się ku widmu, jakby posłuszne czyjemuś rozkazowi. Napór na obrońców fortu natychmiast osłabł.

W wypełnionej potworami rzece pojawił się prawdziwy żywy wir. Stwory zawracały, nawet te, które już niemal dotarły do murów; ostatnie odchodziły ścianołomy.

Na tamtym brzegu działo się coś nieprawdopodobnego. Argnist, Frabar i pozostali wojownicy z zamierającym sercem patrzyli, jak żywe fale potworów nasuwają się na widmowego wojownika, wokół którego powstała trąba powietrzna. Z rozszarpywanych ciał chlustała krew, rosły sterty oślizłych trupów, wydawało się, że zaraz nakryją niespodziewanego obrońcę fortu. Jednak widmowy wojownik zwinnie wspinał się coraz wyżej po ohydnych kurhanach trupów, nie przestając szarpać, dusić i rozrywać nadciągających bestii.

– A to ci dopiero! – usłyszał Argnist szept wstrząśniętego Frabara. – Czy sam Hedin usłyszał nasze modlitwy?!

Setnik tylko pokręcił głową. Co mógł odpowiedzieć? Niektórzy z jego chłopaków padli na kolana i wyciągnęli ręce do wojownika walczącego na tamtym brzegu.

A widmu chyba znudziła się rzeźnicza praca – fale Ordy przeszyły trzy błękitne rozbłyski; każdy zostawił za sobą szeroką przesiekę, wypalony trakt w bezkresnych szeregach. Wokół wojownika załopotał purpurowy płaszcz. Każda istota, która go dotknęła, przemieniała się w popiół.

Lecz Ordy nie mogło nic powstrzymać. Okrutna eksterminacja nie miała wpływu na jej działania. Pozbawione uczuć stwory otrzymywały rozkaz i musiały go wykonać, nawet najokrutniejsza śmierć współtowarzyszy nie mogła powstrzymać pozostałych.

Przynajmniej stało się jasne, że zastępy Ordy nie są nieskończone. Najpierw został oczyszczony południowy brzeg Gardragu, potem powoli opustoszał północny. Z północy nie nadciągały już nowe oddziały stworów.

A potem nagle wszystko się skończyło. Ocalałe monstra uciekały od krwawego kurhanu, niemal trzykrotnie wyższego od murów fortu, żałosne resztki gigantycznej armii pospiesznie wycofywały się na północ. Widmowy wojownik nadal stał na wzgórzu wzniesionym z trupów. Wyglądało na to, że spogląda w stronę fortu Gesar, jakby wypatrywał kogoś na murach. Wszyscy obrońcy czuli sunące po ich twarzach zimne spojrzenie nieludzkich oczu i zdawali sobie sprawę, że widmo specjalnie daje im to odczuć.

Spojrzenie wojownika zatrzymało się na twarzy Argnista i stary setnik poczuł, jak dusza mu ucieka w pięty. Pustymi oczodołami patrzyła na niego Siła, czysta Siła, absolutnie wroga wszystkim żywym istotom, Siła mająca tylko jedno straszne przeznaczenie, a teraz z wysiłkiem i męką szukająca odpowiedzi na jakieś bardzo ważne pytanie.

Widmowa postać nagle zaczęła się zmieniać. Zmniejszyła się do wysokości człowieka, przez zasłonę mgły można było nawet dojrzeć ubranie. Rysów twarzy nadal nie dało się rozróżnić, lecz Argnist stężał i zbladł.

– Hedinie Obrońco... – wyszeptał, pospiesznie czyniąc prawą ręką Znak Ochronny, którego nauczono go w świątyni. Ujrzał przybysza z tamtego świata.

Wojownik na lewym brzegu rzeki uniósł dłoń w geście pożegnania i powoli zaczął schodzić z kurhanu rozszarpanych ciał.

– Hej, przyjacielu, zaczekaj! – krzyknął Argnist, gdy doszedł do siebie. – Dokąd idziesz, wracaj!

*

On wyraźnie mnie znał, ten niemłody wojownik, który z garstką chłopców bronił rubieży. Znał mnie. Skąd? Może jednak należało z nim porozmawiać? Właśnie zdecydowałem, że to zrobię, gdy w świadomość wbiły się tysiące rozpalonych igieł.

To był zakaz. Ktoś bardzo potężny wyraźnie sobie nie życzył, żebym rozmawiał ze starym wojownikiem. Ktoś, kto dorównywał mi siłą, a może nawet był jeszcze silniejszy. Poczułem ostrą, dojmującą radość – wreszcie mam wroga! Prawdziwego wroga, przebiegłego, sprytnego, silnego, a czego więcej trzeba wiecznemu wojownikowi?

Nie przyjąłem walki, wycofałem się, choć może powinienem próbować dotrzeć do tego starego rębajły, który mnie rozpoznał. Ale... ale wtedy stało się ze mną coś dziwnego. Tak rwałem się do ukrytych głębin pamięci, a teraz nagle się przestraszyłem. Tamte sielskie wizje były takie... ludzkie. Wyobraziłem sobie, jak wszystko, co o sobie wiem, rozwiewa się niby dym, sen, i dowiaduję się, że jestem marionetką w rękach jakiegoś czarownika, kukiełką, której na jakiś czas użyczono sił. Ta myśl wprawiła mnie w drżenie. Nie! Niech wszystko toczy się własnym torem! Uratowałem tego człowieka po raz drugi, pora zająć się własnymi sprawami. Na południe, na południe, do świątyń miejscowych bogów! Dawno powinienem przedstawić im się w całej krasie.

Nic już nie trzymało mnie w północnych lasach. Orda powinna się chwilowo uspokoić. To nie była walka, lecz rzeź, nie chciałem uczciwego pojedynku, niszczyłem te stwory, tak jak ludzie tępią robactwo.

Nareszcie znikły wszystkie ślady Ordy, która popłynęła wartkim strumieniem na południe. Znów znalazłem się w czystym lesie, odpowiednia chwila, by na jakiś czas rozstać się ze swoją cielesną powłoką.

Niewidzialny, bezcielesny wzbiłem się pod obłoki. Potem, jeśli zechcę, znowu podejmę pieszy zwiad, ale teraz moim celem było duże handlowe miasto nad brzegiem oceanu. Miasto stało na wyspach rzecznej delty, wyspach połączonych licznymi mostkami.

Oglądałem je z góry jedynie przez krótką chwilę – znowu wróciłem do swojej postaci, odzyskałem swoje ciało. Zresztą czy aby na pewno swoje? Gdy zobaczyłem tamto odbicie w źródle, wydawało mi się, że wyglądam jak dawniej. Ale skoro tamten wojownik w twierdzy mnie rozpoznał, to znaczy, że w chwili, gdy o nim myślałem, ciało przybrało inny, znany jemu wygląd. Mojego prawdziwego oblicza pamiętać nie mógł, nigdy nie byłem w tym świecie – to wiedziałem na pewno.

Stałem w cichym, wąskim prześwicie między domami i pamięć niespodziewanie ożyła, podpowiadając, że ten prześwit nazywa się ulicą. Poprawiłem ubranie i ruszyłem przed siebie, intuicyjnie wyczuwając w pobliżu jedną z Prawdziwych Świątyń.

*

Argnist cały się trząsł, jego wojownicy wcale nie wyglądali lepiej. Straszne widmo skryło się, pozostawiając po sobie góry trupów. Czarna krew stworów spływała do Gardragu, mieszając się z jego czystym nurtem. Ktoś nie będzie miał wody, pomyślał stary setnik ponuro.

Ale skoro jesteś dowódcą, to bez względu na to, jakie widma ukazują się przed powierzoną ci twierdzą, odpowiadasz za swoich wojowników i masz dowodzić. Musisz udawać, że wszystko jest tak, jak być powinno.

– No, coście tak zbaranieli? – warknął, starając się, by do jego głosu nie wkradło się zdradzieckie drżenie. – Już po wszystkim! Koniec roboty na dzisiaj. Trzeba się zająć rannymi i poległymi. No, ruszać się, ruszać! Zabitych znoście do ołtarza. Frabar! Zajmij się rannymi!

Straty w ludziach okazały się śmiesznie małe jak na taką rzeź – jedynie dwóch zabitych. Jeden chłopak, załatwiony ciosem w plecy, i jeden stary chłop z taboru, który umarł ze strachu. Serce nie wytrzymało.

Setnik polecił Frabarowi stworzyć szyk.

No i czas wypuścić ojca Hieronima – ktoś musi odprawić nabożeństwo żałobne!

Rozdział 5

Brama miejska została daleko w tyle, a Dwalin ciągle nie mógł wybrać zajazdu. Marudził, kręcił nosem i nie wiadomo właściwie, co mu się nie podobało. W końcu Eltara straciła cierpliwość i oznajmiła, że jeśli nie zatrzymają się w pierwszym lepszym zajeździe, zbierze resztki swoich czarodziejskich sił i przemieni kapryśnego krasnoluda w kamień. To podziałało. Dwalin, usiłując zachować twarz, wymruczał, że ten przed nimi jak raz wygląda nieźle.

Cheort uśmiechnął się pod nosem, oglądając mroczny hol i prowadzące na górę szerokie schody. Nie można powiedzieć, że ten zajazd był szczególnie czysty czy przytulny. Był to najbardziej przeciętny ze wszystkich przeciętnych hoteli.

Krasnolud z Cheortem zajęli jeden pokój, Eltara wynajęła drugi, wyniośle żądając najlepszego apartamentu. Moneta, którą czarodziejka rzuciła na ladę, błysnęła złotem; gospodarz rzucił się na upragniony żółty krążek niczym jastrząb na gołębia.

– Za siebie płacicie sami – powiedziała Eltara do towarzyszy, wchodząc na schody.

Krasnolud westchnął ciężko – im bardziej oddalali się od Wzgórza Demonów, tym wyraźniej dawały o sobie znać wielkopańskie maniery czarodziejki.

– To jak, idziemy pilnować naszej rybki? – spytał Cheorta, gdy już ułożyli w pokoju swój skromny dobytek; lwia część ich bagażu należała do Eltary.

– Hiss nie będzie się pchał przez bramę, strażnicy nie darzą sympatią wężowego narodu. Wydzielono im dwie cumy w zatoce, cztery baraki i to wszystko. Gdyby któryś chciał wejść przez bramę...

– A nie boisz się, że on załatwi straż siłą Pieczęci?

– Myślałem o tym – przyznał młodzieniec. – Hissowi sprytu nie brakuje, ale nie przypuszczam, żeby czarował w Galenie. Zapomniałeś o świątyniach? Poza tym na dworze króla też są czarownicy! Nie, Hiss się na to nie zdecyduje. Wśliźnie się do miasta rzeką, innej drogi nie ma.

– A przez mury? – dociekał krasnolud, który zawsze wolał zapytać, niż udawać mądrzejszego.

– Przez mury oczywiście by mógł. – Cheort skinął głową. – Ale jestem pewien, że najpiękniejsza...

– Coś ty ciągle „najpiękniejsza" i „najpiękniejsza"! – zirytował się krasnolud. – Jak jesteśmy sami, to chyba możesz mówić normalnie?! Powiem tak: musimy we dwóch urządzić zasadzkę. Załóżmy, że Hiss wpływa przez bramę rzeczną. Co dalej?

– To jasne. – Cheort wzruszył ramionami. – Dopłynie aż do portu. Będzie kluczył, żeby go nie zauważyli z brzegu, a potem wejdzie na dowolny statek swojego narodu i szukaj wiatru w polu!

– Czyli pójdziemy do cum – postanowił Dwalin. – Jest się tam gdzie ukryć czy będziemy siedzieli na kamieniach?

– Obawiam się, że nie na kamieniach, lecz pod kamieniami – westchnął syn Śnieżnego Maga. – Nie mam ochoty sterczeć na widoku przed statkami tych węży. Trzeba zaklęciami wykopać dół w pirsie i tam się ukryć.

– To jak my tego twojego Hissa capniemy? – zdumiał się krasnolud. – I co spod tych kamieni zobaczymy?

– Bez Eltary się nie obejdzie. Potrzebne jest Zaklęcie Strażnicze. Pewnie, że na widok wężowych „dziewczynek", najlepiej obnażonych, Hiss leciałby do nas, aż by się kurzyło, ale dziewczyn nie mamy...

– Dlaczego nie mamy? – rozległ się głos czarodziejki. Eltara stała na progu ich pokoju, oparta niedbale o futrynę. Dwalin aż podskoczył. Osobiście zamykał drzwi na zasuwę! – Dlaczego nie mamy? – powtórzyła czarodziejka. – Wszystko mamy. A raczej będziemy mieli. On – eleganckim paluszkiem wskazała stropionego Dwalina – będzie obnażoną wężową dziewczynką. Już ja się o to postaram!

– Co?! – wrzasnął krasnolud. – Ja miałbym być?... Żeby mnie ten wasz Hiss... tego...

– Nie martw się. – Kąciki ust czarodziejki zadrżały od powstrzymywanego śmiechu. – Żadnego „tego" Hiss nie zrobi. Weźmiesz go za skrzela, zanim zdąży zawołać na pomoc swoją wężową mamę. – Twarz Eltary stężała.

– Za nic! Choćbyście mnie żywcem kroili! A czemu to Cheort nie może być wężową dziewką, ja się pytam? W końcu to on nawarzył piwa!

Cheort zbladł.

– On nie pasuje – odrzekła Eltara, oglądając krytycznie zgrabną sylwetkę młodzieńca. – Węże najbardziej cenią... hm... szerokość tego, co poniżej pleców.

Dwalin zacisnął pięści i wydał gardłowy ryk. Jego twarzy przybrała kolor buraka.

– Czemu się obrażasz, dziwaku? – Eltara uśmiechnęła się łagodnie. – To przecież dla dobra sprawy.

– Sprawy?! – ryknął Dwalin strasznym głosem. – Czyjej sprawy? Ja temu Hissowi łeb ukręcę! Miałbym udawać ichnią wężową dziewkę, w wodzie się chlapać?! I siedzieć tam jak żywa przynęta?! A jeśli inne węże się mną zainteresują?!

– Nie zainteresują – zapewniła go Eltara. – Już ja się o to postaram.

Krasnolud spuścił głowę i wściekle zasapał.

– Nie! Nawet mnie nie proście! Wystarczy, że Elstan rzucił na mnie swoje czary!

– Elstan? – Czarodziejka zbielała jak płótno. – Zaczekaj! Powiedziałeś: Elstan? Czary?

– A co? Już zapomniałaś? Z dziesięć razy mówiłem... Dlaczego nie mogę po prostu wrócić do domu?!

– Ale jeśli Elstan... jeśli jego już nie ma, to czary powinny przestać działać! – zawołała Eltara.

Dwalin patrzył na czarodziejkę osłupiały.

– Poczekaj, poczekaj... muszę sprawdzić – mamrotała gorączkowo czarodziejka, poruszając rękami z taką szybkością, że nie dało się dostrzec poszczególnych gestów. – Muszę sprawdzić...

Dwalin poczuł, że w głowie mu huczy, a po chwili rozbolały go wszystkie stare rany wyleczone wiosną przez Elstana i Saatę. Eltara patrzyła z napięciem w twarz krasnoluda, poruszyła wargami. Pochwycił pytanie, które czarodziejka komuś zadawała – pochwycił nie słowa, nie sens, lecz intonację...

W końcu udręka się skończyła. Dwalin kilka razy potrząsnął głową, odganiając ostatnie ślady bólu i wpatrując się w białą jak śnieg czarodziejkę.

– No i co? Czegoś się dowiedziała?

Usta młodej czarodziejki wykrzywił grymas bólu.

– Nie rozumiem. Czary Elstana nadal działają, ale nie pamiętają już tego, kto je rzucił. Pierwszy raz spotykam się z czymś takim.

Krasnolud już miał zacząć drążyć temat, licząc, że wtedy Eltara zapomni o wykorzystaniu go w charakterze przynęty, ale nie dała mu dojść do słowa.

– A więc postanowione. Rzucam zaklęcie na Dwalina. Na ciebie, Cheorcie, również. Będziesz w wodzie razem z krasnoludem. Ja zostanę na brzegu i jak tylko Hiss się pojawi, od razu go złapię!

Krasnolud zgrzytnął zębami.

– Żebym tak spod zawalonej sztolni nie wyszedł! Żebym nigdy pieca nie zobaczył, żeby moja noga więcej w Aszparangu nie postała!

– Zdejmę z ciebie czary Elstana, nie bój się – powiedziała wyniośle czarodziejka. – Skoro nie rozumiesz, że Pieczęć Wiecznego Króla należy odebrać za wszelką cenę, to...

– Ja wszystko rozumiem! – żachnął się Dwalin, do głębi urażony. – Tylko...

– Przecież nikt cię nie zobaczy, ty niemądry krasnoludzie! – tłumaczyła zniecierpliwiona Eltara. – Nikt prócz Hissa! Nikt się nie dowie, że jakiś krasnolud kąpał się w porcie. Cheort będzie tuż obok, nałożę na niego Zaklęcie Niewidzialności. Musicie utrzymać Hissa przez kilka chwil, zanim ja...

Po długich namowach, tłumaczeniach i prośbach krasnolud wreszcie się zgodził.

– Naprawdę możesz zdjąć ze mnie czary Elstana? – zapytał, zniżając głos. – Sama wiesz, że z czarami nie mogę się w domu pokazać... Ale zawsze myślałem, że zaklęcie może zdjąć tylko ten, co je nałożył!

– To prawda. – Eltara skinęła głową. – Nie brałabym się do tego, gdyby na tobie były zaklęcia, dajmy na to, Śnieżnego Maga. Ale czarodziejstwo Elstana znam lepiej niż własne i mogę spróbować. Tylko że... wiesz, jak wasza starszyzna może się odnieść do faktu, że prawo Ar-an-Aszparangu zostało złamane...

Krasnolud sposępniał.

– Twoja racja – wykrztusił. – To koniec, już nigdy nie wrócę do domu.

Cheort nic nie rozumiał. Przestraszony patrzył to na krasnoluda, to na Eltarę.

– Nie rozpaczaj. – Czarodziejka położyła dłoń na ramieniu ponurego Dwalina. – Czuję, że nadchodzą wielkie przemiany. Wiele starych praw przestanie istnieć, nikt nie będzie miał do nich głowy.

Ale to tłumaczenie niewiele pomogło. Dwalin pogrążył się w czarnej melancholii i pomóc mogłoby chyba tylko piwo. Ponieważ jednak Eltara nie pochwalała picia tego pospolitego trunku, postanowiła pomóc krasnoludowi inaczej.

Z eleganckiego skórzanego futerału ozdobionego perłami rzecznymi wyjęła niewielki flet. Podniosła instrument do ust i rozległa się łagodna, czarująca melodia. Słychać w niej było jasny smutek i ogromną wiarę, że nastaną nowe czasy, nowe porządki...

Dwalin przestał rozpaczać, rozjaśnił się, wyprostował.

– Co tam – powiedział w końcu. – Do diaska z tym wszystkim. Będziesz mogła nałożyć swoje zaklęcie! Żeby tylko Hiss pojawił się szybko, zanim się rozmyślę...

*

Na iglicy galeńskiego ratusza przysiadł brązowy sokół – ptak rzadki i ostrożny, który bez powodu do ludzkich siedzib nie przylatywał. Pokręcił głową, rozglądając się, a potem nagle zerwał się z miejsca i pomknął ku rzece.

– Źle się dzieje w naszym Galenie! – wypalił od progu Dwalin, bezceremonialnie pakując się do przestronnych apartamentów Eltary.

Krasnolud i Cheort właśnie wrócili ze zwiadu w dokach. Czarodziejka uznała tę eskapadę za zajęcie niegodne i pozostała w hotelu, studiując jakieś manuskrypty.

– O co chodzi? – Nawet nie podniosła głowy znad pergaminów, nadal przebiegała wzrokiem nieznane krasnoludowi litery. Ostatnio była w złym humorze.

– W mieście polują na czarowników – oznajmił Dwalin.

Eltara drgnęła.

– Jak to? – Spojrzała krasnoludowi prosto w oczy. – Może coś ci się pokręciło?

– Nic mi się nie pokręciło i nie wypiłem dzisiaj ani kropli piwa. Najprawdziwsze polowanie na czarownice! Kapłani ze świątyń chodzą po ulicach i krzyczą, że Orda przedarła się przez Rycerską Rubież, że to kara Nowych Bogów, Hedina i Rakota, za ludzkie grzechy! A wszystko przez to, że różni nieodpowiedni ludzie czynią czary; że nikt poza kapłanami, sługami bożymi, nie powinien tego robić, że ci, którzy kapłanami nie są, a zaklęcia rzucają, służą Ciemności, czyli Złu, i czeka ich stos – wypalił Dwalin jednym tchem.

– I... i co się dzieje w mieście? – Czarodziejka zbladła jak płótno.

– Jakbyś nie wiedziała! – warknął krasnolud. – Pogrom, to się dzieje! – zawołał z niespodziewaną złością. – Pogrom! Każdego podejrzanego o czary ciągną do świątynnych lochów. Na razie ludzie się nie rozkręcili, ale jeśli się im nie przeszkodzi... – Popatrzył na Eltarę znacząco.

– Przeszkodzi? – jęknęła. – Ale jak? Przecież nie wyrżniemy całego miasta!

– Ale możemy pomóc tym, którzy tracą rozum! Co to za brednie, że Orda została nasłana za grzechy? Nie wierzę w te bajki!

– Obawiam się, że niełatwo będzie przekonać o tym ludzi, zwłaszcza jeśli armia kapłanów wmawia im co innego. – Eltara z powątpiewaniem pokręciła głową. – Ale kiedy to się stało?! Przecież jeszcze wczoraj był spokój!

– Właśnie. – Krasnolud zgrzytnął zębami. – A dzisiaj całe miasto oszalało! *Arr-gachrabadar!*

– Ależ ty masz wyrażenia! – Eltara skrzywiła się z dezaprobatą. – Uważaj, żebyś nie wyrwał się z czymś takim w przyzwoitym towarzystwie.

– Dobrze, dobrze! Co robimy? – ponaglał ją krasnolud. – Przecież trzeba ludzi ratować! Zielarki, nastawiaczy kości... tych, co pogodę zaklinają albo ryby rybakom do sieci zaganiają... i tych, co mają prawdziwy talent... Zamierzasz spokojnie patrzeć, jak ich mordują?

– A co z Hissem? – przypomniała czarodziejka. – Chaos i zamęt to jego sprzymierzeńcy! Jak się dowie, co się dzieje w mieście, od razu spróbuje wśliznąć się do portu!

– Hiss... – Krasnolud skrzywił się jak od bólu zębów.

– Albo, albo. – Eltara wstała ciężko jak stara kobieta. – Albo polujemy na Hissa, albo ratujemy ludzi w Galenie. Co wybierasz, krasnoludzie?

– Rrrodgar! Dlaczego miałbym wybierać? Czy naprawdę nie poradzisz sobie z Hissem sama?

– Zamknij drzwi, Dwalinie. Zamknij, zamknij. Nie chcę nakładać na ten pokój żadnych zaklęć, wówczas kapłani znaleźliby nas od razu. A teraz słuchaj. Jeśli spróbuję pojmać Hissa poprzez zaklęcia działające na odległość, natychmiast rozpoznają mnie ci, którzy od dawna pragną się dowiedzieć, co jest tam, za... wiesz za czym. A pierwsze przykazanie mojej ojczyzny brzmi...

– Ten, kto zdradzi drogę do Elfranu, umrze – dokończył ponuro krasnolud.

Zdumiona Eltara uniosła brwi.

– Skąd o tym wiesz?

– Twoja siostra była... hm... bardzo rozmowna.

– Jasne. Czyli sam rozumiesz.

– Eltaro, nikomu nie jest potrzebna ta wasza święta droga do Elfranu! Wszystkich ciekawskich już dawno pogrzebał Las Zagłady! Cały brzeg zawalony czaszkami!

– Są tacy, którzy jej szukają, i zapewniam cię, że jest ich niemało. Czarni czarownicy, którym nie pozwalamy bezkarnie czynić zła. Magowie z wyspy Brandey – słyszałeś o nich?

– Brr! Co za ohydztwo!

– Właśnie. Ohydztwo. Lecz potężne. Nie wiem, dlaczego Nowi Bogowie się z nimi nie rozprawili, i teraz to nieistotne. Przysięgam na Krew Gwiazd, która płynie w moich żyłach, że magowie Brandey oddaliby wszystko, byle tylko się dowiedzieć, gdzie leży Elfran. Naszą ziemię chronią potężne zaklęcia Wiecznego Króla, ale...

– Czyli odmawiasz? – zapytał Dwalin wprost. – W takim razie wyjrzyj przez okno, najpiękniejsza. – Ostatnie słowo wymówił z nieukrywaną ironią.

Za otwartym oknem rozległ się dziki wrzask przerażenia, który szybko utonął w ryku tłumu.

– Oho! – Krasnolud jednym ruchem wyciągnął zza pasa siekierę. – Już tu są... No, spójrz wreszcie!

Aż trząsł się ze złości – Eltara widziała go w takim stanie raz jeden, gdy chciał jej rozwalić głowę siekierą. Podeszła do okna.

Gwarna kupiecka ulica, zwykle pełna krzątających się ludzi, teraz była pusta. Wszystkie kramy pozamykano na głucho, zamknięto ciężkie okiennice jak w czasie zarazy morowej. A środkiem tej ulicy biegł na złamanie karku człowiek w typowym dla zielarzy brązowym płaszczu narzuconym na bieliznę.

Goniło go kilkudziesięciu ludzi. Niektórzy trzymali w rękach pałki, niektórzy rondle i inne przedmioty gospodarstwa domowego. Wszyscy wyglądali, jakby strach im odebrał rozum.

Uciekinier miał pecha. Potknął się o coś, upadł – w chwilę go dogonili. Słychać było jęki nieszczęśnika, huk ciosów i okrzyki:

– Ty draniu! Wszystko przez nich! Ordę na nas nasyłał! Niemowlęta wykradał!

– Stójcie! – huknął nagle czyjś głos. Zza rogu wyłonił się patrol, dziesiątka wojowników świątynnych w pełnym uzbrojeniu. – Stójcie! Ten przeklęty czarownik nie może tak po prostu umrzeć! Dajcie go tutaj! Musi zginąć na stosie!

Ludzie rozstępowali się niechętnie. Nieszczęsny zielarz leżał na bruku. Skulony, kolana podciągnął pod brodę, głowę osłaniał rękami. Dwaj wojownicy podnieśli go jednym szarpnięciem i powlekli za sobą. Nogi biedaka ciągnęły się po ulicy. Tłum krzyczał z aprobatą.

Dwalin pobladł, zbielałymi palcami ściskał trzonek siekiery.

– Teraz już wiesz?!

– Już wiem – powiedziała czarodziejka. – Ale ani ty, ani ja nie należymy do rodu ludzkiego. Dlaczego mielibyśmy się wtrącać? Skoro ci nieszczęśnicy powariowali...

Krasnolud ryknął głucho. Eltara powiedziała twardo, patrząc mu w oczy:

– Muszę schwytać Hissa, rozumiesz? Za wszelką cenę! W przeciwnym razie boję się nawet pomyśleć, co stanie się z Elfranem!

– Jasna sprawa. – Dwalin wbił wzrok w podłogę. – Rób, jak uważasz, czarodziejko Eltaro Elfrańska. Ale ja nie będę ci już towarzyszył. Żegnaj – powiedział zdecydowanie i poszedł do drzwi.

– Zaczekaj! – krzyknęła za nim Eltara, ale dumny krasnolud nawet się nie odwrócił. Na pożegnanie trzasnął drzwiami tak, że ze ściany posypał się tynk.

*

Szedł przed siebie, nie wybierając drogi. Trząsł się ze złości, ale nie zapomniał nałożyć na głowę bezkształtnego hełmu, a pod kurtkę krótkiej kolczugi. W worku na plecach miał wszystkie swoje rzeczy.

Nie przeszedł nawet trzech ulic, a już znalazł się w centrum wydarzeń...

*

Jak ja ciotki nienawidzę! Żeby tę zarazę trzy razy koromysłem przelecieli! Stara jędza! Jeszcze świtać nie zaczęło, a ta już mnie z łóżka zrywa! Oczy mi się po wczorajszym kleją, ale co zrobić! Ech, jak się zezłoszczę, to świątynników zawołam! I tak muszę te tłuste świnie za darmo obsługiwać, normalnym klientom czas kradnąc. I jeszcze ten jej krasnolud, żeby mu przyrodzenie psy wygryzły!

Wstaję, znaczy, o świcie, ledwie się wodą ochlapię, a już do kuchni lecieć trzeba, w piecu rozpalać. Ciotka mnie obudzi i sama z powrotem pod pierzynę leci, i tak do południa leży. Całą domową robotę odwalam za nią ja i krasnolud. Dawno temu w odpowiedniej chwili spódnicę zadarła, krasnolud przyleciał z wywieszonym językiem i pod zaklęcie wpadł – pod moje zaklęcie. Sama je tej zarazie splotłam! Dobre zaklęcie, pewne... A ciotkę przed moimi czarami chroni talizman taki, że nawet gdybym była sto razy silniejsza, też bym mu rady nie dała.

Początkowo myślałam, że krasnolud mnie gdzieś w kącie przydusi, a ja nawet nie zdążę pisnąć, ale nie. Krasnoludy to zawołani babiarze, jak tylko gdzieś spódnica zadarta, już są na miejscu! A przecież straszni, jak stwory Ordy, gęby szerokie, łapy jak bochny... Tym jednym tylko nęcą, że mogą dziesięć razy, nie wyjmując. Każdej nocy tak sobie z ciotką używają, a łóżko tak skrzypi, że pewnie w całej dzielnicy słychać. Ale odejść krasnolud nie może, moje zaklęcie mocno go trzyma.

A ja nie mam innego wyjścia – muszę zacisnąć zęby i wytrzymać. No to wytrzymuję. Bardzo chcę się uczyć prawdziwej magii! Miałam szczęście, spotkałam pewnego maga – nie czarownika i nie czarodzieja z laską, ale prawdziwego maga z kosturem! Siła w nim taka, że całe miasto mógłby spalić, a potem stworzyć na nowo i nikt by nic nie zauważył.

Trafiłam na niego przypadkiem – raczej to on na mnie trafił; chciał się stary zabawić. Stoję sobie w zwykłym miejscu, ledwie dałam w łapę Frakowi, ledwie zdążyłam się rozejrzeć, a tu on podchodzi. Akuratny staruszek, płaszcz nowy, drogi, czysty, buty zamszowe, miękkie. Podszedł, popatrzył na mnie, pocmokał i pyta:

– Wolna jesteś, dziecinko? Ile bierzesz?

Odpowiadam, że owszem, wolna, a biorę tyle i tyle – w zależności od czasu i od tego, co trzeba zrobić. A on kiwa głową.

– Ja – mówi – dam ci dwa gryfy, jeśli wszystko zrobisz dobrze. Ale uprzedzam... – I tu zaczął opowiadać, jaki to on jest wymagający, że jeszcze z żadną mu się nie podobało, więc jeśli i ja mu nie podpasuję, to dostanę tylko pięć srebrnych sokołów. Co tam, pięć sokołów też piechotą nie chodzi, więc się zgodziłam.

Zaprowadził mnie do siebie – a dom jak pałac! – i zaczął wyjaśniać, tłumaczyć, czego chce. I tak monotonnie mówi, jakby nie do łóżka się ze mną wybierał, tylko działanie jakiejś maszyny objaśniał. A wtedy coś mi w głowie zaskoczyło, przerwałam mu i mówię:

– Czekaj no, wujku. Pozwól mi zrobić wszystko tak, jak sama myślę. Jeśli ci się nie spodoba, to srebra za spędzony z tobą czas mi odsypiesz i po sprawie.

Od mojej bezczelności chyba mowę mu odjęło, a ja, czasu nie tracąc, biorę się do roboty. Pięć minut później już pod sufit skakał i darł się: „Jeszcze, jeszcze!".

Gdy już było po wszystkim, ledwie dyszał. Nalałam mu wina, przestraszyłam się, że jeszcze kopyta wyciągnie... Ale nie, wypił cały kubek, uniósł się na łokciu, popatrzył na mnie badawczo i mówi:

– I jak ci to, dziecino, tak zręcznie wychodzi?

Nie odkrywam swoich sekretów. Nie będę przecież każdemu opowiadać, jakich zaklęć używam, żeby zrozumieć, jak z klientem postępować! Ale on przyjrzał mi się uważniej i w śmiech.

– Toż ty jesteś czarodziejką! Masz dar, i to niemały! Chcesz zostać moją uczennicą? Dużo od ciebie nie wezmę, to znaczy wezmę, ale tym, co już mi dzisiaj dałaś. A żebyś nie myślała, że ze mnie jakiś tam oszust – patrz!

I zobaczyłam. Otrząsnął się, wyprostował, patrzę, a to już nie staruszek, tylko silny mężczyzna, dumny, majestatyczny jak król! W lewej ręce kostur trzyma, a siła od niego taka bije, że aż oczy zmrużyłam. Zrozumiałam, że do tej pory całą swoją moc ukrywał i tak naprawdę jest magiem!

A potem zrobił kilka takich sztuczek, że aż mi serce stanęło. Wrota Światów otwierał z łatwością, jakby kartki w księdze przewracał. Nie tworzył iluzji – tych już się naoglądałam, młodzi czarownicy lubią się przechwalać, dziewczyny iluzjami mamić. Ale ja potrafię odróżnić ładne obrazki od rzeczywistości.

No i oczywiście się zgodziłam.

Myślałam, że przede wszystkim uda mi się uciec od ciotki. Ale jak tu uciec, skoro nasz król jegomość (żeby go kareta przejechała!) okropnie na włóczęgów zawzięty? Strażnicy stoją na wszystkich drogach, do tego jeszcze patrole świątynników... Dokąd uciec, jak się nie ma własnego kąta? Do rozbójników czy piratów przystać? Nie! Nie lubię zbójowania (chociaż ciotkę udusiłabym gołymi rękami!). Trudno i darmo, dopóki się magii porządnie nie nauczę, od ciotki nie odejdę.

No i tak się zaczęło moje terminowanie u maga. Nie można powiedzieć – wkładał w to całą duszę. Co prawda, najpierw ja zadowalałam go do siódmego potu, dopiero potem zaczynał wykład. Uczyłam się szybko, robiłam ogromne postępy, aż sama byłam zdziwiona.

Rzecz jasna, o wszystko mnie wypytał, a ja o wszystkim mu opowiedziałam. O tym, jak rodzicie umarli w czas zarazy, a sąsiedzi, którzy ze strachu zupełnie rozum stracili, spalili nasz dom, bojąc się moru. O tym, jak do ciotki, do Galenu wyruszyłam i jak ciotka bez namysłu wysłała mnie na ulicę. Jak sama uczyłam się czarodziejstwa, jak pierwsze zaklęcie splotłam... Słuchał mnie staruszek, słuchał, a ja w cichości ducha liczyłam, że mi pomoże, że pieniądze da, żebym mogła porzucić tę moją profesję przeklętą – ale gdzie tam!

– To znaczy – powiada – że los cię doświadcza. W domowym ciepełku prawdziwej sztuki się nie nauczysz! Ale jak przejdziesz pierwszy krąg, jak sobie z zadaniem swoim poradzisz, będziesz mogła posłać ciotkę na pożarcie Pozbawionym Ciał. – I przy tych słowach oczy mu jakoś tak dziwnie rozbłysły.

– A co będzie po pierwszym kręgu?

– Wtedy zostaniesz moją pełnoprawną uczennicą, przedstawię cię wspólnocie i wyruszymy na wędrówkę. Potem przyjdzie kolej na drugą próbę, która zdecyduje, czy będziesz nosić kostur maga, czy sprzedawać lubczyk. Jeśli wytrzymasz i nie poddasz się, będziesz mogła uczyć się dalej. Od tego są magiczne zakony. Zakon Ile, zakon Ar, zakon Kils... Wiele ich jest i w naszych ziemiach, i w innej rzeczywistości. Ale nie musimy zabiegać w tak odległą przyszłość, dziecinko! No, odpocząłem już, chodź tutaj, chodź...

I zawsze to samo. Skąd on siły brał? Niby młodzik jaki!

Ciotka stała się podejrzliwa, chociaż pieniędzy przynosiłam tyle co zawsze. Musiałam się nieźle uwijać, żeby wykroić czas na naukę. Ale ciotka albo sama coś zwąchała, albo sąsiadka, wiedźma Fasta, nagadała coś na mnie – w każdym razie już zupełnie życia nie miałam. Ciotka lała, gdzie popadnie, jeśli coś było nie po jej myśli. Aż któregoś dnia...

Wracałam właśnie, sakiewka jak zwykle pełna – lato, w chłopach od wiosny krew się burzy – wchodzę do domu, a u ciotki goście. Trzech wielkich drabów, a z nimi taki niski grubasek. Tylko na niego spojrzałam, a już wiedziałam, że to mnich z Zakonu Gwiazdy. Tonsurkę mu czarodzieje włosami zasadzili, ale teraz miałam wyostrzony wzrok.

– To ona? – mówi mnich do ciotki. – Toż to chude jak patyk!

– Za to jakie żylaste! – Nie tak łatwo zbić ciotkę z pantałyku. Na targu najbardziej gardłującą przekupkę przekrzyczy, nawet miedziaka nie przepłaci, zawsze coś utarguje.

I wtedy jakby mnie kto obuchem walnął – zrozumiałam! Przyszli, żeby mnie kupić!

Czym się zajmują ci znamienici rycerze w swoich zamkach na północy, moje koleżanki tylko szeptem opowiadały. Zostać sprzedaną do zakonu to gorzej niż śmierć! Sądząc z tego, jak te draby na mnie patrzyły, dziewczyny opowiadały szczerą prawdę.

Nie namyślałam się długo. Rozwiązałam sznurki od sakiewki, cisnęłam im w gęby pieniędzmi – i w nogi! Ciotka się rozdarła, jakby ją kroili...

Wyskoczyłam za drzwi, przebiegłam jedną ulicę, drugą, trzecią... Dokąd uciekać? Popędziłam do swojego nauczyciela, ale nie ma go, dom zamknięty. Lecę dalej, w stronę doków, do portu, miałam tam znajomych. Tamtejszym dziewczynom nigdy w drogę nie wchodziłam (a marynarze to łakomy kąsek!), myślę sobie, że przesiedzę do rana, a jutro nauczyciela o radę poproszę. I znów nie mam szczęścia – nikogo znajomego nie spotkałam.

Od jakiegoś czasu świątynniki ludziom w głowach mącili, że Orda za nasze grzechy nasłana za rozpustę i za czary niesłuszne, a dzisiaj, jak się okazało, na poważnie się za robotę wzięli. I kapłani, i wojownicy świątynni – wszyscy na ulice wylegli i krzyczą, że Orda przedarła się przez Rycerską Rubież, wystarczy wybić czarowników i dziewki rozpustne utopić, a zmiłują się Bogowie Prawdziwi, Hedin i Rakot, zdejmą przekleństwo i Orda zniknie.

Ludzie jakby zupełnie pogłupieli. Wyleźli ze wszystkich kątów jak mrówki do padliny i zaczęło się! Herberta, zaklinacza pogody, stratowali, dom mu spalili, a żonie spódnicę zadarli, nikogo się nie wstydząc. Wtedy zagotowało się we mnie tak, jak jeszcze nigdy. A, myślę sobie, pajace przeklęte, kręcą wami te tłuste świnie, jak chcą! Jak tak, toście pierwsi do mnie lecieli, a teraz polowanie sobie urządzacie!

Poznali mnie, oczywiście, i zaczęli gonić. Pierwszy leciał jakiś typ w kapłańskim płaszczu. A ja przez jeden płot przeskoczyłam, przez drugi i już jestem na innej ulicy. Zakręt, drugi, trzeci – no, próbujcie mnie dognać!

Na następnej ulicy było spokojniej, ale do czasu. Patrzę, a tu z przeciwka Mirana leci. Najlepsza przyjaciółka, można powiedzieć, zawsze sobie pomagałyśmy, klientów podsuwałyśmy. Leci w jakichś podartych łachmanach, twarz cała we krwi, połowy spódnicy już nie ma – a za nią pędzi cały tłum! I chłopy, i baby, i kapłani, i wojownicy...

A gdy już ją prawie dogonili, Mirana mnie zobaczyła i krzyczy: „Jarka!".

Bydlaki jesteście, myślę, to i dobrze, macie tu na pożegnanie od Jarki! I jak na zamówienie, wszystko, co mi nauczyciel tłumaczył, w głowie samo się ułożyło. Walnęłam – z całego serca, z całego rozmachu! Bo wiedziałam – już po mnie, nie ma co sił oszczędzać.

*

Dwalin z siekierą w ręku skręcił za róg i popędził tam, gdzie ryk tłumu był szczególnie głośny. Tym razem zdążył w samą porę, tłum jeszcze nie rozprawił się z ofiarami, kilkunastoletnimi dziewczynami. Jedna z nich, starsza, czarnowłosa, była cała we krwi, a druga, bardzo szczupła, z włosami w kolorze czerwonego złota, właśnie gwałtownie uniosła ręce.

Chwilę później pod nogami najbardziej wyrywnych „łowców" ulica stanęła dęba. Kamienie poleciały na wszystkie strony, celując w głowy myśliwych. Kilku upadło i jęcząc, próbowało się odczołgać. Z pół tuzina spadło do kawerny, która nagle pojawiła się pod ich nogami, i teraz krzyczeli rozpaczliwie z bólu i przerażenia. Wargi ziemi się zwierały, miażdżąc nieszczęśników, ale wtedy druga siła – kapłan w błękitnym stroju sługi Rakota – zadała kontruderzenie.

Kapłan nie robił żadnych gestów. Wymówił święte zaklęcie i jego głos zahuczał niczym grom. Kawernę otuliło perłowe lśnienie i nad rozpadliną został przerzucony widmowy most.

– Naprzód! – ryknął kapłan nieludzkim głosem, a tłuszcza runęła za nim.

Dwalin wyprzedził sługę Rakota o mgnienie oka. Cios krasnoluda był precyzyjny, szybki i krótki – ostrze siekiery cięło biodro i kapłan z wyciem zwalił się na ulicę.

– Uciekajcie! – ryknął krasnolud do dziewczyn.

– Uciekaj, Mirana! – zawołała cienkim głosem złotowłosa. Zdecydowanie odepchnęła przyjaciółkę i zrobiła krok do przodu. Jej ręce szybko migały, szykowała tłuszczy jeszcze jeden prezent. Tłum zrozumiał i cofnął się, ale świątynni wojownicy nie byli tchórzami – wystawili przed siebie krótkie włócznie i ruszyli na krasnoluda.

Wymach siekiery pozbawił dwa drzewca grotów.

– Uciekaj, głupia! – warknął Dwalin, rozwalając tarczę najszybszego z wojowników.

– Nigdzie nie pójdę! – odcięła się dziewczyna i zanim ktokolwiek zdążył jej przeszkodzić, cisnęła w atakujących jeszcze jedno zaklęcie, równie efektowne. Z góry, z jasnego i czystego nieba spadła rozgałęziona, oślepiająca błyskawica. Niczym potworny pająk oplotła jednego ze świątynników połyskliwymi nićmi śmiertelnej pajęczyny. Zapachniało spalenizną, ciało gruchnęło na ziemię, a w tłumie ktoś wrzasnął przeraźliwie:

– Zabiiiła! Zabiiiła! Świątynnika zabiiiła!

– Uciekajmy! – Korzystając z zamieszania, krasnolud chwycił dziewczynę za rękę i pociągnął za sobą. Za nimi leciał wielogłosy ryk tłumu.

– Puszczaj! – Dziewczyna wyrwała się, jak tylko skręcili za róg. – Biegnij za mną, bo inaczej rozmażą nasze flaki po ulicy!

Zwinnie skręciła w przesmyk między domami.

– Tutaj! – Z wysiłkiem uniosła drewnianą klapę jakiegoś włazu przy bocznej ścianie budynku. – Za mną, na dół!

Dwalin bez zastanowienia skoczył w ciemność.

Zdążyli w samą porę – zaraz nad ich głowami przebiegła pogoń, nie dostrzegając klapy włazu.

– Uff! – odetchnęła dziewczyna, gdy tupot cichł w oddali. – Chyba się udało. Teraz posiedzimy tu i przeczekamy.

– Czarujesz, tak?

Dwalin odpiął od pasa manierkę i wsunął w ręce dziewczyny. Do piwnicy przesączała się odrobina światła, stojąc tuż pod włazem, można było dostrzec zarysy znajdujących się w pobliżu przedmiotów.

– Po co pytasz, krasnoludzie? Co cię to obchodzi?

– Krasnoluda zwą Dwalin. A skoro pytam, to widocznie mnie obchodzi. My, górski naród, nie lubimy pleść po próżnicy. Nie wiedziałaś?

– Wiedziałam. Nazywam się Jarina.

– Rrrodgar! Ludzie w Galenie poszaleli!

– Dobrze by było, gdyby twój Rodgar pomógł nam się z miasta wydostać.

– Rodgar pomaga temu, kto sam sobie pomaga. Co umiesz? Prócz tego, co już widziałem.

– Niewiele. Tam, na ulicy, z przestrachu mi wyszło. Głównie drobiazgi... ogień rozpalić, zgubioną rzecz znaleźć, dowiedzieć się, o czym człowiek myśli, rozmowę z daleka podsłuchać...

– A zaklęcia bojowe? Te, które widziałem?

– To naprawdę ze strachu. Nie kłamię, przysięgam!

– Wierzę, wierzę. Bo wtedy nie tłum goniłby ciebie, tylko ty tłum.

– Zabijać straszna rzecz.

– Jak cię do muru przyprą, za późno będzie na strach. To jest tak: albo ty, albo ciebie. A tłumaczyć to się można na sądzie koronnym.

– Wierzę. – Jarina niespodziewanie chlipnęła. – I co teraz będzie?...

– Ej, nie rycz! – Krasnolud poklepał ją po ramieniu. – Z miasta cię wyciągnę, przysięgam na młot i kowadło, że wyciągnę. A potem... masz dokąd pójść?

– Nie.

– To pójdziesz ze mną.

– Dokąd? – przestraszyła się dziewczyna.

– Gdzie oczy poniosą – zażartował niewesoło. – Sam jestem wygnańcem. Nie bój się, krasnolud i czarownica to prawdziwa potęga! Jeśli do tego przyjaciół odnajdę, to...

– A czemu ludzie krzyczą, że Orda się przedarła? Dokąd teraz uciekać? Chyba tylko za morze...

– Ee, Jarina, widziałem ja tę Ordę. Widziałem, walczyłem z nią i znam ludzi, którzy całe życie wśród tych stworów przeżyli w Leśnej Granicy, w Wolnych Chutorach... Nie to jest najstraszniejsze – dokończył w zadumie. – Ale chyba powinniśmy się stąd wynosić?

– Może lepiej poczekamy do nocy? – zaproponowała nieśmiało dziewczyna.

– Poczekać możemy, tylko wtedy na ulicach będą patrole, no i bramy pozamykają.

– Bramę otworzę zaklęciem – oznajmiła z przekonaniem.

– W takim razie zgoda. A nie ma tu czegoś, na czym można by usiąść?

*

Po wyjściu Dwalina Eltara przez jakiś czas stała na środku pokoju, przyciskając do piersi zaciśnięte dłonie. Reakcja krasnoluda niweczyła starannie obmyślony plan, a przecież Hiss mógł się zjawić w każdej chwili. Wielka Pieczęć Wiecznego Króla, ojca Eltary, była już całkiem blisko, młoda czarodziejka wiedziała to na pewno. Czyli będzie musiała obejść się bez krasnoluda...

– Cheorcie! Cheorcie, nie śpij, wychodzimy!

– Jestem gotów, najpiękniejsza!

– To dobrze. Hiss jest bardzo blisko.

Młodzieniec poprawił miecz u pasa.

– Przypomnij sobie wszystko, czego uczył cię twój czcigodny ojciec – poradziła mu Eltara. – Może się przydać. Bez magii nie zdołamy pojmać Hissa. Wprawdzie ten wąż nie ma laski, ale za to ma Pieczęć. Najprawdopodobniej nie może nią kierować, lecz jeśli zdoła uwolnić zamkniętą w niej siłę...

– Zburzy pół miasta? – zapytał domyślnie Cheort.

– Może nawet całe – przytaknęła Eltara. – Nie wolno nam popełnić błędu, przyjacielu.

Chłopak skinął głową.

– Mam z Hissem własne porachunki. Gdy Pieczęć już będzie u mnie, możesz z nim zrobić, co zechcesz, nawet posiekać na kawałki.

Ruszyli w stronę zatoki. Eltara usiłowała się nie rozglądać. Masz konkretne zadanie, powtarzała sobie. I to bardzo, bardzo ważne. Jeśli Hiss zdoła zniknąć z Pieczęcią Króla Elfranu, to tylko Wielki Orlangur wie, ilu wojowników padnie w bitwach i ile kobiet z jej ojczyzny będzie musiało odejść na Dół, żeby wypełnić straty...

Zaciskając zęby, mijała trupy leżące na ulicach, przechodziła obok ograbionych domów z wybitymi szybami, okopconymi ścianami, z wywalonymi na zewnątrz czarnymi wnętrznościami, mijała rozrzucone na ulicy sprzęty, połamane i stratowane.

Dziewczynka leżała twarzą do ziemi, obejmując wielką lalę ubraną w elegancką różową sukienkę. Zabawka nie była tania, robił ją prawdziwy mistrz... Na Wielki Elfran, o czym ja myślę! – przeraziła się Eltara. To dziecko umiera, a ja oglądam jej lalkę, już przecież martwą...

Widocznie była to próba obrony przed myślami o podłej i ohydnej śmierci, jaka dosięgła tę radosną istotkę, dla której życie dopiero się zaczęło. Eltara szybko pochyliła się nad dzieckiem. Nie pomyliła się, nad głową dziewczynki, nad koroną kasztanowych warkoczy wciąż migotał niewidoczny dla śmiertelnika cień świadomości. Dziecko jeszcze żyło, ale z każdą chwilą było coraz bliżej śmierci.

Cheort ze zdumieniem popatrzył na najpiękniejszą. Czemu zwleka? Nie mogą zatrzymywać się obok każdego trupa!

– Głupcze, ona żyje! – rzuciła ze złością Eltara, widząc zdumione spojrzenie chłopaka. – Nie stój jak kołek, tylko pomóż, jeśli potrafisz! Musimy zatrzymać jej duszę!

Cheort skinął głową. Eltara ostrożnie położyła dłoń na jeszcze ciepłym karku dziecka. Nie odchodź, poprosiła. Zostań, błagała. Jeszcze na ciebie za wcześnie, tłumaczyła.

Ale poczuła, że przegrywa. Czysta dusza dziecka odchodziła coraz dalej do Szarych Krain, skąd śmiertelnik nie może już wrócić.

Nie poddam się! – wyrwał się Eltarze bezgłośny krzyk. I tak cię wydrę! Będziesz moim kaorem!

Kaor mógł żyć jedynie w bezpośredniej bliskości swego twórcy, czarodzieja, który władał zaklęciami dającymi mu siłę.

Dusza umierającej zatrzepotała, posłuszna władczemu wezwaniu, i wróciła do nieruchomego ciała.

Dziewczynka otworzyła oczy.

– Mama?

Eltara czuła, że coś ściska ją za gardło. Tego się nie spodziewała.

– Wiedziałam, mamo, że mnie znajdziesz. Nie uciekłam. Bałam się, ale wiedziałam, że jeśli oni mnie złapią, to ty wrócisz... – szeptała dziewczynka. Rana na plecach już się goiła, posłuszna zaklęciom Eltary; Cheort pomagał, jak umiał.

– Wszystko będzie dobrze – wykrztusiła młoda czarodziejka. Dusiły ją łzy. Ją, najstarszą córkę Wiecznego Króla, zimną, wyrachowaną księżniczkę! Dlaczego jej matka postanowiła przyprowadzić na świat jeszcze młodszą siostrę Eltary? Przyprowadziła, a sama odeszła na Dół. Ojciec do dziś nie otrząsnął się po tym ciosie. – Wszystko będzie dobrze – powtórzyła, gdy dziewczynka wstała i mocno ujęła jej dłoń. – Wszystko będzie dobrze. A teraz musisz się trochę przespać.

Dziewczynka natychmiast zamknęła oczy. Z boku wyglądało to bardzo dziwnie – mała szła za Eltarą i Cheortem jak przywiązana, skręcała, omijała przeszkody, a przy tym mocno spała...

Twórca miał nad swym kaorem absolutną władzę.

*

Stałem na placu ratuszowym Galenu, Galenu Jasnopiennego, jak uroczyście nazywają to miasto jego mieszkańcy. Zdaje się, że to nie był dla niego dobry dzień. Na ulicach leżały trupy, kilka domów przy rynku pożarł ogień. Wróg? Orda? Nie, to tylko ludzie. Cóż, niech walczą, to nie moja sprawa. Wystarczy, że uratowałem człowieka o imieniu Argnist, czas pomyśleć o sobie! Zajrzyjmy do tutejszych świątyń...

Wyglądem nie powinienem zwracać uwagi przechodniów – najwyżej łysą głową, tutejsi mieszkańcy mieli normalne czupryny. Ale nie spotkałem nikogo prócz kilku maruderów grzebiących w porzuconych domach. Na mój widok rzucili się do ucieczki, jakby zobaczyli potwora. Co ich tak wystraszyło? Broni nie mam, zresztą oni i tak nic mnie nie obchodzą.

Świątynia ukazała się niespodziewanie.

To nagłe pojawienie się zupełnie mi się nie spodobało. Moc tego miejsca powinienem był poczuć kilka ulic wcześniej, a tymczasem spadła na mnie znienacka, gdy wyszedłem zza rogu i stanąłem tuż przed ogromem świątyni Rakota Groźnego.

No, no, całkiem nieźle. Ludziom powinno się podobać. Oni lubią, gdy mają przed czym drżeć i czemu oddawać cześć...

Dwie wieże z czarnego kamienia. Gładkie, bez okien, zakończone gładkimi ostrymi szpicami, przypominały wbite w błękit nieba włócznie. Pomiędzy nimi wznosił się śnieżnobiały łuk wysokości piętnastu sążni (sążeń w tym świecie równał się średniemu wzrostowi człowieka). Łuk prowadził do środka, do głównej sali modlitewnej, tam stał ołtarz i posąg Rakota.

Prócz mozaikowej podłogi z czarnych i białych krzyży nie było nic więcej. Pustka.

– Ależ nie, coś niecoś tu jednak jest – rozległ się za mną spokojny głos.

Odwróciłem się gwałtownie. Ktoś zaszedł mnie od tyłu, a ja nawet tego nie poczułem?!

– Nie mogłeś poczuć, Gubicielu – usłyszałem.

Niemłody zgrabny mężczyzna z zauważalną siwizną na ciemnych włosach. Ostra, drapieżna twarz. Głęboko osadzone oczy.

– Mam dla ciebie zadanie, Gubicielu – powiedział, otulając się płaszczem. To nie był zwyczajny płaszcz, zrobiły go wróżki, już ja się na tym znam! (Dopiero potem zrozumiałem, że zaczęła mi wracać pamięć – przypomniałem sobie, kim są wróżki).

Milczałem. Ten człowiek – a raczej ktoś, kto zechciał przyjąć ludzką postać – byłby wspaniałym wrogiem. Żeby go pokonać, musiałbym użyć całej swojej siły i wszystkich umiejętności. I zdaje się, że mielibyśmy równe szanse.

Przybysz właściwie zrozumiał moje milczenie.

– Nie chcę cię do niczego zmuszać, Gubicielu. Choć mógłbym. Wiem, kim jesteś, skąd się wziąłeś, jak brzmi twoje prawdziwe imię i kim jest Królowa Cieni. Domyślam się też, kim jest Odradzający. Ale wierz mi, ty wcale nie musisz tego wiedzieć. Zresztą jeśli będziesz chciał, odkryję ci tę tajemnicę – gdy już pokonasz Ordę. Przecież dla ciebie to nic trudnego.

Z szacunku do wielkości tego prawdziwego wroga w milczeniu skłoniłem głowę.

– Marzysz o pojedynku ze mną – powiedział Wróg ze smutkiem w głosie. – Wierz mi, ja również. I jeśli uda ci się zrobić to, o co proszę, skrzyżujemy szpady, przysięgam na Wielką Ciemność.

Wiedziałem, że szpady były tylko przenośnią.

– Spiesz się, Gubicielu – usłyszałem na pożegnanie.

I znów byłem w świątyni sam.

*

Gdy Dwalin z Jariną siedzieli w piwnicy, Eltara i Cheort ze wskrzeszoną dziewczynką-kaorem szli w stronę zatoki. Wkrótce zniknęły ślady pogromów, w biednych dzielnicach portowych nie było czego kraść i kogo tratować. Ludzie ruszyli w stronę centrum miasta, ogarnięci szaleństwem; tutejsze ulice opustoszały. Nie widać było nawet żebraków.

Młoda czarodziejka szła, zagryzając wargi. Siłą woli zmuszała się do zapomnienia o uratowanym dziecku. Hiss, Hiss, Hiss – on był teraz najważniejszy. Jeśli nie odbiorą mu Pieczęci... Dlaczego Elstan nałożył ją w tym przeklętym Wzgórzu Demonów!

Wreszcie jej oczom ukazała się połyskująca oleiście zielona woda zatoki. Długie pirsy ciągnęły się na prawo i lewo, ale statków było mało. Na wieść o tym, że Orda przedarła się przez Rycerską Rubież, wielu zamożniejszych mieszczan postanowiło wyruszyć w długotrwałą podróż morską. Niejeden kapitan bardzo się tego dnia wzbogacił.

W rogu portu, utworzonym z trzech zbiegających się cumowisk, z dala od nielicznych statków, które pozostały, stały łajby wężowego narodu. Nie były ani ładne, ani szybkie, za to niezwykle odporne na sztormy i huragany Morza Średniego i Lodowego. Ich strome wysokie burty, pomalowane na jaskrawożółty kolor, rażąco odcinały się od szarobrunatnego tła cumowisk, doków i magazynów. Statki przycumowano do nabrzeżnych pachołków, ale trapy wciągnięto. Ani na pirsach, ani na pokładach nie było żywego ducha.

– Może wszyscy poszli do miasta – zasugerował Cheort. – Grabież to dla tych stworów największa radość!

– Nie sądzę. – Eltara pokręciła głową. – Mieszczanie od razu zapomnieliby o czarownikach i wzięli się za wężowy naród. Są tam, na statkach. Ukrywają się. Czuję, że na coś czekają.

– Może na tego przeklętego Hissa? – wymruczał pod nosem chłopak, tworząc jakieś zaklęcie.

– Ostrożnie z czarodziejstwem! – powstrzymała go Eltara. – Hiss wyniucha je na milę. Stój spokojnie, a ja spróbuję go zwabić... Wtedy będziesz musiał popracować. On czeka na zaklęcia bojowe, więc będziemy musieli poradzić sobie bez nich. Dasz radę?

– Zobaczysz, najpiękniejsza – odparł twardo młodzieniec.

Stali przy starym, rozwalającym się baraku. Deski poszarzały od deszczu, w ścianach były szerokie szczeliny. Eltara zmrużyła oczy, wpatrując się w wodę przy burtach statków, Cheort z niezwykłym zainteresowaniem oglądał szczeliny w ścianie szopy. Powolnym gestem sięgnął do rękojeści miecza, zacisnął palce. Wszystko działo się tak wolno, jakby chłopak bał się spłoszyć czujne zwierzątko.

Klinga sunęła w górę cal po calu.

Eltara nadal wpatrywała się w mętną wodę.

– E-ech! – Cheort z całej siły wbił miecz w szczelinę między deskami szopy. Rozległ się wściekły syk, przegniła ściana runęła i wyskoczył Hiss, zaciskając łapą ranę na prawym boku.

Cheort znów pchnął mieczem, ale król węży zrobił zwinny unik i klinga przebiła pustkę.

Zanim Eltara zdążyła cokolwiek zrobić, zwarli się w walce i poturlali po deskach. Raz jeden był na górze, raz drugi, każdy próbował wtedy uderzyć głową przeciwnika o nabrzeże. Hissowi wyraźnie lepiej to wychodziło.

A czarodziejka już do nich biegła, unosząc prawą rękę. Rzuciła zaklęcie, jednak nim zadziałało, zza rogu spokojnym krokiem wyszedł kaor. Dziewczynka nadal miała zamknięte oczy, ale w szczupłych palcach ściskała krótki srebrzysty nóż.

Hiss po raz kolejny znalazł się na górze. Z rany na jego boku chlustała krew, jednak chyba nie zwracał na to uwagi. Cheort uderzył go pięścią w gardło, ale Hiss tylko zacharczał, próbując oderwać do siebie ręce chłopaka. Na statkach węży już ich zauważono i na pokłady wyskakiwali łucznicy.

Dziewczynka uderzyła pewnie, bez emocji, niczym doświadczony wojownik. Srebrzysta klinga weszła w szyję Hissa i stwór od razu zwiotczał, upadając na pirs niczym worek z kośćmi.

– Pieczęć! – Eltara skoczyła jak wicher. – Cheorcie, odciągnij go!

Ze statków poleciały pierwsze strzały. Ta wycelowana w plecy czarodziejki spłonęła w locie, ale następna weszła w kark Cheorta aż po upierzenie.

Dziewczynka-kaor otworzyła oczy. Płonął w nich dziwny srebrny płomień. Te oczy nie mogły należeć do ludzkiego dziecka. Był w nich śmiertelny ból, jakby strzała dosięgła nie Cheorta, lecz ją... Paluszkami szybko splotła skomplikowaną figurę. Ciało młodzieńca upadło na pirs, ale nad zakrwawioną twarzą zapłonął widmowy płomień. Srebrzyste języki zatańczyły, rozsuwając się jak zasłona, a między nimi ukazała się zielona dolina wśród niebieskich gigantycznych gór. Eltara zdążyła dojrzeć rzekę wijącą się między zagajnikami i odchodzącą do tego świata istotę – piękną, skrzydlatą, szybką... Istota się odwróciła i Eltara drgnęła, widząc twarz Cheorta.

Czarodziejka już doszła do siebie i teraz ogarnęła ją wściekłość. Wyprostowała się, patrząc prosto w twarze strzelców. W tej samej chwili otoczył ją ognisty krąg – strzały płonęły jedna po drugiej.

– *Toilas, enno!*

Stojący najbliżej pirsu statek z łoskotem przełamał się na pół. Maszt runął, rufa i dziób stanęły dęba, szybko pogrążając się w wodzie. Tutaj nie było bardzo głęboko, marynarzom wężowego narodu utonięcie nie groziło.

Za pierwszym statkiem poszedł drugi, potem trzeci. Wężoludzie płynęli, gdzie kto mógł, krzycząc cienko.

Po ciele Hissa przeszedł dreszcz. Zielona łapa drgnęła, Hiss zaczął sunąć na brzeg pirsu.

– O nie! Najpierw Pieczęć! – W oczach czarodziejki zapłonął ciemny ogień.

Jej cios był straszny, miażdżył kości i rozrywał ciało. Hissa wcisnęło w deski, znów trysnęła zielona krew i wreszcie stwór znieruchomiał, dziwnie płaski, niczym zmiażdżona kołem powozu jaszczurka.

Eltara pochyliła się nad ciałem, a gdy się wyprostowała, na jej dłoni zamigotała złociście cienka obręcz Pieczęci.

– Uff! – wyrwało się księżniczce.

Zadanie zostało wykonane. Podniosła oczy – jej kaor gdzieś zniknął, ciało Cheorta również.

W kilku minutach zawarł się cały ogrom wrażeń.

Eltara odeszła z pirsu. Dziewczynka-kaor, której imienia czarodziejka nie zdążyła poznać, spokojnie spała tam, gdzie zostawiła ją księżniczka – w ciemnym zakątku, osłonięta zaklęciami przed wzrokiem ciekawskich.

Wysoko na niebie krążył brązowy sokół.

*

Nad znękanym, udręczonym Galenem powoli zapadała noc. W piwnicy, w której ukrywali się Dwalin i Jarina, zapanowały kompletne ciemności.

– No dobra – krasnolud wstał. – Nie mogę dłużej siedzieć w tej szczurzej norze. Naprawdę odsuniesz zasuwę, ślicznotko?

– Gdybym nie mogła tego zrobić, nie byłoby po co iść do bramy. To już lepiej od razu oddać się w łapy świątynników – odparła Jarina.

W przesmyku między domami panowała ciemność, ale to nie przeszkadzało uciekinierom – Jarina rzuciła zaklęcie nocnego widzenia i teraz widzieli wszystko w różnych odcieniach szarości.

– Czekaj – powiedział nagle krasnolud. – Sprawdzę, czy moi towarzysze są jeszcze na miejscu. Dobrze by było...

Po ulicach chodziły patrole gwardii królewskiej i wojowników świątyni. Nie było widać ani jednego hulaki – Galen przyczaił się, dochodząc do siebie po obłąkanym, strasznym dniu.

W hotelu, w którym zatrzymali się Eltara, Cheort i Dwalin, było cicho i ciemno. Nie paliła się nawet lampa nad drzwiami, okna pokojów zalewała czerń.

Główne drzwi i tylne wyjście zamknięto na cztery spusty, ale krasnoludy nie na darmo słyną ze swych zdolności – otworzenie skomplikowanego zamka zajęło Dwalinowi kilka chwil. Przemknęli przez kuchnię, weszli na pierwsze piętro...

– Wynieśli się – oznajmił szeptem Dwalin. – No nic, poradzimy sobie sami.

Nie zastanawiał się, gdzie jest Eltara, Cheort oraz cały bagaż młodej czarodziejki. Wszystkiego dowie się w swoim czasie, a na razie trzeba się wynieść z Galenu!

Z patrolem zetknęli się tylko raz. Dwa oddziały świątynnych wojowników okrążyły ich w wąskim zaułku i nie było żadnej szczurzej nory, do której można byłoby wskoczyć, nie było czasu na splecenie zaklęcia niewidzialności, pozostawało tylko jedno – walczyć.

Wojownicy nie spodziewali się ataku. Ziemia stanęła dęba pod ich nogami, topór Dwalina dokończył sprawę. Krasnolud i dziewczyna przedarli się i skryli w ciemnościach.

Do bramy dotarli, zanim ocaleli wojownicy zdążyli zaalarmować straże. Na noc żelazne skrzydła bramy zamykała stalowa belka grubości dwóch ludzkich ciał, ale czary Jariny sprawiły, że w jednej chwili ciężka zasuwa odskoczyła na bok niczym spłoszony zwierz. Brama otworzyła się cicho na dobrze nasmarowanych zawiasach (słuch jego wysokości ranił zgrzyt zardzewiałego żelaza, dlatego zawiasy utrzymywano we wzorowym porządku); dwa cienie wymknęły się z Galenu i nie zauważyły, że za nimi wysunął się jeszcze jeden.

*

Nie pamiętam, jak i w jakiej postaci opuściłem Galen. Po spotkaniu w świątyni Rakota moje wnętrzności targał ognisty ból, teraz powoli cichnący. Wiedziałem, że wkrótce zniknie zupełnie. Wiedziałem też, co go zrodziło – pozdrowienie od Wroga. Wroga, któremu równego nie spotkałem jeszcze w żadnym ze światów. Wroga, z którym – gdy nadejdzie czas – spotkam się w pojedynku i ten pojedynek wstrząśnie podstawami Uporządkowanego.

Ale najpierw muszę spełnić jego prośbę i skończyć z Ordą. Z jakiegoś powodu mój Wróg nie chciał zrobić tego sam. Cóż, to jego wybór. Radością Gubiciela są bitwy, walki, starcia! Chcąc przybliżyć upragniony pojedynek, zajmę się na razie Ordą. Zwłaszcza że Wróg ma rację – nie zajmie mi to wiele czasu.

Doszedłem do siebie na cichej leśnej drodze. Za moimi plecami słońce powoli udawało się na wieczorny odpoczynek w niebieskich pierzynach obłoków. W pobliżu krzyczały ptaki; gdzieś niedaleko była Orda. Ale nie potrzebowałem jej – nie miałem zamiaru uganiać się za pojedynczymi stworami po całym Hjörwardzie Północnym. Jedno siedlisko Ordy, to pod Wzgórzem Demonów, zniszczyłem przypadkiem, pozostawało odszukać i zlikwidować pozostałe. Byłem pewien, że załatwię tę sprawę w ciągu dwóch słonecznych dni tej rzeczywistości.

Droga biegła na północ. Postanowiłem iść przed siebie, póki nie wyczuję podziemnego gniazda Ordy.

*

– Mamo, mamo, czemu płaczesz? A gdzie mój brat? Przecież był z tobą. Gdzie on jest? Odszedł? Dokąd? Kiedy wróci? A pójdziemy jeszcze nad rzekę? Nie? A nad morze? Tak bym chciała!

Mała Kami skakała wesoło wokół Eltary. Czarodziejka zaszlochała ostatni raz i otarła łzy. Nie mogła sobie przypomnieć zaklęcia, które doprowadziłoby jej twarz do porządku...

Cheort zginął! Kto by przypuszczał, że tak mocno to przeżyje ona, zimna elfrańska księżniczka, która nigdy nie darzyła rodu ludzkiego sympatią! Ta dumna pani, która jak królowa wkroczyła do izby Argnista, należała już do przeszłości...

Położyła szczupłą alabastrową dłoń na ramieniu dziewczynki. Kami-kaor. Wieczna Towarzyszka... Powiadają, że tylko kamień Elfranu, Toej, może dać Towarzyszowi wolność. Ale nawet wtedy Kami zostanie w Elfranie na zawsze – ci, którzy pojawili się tam z woli losu, czy ludzie, czy krasnoludy, nigdy nie wracają do swoich ojczystych stron. Tak głosi drugie przykazanie, bezpośrednio wynikające z pierwszego.

Eltary nic już nie trzymało w Galenie. Domyślała się, co za straszna ponadświatowa siła przyszła jej z pomocą w decydującej chwili starcia z Hissem – gdyby nie ta ingerencja, wężowy król mógłby uciec. Na szczęście wszystko dobrze się skończyło. Kamień Toej odpowie, kto pomógł Eltarze, i wtedy ona mu podziękuje. A Kami... Cóż, powiedzmy sobie szczerze, że Elfran to wcale niezłe miejsce do spędzenia reszty dni...

Rozdział 6

Argnist ciężko dyszał, odpoczywając po szalonym cwale. Staremu setnikowi znów udało się uratować swój oddział z opresji. Zastępy brzuchojadów, ścianołomów i innych stworów zostały z tyłu. Można chwilę odpocząć, ostudzić konie, potem je napoić, nakarmić... Jeśli padną wierzchowce (o swojego Lokrana Argnist się nie bał, lecz pozostali mieli zwykłe konie), ludzie padną niedługo po nich. Orda następuje na pięty, ale chwała bogom, wśród jej stworów nie ma szybkich biegaczy.

Od chwili, gdy widmowy wojownik zmasakrował zastępy Ordy oblegające Gesar, Argnist nie przestawał sobie łamać głowy nad tą zagadką. Skąd się wziął ten wojownik? Dlaczego, gdy przybrał ludzką postać, jego twarz wydała się znajoma?

Trzeci dzień szli na południe. Nie było sensu siedzieć w Gesarze, Orda przerwała Rycerską Rubież bardziej na wschód od pogranicznej twierdzy, a potem nawała potworów podążyła na południe, wschód i zachód, zmiatając obrońców. Odcięła Argnistowi drogę do Ar-an-Aszparangu. Nie pozostawało nic innego, jak cofać się do wybrzeża.

Razem z oddziałem jechał czcigodny brat Hieronim, ponury jak chmura gradowa. Argnist sam nie wiedział, po co ciągnie ze sobą tego grubego mnicha, który na każdym postoju obsypywał setnika najgorszymi przekleństwami, wołając, że przez takich do zakonu wkradła się zdrada, bogowie odwrócili się od Galenu i Orda pożre cały naród... Argnist nie odpowiadał. Mógłby zabić mnicha gołymi rękami, ale tylko się uśmiechał, słuchając wyszukanych przekleństw, co jeszcze bardziej rozwścieczało ojca ekonoma.

Razem z oddziałem zdążali na południe uciekinierzy. Domy porzucali wszyscy, starzy i młodzi, ciągnąc za sobą bydło, wioząc ptactwo. Nie zostawili Ordzie nawet psów. Na tyłach rozciągającej się na wiele lig kolumny jechali wojownicy Argnista. Niewielki oddział starego setnika rozrastał się coraz bardziej, przyłączyło się pięćdziesięciu wojowników z innych rozgromionych wschodnich fortów i teraz pod przywództwem Argnista była setka żołnierzy. Tylko że z nimi nie było co myśleć o zaatakowaniu Ordy. Mieszkańcy południowych ziem nie umieli walczyć z potworami, a nim się nauczą, tylu polegnie... Ech, to nie chutorianie! Gdyby Argnist zebrał oddział z dziesięciu, no, piętnastu chutorów, leżących o dzień drogi od jego własnego, daliby Ordzie pieprzu z papryką!

W czasie odwrotu wojak ma czas na myślenie o wielu rzeczach. Najważniejsze pytanie brzmiało – co teraz będzie? Czy Orda naprawdę przemieni Królestwo Galeńskie w wielką pustynię? Wówczas nie ostoją się nawet Wolne Chutory, najwyżej krasnoludy w górach przeżyją. Początkowo setnik myślał o tym, żeby przebić się do Ar-an-Aszparangu, ale potem przypomniał sobie wyraz twarzy krasnoludów, które pełniły straż przed bramą, i porzucił wszelkie nadzieje. Do nieprzystępnej górskiej twierdzy uciekinierów by nie wpuszczono.

Idzie, idzie długa kolumna wieśniaków... Wozy turkoczą na wybojach, muczą krowy, płaczą dzieci, a dorośli milczą ponuro. Wiedzą, że przed nimi jest już tylko morze, a statków dla wszystkich nie wystarczy. Zresztą dokąd płynąć na tych statkach?

*

Wieść leciała jak strzała przez wszystkie południowe ziemie – od zatoki Wielki Róg do Lasu Zagłady przez ziemie Galenu i baronów Fejnu, władców maleńkich księstw i hrabstw półwyspu Krat na południe od Śnieżnego Zamku. Orda przerwała Rycerską Rubież! Z każdym dniem fala stworów sunęła coraz dalej, rozlewała się po kraju, a razem z Ordą sunął strach i szaleństwo. Kapłani świątyń natychmiast oznajmili, że to wszystko kara boża za grzechy i brak wiary; ogarnięta przerażeniem i wściekłością tłuszcza paliła domy czarowników – i tych prawdziwych, i tych, którzy wydawali się czarownikami. Niektórzy, zwłaszcza młodsi, silniejsi i głupsi, próbowali stawiać opór i w obronie własnej zabili kilku pogromców. Kapłani natychmiast ogłosili zabitych męczennikami, zasiadającymi teraz obok Nowych Bogów, co tylko dolało oliwy do ognia. Starsi czarodzieje wybrali haniebną ucieczkę.

I tylko pan Śnieżnego Zamku zupełnie się tym wszystkim nie przejmował.

*

Eltara i Kami bez przeszkód opuściły miasto, gdy Dwalin i Jarina ciągle siedzieli w piwnicy, a w Galenie szalał ogłupiały tłum. Często-gęsto czarodziejka musiała zaklęciem zamykać dziewczynce oczy, żeby mała nie oglądała potworności tego dnia. Strażników przy bramie Eltara oszukała iluzją i razem z Kami powitała noc pod gołym niebem.

– Po co nam te wszystkie karczmy i zajazdy? – powiedziała czarodziejka zuchowato. – Tutaj też urządzimy się całkiem przyjemnie!

– Jak to, mamo, jak to? – zaciekawiona Kami zaczęła ciągnąć ją za rękaw.

– Zaraz zobaczysz.

W jednej chwili Eltara zaklęciem utkała z nocnych ciemności wygodny, suchy szałas, a czerpiąc z promieni gwiazd, wypełniła przezroczystą kulę łagodnym światłem. Tylko jedzenia nie mogła tak po prostu stworzyć; musiały się zadowolić tym, co zostało w worku. Ale elfrańska księżniczka nie przejmowała się brakiem zapasów, liczyła, że nazajutrz dotrą do miejsca, w którym będzie mogła wezwać gryfa.

*

– Zdaje się, że ktoś nas śledzi. – Jarina rozejrzała się na wszystkie strony, jednak mimo zaklęcia nocnego widzenia nie dostrzegli niczego w zapadających ciemnościach.

Stali na pustym gościńcu. Ani jednego światełka, tylko ciemność i cisza.

– Śledzi? – Dwalin natychmiast wyciągnął topór. – A gdzie jest? Daleko?

– Psst! – Jarina zastygła, nasłuchując. – Jak będziesz tyle gadał, to w ogóle nic nie usłyszę. Cicho bądź!

Dwalin skrzywił się, ale zamilkł i czekał, przestępując z nogi na nogę. W końcu dziewczyna potrząsnęła głową.

– Coś dziwnego jest za nami. Nie ma ani rąk, ani nóg, jakiś nieznany stwór. Dobrze byłoby znaleźć twoich przyjaciół! Jeszcze trochę i rozum mi się pomiesza ze strachu!

– A gdzie ja ich teraz znajdę? – mruknął Dwalin, próbując sobie przypomnieć drogę do miejsca, w którym Eltara rozstała się z gryfem. – Chociaż... możliwe, że się uda, jeśli tylko ścieżki nie zapomniałem.

– No to prowadź! – Jarina chwyciła go za rękę. Drżała na całym ciele.

*

Że coś jest nie tak, Eltara poczuła gdzieś o północy. Czyjeś zimne spojrzenie próbowało odnaleźć ją, Eltarę Elfrańską, na przestrzeniach otulonych ciemnością ziem Hjörwardu Północnego. Tak, nie mogło być wątpliwości – ktoś ją śledził! A więc stało się to, czego najbardziej obawiano się w Elfranie.

To znaczy, że ktoś się domyślił, kim ona jest. Och! Nie trzeba było tworzyć zaklęć, nie trzeba było! Dla doświadczonego czarownika odnalezienie rzucającego zaklęcie to przecież drobiazg!

Chwilę później wyczuła obserwatorów – byli blisko. Schowali się, ale niezbyt umiejętnie. Trzy kawałki wrogiej ciemności, trzy ohydne czarne kleksy. Ich myśli są brudne, dzikie, krwiożercze, ale dopóki myślą o niej, ona może ich wyczuwać.

Nietoperz, szczur i kot. Cóż, nic więcej nie trzeba. Każdy stwór jest bardziej jadowity niż tysiąc najstraszniejszych żmij. Elfrańską księżniczkę ta trucizna pozbawi woli, przemieni w marionetkę, która zdradzi nowemu panu wszystkie tajniki zaklęć ochronnych Elfranu...

Trzy kawałki ciemności były już bardzo blisko, od szałasu dzieliło je najwyżej sto kroków. Stwory rozdzieliły się, planując atak z trzech stron.

Jeśli Eltara chce dotrzeć do domu, musi uderzyć pierwsza.

Ciemność wokół szałasu przebiły dziesiątki, setki, tysiące cienkich srebrzystych nici. Niewidoczne dla oczu śmiertelnika, wyrastały z ziemi, splatając pajęczynę; Eltara przyspieszała ich wzrost. Jeszcze chwila i pułapka będzie gotowa.

Kot pierwszy wyczuł niebezpieczeństwo. Czarny jak noc, z płonącymi zielonymi ślepiami, ostrożnie skradał się wśród gęstego poszycia, gdy nagle wyczuł przed sobą dziwną przeszkodę. Przyczaił się i zastygł, węsząc, nasłuchując. Wszystkie drogi do przodu zostały zamknięte.

Gdy zastanawiał się, co należy zrobić, wśród trawy pełzła cieniutka srebrna nić. Sunęła bezszelestnie, by opleść przednią kocią łapę.

Kot poczuł palący ból i jakaś siła pociągnęła go do przodu, prosto w połyskliwy splot dziwnych źdźbeł w kolorze promieni księżyca. Zaczął rozpaczliwie prychać i parskać, z jego zębów i pazurów trysnęła śmiercionośna trucizna, zadymiła się ziemia, ale ani kły, ani trucizna nie mogły poradzić sobie ze srebrzystymi pętami. Kocie gardło zdławiła księżycowa pętla, syk przemienił się w agonalny pisk, pełen przerażenia i bólu, aż w końcu umilkł i on.

Szczur zdołał podejść bliżej. Jego uwagę również przykuła niespodziewana zasłona, on również nie zauważył, jak z tyłu zasrebrzyło się widmo teriera – niedużego, ale silnego psa wyhodowanego specjalnie do polowania na szczury. Tępy pysk, potężne szczęki, ostre pazury, a sierść gęsta i twarda na tyle, żeby nie mogły jej przegryźć nawet najpotężniejsze szczurze kły.

Terier bezgłośnie skoczył do ataku. Szczur zbyt późno dostrzegł niebezpieczeństwo, kłapnął zębami w powietrzu i w tej samej chwili jego grzbiet zachrzęścił w szczękach psa.

Z nietoperzem poszło równie szybko. Od najmłodszych lat Eltara nosiła zasłużone miano mistrza ptaków, więc nasłanie nocnego drapieżnika nie było dla niej trudne. W mroku nad wierzchołkami drzew mignął bezszelestny cień. Utkany ze srebrnych nici wielki puchacz spadł na nietoperza jak kamień. Ostre pazury wbił w ofiarę, strasznym ciosem złamał nietoperzowi wszystkie kości, rozszarpał go na strzępy.

Eltara odetchnęła głęboko, opuszczając zdrętwiałe z wysiłku ręce. Ci, którzy próbowali na nią zapolować, dostali porządną nauczkę; wrażenie śledzenia zniknęło. Już jutro zawita w domu. Z cenną zdobyczą – Pieczęć Wiecznego Króla zostanie zwrócona prawowitemu właścicielowi.

O Dwalinie czarodziejka już nie myślała.

*

Za to Dwalin myślał o niej intensywnie. Uciekając z miasta razem z Jariną, nie wiedział, co się stało z Cheortem i Eltarą. Dręczyły go wyrzuty sumienia, lecz powrót do Galenu byłby czystym szaleństwem. Górskie krasnoludy rzadko zaglądały do miasta, bez wątpienia dobrze go tam zapamiętano. Co robić, na Rodgara?!

Ale stary bóg górskiego narodu milczał.

Weszli w gęstwinę świerkowego lasu. Takich gąszczy już prawie nie było na przeludnionych południowych ziemiach, towarzyszka krasnoluda z trudem znalazła nietknięty toporami zakątek, na szczęście dość blisko drogi. Przyczaili się pod korzeniami wielkiego drzewa, które runęło ze starości. Dwalin skrzesał ogień. Jarina była zbyt słaba, żeby rozpalić ognisko zaklęciem, jedynie ukryła płomienie przed ewentualnymi obserwatorami.

Krasnolud i dziewczyna siedzieli przytuleni do siebie – tak jakoś wyszło samo z siebie, przypadkiem. Oboje zdziwili się w duchu, ale Dwalin troskliwie otulił Jarinę połą płaszcza, a dziewczyna położyła głowę na muskularnym ramieniu mieszkańca podziemi.

– Opowiedz o sobie – poprosił krasnolud niespodziewanie dla samego siebie. Przecież jego pobratymcy interesowali się losami jakiegoś człowieka tylko wtedy, gdy człowiek ten był partnerem w interesach. Sam Dwalin nigdy wcześniej nie wypytywał o nic kobiet, które dzieliły z nim łoże. Chciały od niego tylko jednego i otrzymywały to. Po co rozmowy?

Jarina odpowiedziała nie od razu. Długo patrzyła w ogień, a gdy już zaczęła mówić, opowiedziała wszystko do końca, jak na spowiedzi.

– I co teraz? – zapytał ostrożnie Dwalin, gdy Jarina zamilkła i zawstydzona ukryła twarz w dłoniach.

– Teraz? A co może być teraz? Pójdę, gdzie oczy poniosą. Ale czy daleko zajdę? Mówią, że Orda się przedarła. Może uciekaliśmy niepotrzebnie?

– Nie mów tak! Z Ordą sobie poradzimy, nie ma co zwieszać nosa na kwintę – próbował pocieszyć dziewczynę. – Orda nie jest ani nieskończona, ani wszechpotężna! A i król nie może dłużej w Galenie siedzieć! Przecież na jego dworze są pierwszorzędni magowie!

– Wiesz, kim jestem – wyszeptała Jarina. – Wiesz i... tak mówisz?

– A co to ma do rzeczy? – zdumiał się krasnolud. – Los może każdemu pięść pokazać. Co w tym strasznego? Twoje życie po prostu tak się ułożyło, a teraz może ułożyć się inaczej. Jesteś wolna, możesz robić, co chcesz. A co zdecydujesz, to już inna sprawa.

*

Rankiem Eltara obudziła słodko posapującą Kami.

– Mamo! – szepnęła trwożnie dziewczynka, gdy tylko otworzyła oczy. Od razu się uspokoiła. – Nie zniknęłaś... No tak, przecież byłam bardzo dobra i prosiłam, żebyś została ze mną na zawsze.

Gryf zjawił się od razu, gdy tylko księżniczka go przywołała.

– Ojej! – Przestraszona Kami omal nie rzuciła się do ucieczki.

Eltara nie chciała używać zaklęć, wolała uciszyć lęki małej słowami.

– Można go pogłaskać. – Leciutko popchnęła Kami w stronę wielkiego zwierza, który pozwolił, aby niewielka łapka przesunęła się po jego grzywie. Dziewczynka nie posiadała się z zachwytu, a królewski gryf aż przymknął oczy z zadowolenia. – Teraz polecimy. Zrobię tak, że nie będziesz mogła spaść, nic się nie bój.

– Ja i tak się nie boję – padła dumna odpowiedź.

Wkrótce gryf wzbił się w powietrze, podążając na zachód, ku złamanej linii Gór Tajemnych wznoszących się nad horyzontem.

Pod jego skrzydłami rozciągały się zachodnie ziemie Królestwa Galeńskiego. Pola, pastwiska, łąki przemykały i znikały, pojawił się szeroki, powolny Eger, w końcu pokazał się Opuszczony Brzeg, za którym hen, hen zaczynały się granice Elfranu.

W pewnym momencie skrzydlaty zwierz drgnął, tracąc wysokość. Eltara szybko wymówiła słowa hasła, a w odpowiedzi rozbrzmiał krystaliczny głos, każąc jeźdźcowi zejść niżej i udać się przez korytarz Lasu Zagłady.

Zdumiona Eltara uniosła brwi. A to nowina! Ojciec zamknął drogę powietrzną do Elfranu! Chyba tylko ona, najstarsza córka, i matka, która odeszła na Dół, wiedziały, ile wysiłku go to kosztowało. No cóż, będzie posłuszna woli ojca!

Gryf krzyknął niezadowolony, jednak bez sprzeciwu wylądował na Opuszczonym Brzegu. Kami posłusznie zasnęła – Eltara stwierdziła, że dziecko nie powinno oglądać stosów pobielałych szkieletów ani potwornych mieszkańców Lasu Zagłady.

Trudno uwierzyć, że ten las stworzyła ta sama potężna siła, która w swoim czasie wzniosła Gwiezdną Salę Elfranu. Oczom Eltary ukazała się wysoka ściana ciemnofioletowych zarośli, zupełnie odmiennych od występujących w Hjörwardzie Północnym drzew czy krzewów. Gładkie, pozbawione kory gałęzie pokrywało coś w rodzaju skóry zwierzęcia, każda gałąź kończyła się długim, ostrym pazurem grubości ręki dorosłego mężczyzny. Wydawało się, że z ziemi wyrasta cały oddział pazurzastych łap, poruszających się bez przerwy. W szczelnej ścianie zarośli nie było ani jednego prześwitu, ani jednej ścieżki, a u podnóży ohydnych tworów magii leżały stosy kości.

Drzewa Lasu Zagłady nie miały liści. Tysiące wrośniętych w ziemię macek – taki był ten las, przedostatnia rubież Elfranu.

Czarodziejka skierowała gryfa ku zaroślom. Gałęzie groźnie wyciągnęły się w jej stronę, gładkie pazury zalśniły złowieszczo. Las został stworzony nie po to, by zabijać, lecz odstraszać. Zabójstwo było po prostu ostatecznym środkiem obrony.

Eltara uniosła rękę. Po cichu, ledwie słyszalnie, wymówiła swoje prawdziwe imię i gałęzie od razu się uspokoiły. Rozstąpiły się posłusznie, otwierając drogę ku górom. Księżniczka wskoczyła na grzbiet dumnego zwierza i graor, jak nazywano gryfy w Elfranie, szybko ruszył przed siebie.

Pod wieczór znaleźli się na przedgórzu. Połyskliwe brązowe skały wzbijały się ku niebu, zasłaniając światło słońca. Wydawało się, że w niewyobrażalnie dalekim dniu Stworzenia spod ziemi trysnęły fontanny płynnego granitu, strzeliły w górę i tak zastygły. Skały nie miały ostrych krawędzi, wszystko było tu zaokrąglone i wygładzone, nie było ani jednej szczeliny czy załomu. Olbrzymie krople po prostu skamieniały w połowie drogi do ziemi.

Eltara poniosła głowę i zmrużyła oczy. Śmiertelnik nie dostrzegłby niczego w warstwach powietrza ponad szczytami gór, ale jej oczy zmieniły się, przybrały barwę wschodzącego słońca i ujrzała krążące wysoko w niebie maleńkie postacie jeźdźców siedzących na skrzydlatych istotach.

Strażnicy Elfranu na gryfach.

– Jestem tu – powiedziała półgłosem, patrząc w górę na srebrzyste figurki wiszące w strumieniach powietrza. – Jestem tutaj.

Usłyszeli ją – jeden z jeźdźców skierował gryfa w dół. Łapy skrzydlatego zwierza jeszcze nie dotknęły ziemi, a młody wojownik już zeskakiwał z wierzchowca. Miał przejrzyście błękitne oczy i wysuwające się spod hełmu długie złociste włosy, których pozazdrościłaby mu każda śmiertelna ślicznotka. Posrebrzana kolczuga brzęknęła cicho, gdy ukląkł przed córką swego władcy.

– Saojo, to dla mnie ogromny zaszczyt! Pierwszy zamelduję władcy o waszym powrocie! Będę wam towarzyszył przez góry, wzbijemy się we dwoje w bezkres błękitu! A potem ułożę o tym locie balladę tak piękną, jak uczucia, które rozkwitają teraz w mojej duszy!

To był typowy dworski styl Elfranu. Saoja (czyli księżniczka) Eltara uśmiechnęła się pobłażliwie. Zdążyła odwyknąć od zwyczajów panujących w jej ojczyźnie, od wyszukanych dyskusji, pełnych ukrytych aluzji – nie wypadało otwarcie wyrażać swoich myśli, za to obowiązkowo należało obsypywać damę komplementami.

– Do jakiego domu należy poskramiający graora? – zadała tradycyjne pytanie. Saoja miała obowiązek zapytać swego towarzysza o pochodzenie.

– Mam zaszczyt należeć do Domu Skaolingów, Domu Spienionych Fal. Trzecia gałąź, szósta centuria. Zasłużyłem na prawo noszenia własnego herbu pod herbem Skaolingów!

Rzeczywiście – pod heraldyczną tarczą z różą w objęciach pienistych bryzgów mieścił się herb wojownika, muszla przebita mieczem z morskiej piany.

– Niech saoja sama osądzi, czy słuszność mieli ci, którzy nadali mi ten znak!

To również było zwyczajowe zdanie. W skomplikowanym systemie elfrańskiej heraldyki muszla oznaczała nieszczęśliwą miłość, która przemieniła wolę wojownika w mocną spiralę i popchnęła go do heroicznych czynów, czym zasłużył na własny herb.

– Noszący znak róży w pianie i muszli z pienistym mieczem! Ja, twoja saoja, pragnę, abyś towarzyszył mi w drodze do Tardejlu.

Pytanie wojownika o imię byłoby rażącym naruszeniem zwyczajów. Stojący wyżej nigdy czegoś takiego nie żąda od poddanego.

Młodzieniec pomógł Eltarze siąść w siodle, na chwilę objął talię księżniczki drżącymi dłońmi. Znowu kurtuazyjny gest – gdyby nie zadrżał, dama uznałaby to za przejaw obojętności i jej gniew nie miałby granic.

Dwa graory wzbiły się w powietrze.

Lecę, lecę, wreszcie lecę do domu! I mam Pieczęć ojca! – krzyczała Eltara w duszy. Miała ochotę wycałować błękitnookiego wojownika. Radość powrotu zatarła wszystko – Dwalina, śmierć Cheorta, nawet zmarłego Elstana. Zresztą czy rzeczywiście zmarłego? Czary nałożone na krasnoluda przez jej ukochanego nie utraciły mocy, a to by znaczyło...

Cóż, przywiozłam Pieczęć, myślała księżniczka, przytulając do siebie główkę drzemiącej Kami. Powinno mi starczyć sił, żeby zwrócić się do Kamienia Toej.

O Ordzie nie myślała również.

*

– Długo będziemy się wycofywać, setniku? Jeszcze dzień czy dwa i zobaczymy wieże Galenu, a królewskiego wojska jak nie było, tak nie ma.

– Słyszałem, że wojsko się rozbiegło, jak tylko usłyszało o Ordzie, a baronowie pouciekali do domów!

– Dość tej paplaniny! – huknął Argnist na swoich wojowników. – Czego po próżnicy ozorami mielecie! Do Galenu jeszcze kawał drogi! Z Gesaru wyszliśmy z pół setką wojowników, a teraz mamy tysiąc! Już my Ordzie pokażemy, gdzie raki zimują!

– Huraaa! – wrzasnęli wojownicy.

– I jeszcze uciekinierów uzbroimy! Choćby i marna, ale zawsze pomoc. Więc nie szemrać mi tu!

*

Pierwsze gniazdo Ordy znajduję dość szybko. Również kryje się w głębi ziemi, pod kamienistymi wzgórzami. Kiedyś, dawno temu mieszkały tu demony, a może czarnoksiężnicy – zorientuję się, jak zejdę niżej – potem gdzieś przepadli (może pożarła ich Orda?) i ktoś stworzył w podziemiach ohydną hodowlę. No, niedługo to już potrwa.

Z czarnej otchłani jaskini płynie nieprzerwany strumień straszydeł. Nie ma sensu zwracać na nich uwagi, muszę dotrzeć do siły, która je rodzi! Wypalam całą drogę przed sobą, to nie będzie pojedynek równego z równym.

Przede mną pojawia się pomarańczowa kula ognia i tryskając płomieniami, toczy się do wejścia do jaskini. Stwory rzucają się do ucieczki, ale te, które idą w górę wąskim tunelem, nie mają dokąd uciec. Kula wpada do środka i spod sklepienia zaczyna wypływać tłusty, ciemnozielony, cuchnący dym.

Podążam za kulą. Mój ogień nie zostawił nawet popiołu. Rozpalona podłoga, ściany, sklepienie dyszą żarem. To nic, zaraz zejdę niżej...

– Nigdzie nie zejdziesz, Gubicielu.

Obcy głos tłucze się pod czaszką, każde słowo powoduje tępy ból. Ten głos nie mówi dźwiękami, każda wypowiedziana przez niego sylaba to cząstka siły, tej samej, która zrodziła mnie samego.

Po raz drugi ktoś mnie podszedł, a ja tego nie zauważyłem! Po raz drugi zawiodły mnie zaklęcia! Ale skoro nie zadano mi ciosu w plecy, to znaczy, że chcą zaproponować pojedynek. Zobaczymy, kto będzie górą!

Mój pierwszy cios niszczy wierzchołek wzgórza. Lubię walczyć na otwartej przestrzeni, żeby nad głową było niebo, a nie granitowe sklepienie. Mój przeciwnik śmieje się szyderczo.

*

Brązowy sokół mknie na północ. Już wie, że stało się coś złego. Zgodnie z przeklętym przez wszystkich bogów i demonów Prawem Równowagi odpowiedzią na każde działanie tych, których siła przekracza dopuszczalne granice, jest przeciwdziałanie. Im straszniejsza jest twoja siła, z tym większym uporem los będzie usiłował zneutralizować twoje wysiłki – tak było również i tym razem...

Na północy nad horyzontem zbierały się chmury. Coraz częściej waliły tam pioruny i huczał grom. W stronę sokoła leciały spanikowane ptaki – kruki, jastrzębie, leśne gołębie. Gnał je niewyobrażalny strach. Niech zmiłuje się Demogorgon w tej strasznej godzinie! Sokół mknął z ogromną prędkością, ale chyba się spóźniał.

Widział – i to nie ptasimi oczami – jak na rozwalone, dymiące się wzgórze wkroczyła w chmury gigantyczna widmowa postać. Jej ręce były puste, w oczach kłębiła się mgła. Z naprzeciwka w stronę giganta ruszyła spirala złocista jak słońce. U jej podstawy błyskały płomienie pożerające gęstniejącą wokół ciemność.

Widmowy wojownik pierwszy zadał cios. Ziemia i niebo jęknęły od potwornej siły, która wstrząsnęła ziemską podstawą i łukowymi sklepieniami krystalicznego nieba. Czarny wicher otulony sinymi błyskawicami wbił się w złociste zwoje i spirala wygięła się jak żmija, której nadepnięto na ogon. Wokół walczących przeciwników rozchodziło się oślepiające światło, setki białych włóczni wbijało się w widmowe ciało wojownika, który cofnął się nagle.

Sokół złożył skrzydła i spadł w dół jak kamień. Był prawie nad samym miejscem starcia. Powietrze jęczało, gdy cięły je niewidoczne klingi, ale ptak nie zwracał na to uwagi. Ciągnęła się za nim ognista smuga, jego prędkość przekraczała wszelkie granice, a jednak nie zdążył.

Widmowy wojownik i nieznana istota, która przyjęła postać złocistej spirali, uderzyli jednocześnie. Ziemia i niebiosa, wszystko wokół zmieszało się w gigantycznym wichrze, zgasło światło, widać było jedynie purpurowe łuny pożarów, chyba nawet sam czas tracił rozum. W ciemności pojawiły się ogromne fioletowe pęcherze, które wybrzuszały się i znikały.

Zwykłym wzrokiem nie dałoby się nic zobaczyć, ale sokół, spadając jak ognista iskra w czarną bezdenną przepaść, ujrzał, jak nie wytrzymując potwornego żaru, zaczynają się topić warstwy rzeczywistości, jak coraz szerzej rozwiera się paszcza straszliwego zwierza, gotowego pochłonąć cały Wielki Hjörward – i wtedy nadeszła odpowiedź.

Nie, nie spadł magiczny miecz, niszcząc głodną czerń otchłani, nie zapłonął oślepiający promień, nie przetoczył się łoskot gromu – jedynie brązowy sokół spadł w żarłoczną ciemność niczym kropla żywego płomienia. Noc przyjęła go w siebie i jakby ciągnięta jego porywem, zaczęła się spiesznie wycofywać. Światło znów się rozpłynęło pod wstrząśniętym nieboskłonem i straszna rana w ciele świata zaczęła się goić, by po kilku chwilach zabliźnić się ostatecznie. O tym, co się stało, przypominał jedynie zwalony, częściowo spalony las, zniszczone wzgórze i dwie postacie u jego podnóża.

★

Pojedynek gigantów zastał Eltarę, Kami i elfrańskiego wojownika w drodze. Niebo nagle poczerniało, wicher zawył przeciągle i masy powietrza podążyły na północ, obracając w swoich bezcielesnych dłoniach dwa elfrańskie graory. Gryfy rozpaczliwie zatrzepotały skrzydłami, próbując utrzymać równowagę, a strumienie powietrza cisnęły je w dół, usiłując rozbić o ziemię. Eltara w ostatniej chwili pomogła zaklęciem swemu skrzydlatemu wierzchowcowi.

A potem wszystko ucichło. Pojedynek Gubiciela z nieznanym przeciwnikiem trwał zaledwie kilka chwil. Czerń na horyzoncie zniknęła, wiatr się uspokoił, gryfy wyrównały lot.

Wojownik z Domu Skaolingów patrzył zdumiony na przejaśniające się niebo.

– Co to mogło być, moja saojo?

W Elfranie każdy mógł zadać pytanie każdemu, bez względu na ród. Przyznanie się do niewiedzy nie było wstydem, prawdziwym wstydem byłoby udawanie znawcy w sprawach, o których się nie ma pojęcia.

Eltara odpowiedziała nie od razu. Zdążyła poczuć gigantyczną moc ścierających się w walce nieznanych sił, ale o ich naturze nie wiedziała kompletnie nic. A jednak... w jednej z sił wyczuła coś znajomego. Coś z przeszłości. Coś bardzo, bardzo drogiego.

Stropiona, przywarła do szyi gryfa. Wojownik cierpliwie czekał.

– Nie wiem – powiedziała w końcu. – Poczułam cios. Zderzyły się dwie pełne nienawiści siły. Ale skąd one są, nie potrafię powiedzieć. Chyba tylko Kamień Toej mógłby...

Wojownik skinął głową. Saoja odpowiedziała, jak umiała. Gdyby wiedziała coś więcej, powiedziałaby.

Znów radośnie świeciło letnie słońce. Dwa graory płynęły w krystalicznych warstwach powietrza, pod nimi rozpościerał się Elfran.

Szczyty pogranicznych gór zostały z tyłu. Teraz ukazały się zielone tarasy, wijące się na zboczach setki strumyczków i rzeczek, które brały swój początek nie z lodowców, lecz z deszczów i wilgoci chmur.

Gryfy mknęły coraz dalej na wschód. Góry się skończyły, pojawiły się zagajniki upstrzone łąkami i jeziorami; to tu, to tam widać było srebrzyste wieże i szmaragdowe dachy niewielkich zamków. W dali niebieszczyła się gładź wody – gryfy zbliżały się do Sajej Mi'el, wewnętrznego morza Elfranu.

A oto znajome perłowe migotanie spowite nićmi bursztynowego płomienia – kopuły i iglice Tardejlu, stolicy Elfranu.

Miasto było nieduże i nie miało zewnętrznych murów – tutejsze zamki nie pełniły roli twierdz. W samym sercu miasta, na połyskliwej czerni marmuru wiszącego nad białym pasem przyboju, ponad tarasami i kolumnadami widniał pałac, rezydencja władcy Elfranu, Wiecznego Króla, ojca Eltary.

Gryf ze świstem schodził do lądowania, celując na niewielki placyk z mlecznego kamienia nieopodal najwyższej kopuły. Tylko na królewskim balkonie mogła postawić stopę następczyni tronu powracająca z długiej wędrówki po brudnych ziemiach ludzi. Zawracając łagodnie obok wież, gryf Eltary wylądował na znajomym tarasie. Księżniczka z uśmiechem odwróciła się do towarzyszącego jej wojownika – jego gryf zawisł w powietrzu przy balustradzie balkonu.

– Dziękuję ci, noszący muszlę i miecz wojowniku Domu Skalingów, Domu Spienionych Fal! Byłam szczęśliwa, mogąc wracać razem z tobą. Przybądź do pałacu, gdy na wieżach zapłoną ognie Tańczących i skończy się twoja warta na granicy. Pozostawię dla ciebie pierwsze przejście!

Wojownik skłonił się nisko. To była bardzo wysoka nagroda.

– Moja saojo, przysięgam, że będę na pierwszym wieczorze Tańczących i moja ballada o towarzyszeniu ci poprzez powietrzne otchłanie zdobędzie pierwszą nagrodę we współzawodnictwie minstreli!

– Zapalę swój ogień w tej intencji – uśmiechnęła się Eltara. Jeszcze nie zapomniała, co znaczy elfrańska etykieta.

Młody wojownik znowu się skłonił, jego gryf machnął skrzydłami. Już wkrótce powrócą nad szczyty Gór Tajemnych, aby stać na straży pokoju Elfranu.

Otworzyły się kryształowe drzwi. Eltara weszła do środka, niosąc na rękach śpiącą słodko Kami. Położyła dziewczynkę na szezlongu i wyprostowała się. Nie musiała się już maskować, nie musiała udawać śmiertelniczki.

Lekkim, tanecznym krokiem, do jakiego nigdy nie będzie zdolna żadna ludzka kobieta, w biegu zrzucając zakurzony strój ludzkich ziem, Eltara niemal pofrunęła do swojej sali przyjęć.

W rogach wesoło migotały sztuczne gwiazdy, wielki pająk emera zamknięty w przezroczystym więzieniu płyt podłogi prządł bez chwili przerwy, garderoba władców Elfranu wkrótce zostanie uzupełniona o kolejny płaszcz czy następną suknię.

Eltara posłała pająkowi całusa i otworzyła drzwi swojej sypialni. Ozdobione srebrem i górskimi kryształami apartamenty były puste, Eltara dawno zrezygnowała ze sług, krasnoludów, całą pracę przerzucając na magię.

Kami spała, więc księżniczka miała trochę czasu dla siebie.

– Wannę! – zażądała głośno tonem rozkapryszonego dziecka. – Suknie. Najlepsze. Żywo!

W pałacu nie było potrzeby urządzania specjalnych łazienek czy toalet – magia błyskawicznie otaczała mieszkańców pałacu tym, czego w danej chwili potrzebowali. Niektórzy zwyczajem ludzi tworzyli stałe sypialnie, jadalnie czy biblioteki, ale Eltara lubiła zmiany i niespodzianki, niegdyś potrafiła zmieniać wystrój swych komnat dziesięć razy dziennie.

Gdy zrzuciła ostatnią warstwę ubrania, z góry spadł aromatyczny wodospad pełen pękających bąbelków, przyjemnie masujących skórę. Poczuła, że wreszcie jest w domu.

Wydawało się niemożliwe, że jeszcze niedawno stała na brzegu Egeru i spoglądała na Las Zagłady, a teraz w najpiękniejszej szacie, namaszczona wonnościami, ozdobiona klejnotami, z których każdy wystarczyłby na zakup Królestwa Galeńskiego, mija salę przyjęć i kieruje się do apartamentów ojca

Nad drzwiami cicho brzęknęły dzwonki; ojciec, który lubił podobne sztuczki, w ten sposób oznajmiał, że w apartamencie go nie ma.

Przed drzwiami czekali elfrańscy nobile. Powitały Eltarę liczne okrzyki. „Saoja! Saoja wróciła! *Ewoz! Aja!*". Zebrali się tu najbliżsi doradcy, najpotężniejsi czarodzieje i najbardziej doświadczeni dowódcy. Księżniczka się zdumiała. Do tej pory widziała tylko jedno takie zebranie – gdy jej matka odchodziła na Dół.

W strojach skrzących się diamentami, z cienkimi mieczami na pasach nobile z szacunkiem kłaniali się Eltarze. Dziewczyna uśmiechała się serdecznie – wszystkich zebranych znała od najwcześniejszego dzieciństwa.

– Co za szczęście, saojo – powiedział lord Domu Pajoriltów, starszy doradca Sali Koronnej, najbliższy doradca ojca, który podszedł do Eltary ostatni. – Jego miłość zupełnie stracił spokój. Jakże się martwił! To przedsięwzięcie wydawało się tak nierozsądne!

– A jednak Pieczęć Wiecznego Króla powróciła do Elfranu! – Młoda czarodziejka triumfalnie uniosła w górę migoczącą złotem obręcz. Odpowiedzią było westchnienie zachwytu.

– To zaiste wielki czyn. – Lord Domu Pajoriltów pokręcił głową. – Kto by pomyślał, że...

– Że mi się uda? – dorzuciła złośliwie Eltara. – A jednak!

– Władca nie zdążył jeszcze zapytać dziś Kamienia Toej o los saoi – rzekł nobil. – Robił to codziennie.

Ładne rzeczy tam zobaczył, pomyślała Eltara ponuro. Na Jasne Siły, co on sobie pomyślał, widząc, że podróżuję w towarzystwie krasnoluda, który odrzucił Pradawny Dług*?!... Krasnoludy mieszkające w Elfranie ciężko pracowały – nie wszystko mogła stworzyć magia. Dla księżniczki nawiązanie kontaktów z krasnoludem równało się powszechnemu potępieniu. A do tego krasnolud był dawnym kochankiem młodszej córki Wiecznego Króla!

Eltara zawróciła do swoich komnat. Z matką porozmawia później. Do tej rozmowy potrzebne są wszystkie siły. Nie, nie, później! Później...

W swym apartamencie ujrzała ojca stojącego nad pogrążoną we śnie Kami.

Wieczny Król był Pierworodzonym, więc na jego twarzy nie znać było upływu czasu. Cieniutkie, cieńsze od pajęczyny włosy o perłowym połysku miał zebrane w dwa warkocze. Jego stalowoszare oczy były zimne jak lód. Ujmując palcami masywny podbródek, władca w zadumie patrzył na śpiącą dziewczynkę. Eltara od razu zrozumiała, że ojciec się gniewa. Serce ścisnęło się jej boleśnie jak niegdyś, w dzieciństwie, gdy karcono ją za „psoty niegodne saoi".

– W końcu wróciłaś – powiedział władca, nie patrząc na córkę. – Żadna pieczęć nie jest warta takiego ryzyka! Nic by się nie stało, gdyby Hiss odpłynął z nią za morze. Dosięgnąłbym go nawet tam! Ale ty... I co cię tam tak długo zatrzymało? Matka bar-

* Podziemni mieszkańcy od wielu stuleci mieszkali w Elfranie, robiąc to, co nakazywał im Pradawny Dług. Szczegółowy opis wydarzeń, które do tego doprowadziły, znajduje się w księdze „Tysiąc lat Hropta".

dzo tęskniła. Nie wiem czemu, ale kocha cię bardziej niźli twoją siostrę. Nie proszę, żebyś myślała o mnie czy była dla mnie bardziej serdeczna, ale żeby w ten sposób traktować matkę, tę, która odeszła na Dół... Ale ty wolisz się bawić żywymi zabawkami! – Ojciec wskazał Kami.

Eltara poczuła palący wstyd. A przecież mogła powiedzieć, że nie prosiła się na świat, że mama odeszła na Dół po urodzeniu drugiej córki i że Kami nie jest żadną zabawką!

Przed oczami księżniczki znowu pojawił się tamten dzień w Galenie. Dymy pożarów, krzyki bitych, gwałconych i palonych żywcem... I to dziecko leżące w kałuży krwi. Poczuła rozdrażnienie. Od ilu stuleci jej ojciec panuje w Elfranie? Kiedy ostatnio widział martwe ciało człowieka, tak podobne do ciała elfa?!

– Czemu milczysz? – Wieczny Król nie dostrzegł zimnego ognia w jej oczach. – Sama nie zdajesz sobie sprawy, jak bardzo się zmieniłaś, Eltaro Elfrańska...

Księżniczka jednym tchem wypaliła wszystko, co myślała.

Władca słuchał w milczeniu, nie odrywając wzroku od Kami. Dziewczynka zaczęła się niespokojnie kręcić – zaklęcie snu traciło moc.

– Zaraz się obudzi – zauważył zimno ojciec, jego policzek drgnął. – Uśpij ją!

Eltara bez słowa zrobiła, co trzeba. Kami uśmiechnęła się, znów zapadając w głęboki, spokojny sen.

– Nie wątpiłem, że usłyszę od ciebie coś w tym rodzaju. – W głosie Wiecznego Króla zadźwięczał metal. – Nie mam ci już nic więcej do powiedzenia. Bardzo mi przykro, że stałaś się właśnie taka, choć Wielki Orlangur świadkiem, że nie rozumiem, gdzie zrobiłem błąd. Pocieszam się tylko jedną myślą – pewnego dnia również odejdziesz na Dół i zobaczymy, co wtedy powiesz. Matce przekażę, że wróciłaś cała i zdrowa.

Władca odwrócił się, chyba chciał wyjść.

– Wyganiasz mnie z Elfranu, ojcze?

– Nie. Jesteś następczynią tronu, szlachetnie urodzoną saoją i nie możesz zostać wypędzona, jeśli nie złamiesz Pierwszego Przykazania. A może już zapomniałaś nasze prawa?

Ojciec – smukły, postawny, chłodny – ruszył w stronę drzwi.

Coś żywego i ciepłego poruszyło się w piersi Eltary. Podbiegła do władcy, objęła go za ramiona i przytuliła twarz do jego piersi, jak zawsze robiła w dzieciństwie, gdy napsociła i chciała przeprosić.

– Tato! – szepnęła. – Tato, kocham cię, a gdy się kocha...

Ojciec westchnął i pogładził córkę po plecach. Nie potrafił się długo gniewać.

– Bardzo się denerwowałem, Eli. Rozumiem, że nie uwierzyłaś w śmierć Zrodzonego Falą, lecz pojedynek z Hissem był niepotrzebny. Rozumiem, chciałaś pomóc, ale nie doceniłaś starego ojca i Kamienia Toej! – Wieczny Król uśmiechnął się słabo. – A kiedy się dowiedziałem, że Orda przerwała Rycerską Rubież... Sama rozumiesz, co mogłem czuć.

– Tak, gdy ludzie w Galenie usłyszeli tę wieść, kompletnie poszaleli. – Eltara ze smutkiem pokręciła głową. – Stąd właśnie wzięła się Kami... I co teraz będzie?

– Co będzie? – Władca wzruszył ramionami. – Moim zdaniem śmiertelnicy w Galenie niepotrzebnie histeryzowali i panikowali. Orda potrzebuje nie ich, lecz... nas!

Eltara osłupiała.

– Nas? To znaczy?...

– Nas, to znaczy Elfranu! – powiedział twardo ojciec. Jego twarz spochmurniała. – Orda pokonała wszystkie przeszkody, ale nie poszła na południe, lecz skierowała się na wschód, do Egeru. Jej pierwsze oddziały dostrzeżono już na Opuszczonym Brzegu. Niektóre stwory wtargnęły nawet do Lasu Zagłady, lecz nie zaszły daleko. – Król uśmiechnął się nieprzyjemnie.

– Ale... ale chyba się nie przedarły? – Eltara poczuła chłód.

– Na razie nie. I sądzę, że nie przedrą się nigdy. Zaklęcia są wystarczająco silne... Ale przez Rycerską Rubież Orda przeszła po moście stworzonym z własnych trupów! Ci, którzy ją pędzą na południe, nie liczą się ze stratami.

– Przecież są jeszcze góry... no i straż na granicach!

– Zaczęłaś myśleć jak prawdziwy dowódca. – Władca uśmiechnął się niewesoło. – Chyba rozumiesz, co znaczy dla nas strata choćby jednego wojownika. Żeby narodził się nowy, będzie musiała odejść na Dół jeszcze jedna żona Elfranu!

Eltara się wzdrygnęła. Rzeczywiście, chyba zbyt długo wędrowała po ziemiach śmiertelników, zbyt długo udawała zwykłego człowieka. Szczęśliwi ludzie! Mogą mieć nawet tuzin dzieci...

Kobieta Elfranu mogła dać życie jednemu dziecku, maksymalnie dwóm. Rodziła i wychowywała dziecko, a potem, gdy przestawała mu być potrzebna, przemieniała się w straszliwego, obmierzłego stwora – takiego widoku nie mogły znieść niczyje oczy. Niegdysiejsze dumne piękności Elfranu – teraz wielkie cielska wydzielające ohydny śluz, wlokące za sobą liczne macki – schodziły do głębokich podziemi zamków. Tam żyły nadal. Zmieniło się ich ciało, lecz umysł i dusza pozostały niezmienione. Można było z nimi rozmawiać, oczywiście w myślach, więcej nawet, taka rozmowa była koniecznością, ale oglądanie ich... tego nie zniósłby żaden mieszkaniec Elfranu niezależnie od płci.

Taka była zapłata i tylko Wieczny Król wiedział, czyje rachunki spłaca teraz jego naród. Mieszkańcy Elfranu nie mogli sobie pozwolić na tracenie wojowników w walkach. Dzieci w Elfranie rodziły się rzadko. To cud, że w ogóle się rodziły.

– Masz rację, ojcze – szepnęła Eltara, w myślach przysięgając, że porozmawia z matką natychmiast, gdy tylko zostanie sama.

– Opowiedz mi o twojej wyprawie. – Ojciec zmienił temat. Nikt nie wiedział, dlaczego jego żona, jego królowa postanowiła dać życie drugiemu dziecku, tym samym przekraczając próg dzielący ją od ohydnej wegetacji w zamkowych podziemiach.

Niektóre kobiety Elfranu musiały odejść na Dół już po pierwszych narodzinach – te prawie nigdy nie decydowały się na urodzenie dzieci. Inne, i tych było znacznie więcej, mogły urodzić dwoje, lecz już po pierwszym dziecku ryzyko odejścia na Dół wzrastało nieprawdopodobnie. Wystarczyło najmniejsze negatywne oddziaływanie – na przykład zamęt sił magicznych przeszywających cały Elfran – żeby stało się nieodwracalne.

Mimo to dzieci przychodziły na świat – rzadko, ale jednak. Eltara wiele razy chciała zapytać o to matkę i nigdy się nie odważyła.

...Opowieść księżniczki dobiegła końca, król w zadumie pokiwał głową.

– Wiele rzeczy nie podoba mi się w tej historii, córko. A przede wszystkim to śledztwo! Jesteś pewna, że zlikwidowałaś szpiegów? Należałoby zapytać o to Kamień Toej! Mam ogromną nadzieję, że nie złamałaś Pierwszego Przykazania! W przeciwnym razie nawet ja nie będę mógł ci pomóc. – Jego głos zniżył się do szeptu.

Saoja zacisnęła zęby. Złamanie Pierwszego Przykazania... Tak, tak... Ukrycie tego faktu przed radą koronną, składającą się z potężnych czarodziejów, byłoby absolutnie niemożliwe. Ale nie, nie, nie! Wszystko zrobiła tak, jak trzeba. Nietoperz, kot i szczur. Szczur, nietoperz i kot. No, może tylko nietoperz... nie widziała go martwego... Ale jak miałby przeżyć, skoro jego ciało zostało niemal rozerwane na pół, w dodatku przez pazury utkane z magii!

Księżniczka pożegnała się z ojcem. Lordowie i nobile czekali na rozpoczęcie rady koronnej. Wprawdzie Eltara była bardzo ciekawa wszelkich nowin Elfranu, ale teraz chciała przede wszystkim porozmawiać z matką.

Mamo, mamo, odpowiedz mi!

Nie słowa i nawet nie myśli. Obrazy rozbłyskujące w świadomości jak błyskawice. Zew pełen smutku i bólu. Krwawe ognie w oczach, gardło ściśnięte spazmami łez. Uraza, ból, złość, wszystko razem.

Rozmowa z matką, która odeszła na Dół.

Słyszę cię, kochanie. Dziękuję, że ze mną rozmawiasz.

Eltara nie słyszała głosu matki. Widziała łańcuszki obrazów, obojętne, niewyrażające niczego. Można by pomyśleć, że zwraca się do niej trup wyciągnięty zaklęciem z grobu. Właśnie w ten sposób rozmawiali ci, którzy odeszli na Dół.

Dziękuję, że ze mną rozmawiasz, córeczko. Wiem o twoich przygodach, wpakowałaś się w niezłą kabałę. I poradziłaś sobie! Ale powiedz, jesteś absolutnie pewna swojego puchacza? Czy jesteś pewna, że rozprawił się z nietoperzem?

Te, które odchodziły na Dół, zaczynały dysponować różnymi siłami, również jasnowidzeniem. Eltara nie wątpiła, że matka obserwowała jej wędrówkę. Może nawet za pomocą Kamienia Toej.

O to samo pytał mnie już ojciec. Nie wiem, co odpowiedzieć, mamo. Moja magia nie znalazła tam żadnej żywej istoty.

Dobrze, miejmy nadzieję, że tak właśnie było, córeczko. Opowiedz mi lepiej o Zrodzonym Falą.

Eltara ponownie opowiedziała swoje przygody. Mówiła, rzecz jasna, w myślach i nie mogła pozbyć się wrażenia, że jej matka wie o wszystkim od dawna. Najwyraźniej śledziła poczynania córki nie mniej bacznie niż Wieczny Król.

Gdy saoja doszła do opisu walki z nieznanym stworem, który pożarł – jak sądziła – szczątki Elstana, matka jej przerwała.

Poczekaj. Powtórz to jeszcze raz. Niczego nie pomijaj.

Eltara posłusznie powtórzyła. Matka przez jakiś czas milczała, księżniczka czekała cierpliwie.

Twój ojciec sądzi, że to intrygi jakiegoś szalonego czarownika – rozbrzmiało w świadomości Eltary. – *Ale ja tak nie uważam. W tamtej jaskini zetknęłaś się z bardzo dziwną siłą, obcą wszystkiemu, co żyje. Z siłą z innego świata – bardzo, bardzo niebezpieczną. Żyjesz tylko dlatego, że pozwolono ci żyć.*

Ale przecież zniszczyłam tego stwora!

Nie oszukuj się, córeczko. Ten stwór zdołał się wymknąć. Czuję jego obecność. Pozostawał tu przez cały czas... dopiero kilka godzin temu nagle zniknął.

Eltara opowiedziała matce również o tym, co widziała po drodze do Elfranu.

Tak, córko, masz rację. Siła, która uniknęła twego ciosu we Wzgórzu Demonów, spotkała wreszcie godnego przeciwnika, który również przybył z innej rzeczywistości. Na razie nie umiem ci powiedzieć skąd. Zapytam starsze, one wiedzą więcej niż ja.

Szkoda, że tego stwora zabił ktoś inny.

Zapomnij o tym, kochanie. Pod względem siły ten stwór dorównuje bogom! W starciu z nim po prostu byś zginęła. A jeśli chodzi o Zrodzonego Falą... Wygląda na to, że on nie jest ani żywy, ani martwy, nie mogę tego na razie zrozumieć, ale będę próbowała się zorientować. Zdaje się, że mógłby ci pomóc Kamień Toej... Tylko bądź ostrożna! Lecz to tylko słowa. Jesteś jeszcze młoda, dziecko, jeszcze nieprędko odejdziesz na Dół. Dlatego szukaj go! Szukaj narzeczonego! Jeśli jest choć najmniejsza nadzieja, że on żyje – szukaj! Przewróć ziemię do góry nogami, ale go znajdź!

Eltara poczuła, jak do jej duszy wpływa strumień ognia. Ta, która odeszła na Dół, przestała się hamować i wstrząśnięta księżniczka zrozumiała, jakie namiętności szaleją w nieprzeniknionej ciemności lochów, pod grubymi warstwami zaczarowanych sklepień.

Rozmawiały jeszcze długo. Matka pochwaliła uratowanie Kami.

Jeśli tylko można kogoś uratować, nie wolno pozwolić mu umrzeć. Dla ludzi i dla krasnoludów jest to tak samo oczywiste jak to, że słońce powinno stać na niebie. A my zastanawiamy się i my-

ślimy, myślimy i zastanawiamy... I dopóki nie znajdziemy się tutaj, na Dole, nie mamy bladego pojęcia, co dzieje się na świecie.

Te, które odeszły na Dół, nigdy nie zamykały się w rozpaczy. Niegdysiejsze piękności Elfranu rozmawiały ze sobą, wiedziały, co się dzieje na powierzchni, wymieniały się nawet kobiecymi ploteczkami.

Po rozmowie z matką Eltara długo dochodziła do siebie. Taka rozmowa zabierała wszystkie siły, a przecież należało się jeszcze zająć Kami.

Dziewczynce bardzo spodobało się w pałacu – co było do przewidzenia.

– Mamo, już zawsze będziemy tu mieszkać? Nigdy stąd nie odejdziemy?

– Nigdy, kochanie. Jutro poznam cię z pewnymi osobami, z którymi będziesz mogła się bawić – obiecała saoja. Miała na myśli krasnoludy, z nimi dziewczynce nie będzie nudno.

*

Dopiero głęboką nocą księżniczka mogła się udać do Kamienia Toej.

Gwiezdna Sala władcy Elfranu nie przytłaczała rozmiarami czy przepychem wystroju. Nazwano ją tak ze względu na magiczną kryształową kopułę zbierającą słabe światło gwiazd i rzucającą wąski snop srebrzyście perłowych promieni na stojący pośrodku kamienny sześcian.

Kamień Toej miał głęboki zielony kolor, niczym liście lip czy klonów w środku lata; znaczyły go czarno-brązowe żyłki, podobnie jak wydobywany przez krasnoludy malachit. Rysunek na powierzchni ciągle się zmieniał, żyłki wiły się jak żywe, w zielonej głębi pojawiały się czasem żółte rozbłyski, zupełnie jakby słońce igrało wśród młodych listków.

Wielki sześcian dawno temu wniósł na postument siłą magii młody wówczas ojciec Eltary, nim jeszcze zaczął nosić dumny tytuł Wieczny Król. On uchronił swój naród przed koszmarem wojny z Pozbawionymi Ciał, która wrzała na zachodnich krańcach Hjörwardu Południowego.

Eltara była sama. Z tyłu z lekkim brzękiem zsunęły się kryształowe zasłony, jednak księżniczka już nic nie słyszała. Całą uwagę skupiała na kamieniu.

Posiadający własny rozum, starożytny jak sama ziemia, starszy od gwiazd i słońca, starszy od władających w tym świecie Nowych Bogów, Toej czasami kaprysił – bywało, że całymi dniami nie można było niczego się od niego dowiedzieć. Ale gdy Elfranowi groziło prawdziwe niebezpieczeństwo, na przykład w dniach Powstania Hedina i Rakota, które doprowadziło do upadku Młodych Bogów, kamień nie pozwalał sobie na kaprysy.

Eltara siłą woli powstrzymała drżenie dłoni pozbawionych rodowych pierścieni i sygnetów. Ostrożnie dotknęła gładkiej powierzchni kamienia. Wokół jej palców zawirowały brązowe żmijki. Toej rozpoznał tę, której mógł pozwolić na zadawanie pytań.

Dziś nie stawiał oporu.

Kryształową kopułę Gwiezdnej Sali zalała gęsta czerń. Kamień, wchłaniający światło gwiazd, miał teraz oddać zgromadzone siły, a zdaje się, że nie lubił, by gwiazdy widziały go w czasie pracy.

Koncentrując się, Eltara przywołała w pamięci obraz Elstana z Domu Zrodzonych Falami, z przyzwyczajenia nazywając ukochanego jego „podróżnym" imieniem.

Już to robiła, i wtedy Toej nie odpowiedział. A raczej odpowiedział, ale niejasno: że Elstan nie jest ani żywy, ani martwy. Wtedy Eltara wyruszyła w podróż.

Po wydarzeniach na Wzgórzu Demonów przyszła gorzka pewność – Elstana już nie ma. Ale zaklęcia, które jej narzeczony nałożył na Dwalina, zachwiały tą pewnością. I oto drugi sprawdzian...

Posiłkując się głęboką wiarą Eltary w to, że narzeczony jednak żyje, Toej uparcie przebijał się przez zasłony obcej magii. Przed oczami Eltary przewijały się dziwne wizje. W niebieskim niebie pląsały ogniste, rozświetlone pęcherze, tłumy dziwnych stworów ze wszystkich stron świata zmierzały do jednego czarnego punktu w samym centrum i tam znikały bez śladu. A potem pojawiło się purpurowe jezioro, rozpalone i wypełnione stopioną skałą. Widziała groteskowe kształty, potem jakieś wilgotne wysokie lasy... Żyjące w nim skrzydłorękie istoty przypominające ludzi, pochwycone niesłyszalnym zewem, wzbijały się w powietrze i mknęły, mknęły, mknęły ku pożerającemu wszystko czarnemu punktowi, który przestał być punktem, rósł, przemieniając się w plamę mroku. A potem znów pojawiło się czerwone jezioro... i wydostające się z niego stwory Ordy w całej swej przerażającej różnorodności...

Jaki jest związek między tymi wizjami?!

Zza pleców Eltary trysnęły żółte promienie. To dzieło Toeja: napotykając jakąś przeszkodę, próbował ją zniszczyć. Niedobrze! Nawet jeśli Elstan żyje, niełatwo będzie go wyrwać z tak potężnych rąk.

Kosmate, brudnoszare chmury rozpierzchły się pod naciskiem Toeja i wtedy stało się coś dziwnego. Popielate cielska chmur przebił długi język płomienia, celując prosto w twarz Eltary.

Ogień pożerał krawędzie rozstępujących się w popłochu chmur. Było widać długą kość sterczącą pośrodku ponurej równiny, ale to nie była kość, lecz biegnąca w bezkres nieboskłonu góra, cienka i ostra, teraz przypominająca obdartą z kory gałąź. U podnóża góry widniały wzgórza kamiennych odłamków, wśród których od czasu do czasu pojawił się jasny rozbłysk – jak promień słońca na odłamkach szkła. Eltara nie mogła przypomnieć sobie podobnej góry w żadnej z części Wielkiego Hjörwardu. Absolutnie obca całemu naszemu światu, z nienaturalnie ostrymi graniami i występami góra mieniła się kolorami, od czerwonego do bladożółtego. Zbocza usiane były kamiennymi rogami, których ostrza połyskiwały bielą.

Eltara widziała to wszystko przez krótką chwilę. A potem pędzący ku niej język ognia dosięgnął celu.

Osłupiała księżniczka patrzyła na zbliżającą się śmierć, jakby nie mogła uwierzyć w to, co widzi. Ten ogień wydawał się taki odległy, taki nieszkodliwy...

Zasłonę zabójczej obojętności przedarł rozpaczliwy krzyk:

– Mamo!

To krzyczała przestraszona Kami. Zdążyła ostrzec czarodziejkę. Eltara skuliła się, w ostatniej chwili wydając Kami rozkaz: Walcz! Ktoś zadał tak silny cios magiczny, że nieśmiertelna dusza księżniczki mogła się przemienić w popiół.

Toej przyjął na siebie całą moc ognistej włóczni i przelatująca przez warstwy krainy duchów nieznana broń zetknęła się z lodową ścianą wzniesioną przez Kamień Elfranu.

Eltarę odrzuciło do tyłu. Oślepiona bólem, z ustami pełnymi słonej krwi księżniczka upadła na podłogę Gwiezdnej Sali. Kamień Toej świecił się, rozpalony zderzeniem przeciwnych sił, w ciasnej klatce miotał się magiczny ogień posłany przez wroga. Płomień jeszcze szalał, lecz pojedynek już dobiegł końca. Toej przetrwał. Czy ona również przetrwa?

Wstała z trudem, słabymi dłońmi dotykała obolałego ciała. Każdy oddech powodował ostry ból w płucach. W głowie jej się kręciło, z nosa płynęła krew, sączyła się też przez skórę na brzuchu, ale nie widać było żadnej rany. Eltara ruszyła chwiejnie do wyjścia. Musi doprowadzić się do porządku.

Od drzwi dzieliło ją jeszcze kilka kroków, gdy kryształowe skrzydła otworzyły się nagle i Eltara ujrzała całą radę koronną. Wyrazy twarzy przybyłych nie wróżyły nic dobrego.

– Ojcze... – wychrypiała księżniczka. Po jej podbródku spływała strużka krwi.

Członkowie rady koronnej przyglądali się jej w milczeniu.

– Zabierzcie oskarżoną – rozległ się donośny, pozbawiony wyrazu głos władcy, i w tej samej chwili za plecami Eltary pojawił się rozbłysk. Ożył Kamień Toej.

Księżniczka odniosła wrażenie, że rozstępuje się pod nią podłoga. „Zabierzcie oskarżoną”. To mogło oznaczać tylko jedno – złamanie jednego z najważniejszych przykazań.

Dwóch lordów stanęło po obu stronach Eltary. Na rękach mieli czarne żałobne rękawiczki. Krew przestępcy mogłaby zhańbić ciała tych, na których padła. Potem te rękawiczki zostaną spalone.

Eltarę zaprowadzono do Kręgu Sprawiedliwości. Czekał ją Sąd Elfranu.

*

Argnist popatrzył w niebo i westchnął. Żeby tylko wiatr nie zawiódł, nie zmienił się, bo poniesie zapach siedzących w zasadzce wojowników w stronę Ordy, która wali za uciekinierami.

Jego oddział już się nie cofał.

Miejsce zasadzki wybrano idealne. Konie mają się gdzie rozpędzić i nabrać sił do uderzenia. Zbocze jest czyste, a nieco dalej widać bagno, dobrze by było zapędzić tam wszystkie brzuchojady i nogogryzy.

Drogę przegradzała najeżona włóczniami falanga – pięć setek. Oni mieli przyjąć na siebie pierwszy cios.

I tylko jeden Hedin Miłościwy wie, ile wysiłku trzeba było włożyć, żeby przemienić tę zbieraninę w wojsko. Żeby nie padli plackiem na ziemię na sam widok stworów. Żeby nauczyli się trzymać włócznie. Żeby wiedzieli, gdzie i jak bić. Połowę tego, co im wyjaśniał, pewnie i tak ze strachu zapomną, ale połowa przecież zostanie!

Ech, lasy, chutor, Dejera, dzieci... Czy jeszcze was kiedy zobaczę? Nie! Nie ma co na południu dłużej siedzieć. Jego wysokość jednak nie ruszył wojsk spod Galenu, powiadają, że za morza uciekł. Baronowie też wzięli nogi za pas, ale niektórzy z galeńskich nobili jednak zostali i teraz prowadzą drużynę na północ. Ale jaki pożytek z tych wojowników, skoro żaden nie widział nigdy stworów Ordy? Tylko niepotrzebnie polegną...

Bracia rycerze siedzą w zamkach, członkowie kapituły nawet nosa nie wysuną. Rubieży bronią zwyczajni ludzie, tyle że uzbrojeni, a prawdziwi wojownicy, „czerwone koguty" i sami rycerze poukrywali się w cytadelach. Zamków Orda nie szturmowała. Ludzie bają, że w tych zamkach zakonnych od dawna są legowiska Ordy, ale kto by tam plotkom wierzył.

Ech, plotki, pogłoski, złe wieści! Lepiej niczego nie słuchać, nic nie wiedzieć. Idzie Orda za twoim oddziałem, to z nią walcz, setniku! To jest twoja wojna!

Do licha z takimi myślami! Nadszedł czas na prawdziwe starcie z Ordą!

Na drodze zakłębił się pył. Stwory idą równo, spokojnie, zwartym szykiem, niczego się nie boją. Oho, chutorski Obrońca szybko by was oduczył tego równego marszu! Na przedzie jak zwykle brzuchojady z pancernikami, za nimi trąbacze z rogaczami, a pod ich nogami pewnie plącze się drobnica w rodzaju nogogryzów i kościożerców. Dobrze idą, śmiało, twardo, widać, że mocno zgłodnieli.

Chłopaki w szeregach zaczęli się kręcić, niektórzy pewnie się modlą. A módlcie się, módlcie, jeśli wam to pomaga. Wasz setnik już w pomoc żadnych bogów nie wierzy. Nawet na torturach to samo wszystkim rycerzom z tym ich komturem by wykrzyczał. Jeśli tylko będzie mu sądzone dotrzeć do Galenu...

– Hej tam, łucznicy! Nie spać, zarazy, nie ociągać się!

Tutejsze kusze nazywają samostrzałami. Dobra broń, u nas takiej nie było... Dobrze, że po drodze trafiła się ta twierdza. Arsenał w niej taki, że całą armię by uzbroił, ile tam było tych samostrzałów! I ze dwadzieścia wozów bełtami naładowali... Strzelcy z tych wojowników nie najlepsi, ale do zwartego tabunu Ordy tylko ślepy by nie trafił.

– Bij! Bij! Bij!

Bełty mają dobre, ciężkie, rycerską zbroję na wylot przebijają. W Ordę wchodziły teraz jak kosa w trawę.

★

Ranne pancerniki i brzuchojady ryły tępymi mordami ziemię – od razu ich tratowano, wdeptywano w ziemię. Orda nie zna litości – swój jesteś czy obcy, jeśli stajesz na drodze, toś wróg.

Stwory szybko pokonywały odległość dzielącą ich od falangi. Czarno-zielona fala sunęła w stronę szyku wojowników i wydawało się, że nic jej nie zmusi do zawrócenia. Strzały szarpały Ordę, ale straszydła nie bały się śmierci – nie wiedziały, co to jest. Człowiek mógłby wybić dziewięć potworów jednego po drugim, a dziesiąty i tak nie zawróci, nie rzuci się do ucieczki – jeśli nie dostanie takiego rozkazu.

Bełty przerzedziły pierwsze szeregi Ordy, pozbawione świty trąbacze i rogacze musiały wysunąć się do przodu. Żelazne bełty ich nie omijały, ale odległość była już zbyt mała. Stwory zderzyły się z falangą.

★

Rzecz jasna, falanga wojowników Argnista tak się miała do falangi gwardyjskiej jak portowa dziwka do świętego pustelnika. O zatrzymaniu Ordy nie było co marzyć, ale trochę ją przytrzymają. Jeśli zwiadowcy mówili prawdę, stworów nie było zbyt wiele – czyżby rzeczywiście cała Orda poszła na zachód?

Musieli tu wytrwać, póki zza lasu nie wyłonią się ostatnie stwory. Ty, setniku, musisz wytrwać przede wszystkim, bo nikt prócz ciebie nie da sygnału, a wtedy cały plan weźmie w łeb, wtedy polegnie cały stworzony z takim trudem oddział (i to niemały – dobry tysiąc!). A co najgorsze, zginą również baby, dzieci i starcy – cały tabor uciekinierów ciągnących na południe... Jeśli nie wytrwasz, setniku, Orda będzie miała ucztę.

★

Szyk pieszych włóczników wygiął się mocno, ale wytrzymał pierwszy, najstraszniejszy cios. Długie włócznie biły celnie. Argnist przykazał każdemu strzec włóczni jak źrenicy oka, krawędzie grotów wyszlifowali do blasku, żeby broń równie łatwo było wbić, jak i wyciągnąć. Gdy wojownik dzierży w dłoniach długie na sześć stóp drzewce, wiele może zdziałać.

Ostatnie brzuchojady padały na ziemię porozrywane, tworząc sterty krwawiącego mięsa. Pancerniki tępo parły do przodu, grzebiąc szponiastymi łapami. Wojownicy bili ich z boku, wsadzając włócznie pod krawędź pancerza. Kusznicy nadal strzelali ponad głowami pierwszych szeregów.

Ale z rogaczami i trąbaczami żartów nie ma, walki z nimi trzeba się uczyć od małego. Cofnął się szyk wojowników, pod nasuwającymi się szeregami Ordy zniknęli pierwsi ludzie.

I w tej samej chwili sygnalizujący, przezornie posadzony na drzewie, zaczął rozpaczliwie machać rękami. Chwilę później Argnist sam zobaczył to, na co tak długo czekał.

Koniec tabunu Ordy. Wydawało się, że szeregi stworów nie skończą się nigdy, a jednak się skończyły.

Zwarta ściana straszydeł podeszła do cienkiego szeregu włóczników, ostatnie rzędy Ordy były coraz bliżej.

Dawaj, Argniście!

– Jazda!!! – wrzasnął setnik. Wierny Lokran niemal od razu ruszył galopem. Z tyłu rozlegał się tętent setek kopyt – konnica ruszyła do ataku.

Orda pewnie zdołałaby odeprzeć niespodziewany kontratak, gdyby miała dowódcę. Ale nie miała i zwróciła część swoich stworów w stronę nowego mięsa.

Argnist miał szczęście – pierwszy trafił mu się trąbacz, w dodatku bez świty. Lokran zarżał dziko, ucieszony czekającym go pojedynkiem.

Włócznia starego setnika weszła dokładnie w oko trąbacza – ręka starego wojownika nie zapomniała nabywanych latami nawyków. Lokran w pełnym pędzie ciosem ogona rozpruł trąbaczowi szyję. Stwór wygiął się w agonii, a człowiek i koń uderzyli powtórnie, włócznia i róg wbiły się w czarne cielsko niemal jednocześnie.

Lawina konnicy sunęła dalej, wyginając się sierpem i spychając Ordę w stronę bagna.

Zdezorientowane stwory próbowały atakować. Pieszym włócznikom było teraz znacznie lżej – uderzając od tyłu, towarzysze wzięli na siebie część stworów i falanga już się nie cofała.

Zaczęła się zwyczajna, znana z chutoru praca: nie pozwolić Ordzie wyrwać się z pułapki, nie pozwolić rozerwać szyku i spychać, spychać, spychać do bagna, strzelając z samostrzałów. Bełty to nie ludzie, ich można nie żałować.

Argnist zawrócił konia, nie powinien dać się ponieść walce. Lokran wyniósł jeźdźca na wzgórze, zza którego zaczął się atak konnicy. Setnik – nie, teraz już tysięcznik! – spojrzał do tyłu.

Konnica doszła do bagna, dobijając wyrywające się z okrążenia stwory. Piesi wojownicy stali twardo, dając przestrzeń kusznikom i bełty zbierały swoje krwawe żniwo. Argnist żałował, że nie mają chutorskiego płonącego proszku.

Zaczęło się dobijanie. Puszczane z bliska bełty kładły po dwa, trzy stwory, długie włócznie pieszych i krótsze konnych też nie próżnowały. To była krwawa, brudna robota, dobra dla rzeźnika, nie dla wojownika.

Spychane przez swoich, dobijane przez ludzi stwory Ordy ginęły w trzęsawisku. W czarnej wodzie bagna kłębiły się szkaradne cielska, a z brzegu ciągle leciały bełty, przebijając pancerze i rozpruwając wnętrzności.

Wreszcie rzeź dobiegła końca. Żaden ze stworów nie uciekł.

Przy ogniskach wojownicy nie nazywali Argnista inaczej jak „wódz". To było pierwsze zwycięstwo mieszkańców południowych ziem nad niezwyciężoną do tej pory Ordą. Argnist tylko uśmiechał się pod wąsem, słuchając entuzjastycznych pochwał i okrzyków swoich wojowników.

Interludium

Ogień w otchłani

Miejsce akcji: leśna granica

Ja, Gubiciel, słabo pamiętam ostatnie chwile walki. Uderzyliśmy jednocześnie, Wróg i ja, i oba ciosy okazały się silniejsze od ochrony. Poczułem, że lecę poprzez światy, które spadają na moją pierś niczym płyty grobowca. Wzrok już zaczęła mi zasnuwać mgiełka zapomnienia, a ciągle się zastanawiałem, kim był mój przeciwnik.

Otchłań rozwarła swoje objęcia. Trawiona wiecznym głodem, cieszyła się z każdej zdobyczy, ale z takiej jak ja szczególnie. Dreszcze przebiegały falami, wstrząsając Międzyrzeczywistością, gdzieś obok szalał ogień bogów, ciskając w paszcze nienasyconego zwierza coraz to nowe warstwy pustego świata.

Ten ogień płonąć miał wiecznie, bo jeśli zgaśnie, nastanie koniec wszystkiego, co istnieje, zwierz wyrwie się z Otchłani, a wtedy nie zdołają go powstrzymać nawet sami bogowie. Imię tego zwierza brzmi Nienazwany.

A ja spadałem właśnie w jego Otchłań.

To było sprawiedliwe. Przegrałem. Po raz pierwszy w życiu przegrałem i nadeszła pora zapłaty za stulecia dumnych zwycięstw. Mój przeciwnik miał silniejszą kartę ode mnie.

Sycząc i strzelając iskrami, szalał we mnie ogień urażonej ambicji. Przegrałem! Przegrałem! Trucizna wyżerała duszę, zostawiając tylko popiół. Przeklinam cię, mój zwycięzco, przeklinam z Otchłani Zwierza, nieznany mi Wrogu! Nie zmartwychwstanę, ale wiedz, że moje przekleństwo się spełni!

Nie bałem się śmierci. Byłem szczęśliwy, że mimo wszystko starcza mi sił, by nie kulić się ze strachu. Zresztą już niedługo, już za chwilę nadejdzie mój koniec...

Ale los zrządził inaczej.

Nieprzenikniony mrok nad moją głową przebił śnieżnobiały płomień. Zdążyłem dostrzec utkanego z ognistych języków sokoła – spadał w dół jak kamień, wyprzedził mnie, spadł tuż nad krawędź Otchłani, tuż nad granicę wytyczoną niegdyś przez bogów. Uświadomiłem sobie, że zdobyczą Zwierza stawałem się nie tylko ja – wraz ze mną odszedłby w niebyt cały świat, a do tego nie można było dopuścić.

Próbowałem się odwrócić, spojrzeć w dół, ale już niosło mnie w górę, już spadał na mnie ból, który przedtem udało mi się odpędzić – chciałem powitać swój koniec z godnością, nie wijąc się z bólu! Jednocześnie zaczęła odpływać świadomość...

A potem w oczy uderzyło światło, w mózgu obudziły się myśli, ręce znów zacisnęły się w pięści.

Nade mną było błękitne, wysokie niebo. Leżałem na wznak, patrząc w górę, a zapomnienie wsysało ostatnie ślady bólu. Spróbowałem się podnieść.

Zniszczone wzgórze, spalone zbocza... Tak, tutaj zaczęła się nasza walka. Ale co się stało? Kto dokonał niemożliwego, kto dał mi jeszcze jedną szansę? Dzięki komu mogę dokonać zemsty?

Wstałem i zamarłem w bezruchu.

Nieco niżej, na zwęglonym i jeszcze dymiącym się zboczu leżała dziewczyna. Martwa, o czym świadczyła wyłamana ręka i nienaturalnie wykręcona szyja.

Poczułem, jak serce przeszywa mi kłujący ból. Czyżby to był Wróg, zwycięzca? Ostrożnie podszedłem do leżącej. Nie poruszyła się, gdy dotknąłem jej szyi. Tak, martwa. I nie wyczułem żadnych czarów.

Dziewczyna była piękna. Włosy miała czarne jak skrzydła nocy, rozchylone pełne wargi, w policzkach dziecinne dołeczki. Długie rzęsy, mały, lekko zadarty nos. Jej ciało już zaczynało sztywnieć.

Przypadkiem spojrzałem na moją rękę. Niech będą przeklęci wszyscy bogowie! To nie była moja ręka!

Widziałem ją już, zaraz po tamtym pamiętnym spotkaniu z Królową Cieni i jej osobistym katem Orkusem. Później to ciało przyjęło moje oblicze, a teraz znowu... Chociaż... spokojnie, nie ma powodu do paniki! Wcześniej czy później wszystko powinno wrócić do normy.

Żegnaj, mój piękny Wrogu. Twój cios był wspaniały, przyznaję, ale mój okazał się ciut lepszy. Otchłań pochłonęła cię zbyt szybko, sokół nie zdążył cię uratować.

Szkoda. Nawet nie potrafię wyrazić, jak bardzo szkoda. Byliśmy godnymi siebie przeciwnikami.

Nie jestem zdolny do subtelnych uczuć. Taką mam naturę, że jedyną moją radością jest walka i muszę przyznać, że jeszcze nigdy nie żyłem tak bardzo jak w czasie tych krótkich chwil walki z tobą, moja piękna.

Moja stalowa dusza ulega zmianie...

Tajemnica Nienazwanego nie jest już tajemnicą, bariery pamięci przestały istnieć. Pamiętam wszystko, ale w głębiach pamięci nie ma odpowiedzi na pytanie, kim był mój Wróg.

Ostrożnie gładzę miękkie czarne loki. Żegnaj, Wrogu. To, co ludzie i elfy nazywają duszą, bardzo boli z twojego powodu. Mam nadzieję, że mnie słyszysz. Chociaż nie, z Otchłani Zwierza już nigdy niczego nie usłyszysz. Miejsce ostatniego spoczynku dla boga, zwierzęcia i człowieka. I dla takiego jak ja, Gubiciela.

Tak, teraz wiem, skąd i w jakim celu przyszedłem. Pamięć leży przede mną jak otwarta księga – a nawet dwie pamięci jednocześnie, moja własna i tego, do którego należało to ciało. Pamiętam historię Nowych Bogów, powstanie Rakota i upadek Obiecanego, ucieczkę jego panów i przedarcie się Nienazwanego. Wszystko to jest we mnie. Ale nadal nie wiem, kim jest Królowa Cieni. Kim jest jej brat? Co to za Czarny i Odradzający?

Białe plamy. Nigdy tego nie wiedziałem. Walczyłem z kimś z magicznych ras, nie podejrzewając, że wśród nich znajdzie się miłośniczka imienia Królowa Cieni.

Wstaję. Walka skończona, czas liczyć straty.

Nie są zbyt duże. Czuję w sobie wibrację zaklęć gotowych rzucić do walki całą siłę z innego świata. Niczego nie straciłem.

Ale czym zmyć hańbę klęski?

Nie mogłem odejść, porzucając ciało tak walecznego Wroga bez pochówku.

Nie pogrzebałem go w ziemi, nie spaliłem na stosie. Jeden cios i w zboczu zniszczonego wzgórza pojawia się długa, głęboka jaskinia. Drugi cios – iskry układają się w połyskliwe łoże. Trzeci – i jaskinia zostaje na głucho zamknięta. W jej odległym końcu spoczywa mój Wróg, niemy i nieruchomy. Ciało się zachowa, nie ulegnie rozkładowi. To dobrze. Niech czeka na swój czas.

Odwracam się plecami do wzgórza i odchodzę. Później, gdy uspokoją się rozszalałe myśli, ze szczegółami, sekunda po sekundzie odtworzę pojedynek, używając całego arsenału zaklęć poznania, i dowiem się, kim był mój tajemniczy przeciwnik.

Miejsce akcji: Leśna Granica, chutor Argnista

Południe, słońce stoi w zenicie. Gdy się patrzy na zalane słońcem pole, widać, jak faluje nad nim gorące powietrze. Spiesz się, człeku, letni czas bezcenny.

Gospodarza nie ma, ale na lenistwo nikt sobie nie pozwala. Letni dzień karmi czas zimowy. Myśli precz, hajda na nieużytki, gdzie jeszcze jest soczysta trawa, machaj kosą od ranka do wieczora. Dobrze, że Ordy nie ma, wyniosła się gdzieś, przeklęta, wreszcie można spokojnie popracować. Teraz nawet Plugastwo i Nieludzie wydają się mniej straszni. Kręcą się gdzieś w pobliżu, ale ludzie już mają na nich dobrą broń.

Samostrzał, który skonstruował krasnolud Dwalin, okazał się znakomity. Cięciwę jednym ruchem naciągnie nawet dziecko, a celność taka, że jak w tarczę jedną strzałę wsadzisz, to druga tę pierwszą rozszczepi. Gobliny się tych samostrzałów boją jak ognia. Alort, który teraz w chutorze razem z matką rządzi, polecił, żeby więcej takich narobić. I chociaż gorsze wyszły niż Dwalinowe, to i tak o niebo lepsze od tych, które mieli wcześniej.

Ale do chutorów nie tylko gobliny z trollami zaglądają. Podchodzi też Plugastwo, przed którym ani włócznie, ani strzały nie ochronią. Ludzie przypominali sobie słowa dawnych, przez dziadów jeszcze używanych zamówień, amulety, kamienie ochronne... Z widmami tylko tak można sobie poradzić.

Mijają dni, miesiąc przypiek się skończył, nastał grzyborost, w lesie pojawiły się czerwone kulki borówek, zaczęły się żniwa, a Argnista ani widu, ani słychu. Jak miałyby dochodzić wieści? Kupcy dopiero na wiosnę przybędą.

Dejerę smutek od środka zżera. Nikomu się nie skarży, głowę wysoko trzyma, jej łez nikt nigdy nie widzi, a jednak z każdym dniem coraz bardziej chudnie. I Alort coraz posępniejszy – każdy wie, że mocno ojca kochał. Armiolowi też ciężko, ani się uśmiechnie, ani z dziewczyną nie pożartuje. Jednego Artalega zniknięcie ojca nie boli. Braci ma za nic, a ci, posłuszni ojcu, na razie pięści w ruch nie puszczają, choć Saata co dzień przez niego płacze. To dopiero będzie wstyd, jak w końcu nie zdzierży, dziecko zabierze – córeczkę urodziła, śliczną jak malowanie! – i do ojcowskiego chutoru wróci. To dopiero hańba na całą okolicę! Co ma dziewczyna robić, skoro mąż już wszystkie dziewki niezamężne wypróbował i teraz na zamężne zerka? A ją częściej lejcami niż dobrym słowem częstuje.

Oj tak, jak nie wróci gospodarz, będzie nieszczęście. Argnist to jakby sznurek na miotle – prawie go nie widać, a jednak wszystkie witki mocno razem trzyma. Zdałoby się odnaleźć gospodarza! Ale gdzie go szukać? A tacy czarodzieje, co by zaklęciem szukali, są tylko na południu.

Mrocznieją twarze, w głowach kłębią się czarne myśli, ale co poradzisz? Dokąd z chutoru pójdziesz? Powiadają, że ci, co się na północy urodzili, nie mogą przekroczyć Kościanego Pasma. A tych, którzy chcieliby sprawdzić, jak to jest naprawdę, jakoś brakuje.

Ale tak czy inaczej wszystko dobrze, póki lato trwa. O zimie lepiej na razie nie myśleć.

*

Wyszedłem na brzeg lasu, między drzewami żółciło się zboże. Zajrzeć do chutoru? Można by się podać za uzdrowiciela... Ciągnie mnie, żeby tam zajrzeć. Nic dziwnego, przecież już tu byłem! A raczej nie ja, tylko ten, w którego ciele przebywam.

Przyjrzałem się sobie uważnie: zielony płaszcz, długi biały łuk, cienki miecz z siedmioma runami na ostrzu – wszystko tak jak było.

Skrzydło bramy uchylone, wszedłem na podwórze. Pamięć usłużnie podpowiadała, jak nazywają się znajdujący się na podwórcu ludzie. Na mój widok wieśniacy porozdziawiali gęby ze zdumienia. Nic dziwnego – nieboszczyk stanął w progu!

Odrzuciłem kaptur i skłoniłem się – nigdy i nikomu się nie kłaniałem, ale przyzwyczajenia tamtego były silniejsze.

Chwilę później usłyszałem straszny kobiecy krzyk. Tak mogłaby krzyczeć ranna wilczyca. Drzwi rozwarły się na oścież i ze schodów wysokiego ganka zleciała młoda kobieta – włosy potargane, krew na policzku – a za nią, rycząc i wymachując rzemieniem, gnał potężny chłopak, młody, ale taki barczysty, że ledwie się w drzwiach mieścił.

Dogonił ją i przewrócił jednym ciosem w plecy. Ryknął ochryple, wściekle przewrócił oczami, zamachnął się rzemieniem i uderzył kobietę w twarz. Nie zdążyła się zasłonić.

Ja, Gubiciel, patrzyłem na to spokojnie – ludzkie sprawy były mi obojętne – ale ten drugi wpadł w gniew. Zrobiłem krok do przodu, zanim zdążyłem zrozumieć, po co to robię.

Chwyciłem jego rękę, już wzniesioną do ciosu i usłyszałem swój głos, chwała Równowadze właśnie swój, a nie tego, którego ciało pożyczyłem:

– Wystarczy, Artalegu.

Tak, Elstan dobrze znał tego typa. Artaleg zamarł, rozdziawił usta. Puściłem jego rękę, bezsilnie opadła wzdłuż ciała.

– Wstań, Saato zielarko – powiedziałem, schylając się nad leżącą.

Artaleg postanowił wykorzystać chwilę mojej – jak sądził – nieuwagi. Zacisnął w pięści jakiś metalowy przedmiot, chciał mnie uderzyć w kark. Niebezpieczną zabawkę musiałem odebrać, a chłopaka uderzyć w szczękę. Artaleg krzyknął i padł na ziemię.

Och, jak zapłonęły oczy tej kobiety, gdy zobaczyła twarz Elstana. Ile było w nich... nawet nie znam takich słów! Przyzwania? Radości? Bólu? Nadziei? Wszystkiego naraz.

I jeszcze – ona czekała. Czekała na tego, w którego ciele byłem, nie wierzyła, że zginął.

Wtedy poczułem coś dziwnego – poczułem, że chciałbym, by czekała właśnie na mnie, a nie na niego. W jej dużych ciemnych oczach zapłonęła namiętność.

Znałem to słowo, ale dopiero teraz zrozumiałem, co tak naprawdę oznacza – i stropiłem się. Ja, który walczyłem z bogami i demonami, teraz poczułem zakłopotanie. Nie wiedziałem, co robić. Stałem, trzymając jej szczupłą dłoń, na tym pełnym ludzi podwórcu i nie ruszałem się z miejsca. Artaleg jęknął za moimi plecami – chyba jednak za mocno mu przyłożyłem. I wtedy wmieszał się tamten.

Zdecydowanie pociągnął mnie przez podwórze – nadal trzymałem dłoń Saaty – bez wahania wbiegł po schodkach na ganek, kopniakiem otworzył drzwi (wypadły z zawiasów) i ciągnąc za sobą zmartwiałą Saatę, zdecydowanie skierował się w głąb domu.

Saata nie zdążyła zapytać, co robię. Ostatnie drzwi otworzyły się same i zobaczyłem kobietę w średnim wieku (rozpacz wypałała jej duszę, cień świadomości wyraźnie pociemniał), a obok dwóch podobnych do niej chłopaków – synów.

Kobieta krzyknęła, podnosząc dłoń do ust. Osłupiali młodzieńcy patrzyli to na mnie, to na Saatę.

– Elstan! Wróciłeś?!

– Można tak powiedzieć – odparłem. Palce Saaty drgnęły w mojej dłoni.

– Głos ci się zmienił – rzekł najmłodszy. Z pamięci tamtego wyciągnąłem, że chłopak nazywał się Armiol.

– Musiałem uspokoić Artalega – powiedziałem. – Saata nie może z nim zostać. To zwierzę, to gorzej niż zwierzę! Dlaczego nic nie zrobiliście?!

Biedaki, wyglądali na zakłopotanych.

– Elstanie, co się stało? Opowiedzże po kolei! – Kobieta nazywała się Dejera, była tu gospodynią i pierwsza doszła do siebie.

Nie zdążyłem nic powiedzieć, Saata mnie uprzedziła.

– Mateczko, on mnie bił! Mąż mój, syn wasz, Artaleg, bił mnie na śmierć. Kiitę nakarmić nie pozwolił, chciał, żebym spełniła małżeński obowiązek. Ja mu na to: „Poczekaj, tylko nakarmię", chociaż wiem, że dziś rano znów Miitę obracał... A tu on się drze i za włosy mnie łapie. Zaczął bić, wściekł się zupełnie i dalej poszło... Nie pamiętam, jak na podwórze wybiegłam, a tam... Elstan stoi... – Zalała się rumieńcem i umilkła.

– I mocnoś bratu mojemu przyłożył? – zapytał starszy z braci, Alort.

– Już wstawał, kiedy tu szliśmy.

– Czekajcie no! – Dejera podeszła do Saaty, objęła ją. – Córciu, ja tak widzę...

– Córką żeście zwali, a syna uspokoić nie mogliście – powiedziała Saata głucho, z urazą, opuszczając obowiązkowe „mateczko".

Dejera udała, że nie słyszy.

– Odejść od nas chcesz? Na wstyd narazić? – wypalił Armiol, zanim ktokolwiek zdążył go powstrzymać.

Nie wtrącałem się. Tu nie mogła pomóc nawet pamięć tamtego.

– Oto co dla was najważniejsze – żeby wszystko po cichu uklepać, żeby nikt o niczym nie wiedział! – zasyczała Saata jak dzika kotka. – Nie będę więcej z waszym zwierzem żyć! Dosyć już tego, dosyć! Siniaków mam tyle, że do końca swoich dni nie policzę! Kiitę zabieram i do ojca idę, może nie przegoni. Odprowadzisz mnie? – Spojrzała mi prosto w oczy.

– Odprowadzę choćby na kraj świata – odparłem bez zastanowienia. Tylko dalej patrz tak na mnie, Saato...

– Saata, Artaleg to twój mąż prawowity! – krzyknęła Dejera. – A broniłam cię zawsze, sama wiesz!

– Broniliście, broniliście, ale nie wybroniliście! Dosyć już, nikomu z was nie wierzę! Mój ojciec też biedny nie jest, barachła mi waszego nie trzeba, udławcie się moim wianem, niech będzie po trzykroć przeklęte! Chodźmy, Elstanie!

Odwróciła się gwałtownie i pociągnęła mnie za sobą.

Posłuchałem.

– Stój, dziewko! – wrzasnął Alort. Obejrzałem się i popatrzyłem mu w oczy. Aż go zatkało.

*

Na wszystkie siły, leśne i niebieskie, przecież to nie Elstan! Jak on na mnie spojrzał! Myślałem, że trupem na miejscu padnę! Oczy bezdenne, jak studnie w ciemność, mróz mi przeszedł po kościach, w piersi wszystko zamarło, ani ręką, ani nogą ruszyć nie mogę, a przecież rogacza w pojedynkę biorę!

Ta ciemność w jego oczach nie była zwykłą ciemnością, lecz ciemnością śmiertelną, ciemnością nad ciemnościami. To nie Elstan, to oszukaństwo, ułuda! Chcę krzyknąć, głupią dziewczynę uprzedzić, chcę zawołać, że mój brat nie cudo, ale ten cię tylko do najbliższego zakrętu doprowadzi, a potem zgwałci i pożre żywcem! A to, co zostanie, znowu zgwałci! Wysilam się, wytężam i nic, tylko bełkoczę.

Wyszli...

*

Głupi Armiol, najmłodszy syn Argnista, chciał mnie zatrzymać strzałą w plecy. Strzałę spaliłem jeszcze w locie, a potem odwróciłem się, podniosłem grudkę wyschniętej ziemi i cisnąłem chłopakowi w czoło. Teraz co najmniej tydzień poleży nieprzytomny. Na przyszłość będzie ostrożniejszy.

Szliśmy przez szeroki podwórzec i nikt nie stanął nam na drodze, dopiero Artaleg, już przy samej bramie. W rękach miał naciągniętą kuszę.

– Jednak się z nim zeszłaś, Saatka! – zasyczał. Przerażona dziewczyna zawisła na mojej ręce. Zatrzymałem się. – To nic, zaraz zobaczysz, jak ten czarodziejek zatańczy ze strzałą w brzuchu!

Popełnił zbyt wiele błędów. Powinien zajść mnie od tyłu, a stanął twarzą w twarz. Chyba nie zdążył się dowiedzieć, co się stało się z jego nie mniej porywczym bratem.

– Na kolana, czarowniku!

Zrobiłem krok do przodu i wyjąłem mu broń z rąk. Ten krok zrobiłem ja, Gubiciel, a nie Elstan, on nie byłby do tego zdolny.

Udało mi się sprawić, by oczy Elstana wyglądały jak moje – przyznaję, że łatwiej byłoby zasypać morze albo zetrzeć w proch górę. Ale za to chłopak od razu zmiękł, zaszlochał i padł na ziemię jak worek mąki.

Starannie rozbroiłem kuszę i położyłem obok pechowego właściciela. Żeby tylko chłopak nie zaczął szwankować na umyśle...

– Chodźmy, Saato – powiedziałem. Ja powiedziałem, nie Elstan!

Zza rogu, niczym dwa kudłate kłębki, wyskoczyły dziwne zwierzaki i uniosły liczne kończyny – łapiące, szarpiące, przebijające. Tych zabijać nie wolno. To Obrońcy, zimą, gdy znowu spadnie Orda, chutor bez nich nie przetrzyma...

Spadnie Orda?!

Pamięć rozrywa ostry ból. Orda... w czymś mi przeszkodziła... nie, inaczej... ktoś mi o niej mówił... w Galenie? Nie pamiętam...

Zresztą teraz to nieważne. Ważne jest tylko to, że obok mnie idzie Saata. Nikt nigdy nie patrzył na mnie tak jak ona.

Wychodzimy za bramę chutoru, zamykam za sobą ciężkie wrota. Dłoń Saaty nieśmiało odnajduje moją rękę. Kiita, maleńka istotka, dziecko śmiertelników, słodko śpi w szerokim koszu, który wisi na ramieniu Saaty. Posłuszny nagłemu impulsowi ostrożnie zdejmuję kosz z jej ramienia i wieszam na swoim. Dziecina tylko cmoka przez sen.

Miejsce akcji: Elfran, podziemia tych, które odeszły na Dół

Zabiją ją! Wiem, że ją zabiją! A sama wiesz, że ona jest niewinna, Przenikająca Eter! Pomóż jej! Nie pozwól, by doszło do tego, co nieodwracalne!

To prawda, on jest moim synem, Olśniewająca. Ale już go wołałam, na długo przed twoją prośbą. I nic!

Mogłabyś mu zagrozić!

Rozpacz mąci ci rozum, Olśniewająca. Zastanów się, jak mogę mu zagrozić? On świetnie wie, że nic mu nie zrobię. Poza tym skąd wiesz, jaki będzie wyrok? Lordowie jeszcze nie powiedzieli swojego słowa.

Ale prawie wszyscy już rozmawiali ze swoimi matkami! A one powiadomiły mnie.

W takim razie sprawa nie wygląda dobrze. Nawet nie wiem, co ci poradzić... Chociaż...

Co chociaż? Wiesz coś, Przenikająca?

Jeśli można się tak wyrazić... Spróbuję dać ci obraz pewnej osoby, która niegdyś posiadała ogromny wpływ...

Kogo masz na myśli, Przenikająca? Nie dręcz mnie!

Wybacz. Urodziłaś się długo po epoce wojen i pewnie go nie spotkałaś. Wtedy zwali go Stary Hropt. I wierz mi, że on znalazłby przekonujące argumenty dla Wiecznego Króla.

Miejsce akcji: Otwarte morze, sto osiemdziesiąt mil na południowy wschód od Galenu, statek wężowego narodu

– Dziękuję ci, magu. Uratowałeśśś ssstarego Hisssa. Jaka będzie twoja cena za ratunek?

– Nic nie chcę, wasza wysokość. Wasi wrogowie to moi wrogowie. Jeśli pomścicie siebie, będę w zupełności usatysfakcjonowany.

– Achsss, dobrze! Ale żeby sssię zemścić, potrzebuję sssiły, a ta przeklęta czarodziejka wyczerpała mnie do cna.

– To nie problem, wasza wysokość. Moi towarzysze będą szczęśliwi, mogąc podzielić się z wami naszą siłą. Mało tego, wskażemy wam, gdzie ukryli się wasi wrogowie. Poza tym może ucieszy was wiadomość, że jeden z waszych wrogów odszedł w niebyt...

– Odszszedł? Kto?

– Niejaki Cheort. Macie doskonałych łuczników, wasza wysokość! Podziurawili mu głowę tak zręcznie, że nie uratowały go żadne czary!

– Achsss! Ten szszczeniak mi sssię wymknął!

– Zostało jeszcze troje, wasza wysokość. I wiem, gdzie ukrywa się każde z nich. Jeśli nie macie nic przeciw temu, natychmiast przywołam tu moich braci i dokonamy obrządku, a wy zawrócicie statek na północ. Staniecie na czele potężnej armii i ukarzecie ich.

– Dziękuję, magu... Ssstary Hisss wyraża ci ssswoją wdzięczności. Ale czemu ty sssam nie ukarzeszsz ssswoich wrogów?

– Wasza wysokość słyszał niewątpliwie o Prawie Równowagi?

– Achsss tak, oczywiśśście, oczywiśśście! Gordżelin gadał o tym bezzz ussstanku!

– Nie możemy obejść się bez pośrednika...

– Sss! Rozzzumiem! Hej tam, bezogoniassste! Zzzawracamy...

Miejsce akcji: okolice Galenu

Dwalin i Jarina spędzili noc przytuleni do siebie. Początkowo było ciepło, ale potem nadleciał północny wiatr i dziewczyna zaczęła szczękać zębami. Drugi dzień ukrywali się w jako tako skleconym szałasie, drugi dzień kłócili się zawzięcie, co robić dalej.

Szaleństwo w Galenie ucichło. Ci, którzy zdołali, uciekli, ci, którzy nie zdołali, znaleźli się w podziemiach świątyń albo odeszli do praojców, rozszarpani przez wściekłą tłuszczę. Król, znaczna część szlachty i bogatszego kupiectwa odpłynęli w stronę Hjörwardu Zachodniego, do Królestwa Hallanu; baronowie wrócili do Fejnu, a co odważniejsi i głupsi dowódcy (albowiem tylko głupcy mogą myśleć, że powstrzymają Ordę, która przełamała Rycerską Rubież! Człowiek rozsądny spieszy, by oddalać się od niej na jak najwięcej mil morskich) zebrali ochotników (głównie gwardyjskich weteranów) i ruszyli na spotkanie potworów, ratując honor galeńskiej szlachty. Reszta armii zwyczajnie się rozbiegła.

Krasnolud twierdził, że powinni iść na północ. Jego siekiera i czarodziejstwo Jariny – toż to prawdziwa potęga przeciwko Ordzie! A co innego pozostaje, jak nie walka?

Jarina uważała, że należy postąpić dokładnie na odwrót – zostać tu, potem wrócić do Galenu, a tam odnaleźć jej nauczyciela. On na pewno zdoła zdjąć czary z krasnoluda, umożliwiając mu powrót do domu, a ją, Jarinę, znów weźmie na... hm... uczennicę i wyjadą stąd daleko za morze.

– Mam umierać za te tłuste świnie, takie jak moja ciotka?! – wykrzykiwała kłótliwie dziewczyna, potrząsając pięściami. – Głupiś, krasnoludzie! I twoi pobratymcy też są głupcami! Zamiast machać kilofem, moglibyście znamienite damy nocami obracać! I złota byście więcej mieli, niż przez cały rok w tej waszej dziurze wydobyć można!

– Nie w dziurze, tylko w kopalni – poprawił Dwalin. – No dobrze, jesteśmy głupcami, i co z tego?

– A to, że nie ma po co włóczyć się nie wiadomo gdzie! Rozumiesz, brodaty?! Czarodzieja trzeba znaleźć!

– Może już dawno mu gardło poderżnęli.

– Prędzej ja tobie poderżnę! Nie tak łatwo go zabić, to nie jakiś tam zielarz! On by ich wszystkich żywcem...

– Tak? To czemu tych wszystkich pomylonych nie...

– Może nie chciał!

– I co, spokojnie patrzył, jak jego braciom flaki wypruwają?

– Może wcale nie patrzył, skąd wiesz? Może ich ratował!

– To co by teraz w Galenie robił? Przecież świątynnicy...

– On ich jednym palcem!...

– A jużci! Wieże świątyni Rakota Groźnego aż stąd widać, stoją jakby nigdy nic!

– To o niczym nie świadczy!

Nie mogli przerwać tej kłótni.

– A ty co, czarami swojego maga znaleźć nie możesz?

– Nie mogę – przyznała się dziewczyna. – Nie mogę. Czarodziej może odszukać zaklęciem tylko słabszego do siebie. A silniejszego – za nic.

– Jaaasne – powiedział przeciągle Dwalin. – Dobrze, nie mam czasu tu z tobą, ślicznotko, dyskursów prowadzić. Idź, dokąd chcesz, ja ruszam na północ. Nie wierzę w żadnych tam czarodziejów! Nikt ze mnie czarów nie zdejmie, widać jest mi sądzone do końca moich dni po Królestwie Galeńskim się włóczyć. Idę na północ – przysiągłem bić Ordę dopóty, dopóki topór w ręce utrzymać mogę. Żal mi się z tobą rozstawać, ale skoro tobie tak do miasta pilno, to cóż, ruszaj! Żegnaj, Jarino! Może się jeszcze spotkamy, kto wie?

Dziewczyna popatrzyła na Dwalina zdumiona.

– Ty co, brodaczu, poważnie mówisz? Chcesz mnie tu samą zostawić? A ja myślałam, że wy, krasnoludy, jesteście szlachetni...

Dwalin zgrzytnął zębami.

– Nie bierz mnie pod włos! Rozumiesz, smarkata?!

– Rozumiem. Co mam cię pod włos brać, i tak wszystko jasne. Idź, obejdę się bez ciebie, brodaczu. Leżał całą noc obok jak kłoda – dodała nagle ni z tego, ni z owego.

– Co, co?! – Krasnolud osłupiał. – A co, miałem... Niech mnie Rodgar rozedrze...

– Znaczy się, wzgardziłeś. A tyle o was opowiadają! Ho, ho! Dajcie, mówią, krasnoludowi zamoczyć knot! Kłamali, widać.

– Tfu, do diaska! Kto by za wami trafił, baby zatracone! Jak się pchasz z łapami, to wrzeszczą, że gwałcisz! Jak się nie pchasz – krzyczą, żeś wzgardził! Nie, dość tego! – Dwalin szybko zbierał swoje rzeczy. – Już lepiej z trąbaczem za bary się wziąć, niż się próbować rozeznać w waszych kaprysach!

– Ruszaj do tych swoich trąbaczy! – I Jarina zasugerowała Dwalinowi tak egzotyczny sposób kontaktów cielesnych ze wspomnianym stworem, że krasnolud aż poczerwieniał. Jego rasa przy całej swej zewnętrznej rubaszności była bardzo cnotliwa. W swoim kręgu krasnoludy nigdy nie używały brudnych przekleństw, nie zdradzały swoich partnerów, nie współżyły przed ślubem...

No i rozstali się. Dwalin szedł do traktu prowadzącego na północ. Tą drogą, jak mówiła Jarina, przeszły nieliczne oddziały starych gwardzistów, które wyruszyły, żeby wziąć Ordę na włócznie. Do nich właśnie chciał dołączyć krasnolud. Jarina zaś ruszyła na południe, do Galenu, żeby szukać swojego czarodzieja.

Miejsce akcji: Elfran, pałac Wiecznego Króla

Księżniczka nie miała siły ani na zdumienie, ani na opór. Oślepiające, ogłuszające zaklęcie chlasnęło niczym siarczysty policzek i spadła w zapomnienie. Ocknęła się, gdy wprowadzono ją do Kręgu Sprawiedliwości. Rany nadal krwawiły. O tym, żeby najpierw je opatrzyć, udzielić jej pomocy, nikt nie pomyślał.

Na ławach zasiadały wszystkie znamienitości Elfranu. Migotało srebro grotów i obręczy, oczy przyciągał blask drogocennej platyny bransolet i innych ozdób, płynące z ognistych kul światło załamywało się i migotało na krawędziach licznych adamantów. Wszyscy zebrani byli uzbrojeni, przed każdą damą leżała niewielka, elegancka kusza. Prawo Elfranu głosiło, że podejmować decyzję o życiu, śmierci i wygnaniu mogą tylko zdolni do noszenia broni, zwyczaj przybywania na takie zebrania z mieczami, szablami, łukami i kuszami był święcie przestrzegany. Tak się ustaliło od czasów Wyjścia.

Twarde ręce wepchnęły Eltarę do wyłożonego czarnymi płytami kręgu na środku sali. Dziewczyna upadła na zimny marmur, płytki zachlapała krew. Jej krew. Nikt nawet nie drgnął.

Ojciec Eltary, Wieczny Król, władca Elfranu, przeszedł przez całą salę w stronę swojego tronu, wyprostowany, z uniesioną głową. Szedł twardym krokiem, jakby chciał wbić obcasy w posadzkę.

– Mój władco! – rozległo się pod sklepieniem, gdy zasiadł na tronie. Głos dobiegł od strony wejścia, Eltara poznała go od razu. Wojownik z Domu Skaolingów, Domu Spienionych Fal... Skąd się tu wziął? Przecież pełnił straż na granicy. Czyżby wszystkich odwołali? – Mój władco! Nim zacznie się sąd nad saoją, należy udzielić jej pomocy! Jest cała we krwi! To wbrew prawom niebiańskim i naszym! W imię miłosierdzia!

– Ajalanie z Domu Spienionych Fal! – zagrzmiał władca. Nazwał młodego wojownika po imieniu, a to oznaczało najwyższy stopień niełaski i niezadowolenia. – Jak się tu znalazłeś? Dlaczego porzuciłeś swój posterunek?

Biedak! – pomyślała Eltara. To przeze mnie. Najniższa kara, jaka może go spotkać, to wygnanie. Sto lat, może nawet więcej...

– Otrzymałem zezwolenie dowódcy wschodniego oddziału, lorda Domu Strzegących Księżyca. On może to potwierdzić.

– Za pozwoleniem, panie mój, tak jest w istocie. Prosiła mnie o to Ta, która Odeszła na Dół, matka tego wojownika. Wykonałem jej wolę. Wybacz mi, władco, jeśli cię to rozgniewało.

– Nie. – Król westchnął. – Nie. Cieszę się, że nie było to samowolne opuszczenie posterunku. Tylko dwóch sądów w ciągu jednego dnia nam brakowało...

I wtedy zdarzyło się coś niesłychanego. Poranione ciało Eltary otuliło przyjemne ciepło, obmyły je strumienie aromatycznej wilgoci. Ból szybko znikał, myśli przestały się plątać. Księżniczka uniosła się na łokciu, próbując się rozejrzeć i zrozumieć, co się stało.

Jej ojciec zerwał się na równe nogi, policzki płonęły mu gniewem. Wszyscy zebrani stali, potrząsając pięściami i wykrzykując jakieś groźby, panował niewyobrażalny hałas.

– Tak, tak! To ja opatrzyłem saoję, wykorzystując wasze siły! – krzyknął Ajalan z Domu Skaolingów. – Ponieważ twierdzę, że sądzenie jej, gdy leży w kałuży krwi, jest czynem ohydnym i plugawym!

Wypędzą go jak nic, myślała Eltara. Może nawet na trzysta lat...

Z powszechnego harmidru wydzielały się pojedyncze okrzyki:

– Kradnie!... Po co jej pomagać!... Pierwsze Przykazanie!... I tak już po niej!

– Powstrzymajcie się! – huknął Wieczny Król, i w samą porę. Jeszcze trochę, a rozgorzałaby tu najprawdziwsza wojna magiczna. – Powstrzymajcie się! Ajalanie z Domu Spienionych Fal, nie sądź, że zdolności magiczne, które zyskałeś nie wiadomo skąd, będą dla ciebie usprawiedliwieniem. Będziesz sądzony za obrazę zaraz po... Zrozumiałeś? Dasz słowo, że staniesz przed sądem, czy mam cię wziąć pod straż?

– Nie musisz się trudzić, władco – odpowiedział butnie młody wojownik. – Stanę przed twoim sądem, ale...

– A zatem siadaj i milcz! – Głos władcy był naprawdę straszny. Eltara wiedziała, że ojciec włada potężnymi siłami i ten młody wojownik nie zdoła się obronić. Poza tym w razie potrzeby Wieczny Król mógł użyć wspólnej mocy zebranych w sali.

Nikt nie zwracał na nią uwagi. Oblała się rumieńcem wstydu. Ona, wysoko urodzona księżniczka, leży u stóp niesprawiedliwych sędziów! Zaciskając zęby, wyprostowała się dumnie – i w tej samej chwili spadło na nią przerażenie. Oto ona, córka Wiecznego Króla, stoi przed sądem i wkrótce zostanie oskarżona o złamanie jednego z przykazań. Poczuła zdradzieckie drżenie kolan. Wyrok mógł być jeden. Nic dziwnego, że z ław rozlegały się krzyki o tym, że pomaganie Eltarze nie ma sensu. Mamo, mamo! Co się dzieje?! Przecież jestem niewinna!

Wyśledzili cię, córeczko. Nietoperz okazał się bardzo żywotny.

Oskarżenie odczytywał lord Domu Pajorlitów, Domu Siodłających Fale.

– ...I jeszcze powiem: w zarozumiałości swojej tusząc, że jest w stanie poradzić sobie ze wszystkimi szpiegami, nie zniszczyła wroga do końca. Co więcej, tenże szpieg podążał za nią aż do Lasu Zagłady, gdzie widział i słyszał Zaklęcie Przejścia, i tajemnicę ową innym przekazał. Teraz cała Orda, Rycerską Rubież minąwszy, zmierza do tego miejsca. Jej pierwsze oddziały już tam są. Wyłożywszy owe smutne wieści, na mocy praw przysługujących oskarżycielowi oznajmiam, że nastąpiło złamanie Śmiertelnego Przykazania, pierwszego, najświętszego ze wszystkich. I dlatego też żądam dla osoby, która je złamała, śmierci haniebnej, mimo jej rodu i pochodzenia. Z jej winy Elfran znalazł się w wielkim niebezpieczeństwie!

– Czy są dowody? – Eltara z trudem poznała głos ojca.

– Tak, władco. Są i jeśli zezwolisz, zostaną natychmiast przedstawione wszystkim tu zebranym.

– Zezwalam.

Magia Elfranu mogła wiele. Pod sklepieniem zebrała się szara mgła, w której zamigotały obrazy: Eltara walczy z wysłannikami mroku, zabija szczura i kota, szczuje puchacza na nietoperza... skrwawiony stwór spada w dół... rozdarte ciało leci nieruchomo, a potem zaczyna się dziwnie przeobrażać. Pojawiają się dwie pary krótkich, krzywych łap, skrzydło odpada. Stwór spada na ziemię i ucieka do lasu, ciągnąc za sobą krwawy ślad.

Nowy obraz. Brzeg Egeru – Opuszczony Brzeg. Las Zagłady. Przed szeroką przesieką w niegdyś śmiercionośnych zaroślach kilka ohydnych stworów – skrzyżowanie węży z wielkimi kogutami – z ożywieniem rozprawia w nieznanym narzeczu.

Eltara poczuła, że podłoga usuwa jej się spod nóg. To koniec, nie ma nadziei, nie ma ratunku. Rzeczywiście złamała Pierwsze Przykazanie. Zaraz odprowadzą ją do Gwiezdnej Sali, ojciec wypowie zaklęcie, Kamień Toej uniesie się, ukazując bezdenną studnię prowadzącą do nieznanych otchłani i zepchną ją do tej nienasyconej paszczy...

Oskarżyciel skończył przemawiać. Teraz, zgodnie ze zwyczajem, mogła mówić albo oskarżona, albo ten, który chciał stanąć w jej obronie.

Eltara nie miała sił, żeby coś powiedzieć. Próbowała jedynie odszukać spojrzeniem oczy ojca, ale władca siedział ze wzrokiem utkwionymi w podłodze.

– Ja chciałbym przemówić – odezwał się Ajalan.

Zebrani zahuczeli niezadowoleni, lecz tradycji musiało stać się zadość. Nikt nie ośmielił się przeszkodzić młodemu wojownikowi i, jak się okazało, mocnemu czarownikowi. Podobnie jak nikt nie odważył się wyjść w czasie jego przemowy.

Niespodziewany obrońca Eltary mówił mądrze i przekonująco. Przypomniał zebranym, że Pierwsze Przykazanie to, rzecz jasna, Pierwsze Przykazanie i łamać go nie należy, jednak trzeba również pamiętać, że dawne prawo nie przewidywało pojawienia się Ordy. Oskarżona postąpiła zgodnie ze wszystkimi kanonami. Zadany przez nią cios powinien okazać się śmiertelny i stwór przeżył tylko dlatego, że był zasilany mocą z zewnątrz. Dowody? Zechciejcie spojrzeć. Oto ukryte kanały, oto zaklęcie maskujące...

Zamigotały różnobarwne plamy i pasy. Ajalan zagłębił się w skomplikowaną analizę magiczną wyższego stopnia, niczym utytułowany czarodziej.

– Przecież był zwykłym wojownikiem! – dobiegł do Eltary zduszony szept lorda oskarżyciela. – Żeby tak się znać na magii?...

– ...Dlatego też oskarżona nie mogła wykonać w jednej krótkiej chwili skomplikowanych działań magicznych. I chociaż rzeczywiście mamy do czynienia ze złamaniem Pierwszego Przykazania, to biorąc pod uwagę okoliczności, wnioskuję za złagodzeniem kary.

Zapadła niezręczna cisza. Wśród zebranych nie było chyba nikogo, kto pragnąłby śmierci Eltary, zresztą śmierć księżniczki w niczym by już nie pomogła. Skoro rzeczywiście nie mogła zrobić nic więcej...

Eltara poczuła ogólne wahanie. Ajalan zdołał zachwiać pewnością nobili Elfranu.

A jednak znalazł się taki, który nalegał. Lord z Domu Pajoriltów.

– Pierwsze Przykazanie stworzono nie dla tych, którzy już popełnili przestępstwo! – zaczął oskarżyciel, wstając. – Nieuchronna kara, jakiej zostanie poddany ten, który je złamał, ma przestrzec pozostałych! Oto najlepsza lekcja i ostrzeżenie! Dlatego nie wolno nam się litować nad zbrodniarzem!

– Lecz skoro wróg zna już drogę do Elfranu, to chyba żaden mieszkaniec tego kraju nie będzie więcej miał okazji złamać Pierwszego Przykazania, mam rację? – Ajalan uniósł brwi. – Jak można zdradzić powszechnie znaną tajemnicę? Czy czcigodny lord nie uważa, że Pierwsze Przykazanie po prostu straci swą moc?

Wydawało się, że przywódca Domu Siodłających Fale stropił się na chwilę. Zawahał się z odpowiedzią, sięgnął do rękojeści pozłacanej szpady.

– Ci, którzy się dowiedzieli, gdzie leży nasz kraj, i poznali tajemnicę przejścia, wcześniej czy później zginą – rzekł w końcu. – I temu zadaniu należy poświęcić wszystkie siły i całą potęgę naszych czarodziejów! Ajalan z Domu Spienionych Fal, który okazał się tak zręczny w magii, mógłby udzielić nam nieocenionej pomocy, jeśli nadal uważa Elfran za swą ojczyznę.

Te słowa były otwartym wyzwaniem, pojedynek stawał się nieunikniony.

Jednak młody wojownik tylko się roześmiał, patrząc prosto w oczy zawziętemu lordowi.

– A więc czcigodny przywódca Domu Pajorlitów proponuje rzucić Elfran w chaos nadciągającej wojny, uczynić broń z Kamienia Toej, wstrząsnąć całym Astralem? O, w ten sposób zdradzimy się z całą pewnością! Kilku wrogich zwiadowców łatwiej usunąć mieczami i strzałami niźli magią.

– Niechaj wybaczą mi szlachetni lordowie, ale teraz odbywa się sąd, a nie posiedzenie rady koronnej – wtrącił się władca. Eltara znów próbowała pochwycić spojrzenie ojca i znów jej się to nie udało. – Obrona wygłosiła już mowę, oskarżenie również. Niechaj decyzja szlachetnego zgromadzenia stanie się prawem! – Władca wygłosił zwyczajową formułę i powoli usiadł.

Ajalan wyglądał na zakłopotanego. Gdyby zdołał wciągnąć lordów w przedłużający się spór...

Mamo! – krzyknęła bezgłośnie Eltara.

Wiem o wszystkim, córeczko. Rozmawiałam z twoim ojcem. To było straszne. On zbyt się boi, że lordowie uznają, iż władca próbuje faworyzować własną córkę. Nie przypuszczałam, że mój małżonek tak kocha władzę!

Ale co robić, mamo?!

Próbowałam przywołać kogoś na pomoc. Nie wiem, czy mi się udało. Musisz czekać!

Eltara nie mogła użyć magii – w tej sali zebrali się czarodzieje znacznie silniejsi od niej. Mogła tylko pokornie czekać na swój los.

Dwalin i Elstan by nie czekali, pomyślała nagle. Woleliby zginąć w walce. A ja czekam i ciągle na coś liczę. Poza granicami Elfranu byłam inna, na szczęście dla zebranych tu lordów i dam...

I wtedy wysokie zgromadzenie oznajmiło swoją wolę.

Wszyscy zebrani bez słowa wstali, zgadzając się tym samym z oskarżycielem. Nie siedział już nikt prócz Ajalana.

Pod Eltarą ugięły się nogi. Nigdy wcześniej nie czuła strachu przed śmiercią. Nawet niebezpieczna wyprawa do Wzgórza Demonów, nawet walka z Hissem nie obudziły strachu przed ślepą nicością... Mieszkańcy Elfranu nie poddawali się upływowi czasu, lecz mogli zginąć w walce. Ale w czasie walki księżniczka nie bała się, dopiero teraz ogarnął ją strach niczym groźna fala nieostrożnego pływaka. Już za chwilę przestanie istnieć! Rozpłynie się, zniknie niczym zdmuchnięty przez wiatr płomyk świecy! Po prostu jej nie będzie! Nigdy więcej nie będzie boso stąpać po miękkiej trawie, nigdy nie rozsunie sprężystych trzcin na brzegu, nigdy więcej nie ujrzy piękna Wiecznego Elfranu, jej oczy zamkną się, wypłyną, wyparują... A jej ciało, które jeszcze nie zaznało opiewanej przez minstreli miłości, przemieni się w garstkę prochu.

Śmiertelnicy mają czas, by przywyknąć do myśli o śmierci, zżyć się z jej nieuchronnością, dlatego nieświadomie pogardzają kostuchą, pokrzykując: „Raz kozie śmierć!". Ale co ma począć Nieśmiertelny? Co będzie, gdy świat zniknie, pochłonięty przez wieczną noc, po której nigdy nie nastanie świt?

– Ermion! Podnieść skazaną i zaprowadzić do Gwiezdnej Sali!

Władca był spokojny. Mogłoby się wydawać, że nie posyła na śmierć własnego dziecka, lecz rozprawia się z natrętnym owadem, bez złości, mimochodem zabijając brzęczącą muchę.

Rośli wojownicy oddziału Ermion (osobista gwardia władcy, młodsze dzieci jego Domu) stanęli po bokach Eltary. Obojętnie ujęli ją pod ręce i powlekli za sobą.

Strach paraliżował, księżniczka nie mogła się ruszyć, nie mogła krzyczeć, płakać ani błagać o litość. Może matka wołała ją w tej właśnie chwili, ale strach zagłuszał wszystko, wypełniał cały umysł, aż do najtajniejszych głębi...

Droga do Gwiezdnej Sali nie była długa. Oto znajome kryształowe zasłony, kryształowa kopuła i Kamień Toej na postumencie.

Wieczny Król – księżniczka nie potrafiła nazwać go ojcem – podszedł do kamienia, powiedział coś cicho, niemal dotykając ustami zimnej powierzchni, i Toej zaczął unosić się razem z postumentem. Ukazała się czarna dziura, nienasycona głębia pożerająca wszystko. Kto wie, czy nie z tej właśnie głębi podyktowano pierwszym mieszkańcom Elfranu treść przykazań?

Gwardziści podciągnęli Eltarę aż do krawędzi tak beznamiętnie, jakby przenosili worek z piaskiem. O żadnym ostatnim słowie skazańca czy też ostatnim życzeniu w ogóle nie było mowy. Po ogłoszenia wyroku, jeszcze przed swą cielesną śmiercią, skazaniec był wykreślany z listy żyjących.

– Wykonać wyrok!

Eltara nawet nie krzyknęła, zahipnotyzowana czarną paszczą. Poczuła pchnięcie w plecy i...

Ktoś chwycił ją za rękę i przytrzymał, tuż nad samą przepaścią.

– Tym razem posunąłeś się za daleko, Meliagr – rozległ się niski bas tuż nad uchem księżniczki. – Co to za pomysł, żeby rzucać młode dziewczęta na pożarcie Otchłani Nienazwanego!

Nad krawędzią otchłani, spokojnie przytrzymując dziewczynę jedną ręką, stał stary wojownik. Był wysoki, potężny i barczysty, czas nie zdołał przygiąć jego prostych pleców, ale poorał ogorzałą twarz zmarszczkami. Wojownik miał na sobie lekką płócienną koszulę, białą jak śnieg na górskich szczytach, i takie same spodnie wpuszczone w miękkie buty. Na prostym szerokim pasie z grubej skóry wisiał miecz – przez przezroczystą pochwę, jakby zrobioną z górskiego kryształu, widać było złocistą klingę. Włosy starca, gęste i siwe, obejmował pleciony rzemień.

Cisza nie zdążyła wybuchnąć okrzykami zdumienia i oburzenia, gdy gwardziści ruszyli do przodu, a ich miecze zalśniły światłem gwiazd zamkniętym w klingach.

Złoty miecz w jednej chwili znalazł się w prawej ręce starca. Dwa wypady i w dłoniach wojowników Ermiona pozostały rękojeści – odcięte klingi z brzękiem upadły na podłogę. Wybawca Eltary nieuchwytnym ruchem schował broń do pochwy.

Dopiero wtedy księżniczka znalazła siły, żeby się odwrócić. Osłupiała ze zdumienia, widząc, że otaczają ich najznamienitsi lordowie Elfranu.

O krok przed nimi zastygł Wieczny Król, na jego twarzy malowała się wściekłość.

– To ty! – wykrztusił.

– Cieszę się, że nie chwytasz za żelazo, Meliagr! Gwardziści, odsuńcie się, bo następnym razem stracicie coś więcej niż klingi!

– Proszę wysokich nobili Elfranu, by opuścili tę salę – rzekł władca lodowatym tonem, nie patrząc na nikogo.

– A to czemu? – zawołał wesoło gość. – Niech zostaną! Nie chciałeś posłuchać moich rad, nie chciałeś wycofać się z godnością, zachowując twarz, to teraz płać! Twoich nobili pewnie zainteresuje historia wojny z Pozbawionymi Ciał? Coś sobie przypominam, że wówczas nie miałeś ochoty walczyć...

– Czego chcesz? – zapytał władca.

– Żebyś odwołał ten idiotyczny wyrok. Tylko po to tu jestem.

Za plecami króla rozległy się pomruki i to dodało władcy pewności siebie.

– Wyrok został wydany przez sąd Elfranu. Nie będę łamał praw uświęconych tradycją! Wynoś się, starcze! Zabieraj się stąd, zanim użyję Kamienia Toej!

– Kamienia? – Siwy wojownik uśmiechnął się dobrodusznie. – O, nie sądzę, by chciał wyrządzić mi krzywdę, jesteśmy przecież starymi przyjaciółmi, zapomniałeś? Toej, przyjacielu, bądź tak dobry i stań na swoim miejscu. Widok tej studni... hm... budzi we mnie odrazę.

Ku zdumieniu Eltary i wszystkich zebranych Toej posłusznie opadł, przykrywając ziejącą paszczę otchłani. Lordowie zaszemrali.

– Tak lepiej. – Stary wojownik skinął głową. – A teraz pożegnamy się, Meliagrze. Prosiłbym, żebyś w przyszłości zachowywał się bardziej przyzwoicie! Bo jak się dowiem, że znowu chciałeś kogoś wrzucić do tej studni, to przysięgam na naszyjnik Fenrira, że zabiorę ci Toej! Chodźmy, El. – Pociągnął księżniczkę za rękę. – Nie masz tu nic więcej do roboty.

I Eltara poszła za nim, poszła ufnie jak dziecko. Od jej wybawcy płynęła siła potężna i czysta, księżniczka jeszcze nigdy takiej nie spotkała.

– Widzicie go, ale wymyślił! – mruczał siwy wojownik, prowadząc Eltarę za rękę. – Lecz to nic, jeszcze wszystko się ułoży. Zabierz Kami i odchodzimy. Niech ucichną namiętności. Przeczekasz czas zamętu w jakimś spokojnym miejscu, choćby nawet u mnie.

Zaufaj mu, córeczko, to przecież Stary Hropt! Poprosiłam go o pomoc, a on przybył!

Mam z nim iść, mamo?

Tak! Chyba że chcesz, by cię zepchnęli do tej strasznej studni!

Z oczu Eltary spadła zasłona. Oczywiście! Kim innym mógł być jej wybawca, jeśli nie Starym Hroptem! Przypomniała sobie karty Historii Wyjścia, poświęcone wojnie w Hjörwardzie Południowym.

Gdy weszła do swoich komnat, Kami rzuciła jej się w ramiona.

– Mamo! Tak się bałam!

– Cicho, cicho, mała. – Hropt ostrożnie pogładził dziewczynkę po włosach. – Ty i mama będziecie musiały jakiś czas gościć u mnie. W moim domu nie jest tak ładnie jak tutaj, ale za to mama zawsze będzie z tobą.

Gwizdnął przenikliwie i z nieba odpowiedziało mu głośne rżenie. Ośmionogi złocisty wierzchowiec, który w przestworzach mknął równie pewnie jak po ziemi, stanął obok Hropta.

Kami zamarła, wytrzeszczając oczy na to dziwo, a Sleipnir przyjaźnie zerknął na dziewczynkę wielkim liliowym okiem.

– Wołaj swojego gryfa – polecił Hropt. – Przypuszczam, że nie będziesz się długo pakować?

Eltara jednak nie wyszła z pustymi rękami. Za radą matki wzięła ze sobą kilka cennych drobiazgów, złoto będące w użyciu w Galenie i Fejnie oraz broń – swój krótki miecz, którego zarozumiale nie wzięła w poprzednią wyprawę, bardziej polegając na czarach.

– Lecimy, Kami!

Gryf i Sleipnir pomknęły w niebo.

Ani Wieczny Król, ani żaden z elfrańskich lordów ich nie odprowadzał.

– Poczekaj! – zawołała Eltara do swego wybawcy. – A Ajalan?

Hropt zaśmiał się krótko.

– To nie był Ajalan, to byłem ja...

Miejsce akcji: około stu czterdziestu mil od Galenu, wojsko Argnista

Po zwycięskiej walce z Ordą wojownicy z oddziału Argnista zmienili się nie do poznania. Nikt już nie myślał o wycofaniu się, przeciwnie, wszyscy jak jeden mąż krzyczeli, że trzeba iść naprzód i wycinać wszystkie stwory w pień. Do poprzedniego tysiąca dołączyły trzy pełne sotnie, doszło też pierwsze długo oczekiwane wsparcie z południa – sotnia pancernych jeźdźców, gwardyjski pułk Ciem. Wśród niemłodych, pokrytych szramami dziesiętników Argnist znalazł wielu dawnych znajomych. Dowodzący gwardzistami młody setnik – prawdziwy setnik, a nie żaden tam dworak, co to otrzymał stanowisko dzięki protekcji – od razu uznał zwierzchnictwo Argnista. Teraz oddział liczył prawie dwa tysiące ludzi i stał się prawdziwą potęgą.

– Trzeba iść na północy zachód – rzekł Argnist. – Południowcy mówią, że cała Orda tam poszła.

– Przed nami na dzień drogi nie ma żadnych stworów – potwierdził Frabar. Argnist mianował go dowódcą zwiadu i Frabar właśnie wrócił z rozpoznania.

– A co z uciekinierami? – zapytał któryś z setników. – Przecież ich tu nie zostawimy!

– Tak, to ziemie zakonu – zauważył Gerten, ów młody gwardyjski setnik. – Jeszcze kapituła będzie się chciała na biedakach odegrać, ukarać za to, że samowolnie porzucili gospodarstwa.

– A to my zmusimy ojca Hieronima, żeby spisał dokument, że to on kazał wszystkim wieśniakom iść z nami! – wpadł na pomysł Argnist.

– Zgadza się! Słusznie! Świetna myśl! – rozległo się ze wszystkich stron. Kapituły nie darzyli sympatią nawet ci, którzy niegdyś należeli do wojsk zakonu.

Odnalezienie ojca ekonoma nie było trudne. Posępny jak chmura gradowa siedział sam obok małego ogniska – nikt nie chciał zaprosić go do swojego.

– Aha, już się rozpędziłem! – zasyczał wściekle mnich, słysząc propozycję Argnista. – Nic nie będę pisał! Nawet mnie nie proście!

– Ojcze ekonomie, przecież tak nie można... – Gerten próbował przemówić mu do sumienia, ale zakonnik tylko bluznął wyzwiskami.

– Słuchaj, grubasie, a może po prostu powiesimy cię na pierwszej lepszej gałęzi? – zaproponował Argnist. – Po co my cię w ogóle ze sobą ciągniemy? Trzeba cię było zostawić w Gesarze! Dopiero by się stwory ucieszyły!

– Nie waż się! – zawołał Hieronim, a jego czarne oczka zapłonęły nienawiścią. – Tu, chamie, nie północ!

– Za to wojna! A wiesz, jak to bywa na wojnie – powiedział spokojnie Argnist.

Mnich milczał ponuro.

– Powiesić go – polecił chutorianin.

Ojciec Hieronim skrzeczał jak przydeptany kot, gdy prowadzili go do wiszącej na gałęzi pętli.

– Nie! Nie! Wszystko napiszę, pieczęć przystawię! Zlitujcie się!

– Trzeba było tak od razu – rzekł Argnist, przyjmując pergaminowy zwitek, na którym wyraźnym charakterem ojca ekonoma było napisane, że on, Hieronim, wydał rozkaz, by porzucili swoje nadziały wieśniacy z następujących wsi... – Jesteś wolny, mnichu.

Szlochając i wycierając nos, ojciec ekonom poszedł do swego ogniska i bardzo się zdziwił, widząc tam przygarbionego staruszka w zniszczonym podróżnym szarym płaszczu.

– Napijcie się, ojcze Hieronimie. – Nieznajomy o głęboko osadzonych czarnych oczach z uśmiechem podał mnichowi przyjemnie bulgoczącą manierkę. – Po takim wstrząsie powinniście się napić. Cóż to za zwierzęta!

Ojciec Hieronim i przybysz, który przedstawił się jako Arglar, wkrótce byli przyjaciółmi. Arglar chętnie słuchał skarg i żalów mnicha, chętnie potakiwał, a w końcu...

– Przecież możecie się bez trudu zemścić – powiedział jakby od niechcenia. – Proszę mi wierzyć, ten bezczelny setnik samozwaniec stoi kością w gardle nie tylko wam, czcigodny. Weźcie to. – Na pulchnej dłoni mnicha spoczęło niewielkie czarne puzderko. – Nie otwierajcie, nic nie róbcie, po prostu przyłóżcie do ubrania Argnista, do płaszcza czy butów. Niczego więcej się od was nie wymaga.

Umysł Hieronima, zmącony oparami wina, przyswoił tylko jedno – będzie można się zemścić! Mnich pochwycił puzderko i schował je za pazuchę.

– Nie otwierajcie go! – powiedział na pożegnanie dziwny gość i zniknął w zaroślach.

Hieronim wstał chwiejnie. Wino uderzyło mu do głowy, ale nie na próżno przez tyle lat zajmował stanowisko ekonoma. Każdego innego to niby słabe wino zwaliłoby z nóg, a mnich zdołał jeszcze zrobić kilka kroków za oddalającym się przybyszem. Minął krzaki i ujrzał coś takiego, że cały alkohol od razu wywietrzał mu z głowy.

Człowiek w szarym płaszczu, postękując, dosiadał straszliwego stwora o długiej szyi. Stwór miał liczne macki i inne zabójcze wyposażenie. Ojciec ekonom napatrzył się na te istoty po szturmie fortu... Argnist nazywał je trąbaczami.

Wychodzi na to, że on też należy do Ordy! – pomyślał wstrząśnięty mnich. Nie znosił Argnista, ale Orda zaatakowała zakon, któremu przecież przysięgał... I w ogóle jak można wiązać się z wrogami rodu ludzkiego?!

Ojciec Hieronim, który wytrzeźwiał już zupełnie, co sił w nogach poleciał do Argnista.

Puzderko wypróbowali na zdechłej krowie. Gdy szmatkę z przyklejonym do niej na mur pudełkiem rzucono na łaciaty grzbiet, spod płótna zaczęły wyłazić wijące się żmijki. Po kilku chwilach z bydlęcia został tylko szkielet...

– Dziękuję ci, ojcze ekonomie. – Argnist położył dłoń na ramieniu mnicha. – Dziękuję. Uratowałeś mnie – i nie tylko mnie...

i wybacz mi, jeślim cię ukrzywdził czy obraził. Chcieliśmy tylko twierdzę utrzymać.

– Ja to rozumiem – powiedział nieszczęsny ojciec ekonom. W jego piersi rozlało się dziwne ciepło. Jak dobrze, gdy człowiek może do nikogo złości nie czuć, gdy w spojrzeniach innych ludzi widzi tyle serdeczności!

Wysłana czym prędzej pogoń oczywiście nikogo nie znalazła.

CZĘŚĆ ÓSMA

Rozdział 1

Eltara powoli dochodziła do siebie. Nagłe pojawienie się Starego Hropta i niespodziewany ratunek nie zostawiły miejsca dla uczuć i myśli, dopiero teraz w czasie spokojnego lotu czarodziejka zaczynała rozumieć, jak bliska była śmierci.

Kami paplała beztrosko, zupełnie się nie bała przestworzy. Ta podniebna podróż sprawiała jej wyraźną przyjemność.

Kami... Czy naprawdę to ty zadałaś twardą ręką cios rozstrzygający pojedynek z Hissem? A może ktoś bardzo potężny wykorzystał twoją postać, nie chcąc zdradzać prawdziwego oblicza?

Sleipnir zszedł w dół, gryf podążył za nim.

Dom Starego Hropta leżał w ukrytej wśród lasów dolinie. Nieopodal płynęła rzeczka biorąca swój początek w lodowcach Ar-an-Aszparangu. Można by pomyśleć, że przy budowie domu Hropt chciał oszczędzić drewno – wzniósł tylko trzy ściany, za czwartą służyło zbocze wzgórza.

– Tak przywykłem... – rozłożył ręce gospodarz, jakby przepraszając. – Tyle lat przeżyłem w Hjörwardzie Wschodnim...

Kami zeskoczyła z gryfa i pobiegła rozejrzeć się po okolicy.

– Miła dziewczynka – zauważył Hropt. – Uratowałaś ją? Jest twoją Towarzyszką?

– Tak – odpowiedziała Eltara, choć przed udzieleniem wyjaśnień należało najpierw podziękować staremu wojownikowi za ocalenie. – Potężnemu Odynowi moja wdzięczność i szacunek. – Przyklękła i opuściła głowę.

– Hej, hej, no coś ty?! – spłoszył się starzec. – Nie jestem Jamertem, nie lubuję się w tych dworskich sztuczkach!

Jednak Eltara widziała, że swą wdzięcznością sprawia Starożytnemu Bogowi przyjemność.

Dom Hropta, skromnie urządzony, był bardzo przestronny i dla wszystkich starczyło miejsca. Kami z zapałem pałaszowała chleb razowy z wędzonym mięsem. Ojciec Drużyn wyszedł na dwór i donośnym głosem wydał jakiś rozkaz. Eltara aż drgnęła od włożonej w zaklęcie siły; widocznie sługami Hropta byli nie tylko zwykli śmiertelnicy.

Gdy Hropt wrócił, Kami aż pisnęła z zachwytu – na drewnianym talerzu przed nią spoczęły wonne plastry leśnego miodu. Eltara nie pytała gospodarza, kogo posłał po przysmak dla małej.

A wieczorem, gdy zmęczona zabawą Kami zasnęła (starzec przywołał z gęstwiny swoich sąsiadów, leśne krasnoludy, beztroskie istoty, zawsze gotowe do psot), Hropt i Eltara mogli poważnie porozmawiać.

Oczywiście elfrańska saoja wiedziała, z kim ma do czynienia. Stary Hropt, obdarzony dziesiątkami różnych imion, z których najważniejsze brzmiało Odyn, to ostatni ze Starożytnych Bogów, pierwszych panów świata. Pozostawiono go przy życiu wyłącznie za sprawą wstawiennictwa Jalini, najlitościwszej ze wszystkich Młodych Bogów, ukochanych dzieci Stwórcy. Przybywając spoza Granicznych Dali, Młodzi Bogowie rozgromili armie Starożytnych Bogów w bitwie na Borghildowym Polu. Wszyscy pobratymcy starego Hropta padli, a on sam trafił do niewoli. Ale tysiące lat później to Młodzi Bogowie zostali pokonani przez dwóch adeptów Wiecznej Ciemności, magów Hedina i Rakota. Zaczęto nazywać ich Nowymi Bogami, lecz w odróżnieniu od swoich poprzedników Hedin i Rakot nie wtrącali się do codziennego życia zwykłych ludzi, mieli aż nadto innych spraw.

W wojnie z Młodymi Bogami Stary Hropt stanął ramię w ramię z Hedinem i Rakotem, a po ich zwycięstwie wrócił do świata śmiertelników i Nieśmiertelnych. Czym się teraz zajmował, to było dla Eltary tajemnicą.

Czarodziejka opowiedziała, jak jej narzeczony z Domu Zrodzonych Falą przyjął podróżne imię Elstan i wyruszył na północ, aby pomóc śmiertelnikom. Mówiła, jak zniknął we wnętrzu Wzgórza Demonów i jak potem ona, nie mogąc uzyskać od Kamienia Toej konkretnej odpowiedzi, wyruszyła na poszukiwania. Opowiadała o spotkaniu z krasnoludem Dwalinem, który zrzucił z siebie niesprawiedliwe jarzmo Pradawnego Długu, o walce z nieznanym stworem, który pełzł z głębin wzgórza, o pieczęci odebranej Hissowi, królowi węży...

I o swoim powrocie do Elfranu. O wizji, którą ukazał jej Kamień Toej, o sądzie i złamaniu Pierwszego Przykazania.

Hropt uśmiechnął się samymi wargami.

– A wszystko to ze strachu... Gdy twój ojciec wyprowadzał naród do Elfranu – wówczas ten kraj nazywał się inaczej – wszyscy tak się bali, że z przerażenia postanowili odgrodzić się od reszty świata. I co najdziwniejsze, udało im się! A teraz omal nie rzucili cię w Nienazwane. Dobrze, że twojej matce udało się do mnie dowołać.

Umilkł i pogrążył się w zadumie.

– Trzy sprawy mi się nie podobają – rzekł w końcu. – Po pierwsze, ten stwór, którego próbowałaś zniszczyć we Wzgórzu Demonów. Po drugie, wizja ukazana ci przez Toej. Znam go od dawna i wiem, że on nigdy niczego nie pokazuje ot, tak sobie. I po trzecie – twoi prześladowcy. Kim są, skąd przyszli, komu służą?

– Jeśli komuś służą, to jasne komu. Ordzie – odparła Eltara.

– A komu służy Orda? Nie wiesz? I ja nie wiem. Gdy tutaj zamieszkałem, Ordy jeszcze nie było, a potem miałem ważniejsze sprawy. Dużo wędrowałem... Niedawno wróciłem i dowiedziałem się, że stwory przeszły Rycerską Rubież. Dlatego postanowiłem skończyć z nimi. Jak długo można to znosić?

– Ale Czarny Władca...

– Widziałaś go kiedy na własne oczy? Nie? Nikt nie widział. To tylko bajki, nic więcej! Nie wiem, kto stoi za bestiami Ordy, ale nie mam zamiaru ich dłużej tolerować. Poproszono mnie... żebym załatwił tę sprawę, no to zacząłem. Na razie pewne jest tylko jedno – żaden czarodziej Hjörwardu Północnego nie zdołałby czegoś takiego stworzyć, ręczę za to swoim prawym okiem!

– Kto w takim razie? Myśleliśmy, że...

– Że to Czarny Władca? Ciągle o nim słyszę, i tylko same plotki. Kim on jest? Skąd się wziął?

– W każdym razie jest silniejszy od czarowników...

– To się zgadza. A kto jest u nas silniejszy od czarowników? Kiedyś byli magowie... Prawdziwi Magowie. – Ostatnie słowa stary Hropt wycedził przez zęby. Eltara pomyślała, że starzec nie darzy ich sympatią.

– Ale podobno wszyscy zginęli? – spytała. – W Bitwie Upadku, gdy obalono Młodych Bogów?

– Prawdziwi Magowie nie brali w niej udziału – odrzekł niechętnie Ojciec Drużyn, gładząc rękojeść złocistego miecza. – Słup Tytanów runął... A co się stało z magami, tego nie wiem. W Wielkim Hjörwardzie, który jest moim domem, nie spotkałem Prawdziwych Magów. Nawet jeśli to oni stworzyli Ordę, jaki cel im przyświecał? Zastanawiałem się nad tym kiedyś, ale tylko przelotnie. Teraz żałuję.

– Władca...

– Żaden władca, czarny czy biały, nie będzie robił nic tylko dla kaprysu. Jeśli za Ordą stoją Prawdziwi Magowie, to już nic z tego nie rozumiem. Ani Hedin, ani Rakot magów nie prześladowali... choć może by należało. I po co nasyłać potwory na nieszczęsnych wieśniaków? Komu potrzebna władza nad północnymi lasami? – Hropt pokręcił głową. – Nic nie rozumiem... Weźmy na przykład Obrońców – skąd się wzięli? Jaki władca ich stworzył?

– A może Nowi Bogowie nam pomogą? – podsunęła nieśmiało Eltara. Przecież czcigodny Odyn był ich bliskim przyjacielem. Może przychylą ucha do jego prośby?

– Ech, księżniczko, gdyby wszystko było takie proste! Prosisz o pomoc kogoś silniejszego i po problemie! Tak się nie da, ponieważ istnieje coś takiego jak Prawo Równowagi i jeszcze żadnemu magowi ani bogowi nie udało się go obejść. Poza tym Hedin i Rakot mają swoje problemy i to takie, że absorbują ich bez przerwy. – Hropt spuścił głowę. – Nienazwany na żartach się nie zna i sam żartować nie lubi. Najlepiej zrobimy, licząc tylko na siebie... Czy zgadzasz się walczyć ze mną ramię w ramię, szlachetna saojo Eltaro Elfrańska? – Głos Hropta zabrzmiał bardzo uroczyście.

– Będzie to dla mnie wielki zaszczyt – odparła księżniczka równie dostojnie.

Zapadła cisza.

– A przecież na początku nie myślałam o żadnej Ordzie – wyznała cicho Eltara. – I zachowywałam się jak wyniosła idiotka. Chciałam tylko odszukać narzeczonego, sprawy ludzi i krasnoludów w ogóle mnie nie obchodziły.

Ojciec Drużyn parsknął.

– Ech, ta wasza elfrańska pierworodność! Pamiętam czas, że nie byliście tacy wyniośli... Gdy przyszło walczyć z Pozbawionymi Ciał, szybko o swojej pysze zapomnieliście!

Eltara poczerwieniała.

– Dobrze, zostawmy dawne sprawy. – Stary Hropt machnął ręką. – Teraz się zmieniłaś, czuję to. Czyli postanowione, powalczymy sobie z Ordą. Nareszcie jakiś godny przeciwnik! Teraz wojna to dla mnie jedyna rozrywka.

Oczy przesłoniła mu mgiełka wspomnień. Eltara siedziała cicho jak mysz pod miotłą i przyglądała się gospodarzowi. Nie przygięły go ani klęska, ani niewola, wytrwał i zdołał się zemścić. Gdy jednak pragnienie zemsty zostało zaspokojone, nie znalazł żadnego innego godnego uwagi dzieła. A żeby pomóc Nowym Bogom w ich nieznanej walce, nie miał już sił.

– W takim razie jutro ruszamy na północ. – Starzec wstał. – O Kami się nie martw, zaopiekują się nią krasnoludy. Co zaś się tyczy reszty, nałożę swoje zaklęcia, na to jeszcze sił mi wystarczy. Chcę zajrzeć do Wzgórza Demonów... do tego, co z niego zostało. I jeszcze jedno miejsce chcę odwiedzić. W naszym świecie spotkali się dwaj przybysze, bardzo potężni i dziwni. Spotkali się, zaczęli pojedynek i omal całego świata nie odesłali do Nienazwanego. Zdaje się, że przy tym wzajemnie się wykończyli. Chciałbym zerknąć na miejsce ich starcia.

– A wizja, którą mi pokazał Toej? – przypomniała Eltara. – Z tą ostrą górą?

Hropt znów się uśmiechnął.

– Pojęcia nie mam dlaczego, ale Toej pokazał ci najbliższe okolice Słupa Tytanów.

– Jak to? Przecież został starty z powierzchni ziemi!

– Owszem. Mimir, strażnik źródła mądrości, wyszarpnął kamień węgielny z jego podstawy i słup runął, gdy razem z Rakotem i Hedinem starliśmy się z Młodymi Bogami w Obiecanym. Z tego, co mówisz, wnioskuję, że ktoś próbuje słup odbudować.

– Kto?

– Chętnych pewnie nie brakuje. W tym miejscu skupiają się pradawne siły magiczne, będzie ono wiecznie przyciągać różnych czarowników, nekromantów, czarodziejów, drobne duchy i bożki ze wszystkich ziem Wielkiej Sfery. Ale wzniesienie nowego Słupa Tytanów, czy nawet odbudowanie Zamku Wszystkich Starożytnych nie da im władzy, bo klucze do tamtejszych sił ma Hedin i ukrył je w bezpiecznym miejscu. Więc niech się tam kręcą, jeśli chcą! Mnie interesuje co innego – dlaczego Toej ci to pokazał? Nie może pokazać Elstana, bo on jest ani żywy, ani martwy, za to ukazuje Słup Tytanów... Kto wie, może powinniśmy się tam udać? Ale to potem, na razie Orda! Pomóż mi, Eltaro Elfrańska, a ja pomogę tobie w poszukiwaniach!

– Zgoda!

O świcie, powierzając Kami opiece krasnoludów i zaklęć, Eltara i Hropt już mknęli na północ.

*

Dwalin po rozstaniu z Jariną nie zaszedł daleko. Nie zrobił nawet pięćdziesięciu kroków, gdy usłyszał krzyk:

– Ratunku! Na pomoc! Gwałcą!

Oto i głupia dziewucha! – pomyślał. Wpadła na dezerterów!

Wyciągając zza pasa siekierę, pobiegł co sił w nogach. Z trzaskiem przedzierając się przez kłujące krzaki, w myślach obrzucając dziewczynę niepochlebnymi epitetami, wyskoczył na drogę i...

Spodziewał się ujrzeć maruderów, zbiegłych wojaków z galeńskiego wojska, które rozbiegło się na wszystkie strony, a zobaczył ohydnego trąbacza mocno trzymającego szarpiącą się Jarinę.

Ryknął jak wściekły bazyliszek i jednym skokiem znalazł się obok potwora. Trąbacz zwrócił ohydny łeb w stronę nowego wroga i w tej samej chwili siekiera spadła mu na kark. Krasnolud dobrze pamiętał lekcje Argnista. Stary setnik w razie potrzeby potrafił sam trąbacza powalić.

Stwór zawył z bólu i odwrócił się do Dwalina całym cielskiem, ale Jariny nie wypuścił. Dwie macki skoczyły w stronę krasnoluda, a dwie inne zaczęły rozrywać ubranie dziewczyny.

Dwalina zatrzęsło z obrzydzenia i nienawiści. Obiecał, że będzie bił Ordę wszędzie, gdzie tylko ją spotka – skoro spotkał tutaj, to trzeba bić!

Uchylił się przed ciosem stwora, przeturlał przez ramię i jednym uderzeniem odrąbał długą mackę.

Ciemna krew chlusnęła na leśną ścieżkę. Trąbacz wysunął paszczę z taką szybkością, że Dwalin nie zdążył uskoczyć. Zbiło go z nóg, ale już upadając, zamachnął się toporem i na mordzie trąbacza pojawiła się długa rana.

Jarina przestała odpychać oplatające ją macki, teraz palcami szybko tworzyła przeróżne figury. Już po chwili pociągnęło ją w dół, pod brzuch stwora – zaklęcie zaczęło działać, choć nie całkiem tak, jak myślała.

Przez udeptaną drogę przebiły się ciemnozielone ostrza traw, jakby spod ziemi parła na powierzchnię cała falanga pieszych pancerników. Szerokie liście, przypominające groty włóczni, uderzyły w brzuch stwora.

Trąbacz zaskrzeczał przenikliwie – ostrza wbijały się w jego ciało.

– Nie podoba ci się na nożach trawy? – powiedziała powoli Jarina, sama nie rozumiejąc, skąd wzięła te słowa i tę intonację.

Dwalin był czujny – uderzył siekierą znowu i tym razem przeciął chyba główne żyły potwora. Niezgrabnie potrząsając głową, trąbacz przechylił się, skoczył w bok i w tej samej chwili zaczął płonąć wesołym jaskrawożółtym płomieniem.

– *Siriidon, agno!* – zabrzmiał czyjś wyraźny, chłodny głos.

Zimny ogień szalał przez kilka chwil. Po trąbaczu nie został nawet szkielet.

Cofając się tyłem, z krzaków na poboczu wygramolił się przygarbiony starzec w zniszczonym szarym płaszczu. Wysoki i chudy, przypominał sędziwego bociana, ale czuło się w nim ogromną siłę.

– Nauczycielu! – wyrwało się oszołomionej Jarinie. Wpatrywała się w przybysza szeroko otwartymi oczami, nie myśląc o tym, że jej ubranie jest porwane na strzępy. Zresztą starzec i tak nieraz widział ją zupełnie nagą.

– Ehm... Co się tu stało? – Przybysz rzucił pytanie w przestrzeń, nie zwracając się do nikogo konkretnie.

– Jak to co się stało?! Trąbacza żeś wykończył i jeszcze się pytasz? – Krasnolud pospiesznie ściągnął kurtkę i zarzucił na Jarinę. – Zasłoń się, bo wstyd i sromota!

– Jak powiedzieliście, czcigodny... eee... ach, no tak, krasnoludzie, trąbacza? Interesująca nazwa dla tego *Duegmonus amaggeraten*. Ja wykończyłem? Prawda, okoliczności zmusiły mnie do dokonania natychmiastowej destrukcji...

– Co, co? – Dwalin wytrzeszczył oczy. – Wielkie dzięki za pomoc, czcigodny, ale nie moglibyście mówić nieco jaśniej? Ja takich słów w życiu nie słyszałem!

– Nauczycielu! – zawołała nagle Jarina. – To przecież ja, ja!

– Jak to? – Starzec aż podskoczył. – Ty? Hm, dziecinko, a to niespodzianka...

– Nauczycielu! – Jarina z rozpędu skoczyła staruszkowi na szyję, omal go nie przewracając. – Chwała niebiosom, jesteście cali!

Dwalin zasapał. Nagle zrozumiał, że jest szaleńczo zazdrosny – tak jest, zazdrosny! – o tę bałamutną dziewkę. Stary piernik zjawił się nie w porę. Krasnolud gotów był zabić każdego, kto by kwestionował, że on, Dwalin, już prawie zarąbał tego trąbacza. Trząsł się ze złości, w głowie tłukła mu się jedna myśl: „Rrrodgar! Co się ze mną dzieje?!".

A Jarina już trajkotała, chcąc wszystko naraz opowiedzieć. Gryząc wargi ze złości, krasnolud zastanawiał się właśnie, czy nie lepiej byłoby się odwrócić tyłem do tej parki i ruszyć dalej swoją drogą, gdy spostrzegł podejrzanie ruszającą się gałązkę w przydrożnych krzakach. Wróg!

– Ej, czarodzieju, z tyłu! – wrzasnął, podrzucając zakrwawiony topór.

– Co?! – Zdziwiony mag znów podskoczył. Zdaje się, że te skoki weszły mu w nawyk. – Ach, to... Nie warto zaprzątać sobie tym głowy, mój dobry krasnoludzie.

Niedbały wymach ręki – i z krzaków trysnął żółty płomień.

– Nie będą już nas niepokoić.

Dwalin zauważył, że ogień w krzakach płonie wprost na ziemi, chociaż kto wie, może mu się tylko zdawało. Prychnął i poszedł w zarośla, ale prócz zwęglonej ziemi nic nie znalazł.

Nauczyciel Jariny był najwyraźniej magiem z pierwszej dziesiątki. W jednej chwili przemienił łachmany swojej uczennicy w elegancki i praktyczny kostium podróżny z mocnej skóry, kilka złamanych i złożonych razem gałązek – w wygodny powóz, a kilka schwytanych żuków w porządne konie.

– Dokąd to zmierzaliście, mój dobry krasnoludzie? – zapytał uprzejmie.

– Hm, czcigodny... nie znam waszego imienia...

– Akcjum, mój dobry krasnoludzie, nazywam się Akcjum, posiadacz laski. A więc dokąd się udawaliście?

– Na północ – burknął Dwalin. Czego ta głupia dziewucha tak się wślepia w tego dziada?

– Na północ... A czy mógłbym spytać, w jakim celu? Do domu raczej was nie wpuszczą.

Dwalin zgrzytnął zębami.

– Wpuszczą czy nie, to już moja sprawa, czcigodny Akcjumie. Idę Ordę bić, jasne? A i wam, czcigodny, nie zaszkodziłoby się tam udać!

– Bić Ordę? – zdumiał się czarodziej. – Ale... za pozwoleniem... z teoretycznego punktu widzenia ten problem już dawno rozwiązałem i dalsze badania nie są w najmniejszym stopniu interesujące...

– Co, co? Możecie mówić jaśniej, czcigodny?!

– Mówię, że nie mam tam nic do roboty! – wrzasnął czarodziej krasnoludowi wprost do ucha.

– Jakże to tak? – zdumiał się z kolei krasnolud. – Giną ludzie, a ten...

– Ludzie ciągle giną – westchnął Akcjum. – Bez przerwy umierają, jak nie ze starości, to od chorób, dają się rozszarpać dzikim zwierzętom albo wybijają się nawzajem. Taka już ich natura! Ja się do ludzkich spraw nie mieszam.

– Jasne – burknął krasnolud. – W takim razie, czcigodny, życzę szczęśliwej podróży. Wy, jeśli dobrze zrozumiałem, zmierzacie na południe, a ja idę dokładnie w przeciwną stronę. Bywajcie zdrowi! – Odwrócił się i ruszył przed siebie.

– Zaczekajcie, zaczekajcie! Ależ wy, krasnoludy, jesteście drażliwi! A jeśli zaproponuję, żebyście wykonali dla mnie jedno małe zadanko? Oczywiście nie za darmo. Mógłbym uwolnić was od nałożonych zaklęć! Wrócilibyście do rodzinnych stron... Może warto się nad tym zastanowić?

– Grrm! – wyrwało się Dwalinowi. Przeklęty czarownik trafił w czuły punkt. – Jakie znowu zadanie?

– Hm... muszę odszukać pewną osobę. Mieliście okazję ją widzieć... Dzięki waszej pomocy...

– Jaką znowu osobę?

– Wy znacie ją pod imieniem Eltara, chociaż w ojczystym Elfranie zwali ją zupełnie inaczej.

Dwalin omal nie usiadł w przydrożny pył.

– A to po co? – zdołał wykrztusić.

– Hm, hm... Ja was nie pytałem, po co idziecie bić Ordę!

– To zapytajcie! – Krasnolud zacisnął pięści. – Zapytajcie, a ja odpowiem. A potem wy mi odpowiecie.

– Cóż, bardzo proszę. Pytam i czekam na odpowiedź.

Dwalin wygłosił gorącą tyradę, której sens sprowadzał się do: „Dusić ich, gadów, palić, kłuć i rąbać! Bo przez nich same tylko nieszczęścia!”.

– Teraz wy, czcigodny Akcjumie.

– No cóż, mój dobry krasnoludzie, osoba znana wam pod fałszywym podróżnym imieniem Eltara była świadkiem niezwykle rzadkiego zjawiska magicznego... w swojej ojczyźnie. Mnie to zjawisko nadzwyczaj interesuje, dlatego chciałbym porozmawiać z czcigodną saoją. Czy to was zadowala?

– No czemu ty tak, Dwalinie? Czy ja nie znam swojego nauczyciela? – wtrąciła się Jarina.

– A skąd ja mam wiedzieć, gdzie jest Eltara?! – wypalił krasnolud.

– To bez znaczenia. Widzieliście ją całkiem niedawno i to wystarczy. Za pomocą odpowiednich zaklęć sprawię, byście zaprowadzili nas do niej jak po sznurku.

– Zaklęcia? Znowu jakieś zaklęcia?

– Gdy tylko znajdziemy saoję, zaklęcia znikną. Jednocześnie znikną te nałożone na was wcześniej.

– Możesz mu wierzyć, Dwalinie – odezwała się znowu Jarina. – Nauczyciel nie rzuca słów na wiatr. Mogę to potwierdzić!

Pokusa była ogromna. Jednak Dwalin nie miał zwyczaju ufać ślepo komukolwiek, zwłaszcza czarodziejom. Plotą, co im ślina na język przyniesie, a słowa z wiatrem lecą jak śmieci.

– Rozumiem wasze wątpliwości, mój dobry krasnoludzie, w tych niebezpiecznych czasach ostrożności nigdy nie za wiele. Lecz jeśli mało wam poręczenia mojej uczennicy, to doprawdy nie wiem, czy mógłbym potwierdzić prawdziwość moich słów.

W końcu Dwalin się poddał.

– Ale ja też chcę coś od ciebie, czarowniku! Przysięgnij na swoją laskę, że jak tylko odszukasz Eltarę, ruszysz razem z nami na północ i pomożesz spalić wszystkie gniazda Ordy! Skoro twierdzisz, że to dla ciebie nic trudnego...

– Chętnie pomogę dobremu krasnoludowi. Choć niewykluczone, że uda się znaleźć inne wyjście, bez konieczności wznoszenia kurhanów trupów. Zamiast zabijać stwory Ordy, należałoby raczej zlikwidować przyczynę rodzącą wojnę. Zresztą to zdążę wyjaśnić wam po drodze.

*

Odprowadziłem Saatę do jej rodzimego chutoru. Przez całą drogę rozmawialiśmy – nie pamiętam, czy kiedykolwiek czułem się taki wolny. Miałem wrażenie, że ta dziewczyna może wszystko zrozumieć, bez względu na to, co jej opowiem, bez względu na to, jak głębokich korzeni świata dotknęłaby moja opowieść. W ferworze opowieści zapomniałem, że muszę trzymać się pewnych granic, i opowiadałem jej wszystko, co wiedziałem o sobie, nie bacząc na to, co ona sobie pomyśli i za kogo mnie weźmie. Potrzebowałem jej, ja, przeklęty Gubiciel, który nie miał ojca ani matki, który nie znał swojego dzieciństwa i którego ręce umiały tylko jedno – zabijać.

W pewnej chwili zobaczyłem w jej oczach strach – w opowieści kroczyłem po mrocznych, martwych pustkowiach, gdzie moimi przeciwnikami były bezduszne istoty żyjące w strumieniach magicznych sił, po zabójczych światach, gdzie wszystko, co żyje, zajmuje się tylko jednym – pożeraniem sobie podobnych. Opowiedziałem o niezliczonych pokonanych przeze mnie przeciwnikach, o wygranych wojnach, zburzonych twierdzach...

Saata stanęła nagle.

– Elstanie, kim jesteś? Czarownikiem? Potężnym czarodziejem z innego świata? Początkowo myślałam, że jesteś wędrującym elfem wojownikiem, a teraz widzę w twoich oczach takie otchłanie, że zaczynam się bać! Kim jesteś? Zaklinam cię, odpowiedz! Czuję, że nie należysz do rasy Pierworodzonych. Powiedz, kim jesteś?!

Zacisnąłem zęby. Mięśnie mojego ciała sprężyły się w strasznym skurczu, oblicze Elstana gotowe było zniknąć raz na zawsze. Zrozumiałem, że ostatnia walka z nieznanym wrogiem obok gniazda Ordy (po co ja tam w ogóle poszedłem? Nic nie pamiętam!) zabrała mi zbyt wiele sił. Byłem teraz zdolny do pewnych sztuczek, ale poważniejszy przeciwnik wykończyłby mnie śpiewająco.

Nic nie powiedziałem. Nie wygłosiłem fatalnych słów. Można rzec – stchórzyłem.

– Kim jestem? Saato, jestem dokładnie tym, kogo widzisz przed sobą. Zajrzyj we mnie, przecież potrafisz! Po prostu... po tym, co się stało we Wzgórzu Demonów... Naprawdę niejedno zobaczyłem!

Otworzyłem jej siebie – nareszcie pamięć tego Elstana przydała się do moich celów!

Saata uwierzyła.

A potem... potem zdjęła z mojego ramienia pasek, ostrożnie postawiła kosz ze słodko śpiącą Kiitą na ziemi i... i wyciągnęła do mnie ręce. Jej usta wyszeptały słowa, których nikt nigdy do mnie nie mówił:

– Ukochany...

I jeszcze:

– Chodź do mnie...

Objąłem ją, rozwiązałem tasiemki jej bluzki...

*

Żołnierze Argnista szli na północny zachód. Ziemie, przez które maszerowali, były kompletnie zniszczone – przed nimi szła tędy Orda. Nie zostało nic, nawet myszy ani szczura, nie mówiąc już o ptakach, psach czy kotach. Wsie stały puste, wymarłe. Wojownicy coraz częściej trafiali na objedzone do czysta ludzkie szkielety – na ten widok posępnieli i zaciskali pięści.

Mimo wszystko udało się znaleźć jakieś zapasy. Orda wzgardziła pierwszym urodzajem, nie ruszyła ziarna w spichlerzach i młodych kartofli na polach. Dzięki temu wojsko nie zaznało głodu. Za to umarła nadzieja na jakiekolwiek uzupełnienie.

Po incydencie z tajemniczym pudełkiem zawierającym trującą wrogą magię stosunek do ojca Hieronima uległ zmianie. Teraz zakonnik był mile widziany przy każdym ognisku. Niespodziewanie okazał się wspaniałym gawędziarzem. Wojownicy boki zrywali, słuchając jego historyjek o „kuchni" Zakonu Gwiazdy.

Frabar ze swoimi zwiadowcami poczynał sobie coraz śmielej i zapuszczał się coraz dalej. Na razie jednak przynoszone przez niego wieści były nie najlepsze – przed nimi rozpościerała się pustynia. Argnist miał tylko nadzieję, że ludzie zdążyli odejść, że nie stali się pożywieniem strasznych bestii.

Wszyscy pragnęli walki, a walki nie było – wróg zniknął bez śladu. Stary setnik liczył, że dopadnie Ordę obok przeprawy przez Eger. Nie jest chyba na tyle głupia, żeby iść na Opuszczony Brzeg i dalej, do Lasu Zagłady!

*

– Achss, dobrześśś popracował, mój Hisssie, wcale dobrze! Ten mag ładnie cię połatał, jesssteś terazzz jak nowy! Z taką armią jak ta, która idzie za tobą, bez trudu zetrzeszsz na proszszek wszszyssstkich ssswoich krzywdzicieli. I zzzadanie dossstałeś łatwe: pokonać jedną rzeczkę, przejśśść jeden lasssek, a później jedną górkę... Tylko tyle! Miałbyś sssobie nie poradzić? Z takim wojsssskiem? Poczekamy tylko na tych, co nadciągają ze wssschodu, i można ruszać do szszturmu! O, ten mag cię nie oszszukał!

Orda to wielka potęga, jeśśśli sssię nią umiejętnie dowodzi... A ty bez wątpienia będziesz umiał nią dowodzić, mój Hisssie!

Król węży obejrzał się za siebie. Między wzgórzami jak olbrzymia połyskliwa wstęga sunęło wojsko – niezliczone stwory Ordy, surowym zaklęciem oddane pod jego komendę.

W czasach terminowania w Śnieżnym Zamku Hiss nabrał zwyczaju rozmawiania ze sobą i właśnie teraz to robił, zarozumiale spoglądając na bezkresne szeregi stworów Ordy. Uważał, że zadanie, jakie mu powierzono, nie jest trudne. W rzeczy samej, czego miałby się bać, skoro zna Zaklęcie Przejścia? A jeśli ci, którzy są za górami (kim oni są, Hiss nie wiedział), spróbują użyć magii... o, wtedy im pokaże, że nie na darmo spędził tyle lat w zamku Obojętnego, nie na darmo znosił drwiny i nierzadko kuksańce. Przeklęta dziewka i ten szczeniak Cheort napadli go znienacka! O, drugi raz już na to nikomu nie pozwoli! Szkoda, że łucznicy okazali się tacy dobrzy i wysłali szczeniaka do praojców, zanim on, Hiss, zdołał go dopaść. Ale to nic, została jeszcze dziewczyna... Król węży oblizał się pożądliwie. Jakże ona będzie krzyczeć! – pomyślał lubieżnie. Jak będzie krzyczeć, gdy zzzacznę ją rozzzbierać! Najpierw ją wezzzmę... razzz, drugi i trzeci, a potem zzzjem! Ten szszary mag dał do zrozumienia, że znajdę ją za tymi górami... Zreszsztą z taką armią zzznajdę każdego! Kto wie, może potem policzę sssię z sssamym Obojętnym?

Pokryte pancerzami grzbiety stworów połyskiwały w słońcu wesoło i niegroźnie. Orda sunęła na zachód, szła na szturm Elfranu.

*

Wzgórze Demonów z trudem rozpoznali. Wybuchy zupełnie zniszczyły jego szczyt, jednak Hroptowi i Eltarze udało się przebić do niemal zawalonego tunelu.

Podziemie było martwe. Siły, które się tu zwarły, przemieniły w pył wszystko. Ojciec Drużyn i Eltara bez przeszkód dotarli do zastygłego kamiennego jeziora z groteskowymi kształtami stworów Ordy, które nie zdążyły opuścić ognistej kipieli.

– Więc stąd się brały – wymamrotał Hropt, idąc dookoła jeziora po słabo widocznej ścieżce. – Teraz wszystko jasne. Ohydna sprawa! Rozumiesz, saojo?

Eltara rozumiała. Jezioro aż do dna przenikała Śmierć. Pradawna, zimna i bezlitosna. Mało tego – aż po krawędzie wypełniało je cierpienie, strach, przerażenie. Księżniczka przypomniała sobie wizję Kamienia Toej – miliony istot ściągane przez niezrozumiałe siły w jeden czarny punkt... Ktoś niewiarygodnie potężny z iście dziecięcym okrucieństwem, częściowo wynikającym z niewiedzy, gnał całe legiony zwierząt, ptaków oraz istot rozumnych z innych warstw rzeczywistości, pędził je przez mordercze Wrota Światów aż tutaj, do Hjörwardu, by ożywiły materię swymi duszami, żeby, posłuszne potężnym zaklęciom, poprowadziły nowo nabyte ciała do walki, nie czując ani strachu, ani wątpliwości.

– O, niech ja tylko dostanę tego figlarza w swoje ręce! – Na miejscu owego „figlarza" Eltara szybko wzięłaby nogi za pas, takie gromy huczały w głosie Hropta.

Zeszli jeszcze głębiej, aż do podziemnej celi, jednak nie znaleźli tam nic godnego uwagi i wrócili do jeziora. Widać było wyraźnie, że ktoś wyssał całą siłę z kipieli rodzącej kolejne legiony potworów. Ktoś jednym ruchem zagarnął całą magiczną moc i zniszczył gniazdo Ordy. Odrodzić się już nie mogło – w każdym razie nie bez pomocy z zewnątrz.

– Chciałbym spotkać tego, kto zaprowadził tu porządek! – rzekł Hropt, wyciągając z pochwy Złoty Miecz. – Muszę przyznać, że mnie zajęłoby to więcej czasu i raczej użyłbym innych metod. A on – raz! I koniec! Zazdroszczę, szczerze zazdroszczę. Jedno mnie tylko dziwi. Spodziewałem się znaleźć tu Wrota... może nawet prowadzące do podnóża Słupa Tytanów, skoro Toej go pokazał. Ale nic tu nie widzę, niech mnie Fernir pożre!

Magiczne zdolności Eltary nie mogły pomóc Ojcowi Drużyn w poszukiwaniach, dlatego też Hropt posadził czarodziejkę na straży przy wejściu, a sam zaczął węszyć po całej jaskini jak pies myśliwski.

– Nie, tutaj nie... i tutaj też nie... – mamrotał co chwilę. – Mocno zapieczętowane!

To była prawda – sam Starożytny Bóg nie mógłby otworzyć tu Wrót.

Pod ich nogami ledwie wyczuwalnie drgnęła ziemia – raz, drugi, trzeci. Eltara zerwała się na równe nogi. Ktoś tutaj zdążał, ktoś wielki, pewny swej siły, ktoś, kto nie miał zamiaru się skradać.

Saoja skoczyła do gardzieli podziemnego korytarza. Wroga należy powitać tutaj! Nie można pozwolić, żeby wszedł do jaskini – wówczas ona i Hropt zginą, są tu zamknięci jak szczury w pułapce.

Ojciec Drużyn wzniósł złotą klingę i podbiegł do Eltary. Młoda czarodziejka gorączkowo splatała najbardziej zabójcze ze wszystkich swoich zaklęć; najlepiej będzie, jeśli załatwią przybysza od razu.

Ciemny tunel zalało stłumione czerwone światło i już po chwili z fal tej poświaty wyszło wielkie, wypełniające całą wolną przestrzeń cielsko będące splotem niezliczonych kości, grzbietów, żeber, mięśni i ścięgien. Przypominało wiązkę chrustu, w której poszczególne gałązki na wierzchu są dobrze widoczne, ale w głębi trudno cokolwiek rozróżnić. Plątanina rąk, nóg, palców, kleszczy i łap pokrytych czerwoną, lśniącą skórą. Najprzeróżniejsze kości – od ledwie widocznych do olbrzymich, wielkości człowieka. Mięśnie wiszą niczym ogromne worki, wybrzuszając się i zapadając na przemian. Kościane kleszcze groźnie szczękają. Z głębi cielska wysuwają się szczęki – usiane zębami przypominają wnyki. Oczu ani paszczy stwór nie miał, nóg również, widocznie nie szedł, lecz pełzł jak wąż.

Wzdrygając się ze wstrętu, Eltara zadała cios, ale rozszalałe ogniste wiry odbiły się od potwora – najwyraźniej wyposażono go w porządną magiczną osłonę. Należało znaleźć inny sposób.

Stary Hropt wydał ochrypły okrzyk, machnął złocistym mieczem i ruszył do ataku. Zaciskając zęby i rozpaczliwie walcząc ze strachem, Eltara użyła drugiego z przygotowanych zaklęć. Za jej plecami zgęstniała seledynowa mgła, z której kłębów wysunęło się sześć wysokich skrzydlatych istot z długimi przezroczystymi mieczami.

Podtrzymywanie zaklęcia było nieprawdopodobnie trudne. Eltara miała wrażenie, że w jej piersiach pojawił się robak i ostrymi zębami wgryza się w jej wnętrzności. Czarodziejka czuła na przemian gorąco i zimno, po jej twarzy i plecach spływał pot, jednak pokonując ból i strach, dodawała sił widmowym wojownikom.

Sześciu skrzydlatych mieczników stanęło obok Starego Hropta. Ojciec Drużyn już zdążył ściąć kilka kleszczy i wysuwających się z głośnym kłapaniem szczęk, ale czerwona masa nieprzerwanie wysuwała się z tunelu, wypierając go i wojowników przywołanych przez Eltarę. Ich widmowe klingi okazały się jednak bardzo skuteczne. Tam, gdzie seledynowe ostrza rozcinały potworne cielsko, pojawiły się wielkie czarne rany, z kikutów unosił się dym. Cięte złotym mieczem Odyna szczęki potwora nadal szarpały się, kłapały, a nawet próbowały się połączyć, lecz klingi wojowników Eltary zostawiały martwe przesieki poczerniałego, zwęglonego ciała, skąd nie wysuwały się już ani łapy, ani paszcze.

Czarnych ran było coraz więcej. Wreszcie potwór coś zrozumiał. Z chrzęstem i chlupotem zaczął się wywracać na drugą stronę, martwe miejsca znikały pod naporem nowej masy mięsa i kości – bestia z głuchym burczeniem wsysała w siebie poranione miejsca. Trzeba było wszystko zaczynać od nowa.

Staremu Hroptowi najwyraźniej znudziła się ta bezskuteczna rąbanina. Odskoczył do tyłu, wsunął miecz do pochwy i sklepienie jaskini drgnęło od zderzających się ze sobą sił magicznych. Przed Odynem pojawił się migotliwy kryształowy taran czubkiem zwrócony w stronę potwora i uderzył w splot kości i ścięgien, łamiąc, krusząc i rozrywając... Zanurzył się w cielsku potwora. Wyglądało to tak, jakby czerwona żmija szeroko rozwarła paszczę, próbując pochłonąć coś zbyt wielkiego. Mięśnie i ścięgna pękały z chrzęstem i trzaskiem, po tułowiu przebiegły pęknięcia, trysnęła czerwona krew.

Widmowi wojownicy Eltary zniknęli, czarodziejka nie mogła dłużej utrzymywać otwartych Wrót. Wydawało się jednak, że stwór zaraz zginie – niech tylko Hropt wytrzyma jeszcze chwilę!

Potwór chyba zrozumiał, co go czeka. Dał się słyszeć chrzęst, cmokanie, chlupanie i od czerwonego węża zaczęły odpadać całe płaty ciała, a każdy z nich przemieniał się w nowego, rozjuszonego drapieżnika.

Cielsko potwora dzieliło się w nieskończoność, bezkształtne kawałki ledwie okrytych skórą kości i szczęk ruszyły na Eltarę.

– Trzymaj się! – ryknął Stary Hropt, rozpaczliwie walcząc z atakującymi stworami.

Podłoga pod nogami saoi zatrzęsła się, z sufitu posypały się głazy. Wbijały się w podłogę, jakby wypuszczone z potężnych katapult, i rozpadały się, rozpryskując wokół siebie ostre odłamki, miażdżąc i tnąc wściekłe stwory.

To pomogło, ale tylko na jakiś czas. Z korytarza nadciągały coraz to nowe segmenty cielska, od razu rozpadające się na setki mały stworów. Kamienny deszcz poraził pierwsze szeregi, jednak z tyłu już szły następne, a za nimi wybrzuszała się wielka czerwona ślepa żmija.

Hropt walczył szaleńczo, jak w pamiętnym dniu bitwy na Borghildowym Polu. Złocisty miecz rwał się do przodu, zostawiając za sobą porąbane ciała, zaklęcia bojowe paliły, dusiły, miażdżyły i rozrywały na strzępy, ale nawet siły Starożytnego Boga okazały się niewystarczające do odparcia tego ataku.

Jeden ze stworów, który zdołał uniknąć spadających głazów, ognistych wirów i niewidzialnych imadeł, prześliznął się pod mieczem Hropta i skoczył na Eltarę. Księżniczka poczuła kwaśną woń, kościste, lepkie łapy chwyciły ją za ramiona. Upadła na plecy, dławiąc się własnym krzykiem. Straciła przytomność.

*

Podróż z czcigodnym Akcjumem zadziwiła Dwalina. Konie mknęły szybciej niż wiatr i gdziekolwiek skręcały, otwierała się przed nimi wygodna droga, nawet jeśli przed chwilą był tam dziki gąszcz. Powóz minął Rycerską Rubież i leciał coraz dalej na północ, w głąb nieprzebytych lasów znajdujących się we władaniu Ordy.

W końcu się zatrzymali. Dwalin wysiadł, żeby rozprostować nogi i ledwie rzuciwszy okiem na okolicę, zawołał zdumiony:

– Przecież to Wzgórze Demonów!

– Jesteśmy na miejscu – mruknął Akcjum. Plącząc się w połach płaszcza, usiłował wydostać się z powozu. – Nasza droga Eltara jest tutaj również. Teraz będę musiał dokończyć pewną sprawę...

– Najpierw zdejmij ze mnie zaklęcia, czarodzieju – powiedział głucho Dwalin. Targały nim najgorsze przeczucia, poza tym czuł coraz większą zazdrość. W czasie krótkiego postoju Akcjum zabrał Jarinę w krzaki i... Dwalin mógł tylko zgrzytać zębami, słuchając dobiegających z zarośli odgłosów. – Przysiągłeś na swój kostur!

– A, oczywiście, oczywiście. – Mag niedbale pstryknął palcami. – No i jak? Co czuje mój dobry krasnolud?

Dwalin poczuł przyjemne ciepło rozchodzące się po całym ciele jak po wypiciu kielicha starego, dobrego wina. Wewnętrznym wzrokiem ujrzał wysokie sale Ar-an-Aszparangu... swoich ziomków... braci... rodowy warsztat... i tę, z którą chciał począć swojego następcę.

Nie było wątpliwości – mógł wrócić do domu.

– Dziękuję ci, magu. – Skłonił się nisko.

– Drobiazg, doprawdy drobiazg. – Akcjum dobrodusznie machnął ręką. – Czy może być coś łatwiejszego niż zdejmowanie zaklęć nałożonych przez amatora? A teraz pozwólcie, drodzy przyjaciele, że na jakiś czas was opuszczę.

Stękając i złorzecząc na swój wiek, zaczął schodzić do wnętrza Wzgórza Demonów. Dwalin i Jarina zostali na górze.

*

Tego, co było między mną a Saatą, nie zdołam opisać ubogimi słowami śmiertelnych ludzi. Poczułem, że rozpadam się, eksploduję. Żyłem tysiącami żywotów, byłem bogiem i demonem, elfem i magiem, człowiekiem i trollem, wszystkimi jednocześnie. A gdy nasienie mnie opuściło, ujrzałem całą nieskończoność Wielkiej Sfery Światów, ogarnąłem całe Uporządkowane, przeniknąłem do pól Chaosu i Otchłani Nienazwanego.

Kiedy Saata podniosła się zmęczona, nad górną wargą, spuchniętą od pocałunków, miała perełki potu. W jej oczach zobaczyłem szczęście.

– Nieważne, kim jesteś. Kocham cię.

I poszliśmy dalej.

*

– Achsss, dossskonale, dossskonale! Wszyssstko przebiega zzzgodnie z planem. Ci głupcy nawet nie próbowali mi przeszkodzić, gdy przekraczałem Eger! A terazzz już zzza późno: most zossstał posssstawiony! Tak jessst! Najpierw rozszszerzymy śśścieżkę, a potem zzzaczniemy tworzyć taran. Ale ssstraż! Gdzie jessst ich ssstraż graniczna? Tego nie rozumiem... Achsss, jednak sssię nie myliłem! Oto oni... Ukryli sssię. Myśśślą, że uda im sssię ukryć w ten ssspossssób przed ssstarym Hisssem? Jeden, dwóch... Oho! Cały tuzin! Ciekawe, jak chcą sssię przeciwssstawić mojej armii!

Hiss machnął zieloną łapą i strumień potworów Ordy popłynął po przerzuconym przez Eger moście. Na przeciwległym, Opuszczonym Brzegu, między znieruchomiałymi szponiastymi łapami-gałęziami Lasu Zagłady widniała szeroka przesieka. Rogacze, które przeprawiły się pierwsze, ruszyły w stronę lasu, rozorując ziemię swoim porożem. Pierwszy fioletowy krzew został wyrwany z korzeniami, potem drugi, trzeci... Wierna straż Elfranu ginęła, nie mogąc stawić oporu. Jeszcze chwila i niezliczone wojsko będzie mogło ruszyć do szturmu.

A wojsko zaiste było nieprzeliczone. Na dzień drogi na wschód, północ i południe ziemie wypełnione były oddziałami Ordy. Nigdy jeszcze w żadnym miejscu nie zebrało się tyle koszmarnych stworów. Nie miały co jeść – żeby zdobyć pożywienie, muszą pokonać Góry Tajemne, w przeciwnym razie albo padną z głodu, albo będą musiały wycofać się na północ.

Rozpoczęła się przeprawa. Wkrótce przesieka w Lesie Zagłady stała się szeroka na ćwierć mili i spojrzeniom stworów ukazały się podnóża Gór Tajemnych.

W górze krążyli na swych wiernych gryfach pograniczni wojownicy Elfranu – absolutnie bezsilni. Władca kategorycznie zabronił im rozpoczynać walki. Mogli jedynie patrzeć.

*

– Do jego ekscelencji, pilna wiadomość od setnika Frabara!

– No i gdzie się pchasz, stary! Jego ekscelencja odpoczywa. Nie wolno go niepokoić, jasne?!

– Ej, Mrom, nie bądź taki gorliwy! Wpuść gońca, i to już!

– Ekscelencjo...

– Ile razy mam ci powtarzać – nie jestem żadną ekscelencją i nigdy nie byłem! Tysięcznikiem możesz mnie nazywać, choć król dał mi tylko stopień setnika. Jasne?

– Jasne, wasza... to znaczy, panie tysięczniku. Wiadomość od setnika Frabara: znaleźliśmy Ordę. Jest jej tam mrowie a mrowie!

– Oj, widzę, żeś w dzieciństwie za mało w skórę dostawał. Zwiadowca nie mówi: mrowie a mrowie. Ile tam jest tych stworów? Sto? Tysiąc? Sto tysięcy? Ile, mów mi zaraz, niech cię trąbacz zamiast dziewki użyje!

– Przepraszam, panie tysięczniku. Ile ich jest – zliczyć trudno. Do jednego parowu żem zajrzał, a tam stworów jak ryb w sieci. Różne, różniste! I pancerniki, i brzuchojady, i paszczogłowy, i rogacze, i trąbacze... Tak na oko w tym parowie były ze trzy setki, w następnym tyle samo, a w jeszcze następnym też. Dalej nie poszliśmy, pan setnik kazał mi pędzić z powrotem.

– Jasne. Tak to jest, czego się szuka, to się i znajdzie... Mrom! Trąb na alarm. Ustawić się w szyku bojowym! Ja pójdę w awangardzie.

– Panie tysięczniku...

– Nie chcę o niczym słyszeć! Za dużo woli ci dałem, panie ordynansie. Jakby ciebie słuchać, toby mnie trzeba było na wozie związanego wozić!

– Toć bez was się tu wszystko rozpadnie!

– Nie pleć bzdur! Lepiej zbroję dawaj!

– Tak jest!

Spora, licząca dwa tysiące ludzi armia Argnista tworzyła szyk. Skoro Orda siedzi w parowach, to znaczy, że szykuje zasadzkę. Już my jej damy zasadzkę!

*

Eltara otworzyła oczy. Odzyskać przytomność pomógł jej ból – zwyczajny ból obitego i poranionego ciała.

Rozejrzała się z wysiłkiem. Leżała na szerokim, niskim łożu w jakiejś pałacowej komnacie. Białe marmurowe ściany i wąskie okna zupełnie nie przypominały domostwa Starego Hropta.

Ale on sam był tutaj.

– Uff, ocknęłaś się! – Nad saoją pojawiła się znajoma brodata twarz Starożytnego Boga. Ojciec Drużyn nie wyglądał dobrze: czoło przecinała mu świeża rana, na lewym policzku widać było ślady zębów, które rozerwały ciało niemal do kości. Pod oczami pojawiły się sińce – prawie jak u zwyczajnych ludzi. Nic dziwnego! Ile boskości zostało w dawnym panu Asgardu po tysiącleciach życia wśród śmiertelników?

Eltara jęknęła.

– Nic, nic, najgorsze już za nami – rzekł Stary Hropt i niczym troskliwa niańka przysunął do ust księżniczki czarę z parującym napojem.

– Gdzie... gdzie my jesteśmy? – wyjęczała czarodziejka.

Stary Hropt uśmiechnął się krzywo, chyba nie miał ochoty o tym mówić.

Gorący napój sprawił, że Eltara poczuła falę przetaczającą się po ciele, spłukującą zmęczenie i ból. Usiadła na łożu.

– To gdzie jesteśmy? Jak zdołaliśmy się uratować?

– Jak, jak... – burknął Hropt, odwracając się. Eltara miała już pewność, że stary wojownik nie chce o tym mówić. – Musiałem wezwać kogoś na pomoc.

– Czyżby Nowych Bogów?

– Nie, niestety nie. Niełatwo się do nich dowołać. Czołgając się po tamtej jaskini, natrafiłem na ślady starych czarów. Starych i dziwnych, ale właśnie po tej dziwności poznałem rzucającego zaklęcie. No i poprosiłem go o pomoc. Nic lepszego nie przyszło mi wtedy do głowy, jeszcze chwila i byłoby po tobie! Okazało się, że twórcą zaklęcia jest mój dawny znajomy... – Hropt skrzywił się jak od bólu zębów. – Możliwe, że znasz go pod przezwiskiem Śnieżny Mag. Zwykle nazywają go Gordżelin, czasem dodając przydomek Obojętny.

– Ale przecież on... – zaczęła oszołomiona księżniczka.

– Właśnie. Mówiłem, że żadnemu czarownikowi naszego świata nie starczyłoby sił, żeby stworzyć Ordę i nią kierować. I teraz to powtórzę, przysięgając na Mjölnir, młot mojego syna! Gordżelin dostał się do wnętrza Wzgórza Demonów z tymi samymi zamiarami co my – chciał się dowiedzieć, o co tu chodzi. Pochwyciłem ślady jego zaklęć poznania. Spryciarz! Miał przygotowaną specjalną furtkę do tej jaskini. Wyrzuciło nas na powierzchnię tuż obok Sleipnira i gryfa.

– Czy to znaczy, że Gordżelin potrafi otwierać Wrota Światów?

– Nie! Oczywiście, że nie! – Hropt energicznie pokręcił głową. – To była najzwyklejsza furtka. Miejscowi czarodzieje umieją robić takie rzeczy. To chwyt dość prosty, ale wymaga przeprowadzenia mnóstwa żmudnych działań. Przypomina robienie podkopu, tylko zamiast szpadla używa się zaklęć. W odróżnieniu od nas Gordżelin nigdzie się nie spieszył. Siedział sobie i powoli, cierpliwie odsłaniał kolejne warstwy. Mnie się od takiej pracy flaki przewracają, ale dzięki jego furtce mogliśmy wydostać się z jaskini.

– Dlaczego jesteśmy tutaj, a nie w twoim domu? – zdumiała się Eltara.

– Bo czcigodny Gordżelin nigdy nic nie robi za darmo. Zaczął się ze mną targować, a ja nie miałem czasu... Krótko mówiąc, w ramach zapłaty zażądał miecza!

Przed Starym Hroptem na eleganckim stoliku z białego kamienia leżała jego złota klinga w kryształowej pochwie.

– Twojego miecza? – Eltara była wstrząśnięta. – A ty się zgodziłeś?

– Co miałem zrobić? – Hropt westchnął ciężko. Z kryształowej karafki kunsztownej roboty nalał wina do srebrnego pucharu i wlał w siebie jak piwo. – Gordżelin przyparł mnie do muru. Szkoda, że Loki zginął. Ten spryciarz na pewno by wymyślił, jak odzyskać mój miecz.

– Naprawdę chcesz go oddać? – W oczach Eltary pojawiło się przerażenie.

– Trzeba dotrzymywać warunków umowy! – warknął Starożytny Bóg. – Nawet jeśli zawiera się ją z takimi typami jak Gordżelin. Gdy tylko odzyskasz siły, oddam miecz jego nowemu panu i wyniesiemy się stąd. Ech, trzeba będzie na razie zostawić Ordę w spokoju. Muszę znaleźć coś, co zastąpi mi tę klingę... – Ojciec Drużyn pogładził przezroczystą pochwę.

– Pójdę z tobą do Gordżelina – postanowiła Eltara.

– Po co? – zapytał ponuro starzec. – To będzie niezbyt przyjemne.

– Powiedziałeś: Szkoda, że zginął Loki. Może ja zdołam go zastąpić?

– Nie! – Hropt uderzył pięścią w stół. – Dość już złamanych przysiąg! W przeszłości robiliśmy to nieraz. Myśleliśmy: Ech, Loki jest taki sprytny i zręczny, on wymyśli, jak się z tego wyplątać! I faktycznie zwykle mu się udawało. A potem mieliśmy bitwę na Bornhildowym Polu. To była zapłata... Nie, Śnieżny Mag dostanie mój miecz. Powiedziałem.

Nie było sensu dłużej się spierać.

– Skoro czarodziejska moc Gordżelina jest na sprzedaż, to może uda się go nająć, żeby odszukał tych, którzy znaleźli drogę do Elfranu?

– Ach tak, Elfran! – Starożytny Bóg klepnął się w czoło. – Nie zdążyłem ci powiedzieć. Orda zaczęła szturm, przekroczyła wasze wschodnie granice w miejscu, w którym została twoja ścieżka.

Ogromne oczy Eltary wypełniły się mrokiem. To, co usłyszała, z trudem torowało sobie drogę do jej świadomości. Orda szturmuje Elfran! I to ona, Eltara, wskazała drogę tym potworom! Wszechmocni Bogowie! Dlaczego nie umarła?! Orda idzie przejściem, które otworzyła...

– Powinnam tam być – wyszeptała.

– Co ty pleciesz, oszalałaś? W niczym nie pomożesz, najwyżej zginiesz! – huknął Stary Hropt, znów waląc pięścią w stół. – Dobrze, chodź ze mną do Gordżelina, może faktycznie uda się go kupić. Ja bez miecza niewiele zdziałam.

– Nie! Nie! – krzyknęła Eltara, zrywając się i podbiegając do Hropta. – Nie oddawaj mu teraz miecza! Najpierw Elfran! Może uda się odeprzeć Ordę! Nie oddawaj miecza!

Stary Hropt zgrzytnął zębami.

– Przysięgałem!

– Czy przysięga jest ważniejsza od śmierci?

– Nie rozumiesz. – W głosie Starego Hropta pojawiła się rozpacz. – Są przysięgi, których łamać nie wolno! I to nie tylko nie dlatego, że to haniebne i że potem zwróci się to przeciwko tobie. Jeśli ja, Odyn, złamię dane słowo, stanie się wielkie nieszczęście. Już raz próbowałem. Drugiego razu nie będzie.

– Ale Orda wedrze się do Elfranu!

– Eltaro, gdy tylko oddam miecz Gordżelinowi, natychmiast wyruszę razem z tobą i zrobię wszystko co w mojej mocy, żeby Elfran uratować. Ale dopiero wtedy, gdy dochowam przysięgi. Uspokój się i zrozum, że nie jestem twoim wrogiem!

Dusząca wściekłość powoli odchodziła, księżniczka rozluźniła zaciśnięte pięści.

– W takim razie dlaczego zwlekamy?!

– Bo jest mi ciężko na duszy – oznajmił ponuro Ojciec Drużyn.

– Przecież to nie ty będziesz zatrudniał Gordżelina? – Eltara uśmiechnęła się niewesoło.

– Przy okazji... będziesz miała mu czym zapłacić?

– Chyba nie mamy zamiaru czekać, aż przybędą tu skarbnicy Elfranu? – Saoja wzruszyła ramionami z iście królewską pogardą.

Hroptowi drgnął tylko jeden mięsień twarzy.

Mijając wysokie zwierciadło, Eltara zerknęła na swoje odbicie. Na Wielkie Siły, jak ona wygląda! Włosy zlepione potem, brudna jak nieboskie stworzenie...

Już stali przed drzwiami, gdy Odyn powiedział:

– Nie mam władzy nad siłami zła, Eltaro. A zło, jak zrozumiałem, można powstrzymać tylko złem, i to za bardzo wysoką cenę! Gordżelin włada zaklęciami czarnej magii, nie mogłem się pomylić. Takich jak on wyczuwam na setki lig!

Gdy Hropt i saoja wyszli z komnaty, usłyszeli ciężki pozagrobowy jęk. Eltara wydęła wargi – najwyraźniej Gordżelin lubował się w niegodnych potężnego czarodzieja kuglarskich sztuczkach. Obok drzwi ich komnaty kamienie ściany rozstąpiły się, ukazują przykuty łańcuchem do ściany szkielet. Biały kościotrup wstał, w pustych oczodołach zamigotało światło, stawy zaskrzypiały niczym dawno niesmarowany wóz i kościsty strażnik ruszył, żeby zastąpić drogę Eltarze i Hroptowi.

– Ten Gordżelin jest głupszy, niż myślałem – warknął półgłosem Hropt.

Skrzypiąc ohydnie, szkielet podszedł bardzo blisko. Stary Hropt zatrzymał się, gdy białe kości palców zaczęły skrobać po jego pancerzu, jednak nie miał zamiaru się cofać. Zły to gość, co bije gospodarskie psy.

Ale pan Śnieżnego Zamku szybko doszedł do wniosku, że takich gości należy przyjmować inaczej. Szkielet zamarł, jakby nasłuchując, i zdumiewająco żwawo pomknął do swojej niszy. Kamienie zasunęły się z powrotem.

A Eltara i Hropt zaczęli długą wspinaczkę po wąskich spiralnych schodach z takiego samego białego kamienia, jak wszystko w tym zamku. Półpięter, drzwi i okien nie było – tylko droga w górę wijąca się jak przełyk ogromnego zwierza. Pokonali co najmniej półtora tysiąca stopni, zanim wspinaczka dobiegła końca.

Gordżelin powitał gości na górze. Ubrany był w piękny futrzany płaszcz z bezcennych skór polarnych soboli, wysokie czoło ozdobił skrzącym się adamantami diademem, na piersi zawiesił gruby złoty łańcuch z wielkim wisiorem – rzadkiej wielkości i czystości błękitnym karbunkułem. Pod płaszczem miał kurtkę z miękkiej skóry nienarodzonej foczki i szerokie spodnie. Całości dopełniały eleganckie buty z błękitnego safianu z zawiniętymi do góry noskami.

Jego długie włosy były śnieżnobiałe – nie siwe, lecz białe z natury. Twarz miał szczupłą, wystające kości policzkowe, wąskie oczy nieokreślonego koloru, cienki, idealnie prosty nos, wąskie, dumne wargi i ostry podbródek. Skórę suchą, chorobliwie białą, niemal przezroczystą. I baczne, zimne spojrzenie.

Stary Hropt pierwszy skłonił głowę w powitaniu. Gordżelin odkłonił się w milczeniu i popatrzył przejrzystymi oczami na ścianę ponad księżniczką.

Cham! Mógłby ze mną przywitać się pierwszy! – pomyślała Eltara.

Ale najwyraźniej Śnieżny Mag nie miał takiego zamiaru. Nastąpiła wymiana pełnych lodowatej grzeczności skinień i gospodarz niedbałym gestem zaprosił gości, żeby udali się za nim do jego apartamentów.

Gabinet Gordżelina, przestronny i jasno oświetlony, zdumiewał prostotą i całkowitym brakiem magicznych akcesoriów, typowych dla siedzib czarowników. Eltara wpatrywała się w Gordżelina, usiłując zrozumieć, czy mag ma dość siły do uratowania Elfranu. Niemal świdrowała gospodarza wzrokiem. Bardzo różnił się od swojego syna. Biedny Cheort! Nic dziwnego, że było mu tu ciężko.

Wymamiłeś od Hropta złotą klingę? – myślała księżniczka. To nie masz się teraz co krzywić! Jak będę chciała, to będę się na ciebie gapiła, ty... ty mrożony sztokfiszu!

– Przyszedłem wypełnić przysięgę. – Stary Hropt wziął byka za rogi. Po co odkładać nieuniknione? Wyciągnął ręce – na jego dłoniach spoczywał Złoty Miecz.

Gordżelin przyjął klingę obojętnie i od razu odłożył na bok, niczym niewarte zachodu żelastwo. W oczach Hropta mignęła wściekłość.

– Przysięga wykonana, potwierdzam – rzekł beznamiętnie Gordżelin, jakby przyjmowanie podobnych mieczy dawno temu stało się dla niego obrzydłą powinnością.

Zapadła cisza. Gordżelin stał ze wzrokiem utkwionym ponad ich głowami, jakby czekał, kiedy wreszcie wyjdą. Hropt zacisnął pięści i mamrotał pod nosem słowa, które wychowawczynie Eltary przyprawiłyby o palpitację serca.

– Mamy do ciebie jeszcze jedną sprawę, czcigodny Gordżelinie, zwany też Śnieżnym Magiem – powiedziała księżniczka najbardziej wyniosłym tonem, na jaki było ją stać. – Chcielibyśmy prosić cię o pomoc. Rzecz jasna, nie za darmo.

Blada twarz maga nawet nie drgnęła.

– Orda jest w granicach Elfranu – powiedziała saoja otwarcie. – Żeby odeprzeć szturm, potrzebujemy twojej siły.

Targały nią wątpliwości. W tym zadufanym magu nie czuło się nawet dziesiątej części mocy, która była potrzebna do odparcia Ordy.

Gordżelin uniósł białe brwi, jakby chciał zapytać: Ile?

– Wtajemniczeni znają skarby Elfranu – stwierdziła zimno. – Może czcigodny Gordżelin sam poda swoją cenę?

Białe wargi się rozchyliły.

– Podam. – Głos maga był bezbarwny i cichy, niczym szmer lodu na wiosennej rzece. – Ale moja cena jest bardzo wysoka. Czy saoja się nie rozmyśli?

Eltara drgnęła.

– Rozmyślę? – zmusiła się do śmiechu. – Czy w Elfranie mało jest złota?

Kącik wąskich warg drgnął, opadając w dół.

– Nie potrzebuję złota, saojo. Wiem, że mój syn...

– Tak. – Eltara spuściła głowę. – Twój syn zginął śmiercią bohatera. Byłabym dumna, mając takiego brata. Podobnie jak ty jestem pogrążona w żalu, czcigodny Gordżelinie.

– Swoim smutkiem nie zwrócisz mi syna. Zginął, walcząc w twojej sprawie, saojo. Zginął, ratując pieczęć twojego króla. Nie uważasz, że jesteś mi coś winna również za to?

– Masz sporo racji – odparła Eltara. – Wprawdzie twój syn szedł ze mną z własnej woli, ale...

– Cena jest taka: zostaniesz moją nałożnicą, elfrańska księżniczko, i urodzisz mi syna. Rozumiesz?

Eltara zacisnęła zęby. Z całych sił walczyła z przemożnym pragnieniem rozorania tej bezczelnej gęby paznokciami. O, powinna była spodziewać się czegoś w tym stylu!

– Czy możemy ustalić szczegóły warunków umowy? – Starała się, żeby jej głos brzmiał niedbale.

– Będziesz moją nałożnicą aż do chwili, gdy mi się znudzisz – wyjaśnił spokojnie Gordżelin.

Stary Hropt ryknął głucho.

– Słuchaj no, czarodzieju...!

– Przybyliście tu i prosicie, żebym powstrzymał Ordę – powiedział mag z nagłym ożywieniem. – Nie czuliście wyrzutów sumienia, gdy wystawialiście na strzały mojego syna, a teraz udajecie urażoną niewinność! Prosicie, żebym powstrzymał Ordę. Mogę to zrobić. Boję się tego, który nasłał bestie, ale mogę je powstrzymać. Złoto nie jest mi potrzebne. Magicznych talizmanów w Elfranie nie ma żadnych oprócz Kamienia Toej. Mógłbym rzecz jasna zażądać go dla siebie, ale wówczas musiałbym wykonać pracę awansem, licząc na uczciwość elfrańskich władców. Domyślam się okoliczności i przyczyn twojej ucieczki, saojo, więc żywię obawy, czy po wykonaniu pracy uzyskam zapłatę. Nie, Kamień Toej zdobędę innym razem, a na razie chcę, żebyś rozgrzała moje łoże. To mnie zabawi. Na jakiś czas. I chcę mieć syna!

Tutaj już wyczerpała się cierpliwość Starego Hropta. Cios został zadany po mistrzowsku – potężna pięść strzeliła z dołu w delikatny podbródek maga.

Gordżelin zachwiał się, ale ustał na nogach. Jego głowa otuliła się srebrzystą mgiełką i już po chwili Śnieżny Mag znów stał spokojny, pewny siebie, jakby nic się nie stało.

Stary Hropt osłupiał, a Eltara pomyślała, że Gordżelin rzeczywiście dysponuje sporą Siłą.

– Kontynuujmy naszą rozmowę – rzekł Gordżelin. – A może czyn potężnego Odyna oznacza, że rezygnujecie z umowy? Jeśli tak, drzwi są za waszymi plecami, a jeśli nie, to słyszeliście moje warunki.

– Ale z ciebie bydlę! – wycedził przez zęby Stary Hropt. – Poczekaj, jeszcze dosięgnie cię Wielki Rakot!

– O, Rakot ma teraz inne sprawy – rzucił bez uśmiechu Gordżelin. – On i czcigodny Hedin mają znacznie ważniejszy problem

– Nienazwanego. Co im tam jakiś zwykły czarownik! Nie bierz mnie za głupca, Odynie.

– Chodźmy stąd, Eltaro. – Hropt odwrócił się gwałtownie. – Nie ma co gadać z tym zwierzęciem. Ani wstydu, ani sumienia!

– Bez miecza nie powstrzymasz Ordy, Odynie – powiedział bezbarwnym głosem Gordżelin, oglądając uważnie swoje paznokcie. – Dobrze będzie, jeśli w ogóle wyjdziesz z tego cało! Chcesz się przekonać? Proszę bardzo! Wróćcie, jak zmienicie zdanie. Moja cena pozostanie bez zmian. A teraz wybaczcie, ale czas na mnie...

Cóż miała zrobić Eltara Elfrańska, spadkobierczyni (cóż z tego, że zbiegła!) Elfranu, jednej z ostatnich ostoi Pierworodzonych? Wszystko w niej zlodowaciało ze strachu, skręciło się ze wstrętu. Te zimne dłonie miałyby sunąć po jej ciele?! Tak ją mdliło, że omal nie zasłabła.

Wynosić się stąd! Jak najszybciej! Lecieć ze Starym Hroptem na pomoc jej pobratymcom! Niemożliwe, żeby cała potęga Elfranu spasowała przed Ordą – w końcu mieszkańcy Leśnej Granicy odpierają jej ataki od trzystu lat!

Ale w piersi pozostał lepki chłód. Coś mówiło Eltarze, że Gordżelin ma rację, naporu Ordy nie powstrzymają ani wojownicy Elfranu, ani potęga Kamienia Toej! Tylko że serce nie chciało w to uwierzyć.

– Chodźmy stąd – powiedziała czarodziejka, wkładając w te słowa maksimum pogardy.

Gordżelin wzruszył ramionami, nawet nie próbując gości zatrzymać. Wydawało się, że jest mu wszystko jedno, czy saoja trafi do jego łóżka, czy nie – i już sama ta obojętność była nieznośną obrazą!

Sleipnir i gryf pędzili szybciej od strzał, szybciej od morskiego huraganu, jakby czując, co dzieje się w duszach ich jeźdźców.

Rozdział 2

Bitwa pod górskimi murami Elfranu wyglądała niczym gigantyczny wielobarwny leniwiec rozciągający na boki łapy i ogon, powoli zmieniający zarysy.

To tu, to tam nad polem bitwy zapalały się pochodnie zimnego, srebrzystego płomienia. Stwory Ordy niewiarygodnie szybko wznosiły żywą piramidę. Mimo lecącego z góry deszczu strzał, mimo magii Kamienia Toej oddziały Hissa wspinały się coraz wyżej.

Walka wrzała na ziemi i w powietrzu. Gryfy Elfranu zderzały się pierś w pierś ze skrzydłodziobami. Zabójcze srebrne strzały leciały bez chwili przerwy, ale nawet naszpikowane brzechwami straszydła usiłowały dosięgnąć elfrańskich wojowników szponami i dziobami.

Hiss się nie spieszył. Jego oddziały zrobiły szeroki korytarz w Lesie Zagłady, miejsca starczyło dla wszystkich. Wężowy król przewidział zaciekłą obronę elfrańskich strzelców, jednak te kilka tuzinów prowadzące walkę powietrzną nie stanowiły poważniejszego problemu.

– Achsss, więc tak wygląda ten legendarny Elfran! Nie wiedziałem, nie wiedziałem... Niedługo tu jeszszszcze possstoi. Taran będzie gotowy przed zzzachodem sssłońca...

Hiss stał na wysokim pomoście z połączonych ścianołomów. Główne siły jego armii przeszły już na lewy brzeg Egeru, ale wężowy król na razie wolał trzymać się bliżej wody. Był u szczytu rozkoszy. Dowodził.

Taran musiał być porządny – oddziały trąbaczy, rogaczy, pancerników i innych stworów należało ustawić w takiej kolejności, żeby ich atak, zaczynający się przy pogranicznych górach, zatrzymał się dopiero w baśniowym Tardejlu.

Trzeba przyznać, że Hiss z dużym talentem kierował tą zdumiewającą armią, nie zastanawiając się, kto i dlaczego obdarzył go taką potęgą, zadowalał się wyjaśnieniem, że „sami nie możemy z powodu Prawa Równowagi". Wężowy król starannie rozważał każde posunięcie, nie chciał posyłać stworów na bezmyślną rzeź. Wprawdzie zastępy Ordy były zaiste nieprzeliczone, ale kto ich tam wie, tych magów, może potem każą mu się rozliczyć? Żywa piramida wznosiła się coraz wyżej, jeszcze kilka godzin i niepowstrzymana fala potworów wedrze się na płaskie szczyty gór Elfranu, zmiecie nielicznych obrońców.

Jedyne, czego naprawdę się obawiał, to magiczny kontratak – znajdująca się za pogranicznymi górami siła (wężowy król nie wiedział o istnieniu Kamienia Toej) ciągle próbowała wymacać jego niewidoczną tarczę osłaniającą miejsce przedarcia. Tarcza jeszcze trzymała, ale Hiss musiał ją co chwila poprawiać, łatać dziury i szczeliny...

*

– Niedobrze! – krzyknął do księżniczki Stary Hropt, gdy ośmionogi Sleipnir znalazł się przy gryfie. – Co za potęga!

Posłuszny myśli jeźdźca Sleipnir mknął nad polem bitwy niczym srebrzysta błyskawica.

– Trzeba zniszczyć piramidę! – ryknął Odyn. – Użyj wszystkich zaklęć, jakie tylko znasz! A potem zajmiemy się tamtym!

Na brzegu Egeru Eltara dostrzegła stalowo-ołowiany pomost utworzony z jakichś wypukłych elementów. Na pomoście znajdowała się zielona postać, niejasno przypominająca... przypominająca...

Eltara nie zdążyła skojarzyć, kogo przypomina jej ta postać – klucz skrzydłodziobów ruszył w stronę jej gryfa i musiała przejść do działania. Nie chciała tracić czasu na te skrzydlate bestie. Gryf gwałtownie wzbił się w górę i skrzydłodzioby od razu spasowały.

A oto i piramida, żywa góra ołowiowoszarych, czarnych, brązowych i zielonych grzbietów, pancerzy, grzebieni, skór i pokryw. W tę górę Eltara uderzyła.

W samym środku kłębowiska stworów pojawił się pomarańczowy ognisty pęcherz. Zwykła toporna siła, w tej chwili księżniczka nie miała głowy do subtelnych tworów Wyższej Magii. Ognisty pęcherz szybko zanurzał się w głąb żywej piramidy, zostawiając za sobą popiół. Stwory nawet nie próbowały się ratować – pozostawały na swoich miejscach i płonęły. Eltara wiedziała, że wcześniej czy później jej płomień zostanie stłumiony i trzeba będzie zastosować inne zaklęcie... Ale dlaczego do tej pory żaden z lordów nie użył tej śmiercionośnej broni?!

Odpowiedź przyszła bardzo szybko.

Ognista kula zniknęła i księżniczka już zaczęła tworzyć następną, gdy ruchliwa masa Ordy wypluła z siebie identyczny pomarańczowy pęcherz. Zanim Eltara zdążyła się zdziwić, płomienna kula pomknęła w górę, w stronę jeźdźców na gryfach. Rozległ się krótki krzyk – ogień ogarnął jednego z powietrznych wierzchowców i obok Eltary przekoziołkował spadający w dół płonący obrońca Elfranu.

Księżniczka zacisnęła rękami usta, żeby nie zacząć krzyczeć. Odebrała życie jednemu ze swoich rodaków!

Śmiertelnik nie znajdzie słów, by opisać, co działo się w duszy księżniczki. Dla mieszkańców Elfranu śmierć to tragedia, a nie nieuchronność. Nieszczęśliwy wypadek, a nie prawo natury – i dlatego jest taka straszna.

Prawdopodobnie Eltara na chwilę zemdlała – ocknęła się dopiero, słysząc straszliwy ryk Starego Hropta tuż nad swoim uchem.

– Zwierciadło Norn! Mają Zwierciadło Norn!

Zwierciadło Norn odbijało każde zaklęcie bojowe, zwracając je przeciw temu, kto je posłał. Gordżelin mógłby być dumny ze swego ucznia – Hiss dobrze zapamiętał jego lekcje.

Eltara popadła w rozpacz. Co ona zrobiła! Powinna była zrozumieć, co się dzieje! Przecież Wieczny Król nie bez powodu nie uderzył całą potęgą magii Elfranu...

Hropt machnął ręką i skierował Sleipnira w dół. On również szykował potężne zaklęcie bojowe z rodzaju tych, które wysuszają morza i zrównują z ziemią szczyty gór, ale na szczęście nie zdążył go użyć. Ośmionogi wierzchowiec przebił piersią szyk skrzydlatych bestii. Dwa skrzydłodzioby spadły w dół z połamanymi skrzydłami, potem rumak uderzył kopytami w pancerną stonogę. Pancerz stwora nie wytrzymał, łuska pękła, w ranach zagotował się biały płyn i ciało stwora poleciało w dół.

Srebrne kreski strzał obrońców Elfranu leciały tuż obok Sleipnira, ale Odyn ufał umiejętnościom strzelców, wierzył, że żadna strzała go nie draśnie. W rękach Starożytnego Boga pojawiła się potężna pałka, były władca Asgardu z całego serca okładał bestie Ordy i ostrze szturmowego klina zostało nieco stępione. Niestety! Na miejscu roztrzaskanych stworów natychmiast pojawiały się nowe – Orda mogła stworzyć piramidę nawet z trupów.

Przez jakiś czas księżniczka tylko patrzyła, co się dzieje. Po swoim niefortunnym zaklęciu popadła w dziwne otępienie, nawet nie była w stanie płakać. W jej duszy szalał prawdziwy szkwał namiętności, pochłaniając wszystkie siły. Czuła się jak zbrodniarz. Swym zaklęciem spowodowała śmierć wojownika Elfranu! Żeby uzupełnić tę stratę, kolejna Pierworodzona będzie musiała odejść na Dół...

– Do stu demonów! Wszystko na próżno! – ryknął Stary Hropt, gdy po raz kolejny znalazł się obok gryfa Eltary. Pałka Ojca Drużyn spływała krwią potworów. – W ten sposób ich nie powstrzymamy! Spróbuję uderzyć w przywódcę!

Saoja nie zdążyła odpowiedzieć, już pomknął w dół.

Pod osłoną Zwierciadła Norn Hiss był nietykalny dla wszelkich zaklęć bojowych, ale mogła go dosięgnąć zwykła strzała czy miecz. Wężowy król wiedział o tym i odpowiednio się przygotował.

W powietrzu na drodze Sleipnira pojawiły się cienkie ogniste nici, koń Odyna gwałtownie uskoczył w bok, cudem unikając pułapki.

– A niech to! Ten drań ma płomienną sieć! A ja nie mam władzy nad Zwierciadłem Norn! – Ojciec Drużyn wyglądał na zrozpaczonego.

– Lecę do Gordżelina, czcigodny Odynie – powiedziała Eltara bezbarwnym głosem. – Cena uratowania Elfranu jest sprawiedliwa, nawet jeśli potem będę musiała odejść na Dół.

– Co?! – Hropt omal nie spadł z siodła. – Chcesz się oddać temu łajdakowi? Temu zakochanemu w sobie padlinożercy?

– Jeśli moje poświęcenie ma uratować Elfran, jestem gotowa.

– Zwariowałaś, dziewczyno?! – huknął Hropt i umilkł, widząc zimne, martwe spojrzenie księżniczki.

Już wydała na siebie wyrok. Skierowała gryfa na północny wschód.

– Przysięgam na moje święte bransolety, że cię stamtąd wyciągnę! – usłyszała jeszcze głos Starożytnego Boga.

★

Dwutysięczna armia, którą Argnist stworzył z niczego, wściekle zaatakowała Ordę. Do parowów, w których siedziały stwory, wojownicy lali płonącą smołę zmieszaną z naftą, a bestie, które próbowały wyrwać się z ognistego piekła, dobijali bełtami.

Jednak zaskoczona atakiem Orda szybko się opamiętała. Bezlitośnie okładając konie, przycwałowali gońcy od wysłanych w różne strony patroli – z północy i południa dwoma bezkresnymi falami nasuwały się oddziały stworów. Przed idącymi na zachód głównymi siłami Argnista również pojawiła się szczelna masa wyszczerzonych paszcz i szponiastych łap. Armia tysięcznika znalazła się w półokrążeniu.

– Wycofujemy się! – machnął ręką stary setnik. Oddziały Ordy okazały się zbyt liczne.

Palili za sobą wszystko, co tylko mogło się palić. Argnist odchodził ostatni. Szalejący płomień osłaniał ich odwrót, ale Orda nie miała zamiaru zostawić bezczelnych ludzi w spokoju, jej szeregi uparcie kroczyły po jeszcze gorącym popiele. Odwrót ogłoszono w samą porę i Argnist zdołał wyprowadzić wojsko, jednak już pod wieczór stało się jasne, że nie unikną walki. Orda deptała im po piętach.

★

Śnieżny Zamek był widoczny z daleka. Śnieżnobiała twierdza lśniła w słońcu tysiącami ostrych grani, przypominała bryłę lodu w promieniach wiosennego słońca. Zamek Gordżelina bardzo różnił się od innych budowli tego typu. Wyglądał jak piramida ze ściętym wierzchołkiem, z którego wzbija się w niebo smukła wieża zakończona cienką szpadą iglicy. Ani bram, ani drzwi Eltara nie dostrzegła.

Gryf schodził do lądowania. Saoja skierowała go w stronę wąskiej szczeliny między zewnętrznymi murami i główną wieżą twierdzy – magia Gordżelina już otwierała przejście, rozsuwając kamienne płyty murów.

Śnieżny Zamek otulał obłok lodowatego chłodu; po ciele gryfa popłynęły srebrzyste strużki.

Twierdza nie porażała wielkością, pod względem powierzchni przypominała zamek przeciętnego barona Fejnu. Za to ogromne wrażenie robił materiał, z którego zbudowano mury i wieże –

piękny kamień o barwie najczystszego śniegu. Eltara mogłaby przysiąc, że w Hjörwardzie Północnym nie ma kamieniołomów, w których wydobywano by takie cudo.

Pełniący wartę szkielet wyskoczył ze swojej niszy i szczerząc się, leciał objąć księżniczkę. Zaciskając zęby, Eltara kopnęła z całej siły, celując eleganckim butem w kolano kościotrupa. Szkielet runął na podłogę, rozpadając się na kawałki z niemiłosiernym hałasem. Księżniczka z nienawiścią splunęła na czaszkę i ruszyła w górę po krętych schodach.

Gordżelin stał w tym samym miejscu, w którym go zostawili. Czyżby naprawdę nie ruszał się stąd przez cały ten czas? – przemknęło księżniczce przez głowę. A może on żyje w nocy, jak wampir?

Adekwatnie do swego przydomku, Obojętny w milczeniu patrzył na nią, cierpliwie czekając.

– Gordżelinie... – Saoja zebrała resztki godności. Głos jej nie drżał, na policzkach nie było śladu rumieńca. – Przyszłam powiedzieć, że przyjmuję twoje warunki. Jeśli oczywiście nie zrezygnowałeś z uczestnictwa w naszej sprawie.

Powiedziała to suchym, rzeczowym tonem, jakby omawiała zalety konia czystej krwi. Tylko w głębi jej źrenic płonął dziwny fiołkowy płomień.

Gordżelin odpowiedział nie od razu. Przeszedł się od ściany do ściany, nienaturalnie prosty, jakby kij połknął. Może chciał w ten sposób dręczyć Eltarę, trzymać ją w niepewności? A może spodziewał się próśb, błagania, gniewu? Niczego takiego się nie doczekał. Saoja stała spokojna i chłodna, niczym kamień otaczających ją ścian.

– Ehm... – Mag odchrząknął. – Cieszę się, że rozsądek zwyciężył. Ale moje warunki uległy pewnej zmianie. Zastanowiłem się i doszedłem do wniosku, że proponowana cena jest niewystarczająca. Przedtem chciałem się ograniczyć jedynie do twego ciała, teraz chcę mieć także twoją duszę.

Eltarę jakby ktoś chlasnął batem po twarzy.

– Co znaczą te słowa? – spytała zimno.

– Już wyjaśniam. Gdy będziemy w łóżku, nie zdołasz leżeć obojętna, pełna lodowatej pogardy dla gwałciciela. Będziesz jęczeć i wić się, krzyczeć i błagać, żebym wziął cię jeszcze raz i jeszcze... – Gordżelin wypowiedział to wszystko martwym, obojętnym głosem. Kontrast między sensem słów a intonacją był wstrząsający.

Eltarze wydawało się, że z wściekłości pękną jej struny głosowe.

– Czyżby takie udawanie było miłe potężnemu Gordżelinowi?

– Ależ to nie będzie udawanie! – zaprotestował Śnieżny Mag. – To wszystko będzie naprawdę! Pokochasz mnie, księżniczko, moje zaklęcia ci w tym pomogą. Co prawda, wolałbym się bez nich obejść. Szczerość jest zawsze lepsza, tu masz rację.

– Trudno uwierzyć, że potrzebne ci są moje namiętne jęki!

– I znowu masz rację! Nie mnie są one potrzebne, lecz tobie – odparł Obojętny. – Zresztą spieranie się o to w chwili, gdy Elfran ginie, wydaje się co najmniej nierozsądne. Zgadzasz się? Odpowiedz!

Siłą woli spychając szalejącą wściekłość w głąb świadomości, Eltara wycedziła przez zaciśnięte zęby:

– Zgadzam się.

Gordżelin nie okazał radości ani triumfu. Na Wielkie Siły! – pomyślała wstrząśnięta Eltara. Przecież jemu naprawdę jest wszystko jedno, czy będę z nim dzielić łoże, czy nie!

– Przysięga Elfranu! – zażądał czarodziej. – Prawdziwa, pełna przysięga na krew Toeja!

Gordżelin nie powinien o tym wiedzieć... Że samo istnienie Elfranu nie było dla niego tajemnicą, z tym Pierworodzeni dawno się pogodzili, zwłaszcza że Śnieżny Mag nie opowiadał o tym na prawo i lewo. Ale okazuje się, że wiedział też o przysiędze! Przysięgać na imię i krew Toeja mogli tylko elfrańscy władcy, wstępując na tron. W Elfranie ta przysięga zabrzmiała jeden jedyny raz... I tak jak przysięga na wieczną mękę Niflhelu, była nie do złamania. Toej nie znał litości i sam karał krzywoprzysięzców okrutną śmiercią.

Elfran trzymał się resztką sił. Saoja uniosła prawą rękę i uroczystym tonem wyrecytowała wielką przysięgę.

Słowa padały niczym ostre klingi. Niewidoczni świadkowie bezgłośnie ustawiali się za plecami młodej czarodziejki. Zapamiętają tę przysięgę do chwili, gdy saoi nie zwolni z niej sam Toej.

– Moja część układu została spełniona – oznajmiła chłodno młoda czarodziejka. – Teraz twoja kolej, Gordżelinie. W przeciwnym razie przysięga straci moc.

– Wiem o tym – odparł spokojnie czarodziej. Otulając się płaszczem, otworzył okno i zwrócił się do Eltary, wyciągając rękę: – Może wysoko urodzona saoja zechce popatrzeć na moją pracę?

Eltara, wzdrygając się z odrazą, włożyła palce w lodowatą dłoń Gordżelina. Na niebiosa i otchłanie, nawet wampiry mają cieplejszą krew niż ten czarodziej!

Śnieżny Mag nie potrzebował żadnych rumaków czy gryfów – po prostu zrobił krok do przodu z wąskiego gzymsu, ciągnąc za sobą Eltarę. Ułamek sekundy później saoja ujrzała w dole zbocza pogranicznych gór.

Orda nie traciła czasu. Odyn nadal pędził na Sleipnirze, waląc pałką stwory, które wspięły się najwyżej, ale było jasne, że sam tego naporu nie powstrzyma. Strzelcy na gryfach gdzieś zniknęli.

Przed magicznym atakiem Ordę nadal chroniło Zwierciadło Norn. Można powiedzieć, że pod nieobecność Eltary niewiele się zmieniło, jedynie górna krawędź żywej piramidy niemal dorównała już szczytom gór.

Gordżelin usadowił się wygodnie na niewidzialnym powietrznym fotelu.

– Proponuję, żebyś usiadła, saojo. Ten spektakl może się nieco przeciągnąć.

– Mają Zwierciadło Norn – przypomniała magowi Eltara.

– Wiem. Tym ciekawiej zapowiada się widowisko. A właśnie, kto siedzi na tamtym pomoście?

Słońce już opadało za góry Elfranu, a Hiss uparcie nie opuszczał swego miejsca dowodzenia – jedynie pokrzepił się kilkoma specjalnie dostarczonymi na „królewski stół" żabami. Ani Eltary, ani Gordżelina nie widział; zapomniał o wszystkim. Atakująca tyły Ordy żałosna garstka wojowników Galenu została zmuszona do ucieczki, Hiss posłał za nią spory oddział stworów i wrócił do obserwacji szturmu.

Gordżelin znieruchomiał, twarz mu się wydłużyła, rysy wyostrzyły.

– A więc to tak... Hiss tutaj jest! Jego wysokość król węży!

– Hiss? – zdumiała się Eltara. – Zostaw go mnie!

– O nie – powiedział Gordżelin przez zęby. Jego dolna szczęka podrygiwała. – Już on mi zapłaci... zapłaci mi za Cheorta...

– Poczekaj, magu, a co z Ordą?

– Orda... ach tak, Orda! To proste... – wymamrotał Gordżelin, wyciągając rękę w stronę wierzchołka szturmowego klina. Pstryknął palcami i odwrócił się, jakby zapominając o istnieniu milionów stworów.

*

Czarodziej Akcjum zniknął w czarnym wnętrzu tunelu, zostawiając Dwalina i Jarinę na powierzchni.

Nie było go tak długo, że krasnolud już chciał iść rąbać drwa na ognisko (mag nie zatroszczył się o zapewnienie ognia towarzyszom), jednak Jarina gwałtownie chwyciła go za rękę.

– Tam dzieje się coś złego! Nauczyciel... z nim jest coś nie tak... Zamyka się... już go nie widzę!

– A kogoś innego widzisz?

– Nie... zasłona... postawił zasłonę... nie przebiję się! – Jarina przycisnęła dłonie do skroni, potrząsnęła głową. – Och, jak boli!

– No, skoro się zamknął, to licho z nim – warknął Dwalin. – Żeby temu staremu capowi Rodgar zwalił sklepienie na łeb!

– Nie, nie, nie – szeptała Jarina jak w gorączce. – Chcę to zobaczyć... mogę to zobaczyć...

Poruszała palcami, jakby splatała jakieś skomplikowane zaklęcie. Dłonie zaczynały ruch i opadały, zaczynały nowy i znów opadały.

– Nie, nie rękami... nie zaklęciami... – mamrotała nieprzytomnie Jarina. Wyprężyła się jak struna, wstrzymała oddech, oczy jej się zaszkliły. Wydawało się, że zaraz upadnie. Dwalin zapomniał o drwach na ognisko, wetknął siekierę za pas.

Nagle Jarinie oczy zapłonęły ogniem. Władczym gestem, pasującym do bogini, wyciągnęła rozczapierzoną dłoń.

– Rozkazuję, by ukazał się obraz!

Dwalin drgnął. To nie był jej głos. Owszem, kobiecy, ale znacznie niższy, głębszy...

Płonące zielonym ogniem oczy się zamknęły, a gdy otworzyły po chwili, znów były to oczy Jariny z portowego Galenu. Przerażonej dziewczyny, która rzuciła się Dwalinowi na szyję.

– Och, co tam się teraz dzieje... nauczyciel... wąż... czerwony wąż... i dwie osoby w podziemiach... Zaraz ci pokażę!

Pomiędzy jej złożonymi dłońmi pojawił się obraz – z jednej strony ohydny, gruby czerwony wąż, składający się z samych kości i ścięgien, a z drugiej siwowłosy starzec ze złotym mieczem... I dziewczyna, taka znajoma dziewczyna...

– Eltara! – ryknął Dwalin.

– I nauczyciel! To on jest tym wężem! – krzyknęła Jarina. – Goni ją!

Rzeczywiście, pomiędzy dłońmi dziewczyny pojawił się następny obraz: Akcjum stał, patetycznie wznosząc ręce, a przed nim wprost z powietrza pojawiały się nowe segmenty niekończącego się ciała wypełniającego cały tunel od podłogi do sklepienia.

– Zaatakował Eltarę! – Dwalin wyszarpnął topór zza pasa i skoczył ku wejściu do jaskini. Był zdecydowany rozprawić się z magiem, gdyby nie wisząca na nim Jarina, natychmiast wyzwałby czarodzieja na pojedynek. Inna sprawa, czym skończyłoby się to starcie...

– Nie, nie! Nie idź tam, kochany! Nie idź, nie trzeba, proszę cię, błagam! Nie zostawiaj mnie tu samej, umrę ze strachu! – krzyczała dziewczyna w panice.

Krasnolud poczuł na szyi dotyk gorących, miękkich ust. Jakby wrósł w ziemię. Takim prośbom nie potrafił się oprzeć. I nie należy go osądzać zbyt surowo.

A potem zbocze wzgórza jakby pękło, w górę strzeliły grudy ziemi i z otworu wyłonił się wysoki, potężny starzec trzymający na rękach nieprzytomną dziewczynę. Przy nim natychmiast znalazł się znany już Dwalinowi gryf i ośmionogi rumak. Stary wojownik położył nieprzytomną Eltarę na grzbiecie konia, wskoczył na siodło i niczym wicher pomknął w niebo. Gryf pognał za nim.

– Niech mnie Rodgar spali! – Dwalin rozdziawił usta, zupełnie zapominając o Akcjumie. – Sam stary bóg Odyn! I nasza Eltara! A to ci dopiero! Co się wyprawia na tym świecie?

Jarina nie odpowiedziała. Straciła przytomność.

– Wynośmy się stąd jak najprędzej – wycedził krasnolud przez zęby.

Zdecydowanie nie miał ochoty spotykać się z czarodziejem Akcjumem, skoro nawet Eltara i Odyn nie mogli go pokonać. Jasne jak słońce, że właśnie uciekali! Lecieć ze zwykłym toporem na potężnego czarodzieja? Przecież Akcjum rozgniótłby go jak muchę! Dwalin zgrzytnął zębami, przypominając sobie samostrzał, który zmajstrował w chutorze Argnista. Ech, przydałaby się teraz ta zabawka!

Nie cierpiał odwrotów – zwłaszcza gdy ucieka się na złamanie karku, nie podejmując walki. I teraz w żywy kamień klął swój rozsądek, tak bardzo przypominający tchórzostwo. Ale trzeba dać drapaka, i to szybko. Tylko jak? Ech, raz kozie śmierć!

Wskoczył do powozu czarodzieja (konie stały niewyprzężone, nie potrzebowały ani obroku, ani odpoczynku), usadził w nim Jarinę, która zaczęła odzyskiwać przytomność, wrzucił do środka bagaże, wsiadł na kozioł i strzelił z bata.

*

Eltara nie traciła czasu. Gdy Gordżelin rzucił zaklęcie, młoda czarodziejka próbowała przejąć je i rozszyfrować, ale nic z tego nie wyszło. Niezwykle skomplikowany język wymyślnie splątanych obrazów, w którym wypowiadał swoje czary Śnieżny Mag, okazał się dla księżniczki zbyt trudny. Coś takiego zdarzyło jej się po raz pierwszy – przecież uznawano ją za jedną z silniejszych czarodziejek Elfranu!

Kim on jest? – zastanawiała się. To nie może być zwykły czarownik ani mag z kosturem – albo ja już nic nie rozumiem! Może któryś z Prawdziwych? Ale przecież oni dawno odeszli Ciemność wie dokąd, gdy Słup Tytanów runął. A może któryś został? W takim razie... w takim razie zaczynam wierzyć, że on naprawdę zdoła powstrzymać Ordę!

Przez kilka chwil nic się nie działo. Ostrze klina Ordy nadal sunęło w górę, a sam Gordżelin, nie zwracając już uwagi na stwory, spokojnie szedł po piasku Opuszczonego Brzegu, prosto do żywego pomostu Hissa.

Stary Hropt, który nadal machał pałką, znowu wzniósł ją nad głową, żeby spuścić na wielkiego stalowego żuka, który nagle zaczął się trząść i zawrócił. Rogowe haki szczęk drapieżnie szczęknęły i żuk wbił je w bok idącej za nim stonogi. Ta syknęła, wygięła się, próbując wbić w niego jadowite żądło, jednak natknęła się na szarego rogacza, dziesięciokrotnie od niej większego. Rogacz ryknął głucho, znieruchomiał, potrząsnął strasznym łbem, a potem też się odwrócił i razem z żukiem i stonogą zaczął walczyć z napierającymi szeregami stworów Ordy.

Zaklęcie Gordżelina działało. Okazało się proste, jak wszystko co genialne – czarodziej zmusił jedną część Ordy do walki z drugą.

Przyciskając ręce do piersi i wstrzymując oddech, Eltara patrzyła, jak front walki szybko sunie w dół. Chociaż to, co się teraz działo, nie było jeszcze walką – po prostu coraz więcej stworów zawracało. Klin stracił ostrość, rozszerzająca się lawina pełzła po zboczach gór ku ich podnóżu.

*

– Witaj, Hiss.

– Achsss, achsss, achsss!!!

– No właśnie. Achs. To jak, porozmawiamy?

Pomost zaczął się rozpadać. Hiss był wystarczająco rozsądny, żeby nie walczyć z wielokrotnie silniejszym przeciwnikiem – błyskawicznie skoczył w stronę rzeki.

Gordżelin, mrużąc wzgardliwie oczy, nie ruszył się z miejsca. Ścianołomy rozbiegły się na wszystkie strony, co chwila któryś wpadał pod nogi czarodzieja i dostawał potężnego kopniaka.

Obok uciekającego Hissa pojawił się drugi król węży, potem trzeci, czwarty, piąty... Iluzje odwracające uwagę. Gordżelin skrzywił się pogardliwie i na brzegu Egeru pojawiła się ściana ognia, paląc tworzone przez Hissa fantomy. Sam król węży nie doznał uszczerbku, za to niespodziewanie w pełnym pędzie potknął się, przekoziołkował i wpadł do wody.

Śnieżny Mag, który znalazł się tuż obok, zwyczajnie podstawił mu nogę.

– Bierz miecz i kontynuujmy. – Na piasek obok zielonej głowy wężowego króla plasnął miecz, krótki i szeroki. Identyczny pojawił się w rękach Gordżelina. – Magiczny pojedynek przegrałeś. Okazałeś się beznadziejnym uczniem, jestem rozczarowany. Broń się! Zresztą równie dobrze możesz atakować. I tak cię zabiję – za Cheorta.

Hiss czołgał się do nóg Gordżelina, szlochając, próbując objąć jego buty.

– Achsss, nie, nie! Nie zzzabijajcie mnie, missstrzu Gordżelinie! Nie zzzabijajcie! Uczyńcie ssswoim niewolnikiem, ale pozzzwólcie mi żyć! Żyć, żyć, żyć! – Zanosił się płaczem.

– Jeśli nie wstaniesz, zabiję cię w tej pozycji – rzekł beznamiętnie Gordżelin. – I postaram się, aby o twojej haniebnej śmierci dowiedział się cały wężowy naród.

– Achsss, nie! Nie wssstanę, nie wssstanę, zzzabijcie mnie tak! – wył Hiss, całując buty Gordżelina. – Po co mam walczyć, ssskoro i tak mnie zzzabijecie!

– W takim razie giń – powiedział zimno Gordżelin.

*

Eltara patrzyła, jak wspinające się po żywej piramidzie stwory zawróciły i ruszyły w dół. Od strony Egeru kroczyły świeże szeregi i początkowo myślała, że Gordżelin zapanuje nad wszystkimi oddziałami Ordy, jednak siły Śnieżnego Maga miały swoje granice. Nowe zastępy starły się z tymi, które wracały. Na Opuszczonym Brzegu rozgorzała zaciekła walka. Wszyscy walczyli ze wszystkimi, Ordę ogarnęło szaleństwo. Teraz Hiss nie mógłby już nią kierować.

Rogi, kły, szpony, żądła, macki splotły się w śmiertelnym uścisku. Tryskała czarna krew, trzeszczały pękające pancerze, poszarpane rany na łukowatych pancerzach wyglądały jak krwawe kreski. Pękały oczy, łamały się szpony, łapy były wyrywane ze stawów. Nad polem bitwy wisiał jęk, pisk, ryk – stwory walczyły między sobą, po raz pierwszy znalazły równego przeciwnika. Zwycięzców tu być nie mogło.

Stary Hropt osłupiały patrzył na tę morderczą rzeź.

*

– Ehm, ehm, szanowny! Dajcie spokój tym sztuczkom z mieczami – usłyszał Gordżelin zimny, dumny głos. Wibrowały w nim starcze nutki, ale czuło się wielką siłę.

Śnieżny Mag drgnął i podniósł wzrok. Nieprzytomny ze strachu Hiss leżał na mokrym piasku jak zielona ścierka.

Przez rzekę, wzbijając fontanny wody, przemknął powóz zaprzężony w dwa czarne konie, niejasno przypominające żuki. Woźnicą był chudy, niepozorny starzec. Na ten widok Gordżelin zacisnął pięści. Jego twarz utraciła znudzony, wzgardliwy wyraz.

– Akcjum! – zasyczał. – A raczej...

W jego oczach zapłonął lodowaty ogień.

Wóz wyjechał na Opuszczony Brzeg. Żukowate konie stanęły, mag Akcjum zeskoczył na piasek i wymachując rękami, podbiegł do Gordżelina.

– Coście narobili, młody człowieku! Wszystko stracone! Natychmiast puśćcie torturowanego!

– Co ty tu robisz? Więc Orda to twoja sprawka?! – Gordżelin próbował się opanować, ale nie mógł. Zbyt dobrze wiedział, kogo na wyspie Brandey nazywano magiem Akcjumem, choć niegdyś nosił on inne imię i nie miał nic wspólnego z wyspą Czarnych Magów.

– Hm, młody człowieku, do osób starszych wiekiem i... hi, hi... stażem należy zwracać się per „wy". Ale wybaczam wam przez wzgląd na wasze trudne dzieciństwo. Zabierzcie to żelastwo od gardła nieszczęśnika i rozejdźmy się w pokoju. Przyznaję, że urządziliście bardzo efektowne przedstawienie. Co za błyskotliwa decyzja! Jaki elegancki sposób ominięcia Zwierciadła Norn! Macie talent, młody człowieku! Gdybyście tylko porzucili pustelnicze życie, przypomnieli sobie, kim jesteście, i przenieśli do nas, moglibyście rozpocząć naukę. No, jeśli nie u mnie, to u...

– Dość! – Gordżelin przerwał starcowi. – Dosyć! I to mówisz mi ty, jeden z tych, którzy wygonili i przeklęli moją matkę! Ty, który, ratując własną skórę, biegł lizać pięty sługom Chaosu!

– Ależ młody człowieku, przecież świetnie wiecie, jak to wyglądało. Wasze... hm... narodziny zagrażały nam wszystkim, dlatego waszej czcigodnej matce złożono propozycję...

– Usunięcia płodu – dokończył ponuro Gordżelin.

Akcjum zrobił wieloznaczny grymas, jakby chciał powiedzieć: „A jak wy postąpilibyście na moim miejscu?".

– Krótko mówiąc, młody człowieku, podoba się wam moja propozycja? Wasze zaklęcie ominięcia Zwierciadła Norn można uznać za egzamin wstępny... jeśli dodam odpowiednią opinię.

– Bardzo żałuję, ale nie mogę zrobić ci krzywdy, Akcjumie. A może wolisz, żebym nazywał cię twoim prawdziwym imieniem? Znam je dobrze. Teraz przemawiasz inaczej, masz usta pełne pustych słów, ale ja i tak wiem, kim jesteś i jak się nazywasz – rzekł cicho Gordżelin.

Akcjum drgnął, jakby w bok wbito mu ostre szydło, przez jego twarz przemknął grymas bólu – jakby przypomniano mu coś, o czym usiłował zapomnieć.

– Pozostańmy przy imieniu Akcjum – wysyczał wściekle.

– Dobrze, niech i tak będzie. A więc, Akcjumie – mag Gordżelin z naciskiem wymówił to imię – nie mogę cię zgładzić. Na razie nie mogę. Zabieraj swojego Hissa i wynoście się stąd. Ale wiedz, że stałeś się moim dłużnikiem. Hiss jest winien śmierci mojego syna!

– Nie mów! Cheort zginął? – zawołał obłudnie stary czarodziej. – Co za nieszczęście, jaka strata! Nic nie wiedziałem! Jak to się stało?

– Łucznicy Hissa zastrzelili go w Galenie.

– Ach tak! To znaczy, że łatałem jego wężową wysokość już po spotkaniu z waszym synem, młody człowieku. A Cheort był taki zdolny! Wiązałem z nim spore nadzieje.

– Nigdy nie zostałby jednym z was! Prędzej sam bym go zabił!

– Cóż za okrucieństwo! – oburzył się stary mag. – Posłuchajcie, młody człowieku, ja nie mogę tego tak nie zostawić. Wy w tej swojej pustelni zupełnie tracicie rozum. Musicie wrócić...

Gordżelin skłonił się bez słowa, odwrócił się i zaczął iść. Gdy odszedł na dwadzieścia kroków, nagle zatrzymał się i zawołał do Akcjuma:

– Z jednej rzeczy się cieszę – że starłem Ordę z powierzchni ziemi! Nie powstrzymasz mojego zaklęcia, starcze! I minie sporo czasu, nim wyhodujesz nowe potwory!

Śnieżnego Maga pochwycił spadający z nieba wir i uniósł w górę.

– Jaki zepsuty młody człowiek! – mamrotał Akcjum pod nosem. – Doprawdy, ta dzisiejsza młodzież! Hej, wasza wysokość, wstawajcie! Nie mamy tu już nic do roboty! Zostaliśmy rozgromieni. Ale do czasu! A to, młody człowieku, dla was, na pożegnanie, żebyście zapamiętali, że z Akcjumem należy rozmawiać grzecznie...

*

Gdy Śnieżny Mag pojawił się obok Eltary, księżniczka się przeraziła. Twarz Obojętnego wykrzywił ból, pod oczami pojawiły się worki, po czole spływał pot. Ale nadal wiało od niego chłodem.

– Wykonałem swoją część umowy – rzekł Gordżelin, skinieniem głowy wskazując Opuszczony Brzeg pokryty trupami bestii. Nurt Egeru pociemniał od spływającej krwi, bitwa dogasała, Orda wybiła samą siebie, Elfran został uratowany. – Możemy wrócić do mojego zamku. – Uprzejmie podał Eltarze dłoń.

– Co to był za starzec? – zapytała saoja. – Czy zabrał ze sobą Hissa?

– Tak. To jeden z opiekunów wężowego narodu – odparł niechętnie Gordżelin. Na inne pytania stanowczo odmówił udzielania odpowiedzi.

Śnieżny Zamek powitał ich zastawionym stołem. Służby nie było.

– Zapraszam... – Gordżelin powrócił do swojej obojętnie ponurej miny. – To był trudny dzień dla nas wszystkich. Wzmocnimy się lekką kolacją i... nastanie czas, aby saoja dotrzymała swojej obietnicy.

Eltara zacisnęła zęby i odstawiła kielich z rubinowym winem.

– Gordżelinie...

– Posłuchaj, szlachetna saojo. Zrobiłem wszystko, co obiecałem, dotrzymałem słowa i teraz ty musisz zrobić to samo. Czemu nie miałabyś czuć do mnie sympatii? W końcu uratowałem twoją ojczyznę przed zagładą!

– Czułabym do ciebie nie tylko sympatię... – Eltara niespodziewanym ruchem przykryła suche, chłodne palce maga swoją ciepłą dłonią. – Czułabym szczerą przyjaźń, gdyby twoja pomoc wynikała z porywu serca.

– Z porywu serca? – Śnieżny Mag zaśmiał się gorzko. – A niby skąd miałby się wziąć? Czy kiedykolwiek doświadczyłem dobroci mieszkańców tego kraju?

– Azaliż pomaga się tylko tym, którzy zdążyli się nam czymś zasłużyć? Czy nie można samemu zrobić pierwszego kroku?

– Piękne słowa! Szkoda tylko, szlachetna saojo, że lordowie twojego kraju nie kierują się tą szczytną maksymą. Przeciwnie. Nagle wszyscy mają ratować Elfran! Nawet Starożytny Bóg Odyn! A z jakiej racji? I dlaczego wy, elfy, nie stanęłyście w obronie północnych wieśniaków, kiedy trzysta lat temu na ich ziemiach pojawiła się Orda?

– Ty również im nie pomogłeś.

– Nie przeczę. Ale to tylko znaczy, że oboje jesteśmy siebie warci i nie musisz kłuć mnie w oczy swoją rzekomą szlachetnością, saojo!

Eltara wyprostowała się dumnie. Nie ma sensu niczego tłumaczyć temu egoiście. Umowa została zawarta, Gordżelin uratował Elfran, więc ona, saoja, nie złamie swojej przysięgi.

– Dobrze. – Wstała. – Gdzie jest łazienka i sypialnia?

– Za tymi drzwiami – odparł ponuro mag, nie podnosząc wzroku. – Czekają tam na ciebie szaty. Wybacz, jeśli ci się nie spodobają, kierowałem się własnym gustem.

Jakiś czas potem saoja weszła do nagrzanej sypialni czarodzieja. W ogromnym kominku płonął ogień, rozlegały się ciche dźwięki lutni, obok szerokiego łoża z białą pościelą stał nieduży stolik z winem i owocami. Gordżelina nie było. Zrzucając futrzaną narzutkę, półnaga Eltara wsunęła się pod cienką kołdrę. Bała się i czuła wstręt. Ale gdy tylko wyciągnęła się na wielkim łóżku i położyła głowę na miękkiej poduszce, od razu zapadła w głęboki sen.

Nie dowiedziała się, że Gordżelin wszedł do sypialni i długo stał u wezgłowia łóżka. A potem uśmiechnął się z czułością, kazał lutni zamilknąć i stąpając cicho, wyszedł.

★

Dwalin gnał konie na południe. Stworzone przez Akcjuma rumaki pędziły co sił i wszędzie pojawiała się przed nimi równa droga. Jarina nadal leżała nieprzytomna i krasnolud postanowił się nie zatrzymywać, dopóki nie przekroczy Rycerskiej Rubieży. Tam już będzie spokojniej. Poza tym był przekonany, że czarodziej na pewno zrobi im jakieś świństwo, gdy tylko wyjdzie ze Wzgórza Demonów.

Tak też się stało. Kiedy na przedzie zamajaczyły liczne ogniska jakiegoś wojska (Dwalin nie wiedział wtedy, że to armia Argnista), cwał rumaków został przerwany w zdecydowany sposób – powóz i zaprzęg po prostu zniknęły. Krasnolud z Jariną wylądowali w krzakach. Całe szczęście, że na siniakach i zadrapaniach się skończyło. Dziewczyna odzyskała przytomność i konny zwiad Argnista znalazł ich w chwili, gdy oboje, klnąc i złorzecząc, gramolili się z gęstych krzaków głogu.

Argnist siedział w namiocie. Na trzynogim stoliku (zdobytym przez ordynansa w porzuconej twierdzy zakonu) leżała rozłożona mapa przyciśnięta na brzegach fajką, kindżałem i pochwą miecza. Stary setnik do bólu w oczach wpatrywał się w rysunki lasów, bagien i jezior, próbując znaleźć najlepsze miejsce, w którym mógłby wydać bój depczącej mu po piętach Ordzie.

Na zewnątrz dał się słyszeć jakiś hałas. Argnist podniósł głowę – tak jest, czujny Mrom znów kogoś nie wpuszcza. I słusznie. Stary setnik nie chciał teraz nikogo widzieć, musiał pomyśleć, jak poprowadzić oddziały wojska, by nie doszło do okrążenia... Ale chwileczkę! Kto tam wrzeszczy i przeklina nie gorzej niż ojciec Hieronim?

Minutę później Argnist brał Dwalina w objęcia. Jarina skromnie stała z boku ze spuszczonymi oczami – wypisz wymaluj wychowanka zamkniętej pensji przy jakiejś stołecznej świątyni.

– Skądeś się tu wziął? Myśleliśmy, że ty i Eltara polegliście na wzgórzu, gdzie złożył głowę waleczny Elstan!

Krasnolud zaczął opowiadać. Czasem wtrącała się Jarina – gdy opowieść doszła do wydarzeń w Galenie. Argnist wydawał okrzyki zdumienia i kręcił głową.

– Szkoda, Dwalinie, żeś nie załatwił tego Akcjuma! Nie na darmo mówili, że całe zło od czarodziejów idzie. A u nas tu wojna jak się patrzy! My się wycofujemy, oni atakują... Tylko że cofać się już nie ma dokąd, za nami wsie i pola, tam jeszcze Orda nie pohulała.

– Ordy nie nasłali czarownicy – odezwała się nagle Jarina. – Oni ją tylko wykorzystują, jak na przykład Akcjum.

Dwalin się zdziwił. Nigdy przedtem nie mówiła w taki sposób.

– Ech, dziewczynko miła, to tylko słowa... Zresztą co tam teraz o tym myśleć! Tu trzeba radzić, jak rozbić tę Ordę, co za nami idzie.

Jarina spuściła głowę, jakby przestała się interesować rozmową. Skuliła się w kącie, a Dwalin i Argnist radzili, jak powstrzymać napór stworów.

Obóz musieli zwinąć na długo przed świtem – strażnicy podnieśli alarm, Orda była coraz bliżej.

Krasnoludowi i Jarinie przyprowadzono konie. Dwalin dostał najniższą kobyłkę, jaką udało się znaleźć w tych krótkich przedświtowych godzinach. Po szeregach jeźdźców przeleciało:

– Odchodzimy na Suche Pasmo! Na Suchym Paśmie staniemy!

– Co to jest Suche Pasmo? – Jarina po raz pierwszy w życiu znalazła się tak daleko od Galenu.

– Nic takiego. – Krasnolud wzruszył ramionami. – Wysokie, lesiste wzgórza. Ciągną się z północy na południe. Podobno ziemia w tych okolicach uboga, kapituła zakonu zdecydowała, żeby tam rolników nie osiedlać; zostawili jako myśliwskie użytki. Musimy stanąć na Suchym Paśmie, bo dalej to już wsie, jedna za drugą. I ponoć ludzie się stamtąd nie wynieśli, za pierwszym razem Orda ich ominęła.

– Że lasów dużo, to dobrze – powiedziała w zadumie Jarina i umilkła. Dwalin nie usłyszał już od niej jednego słowa.

Pod wieczór następnego dnia główne siły wojska dotarły do Suchego Pasma. Argnist kazał kopać rowy, ścinać drzewa i budować palisady.

– Ale Ordy to i tak nie zatrzyma – wyznał Dwalinowi. Krasnolud miał za zadanie obejrzeć wszystkie kusze i doprowadzić je do porządku. – W Gesarze mury były znacznie wyższe, a i tak byłoby z nami źle, gdyby nie ten wojownik... Dlaczego on był taki do Elstana podobny?

– Nie trzeba ścinać drzew – odezwała się nagle Jarina. – Nie trzeba ich zabijać. Pomóżcie mi, a ja... ja zatrzymam Ordę.

– Ty?! – wrzasnął zdumiony krasnolud.

– Po tej zasłonie Akcjuma, przez którą się przedarłam, czuję w środku płomień – powiedziała cicho dziewczyna. – Wiem, że zdołam zrobić takie rzeczy, o jakich przedtem nawet nie myślałam. Wierzę, że zatrzymam Ordę. Ale będę potrzebowała pomocy lasu. Dlatego nie krzywdźcie go i nie ścinajcie drzew. Sprawię, że las pogoni Ordę ku wam, a wtedy już walcie ile sił!

Argnist z powątpiewaniem popatrzył na smukłą dziewczynę.

– Dwalinie, pamiętasz starcie z trąbaczem? – mówiła Jarina gorączkowo. – Tak się wtedy zdziwiłam, że udało mi się stworzyć zaklęcie Noży Trawy, bardzo silne i skomplikowane! Jakby samo wskoczyło mi do głowy... No mów, czemu milczysz!

– Tak, to prawda – potwierdził krasnolud.

– Proszę, pozwólcie mi spróbować! – błagała Jarina Argnista. – Przecież doły i częstokoły Ordy nie powstrzymają!

Setnik zgrzytnął zębami.

– Tak! Tylko że prócz tego nic nie możemy zrobić. A za Suchym Pasmem są wsie, ludzi pełno. Jeśli wpuścimy tam Ordę... Napatrzyliśmy się już, co ona robi we wsiach! Lepiej, żebyśmy tu wszyscy głowy złożyli!

– Nic nie stracicie, jeśli pozwolicie mi działać!

W końcu Jarina zdołała ubłagać Argnista.

Wojsko stanęło na Suchym Paśmie. Włócznicy zajęli pozycję na grzbiecie wzgórz, za nimi ukrywała się rezerwa – pancerna konnica. Rzadko porośnięty drzewami pas o szerokości pół mili, który Orda powinna wybrać jako najwygodniejszą drogę, wojownicy Argnista „zamknęli" całkowicie. Po prawej i lewej stronie były ściany lasu, może niewielkie oddziały stworów mogłyby się tam przecisnąć, ale nie ta armia, która sunęła z zachodu.

Na Suchym Paśmie lasy się kończyły, dalej na wschód ciągnęły się ziemie zakonu. Stąd było widać dużą wieś, prawie setkę domów. Nad kominami letnich kuchni unosił się dym. Mimo zagrożenia, jakim była Orda, ludzie nadal tu żyli, a na radę posłańców Argnista, by wynosili się stąd jak najszybciej, odpowiedzieli, że skoro za pierwszym razem ochronił ich Hedin Miłościwy, to i za drugim się od nich nie odwróci. Zresztą dokąd mieliby uciekać? Leśne kryjówki przed Ordą nie ochronią.

Jarina wzięła Dwalina ze sobą. Uzbrojony po zęby krasnolud szedł ponury jak żałobnik w kondukcie. Był przekonany, że czeka ich klęska, i już zawczasu zwracał się do Rodgara, żeby go nie odtrącał i nie odsyłał od nadgwiezdnych przestrzeni, w których mieszkał bóg górskiego narodu.

Panowała zupełna cisza, nawet ptaki nie śpiewały. Wszystko się przyczaiło. Orda idzie! I jest już bardzo, bardzo blisko.

– Staniemy tutaj – zdecydowała Jarina, ukrywając się za pniem zwalonej sosny. – Będziemy czekać. Jak się potwory pojawią, osłaniaj mnie z tyłu.

Dwalin skinął głową. Poprawił hełm, sprawdził przyłbicę, obciągnął kolczugę. Wyczyszczony do połysku topór i tak był zawsze gotowy do walki.

Nie musieli długo czekać. Już wkrótce w leśnej gęstwinie rozległ się trzask i chrzęst. Łapy i nogi deptały ziemię i mech, nad drzewami pojawiły się skrzydlate cienie – krążyły skrzydłodzioby. Tak jak przewidział Argnist, główne siły Ordy szły trasą, gdzie drzewa rosły rzadko, przez gąszcz przedzierały się nieliczne oddziały.

Już po chwili między pniami można było zobaczyć czarne, zielone i szare ciała. Pancerniki, trąbacze i inne stwory szły do przodu, poganiane otrzymanym od Hissa rozkazem. Potwory wyglądały na wychudzone – trudno pożywić się w lesie, gdzie wszystko, co żywe, ucieka i kryje się na długo przed najściem Ordy. Co innego w ludzkich siedzibach...

Jarina się skoncentrowała. W jej oczach znów płonął zielony ogień. Pod nogami stworów poruszyła się ziemia. Rozsuwając warstwy ziemi, trawy i mchów, wyłaniały się ciemnozielone klingi. Dwalin widział, jak ostre źdźbła rozpruwają pancerze potworów z taką łatwością, z jaką jego topór ciął powietrze. Na ziemię chlusnęła krew, powietrze wypełniło skamlenie i wycie. Stwory kuliły się, nanizane na dziesiątki, setki zielonych ostrzy, przed którymi nie było ratunku.

Bestie wpadły w panikę. Wysuwająca się spod ziemi śmierć wypędziła je z gąszczy, gnała w stronę rzadkiego lasu, tam gdzie szły główne siły Ordy. Płynący z prawej strony strumień stworów zburzył szykujące się do ataku szeregi, zapanował chaos. Jarina, zaciskając oczy, ciągnęła coraz dalej zabójczy zielony miecz i już po chwili na Nożach Trawy zaczęły skowytać pierwsze ofiary spośród idących pasem rzadkiego lasu.

Orda została rozdzielona. Mniejsza część mogła już robić tylko jedno – pędzić na zajęty przez wojsko Argnista grzbiet Suchego Pasma. Większa część kompletnie zdezorientowanych stworów została z tyłu.

Hiss, wydając Ordzie rozkaz i posyłając ją do walki bez dowódcy, musiał wyposażyć swe zastępy w zdolność oceny sytuacji i zmiany taktyki. Tylne szeregi najpierw się zatrzymały, a potem ruszyły do przodu, po trupach współplemieńców.

Zielone miecze szybko żółkły, przemieniając się w zwykłe suche źdźbła. Orda zdeptała je i poszła dalej.

Włócznicy Argnista powitali stwory zwartym częstokołem włóczni. Szyk bojowy potworów został złamany, brzuchojady przemieszały się z rogaczami, trąbacze z paszczogłowami, chłostane strachem stwory same pchały się na włócznie. Falanga włóczników wyszarpywała zakrwawione groty i uderzała znowu. Ponad głowami pierwszych szeregów walili kusznicy.

Gdy Orda przeszła po trupach swoich pobratymców i znów wypełniła pole bitwy, Jarina zadała drugi cios. Tym razem było jeszcze trudniej – trawa musiała przebić nie tylko ziemię, ale i leżące na niej trupy. Już wkrótce większość stworów konała na śmiercionośnych klingach, a szukające ratunku niedobitki wpadły w tylne szeregi tych, które próbowały rozerwać szyk wojsk Argnista.

Stary setnik sam stanął na czele pancernej konnicy. Okryte kolczugami konie rozcięły tabun stworów, potem do walki włączyły się kusze.

Przygarbiony Dwalin kołysał się na ugiętych nogach, piastując w rękach siekierę. Jarina trzęsła się jak w gorączce. Blada jak płótno, zdołała utrzymać zaklęcie, jak długo było trzeba, po czym ze słabym westchnieniem upadła na mech.

Krasnolud skoczył do niej i wtedy między drzewami zamigotały cienie – niedobitki Ordy uciekały z pola bitwy. Pierwszy na Dwalina rzucił się oszalały nogogryz, pędzący tędy w towarzystwie trzech kościożerców. Jednego kościożercę krasnolud zdążył ciąć siekierą, gdy pozostałe doskoczyły, chcąc go zwalić z nóg.

Topór z chrzęstem rozciął czaszkę nogogryza i ugrzązł w korzeniu. Rycząc ze złości, Dwalin puścił unieruchomioną siekierę i zaczął wywijać pięściami zakutymi w stalowe rękawice. Dwóm pozostałym kościożercom połamał wszystkie kości.

Gdy w końcu wyszedł z lasu z Jariną na rękach, było już po wszystkim.

Orda nie przeszła za Suche Pasmo.

Dziewczyna nie odzyskiwała przytomności. Krasnolud szedł ciężkim krokiem. Wyszarpnięta z korzenia siekiera spływała czarną krwią, bo po drodze zarąbał jeszcze dwa zbyt natrętne stwory.

– Co z nią?! – zawołał niespokojnie Argnist.

– Nieprzytomna – odparł krasnolud. – Biedaczka, zużyła wszystkie siły.

– Nic dziwnego! Można powiedzieć, że sama jedna całą Ordę tu położyła. – Stary setnik pokiwał głową. – Powiedz no mi, kim ona właściwie jest?

Ale dokończyć tę rozmowę udało im się dopiero następnego dnia, gdy wojsko ruszyło na zachód, wracając tą samą drogą, po której niedawno się wycofywało. Argnist chciał oczyścić z Ordy jak najwięcej ziem na południe od Rycerskiej Rubieży, a potem ruszyć na północ, żeby wypalać jej gniazda jedno po drugim – jeśli uda mu się namówić do tego wojsko. Teraz, gdy pojawiła się Jarina...

– ...I tak właśnie się poznaliśmy – zakończył swoją historię Dwalin. – Że jest czarodziejką, to od początku wiedziałem. Dlatego na nią w Galenie polowali. Ale że może całą Ordę wykończyć? To mi nawet w głowie nie postało.

– Taaak, ciekawe rzeczy – westchnął Argnist. – Słuchaj no, bracie krasnoludzie, kim ona tak naprawdę jest?

– Mnie się zdaje, że sama tego nie wie – burknął Dwalin, popijając z wysokiego kufla dobre południowe piwo. Zaraz po zwycięstwie na Suchym Paśmie zaczęli żyć dostatniej – zatroszczyli się o to miejscowi wieśniacy. Do wojska Argnista dołączyło pół tysiąca mocnych chłopaków i stary setnik razem z Frabarem znowu zajęli się swoją zwykłą pracą – zrywali głos, szkoląc ochotników.

Jarina odzyskała przytomność dwa dni później.

– Gdzie ja jestem? Co z Ordą? – wykrztusiła, unosząc się na posłaniu.

– Jesteś w obozie Argnista – odpowiedział łagodnie Dwalin, który nie odchodził od dziewczyny. – Przed nami już nie ma Ordy. Zniszczyłaś ją. Całą.

– Jestem taka zmęczona... – wymruczała Jarina i znów zamknęła oczy. Ale tym razem nie straciła przytomności, po prostu zasnęła.

Wojsko szło na zachód.

*

Po twarzy Eltary przesunął się słoneczny zajączek. Księżniczka skrzywiła się, poruszyła, nawet próbowała przekręcić przez sen, ale zajączek był bardzo uparty. Otworzyła oczy.

Gdzie ona jest? Co to za biały pokój? Jak się tu znalazła? Stop!

Za mocno spałaś! – wyrzucała sobie. Jesteś w Śnieżnym Zamku! Sprzedałaś się Gordżelinowi Obojętnemu, pamiętasz?

Usiadła na szerokim łożu, przyciskając do piersi cienką kołdrę. Naprzeciw niej stał mag i – niesłychane! – bawił się okrągłym kieszonkowym lusterkiem, chwytając poranne promienie słońca i puszczając zajączki prosto w twarz Eltary.

– Proszę, przestań...

– Szlachetna saoja nie chciała się obudzić – rzekł z powagą Śnieżny Mag. – Musiałem podjąć specjalne kroki. Śniadanie gotowe. – Skłonił się i wyszedł.

Eltara się zamyśliła. Spędziła tu całą noc, a ten, który ją kupił, nawet jej nie dotknął? A może myśli, że dzięki temu sama rzuci mu się na szyję?

Ponieważ nie przystoi księżniczce Elfranu spóźniać się na śniadanie, porzuciła czcze rozmyślania i wstała. Przy wspaniałym tremo w rogu pokoju znalazła tak bogaty zestaw magicznych i niemagicznych środków poprawiania urody, że aż jęknęła z zachwytu niczym wiejska dziewczyna na widok pierwszego lusterka.

Kiedy podeszła do zastawionego na dwie osoby stołu, wyglądała tak pięknie, że Gordżelin drgnął. W końcu był mężczyzną, choć usiłował pokazać, że niskie cielesne namiętności są dla niego tylko zabawą.

– Dziękuję czcigodnemu gospodarzowi za uprzejmą propozycję dzielenia z nim porannego posiłku – powiedziała saoja, przysiadając w reweransie, zgodnie z elfrańską etykietą.

Gordżelin podjął grę.

– Dziękuję szlachetnej saoi Wiecznego Elfranu, że uprzejmie zgodziła się spożyć poranny posiłek z panem tych niegodnych komnat – odparł.

Śniadanie zadowoliłoby najbardziej wymagających smakoszy. Języczki mówiących jaszczurek z wysp Komato na Oceanie Południowym, podane w sosie z trzystu trzydziestu trzech ziół Hjörwardu Południowego, były najmniej wyszukanym daniem.

– Jak saoja spędziła noc?

– Dziękuję, doskonale. Czy sen czcigodnego gospodarza był spokojny?

– W tej samej mierze.

– Rada to słyszę.

W ciszy, jaka zapadła, słychać było ciche brzęczenie srebrnych sztućców. Ceremonialne śniadanie to sprawa poważna.

– Czy czcigodny Gordżelin nie zechciałby mi powiedzieć, ile kosztowałyby jego usługi, gdyby Orda powtórnie próbowała szturmować Elfran? – zapytała niespodziewanie Eltara.

– Przyznaję, saojo, że jestem zaskoczony tym pytaniem. Przyznam też, że byłem zaskoczony już za pierwszym razem, gdy kupiłaś, księżniczko, moją pomoc za tak wysoką cenę. Czemu nic nie przedsięwzięli lordowie Elfranu i sam Wieczny Król, wasz szanowny ojciec? Czy mieli zamiar pokornie czekać, aż Orda rzeczywiście wedrze się do Elfranu?

– Nie umiem odpowiedzieć na to pytanie. – Spojrzenie Eltary przygasło. – Nie rozumiem tego. Najpierw myślałam, że to z powodu Zwierciadła Norn, ale potem...

– Zwierciadło Norn okazało się bezsilne wobec mojego zaklęcia – przypomniał Gordżelin. – To dobra broń, gdy ma odbić nakierowany strumień czystej siły, lecz wobec bardziej wyszukanej magii jest bezsilne. Moja metoda nie była oryginalna, niemal w całości pochodziła z powszechnie znanych traktatów. Czemu więc nie użyli jej obrońcy Elfranu?

– Nie wiem – powtórzyła Eltara. Naprawdę nie potrafiła tego zrozumieć. Do tej pory nie miała czasu, żeby zastanowić się nad tą kwestią, ratowała Elfran, a teraz... a teraz za było późno, by cokolwiek zmienić.

– No cóż, lubię zagadki. – Gordżelin odchylił się w krześle. – Pomagają zabić wieczność. Czy szlachetna saoja nie zechciałaby mi towarzyszyć w poszukiwaniach?

– Przysięgłam być nałożnicą Gordżelina zwanego Obojętnym – odparła spokojnie Eltara. – I jeśli taka będzie jego wola, wykonam ją.

– Saoja nie powinna być posłuszna niczyjej woli prócz własnej. Byłoby mi miło, gdyby z własnej woli zechciała towarzyszyć mi w tych uczonych studiach, ale z przymusu... Nie, wyruszę sam. Zamek pozostanie do pełnej dyspozycji szlachetnej saoi. Moimi sługami są trolle. – Gordżelin przepraszająco rozłożył ręce. – Ludzi do wewnętrznych komnat nie wpuszczam. Żeby wezwać sługi, wystarczy rzucić to nieskomplikowane zaklęcie...

Gordżelin skłonił się i wyszedł. Eltara została sama.

Na razie wszystko układa się nieźle, pomyślała, patrząc, jak dwa ciężkie trolle zręcznie sprzątają delikatną kryształową zastawę. Może Gordżelin faktycznie postanowił podbić moje serce? Głupiec! Moja dusza jest zamknięta na wieki! Zrodzony Falą zaginął, ale jest możliwe, że żyje! A jeśli nawet zginął, to ja i tak pozostanę mu wierna – w sercu. Nastanie czas, że wszyscy, którzy odejdą z ziemi, będą mogli spotkać swoich zmarłych bliskich, zacząć nowe życie w innych, lepszych krainach...

Przez cały dzień Eltara chodziła sama po Śnieżnym Zamku. Gordżelin najpierw zamknął się w swoim pokoju, a potem, po drugim śniadaniu, udał się do uczniów. Obiad kazał podać do gabinetu i księżniczka mogła zobaczyć swego „pana" dopiero przy kolacji.

Wydawał się bardzo zmęczony. Oczy miał podkrążone, wyraźniej zarysowane zmarszczki. Z nieobecnym spojrzeniem skinął Eltarze głową i zaczął z roztargnieniem jeść, od czasu do czasu mamrocząc coś pod nosem. Zupełnie nie zwracał uwagi na swoją nałożnicę.

Mimo to Eltara była pewna, że on czeka, żeby z nim porozmawiać, zapytać, czym się zajmował cały dzień, czy ma jakieś sukcesy, co mu się udało, a co nie, czemu tak dużo pracuje – przecież tak nie można, należy w końcu zacząć się oszczędzać!

On nie potrzebuje nałożnicy, lecz żony! – olśniło Eltarę. Najprawdziwszej żony, najlepiej Nieśmiertelnej, tak jak i on. Czyżby chciał zaproponować jej małżeństwo? Ale na jakich warunkach?

Księżniczka nie odezwała się jednak ani razu i kolacja upłynęła w ponurym milczeniu.

– Czy szlachetnie urodzona saoja nie zechciałaby przejść do sypialni? – zapytał oschle Gordżelin, wstając. Eltara poczuła chłód.

Oho, doigrała się! Rozgniewał się na nią i postanowił nie czekać, aż zapała do niego uczuciem... Krew głośno pulsowała jej w skroniach. Nie przeżyje tej hańby! Lepiej już od razu... i jego, i siebie... a przynajmniej siebie.

Na wszelki wypadek odtworzyła w pamięci samobójcze zaklęcie. Przemieniało w popiół ciało tego, który je rzucił, uwalniało duszę od ciężaru mięsa i kości, działając błyskawicznie i nieodwracalnie. Nie można go powstrzymać, a śmierć jest szybka i bezbolesna.

Krokiem somnambuliczki półnaga Eltara weszła do sypialni i położyła się na brzegu szerokiego łoża. Nawet nie będę miała całunu, pomyślała z goryczą. Nie będą mnie opłakiwać minstrele, nikt nie ułoży ballady na pamiątkę... Nie! Jakie to jednak straszne, odejść w ten sposób!

Na progu sypialni stanął Gordżelin. Oczy zmrużone, beznamiętne spojrzenie. Nie można powiedzieć, żeby płonął pożądaniem. Zrzucił płaszcz, podszedł do niej nagi. W Elfranie nagość była surowym tabu i Eltara jeszcze nigdy nie widziała nagiego mężczyzny. Przyjaciółki oczywiście opowiadały, podobnie jak siostra, która spędziła noc z krasnoludem Dwalinem, ale co innego słuchać, a co innego zobaczyć na własne oczy.

Gordżelin jednym ruchem zdarł prześcieradło, którym okryła się Eltara.

– Co to za szmatki! Precz! Masz być naga, rozumiesz?

Czy on oszalał? – mignęło księżniczce przez głowę. Zachowuje się jak chłopiec, który krzyczy na kolegę łamiącego reguły gry!

Gordżelinowi trzęsły się ręce. Jak szalony szarpnął i zerwał z Eltary zwiewną szatę. Księżniczka krzyknęła. Była teraz zupełnie naga.

– Powinnaś mnie prosić! – zacharczał Gordżelin. Po jego słynnym opanowaniu nie został nawet ślad. Gdyby księżniczka była bardziej doświadczona, zrozumiałaby, że Śnieżny Mag usiłuje w ten sposób skryć własny lęk i niepewność.

– Proszę! – jęknęła. W opowieściach przyjaciółek wszystko wyglądało inaczej!

Śnieżny Mag w milczeniu zwalił się na nią z góry. Saoja zatrzęsła się ze wstrętu, z całej siły ścisnęła nogi, wbrew woli wygięła się w łuk, usiłując zrzucić gwałciciela. Ponieważ atak Gordżelina był w odróżnieniu od jego zaklęć dość nieumiejętny, Eltarze udało się go zrzucić i jeszcze mu przejechać paznokciami po policzku. Gordżelin cofnął głowę, rozwścieczony.

– Wściekłaś się czy co? – Patrzył na nią z nienawiścią. – A może zapomniałaś o przysiędze?!

Eltara zacisnęła zęby. Miał rację. Nałożnica nie ma prawa traktować w ten sposób swojego pana.

– Wybacz mi... – wykrztusiła z trudem. – Ja... ja zaraz...

Chyba tak powinno to wyglądać... Eltara położyła się na wznak, zacisnęła powieki i nie protestowała, gdy chłodne palce Śnieżnego Maga rozsunęły jej kolana.

*

– Niech mnie rogacz stratuje! Dwalinie, kim ona jest? – Argnist usiadł na starym pniu. We dwóch z krasnoludem opuścili obóz i weszli na zalane słońcem zbocze wzgórza, zostawiając ochronę na dole. Najwyraźniej niezwykłe zdolności Jariny nie dawały setnikowi spokoju.

– Muszę przyznać, że nie wiem, co powiedzieć. – Dwalin rozłożył ręce.

– Może ona służy jakiemu czarownikowi?

– Zgaduj, ile chcesz, ja i tak nie znam odpowiedzi.

– Nie wiem jak ty, ale ja spać nie mogę po nocach! – przyznał się stary setnik. – Już nawet o potworach nie myślę. Doszło do tego, że męczę się z powodu jakiejś tam dziewczyny!

– A czego tu się męczyć? – zdumiał się szczerze Dwalin. – Załóżmy, że jest czarodziejką, i co z tego?

– Czarodziejka, czarodziejka, ale skąd?! Coś mi się wierzyć nie chce, że przypadkiem do ciebie trafiła.

– A co, myślisz, że wiedziała, że się z tobą spotkam?

– Czemu nie! Czarodziejki to...

Z zarośli wyjechał jeździec. Zeskoczył z konia i wymachując rękami, podbiegł do dziesiętnika, który pełnił wartę na wzgórzu.

– Coś się stało?! – zawołał Argnist.

– Ojcze dowódco! Panie tysięczniku! – Goniec już leciał w górę po zboczu. – Zwiadowcy wrócili! Aż do Egeru ani jednego stwora! A na Opuszczonym Brzegu wybitych potworów mrowie a mrowie! Dużo więcej, niż tutaj było!

– A to ci nowina – wymamrotał zaskoczony Dwalin.

*

– Powiedz, na Rodgara, tyś to uczyniła? – zapytał krasnolud Jarinę, gdy tylko wrócił do obozu.

– Co uczyniła? – zdumiała się dziewczyna.

– Tam! – Krasnolud machnął ręką w stronę zachodu. – Tam jest cała góra wybitych stworów. Prawie wszystkie, co się za Rycerską Rubież przewaliły!

– Orda wybita? – zdziwiła się Jarina szczerze. – To wspaniała nowina! A dlaczego pomyśleliście, że to ja? To miłe, oczywiście, ale...

– A kto, jeśli nie ty? Może twój nauczyciel, żeby go drzewo przygniotło?

– Nie ja. – Jarina pokręciła głową. – Gdybym coś takiego umiała, pierwsza bym się pochwaliła.

– O zaklęciu Trawy też mówiłaś, że niby nie wiesz – zaprotestował krasnolud. – Powiedz, co się dzieje... Argnist setnik przez ciebie miejsca sobie znaleźć nie może. Opowiedziałabyś po kolei, co i jak! Na Rodgara cię proszę, powiedz! Przecież nie o mnie, lecz o ciebie mi chodzi!

– Tak. – Jarina spuściła głowę i westchnęła. – Oto dlaczego nas w Galenie ścigali i palili. Nie rozumieją ludzie, boją się. Dziękuję ci, Dwalinie, że się o mnie martwisz, ale uwierz, nie ma co opowiadać. Sama zrozumieć nie potrafię.

– No, jeśli nie możesz, to i dobrze, ze mną też tak było, gdy omal Eltary nie zarąbałem. Pamiętasz, opowiadałem ci. Ale może coś wiesz o nauczycielu twoim, o tym magu Akcjumie? Skąd on może być?

Jarina rozłożyła bezradnie ręce.

– O potężnych czarownikach nigdy nie słyszałam, a kiedy Akcjum mnie uczył, pewnie nawet setnej części swojej siły nie pokazywał. Tyle tylko wiem, że czasem do rana w łóżku ze mną baraszkował i ciągle nie był zmęczony. Aż się zastanawiałam, skąd w staruszku tyle życia.

Dwalin ryknął głucho.

– Jak go spotkam, to mu łeb ukręcę!

– Uważaj, żeby on ciebie w kamień nie przemienił!

– Ech! – Krasnolud się skrzywił. – Twoja racja... Tylko proszę cię, nie wspominaj więcej, jak ty z nim... no, jednym słowem... jak ty... No nie mogę, jak tylko usłyszę, to cały świat bym do pieca wrzucił!

Głęboko w oczach Jariny zamigotał dziwny zielony ogień. W tym spojrzeniu widać było kokieterię i... zrozumienie. Ona, Jarina, która nie przeżyła jeszcze szesnastu wiosen, od razu zgadła, co się dzieje z jej niewysokim towarzyszem.

– Nie rób tego, proszę cię – poprosiła cicho, kładąc szczupłą dłoń na nadgarstku potężnej ręki krasnoluda. Dwalin drgnął jak smagnięty batem. – Opowiedz mi lepiej o swojej ojczyźnie. Powiadają, że w Ar-an-Aszparangu są cudownie piękne jaskinie...

*

Krótko mówiąc, do chutoru dotarliśmy nieprędko. Drugi raz przystanęła i mnie objęła.

– Chcę jeszcze... nigdy... nigdy nie myślałam, że może być tak dobrze...

A ja starałem się jej nie rozczarować.

Jednak wszystko ma swój koniec i nasza droga również się skończyła. Chutor ojca Saaty niemal niczym nie różnił się od chutoru Argnista – takie same budynki, takie same stroje, takie same zajęcia.

Gdy ja i Saata weszliśmy na podwórzec, wieśniacy podnieśli straszny harmider. Krzycząc coś i chwytając się za głowy, kobiety biegały jak poparzone. Początkowo nie mogłem zrozumieć, czy się cieszą, czy wręcz przeciwnie. Wkrótce z wysokiego ganku zbiegła niemłoda kobieta i starszy mężczyzna. Ludzie rozstąpili się spiesznie.

– Mamo! Ojcze! Nareszcie! – krzyknęła Saata.

– Co się stało, córko? Co ty tu robisz? Dlaczego z Kiitą? A gdzie twój mąż?

I wtedy Saata powiedziała twardo i zdecydowanie:

– Artaleg, syn Argnista, nie jest już moim mężem! – Na podwórcu zapanowała martwa cisza, umilkły nawet ptaki. – Traktował mnie gorzej niż gospodarz parszywego psa! Nie będę tego dłużej znosić! Nie pozwolę się bić i znieważać! Wróciłam do domu ojca mego i dziada mego, a to – pokazała na mnie – to mój nowy mąż. Imię jego brzmi Elstan!

Na podwórcu było tak cicho, że słyszałem, jak w oborze kręci się bydło. Od takich nowin chutorianom odjęło mowę.

– Ależ córko moja, jakże to tak? – wykrztusił ojciec Saaty. – Artaleg to twój mąż, dany ci na wieki wieków. Do tej pory nasz ród nie znał takich rzeczy...

– Nie znał, a teraz poznał! – odparła dumnie Saata. – Nie wierzysz mi, ojcze? Jeszcze nigdy w życiu nikomu nie skłamałam. A skoro mi nie wierzysz, idź i zapytaj moją byłą teściową, Dejerę, małżonkę Argnista! Nie sądzę, żeby synka swego broniła.

– Trudno, córko, muszę iść! W przeciwnym razie cała okolica będzie nas palcami wytykać! Och, Saata, Saata! I jeszcze obcego ze sobą przywiodłaś! – Odwrócił się do mnie. – Córkę moją przyjmę, jak obyczaj nakazuje. Ale ty się wynoś! – Jego z trudem powstrzymywany gniew znalazł ujście. – Precz stąd! Pewnie gdyby nie ty, nie spadłaby na moją głowę taka hańba!

Ojciec Saaty był człowiekiem śmiałym i silnym. Na pasie miał miecz i pewnie się nie zawaha go użyć. Jak mnie zaatakuje, będę musiał go obezwładnić. Ale może uda się załatwić to wszystko inaczej?

– Niesłusznie się gniewasz, gospodarzu. Nie przychodzę z sąsiedniego chutoru, nie bałamucę zamężnych kobiet. Chcesz wiedzieć, kim jestem? Patrz!

Z mojej wyciągniętej ręki w sam środek pustego miejsca na podwórcu uderzyła rozgałęziona błękitna błyskawica. Ziemia wybuchła płomieniem – ludzie z krzykiem odskoczyli na bok.

– Czarownik! Skumała się z czarownikiem!

– Lepiej trzymajcie język za zębami! – huknąłem i zaskoczony ujrzałem, że na dźwięk mego głosu wieśniacy padli na ziemię, zaciskając uszy rękami; z niektórych okien zerwało ciężkie okiennice. – Jeśli nie rozumiecie, że Saata nie kłamie i że ja mogę ochronić wasz chutor przed Ordą, to naprawdę macie w głowach sieczkę zamiast mózgu!

Ojciec Saaty, jak przystało na gospodarza, okazał się najmocniejszy. Nie padł plackiem na ziemię, jedynie zbladł i cofnął się o kilka kroków.

– Przybyszu, w rzeczy samej jesteś potężnym czarownikiem. Ale my nie lubimy czarowników, a w walce z Ordą przywykliśmy polegać na naszych włóczniach i Obrońcach. Nie ścierpimy tu czarowników! I nie zastraszysz nas! Odejdź!

Dał sygnał, myśląc, że nie zauważę. W domach już unieśli kusze do okien.

– Ojcze, ojcze, co robisz! – krzyknęła Saata, lecz było już za późno.

Nie zabijałem i nie burzyłem; jedynie spaliłem lecące we mnie strzały i zniszczyłem kusze – chutorianie zrobią nowe.

– Wystarczy? – zapytałem i dodałem: – Nie chcę przelewu krwi.

Wtedy Saata znów mnie zaskoczyła.

– Skoro mój ród nie chce przyjąć tego, którego nazwałam moim mężem, to znaczy, że odmawia schronienia mnie i mojej córce. Odchodzimy – Pochyliła się i podniosła kosz z maleńką Kiitą. – Będziemy żyć sami!

Odpowiedzią było ponure milczenie.

Saata odwróciła się zdecydowanie i poszła do bramy.

– Córko! Wróć! Wracaj, szalona! Jeśli nie masz litości dla siebie, to zlituj się nad naszą wnuczką! Chcesz zgubić niewinne dziecko?! – krzyknęła matka Saaty.

– Niedoczekanie wasze – rzuciła dziewczyna, nie odwracając się. – Elstanie, idziemy.

Poszedłem za nią. Teraz miałem prawdziwy cel, prawdziwe zadanie. Cóż znaczą wszystkie tajemnice bogów i magów w porównaniu z Saatą?

Moją pierwszą prawdziwą kobietą.

Rozdział 3

Śnieżny Mag i Eltara leżeli obok siebie. Na podłodze walało się zakrwawione prześcieradło. Gordżelin ściskał smukłe palce saoi.

– Jesteś zadowolony, Obojętny? – zapytała Eltara, nie odwracając głowy.

– Tak – padła głucha odpowiedź. – Dziękuję ci...

– Za co? – spytała Eltara, choć dobrze wiedziała za co.

– Nieważne. – Śnieżny Mag wstał, zawiązał śnieżnobiały szlafrok. – Chciałbym, żebyś czuła się tutaj panią. Jeszcze dzisiaj dam ci wszystkie wewnętrzne zaklęcia. Możesz tu zarządzać wedle własnej woli.

– A jeśli nie zechcę? – Eltara leżała na plecach, patrząc w sufit. – Pomyślałeś o tym, czarodzieju, który kupiłeś nałożnicę?

Gordżelin westchnął.

– Nie mów tak. Jestem pewien, że ci się tu spodoba. Nie mam zamiaru przemieniać twego życia w pasmo udręki.

– Dzięki choć za to. – Saoja uśmiechnęła się krzywo.

Gordżelin czekał, czy Eltara powie coś jeszcze. Nie doczekał się, skłonił się lekko i wyszedł z sypialni.

Księżniczka westchnęła ze smutkiem. No proszę, już po wszystkim...

Nigdy by nie pomyślała, że w sztuce miłosnej Gordżelin ma jeszcze mniej doświadczenia niż ona! Tak się trząsł, że gdy minął poryw pierwszej namiętności, jego męskie narzędzie do niczego się nie nadawało. Po kilku próbach zakończonych fiaskiem ten potężny mag, który jednym ruchem ręki powstrzymał napór Ordy, wtulił twarz w poduszkę i zaczął płakać.

I wtedy – o, serce kobiety! – przytuliła się do Gordżelina, mimo że przed oczami miała widmo Elstana. Ale przysięga pozostaje przysięgą. Przysięgałam i teraz to zrobię, mówiła sobie, ostrożnie dotykając włosów Śnieżnego Maga. Przysięgałam i teraz to zrobię, powtarzała jak zaklęcie, gdy mag, podniesiony na duchu, znowu znalazł się nad nią. Przysięgałam i teraz to zrobię, myślała, usiłując nie krzywić się z bólu. No i zrobiłam to, odetchnęła z ulgą, gdy było już po wszystkim i zrzuciła na podłogę brudne prześcieradło.

Wstała. Mam zostać panią Śnieżnego Zamku, pomyślała ze smutkiem. Czymże jest taki fawor dla następczyni tronu Elfranu? Ale nie będziemy się obrażać i dąsać. Dopóki nie zostanie spełniona przysięga na Kamień Toej, muszę zapomnieć, kim jestem.

Żegnaj, wolne życie! Żegnajcie, walka i niepokoje, żegnaj to wszystko, do czego przywykła. Z pewnym sentymentem wspominała teraz Hissa i pościg za Pieczęcią Wiecznego Króla. Pieczęć odzyskała, a zamiast wdzięczności otrzymała wyrok śmierci. Gdyby nie Stary Hropt, byłoby już po niej. Wzdrygnęła się.

Tak, Dwalin, Kami, Pieczęć, Hiss, Cheort... Życie! Prawdziwe życie, a nie wegetacja w złotej klatce Elfranu!

Przeraziła się tej bluźnierczej myśli. Jak mogła myśleć w ten sposób! Ona, która dla uratowania ojczyzny poświęciła samą siebie! A jednak to była prawda. Elfran stał się złotą klatką. Wiszące nad krajem straszne przekleństwo, strach przed odejściem na Dół toczyły podstawy Elfranu. Tak dłużej być nie mogło! I skoro już ona, Eltara, z woli podłego losu została wyrzucona z własnego życia, skoro zyskała – za niewiarygodną cenę! – prawo sądzenia i oceniania, to grzechem śmiertelnym byłoby z tego nie skorzystać! Kto i kiedy powiedział, że nieuniknionym następstwem urodzenia dzieci jest odejście na Dół? Skąd w ogóle wzięło się to nieszczęście?

Podeszła do wąskiego okna. Wieże Śnieżnego Zamku wznosiły się wysoko ku niebu, ostrymi iglicami drapiąc chmury. W dole rozpościerały się surowe północne lasy, a dalej tundra. Lasy były puste, w okolicach Śnieżnego Zamku nikt nie mieszkał. Cóż, skoro już tutaj jest, powinna wyciągnąć z tego jakąś korzyść. Gordżelin to potężny czarownik. Czy ona, Eltara Elfrańska, nie zdoła przejąć jego sekretów? Zwłaszcza że ma do tego środki. Odwieczne kobiece środki.

Odetchnęła głęboko. Musi wziąć się w garść. Co się stało, to się nie odstanie. Po chwili wahania wezwała służącego trolla.

– Zaprowadzisz mnie do biblioteki! – zadysponowała, patrząc przez trolla tak, jak patrzyła na posłuszne Pradawnemu Długowi krasnoludy.

Troll zasapał, podreptał w miejscu, zawrócił i zaczął iść truchtem. Eltara ruszyła za nim.

Biblioteka Śnieżnego Zamku jej nie rozczarowała, chociaż nie wywołała nabożnego zachwytu (księgozbiór Elfranu zawierał manuskrypty powstałe przed pojawieniem się Młodych Bogów!). Ku zdumieniu czarodziejki znajdowały się tu prace stosunkowo nowe i głównie takie, których w bibliotece Wiecznego Króla nie było. A przecież wydawałoby się, że ojciec Eltary zebrał wszystkie białe kruki dotyczące świata i magii!

Wiele znajdujących się tu zwojów i ksiąg spisano w innych światach – niektóre w nieznanych Eltarze językach, niepoddających się rozszyfrowaniu za pomocą zaklęć. Już wkrótce wnikliwą księżniczkę tak wciągnęły studia, że zapomniała i o Gordżelinie, i o własnej niedoli.

*

Nie spotykając wrogów, wojsko Argnista szło na wschód, wzdłuż Rycerskiej Rubieży. Zakon Gwiazdy powoli dochodził do siebie po wstrząsie, w porzuconych zamkach, fortach i twierdzach zaczęły się pojawiać habity mnichów, oddziały „czerwonych kogutów" zajmowały pozycje na linii głównej, a specjalne oddziały zaprowadzały porządek na ziemiach podległych zakonowi, gdzie – zdaniem kapituły – w czasie wojny ludzie zupełnie zapomnieli o należnym szacunku i posłuszeństwie. Główna cytadela zakonu, Twierdza Gwiazdy, wznosząca się w miejscu połączenia dwóch dopływów Egeru, nie ucierpiała, Orda przeszła bardziej na północ. Doborowe oddziały zakonu nie straciły ani jednego człowieka i teraz mogły zająć się przywracaniem porządku i posłuszeństwa – w swoim rozumieniu tych słów.

Argnist prowadził trzy tysiące mieczy. Wojsko rozrosło się i uwierzyło w siebie, przelana krew zbratała wojowników. Wszyscy bez wyjątku przyznawali Argnistowi prawo dowodzenia, rozkazy starego setnika wykonywano od razu i bez szemrania.

Po drodze armia zniszczyła kilka zaczajonych oddziałów Ordy. Te starcia pozwoliły utrzymać ludzi w kupie i wybawiały Argnista od pytań w rodzaju „Ojcze dowódco, co będziemy robić dalej?".

Zresztą nowa praca znalazła się szybciej, niżby chcieli.

Rankiem ósmego dnia na wschód od Egeru zwiadowcy spotkali posłańców Zakonu Gwiazdy.

Cały obóz Argnista milczał ponuro, gdy delegacja złożona z trzydziestu zakonników i komturów w otoczeniu „lśniących" (specjalnej gwardii zakonu), na pięknych koniach, w połyskujących zbrojach i wyszywanych złotem płaszczach niespiesznie podjechała do specjalnie rozłożonego na tę okoliczność namiotu Argnista. Starego setnika również otaczała warta honorowa – sześciu pancernych i Dwalin siódmy (miał najlepszą zbroję w całym wojsku Argnista). Jarina, której wziąć nie chcieli, obraziła się i uspokoiła dopiero wtedy, gdy Argnist oficjalnie pozwolił jej podsłuchiwać.

Delegacja zsiadła z koni. Nie licząc ochrony, do starego setnika przybyło dwóch braci rycerzy wyższej rangi, dwóch komturów i jeden pucołowaty zakonnik, członek kapituły, którego małe oczka, ukryte w fałdach tłuszczu, przenikliwie łyskały spod krzaczastych brwi. Intuicja podpowiedziała Argnistowi, kto jest najważniejszy w tej delegacji.

Ochrona została na zewnątrz. Razem z Argnistem do namiotu wszedł Dwalin, Frabar i dowódca pancernych Gerten. Chcieli zawołać także ojca Hieronima, ale tak się wystraszył delegacji, że uciekł w głąb taboru i schował się w wozie z zapasami.

– Wybaczcie, drodzy goście, ale nie mam was czym poczęstować – rozłożył ręce Argnist. – Chyba że piwem...

– Czemuż by nie? – rzekł zakonnik, wycierając lśniącą od potu łysinę. – Albo to złe piwo warzą w ziemiach zakonu jego poddani?

– Piwo zaiste wspaniałe – przyznał Argnist, dyplomatycznie puszczając mimo uszu uwagę o ziemiach i poddanych. Żaden z towarzyszących zakonnikowi braci nie śmiał zaprotestować przeciwko piwnemu poczęstunkowi, chociaż popatrzyli na siebie z kwaśnymi minami.

Piwo przyniosła Jarina, udając, że nie dostrzega srogiej miny Dwalina. Cała piątka gości obrzuciła dziewczynę długimi, wymownymi spojrzeniami.

– Piwo dla panów posłów – zaćwierkała słodko Jarina. Dwalin zgrzytnął zębami. Czuł, jakby mu ktoś świdrował serce rozpalonym żelazem.

– Wyśmienite piwo – zauważył gruby zakonnik. – A i dziewczyna jak malowanie!

– Przypuszczam, że panowie posłowie zaszczycili nas nie po to, żeby omawiać zalety tego znakomitego napoju? – Argnist uśmiechnął się uprzejmie.

– W rzeczy samej, w rzeczy samej... Ale najpierw chciałbym przedstawić moich towarzyszy. Skrzydło wojskowe naszego zakonu reprezentują bracia rycerze wyższej rangi, czcigodni dar Sabach i dar Meoldon. Władzę sądowniczą i, że tak powiem, ogólną – komturowie Erignor Erwagen i Lotius Marnot. Ja, wasz niegodny, acz pokorny sługa, Grampet Dostanius, reprezentuję kapitułę, że tak powiem, rdzeń naszego zakonu i zajmuję... hm... skromne miejsce wielkiego mistrza.

To była najwyższa ranga w hierarchii zakonu.

Argnist przedstawił siebie.

Mistrz Grampet odchylił się na oparcie wiklinowego fotela, oddając głos młodszym braciom.

– Niechaj czcigodny Argnist mi wybaczy, ale czy mógłbym prosić o powtórzenie stopnia, który umknął mi na skutek słabości słuchu? – zapytał mistrz Erwagen.

– I czy czcigodny Argnist mógłby powiedzieć, kto powierzył mu dowodzenie tym wojskiem? – dodał dar Sabach, rudy drab o gęstej kędzierzawej brodzie, od stóp do głowy zakuty w stalową zbroję.

– Niechaj czcigodny Argnist nie czuje się urażony tymi pytaniami – podchwycił Lotius – lecz skoro armia maszeruje przez ziemie zakonu, to znaczy, że jej dowódca powinien mieć pozwolenie kapituły, którą właśnie reprezentujemy.

– Odpowiedź na wasze pytania nie jest trudna. Mam stopień setnika królewskiej gwardii Galenu, a na czele tego wojska stanąłem jako najstarszym stopniem. Tam, gdzie zbierałem oddziały, nie było niestety żadnego ze słynnych wojowników mojego władcy, króla Galenu.

– To znaczy, że nie macie królewskiego dokumentu potwierdzającego nominację na stanowisko dowódcy? – zapytał szybko mistrz Erwagen.

– Byłbym kłamcą, twierdząc, że taki dokument jest w moim posiadaniu. – Argnist rozłożył ręce. – Stanąłem na czele tego wojska jako najstarszy stopniem, zgodnie z królewskim regulaminem, część druga, punkt jedenasty, „O dowodzeniu".

Pięciu posłów wymieniło znaczące spojrzenia. Najwyraźniej nie mieli zamiaru tracić czasu na dalszą zabawę w dyplomację. Gruby mistrz przymknął świdrujące oczka i złożył ręce na swym ogromnym brzuchu, bracia rycerze bezceremonialnie rozglądali się po namiocie, jakby zastanawiając się, gdzie zatknąć sztandar, a komturowie bez skrępowania patrzyli na Argnista.

Ciszę przerwał dar Meoldon i jego słowa zabrzmiały jak rozkaz:

– Setniku gwardii jego wysokości władcy Galenu, ja, dar Meoldon, komtur Zakonu Gwiazdy, znajdując się w ziemiach ofiarowanych zakonowi przez Koronę Galeńską, nakazuję ci zdać dowodzenie wojskiem. O twoim dalszym losie rozstrzygnie kapituła. Będziesz musiał odpowiedzieć za wszystko, co uczyniłeś na tych ziemiach, między innymi za bezprawny nabór do swojej armii poddanych zakonu. Dowodzenie przejmie jeden z nas – niedbałym gestem wskazał siebie, a potem dar Sabacha. – Ludzie bezprawnie posiadający broń mają zdać ją w najbliższej twierdzy zakonu. Wojownicy wojska królewskiego zostaną, rzecz jasna, puszczeni wolno. Czy zrozumiałeś rozkaz, setniku Argniście? Ja również mogę ci zacytować regulamin. Tę samą część drugą, punkt jedenasty, „O dowodzeniu". Twoja ranga odpowiada knechtowi, a to znaczy, że masz wykonywać nasze rozkazy! Zgodnie z regulaminem komturowie zakonu zarządzają w wojsku królewskim i na odwrót. Ty, o ile wiem, w swoim czasie objąłeś dowództwo w forcie Gesar. Teraz nasza kolej.

Dwalin siłą woli powstrzymał się, żeby nie ściąć głowy temu zarozumiałemu głupcowi i nie wypruć flaków tej tłustej świni, mistrzowi.

Argnist zachował kamienny spokój. Uprzejmie wysłuchał dumnej przemowy brata rycerza, a następnie spojrzał na twarze swoich towarzyszy.

Dobrze patrzycie, chłopaki, tak właśnie trzeba patrzeć na tych drani! – pomyślał. Niech wiedzą, że jesteście gotowi skoczyć im do gardeł. Czy Mrom się domyślił, żeby ściągnąć jak najwięcej łuczników? Miejmy nadzieję. W przeciwnym razie ochrona zakonników posieka nas na kawałki. Miecznicy z nich dobrzy, oj, dobrzy. Tak, bójki nie unikniemy. Pewnie należało jakoś chytrzyć, ale w takich sprawach nie jestem biegły. Na swój stopień włócznią zapracowałem, nie pochlebstwami...

– Dziękuję czcigodnemu dar Meoldonowi za wyjaśnienia. Tak wam na to odpowiem, bracia rycerze: nie wyście Ordę przegnali i nie wam mnie ze stanowiska zdejmować. Gdy wy chowaliście się po zamkach i twierdzach, Orda wycinała w pień całe wsie, nikogo nie oszczędzała! Więc i ja nikogo szczędził nie będę. Dowództwa nie oddam, wojska nie rozbroję i w ogóle będę robił to, co sam postanowię. A jeśli z głupoty i nadgorliwości przeciwko mnie wojsko wysłać chcecie, to wysyłajcie. Stwory Ordy siekłem i rąbałem, z waszymi pewnie łatwiej pójdzie. Jasne?

Gdyby nie Dwalin, życie Argnista skończyłoby się w tej właśnie chwili. Obaj bracia rycerze powoli purpurowieli, słuchając tych zuchwałych słów, a gdy zabrzmiało końcowe „jasne?", zerwali się jak na komendę. Długie miecze ze świstem cięły powietrze. Przed jednym Argnist zdołał się uchylić, ale drugi pewnie rozciąłby mu głowę, gdyby nie odbił go topór Dwalina.

– Pohulamy! – ryknął krasnolud, gotów do walki.

– Cicho, zakute łby! – huknął nie mniej donośnie gruby mistrz na braci rycerzy. – Spokój, gamonie! Miecze do pochew schować, ale już! Do kogo mówię?! – I po krótkiej przerwie, gdy obie strony wsunęły miecze do pochew, zwrócił się do Argnista: – Setniku, nie przeginaj. Naprawdę myślisz, że ze swoimi trzema tysiącami zdołasz stawić opór zakonowi? Nie rozśmieszaj mnie! „Czerwone koguty" w godzinę cię z gównem zmieszają! Tę hołotę nazywasz swoim wojskiem? Wieśniacy pierwsi się rozbiegną, gdy im zagrozimy odebraniem nadziałów, a galeńscy pancernicy sami odejdą, nie zechcą walczyć z zakonem. Sam zostaniesz, setniku Argniście, samiuteńki...

– Nie twoje zmartwienie, mnichu. – Argnist przymrużył oczy. Na jego kolanach spoczywał obnażony miecz. – Wysyłajcie swoich „kogutów"! Jak się moje wojsko rozbiegnie, to będzie mój problem. A jak w kupie zostanie...

– Jeśli nie dziś, to jutro zostaniesz wyjęty spod prawa, buntowniku! – ryknął komtur Lotius. – Król już wraca. Myślisz, że odważy się zakonowi sprzeciwić?!

– Tak – powiedział bardzo spokojnie Argnist. – Dopuściłeś się obrazy jego wysokości. Bezczelnej, głośnej i przy świadkach. Straż! – zawołał, odwracając się w stronę wejścia do namiotu. – Straż! Jesteś aresztowany, komturze!

Tkanina namiotu zatrzeszczała. Bracia rycerze znów chwycili za broń, nawet gruby mistrz wyciągnął spod habitu rzeźnicki tasak, ale było już za późno. Ze wszystkich stron spoglądały na nich bezlitosne bełty.

– Rzucić broń! – huknął zdenerwowany Mrom.

Zuch chłopak! – pomyślał ciepło Argnist. Wszystko zrobione jak się patrzy. Teraz już ich mamy.

Dwudziestu ochroniarzy zakonu mogło jedynie bezradnie kląć. Gdy celuje do ciebie setka kuszników, trudno machać mieczem.

Rycerzy zakonu rozbrojono bez zbędnych ceregieli. Dwalin wypchnął z namiotu komturów, rekwirując piękny kindżał, dar Sabacha, wyraźnie wykonany w Ar-an-Aszparangu.

W otoczeniu ponurych kuszników, ze związanymi rękami i zakneblowanymi ustami cała zakonna delegacja została posadzona na konie i odesłana do taboru. Będzie się czym z kapitułą targować, innego języka zakon nie rozumie.

Kilka minut później Argnist zebrał wszystkich swoich setników.

– ...Dlatego powiedzcie swoim ludziom, jak się sprawy mają. Nikogo na siłę trzymać nie będziemy, każdy, kto chce, może odejść. Z zakonem nie ma co żartować – mówił do ludzi siedzących na zboczu. – Wszystko zrozumiem, wiem, że wielu z was ma na ziemiach zakonu rodziny i domy...

– Prawie nikt z nas rodzin już nie ma! – zerwał się jeden z setników, młody chłopak, który dołączył do oddziału Argnista po walce w forcie Gesar. – Tylko ci chyba, co niedawno przyszli. W mojej sotni prawie wszystkim rodziny Orda wymordowała. I nie obronił nas ten zakon przeklęty, dlatego nienawidzę zakonników bardziej niż Ordy! A jak pchać się tu zaczną, to walczyć z nimi będę jak z Ordą! Wszyscy zrozumieli? A jeśli kogoś odsyłać do domów, to najwyżej tych młodych chłopaków, co do nas po bitwie na Suchym Paśmie przyszli.

– A jużci, młode orły do domu wysyłać! – zahuczał drugi wojownik, stary mężczyzna, który też walczył pod dowództwem Argnista od czasów Gesaru. – Oni teraz zakonu bardziej niźli Ordy nie cierpią! Po nocach im się śni, jak tłustego mnicha na rożen wsadzają!

Żaden z setników nie odszedł, nie wycofał się też żaden inny wojownik. Będziemy walczyć do ostatniego tchu! – zdecydowało jednogłośnie całe wojsko.

I tak setnik Argnist znalazł się na czele powstania przeciwko władzy Zakonu Gwiazdy.

*

– Drugiego takiego bałwana jak wy, wasza wężowa wysokość, jeszcze świat nie oglądał!...

– Achsss, achsss, missstrzu Akcjumie, kto mógł przewidzieć...

– Ty! Ty powinieneś był przewidzieć! Zapomniałeś o Śnieżnym Magu, jaszczurczy łbie! Po prostu go skreśliłeś i już! A czego cię uczyłem, głupcze? No, czego?!

– Achsss, nie! Nie bijcie nasss, missstrzu Akcjumie!

– Zabić cię to mało! Idioto! Cymbale! Żebyś się tak z Garudą spotkał! Żeby cię miedzianka zgwałciła! A masz, a masz! I jeszcze!

– Achsss! Nie!! Czy naprawdę wszyssstko przepadło, missstrzu? Ja to naprawię! Ssstary Hisss to naprawi! Ssstworzycie nową Ordę, missstrzu...

– Ośle! Jeszcze nie zrozumiałeś, dlaczego tak się gniewam?! To nie ja stworzyłem Ordę! Nie ja! I nie moi pobratymcy, nie magowi z naszej wspólnoty! To dzieło kogoś innego! Nawet jeśli Orda się odrodzi, to kiedy?! I czy zdołamy dobrać do niej nowe zaklęcia kierujące?! Rozumiesz teraz, coś narobił? Odpowiesz za to przed całą Tajną Radą!

– Achsss, missstrzu! Nie trzeba, nie trzeba! Oni przemienią mnie w cośśś... w cośśś ssstrasznego!

– No, tego to ja już nie wiem. Za głupotę trzeba płacić!

– Achsss, achsss, biedny ssstary Hisss!

– Jęcz, ile chcesz, bezmózga żmijo. Teraz i tak nic ci to nie pomoże.

*

– Dziadku Hropcie, a mama prędko wróci?

– Nie, dziewczynko, oj nie. Rad bym ci powiedzieć, że wróci jutro, ale nie mogę. To byłoby kłamstwo, a kłamać nie wolno. Tylko całkiem małym dzieciom czasem mówi się nieprawdę, bo one się prawdy boją. Ale ty, Kami, jesteś dużą, dzielną dziewczynką, i tobie tylko prawdę mówię. Mama nieprędko wróci.

– Nieprędko? A kiedy?

– Skończy się lato, pożółkną liście, jesień nastanie, potem śnieg spadnie, ziemię aż do wiosny kołdrą nakryje, żeby się wyspała dobrze, i wtedy... wtedy mama wróci. Ale postaram się zrobić tak, żeby mama ci się we śnie ukazała.

– Tak?! Oj, jak to dobrze, dziadku, jak to dobrze! Bardzo bym ją chciała zobaczyć! Choćby we śnie. Tak mi bez niej smutno! – Kami przytuliła głowę do potężnego ramienia Ojca Drużyn. Obserwowali we dwoje zachód słońca, patrzyli, jak czerwona kula układa się do snu na posłaniu z chmur, jak cienie zmierzchu wysuwają się z parowów i bez pośpiechu ogarniają ziemię. Słuchali milknących ptaków. Litościwa noc rozściełała swój całun nad zmęczoną całodzienną krzątaniną ziemią.

– A krasnoludy, twoi przyjaciele? – Duża dłoń ostrożnie spoczęła na delikatnych ramionach. – Nie jest ci z nimi wesoło?

– W dzień mi wesoło, bawię się z nimi, po lesie mnie oprowadzają, uczą, pokazują wszystko, ale wieczorem, jak tylko o mamie pomyślę, to od razu na płacz mi się zbiera.

– Jak płaczesz, to dobrze, dziewczynko, to znaczy, że kochasz. A jak kochasz, to i czekać łatwiej.

Mała wierciła się, sadowiąc wygodniej, jak ptaszek w gniazdku.

– Dziadku, a ty nie mógłbyś mamy z powrotem do nas...?

– Mógłbym, dziewczynko, mógłbym. Tylko nie wolno. Twoja mama dała słowo. A słowo mocniejsze jest od Czerwonej Skały, co w naszym lesie stoi. Jak słowo dasz, musisz go dotrzymać.

– A komu ona słowo dała? I po co?

– Tak było trzeba. Ojczyznę swoją mama ratowała. I uratowała, i za to jej wielki honor będzie. A teraz musi pomóc tym, którzy jej pomogli. Takie jest prawo życia – pomagać! Pomagaj tym, którzy tobie z pomocą przyszli, i tym, którzy cię o pomoc proszą. Albo jeśli nie proszą, a sama widzisz, że ktoś w jest w biedzie...

– Dziadku, dziadku! A czy my nie możemy mamy odwiedzić?

– Nie. Jest teraz bardzo zajęta. Już ty się nie martw – jak tylko będzie można, mama na pewno da nam znać.

– Żeby to już prędzej, dziadku...

*

Saata spełniła swoją groźbę i odeszła z chutoru. Przez jakiś czas szliśmy w milczeniu leśną ścieżką, gdy nagle odwróciła się do mnie, wtuliła twarz w moją pierś i wybuchnęła płaczem.

– Elstanie, dokąd pójdziemy? Przecież Orda nas pożre! Nie mamy nawet dachu nad głową!

– Mało to miejsc na świecie? Czy koniecznie trzeba w chutorze żyć? Pójdziemy na południe, do Galenu.

– Oj, co ty, co ty! Kiita nie przeżyje takiej drogi... No i Kościane Pasmo!

– Co z nim?

– To ty nie wiesz? Dla nas, urodzonych w Leśnej Granicy, droga na południe jest zamknięta. Jak będziesz chciał iść, to śmierć na Kościanym Paśmie spotkasz! Twoje kości dołączą do tych, które już tam są rozrzucone! Będziesz tam leżał bez pochówku, aż twoje ciało pożre Orda.

– A co to za strachy na tym paśmie?

– Nie wiadomo – szepnęła Saata. – Tyle wiadomo, że nikomu się nie udało pójść na południe. Zdarza się, że jeśli nie masz w myślach ucieczki na południe, to możesz po tej górze chodzić i nic ci się nie stanie...

O?! To brzmi interesująco. Warto by się tam rozejrzeć!

– Saato, może tu zaczekasz, a ja szybciutko na to Pasmo zerknę?

– Oj nie, nie! Nie zostanę tu sama! – I w płacz. Jakoś ją uspokoiłem. Cóż, Kościane Pasmo odłożymy na później. Teraz trzeba uradzić, gdzie się zatrzymamy.

– To może sami się jakoś urządzimy?

– Sami, bez ludzi? No coś ty! Sami na gospodarstwie nie damy rady. Przecież gospodarstwo musi być, i to niemałe! I bydło, i ptactwo, i cała reszta... W chutorze wszyscy sobie nawzajem pomagają. I co to za życie samemu, w głuszy?

Pewnie powinienem był powiedzieć: „za to ze mną", ale się nie odważyłem. Skoro Saata chce żyć z ludźmi, skoro bez nich nie może, niech i tak będzie.

– Czy żaden chutor nie zgodzi się nas przyjąć?

Saata pociągnęła nosem i zaczęła przewijać Kiitę.

– Pustych chutorów nie ma, a inny chutor... jeśli już ojciec rodzony od progu mnie przegonił...

– I co, wszyscy tu tacy sami?

– Wszyscy. Chociaż nie! Zaczekaj! – Jej twarz rozjaśniła się nagle. – Niwen! – I tak usłyszałem historię o zagładzie Obrońców Niwena i o tym, że jego chutor, w którym zeszłej zimy zginęło prawie czterdziestu ludzi, przyjmuje każdego wyrzutka. – A jak im swoje błyskawice pokażesz, to już na pewno przyjmą! – trajkotała rozweselona Saata.

– W takim razie chodźmy. – Było mi wszystko jedno, dokąd pójdę. Byle tylko z nią.

Bez żadnych przygód dotarliśmy następnego dnia do chutoru Niwena.

– Ale się odbudował – zauważyła Saata, gdy ujrzeliśmy nowy częstokół i wysoko wzniesione murowane ściany.

Wyszedł do nas prawie cały chutor. Od razu spostrzegłem, że ludzie są bardziej zamorzeni niż u Argnista czy ojca Saaty. Wyszedł też Niwen, gospodarz. Saata pokłoniła mu się w pas.

– Przyjmij nas, czcigodny gospodarzu. Słyszeliśmy, że żyje się u ciebie nielekko, ale za to swobodnie, to przyszliśmy. Przyjmij nas, czcigodny Niwenie!

– Czekaj no, Saato, żono Artalega, syna Argnista. Jakże to tak? Jakże ja mam ciebie przyjąć? I kto jest z tobą?

– Odeszłam od męża, czcigodny Niwenie. Dręczył mnie ten zbój, upokarzał i bił. Nie mogłam już dłużej!

– I po kryjomu uciekłaś z kochankiem – dokończył Niwen.

Gęba tego typa stanowczo mi się nie podobała.

– Nie do końca tak, czcigodny Niwenie. – Saacie nawet brew nie drgnęła. – Nie uciekłam. Otwarcie, na oczach wszystkich odeszłam. Nie ma takiego prawa ani takiego zwyczaju, żeby żonę bić na śmierć! A my, jeśli nas przyjmiesz, możemy ci się przydać. Ja jestem zielarką, choroby leczyć umiem, porody odbieram, a Elstan, małżonek mój, z Ordą lepiej niż najlepszy Obrońca walczyć potrafi. – Odwróciła się do mnie i powiedziała: – Pokaż im, proszę!

I ja pokazałem. Płynny ogień, błyskawice, niewidoczne żarna – najbardziej efektowne sztuczki z mojego arsenału.

Ludzie pootwierali gęby i popadali na ziemię. A gdy tylko skończyłem, wszyscy zaczęli krzyczeć jednym głosem:

– Gospodarzu! Czcigodny Niwenie! Na Rakota Wszechpotężnego i Hedina Miłościwego, zlituj się nad nimi! Przyjmij Saatę i Elstana!

Niwen patrzył mi prosto w oczy, czytałem w jego duszy jak w otwartej księdze. „Jak nie przyjmę tego obcego, ludzie mogą się zbuntować. I bez tego umordowani są ponad wszelką miarę. Ale jak przyjmę tych dwoje, zaczną tego obcego bardziej słuchać niż mnie. Władzę mi obcy zabierze! Nie wiadomo, co gorsze".

Odchrząknął i rzekł:.

– Powiedziane jest: proszącego nie odtrącaj. Ale powiedziane jest także: praw i obyczajów przestrzegaj. Co obyczaj nakazuje uczynić z niewierną żoną, która od męża uciekła? – Obrzucił ludzi na podwórcu dumnym spojrzeniem.

– Obnażyć, rózgami siec i mężowi odesłać – odezwał się ponuro jakiś brodacz.

– Tak jest! Słyszeliście wszyscy! Wychłostać i mężowi odesłać! Kochankowi nic, taka już męska natura, ale żonę obyczaj nakazuje ukarać! Słyszałaś, Saato? Jakże ja mam ciebie przyjąć? Nie jestem ci przecież ojcem!

Ludzie na podwórcu zaczęli szemrać niezadowoleni, ale Niwen nie zwracał na to uwagi.

– Nie przeganiaj nas, gospodarzu! – Saacie zadrżały wargi. Zrobiła ruch, jakby chciała paść na kolana, ale ją przytrzymałem.

– No, no, przecie i ja mam serce nie z kamienia – rzekł Niwen. – Przysięgnijcie mi oboje, że będziecie wiernie służyć, i wtedy was przyjmę. Ale jeśli zobaczę, że chutor nie ma z was pożytku, to Saatę z powrotem do męża odeślę. Siec nie będę, nie jestem zwierzem, ale odeślę. Zrozumiałeś, Elstanie czarodzieju? – zwrócił się do mnie.

– Zrozumiałem, czcigodny gospodarzu – powiedziałem; trudno byłoby nie zrozumieć. Mógłbym oczywiście postraszyć tego chytrego lisa, ale po co? Saata i jej córeczka potrzebują spokoju, a nie powszechnej nienawiści.

– No wchodźcie, wchodźcie, co tak stoicie? – Niwen wykrzywił usta w nieszczerym uśmiechu. – Zaraz wam izbę pokażą...

Interludium
Lot czasu

Jak się wziąłeś do roboty, to nie mów, że koszula bliższa ciału. Niewielkie, ale mocne i sprawne wojsko Argnista pewnie maszerowało wzdłuż Rycerskiej Rubieży, z każdym dniem rosnąc w siłę. Tutaj, na skraju ziem zakonu ludzie nie byli tak zahukani jak w innych rejonach i chłopscy synowie dziesiątka za dziesiątką, sotnia za sotnią dołączali do armii powstańców. Wieść o wzięciu komturów do niewoli rozniosła się daleko po okolicy, siejąc panikę w cytadelach, wnosząc nadzieję do ubogich chat.

Mieli za sobą już pierwsze sukcesy – kilka małych oddziałów zakonu, składających się z chłopów poborowych, w pełnym składzie przeszło na stronę powstańców. Żeby uniknąć podobnych wypadków w przyszłości, komturowie musieli rozbroić niepewne oddziały wieśniaków, co niemal o połowę zmniejszyło siły Zakonu Gwiazdy.

Jednak setnik Argnist się nie cieszył. Doświadczenie gwardzisty mówiło mu, że każda kampania powinna mieć wyraźny cel. Wziąć to i to, rozgromić wroga tam i tam, a potem zawrzeć pokój, żądając kontrybucji i kilku spornych wsi pogranicznych. A co on, Argnist, chce osiągnąć? Do czego dąży? Do totalnej klęski zakonu? Jako doświadczony wojak musiał sobie otwarcie powiedzieć – to ci już bracie setniku nie wyjdzie. Samych tylko twierdz zakon miał ze trzydzieści, w tym pięć niezdobytych. Jeszcze w czasach służby w gwardii Argnist bywał w nich i dobrze zapamiętał potężne mury i bastiony. Poza tym wkrótce może podejść galeńskie wojsko – tu już baronowie Fejnu pewnie

nie stchórzą, zbuntowanych wieśniaków bić to zupełnie co innego niż z Ordą wojować. A walczyć z królewską gwardią Argnist zdecydowanie nie chciał. No i ludzie nie pójdą przeciwko wczorajszym towarzyszom. Pozostawało jedno – wziąć zakon szturmem, nie pozwalając mu się opamiętać, a potem zmusić do zawarcia pokoju.

Czekaj no! – mówił sam do siebie. Załóżmy, że uda się to zrobić, że kapituła podpisze wszystko, co zechcesz. Ale co potem, gdy już twoje wojsko się rozejdzie? Zakon raz-dwa zbierze siły i zemści się na buntownikach tak, że ludzie za Ordą zatęsknią!

Argnist ściskał głowę rękami i gryzł wargę. Myśl, setniku, myśl! Jak nic nie wymyślisz, to znaczy, żeś funta kłaków niewart. Ludzie za tobą idą, coś wymyślić musisz!

Za ścianą namiotu rozległo się delikatne pokasływanie. To Gerten, dowódca pancernych. Od razu widać, że chłopak pochodzi ze szlachty galeńskiej.

– Ojcze dowódco, moi ludzie nie chcą dalej iść – powiedział bez zbędnych wstępów. – Zakon nie jest wrogiem Królestwa Galeńskiego. Mieliśmy Ordę bić i uczciwie ją biliśmy. Kiedy ci dumni komturowie przyszli do obozu, odpowiedziałeś im tak, jak się należało. Ale walczyć z nimi?... Chcemy odejść. Z wieśniakami nam nie po drodze, ojcze dowódco.

– Ja też jestem wieśniakiem – odparł spokojnie Argnist. – Tylko przedtem ci to nie przeszkadzało.

Gerten spuścił głowę. Setnik miał rację.

– Sam dobrze wiesz, jak miejscowi chłopi lubią zakon. Zbuntowali się przy pierwszej okazji! I wiesz, co z nimi zakon zrobi, jeśli teraz armię rozpuszczę, ludzi zostawię i sam do domu wrócę. Ale ciebie nie trzymam. Krążą plotki, że król powrócił...

– To co robić? Braci rycerzy zabijać? – wypalił Gerten.

– My będziemy musieli. A ty – nie. Ty przecież do domu wracasz.

Młody setnik zalał się rumieńcem.

– Ojcze dowódco, i ja zakonu nie lubię! Ale powstawać przeciwko niemu...

– Przyszedłeś mi powiedzieć, że odchodzisz, czy na swoją wiarę przeciągać?! – huknął Argnist. – Chcesz wracać do domu, wolna droga. Ja rozumiem, że wszyscy mają w Galenie rodziny. Ale o tym, co będę robił, sam zdecyduję!

Gerten zmrużył oczy, odruchowo sięgnął do miecza.

– Obraziłeś się? Nie masz się co obrażać, chłopcze. Jak pożyjesz tyle lat co ja, to zrozumiesz. A teraz idź, muszę pomyśleć.

– Ojcze dowódco! Ale ja naprawdę chcę cię przekonać!

– Nie warto. Idź, Gertenie, idź. Powiem ludziom, że was z zadaniem wysłałem. Nie będą się za wami śmiali.

Gerten odwrócił się gwałtownie i wyszedł. Stary setnik pokręcił głową. Zaczęło się. Tego się właśnie bał. Zresztą on i tak nie ma odwrotu. Skoro zaczął, musi doprowadzić rzecz do końca. Pewnie, szkoda, że galeńscy pancerni odchodzą, żołnierze z nich doskonali, ale co poradzisz? Musi walczyć z zakonem z tymi ludźmi, których ma.

Odejście dwóch sotni nie osłabiło armii Argnista. Kilka dni później niespodziewanym atakiem zajęli Brakar, jedną z pięciu głównych cytadeli zakonu. W arsenałach znaleźli tyle broni i wyposażenia, że teraz nawet ostatni piechur zadawał szyku w pięknej kolczudze. Po tym zwycięstwie naród walił do Argnista całymi setkami.

Wreszcie do kapituły zakonu dotarło, że robi się gorąco. Stworów Ordy już nigdzie nie było widać i wszystkie siły braci rycerzy ruszyły do cytadeli zdobytej przez buntowników.

Lecz Argnist nie miał zamiaru siedzieć za murami i czekać na groźnych wrogów. Jego wojsko opuściło twierdzę, rozsypało się po okolicznych lasach.

I zaczęła się tak dobrze znana Argnistowi „mała wojna"

Za każdą pokonaną ligę bracia rycerze płacili najwyższą cenę. Z krzaków, z koron wysokich drzew leciał w nich deszcz strzał – i zwykłych drewnianych, i ciężkich bełtów przebijających na wylot jeźdźca w pełnej zbroi. Kroczące leśnymi ścieżkami oddziały braci i „czerwonych kogutów" ponosiły ciężkie straty, a dobrze ukryci strzelcy buntowników byli niemal zupełnie bezpieczni. Któryś z braci okazał się na tyle głupi, by wziąć we wsi zakładników i powiesić ich po tym, jak oddział zakonu został ostrzelany i stracił ośmiu rycerzy. Wtedy wojenna pożoga objęła już całą granicę.

Gdy bracia rycerze zdołali wreszcie dotrzeć do zdobytej przez buntowników twierdzy, ujrzeli wrota otwarte na oścież. Cytadela była pusta. Pozostawiając w niej swój garnizon, bracia zajęli się akcjami pacyfikacyjnymi. Nareszcie Argnist mógł pokazać, jak trzeba walczyć.

Stary setnik postawił na strzały. W zbuntowanych wsiach wszyscy, od najmłodszego do najstarszego, dzień i noc gięli mocne łuki. Kto miał szczęście, ten walił z kuszy. I na oddziały rycerzy, pozbawionych osłony murów, ze wszystkich stron spadał morderczy deszcz strzał.

Zakon próbował zdławić powstanie aż do zimy. Rycerze zaczęli palić wsie, i to był ich ostatni błąd. Późną jesienią, gdy ciężka konnica zakonu grzęzła w błocie, Argnist trzema szybkimi nalotami rozgromił trzy duże oddziały rycerzy. Jeden pułk „czerwonych kogutów" poddał się w pełnym składzie – konni łucznicy Argnista zaatakowali go na drodze i odcięli od twierdz. Wtedy zakon pchnął do Galenu i Fejnu gońców z błaganiem o pomoc. Kapituła pisała, że wkrótce po skończeniu z zakonem buntownicy wezmą się za Galen i baronostwa, dlatego będzie lepiej dla wszystkich, jeśli stłumią powstanie jak najprędzej.

Wysłano kilku gońców. Jednego z nich przejęli ludzie Argnista – stąd stary setnik dowiedział się o tajnym posłaniu. Nie można powiedzieć, żeby był zaskoczony czy zdziwiony. To tylko znaczyło, że z zakonem należy skończyć jeszcze przed wiosną.

Zimowa wojna na Rycerskiej Rubieży rozpalała się coraz bardziej. Już wkrótce w rękach rycerzy pozostało jedynie pół tuzina twierdz – cała reszta z arsenałami, warsztatami, magazynami i zapasami prowiantu znalazła się w rękach buntowników. Zaczęły się prawdziwe poważne oblężenia. Rycerze prawie nie wystawiali nosa zza murów twierdz, licząc, że zdołają się utrzymać do czasu przybycia baronowskich drużyn i królewskiego wojska. Argnist wiedział, że nie uda mu się walczyć na dwa fronty, więc coraz bardziej się spieszył. Oblężenie pięciu twierdz powierzył stosunkowo niewielkim oddziałom, sam z głównym trzonem swojej armii ruszył na nieoficjalną stolicę zakonu – Maldenę. W tej twierdzy zebrała się cała kapituła, wszyscy wyżsi komturowie i rycerze, tam też był skarbiec Zakonu Gwiazdy. Zdobycie Maldeny oznaczałoby ostateczną klęskę zakonu.

Argnist nie chciał bezmyślnie gnać swoich wojowników do ataku, pod wrzącą smołę i rozpalony ołów. Dlatego poprosił Dwalina, żeby przyprowadził do niego Jarinę. Przez cały ten czas dziewczyna pozostawała przy wojsku, jednak stanowczo odmówiła czarowania, używała swego daru jedynie do leczenia rannych. Krasnolud nie odstępował jej ani na krok, a gdy ktoś zbliżył się do Jariny na dziesięć kroków, robił tak straszną minę, na jego twarzy tak wyraźnie malowała się żądza krwi, że już wkrótce wszyscy omijali dziewczynę szerokim łukiem. A przy tym sam nic nie wskórał. Jarina traktowała go jak przyjaciela, nic więcej.

W namiocie Argnista było ciepło, w niewielkim żelaznym piecyku trzeszczały polana. Stary setnik nalał do kubków aromatycznego wina, podał dziewczynie i tak się odezwał:

– Jarino, nie poradzimy sobie bez twoich czarów. Maldenę trzeba zająć przed wiosną, zanim drogi przeschną i zanim podejdzie tu wojsko królewskie z drużynami baronów. Mógłbym posłać ludzi do szturmu, ale wtedy większość polegnie. Takich zwycięstw mi nie trzeba. Ani razu nie prosiłem cię o pomoc, a tym razem się bez niej nie obejdziemy.

Jarina odpowiedziała nie od razu. W ciągu tej zimy bardzo się zmieniła, stała się zamknięta i milcząca. Bywało, że całymi godzinami siedziała przy ogniu (jeśli nie trzeba było iść do rannych) i obejmując rękami kolana, patrzyła w jeden punkt. Nikt się nie domyślał jej niegdysiejszego galeńskiego zajęcia, coś takiego nikomu by do głowy nie przyszło.

– Ojcze dowódco, nie znam zaklęć bojowych, które niszczą lub palą. A to, które znam, czyli zaklęcie Zielonych Mieczy rosnących z ziemi, tutaj nie pomoże. Nie starczy mi sił, żeby je przez kamień przepchnąć.

– Poczekaj, Jarino! Czy mogłabyś uśpić wartowników? Albo wystraszyć ich tak, żeby ze strachu rzucili miecze?

– Nie po sercu mi to, ojcze dowódco – odparła głucho dziewczyna. – Sen to wielkie dobro. Przynosi duszy natchnienie i ulgę. Jakże to będzie, ja ześlę wojownikom wytchnienie, a wy ich nożami po gardłach?!

Argnist prychnął. Dziewczyna zaczęła o sobie myśleć nie wiadomo co! Na wojnie albo ty, albo ciebie, inaczej nie bywa.

– Pomyśl tylko, ile wsi rycerze w popiół przemienią, jeśli nie pokonamy zakonu. Nie będą się nad chłopami litować!

– Toż i wy się nad nimi nie litujecie.

– Dobrze. – Argnist postanowił na razie się nie spierać. – A co ty byś zrobiła?

– Ja? Ja zrobiłabym tak, żeby zakon sam z Maldeny wyszedł.

– Sam? Jak to?

– Tak to. Otoczyć ich ze wszystkich stron, obstawić wszystkie podziemne przejścia – pokażę, gdzie są – a potem rozpuścić wieść, że królewska armia zawróciła do Galenu. Rycerze się poddadzą, jeśli obiecacie puścić ich wolno!

I Jarina zdołała przekonać Argnista, żeby pozwolił jej spróbować.

Wszystko poszło jak po maśle.

Obsypywani drwinami, w ponurym milczeniu opuszczali twierdzę dumni rycerze, wyniośli komturowie, członkowie kapituły. Jechali bez broni, zostawiając zwycięzcom cały skarbiec zakonu.

A następnego dnia po zwycięstwie Argnist, który całą noc spędził na naradzie z setnikami, oznajmił swoim dziesiątkom i sotniom:

– Nie chcąc dopuścić do niepotrzebnego mordu, puściliśmy wolno przywódców zakonu, ale musicie wiedzieć, że oni nie zostawią nas w spokoju. Dlatego potrzebna tu jest silna, stała armia. Ona będzie naszą tarczą i mieczem! Po co nam król i władcy? Czy wasi dziesiętnicy, setnicy i tysięcznicy są źli? Niniejszym ogłaszam, że wszystkie ziemie zakonu będą od dziś ziemiami Wielkiego Wolnego Wojska – ono i Rubież przed Ordą bronić będzie, i łajdakom z południa wejść nie pozwoli. Wszyscy, którzy na tych ziemiach mieszkają, będą żołnierzami tego wojska! Nie będzie więcej podziału na tych, którzy tylko walczą, i tych, którzy w pocie czoła pracują, a za swoją pracę niczego prócz kopniaków i siniaków nie dostają.

I mówił setnik jeszcze długo, a jego słowa zapadały w serca i umysły zebranych tu ludzi. Ziemie Zakonu Gwiazdy stawały się obszarem Wielkiego Wolnego Wojska, w którym wszyscy mężczyźni mieli obowiązek nosić broń i na pierwsze wezwanie dowódców wystąpić w obronie ojczystej ziemi.

– A teraz – zakończył swoją przemowę Argnist – wy, wojownicy, musicie wybrać sobie przywódcę, sardara, którego wszyscy chętnie słuchać będą, którego rozkazy będziecie spełniać jak własne życzenia!

– Ty, ojcze dowódco! – ryknęli wszyscy. – Argnist sardarem! Argnista na sardara!

Stary setnik uniósł rękę, uciszając wojowników, i pokręcił głową.

– Dziękuję, że we mnie wierzycie! Ale już czas, żebym się z wami pożegnał. Dawno już pora, żebym do domu wrócił. A na waszym miejscu wybrałbym Frabara – mąż to odwagi niezwykłej i serca dobrego. Ja muszę odejść.

Ze wszystkich stron rozległy się okrzyki protestu, lecz Argnist podniósł rękę, prosząc o ciszę.

– Nie zmienię swojej decyzji. Może jeszcze kiedyś do was zajrzę, żeby popatrzeć, jak się sprawy mają. I pamiętajcie, że na północny, za Rubieżą, w Leśnej Granicy też mieszkają wasi bracia! Oto gdzie jeszcze dla mieczy znajdzie się robota! I właśnie tam wyruszam. Was ze sobą nie wołam – na razie, do czasu. Kto wie, jak się to wszystko jeszcze ułoży...

Wkrótce potem Frabar został wybrany na przywódcę Wielkiego Wolnego Wojska, a tysięcznicy i setnicy stworzyli Wolną Radę, żeby ich sardar nie wynosił się zbytnio ponad innych i żeby nie stał się nowym królem na wolnych ziemiach.

Argnist, odprowadzany niemal przez całe wojsko, ruszył na wiernym Lokranie traktem prowadzącym na północ. Wracał do domu. A razem z nim jechał Dwalin i Jarina.

*

W Leśnej Granicy okrutna, mordercza zima dobiegała końca. Różniła się bardzo od poprzednich; wprawdzie nie była mniej mroźna, ale za to dużo spokojniejsza. Ordy jakby w ogóle nie było. Z rzadka tylko pojawi się kula ścianołomów, przemknie brzuchojad, przeskoczy nogogryz. Rogacze i trąbacze w ogóle się nie pokazywały. Zginęły gdzieś, przepadły jak kamień w wodę.

Ludzie od razu odżyli. Poweselełi, nabrali śmiałości, zaczęli między chutorami po narciarskich ścieżkach w gości jeździć, pieśni śpiewać, korowody urządzać, kochać się – jak to młodzi.

I tylko w chutorze Argnista wszyscy chodzili ponurzy i skwaszeni. Gospodarz ciągle nie wracał i teraz już chyba nikt nie spodziewał się ujrzeć go żywego. Jednak Alort stanowczo i uparcie nie chciał przejąć kluczy, a bez gospodarskiego oka ludzie powoli się rozłazili. Dejera to przecież nie gospodarz! Wprawdzie gospodyni to też niemało, ale nie to samo... Artaleg, który za jednym zamachem stracił i żonę, i córkę, szalał i wściekał się – widać niczego nie nauczył go ten strach, przez który trzy tygodnie nie mógł spać, i bał się ciemności. Latał rozjuszony, groził, że chutor Niwena z dymem puści, lecz to były puste pogróżki.

I on, i Dejera, i Alort chodzili do Niwena, próbowali go zawstydzić, że zbiegłą żonę ukrywał, ale sąsiad nic sobie z tego nie robił.

– Czekaj, jak przyjdzie Orda i zapalisz czerwony ogień, na pewno ci pomagać nie będziemy! – wykrzyczał w zapale Alort.

– Ogień, mówisz? – zahuczał ponad bramą Niwen, gęba czerwona, oczy wytrzeszczone. – Uważaj, żebyś ty sam, synku, czerwonego ognia zapalać nie musiał! Ja nie mam się czego bać. Mieszka u mnie teraz Elstan czarodziej i żadnego stwora bliżej niż na odległość strzału z łuku nie dopuszcza. A i to tylko na moje polecenie, jak pancerza albo czego innego ze stwora potrzebujemy. Lepiej sobie pomóżcie! Ty, Dejero sąsiadko, wstydzić się powinnaś! Nie umiałaś synowej obronić! Przecież cała okolica wie, że wasz Artaleg to zwierz, jakich mało!

– A tyś niby taki opiekun dla swoich ludzi, myślałby kto! – odcięła się Dejera.

– Co było, minęło. Tylko że z mojego chutoru dziewki przed pobiciem nie uciekają!

I gadaj tu z takim. Odeszli z niczym jak niepyszni.

Artaleg zrobił się zupełnie nie do wytrzymania. Wydzielcie mi moją dolę, mówi, dość się już nażyłem pod rządami ojca i brata, teraz chcę sam gospodarzyć! Wtedy i ożenić się można będzie po raz drugi. Za chutorskiego gospodarza każda dziewczyna pójdzie, więcej nawet, poleci z podkasaną spódnicą!

Alort, najstarszy syn Argnista, opierał się. Żal mu było ojcowiznę dzielić i w ręce tego durnia Artalega oddawać, bo zaraz gospodarkę zmarnuje! Przez tyle lat gospodarzyć się nie nauczył, chociaż i ojciec, i matka tak się starali! A przecież jak chutor ojca podzielą, to im też będzie ciężej. Dobrze, że Armiol za najstarszym bratem murem stoi, można jeszcze poczekać.

Przed wiosną Ordy zrobiło się jakby więcej, ale potem, gdy się ociepliło, stwory jak za dawnych lat odeszły na północ. Przyszło rozochocone Plugastwo, lecz do tych strachów już zdążyli przywyknąć. Życie płynęło swoją koleją.

A pod sam koniec miesiąca odwilży z chutoru Niwena babskie języki przyniosły nowinę, i to nie byle jaką! Saata urodziła chłopca, syna swojego kochanka, Elstana czarodzieja.

*

To było coś absolutnie niezwykłego. Nigdy nie miałem żony. Nigdy nie miałem kobiety, która należałaby tylko do mnie i do nikogo innego. I nikt mnie nigdy nie kochał.

Chciałem z nią być. Patrzyłem, jak krząta się przy małej Kiicie, jak zajmuje się gospodarstwem, nie pozwalając, żebym jej pomagał, mówiąc, że to kobiece zajęcia; jak przędzie długimi zimowymi wieczorami, gdy za oknem wicher wyje, jak wyszywa, nucąc coś pod nosem.

A potem powiedziała, że będziemy mieli dziecko. I była pewna, że to będzie syn.

Mój syn! Patrzyłem na chutorskie dzieci, na małą Kiitę... Było w nich coś głębokiego i pradawnego. Miałem wrażenie, że z ich czystych oczu, nieznających ni kłamstwa, ni zdrady, patrzy na mnie ten, który wysłał mnie w niekończącą się wędrówkę po niezliczonych światach Wielkiej Sfery. I nie wiem, dlaczego tak wyszło, ale dorośli w chutorze bali się mnie i omijali, a dzieci pędziły do mnie co sił w nogach. Prosiły to o fajerwerki, to o bajki, to o iluzje, to znowu, żeby każdemu przyśniło się coś ciekawego. Z tym ostatnim byłem bardzo ostrożny – nie chciałem, żeby sny ciągnęły ich bardziej niż jawa.

I teraz z mojego nasienia urodzi się dziecko. Kim będzie? Człowiekiem, śmiertelnikiem? A może podobnie jak ja wiecznym włóczęgą, którego przeznaczeniem będzie odkrywanie tajemnic nieskończonych światów?

Chłopiec przyszedł na świat dokładnie w wyznaczonym czasie. Krzepki, poważny smyk, czarnowłosy i czarnooki. Gdy tylko zajrzałem w jego oczy, zrozumiałem, że zgotowano mu wielki i straszny los. W tych oczach zobaczyłem wrota do bezgraniczności, te same wrota, które przekraczałem sam nie wiem ile razy. Nie był człowiekiem. Miał ciało zbliżone do ludzkiego, ale jego duch... nie mogłem się mylić. Jego duch otrzymał wielkie moce i gdy nastanie czas, one zbudzą się do prawdziwie wielkich czynów.

Na razie malec w skupieniu ssał matczyną pierś, a zdumiona jego pojawieniem Kiita raczkowała w pobliżu na domowych chodniczkach.

*

– Achsss, missstrzu, missstrzu, powiedzcie biednemu Hisssowi, dokąd płyniemy. Od tylu dni wokół nasss tylko woda i woda...

– Obejdziesz się bez tej informacji, jaszczurko! Nie chcę, żebyś za wcześnie umarł ze strachu, jeszcze przyjdzie na ciebie czas.

– Achsss, missstrzu, to lepiej sssam wyssskoczę za burtę! Mówicie takie ssstraszszne rzeczy...

– Może i lepiej! Jeśli tak bardzo zależy ci, żeby stać się pokarmem dla rekinów, nie będę ci przeszkadzał. Powiem tylko tyle, że na posiedzeniu Tajnej Rady masz szansę na przeżycie, ale przy spotkaniu z rekinami – żadnej. Nawet czary ci nie mogą.

– Czemu, missstrzu?

– Bo rekinom pomogę ja, rozumiesz?

– Tak, missstrzu, tak! Jessstem posssłuszny, jessstem posssłuszny...

Zaprzęg dwóch młodych lewiatanów szybko ciągnął wątłą łódeczkę. Daleko przed nimi, na ciepłym morzu, tysiące lig od brzegów Hjörwardu Północnego z wody wyłaniały się czarne skały smagane falami i wiatrem. Nie było ich na żadnej z map Wielkiego Hjörwardu, za to w tawernach wszystkich czterech kontynentów wilki morskie szeptem opowiadały straszne historie o czarnej wyspie-widmie. Wyspa ta miała wielką kamienną paszczę, która rozwierała się jak żywa i połykała największe nawet statki. Mówili też, że przed tą katastrofą można obronić się tylko w jeden sposób – błagając Hedina Miłościwego o ochronę. Kapitanowie opowiadali także o widmowym statku, który sunąc na falach, został pochłonięty przez czarną paszczę. Statek ten nie potrzebuje ani żagli, ani wioseł, albowiem ciągną go morskie demony posłuszne strasznemu czarodziejstwu...

O tym wszystkim myślał teraz Hiss, wężowy król, patrząc na wznoszące się z wody skały. Widmowa wyspa! To było gorsze niż śmierć. Znacznie gorsze!

*

Za oknem rozlegał się dźwięczny śmiech Kami. Stary Hropt odłożył naprawiany miecz i zamyślił się. Trudno uświadomić sobie granice własnych sił temu, kto niegdyś gasił i zapalał gwiazdy. Trudno żyć ze świadomością, że przyjaciele, z którymi walczyłeś ramię w ramię, kontynuują swoją nierówną walkę bez ciebie, bo ręka zaczęła cię zawodzić. Dzień po dniu, noc po nocy drąży cię czerw wątpliwości – po co chodzisz po tej ziemi, Nieśmiertelny? Ludzie rozkoszują się każdym dniem, ponieważ wiedzą, że ich czas jest krótki. A co zrobisz ty, który masz za sobą całe tysiąclecia? Przecież jeśli nie zarąbie cię w pojedynku silniejszy przeciwnik, spokojnie możesz dożyć Dnia Gniewu, Drugiego Dnia Gniewu, gdy Stwórca powróci ze swej wędrówki i jeden błysk jego boskiej myśli przemieni w Nicość całą Sferę Światów, całe Uporządkowane!

Ach, co to były za czasy, gdy on na śmierć i życie walczył z Pozbawionymi Ciał w Hjörwardzie Południowym! Co to były za czasy! Już nigdy nie przeżyje czegoś takiego! Dla Nienazwanego on, Hropt Odyn, jest niewystarczająco silny. Cóż ci pozostało, Starożytny Bogu? Słuchać dziecięcej paplaniny Kami, dziewczynki wyrwanej z łap śmierci czarodziejstwem Eltary?

Uderzył pięścią w stół – i deski rozpadłyby się w drobny mak, gdyby stół nie został wykonany przez niego.

Trochę mu ulżyło.

Czekał. Podobnie jak niegdyś na swoim bezterminowym zesłaniu.

Wtedy doczekał się – młody mag o imieniu Hedin, Ten, który Poznał Ciemność, zawędrował pewnego dnia do jego domostwa. Wtedy zrobił wszystko, żeby skierować tego chłopca na drogę, która była potrzebna jemu, Hroptowi. I dostał to, co chciał – klęska na Borghildowym Polu została pomszczona, w Obiecanym zamieszkali Nowi Bogowie. A jemu, Hroptowi, znowu przypadła w udziale nuda.

Częściowo udało mu się ją rozwiać, walcząc z tworami Wstrząsu. Gdy w granicach Obiecanego, u podnóża tronów poprzednich władców huczała ostatnia bitwa, zakłócony został bieg wielkich sfer niebieskich, zmieniały koryta magiczne rzeki wszechświata. Smoki Czasu, z przerażenia miotając się w wielkiej rzece wieczności, narobiły wiele nieszczęścia i do ziem zasiedlonych przez śmiertelników i Pierworodzonych wdarły się potworne stwory, pewnie sprzed zarania Czasu. Trzeba było z nimi walczyć, trzeba je było pokonać. To pomagało zapomnieć o monotonii codzienności; ale potem znów napływał czarny, wszechogarniający smutek i nuda.

Ech, gdyby tak dało się pogadać z Hedinem albo Rakotem! A przynajmniej z tym chłopaczkiem, Hagenem, którego Hedin w ostatniej chwili wyciągnął z Niebytu! Marzenia, marzenia... Wszyscy twoi przyjaciele są bardzo daleko, Odynie. Wszyscy własną piersią odpierają napór Nienazwanego. A ty... ty nie możesz być z nimi...

Trzasnęły drzwi. Wleciała zarumieniona Kami, chwyciła z ławki jakąś zabawkę i znowu wybiegła na dwór. Hropt się uśmiechnął. Jeszcze nie jest z tobą tak źle, skoro możesz się przywiązać, kochać, troszczyć o kogoś.

Stary Hropt czekał.

*

Jednak żadne rodzinne sprawy ani uczucia, jakie wniosły do mojego życia narodziny Aratarna, nie mogły zagłuszyć dręczącego mnie pytania – z kim zetknął mnie los na progu bezimiennego gniazda Ordy? I od razu pojawiło się drugie pytanie – po co tam w ogóle szedłem? Twarz martwej dziewczyny nie była twarzą saoi ze wspomnień Elstana ani Królowej Cieni z mojej pamięci. Kim była ta, która stała się moim wrogiem i zginęła?

Podchodziłem do tej kwestii ze wszystkich stron, posłałem najróżniejsze Zaklęcia Poznania, które przesiewały najdrobniejsze ułamki sekund tamtego pojedynku, wciąż na nowo przewijałem w pamięci to starcie, próbując zorientować się w naturze sił posłusznych mojemu wrogowi – wszystko na próżno. Zupełnie jakby czyjaś bardzo potężna dłoń przesłoniła te wydarzenia nieprzeniknioną zasłoną zapomnienia.

A potem zaczęło mnie ciągnąć do grobowca, w którym spoczywało ciało mojego wroga. Kto wie, w jakich przestworzach przebywa teraz jego duch? Wychodziłem na polowanie i posłuszne mi siły od razu rzucały mnie do szczątków tego wysokiego wzgórza. Siadałem na ziemi obok kamienia, spędzałem tam długie godziny. Zbocze wzgórza przysypały złote i bursztynowe liście, potem przykrył je śnieg, a ja nadal tam przychodziłem i coraz wyraźniej czułem, że istota, którą pogrzebałem we wnętrzu skały, nie zginęła do końca. Wyraźnie tliło się w niej życie, z każdym dniem dusza mojego wroga coraz bardziej wycofywała się z szarych przestrzeni Astralu, powracając na grzeszną ziemię Hjörwardu Północnego.

Nie odważyłem się otworzyć grobowca. Po pierwsze, byłoby to niesłychane bluźnierstwo. Prawdziwy wojownik nie traktuje w ten sposób poległych wrogów. Po drugie... zwyczajnie się bałem. Bałem się tego, co czai się tam, w mroku stworzonej przeze mnie jaskini. Kto wie, w co przemienił się mój wróg, gdy przekroczył granicę swej cielesnej śmierci? Przecież niewiele brakowało, żeby to on spacerował po białym świecie, a ja spokojnie gniłbym w tym więzieniu, pozbawiony sił i nadziei.

Dodatkowo dręczyło mnie wrażenie, że na śmierć zapomniałem o czymś bardzo ważnym, tak ważnym, że od tego, czy zdołam sobie przypomnieć, zależy bieg kryształowych sfer niebieskich. Męczyłem się, przetrząsałem pamięć niczym stary worek, ale wszystkie moje wysiłki spełzały na niczym. Zasłony zapomnienia nie mogły rozedrzeć żadne zaklęcia.

*

Gordżelin przychodził do Eltary każdej nocy. Okazał się bardzo uparty, nie znosił porażek i umiał wyciągać z nich lekcje.

To, co z nią robił, budziło w Eltarze wstręt. Coraz bardziej czuła się jak kupiona na targu niewolnica, która musi udawać namiętność, żeby uniknąć porannej chłosty. A jednak z czasem, wbrew własnej woli zaraziła się szaleństwem Śnieżnego Maga. Ciało, przeklęte, zdradzieckie ciało reagowało na to, na co nie chciała reagować dusza.

Czując wstyd i gardząc sobą, Eltara narzucała sobie w dzień ostry reżym, pracując w bibliotece jak szalona. Gordżelin widział, że rola pani Śnieżnego Zamku nie interesuje jego nałożnicy, ale nie nalegał. Eltara miała w dzień dużą swobodę, choć nie mogła ani opuścić murów zamku, ani skontaktować się z matką, Kami czy Hroptem, mimo że wypróbowała wszystkie możliwe połączenia zaklęć.

A gdy nastała jesień i wściekły wiatr zrywał strzępy piany z grzbietów morskich fal, Eltara zrozumiała, że poczęło się w niej nowe życie.

To było jak cios nożem w gardło. Księżniczkę zalał strach tak przemożny, że nie radziła sobie z nim nawet jej zahartowana wola. Czarodziejka dygotała tak, że nie mogła chodzić.

Czy będzie musiała odejść na Dół? Ach, znaki! Te przeklęte znaki, o których tyle opowiadała jej matka! O tym, co je czeka, kobiety Elfranu dowiadywały się na długo przed przyjściem dziecka na świat. Zlana zimnym potem Eltara odnajdowała w sobie kolejne objawy. Wszystkie cienie świadomości napotykanych osób były czarne, w snach widziała siebie w postaci rozdętego cielska, spływającego śluzem i sunącego w dół po szerokich schodach, a co najważniejsze – przestały jej wychodzić nawet najprostsze i najpewniejsze zaklęcia.

Powoli jednak pogodziła się z tą myślą, zdławiła przerażenie. Jeśli taka jest cena za uratowanie Elfranu przed wrogim atakiem, gotowa jest ją zapłacić. I chociaż strasznie cierpiała, że musi zostawić dziecko w rękach Śnieżnego Maga (na kogo on wychowa jej syna lub córkę?!), ona, saoja swojej ziemi, zniesie nawet to. Przecież jej matka, a przedtem babka wytrzymała, wytrzymały te kobiety Elfranu, które odeszły na Dół, poświęcając wszystko, co miały – urodę, bogactwo, radości życia. Ona też wytrzyma. Musi wytrzymać!

Z dumnie uniesioną głową, spokojnym głosem córa Elfranu oznajmiła Gordżelinowi, że będzie miał dziecko.

Śnieżny Mag... uśmiechnął się! Po raz pierwszy Eltara ujrzała na tej zimnej, pociągłej twarzy szczery, otwarty uśmiech!

– To wspaniale! – Objął księżniczkę. Saoja nie miała sił odsunąć się ani zrzucić jego ramion. – To cudownie! Będę miał syna! Albo córkę, nieważne. Urodź dziecko, a wtedy uznam twoją przysięgę za spełnioną.

Eltara w milczeniu kiwnęła głowę na znak, że usłyszała. Nic dziwnego, że zwolni ją z przysięgi. Przecież nie będzie współżył z ohydną, ociekającą śluzem ośmiornicą...

Przygotowywała się. Po kryjomu zbadała podziemia Śnieżnego Zamku i bardzo się rozczarowała. Były to niezbyt głębokie piwnice, w których w dodatku przechowywano całe mnóstwo zapasów. Nie, tutaj nie zostanie. Musi wrócić do Elfranu bez względu na to, jak trudna będzie to podróż.

Nastała zima. Wody Północnego Rogu, wielkiej zatoki, nad której brzegiem wznosił się zamek Gordżelina, skuł lód; ziemię okryła puszysta kołdra śniegu. Władca północnych wiatrów, Jalwen, Liczący Bóg, który pozostał na swym posterunku mimo upadku starszego rodzeństwa, siedmiorga Młodych Bogów, podjął swoje obowiązki.

I gdy wojsko Argnista dręczyło rycerzy zakonnych, gdy Gubiciel i Saata ukrywali się w chutorze Niwena, a Hropt zajmował się Kami, Eltara, przygryzając wargi, nosiła swój zaokrąglający się brzuch. Gordżelin zaczął się o nią bardzo troszczyć, nie narzucał się jej nocami i coraz częściej dawał do zrozumienia, że ma zamiar zaproponować Eltarze rolę pełnoprawnej pani tego zamku. Nie nałożnicy, która ma dostęp do kluczy, lecz żony!

Eltara tylko uśmiechała się z goryczą. Zobaczymy, jak będzie śpiewał, gdy ona urodzi i się przemieni... Jaka szkoda, że nie dane jej będzie trzymać maleństwa na rękach! Czuła, że odejście się zacznie, gdy dziecko wyda pierwszy krzyk.

*

Lewiatany zwolniły. Łódka z Hissem i Akcjumem wpływała do rozwartej, czarnej paszczy wiecznie głodnych skał. Światło dnia przygasło. Mag potrząsnął mokrymi wodzami i lewiatany przekręciły się brzuchami do góry. Woda się zagotowała, chwilę później na powierzchni pływały dwie niewielkie rybki. Magia Akcjuma wyssała z nich życie.

W wielkiej jaskini było ciemno i cicho. Żadnego plusku, martwa cisza. Hiss, mimo terminowania u Obojętnego i mimo że cały jego naród potrafił widzieć w ciemności, nie zdołał nic zobaczyć. Ani zwykłym wzrokiem, ani za pomocą magii.

– Czarujesz? – rzucił wzgardliwie Akcjum, gdy dostrzegł nieśmiałe próby Hissa. – Śmiało, śmiało! Może coś ujrzysz...

Łódka płynęła w ciemnościach. Beztrosko odwracając się plecami do swojego jeńca, Akcjum stał na dziobie z szeroko rozstawionymi nogami i nucił coś niezbyt melodyjnie. Hiss wsłuchał się uważnie.

Tylko lepszy porządek jest tam,
Gdzie porządku od dawna już nie ma!

– Hej, przerośnięty czerwiu! Wstawaj! – rzucił czarodziej, nie odwracając się. – Jesteśmy prawie na miejscu. Czekają cię różnorodne spotkania i wymyślne przyjemności. Podejrzewam, że potem nie będziesz już miał okazji uganiać się za jaszczurkami! Swoje klejnoty stracisz przede wszystkim...

Każdego tchórza można doprowadzić do straceńczej odwagi. Wystarczy go ciągle bić, kopać i poszturchiwać, i w końcu tchórz przestanie błagać o litość, rzuci się na swego dręczyciela. Świetnie wiedząc, że to samobójstwo, będzie pragnął tylko jednego – przerwania udręki. Słowa o „klejnotach" stały się kroplą, która przelała czarę.

Silny, zwinny i zręczny Hiss skoczył z szybkością atakującego pytona. Wczepić się w tego drania, opleść go nogami i ogonem, przewrócić i razem z nim pójść na dno! Niczego więcej król węży nie pragnął.

Akcjum, który nawet się nie odwrócił, kopnął Hissa w brzuch tak, że król węży przeleciał przez burtę i z głośnym pluskiem wpadł do wody. Mag zaśmiał się złośliwie.

Hiss zanurkował. Mógł wytrzymać bez powietrza bardzo długo, może uda mu się dotrzeć do wrót...

Woda rozświetliła się, jakby wydzielała światło, i stała się krystalicznie przejrzysta, ukazując dno na niewiarygodnej głębokości. Hiss zobaczył, że z tych głębin wypływają wijące się cienie... O radości! Czyżby to jego pobratymcy? No, z nimi będzie mógł się dogadać! Czyżby Akcjum aż tak się przeliczył?

Ale to wcale nie były węże – to w ogóle nie były zwierzęta, lecz roślinne twory, nienawidzące wszystkiego, co potrafiło się przemieszczać. Z dna wysuwały się niezliczone drapieżne źdźbła. Hiss płynął zygzakami, lecz już po chwili śmiercionośny las otoczył go ze wszystkich stron. Królowi węży przemknęła rozpaczliwa myśl – może to nawet lepiej? Zaraz, zaraz... przydałoby się jakieś potężne wybuchowe zaklęcie, które ściągnęłoby na dno tego drania Akcjuma!

I wtedy Hiss poczuł w boku parzący ból. Rzucił się ku powierzchni wody. Na górę, na górę, do łódki! Tylko tam jest ratunek!

Chwycił kurczowo burtę błoniastymi łapami, a wtedy Akcjum z całej siły nadepnął je obcasem.

– O, nie tak szybko! Przecież chciałeś popływać!

Hiss zawył, a drugie oparzenie wyrzuciło go nad wodę. Niefortunny buntownik klapnął na dno łódki i od razu zarobił kopniaka w szyję.

– To cię oduczy atakowania!

Oślepiony bólem, zrozpaczony, złamany Hiss skulił się na rufie i skomlał. Żyć, żyć, żyć! Lizać buty swojego pana, czyścić jego wychodek, ale żyć! Odrzuci wszystkie myśli o zemście, nigdy nie będzie próbował mścić się na tak potężnych panach!

– No, teraz bardziej mi się podobasz. – Akcjum trącił go butem. – Chodź za mną i nie rób już żadnych głupstw, jeśli nie chcesz sobie zaszkodzić. Tajna Rada już się zebrała, żeby powitać waszą zafajdaną wysokość. A łódkę wyczyścisz do połysku – nawet jeśli cię skażą na śmierć.

Ze strachu Hiss narobił pod siebie.

Woda za ich plecami powoli gasła, ale ciągle widać było łagodny brzeg i półokrągły łuk wejścia. Poza nim panowały atramentowe ciemności.

Pod Hissem ugięły się nogi, nie mógł zrobić nawet kroku. Akcjum huknął na niego raz i drugi, a gdy to nie pomogło, pstryknął palcami. Z wody do trzęsącego się króla węży zaczął sunąć wielogłowy potwór z rozwartymi zębiastymi paszczami. Wystarczyło jedno ukłucie, żeby Hiss z wrzaskiem pognał do tunelu.

Zębaty stwór zawrócił.

Król węży biegł tunelem i właśnie w pełnym pędzie skręcał, gdy pod jego nogami rozstąpiła się ziemia. Z wyciem spadł w przepaść.

★

Argnist wracał do chutoru. Był bardzo zmęczony. Dopiero teraz, gdy mijała gorączka wielomiesięcznej walki, gdy przestał być „panem tysięcznikiem", zrozumiał, jak śmiertelnie jest zmęczony. Nie miał nawet siły rozglądać się na boki, to zadanie wzięli na siebie Dwalin i Jarina. Z rozmowy w drodze Argnist zrozumiał, że krasnolud może już bez przeszkód wrócić do domu, ale z pewnej przyczyny wolałby na razie popracować u Argnista. Stary setnik uśmiechał się pod nosem – „przyczyna" jechała obok Dwalina, z opuszczoną głową, pogrążona w myślach.

Jarinie było wszystko jedno, dokąd pojedzie, byle tylko jak najdalej od Galenu. Tam wrócić nie mogła – ze względu na przynależność do powstańczego Wolnego Wojska i ze względu na swoje czarodziejskie zdolności. Plotki głosiły, że król aprobuje poczynania świątyń i wszelkie czarodziejstwo ma z Galenu zniknąć! Poza tym, które przynosiło pożytek Koronie.

Argnist się spieszył. Orda rozbita, teraz pewnie i tu, w Leśnej Granicy, zrobi się spokojniej. Ech, dopiero pożyjemy! Handlować będziemy i z krasnoludami, i z Wolnym Wojskiem. Oho, król na pewno nie będzie stawał na drodze kupieckiej starszyźnie, która z pieniędzy zarobionych na chutorskich towarach postawiła sobie piękne domy.

Stary setnik nie tytułował już króla jego wysokością. To prawda, że przysięgał Galeńskiej Koronie i w ciężkiej godzinie zrobił wszystko, żeby ta Korona nie rozpadła się w proch, ale nie potrafił wybaczyć władcy ucieczki, porzucenia kraju na pastwę losu – nie, dla czegoś takiego nie było usprawiedliwienia.

I tak troje wędrowców jechało leśnym traktem na północ.

– Oto i chutor – powiedział ochryple Argnist, gdy minęli kolejne wzgórze i znaleźli się na brzegu lasu. Przed nimi leżały wydobywające się spod śniegu pola – a pośród nich wznosiły się dachy budynków. Wszystko wyglądało tak jak w dniu jego wyjazdu. Nic się nie zmieniło, jakby w ogóle nie opuszczał chutoru.

Dziewczyna, która wyszła po coś do bramy, krzyknęła przenikliwie, poznając wracającego gospodarza. W mgnieniu oka wieść się rozeszła, wszyscy porzucili swoje zajęcia i wybiegli na podwórzec.

Rzeczywiście! Gospodarz powrócił! Na Lokranie! Płaszcz ma drogi, porządny, nigdy takiego nie widzieli w żadnym chutorze, prowadzi jucznego konia... A jaki zadowolony! Zsiadł, żonę Dejerę objął, przytulił, a ta płacze jak mała dziewczynka, na cały głos. I wszystkie baby łzy wycierają.

Za gospodarzem dwóch jeźdźców wjechało na podwórzec. Jeden znajomy, Dwalin kowal, chwała niebu, wrócił! Taki mistrz nad mistrze! I dziewczyna jakaś, młódka, może z piętnaście lat, niczego sobie jagódka! Chutorskie dziewuchy już gotowe nieznajomej oczy wydrapać, ale ona nawet nie spojrzała na mołojców. Zgarbiona, z opuszczonymi oczami, jak cień się prześliznęła.

Za Dejerą wyskoczyli synowie – Alort, Armiol, za nimi Artaleg. Oho, nie ucieszy się gospodarz, nie ucieszy, jak się o Saacie dowie! Ale srogi będzie!

Objęli się, wycałowali, dzieci Alorta dziadkowi przyprowadzili.

– A gdzie Saata? – pyta Argnist. – Gdzie Kiita? Czy zdrowe?

Sposępnieli wszyscy, oczy odwracają. Prawdę powiedzieć strach, a skłamać jeszcze gorzej. Gospodarz wszystko po swojemu zrozumiał i brwi ściągnął.

– Odpowiedzcie wreszcie! Mówcie, umarły obie? I Saata, i wnuczka? – Głos mu się załamuje.

– Nie – wychrypiał Alort. – Żyją obie, ojcze, tylko...

– Chore? – pyta gospodarz. No bo gdzie by mu do głowy przyszło, co się stało naprawdę!

– Nie. – Alort w ziemię patrzy, oczu podnieść nie śmie. Artaleg stoi biały jak śnieg. – Odeszła Saata, ojcze, i Kiitę ze sobą wzięła.

– Dokąd odeszła? Do ojca w gości, czy jak? – zdumiał się gospodarz. Rzadko się coś takiego zdarza, ale jednak...

– Nie, ojcze. Zupełnie odeszła. Powiedziała, że żyć tutaj nie może i... i do Niwena do chutoru poszła. – Alort rzuca się w prawdę jak w lodowatą wodę. Nie ma co odwlekać, koniec i tak jeden. – I nie sama, z kochankiem. Z tym, co przyszedł z tobą rok temu. Elstan mu na imię.

Dwalin kowal oczy wybałuszył, wydawało się, że zaraz mu wypadną i po ziemi się potoczą. Gospodarz też nie wytrzymał – aż usta otworzył. Jedna tylko Jarina patrzyła obojętnie, nic dziwnego, imię Elstana to dla niej pusty dźwięk.

I Alort opowiedział wszystko, jak było, niczego nie ukrywając. Ale brata za bardzo nie pogrążał, tak wykręcił, że obaj wyszli na winnych.

Przez chwilę gospodarz nic nie mówił, tylko policzek mu drgał.

– Dobrze, nie ma teraz co płakać. Co się stało, to się nie odstanie. Później o tym porozmawiamy. Dziś wieczorem wypijemy za mój powrót! Zima minęła, wiosna idzie, będzie lepiej!

I dziwna rzecz! Gospodarz ani nie uczył Artalega rozumu lejcami, ani do Niwena ludzi nie posyłał, żeby uciekinierkę oddali. A jak się synowie zaczęli burzyć, tylko na nich huknął:

– Samiście dziewkę do tego doprowadzili! Teraz sami będziecie to naprawiać!

Dziewczyny chutorskie – wiosna, krew się burzy! – skoczyły do krasnoluda, ale on już nie ten sam. Wszystkie z miejsca odpalił, i nie dziwota. Za Jariną schnie, a ta dziewka nawet na niego nie spojrzy...

*

Na wieść, że Elstan żyje, Dwalin omal rozumu nie stracił. To ci nowina! Eltara po nim rozpacza, pół kraju przeszukała, a ten spryciarz już z drugą żyje! Krasnolud pokręcił głową; to mu się nie podobało. Jeśli ktoś gotowy za ciebie umrzeć, doceń to! Rrrodgar!

Następnego dnia, niechętnie zostawiając Jarinę w chutorze (jakiejś babie przyszedł czas rodzić, Jarina zjawiła się w samą porę), ruszył do Niwena. Argnist dał mu jednego ze swoich koni i czterech młodych chłopaków – nie godzi się, żeby najlepszy kowal Leśnej Granicy w gości sam jechał, jak jaki włóczęga.

Niwen wpuścił Dwalina nie od razu, widać wietrzył podstęp. Ale o Saatę krasnolud nawet nie pytał. Poprosił, żeby zawołać Elstana.

Tak jest, to był Elstan. Tylko oczy miał teraz inne, ale nic dziwnego, skoro od samej kostuchy zawrócił.

– Witaj, Elstanie czarodzieju. Dawnośmy się nie widzieli. Jak tylko usłyszałem, zaraz do ciebie ruszyłem. Życieś mi uratował.

– I ty witaj, sławny Dwalinie. Widzisz, jak się losy potoczyły.

Czy Elstan miał inny głos? Czy to tylko złudzenie?

– Mam ja dla ciebie wiadomość. Szuka cię, wszystkie siły w to wkładając, Eltara czarodziejka. Los mnie z nią zetknął, długo razem wędrowaliśmy. Bardzo przeżywała twoje zniknięcie. Dałbyś jej znać, że żyjesz, co? Dobra z niej dziewczyna i szkoda mi jej.

– Pewien jesteś, Dwalinie kowalu, że powinna wiedzieć, że ja żyję? Mam teraz inną, i syna mam. Więc niech lepiej Eltara myśli, że mnie już nie ma. I ty, kowalu, mistrzu podziemny, nie mów jej o mnie, jeśli los was znowu zetknie!

– A jeśli ty sam się z nią spotkasz?

– O to się nie martw. Nie rozpozna mnie nigdy w życiu.

Dwalin podreptał jeszcze chwilę – nie kleiła się rozmowa, nie kleiła... Widać Eltara będzie musiała opłakiwać zaginionego Elstana, a on jest tutaj, w Leśnej Granicy, żywiuteńki! Ale się ułożyło...

*

Ból był taki, jakby razem z dzieckiem chciały wydrzeć się wszystkie wnętrzności. Kobiety Elfranu zawsze rodziły ciężko, ale dla Eltary to była istna tortura. Nawet akuszerki, które Gordżelin skądś ściągnął, nie mogły pomóc, księżniczka musiała poradzić sobie sama.

W pewnej chwili do rozdzierających skurczy doszło dziwne pieczenie całej skóry. Nie wiadomo, jakim cudem rozrywana bólem księżniczka w ogóle zdołała je poczuć, a jednak błyskawicznie zorientowała się, w czym rzecz – odejście na Dół mogło zacząć się w każdej chwili. Teraz Eltara myślała tylko o jednym – żeby zdążyć wypchnąć z siebie dziecko.

Zdążyła. Gdy akuszerka chwyciła zakrwawione dziecko i krzyknęła: „Dziewczynka!", gdy próbowała przystawić piszczącego noworodka do piersi Eltary, w umyśle księżniczki, jeszcze zaćmionym bólem, pojawił się rozbłysk zrozumienia – to już koniec. Z trudem uniosła ręce i odsunęła dziecko.

– O... odejdź – wykrztusiła do akuszerki. – Zabierz ją... i sama... odejdź. Nikt nie może widzieć...

Akuszerka popatrzyła w oczy Eltary, krzyknęła coś i tuląc jeszcze nieobmyte dziecko, wybiegła z komnaty.

Eltara wygięła się w gwałtownym skurczu, który rzucił ją na podłogę. Wiła się i miotała, z ust toczyła pianę. Miała wrażenie, że żywcem ją gotują.

I jakby ktoś specjalnie chciał pomnożyć jej straszliwe męki, przez zaciśnięte powieki widziała, że pęka jej skóra, obnażając czaszkę, czerwone ciało pokrywa się czarnymi pęcherzami, robi się ich coraz więcej, aż wreszcie tworzą bezkształtny kokon. Ciało wybrzusza się coraz mocniej, przestaje pokrywać się pęcherzami, wysuwają się liczne macki, z porów skóry zaczyna sączyć się cuchnący zielony śluz.

A potem ból nagle zniknął i jednocześnie zniknął cały widzialny, słyszalny i odczuwalny węchem świat. Ze zmysłów pozostał księżniczce tylko dotyk. Za to niezwykle wyraźne i głośne stały się myśli wszystkich otaczających ją żywych istot – od Gordżelina po szczury w piwnicach. Dzięki tym myślom niemal widziała – w jej umyśle pojawiały się obrazy, które w tej chwili widział ktoś inny.

Wrażenie posiadania ciała praktycznie zniknęło, pozostało jedynie odczucie sprężynowania. Nic nie widząc i nie słysząc, wymacywała przed sobą drogę. Udało jej się otworzyć drzwi, zaczęła schodzić po schodach. Wiosennego chłodu się nie bała, a raczej czuła, że nie powinna się go bać.

Przed nią sunęła fala strachu. Wszyscy mieszkańcy Śnieżnego Zamku uciekali przerażeni – wszyscy prócz Gordżelina. Eltara poczuła wdzięczność. Chociaż, jeśli się zastanowić, przecież z jego winy stała się tym, czym jest...

O, teraz mogłaby triumfować! Śnieżny Mag był wstrząśnięty. W jego myślach panował chaos i zamęt, przez który przebijało się – ku zaskoczeniu Eltary – ogromne poczucie winy. On się kajał. Strasznie się kajał.

Zakręt. Półpiętro. Eltara wiedziała, że tutaj zaczyna się zejście do dolnych apartamentów. Próbowała się podciągnąć, ale macki ugięły się i straciła równowagę. Niczym wielki wór śluzu potoczyła się w dół, niszcząc i miażdżąc wszystko, co znalazło się na jej drodze.

Bólu nie czuła, w każdym razie bólu cielesnego. Za to jej dusza... Po co ci to, po co?! – krzyczały w jej głowie tysiące głosów. Po co ci taka wegetacja? Czy nie lepiej, żeby to skończyło się raz na zawsze? Gordżelin na pewno zdołałby... jeden sztych i po wszystkim...

Stoczyła się po schodach na sam dół i zastygła skulona w kałuży śluzu. Jej boki wzdymały się i zapadały niczym pierś człowieka po długim biegu. Próbowała dosięgnąć umysłu Gordżelina, ale bez powodzenia – mag zamknął się na głucho.

Trzeba uciekać. Uciekać. Zalewały ją płynące ze wszystkich stron fale obrzydzenia i strachu. Mieszkańcy zamku, którzy jeszcze wczoraj słuchali jej pieśni i bajek, dziś z przerażeniem uciekali na jej widok.

Ale przecież w środku pozostałam dawną Eltarą! Dlaczego? – pytała samą siebie. I sama sobie odpowiadała:

Trudno pojąć? Jesteś ohydna, wstrętna, i nikogo nie obchodzi twoje wnętrze. Gdyby było inaczej, żadna kobieta w Elfranie nie odchodziłaby na Dół.

Obrzydzenie paliło ją jak rozpalony ołów i wyganiało ze Śnieżnego Zamku. Och, znaleźć się jak najdalej stąd, szybciej, szybciej, w dół po nieskończonych schodach, obok szkieletu, który na jej widok rzucił się do ucieczki (nawet on się przestraszył, biedny!). Wreszcie znalazła się poza bramą. Nikt nie próbował jej zatrzymać, nikt nie stanął jej na drodze.

Mokrą skórę sparzył poryw północnego wiatru. Eltara skuliła się z zimna. Sunięcie po kłującej ziemi okazało się torturą, księżniczka czuła, jakby żywcem obdzierali ją ze skóry.

Ale szła dalej. Odejście na Dół pozostawiło jej pamięć, duszę i świadomość dawnej Eltary i dodało nowe myśli. Tak, teraz dokładnie znała drogę do Elfranu. Długą i ciężką drogę przez gąszcze i wiatrołomy Leśnej Granicy. Nie mogła iść na południe. Tamtejsi mieszkańcy wrzuciliby ohydnego, pokrytego śluzem potwora na oczyszczający stos, na chwałę Nowych Bogów.

Gordżelin, Śnieżny Zamek, jej dziecko, wszystko należało do przeszłości. Teraz pozostawała czarna tęsknota i jedno jedyne życiodajne pragnienie – dotrzeć do Elfranu. A tam mogą ją nawet wrzucić do Otchłani, jeśli wyrok pozostaje w mocy.

*

Mijały dni, tygodnie i miesiące, a ona z uporem pełzła na zachód, nie czując głodu ani pragnienia, jej ciało samo wsysało z powierzchni ziemi wszystko, czego potrzebowało. Daleko z tyłu pozostał Śnieżny Zamek, wokół niej rozciągały się bezkresne lasy. Tutaj, w nieprzebytym gąszczu od razu znaleźli się tacy, którzy – niezrażeni jej wyglądem i zapachem – bardzo chcieli spróbować, jak smakuje. Zaczęło się prawdziwe polowanie. Najpierw były zwyczajne wilki – księżniczka odpędzała je, wmawiając im paniczny strach. Jednak wilki nie zrezygnowały i szły za nią w pewnej odległości. Odstraszała je, gdy podchodziły zbyt blisko. Potem zainteresował się nią niedźwiedź, który, niedawno obudzony, właśnie wyszedł z gawry. W końcu do polowania przyłączyła się Orda.

Ją również Eltarze udawało się utrzymać na odległość, ale ten dystans powoli się zmniejszał. Potwory Ordy przywykły do strachu.

Opadając z sił, saoja pełzła przed siebie. Była śmiertelnie zmęczona, ale poddanie się byłoby stokroć gorsze niż śmierć, więc szła dalej. W pewnej chwili wyostrzonymi zmysłami wyczuła gdzieś niedaleko dziwną siłę. Dziwną, a jednocześnie znajomą. Bardzo znajomą... Stop!

Eltara od razu zapomniała o wilkach, niedźwiedziach i stworach Ordy. Tam, niedaleko, poczuła odbicie pamięci Elstana!

*

W lasach otaczających chutor Niwena działo się coś niezrozumiałego. Już dawno nauczyłem się rejestrować przemieszczającą się Ordę, znałem cienie świadomości każdego stwora, ale tym razem poczułem się zbity z tropu. Ze wschodu nadciągało coś absolutnie niebywałego. Gubiłem się w domysłach...

*

Tak, to był on, to był on! Podróżne imię Elstan, z Domu Zrodzonych Falą! Och, gdyby mogła teraz zapłakać! Łzy na pewno przyniosłyby ulgę. A tak... nieme krzyki rozrywały jej duszę i gasły, stając się echem i nadal ją dręcząc. Elstan żyje! Ale jak to się mogło stać? Jakim cudem przeżył katastrofę we Wzgórzu Demonów? I dlaczego się ukrywał, czemu nie przysłał żadnej wiadomości? I dlaczego Kamień Toej powiedział o nim, że nie jest ani żywy, ani martwy? Musiała się dowiedzieć!

Powstrzymała się niemal natychmiast. Dowiedzieć się? Po co? Dla niej nie ma już powrotu do przeszłości, nigdy nie będzie dawną Eltarą! Co zobaczy Elstan? Ohydnego, pokrytego śluzem stwora. Czy to nie wszystko jedno, co się z nim działo? Nie uznał za stosowne powiadomić jej, że żyje, czyli miał ku temu ważne powody. Ona nie musi ich znać. Domyślała się, że ta wiedza przyniosłaby tylko większe cierpienie. Już lepiej niech wszystko zostanie tak, jak jest. Niech i on o niczym nie wie. Niech Eltara pozostanie dla niego dumną elfrańską saoją; jej wystarczy świadomość, że on żyje. Potem może zdoła dowiedzieć się, co się stało, ale to potem, potem, gdy odejdzie ból, gdy przyzwyczai się do swojej ohydnej postaci. Gdy dotrze do matki.

Minęła chutor Niwena. Szczęśliwie unikając spotkania ze stworami Ordy, dotarła do spokojnej leśnej rzeczułki i z bezgłośnym westchnieniem ulgi zanurzyła poharatane ciało w jej chłodnym nurcie.

Rzeczka zaniosła ją do dopływu Egeru. Wkrótce saoja płynęła Wielką Rzeką na południe i dotarła do wodospadów. Tutaj, w głębokich podwodnych jaskiniach kryła się jeszcze jedna droga do Elfranu – również bezpiecznie chroniona przed nieproszonymi gośćmi.

Grube pręty kraty, wyglądające niczym wymyślnie splecione kamienne wyrostki, pewnie chroniły podwodny trakt przed nierozumnymi stworami. Przed istotami rozumnymi chroniły go czary. Niespodziewanie Eltara poczuła dojmującą pokusę, żeby nie podawać hasła – niechaj zabójcze czary czynią swoją powinność, niech przerwą tę ohydną wegetację, niech to wszystko się wreszcie skończy! Nie odezwała się, gdy do wewnętrznego słuchu dobiegł cichutki brzęk dalekiej struny – pierwsze ostrzeżenie dla tego, kto wpłynął na zakazane wody. Brak odpowiedzi ze strony Eltary – i delikatny brzęk zastąpiło basowe buczenie. Jednak groźny ryk – ostateczne ostrzeżenie – wyrwał księżniczkę z odrętwienia. Z gorączkowym pośpiechem wymówiła zaklęcie przejścia i ryk umilkł.

Wijącymi się podziemnymi rzekami płynęła w kompletnych ciemnościach przez korytarze wydrążone w Górach Tajemnych, aż wreszcie prąd wrzucił ją do Sajej Mi'el, wewnętrznego morza Elfranu.

Mamo, odezwij się! Mamo, to ja, słyszysz mnie?

Słyszę cię, Białopióra. Nareszcie! Ale... poczekaj... Na Wielkie Siły! Co się z tobą stało?! Czyżby...

Tak, mamo. Dokonało się. Odeszłam na Dół.

Eltara zrozumiała, że matka płacze. Rozmowa z nią była teraz znacznie łatwiejsza – to nie były już obrazy rozbłyskujące w jej umyśle; saoja miała wrażenie, że słyszy żywy głos matki.

Poczuła obezwładniającą ulgę. Nareszcie mogła swoją krzywdę wykrzyczeć i wypłakać!

Matka milczała długo.

Gdzie jesteś teraz, kochanie, na północy, na wybrzeżu?

Tak.

W takim razie płyń wzdłuż brzegu na południe. Tam cię powitam.

Jak to – powitasz? – zdumiała się Eltara.

Nie wiedziałaś, że my, które odeszłyśmy na Dół, możemy opuszczać nasze podziemia? Każdy zamek ma połączenie z morzem, ale rzadko wychodzimy, bo po co? Wszystko, co chcemy wiedzieć, wiemy i tak.

Bez żadnych przygód, płynąc cały czas na południe wzdłuż wschodniego brzegu, po kilku dniach Eltara dotarła do Tardejlu. Wewnętrzny wzrok przejął funkcje utraconych oczu; łowiąc myśli rodaków, saoja doskonale wiedziała, gdzie się znajduje.

A przy wejściu do podziemnych kawern tych, które odeszły na Dół i mieszkały pod Tardejlem, czekała matka.

Oczywiście nie mogły się ani przytulić, ani pocałować. Mogły jedynie otworzyć przed sobą serca, ale widzi wszechpotężne niebo, że było to o wiele bardziej wymowne niż wszelkie objęcia i pocałunki.

Chodźmy, wszystko mi opowiesz.

Eltarę pochłonęła ciemność podziemi Tardejlu. Nikt, nawet jej rodzony ojciec nie wiedział nic o drodze, jaką pokonała – te, które odeszły na Dół, umiały dochować tajemnicy. Ale nim Eltara ostatecznie weszła w ciemność, obejrzała się jeszcze. Przy wejściu do podziemnej jaskini pływały rybki, ich oczami Eltara ujrzała ostatnie błyski gasnącego światła... I nagle to światło chlusnęło ku niej niczym wartki strumień! Zachłysnęła się tym lśnieniem niczym świeżym wiatrem, a gdy wróciła jej zdolność odczuwania, zobaczyła...

Wizja Eltary: Dzieci Mroku

Księżniczka sunęła tuż nad przepaścią zapomnienia. Bólu nie czuła, w ogóle nie czuła swojego ciała. Płynęła w gęstej atramentowej ciemności, nie widząc własnych rąk i zastanawiając się, co się stało. Gdzie ona jest? Może przekroczyła próg cielesnej śmierci, niemal nieznanej mieszkańcom Elfranu?

Miała przed sobą pierwotne królestwo mroku. Wydawało się, że stoi na podłodze wyłożonej szarymi płytami i otacza ją ciemność wszechogarniająca, pochłaniająca.

Jedynie chropowata szara podłoga była realna. Przed oczami księżniczki pojawiły się srebrzyste kręgi – efekt daremnego wysiłku wypatrzenia czegoś w nieprzeniknionym mroku. Stała tak i patrzyła bardzo, bardzo długo, a potem...

W ciemnościach narodził się jakiś ruch, niejasny, ledwie wyczuwalny; wśród aksamitnych czarnych chmur zaczęły płynąć szare strumyczki, niczym żmijki w mętnej wodzie. Mrok się zmienił, stał się niejednorodny: ponad płytami podłogi sunęły czarno-granatowe kłęby ciemności, a nieogarnioną przestrzeń sali (bo to była sala) zaczęła wypełniać szarość księżycowej nocy w Hjörwardzie.

Tuż przed Eltarą pojawił się czarny sześcian, serce tego świata mroku. A na górnej krawędzi sześcianu...

Saoja omal nie straciła przytomności od ostrego, kłującego bólu. Wrażenie było takie, jakby ktoś chlasnął ją w oczy niewidzialnym biczem. Przed nią za kłębiącymi się chmurami znajdowało się coś władającego niewyobrażalną, nieogarnioną siłą.

To coś szokowało i przerażało. Nigdy i nigdzie, w żadnych z odwiedzanych przez siebie światów nie widziała nic podobnego. To nie była krystalicznie czysta moc absolutnej wiedzy, tożsama Wielkiemu Orlangurowi, nie była to również wszechogarniająca potęga Demogorgona, ale coś pierwotnego, pradawnego, obcego wszystkiemu, co Eltara znała lub czego się domyślała. Nie umiała opisać tego, co czuła. Nie znajdowała ani słów, ani pojęć.

Ale, co dziwne, nie czuła strachu. Czuła się tak, jakby oglądała wielki spektakl teatralny, prawie niezrozumiały, ale niezwykle intrygujący.

Mrok na szczycie czarnego sześcianu był tak głęboki i nieprzenikniony, że wydawał się dziurą w materii wszechświata. I nagle w tym pierwotnym mroku pojawiał się niejasny ruch. Fale ciemności płynęły niczym tren sukni rozwiewający się wokół nóg tancerki, ruch ten hipnotyzował i przyciągał, a jednocześnie wydawał się groźny, jakby wieszczył pojawienie się czegoś przerażającego, nowej, niebywałej istoty. Eltara pomyślała, że chyba powinna się przestraszyć, ale strach nie nadchodził. Opuściła granice jego imperium. Nie bała się już nikogo i niczego.

Kłęby ciemności łączyły się w potworne węzły i pętle, a potem w samym środku tych splotów zapłonęły dwa czerwone ognie.

To było jak cios w twarz na odlew. Księżniczka czuła się tak, jakby w jej pierś wwiercał się tępy, wirujący powoli świder. Czerwone ognie nie były zwyczajnym światłem, lecz dwojgiem oczu, w których widniały straszliwe przepaście, jakby każde oko było gardzielą ognistej góry wiodącą do nieznanych płomiennych otchłani.

Prócz oczu nie było nic więcej, ani ciała, ani oblicza. Eltara patrzyła, jak na wierzchu czarnego sześcianu w zdumiewającym tańcu przelewają się kłęby mroku, w których płoną świdrujące ciemność oczy. Dwoje oczu o barwie świeżej krwi pływało w tym czarnym oceanie siły, nie potrzebując żadnego ciała. I pewnie nikt nie zdołałby opisać posiadacza tych oczu w języku ludzi, elfów czy Starożytnych Bogów.

I w pewnej chwili z tych straszliwych oczu strzeliły klingi purpurowych promieni. Eltara jak zahipnotyzowana nie mogła oderwać od nich wzroku. Czerwone klingi spojrzeń przechyliły się na bok i zaczęły sunąć do przodu. Mrok się zmieniał. Szara poświata zmierzchu rozpełzała się coraz szerzej. Młoda czarodziejka zobaczyła bezkresne rzędy gigantycznych kolumn ustawionych w koncentrycznych kręgach, których środkiem był sześcian mroku. Słupy agatowych kolumn biegły w górę, w nieskończoność, a w samym sercu olbrzymiej świątyni lśniła idealnymi krawędziami sześcienna bryła tronu. Na tym tronie znajdowała się ciemność, z głębi której spoglądały ponuro oczy o barwie świeżo przelanej krwi.

A między kolumnami na płytach podłogi widać było nieruchome szare posągi. Ludzie, zwierzęta, potwory niczym śpiąca straż. Spojrzenie czerwonych oczu sunęło po kręgu, purpurowe klingi biegły coraz dalej i posągi między rzędami kolumn znowu zniknęły w czerni. A potem potworne oczy spojrzały w górę, w nieprzenikniony mrok sklepienia.

To sklepienie miało w sobie coś takiego, co sprawiło, że nawet bezcielesna istota Eltary zadrżała. Ciemność zasiadająca na sześciennym tronie władała zaiste ogromną siłą, a wysokie sklepienie było siedliskiem sił nie mniej potężnych. Dało się w nim wyczuć niesamowite napięcie, jakby przez całe tysiąclecia czekało tylko na to, żeby wreszcie runąć, przemieniając w proch kolumny, szare posągi, a nawet czarny tron z zasiadającą na nim zagadkową istotą.

I wtedy zabrzmiał głos. Suchy, potężny, okrutny, wymawiał słowa w języku tak pradawnym, że słysząc te słowa, sam Czas zawstydziłby się swej szczenięcej niesolidności. Potęga tego głosu wprawiła w drżenie kolumny, zachwiały się posągi, zakołysał się nawet czarny kamień tronu.

Eltara nie rozumiała słów, wychwytywała jedynie mgliście znajome rdzenie. Po chwili w jej świadomości rozbrzmiał drugi głos, zimny i obojętny, który zaczął tłumaczyć, używając nie tylko słów, lecz również obrazów.

Zasiadający na tronie mówił o pierwotnej, starożytnej wrogości. O tym, że wyrządził mieszkańcom Górnych Światów niemało tego, co teraz nazywane jest złem.

– Zbyt głęboko zasiałem ziarna gniewu, wściekłości i nienawiści! – huczało w duszy czarodziejki. – Ale teraz czasy się zmieniły. Mój sen był bardzo długi. Wypełniły się dni i nadszedł czas! Oto co zrobię...

I słowa zostały zastąpione przez obrazy.

Trzymając się za ręce, dwoje dzieci pędziło w górę poprzez migotanie jakichś różnobarwnych strzępów. Chłopiec był żylasty, ciemnowłosy, z wyraźnie zarysowanymi mięśniami i zadartym nosem. Dziewczynka, szczuplutka jak trzcina, miała rozsypane na ramionach włosy w kolorze dojrzałej pszenicy i ogromne oczy, których kąciki unosiły się ku skroniom przysłoniętym złotymi kędziorami.

Eltara drgnęła. Chłopiec w jakimś stopniu przypominał Elstana, a dziewczynka... dziewczynka była podobna do niej, Eltary Elfrańskiej!

Z góry, z ciemności kłębiącej się na czarnym sześcianie w stronę dzieci wyciągnęła się gigantyczna czarna dłoń, podtrzymująca i popychająca je ku górze, ku niewidocznemu stąd, z dołu, słońcu. Wokół dziecięcych główek Eltara dostrzegła czarną koronę przepełnioną potęgą mroku.

Dzieci wydawały się coraz mniejsze i mniejsze, aż wreszcie zupełnie zniknęły. Obraz się zmienił i teraz Eltara ujrzała chutor, bardzo podobny do tego, w którym gospodarzem był Argnist, a jednak nie ten sam. Podwórzem biegła, podskakując, maleńka figurka... czyżby chłopiec? Dziewczynka zniknęła bez śladu.

Na tym wizja się skończyła. Do świadomości Eltary wdarł się dziki, rozrywający ból i jej wzrok przesłoniła krwawa mgła.

CZĘŚĆ DZIEWIĄTA

Rozdział 1

Nastało lato – pierwsze lato po pogromie Ordy w granicach Elfranu. Argnist szczęśliwie wrócił do domu i mogłoby się wydawać, że życie w chutorze płynie dawną koleją. Mężczyźni polowali na Nieludzi – gurry, hedy i garrydy, które zbezczelniały do niemożliwości. Za to gobliny i trolle wyraźnie spokorniały. Coraz częściej przystawały obok chutorów, pytając: „A nie znalazłaby się jaka robota, gospodyni? Drew narąbać, wody przynieść, a może drzewa ścinać albo już ścięte z lasu przyciągnąć?”.

O Saacie w chutorze Argnista nikt nie wspominał. No była, tak, była, ale już jej nie ma. Artaleg mówił tylko o tym, żeby wydzielić jego część gospodarstwa. Argnist na razie nie podejmował żadnej decyzji, ale i jemu nielekko, za bardzo średni syn zaczął się stawiać...

Dwalin za to na całego gospodarzył w kuźni, próbując smutek pracą zagłuszyć. Jarina w sąsiednich chutorach zasłynęła jako niezrównana zielarka, akuszerka i specjalistka od wszelkich chorób kobiecych, jakby w Galenie tylko tego się uczyła. Młódki przyjęły ją do swojego kręgu i z otwartymi ustami słuchały, jak znacznie młodsza od nich dziewczyna opowiada o takich sekretach męsko-damskich kontaktów, że nawet ściany się czerwieniły.

Czasem co odważniejsze dziewczyny próbowały zastosować zasłyszane sposoby w łóżku z chłopakami i zwykle przybiegały nazajutrz do Jariny, dziękując jej za radę. Jarina tylko uśmiechała się z goryczą.

Życie płynęło cicho, spokojnie i szczęśliwie, ale ta pozorna sielanka nie mogła oszukać ani Jariny, ani krasnoluda. Prawie nie rozmawiali – Dwalin zaciekle bił ciężkim młotem w rozpalone żelazo, a Jarina zajęła się leczeniem – lecz gdy się spotkali, wymieniali uważne spojrzenia, w których widać było pewność, że już niedługo, już niedługo...

Co miałoby się stać „już niedługo", nie umieli powiedzieć, ale wiedzieli, że spokojny byt Wolnych Chutorów zostanie zmieciony przez potężne siły innej rzeczywistości, które właśnie zaczynały brać rozpęd. Krasnolud i czarodziejka czekali.

Aż do jesieni.

Gdy z Pasma Obronnego znowu popłynął chłód, gdy drzewa otuliły ziemię żółto-brązowym, przedzimowym pledem i spadł pierwszy śnieg, u wrót chutoru Argnista stanął nieznajomy. Był wysoki, na oko czterdziestoletni, o twarzy pooranej głębokimi zmarszczkami. Chłodno patrzył stalowymi oczami spod krzaczastych brwi.

Nie miał przy sobie nic, nawet broni.

Obrońca wytoczył się zza rogu i zasyczał groźnie, wystawiając kleszcze. Gość tylko na niego spojrzał i Obrońca, ten nieustraszony bojownik, który samotnie wychodził przeciwko niezliczonym stworom Ordy, skulił się, wciągnął kleszcze i macki, dając do zrozumienia, że z pokorą przyjmie każdy los.

– No właśnie – rzekł z wyrzutem przybysz i lekko dotknął ciężkiego skrzydła bramy. Brama sama się otworzyła.

Nieznajomy szedł przez podwórze i nikt go nie dostrzegał, nie zawołał, jakby wszyscy nagle oślepli.

Wszedł na ganek – i stróżujące psy żałośnie zaskomlały, podwijając ogony pod siebie.

Szedł splątanymi korytarzami domu – i nikt z ludzi, których spotkał, nie zapytał: „Hej, czcigodny, co ty tu robisz?!".

Dziwny gość stanął przed drzwiami jednej z izb, delikatnie zastukał, a gdy usłyszał dobiegające zza drzwi: „To ty, Liiso? Wejdź, otwarte!" – wszedł.

Przy oknie siedziała Jarina. Przebierała zebrane latem zioła, rozdzielając je i wiążąc w pęczki.

– Liisa? – Jarina odwróciła się twarzą do drzwi i zamarła. Zacisnęła dłonią usta i zatchnęła się krzykiem, który nie zdołał wyrwać się na wolność.

Przybysz starannie zamknął za sobą drzwi i podszedł do okna.

– Witaj, Jarino wiedząca. – Przyglądał jej się otwarcie, a jego spojrzenie z każdą chwilą stawało się coraz cięższe. – Witaj.

– Wi... witaj – wyszeptała dziewczyna, nie mogąc oderwać wzroku od jego surowej twarzy. – Kim jesteś?

– Zwą mnie Ragnwald. Przybyłem się z tobą zobaczyć. Sława o twoich talentach rozeszła się daleko po okolicy.

– Więc jesteś chory? – Dziewczyna odetchnęła z ulgą. Tak chciała wierzyć, że dziwny nieznajomy przybył do niej jako do uzdrowicielki... no, ostatecznie, jeśli zna ją z Galenu, jak do dziewki... Że nie przyszedł tu z powodu snów, które nawiedzały ją każdej nocy, a w których nie była Jariną, szesnastoletnią zielarką, lecz potężną czarodziejką władającą ogromnym królestwem.

– Jestem chory – skinął głową Ragnwald. – Rana, widzisz, jest bardzo dziwna. Gnije, nie chce się goić. Uzdrowiciele mówią, że trzeba rękę ciąć, a co ja pocznę bez prawej ręki? W tobie cała nadzieja.

I chociaż nie wyglądał i nie zachowywał się jak zrozpaczony chory, którego z bardzo daleka przywiodła nadzieja, dziewczyna uwierzyła – ponieważ bardzo chciała uwierzyć.

– Pokaż, niech spojrzę.

Rana wyglądała bardzo źle. Wielka, gnijąca, głęboka, ciągnęła się od ramienia do łokcia, niemal dochodząc do kości. W górę, w stronę szyi już biegło zaczerwienienie. Ciąć trzeba było koniecznie, i to jak najszybciej! A jednak...

– Spróbuję. Chociaż...

– Wypróbuj to. – Ragnwald wyjął zza pazuchy świeżą zieloną gałązkę, całkiem zwyczajną, a jednak na jej widok Jarina drgnęła.

– Poczekaj... naparem trzeba przemyć...

– Już przemywali – odparł Ragnwald, patrząc jej prosto w oczy. – Nałóż swoje zaklęcie. Tak jak umiesz.

Jarina wzięła gałązkę, w zadumie obróciła ją w palcach. Miała wrażenie, że zielone listki ożyły, wyciągnęły się ku niej. Popatrzyła na ranę i zmarszczyła czoło, szykując się do nałożenia zaklęcia.

– Poczekaj! – Szept Ragnwalda płynął do głębi jej istoty. – Zapomnij o tym... nie słowami czaruj... Duszą, duszą, Jali... Jarino!

Ten głos sprawił, że zaczęła drżeć. Nie mogła nie posłuchać. Zaczęła wymawiać nieznane słowa w dziwnym języku, ostrożnie przesunęła zieloną gałązkę nad straszną, rozognioną raną.

Na widok znikającej szybko gangreny mężczyzna zacisnął zęby i szepnął: „Tak, to ona!”.

Jarina jakby ocknęła się ze snu, zobaczyła lekko uśmiechniętego przybysza ze świeżą różową blizną na prawej ręce i zieloną gałązkę w swojej dłoni, która wyglądała tak, jakby chciała z nią porozmawiać!

– Dziękuję. – Ragnwald skłonił głowę. – Nie pomyliłem się co do ciebie, Jarino. Posiadasz wielką moc i ta moc nie może pozostać nieużywana.

– Co masz na myśli... Ragnwaldzie?

– Nie przyszło ci nigdy do głowy, żeby ostatecznie skończyć z Ordą?

– Ja? Ja miałabym skończyć z Ordą? – Jarina była wstrząśnięta.

– Nie zrobiłabyś tego sama.

– Ale jak? Wprawdzie kiedyś wybiłam sporo tych stworów...

– Wiem, nanizałaś je na Noże Trawy. Potężne zaklęcie, którym nie umie władać prawie nikt w tym świecie.

– Ragnwaldzie... jesteś magiem, czarodziejem?

– Można tak powiedzieć, chociaż to nie do końca prawda. Sam zająłbym się Ordą, ale nie mogę...

– Takich, którzy chcieliby zniszczyć Ordę, nie brakuje. Gospodarz Argnist i krasnolud Dwalin, miejscowy kowal, mój przyjaciel...

– Jest jeszcze jeden, zwany... hm... Elstanem. Mieszka w chutorze Niwena.

– Do czego zmierzasz, Ragnwaldzie?

– Do tego, że najwyższy czas zlikwidować Ordę. Wystarczająco długo siała tu strach i zniszczenie. Ale rzecz w tym, że trzeba skończyć nie ze stworami czy ich gniazdami, lecz z tymi, którzy te gniazda stworzyli. Rozumiesz?

– Rozumiem.

– Bierz Dwalina i ruszajcie! – dokończył Ragnwald tonem nieznoszącym sprzeciwu. – Drogę pomoże wam odszukać... Elstan. Z nim również porozmawiam. I żeby za tydzień już was tu nie było!

– Zaczekaj! – krzyknęła Jarina, gdy przybysz wyszedł. – Zaczekaj... przecież ty... ty wiesz, kim jestem!

– Wszystko zrozumiesz sama, jeśli zdołasz wykonać swoje zadanie – dobiegło zza drzwi. – Wtedy znów się spotkamy. A teraz żegnaj!

*

– Zapomniałeś o mnie, Gubicielu, ale nie winię cię za to. Wydałem niewłaściwy rozkaz. Rozkaz, którego nie dało się wykonać. Teraz daję ci nowe zadanie. Masz odszukać tych, którzy nasłali Ordę na Hjörward Północny. Jeśli je wykonasz, otrzymasz zaiste bezcenną nagrodę – wolną wolę i prawdziwą historię twoich narodzin.

Stał przede mną, wysoki, szczupły, z oczami płonącymi siłą. Poznałem go. To on rozmawiał ze mną w świątyni w Galenie – o czym potem na śmierć zapomniałem. W czasie starcia z Wrogiem stało się coś, co usunęło z mojej pamięci to spotkanie.

– Będziesz miał dwoje towarzyszy z sąsiedniego chutoru. Postaram się namówić do tej wyprawy jeszcze dwoje, ale na razie musisz liczyć wyłącznie na siebie. Masz odnaleźć drogę do panów Ordy.

– Jak mam znaleźć tę drogę? – zaprotestowałem. – I dlaczego ty, wszystkowiedzący, nie idziesz z nami? Albo przynajmniej nie podpowiesz, dokąd iść?

– Odpowiedź jest prosta. – Ragnwald sposępniał i zacisnął pięści. – I brzmi: Prawo Równowagi. Jeśli ja włączę się do tej sprawy, siła przeciwdziałania wzrośnie stokrotnie. Wówczas beze mnie sobie nie poradzicie, a ja nie będę mógł towarzyszyć wam przez całą drogę. Im więcej zrozumiecie sami, bez podpowiedzi, tym łatwiejsza okaże się wędrówka. Wyruszajcie bez zwłoki!

– Kim jesteś, Ragnwaldzie?

I wtedy on mi odpowiedział. Skłoniłem się głęboko.

– Twoja wola zostanie spełniona.

– To nie jest moja wola – skrzywił się z irytacją. – Nie moja, lecz tej nieszczęsnej ziemi pozbawionej radości! Czy wam, żyjącym na niej, wszystko trzeba tłumaczyć jak małym dzieciom? Już po kim jak po kim, ale po tobie, Gubicielu, spodziewałem się czegoś zupełnie innego. Myślałem, że sam ruszysz do walki.

– Orda nie była moim wrogiem.

– A teraz, kiedy masz małego synka?

– Teraz tak.

Odwrócił się do mnie plecami, ruszył przed siebie i po chwili zniknął. A nad moją głową uderzył skrzydłami szybki brązowy sokół.

*

Spotkali się następnego dnia w połowie drogi między chutorami. Umówili się, że wyruszą natychmiast, póki traktów nie skuła zima. Nikt nie wiedział, gdzie trzeba szukać dróg do panów Ordy, ale ten, którego Jarina i Dwalin znali pod imieniem Elstan, powiedział, że muszą znaleźć największe gniazdo Ordy, a wtedy on już zrobi, co trzeba.

Wszystko ustalili, ale wyruszyć nie udało im się ani nazajutrz, ani nawet tydzień później. Z północy lawiną waliła Orda i od razu pojawiło się mnóstwo spraw niecierpiących zwłoki. Jarina leczyła rannych i pomagała Obrońcom, Dwalin, zgodnie ze swoją obietnicą, walczył ze stworami wręcz, a Elstan, czyli Gubiciel, pracował w pocie czoła, broniąc chutoru Niwena. Dla jego mieszkańców był ostatnią nadzieją.

Obrońcy w chutorach również trudzili się na całego.

*

Dawno nie było mi tak trudno. Już w pierwszym poważniejszym starciu z Ordą zrozumiałem, że pamiętny pojedynek z niewiadomym wrogiem nie minął bez śladu. Wiele umiejętności straciłem – nie na zawsze, ale teraz nie mogłem ich użyć. Na przykład nie mogłem pojawić się przed zastępami stworów w postaci widmowego wojownika, jak zrobiłem niegdyś na brzegu rwącego Gardragu. Musiałem uciec się do prostszych środków – ogień, woda, wiatr... Mogłem kierować żywiołami, ale bardziej skomplikowane składniki magiczne tego świata nie chciały mnie słuchać.

Czekałem na wiosnę.

*

Czekali na nią wszyscy mieszkańcy Wolnych Chutorów. Jeszcze nigdy Orda nie atakowała z taką wściekłością, nigdy nie było aż tak dużo stworów. Zginął chutor Charłaga. Orda rzuciła przeciwko niemu taką armię bestii, że nawet sąsiedzi wezwani czerwonym ogniem nie zdołali nic zrobić – zabrali jedynie kilkoro cudem ocalałych dzieci. Dwaj Obrońcy Charłaga pozostali na pogorzelisku i nad ranem wyzionęli ducha.

Drużyna Argnista siadała na koń niemal każdego dnia. Codziennie obok chutoru sunęły – niczym gigantyczne czarne żmije wijąc się między drzewami – żywe strumienie potworów. Obrońcy walczyli jak nigdy dotąd i coraz częściej odnosili rany. Jarina musiała każdego ranka zabliźniać je zaklęciami.

I jak tu porzucić chutor?

W rzadkich dniach względnego spokoju we troje ruszali na polowanie, likwidując Ordę, gdzie się tylko dało. Jarina stosowała zaklęcie Zielonych Mieczy, choć trzeba było dużo sił, by żywe ostrza przebiły głęboki śnieg i wydostały się na powierzchnię. A Elstan wypróbował na stworach cały swój bogaty arsenał. Starał się jednak oszczędzać siły, żeby w miejscu życiodajnych lasów nie pojawiły się wypalone pustynie.

Ale nic nie pomagało.

Dopiero z nastaniem wiosny zrobiło się trochę lżej. Orda wycofała się na północ, a Jarina, Elstan i Dwalin mogli iść na wyprawę. Wyruszyli we trójkę, nikt inny do nich nie dołączył.

*

Ragnwald znalazł się na odsłoniętym terenie, za nim pozostał wątły północny lasek udręczony morskimi wiatrami, a przed nim, na brzegu, wznosiły się w górę oślepiająco białe mury Śnieżnego Zamku.

Mijając bramę, otworzył drzwi głównej wieży i samym tylko spojrzeniem sprawił, że pełniący wartę szkielet gruchnął na podłogę.

Gordżelina nigdzie nie było. Zamek ział pustką, nawet czeladź gdzieś zniknęła. Ragnwald trzykrotnie obszedł wszystkie pokoje, zatrzymując się od czasu do czasu i otwierając drzwi kolejnych komnat. Wszędzie było pusto.

Nie dostrzegł żadnych śladów rozgardiaszu czy walki. Zamek pozostawiono w idealnym porządku, zupełnie jakby Gordżelin wyszedł na przechadzkę – tylko co się stało ze służbą?

Do kościotrupa Ragnwald wrócił ponury jak noc. Kilka ruchów dłoni i szkielet mógł odpowiadać.

„Gdzie twój pan?".

„Nie. Nie ma tu. Miejsce – nie wiedzieć. Gdzie – nie znać".

Ragnwald przygryzł wargę. W ten sposób niczego się nie dowie. Zima się kończy, tamtych troje wyruszy lada dzień, muszą mieć pewnego przewodnika. Gdzie się podział ten Gordżelin?!

Podniósł czaszkę szkieletu. Jego dłonie spoczęły na kościach skroniowych, oczy mu zmętniały, powieki opadły. Teraz widział i słyszał coś zupełnie innego.

„Ręczysz za to, Akcjumie? Ręczysz, że w zamian za to będę mógł przywrócić Eltarze jej ciało?”.

„Ależ młodzieńcze! Nie wolno aż tak nie wierzyć własnej głowie! No czyżbyście nie wiedzieli, co potrafi stary Akcjum, prorektor Akademii?”.

Po schodach schodziły dwie osoby – Gordżelin w śnieżnobiałym płaszczu podbitym futrem i niski, niepozorny staruszek. Na widok twarzy starca Ragnwald jęknął.

Za nimi szedł potężny troll i ostrożnie niósł kołyskę. Zdumiony Ragnwald uniósł brwi.

„To wasza córka, młody człowieku? Śliczne dziecko... A, za pozwoleniem, gdzie zamierzacie ją umieścić?”.

„To moja sprawa – odrzekł lodowato Gordżelin. – I nie sądzę, żebyś musiał to wiedzieć”.

„Jesteście taki pewny siebie, młody człowieku? Mogą pojawić się nieprzewidziane okoliczności...”.

„Nie dostaniesz jej! – rzucił wściekle Gordżelin. – Nasza umowa jej nie obejmuje!”.

„Oczywiście, oczywiście, nikt przecież nie kwestionuje warunków umowy! Niepotrzebnie się denerwujecie, młody człowieku. Nie miałem nic złego na myśli!”.

Ragnwald znów jęknął.

„Nie obchodzi mnie, co mieliście na myśli – odparł Gordżelin niezbyt uprzejmie. – Moja córka was nie dotyczy i koniec!”.

„A czy mógłbym przynajmniej poznać jej imię? Mam nadzieję, młody człowieku, iż nie dajecie wiary głupim przesądom, że nie należy nikomu podawać prawdziwego imienia dziecka?”.

„Nie daję. Nazywa się Lidael. Jeszcze jakieś pytania?”.

„No co też wy, młody człowieku, co też wy... Poznaję, poznaję w was waszą czcigodną matkę... Doprawdy, istna czarodziejka Feloste*... A czy wolno mi będzie spytać, kto jest waszym czcigodnym ojcem?”.

* Feloste (patrz latopis pierwszy, „Śmierć Bogów”) należała do Pokolenia Magów, z którego wywodzili się Nowi Bogowie, Hedin i Rakot. W decydującej chwili Feloste, chcąc doprowadzić do zagłady Hedina i Rakota, poczęła dziecko. Przesąd głosił, że gdy któryś z Prawdziwych Magów pocznie dziecko, całe Pokolenie zniknie z powierzchni ziemi.

Odpowiedzi Gordżelina szkielet nie słyszał i nie mógł przekazać.

Czarodzieje minęli niszę kościotrupa, troll szedł za nimi, niosąc kołyskę. Gordżelin odwrócił się do sługi.

„Wszystko zrozumiałeś?".

Odpowiedzią było twierdzące myczenie.

„A więc w drogę!".

Trolla otoczył niewielki wir i chwilę później sługa zniknął.

„Gdzieżeście go posłali, młody człowieku? W dodatku z takimi efektami!".

„Nie twoja sprawa. Nazbyt jesteś ciekawski, starcze! Musi ci wystarczyć to, że z tobą idę, skończ wreszcie z tymi wścibskimi pytaniami!".

„Młody człowieku, no jak można być takim drażliwym...".

Dziwna para powoli wyszła na brzeg zatoki. Szkielet odprowadził swego pana spojrzeniem pustych oczodołów. Ragnwald zobaczył, jak Gordżelin z Akcjumem wsiedli do niewielkiej łódki zaprzężonej w dwa lewiatany. Staruszek strzelił lejcami i rączy zaprzęg ruszył, robiąc wielką falę, a chwilę później zniknął z pola widzenia.

Ragnwald westchnął ciężko i puścił czaszkę strażnika. Kościotrup z hurgotem padł na kamienne płyty. Ostrożnie zamykając za sobą drzwi, Ragnwald wyszedł z zamku. Na jego twarzy malowało się głębokie rozczarowanie.

Zrobił kilka kroków po białych płytach podwórca i pomknął w niebo pod postacią brązowego sokoła.

*

– Dziadku, ułożyłam już Lidael, śpi. Mogę pójść się pobawić?

– Oczywiście, Kami idź, idź. Co ja bym bez ciebie zrobił, moja pomocnico! Tak zręcznie radzisz sobie z tą kruszyną.

– Krasnoludy mnie nauczyły, one umieją wszystko. A mamy ciągle nie ma.

– Ehm, Kami, no przecież wiesz. Lidael to twoja siostrzyczka.

– Tak, mówiłeś. Mama była bardzo chora. Ale ja i tak wierzę, że ona wróci!

– Nie myśl o tym, malutka. Biegnij, twoi przyjaciele czekają!

Stary Hropt zamknął za dziewczynką drzwi i dopiero wtedy pozwolił sobie na swój ulubiony gest – z całej siły grzmotnął pięścią w stół. Do stu demonów! Serce mu się wykrwawi z tym dziećmi!

A Gordżelin też dobry – ukorzył się, zwrócił Złoty Miecz i poprosił o opiekę nad małą Lidael, córką jego i Eltary... ponieważ „idzie ratować Eltarę, która odeszła na Dół".

Hropt pokręcił głową. Księżniczka była prawdziwą bohaterką. Oddała wszystko, co miała, żeby uratować Elfran. Urodziła Obojętnemu córkę i odeszła. Odeszła na Dół. Zaprzestała nawet poszukiwań ukochanego Elstana.

A Gordżelin, jak się staje, przestał być Obojętny. Ciekawe, dokąd wyruszył, żeby zdjąć ciążące nad Elfranem przekleństwo. I jak ma zamiar to zrobić? Hropt sposępniał. Kto jak kto, ale on znał historię tego przekleństwa ze szczegółami.

Do drzwi ktoś zastukał.

– Wejdź, kimkolwiek jesteś! – zawołał Stary Hropt zgodnie ze swoim zwyczajem.

– Tym razem to ja – rozległ się na progu znajomy głos i Ojciec Drużyn zamarł jak rażony gromem. Nie słyszał tego głosu całe wieki! – Witaj, przyjacielu. Widzę, że masz rodzinę. Jedną dziewczynkę widziałem biegającą z krasnoludami, a tu druga... To twoje, stary? Tylko nie wymawiaj imion. – Gość ostrzegawczo podniósł rękę. – Tutaj nazywam się Ragnwald.

Stary Hropt wpatrywał się w gościa szeroko otwartymi oczami. Przybysz usiadł przy stole.

– Ochłoń, przyjacielu – rzekł. – Cieszę się, że twój Złoty Miecz lśni tak jak niegdyś! Mam dla niego zadanie.

– Zadanie? – powtórzył tępo Hropt, który ciągle nie mógł dojść do siebie. Prędzej by się śmierci spodziewał niż wizyty takiego gościa!

– Tak, zadanie. – Ragnwald skinął głową. – Zadanie, którym ja sam zająć się niestety nie mogę – Nienazwany nie lubi czekać. Trzeba skończyć z Ordą, Odynie. Zbieram drużynę. Mam nadzieję, że ją poprowadzisz.

– Ja? Drużynę? Jaką? – wykrztusił Hropt. – Czekaj no, czekaj, daj pomyśleć, opowiedz od początku.

– Nie, przyjacielu, zacznę od końca, czyli od stworów Ordy. Wdepnąłem w tę sprawę przypadkiem, gdy pewien młody czarodziej o czystym sercu zapieczętował jedno z gniazd Ordy Pieczęcią Wielkiego Króla. Nie wiedział i nie mógł wiedzieć, jakie to będzie miało konsekwencje, i musiałem się wtrącić. Niestety, gdy zajmowałem się Pieczęcią, pojawił się pan Ordy, samozwańczy Władca Mroku, zwany też Ciemnym Władcą, który zna mnie pod imieniem Sędziego. Pozwoliłem jego posłańcowi zabić mnie i zrozumiałem, że za Ordą stoi ten samozwaniec. Domyślam się, kim on jest, i jak sądzę, ty domyśliłeś się również.

– Myślałem o tym, bracie... Ragnwaldzie. Nie jest z wyspy Brandey. Tych drani wyczuwam na sto lig!

– Ale nie wyczułeś, że Gordżelin wyruszył z jednym z nich? A raczej – tu Ragnwald wykrzywił się w grymasie – z jednym z tych, którzy niedawno do nich przystali. Teraz nazywa się Akcjum.

– Akcjum? Co za głupie imię... Ale czekaj no! O Gordżelinie porozmawiamy za chwilę. I co z tym Ciemnym Władcą?

– Co do niego wszystko jest mniej więcej jasne. Nie wiemy tylko dwóch rzeczy – gdzie się ukrywa i po jakiego demona mu ta Orda.

– Jest jeszcze jedna sprawa – przypomniał sobie Stary Hropt. – Skąd wzięli się Obrońcy? Na pewno nie stworzył ich Ciemny Władca! Szczerze mówiąc, myślałem, że to ty.

– Nie ja. Słusznie zauważyłeś, to jeszcze jedna zagadka. Prócz tego chciałem ci powiedzieć, władco Asgardu, że w naszych ziemiach pojawił się Gubiciel.

– Co?! – Hropt zerwał się z ławy. – Nie pomyli... Tfu, do licha, wybacz, oczywiście, że się nie pomyliłeś. Więc Gubiciel do nas dotarł...

– Ktoś pomógł mu wydostać się z niewoli. Nie tylko wydostać, ale i znaleźć w naszym świecie. Na szczęście on prawie nic nie pamięta. Próbowałem poszczuć go na Ordę i wtedy przeciwko niemu wystawili jego drugą postać. Rozumiesz, o kim mówię?

– Odradzający...

– Tak jest. A nawet Odradzająca. Z tego, co mi wiadomo, ich pojedynek skończył się remisem, teraz oboje liżą rany. I znów pytanie – kto i dlaczego posłał Odradzającą? A na zakończenie jeszcze jedna niespodzianka. Przysuń no się... Niedawno spotkałem tu... – Ragnwald zniżył głos do szeptu.

– Nie może być! – Stary Hropt znowu zerwał się na równe nogi.

– Mnie też trudno było uwierzyć. Omal nie oszalałem, gdy pojąłem, kim ona jest. Ona też nie pamięta swojej przeszłości!

– Ale jak to się mogło stać?

– Nie wiem. I nie wie tego nikt prócz tego, kto to zrobił.

– Wielki Orlangur?

– Też mi to przyszło do głowy. Niestety, nie jesteśmy w stanie tego sprawdzić. Duch Poznania zamknął się przed wszystkimi i nie odpowiada na żadne wezwanie. To samo z Demogorgonem. A przebijać się do nich siłą...

– Tak... Muszę przyznać, że twoje nowiny robią wrażenie – rzekł powoli Ojciec Drużyn. – Ale wróćmy do Ordy... Jak planujesz ją zlikwidować?

– Odnaleźć Ciemnego Władcę i wreszcie z nim pogadać. Dawno sobie na to zasłużył! Te jego straszydła...

– Ładne mi straszydła! Trzysta lat dręczą i tyranizują cały kraj...

– A jednak nie cały świat i nie cały kontynent – zaprotestował Ragnwald. – Problem w tym, że ja nie mogę wziąć w tym udziału. Muszę szukać pośredników. A im będą słabsi, tym lepiej. Wybacz, nie chciałem cię urazić...

– Rozumiem – rzekł Hropt z goryczą. – Prawo Równowagi...

– Tak. Przeklęte i błogosławione Prawo Równowagi. Ale do rzeczy. Twoimi towarzyszami będą Gubiciel, Jarina i pewien krasnolud o imieniu Dwalin. Czarować nie umie, ale z toporem w ręku pokona każdego maga. Chciałem ci jeszcze dorzucić Gordżelina, ale wyruszył z Akcjumem...

– Chcesz skończyć z wyspą Brandey?

– Duch Poznania mi świadkiem, że bardziej palącym pragnieniem jest tylko wygnanie Nienazwanego!

– Ech, ja też niczego innego nie pragnę – westchnął Stary Hropt. – Co prawda, teraz są u mnie te dziewczynki...

Skrzypnęły drzwi, weszła Kami zmęczona zabawą. Niespodziewanie Ragnwald uderzył się dłonią w czoło.

– No oczywiście! A ja się zastanawiam, gdzie ją mogłem widzieć!

– Siadaj, Kami – rzekł Hropt – i jedz kolację.

Dziewczynka odważnie podeszła do gościa i ceremonialnie dygnęła.

– Witaj, Kami. – Tym razem Ragnwald uśmiechnął się nie tylko wargami.

– A skąd ty znasz moją wnuczkę? – zdumiał się Stary Hropt, niezauważalnie dla Kami mrugając do swego rozmówcy.

– Widziałem ja razem z Eltarą, jej matką, w Galenie.

– Widziałeś mnie i mamę?! – krzyknęła dziewczynka. – Znasz moją mamę?

– Znam, kochanie, choć nie tak dobrze, jak twojego dziadka.

– A nie mógłbyś jej wyleczyć?

– Kami, Kami! – powiedział z wyrzutem Ojciec Drużyn. I zwrócił się do Ragnwalda (tak żeby dziewczynka nie słyszała): – Eltara Elfrańska odeszła na Dół po urodzeniu Lidael, córki Gordżelina Obojętnego.

Gdy dziewczynka poszła spać, przyjaciele mogli kontynuować rozmowę.

Ragnwald opowiedział o walce z Hissem w porcie Galenu, gdzie szczęśliwie udało mu się wykorzystać ciało pogrążonej we śnie Kami i nie łamiąc Prawa Równowagi, pomóc Eltarze w odzyskaniu upragnionej Pieczęci.

– Gdybyż wszystko skończyło się razem z tą walką! – Pokręcił głową. – Zresztą dość o tym. Teraz znacznie bardziej niepokoi mnie Orda.

– Zgadzam się, że trzeba iść, ale komu ja dzieci zostawię? – Stary Hropt się uśmiechnął. – Kto by pomyślał, że na stare lata znowu zostanę dziadkiem!

– Dzieci... ach prawda, dzieci... Przeklęte obowiązki, przestajesz dostrzegać rzeczy oczywiste! Wychodzi na to, że nie możesz iść. Kami bez ciebie zginie, a nawet gdybym wlał w nią więcej życia, pozostaje jeszcze Lidael, której nie da się powierzyć pierwszej lepszej niańce. Zauważyłeś, że ona...

– Została wybrana przez Wielką Ciemność? Oczywiście.

– Ty iść nie możesz – zawyrokował Ragnwald. – Nikt prócz ciebie nie poradzi sobie z tą kruszyną – wskazał głową kołyskę.

– Ale tamci nie poradzą sobie beze mnie!

– To znaczy, że wszechwładza Ordy potrwa trochę dłużej, niżbym chciał. Czarni Magowie z wyspy Brandey już nauczyli się wykorzystywać ją do własnych celów – Elfran ledwie odparł atak! Następnym razem będą działać inaczej. Wtedy Orda zaleje Galen, potem baronostwa Fejnu, następnie Elfran i krainy zachodnie... a potem przerzuci się na inne kontynenty. Trzeba będzie porzucić naszą wojnę, wrócić i zaprowadzić porządek. – Ragnwald skrzywił się. – Wybaw nas od tego, Wielki Orlangurze!

Stary Hropt został w domu.

*

Po rozstaniu z Ojcem Drużyn (rozmawiali całą noc aż do świtu) Ragnwald pod postacią sokoła wyruszył na brzeg morza.

– Czyżby Czarna Wyspa? – wyszeptał cicho. – Po co im Gordżelin? Co chcą z nim zrobić?

Sokół się wahał. Wielkie Prawo Równowagi ciążyło mu na barkach niczym żarno na plecach niewolnika. Otwarty atak na Czarnych Magów oznaczałby wojnę z Chaosem...

Ragnwald nie zdążył podjąć decyzji.

Bracie, bracie, szybciej! Boję się, że tym razem on się przedrze!

Twarz Ragnwalda się skrzywiła, brązowy ptak gwałtownie wzleciał w górę. Chwilę później zatrzasnęły się za nim Wrota Rzeczywistości.

Rozdział 2

Jarina, Gubiciel i Dwalin ruszyli w drogę, gdy nadszedł miesiąc szczebiotu ptaków i skończyły się ataki Ordy. Wyruszyli i przepadli jak kamień w wodę. Minęło lato, nastała jesień. Saata płakała po nocach i chciała nawet popełnić samobójstwo, ale kobiety wyciągnęły ją z pętli. Po jesieni przyszła zima, znów powróciła Orda, znowu zawrzała walka, a oni nie wracali. Minął rok, drugi, trzeci, piąty... Zmarł w swoim łóżku stary Niwen, gospodarskie klucze przejął najstarszy syn, który mimo że miał młodą żonę, zaczął się dostawiać do bezbronnej Saaty. Młoda kobieta nie miała innego wyjścia, jak paść ojcu do nóg.

Ojcowskie serce stopniało od gorących łez córki. No bo jak tu wyrzucić wnuki, skazać niewinne dzieci na pewną śmierć! Kochanek przeklęty, czarownik przepadł jak kamień w wodę, hańba została zmyta. Zwłaszcza że sam Argnist syna swojego Artalega z domu przegonił. Artaleg mieszka wprawdzie przy ojcowskim chutorze, ale mało kto z nim rozmawia.

Płynęły lata, Orda z każdą zimą zbierała coraz większą daninę. Po Ordzie przychodziło Plugastwo, ale jemu dostawały się już tylko resztki. Kilka rodzin, doprowadzonych do ostateczności, próbowało odejść na południe, i teraz ich szkielety bieleją na przeklętym Kościanym Paśmie...

Wielkie Wolne Wojsko rozbijało zakonnych niedobitków. Puszczeni wolno bracia rycerze od razu pierwszego lata po swojej klęsce zebrali nowe siły: kilku wyjątkowo głupich baronów Fejnu, najemnicy ze wszystkich stron świata, oddziały wojska królewskiego, drużyny ze świątyń. Jednak to różnorodne towarzystwo nie stworzyło dobrej armii. Najemnicy sarkali na brak łupów, baronowie zmądrzeli, gdy kilka razy trafili w mistrzowsko zastawione zasadzki, królewscy gwardziści doszli do wniosku, że wieśniacy nieźle walczą – no więc czy to nie wszystko jedno, kto będzie powstrzymywał Ordę na dawnej Rycerskiej Rubieży? A świątynnicy sprawdzali się w rozprawach z galeńskimi czarownikami (nagonka trwała nadal), lecz w prawdziwej wojnie się nie sprawdzili. Dobrze walczył tylko pułk ocalałych braci rycerzy, ale i on, porządnie przerzedzony, musiał się wycofać. Na jesieni wojna wygasła, a potem galeńska starszyzna kupiecka dała do zrozumienia królowi jegomości, że pora kończyć wojnę, bo tylko handel na niej cierpi. Czy to nie wszystko jedno, kto stoi na straży północnych granic królestwa?

Tym razem król wykazał się mądrością, jakiej nikt się nie spodziewa po osobach zajmujących to stanowisko. Doszedł do słusznego wniosku, że teraz wszyscy chłopi ruszą na północ, żeby przystać do tego Wolnego Wojska, i przez zimę zdołał to wyjaśnić swoim wasalom, drobnym władcom, oraz niewasalom, baronom Fejnu, i następnego lata zorganizowano wielką wyprawę. Wolne Wojsko dobrze walczyło pod Argnistem, który równie dobrze dowodził dziesiątką, jak tysiącem, lecz Frabar, człowiek wprawdzie uczciwy i porządny, z tak dużą armią sobie nie radził. Doszło do ogromnego przelewu krwi i znacznych strat po obu stronach. Posłańcy Wolnego Wojska zdołali odnaleźć w lasach chutor dawnego przywódcy, Argnist zgodził się im pomóc i doprowadził jeśli nie do zwycięstwa, to w każdym razie do honorowego pokoju. Wkrótce potem król zmarł ze zgryzoty i na tronie zasiadł jego syn, niegłupi młody człowiek. Nowy władca postanowił wykorzystać nasilenie ataków Ordy i zaproponował Wolnemu Wojsku umowę. Liczebność wojska miała zostać ograniczona, w zamian za to król otwierał przed armią swoje arsenały; dawał broń i wyposażenie, a także przysyłał swoich dowódców. Wkrótce potem Wolne Wojsko musiało wystawić kordony na swoich granicach i odsyłać wszystkich zbiegów do domu.

*

A wśród tego całego zamętu spokojnie rósł synek Saaty i Gubiciela, Aratarn.

Stwory Ordy nauczył się rozpoznawać, nim zapamiętał twarze sąsiadów z chutoru. Umiał wsadzić strzałę w oko trąbaczowi, zanim poznał zabawę w chowanego. Sam poszedł do walki z brzuchojadem, nim pierwszy raz pocałował dziewczynę.

Dorastał tak jak wszyscy chłopcy Wolnych Chutorów.

Mijały lata. Nikt już nie miał wątpliwości, że ojciec chłopaka przepadł na zawsze.

Młodego Aratarna trudno by nazwać potulnym barankiem. Porywczy i gwałtowny, łatwo wpadał we wściekłość i rwał się do bitki. Tylko matka i siostra Kiita umiały ostudzić jego zapędy.

Z biegiem lat Saata stała się powszechnie szanowaną zielarką – z innych chutorów nawet przysyłano do niej na naukę zdolne dziewczęta. Kiita odziedziczyła talent matki i w lecie razem z bratem często włóczyli się po rozpadlinach i parowach, tam gdzie rosły najrzadsze i najcenniejsze zioła. Aratarn był prawdziwie nieustraszony i nigdy nie cofał się przed przeciwnikiem. A przy tym umiał tak wybrać drogę, żeby nie spotkać największych stworów w rodzaju trąbaczy i rogaczy.

Był bardzo podobny do ojca, Gubiciela. Wcześnie wypadły mu włosy, ale go to nie oszpeciło – przeciwnie! Skóra mu pociemniała, silny był nad podziw, w wieku czternastu lat łamał podkowy i giął stalowe pogrzebacze. Milczący i ponury, nie miał przyjaciół wśród rówieśników, ale z przyjemnością niańczył dzieci, które lgnęły do niego jak muchy do miodu.

Nie umiał przemawiać, wolał działać, niż mleć językiem. A największą radością była dla niego walka. W niej rozpalał się i ożywał, ale gdy dobiegała końca, znów stawał się sobą – ponurym milczkiem stroniącym od wesołego towarzystwa kolegów i ich prostych rozrywek.

Unikał również dziewcząt. Gdy zauważył, że posyłają w jego stronę zaciekawione spojrzenia, uciekał jak przed zadżumionymi. A takich spojrzeń było coraz więcej – Aratarn był piękny tą niezwykłą, mroczną urodą otwartej siły. Gdy obnażony do pasa pracował przy studni, chutorskie ślicznotki wzdychały i pożerały go wzrokiem. Ale żadna nie mogła się pochwalić, że go zdobyła.

Aratarn wiedział, że ojciec poszedł walczyć z Ordą, Saata nieraz mu o tym opowiadała. I nikt w chutorze się nie domyślał, że Aratarn poprzysiągł sobie pewnego dnia wyruszyć na własną wyprawę, by odnaleźć ojca lub jego mogiłę i rozprawić się ze stworami. Gdyby ktoś go zapytał, jak chce to zrobić, pewnie by nie umiał powiedzieć nic sensownego. Ale była w nim twarda, niezachwiana pewność – nadejdzie dzień, w którym znajdzie drogę.

*

Czas mijał również w przestronnym drewnianym domu wspartym o zbocze wzgórza na południowej granicy Ar-an-Aszparangu. Stary Hropt zupełnie się nie zmienił przez te lata, za to dziewczęta rosły i zmieniały się, jak przystało na śmiertelniczki. Ojciec Drużyn często zerkał z niepokojem na młodszą „wnuczkę" – córka Pierworodzonej i maga najwyraźniej nie odziedziczyła natury swoich rodziców.

„Ludzkie" życie wprawiało starego boga w zakłopotanie. Co miał robić z tymi figlarkami? Kami ma już dwadzieścia siedem lat – według ludzkich miar to stara panna. Powinna wyjść za mąż, urodzić dzieci, ale Towarzysz może żyć tylko obok tego, kto podtrzymuje w nim życie. Bez zaklęć Starego Hropta biedaczka nie pociągnęłaby nawet dwóch dni.

Przez wiele lat znikąd nie przychodziły żadne wieści, aż pewnego pięknego – a może przeklętego – dnia do Hropta odezwała się Eltara Elfrańska.

Chciała mówić wyłącznie o Kami i Lidael. Sięgając myślami do Starego Hropta, pytała tylko o dziewczynki, a z biegiem lat – o dziewczęta.

Raz tylko wyrwało jej się gorzkie wyznanie. Ten, dla którego porzuciła swoją ojczyznę i wyruszyła na wędrówkę, żyje! Urządził się w jednym z chutorów Leśnej Granicy, nie wiedzieć czemu zrywając kontakt i z ojczyzną, i z Eltarą. Dlaczego tak postąpił, saoja już wiedziała. Inna! Znalazł sobie inną. Zabawkę z rodu śmiertelników. W dodatku mieli dziecko. Zrodzony Falą miał syna ze śmiertelną kobietą! Tego księżniczka nie mogła mu już wybaczyć. Dręczyła ją zazdrość.

Oddałabym duszę każdemu, nawet Władcy Zła, gdyby istniał, żeby tylko zrozumieć! Dlaczego ona jest lepsza ode mnie? Odynie, Odynie, Wielki Odynie, pomóż mi!

Jakże mam ci pomóc, księżniczko? Jestże w mojej mocy zwrócić ci ciało albo twojego Elstana?

Nie, ale chociaż wyjaśnić...

Niestety, Ojciec Drużyn nie potrafił znaleźć odpowiedzi na jej rozterki.

Upłynęło siedemnaście lat, dla śmiertelników to kawał czasu! A gdy mijał rok siedemnasty, stało się jasne, że Leśna Granica tym razem nie odeprze Ordy.

*

Aratarn pakował niezbędne rzeczy. Niedawno w okolicy pojawił się nowy stwór, ohydny i zły. Wkrótce nadejdzie miesiąc traw, Orda już dawno na północy, a tu takie nieszczęście! Skórzany Worek chodzi po polach, tocząc się i przewalając, a z jego brzuszyska sypią się stworki z ostrymi ząbkami, małe i szybkie niczym karaluchy. Jak się przed nimi bronić?! Ryją w ogródkach, pożerają zasiewy, atakują krowy i konie na pastwiskach. Na dzieci się rzucają, i to tak szybko, że nawet Obrońca nie zdąża – idą hurmą i pożerają żywcem, zostawiają sam tylko szkielet.

Syn Elstana w milczeniu zaciskał pieści, gdy dziad Kargar, ojciec matki, pokasłując i klnąc, liczył wieczorami straty. Onegdaj te zębate skoczki otoczyły i pożarły Laasę, prawie siedmioletnią dziewuszkę. Zaczaiły się tuż pod bramą, Obrońcy nic nie poczuli. Załatwić Skórzany Worek, matkę tych zębatych stworzeń, Obrońcom również się nie udało – trzymał się z daleka.

Aratarn podjął decyzję. Ma siedemnaście lat, zaczął się golić, jest mężczyzną. Najwyższy czas, żeby to wszystkim udowodnić. Zabije stwora – i kropka.

O tym, że stwór może zabić jego, nawet nie pomyślał.

Miecz, dwa noże, siekiera – piękny topór, krasnoludzkiej roboty, dar na szesnaste urodziny od dziadka – łuk, kusza-samobój, też dobra, jeszcze kowal Dwalin ją robił, gdy mieszkał u sąsiada Argnista. Samobij trafił do chutoru, gdy stary setnik i dziadek się godzili. Cięciwę naciąga się jednym ruchem, pięć bełtów można w jednej chwili wystrzelić! I przeładowuje się łatwo. Strzały są piątkami zawczasu specjalnie złączone, wystarczy wstawić wiązki do samoboju, a on je na miejsce pośle, gdy cięciwę naciągniesz.

– Art! A ty dokąd?

Nie udało się wyjść po kryjomu. Matka zauważyła, teraz będzie płakać. Bardzo nie lubi, gdy Aratarn sam do lasu chodzi. Wie, że jest najlepszym myśliwym w chutorze i w całej okolicy. Nigdy nie był nawet draśnięty, a tyle zwierza zabił! I stworów Ordy, i Plugastwa. Bliznami i szramami niech chwalą się nieudacznicy, którzy się cudem uratowali. Polowanie to nie igraszki! Zwierza trzeba zabić, a nie turlać się z nim jak z dziewczyną na sianie.

– Do lasu, mamo. Rozprawić się ze Skórzanym Workiem.

– Czyś ty rozum postradał? Przecież...

– Posłuchaj, mamo. – Aratarn mówił cicho i łagodnie, ale jego czarne oczy pozostały zimne. – Czy nie wystarczy, że zginęła Laasa? No powiedz, nie wystarczy? Kto zabije stwora, jeśli nie ja? Dziad Kargar? Muszę iść, mamo. Bo jeszcze nie daj bogowie znowu ktoś zginie. I tak zimą tylu zginęło...

Saata cofnęła się, patrząc na syna oczami pełnymi łez. To prawda, chłopak wyrósł. I rzeczywiście, najlepszy z niego myśliwy, chyba w całej Leśnej Granicy drugiego takiego nie ma. Ale która matka chce puścić swoje dziecko na śmiertelnie niebezpieczną wyprawę? Każda pomyśli: „Dlaczego mój? Niech inni idą!". Takie już są wszystkie matki i nic się na to nie poradzi. Co prawda, gdyby synowie zawsze ich słuchali, Orda dawno skończyłaby z Wolnymi Chutorami...

Aratarn pożegnał się z Kiitą (ta kwitnie ze szczęścia, za mąż wychodzi!), obiecał przynieść z lasu jakieś dziwo – w tym był z niego mistrz nad mistrze – i równym krokiem wyszedł za bramę.

– Za trzy dni wrócę! – krzyknął matce na pożegnanie i poszedł.

Ślady Skórzanego Worka znalazł szybko, pół ligi od chutoru. Biegły w stronę lasu, widać było, w którym miejscu potwór wszedł w knieje. Aratarn naładował samobój, powiesił na prawej ręce topór (tak do niego przywykł, że nawet nie zauważał ciężaru) i ruszył po śladach.

Początkowo szło się łatwo, trop wyraźny, miejsca znajome, wiadomo, gdzie się zasadzki nogogryzów spodziewać, a gdzie brzuchojady lubią siedzieć... I Skórzany Worek, jakby to rozumiejąc, przygotował własną niespodziankę – pod nadłamanym drzewem czaiło się kilkanaście zębaczy.

Aratarna zaniepokoił zapach. Dziwny, a więc groźny. Chłopak zamarł – tak jest, spod pnia starej sosny płynie słaba strużka. Nie kościożerca, nie ścianołamacz, coś innego... najprędzej zębatki.

Uniósł kuszę. Niedawno wymyślił ogniste groty do strzał – dodał co nieco do płonącego piasku krasnoludów i piasek nie tylko dłużej się palił, ale wybuchał, gdy się w niego stuknęło. Przy pierwszych próbach omal mu głowy nie urwało, a teraz właśnie takimi strzałami naładował kuszę.

Wsadził strzałę pod drzewo, skąd płynął obcy zapach.

Rozbłysk, trzask i nadłamany pień ciężko runął na trawę. Przedśmiertny pisk, szamotanie i już po zasadzce...

Aratarn biegł dalej, pod zamykające się korony drzew, przez mrok parowów, przez szemrzące strumyki, przez pokryte mchem bagna, obok leśnych jeziorek kuszących, żeby siąść, odpocząć, popatrzeć na spokojną gładź wody. I pewnie człowiek by się skusił, gdyby nie wiedział, jakie stwory tam mieszkają. Mchowe kołdry to straszna rzecz, przed nimi można się bronić tylko ogniem. Też pojawiły się niedawno.

Powoli zapadał wieczór.

Coś nie tak, myślał Aratarn, biegnąc przez gęsty młody sośniak bezszelestnie niczym ryś. Ślady na ściółce nie trzymają się długo, ale szedł jak pies myśliwski, po zapachu. Nikt w chutorze nie wiedział o tej jego zdolności, i tak go w dzieciństwie drażnili ojcem czarownikiem. No, tych, co drażnili, szybko uciszył, ale to na pewno po czarowniku. Bo jaki człowiek mógłby zwierza po zapachu odszukać?

A jednak coś jest nie tak. Wiadomo przecież, że Skórzany Worek chodzi wolno, kołysząc się na boki. Aratarn powinien go dogonić w pół dnia, a tu już wieczór i ciągle nic! Skrzydła bestii wyrosły, czy co?

Gdy już zupełnie się ściemniło, Aratarn zrozumiał, że go okrążają. Potrafił widzieć nie tylko oczami, ale rzadko korzystał z tej umiejętności, głowa potem przez resztę dnia bolała jak po pijatyce.

W mroku, który ścielił się między sosnami otulonymi szarymi płaszczami mchu, ostrożnie sunęły rozmyte cienie z czerwonymi iskierkami oczu. Poznawał je – brzuchojadów piątka, paszczogłowów dziesięć. Ścianołamacze – tuzin kul bojowych. Oho, i trąbacz się pojawił, i rogacz też tu jest. Poważna sprawa!

Zdybali go na otwartej przestrzeni, gdy szedł przez omszałe bagno, do czerniejącej wysepki. Tam też czekała zasadzka, Skórzany Worek zostawił swoje zębatki. A z tyłu szła Orda.

Tak, nogogryzy, kościożercy... Oho! Chyba z setka. Mocno musiał dopiec Ordzie! Czyżby Skórzany Worek był tylko przynętą i on, Aratarn, wpadł w pułapkę jak młody cietrzew w sidła? Nie było co lamentować – jak mówisz, że jesteś garnkiem, nie miej pretensji, że cię do pieca stawiają.

Chłopak zamarł. Bagnista ścieżka jest podstępna, niby twarda, a zanim się spostrzeżesz, już się po pas zapadniesz. Wokół szczelny pierścień stworów, o, jak cienie migają! A on jak na dłoni... Nie daj Hedinie, jeszcze skrzydłodzioby przylecą... Tfu, wykrakał! Już są. Przeleciały nad nim i poszły za las. Zaraz wrócą. Czyli może zrobić już tylko jedno – przedzierać się do wyspy.

Zaczął biec. Skrzydłodzioby w odsłoniętym miejscu to dla samotnika pewna śmierć. Nawet kusza nie pomoże, jednego zastrzelisz, dwa inne cię rozszarpią.

Aratarn skakał z kępki na kępkę, czując, że sześć skrzydlatych cieni już zawróciło nad olchami i teraz, bijąc skrzydłami, pędzi do niego. A na przedzie już szykowały się zębatki.

Robiło się coraz bardziej gorąco. Skrzydłodzioby nabrały wysokości i teraz spadały na ofiarę z góry niczym stepowy orzeł. Aratarn podniósł kuszę załadowaną gromową śmiercią i strzała trafiła prosto w szyję przywódcy. Skrzydłodziób z rozerwanym gardłem po raz ostatni machnął skrzydłami, spadł do bagna, przebił kożuch mchu i poszedł na dno.

Aratarn nie zdążył strzelić po raz drugi – musiał zanurzyć się w błocie, gdyż szpony pikującego skrzydłodzioba rozpruły mech.

Wyskoczyć i biegiem do wyspy! Żeby tylko strzał nie upuścić...

Skrzydłodzioby zawróciły i znów ruszyły do ataku. Dziwne, zwykle jest tak, że pozbawione przywódcy wycofują się z walki, a te nie...

Za drugim razem uratował go cud. Chciał, głupi, zastrzelić drugiego, trafić trafił, ale wielki jak kosa dziób na skrzydle stwora chlasnął go po plecach. Dobrze, że skórzana kurtka podbita płytkami z pancerza pancernika wytrzymała cios.

Siła uderzenia rzuciła Aratarna do bagna, od razu zapadł się po szyję. Wydostając się, zaczął się kręcić, przypadkiem spojrzał do tyłu – o matko kochana! Wszystkie okrążające go stwory jak na komendę wpakowały się do bagna. Widocznie myślały, że teraz wezmą go bez problemu.

Przerażenie dodało mu sił. Wyskoczył tak, że zdołał piersią położyć się na szczelnej warstwie mchu. Tuż obok była ścieżka. Skoczył na ścieżkę, mokry i pokryty rzęsą, jak jakiś potwór, i popędził przed siebie. Biegł, biegł, biegł, bo skrzydłodzioby mogły zaatakować po raz trzeci.

Wpadł na wyspę jak wicher i omal nie zapomniał o zębatkach, które już na niego czekały. Pięć położył gromową strzałą, z pozostałymi rozprawił się siekierą. Żelazo ze świstem cięło powietrze, ale by sobie nie poradził, gdyby nie drugi wzrok. Te stworki są nieduże, lecz szybkie i zwrotne, atakują wściekle i potrafią w ostatniej chwili uchylić się przed ostrzem.

A jednak poległy wszystkie, co do jednego, całe trzy tuziny.

Ślady Skórzanego Worka prowadziły jeszcze dalej – przez bagno, do przeciwległej krawędzi lasu. Lecz ta droga już została odcięta.

Aratarn gorączkowo rozłożył strzały. Na szczęście wziął więcej niż zwykle. No, podchodźcie, gady! Drogo was będzie kosztowała moja skóra... Chociaż nie, nie, tak nie można. Od czego masz głowę, człowieku? Musisz się stąd wydostać, a nie zdechnąć ku radości Ordy! Przyjrzyj się, może w tym okrążeniu jest jakaś dziura?!

Pierścień stworów sunął przez bagno. Tak... trąbaczy i rogaczy pięć sztuk, a drobnicy nie zliczyć.

Dopuścił ich bliżej i nacisnął spust. Po raz pierwszy wypróbowywał gromowe strzały na tak wielkich bestiach jak trąbacze i rogacze, sam był ciekaw, jak się wykaże jego wynalazek.

Wykazał się całkiem, całkiem. Rogacza powaliły dwie strzały, trąbacza trzy. Drugą wiązką załatwił jeszcze dwa stwory. Wkrótce strzały się skończyły, ale i stworów znacząco ubyło. Zostały dwa rogacze – jeśli nie liczyć całego oceanu drobnicy i pancerników z brzuchojadami...

Rogacze pierwsze dotarły do wyspy i od razu ruszyły do ataku. Aratarnowi pozostało już tylko jedno – ucieczka. Musiał uciec jak najdalej, dopóki za jego plecami straszne potwory wściekały się i ryczały, miażdżąc rogami drzewa. Musiał biec po wąskiej nitce ścieżki wśród nieprzebytych bagien. Tu wszystkie mchy i kępki przecinały ukryte w zielonych tunelach strumyczki, jeden niewłaściwy krok i mogło być po nim.

Mknął jak szalony, za nim sunęła fala stworów. Stojąc po pierś w wodzie, zderzył się z „naganiaczami" idącymi z drugiego końca bagna. Toporem ściął ohydną głowę brzuchojada, poczuł woń cuchnącej krwi. Mniejsze stwory grzęzły w trzęsawisku i Aratarnowi udało się wreszcie wyskoczyć na suche miejsce.

Nie pozwolili mu odejść daleko. Cały las pełen był miotających się złowieszczych cieni. Kilka razy chłopak musiał ciąć stwory tuż pod swoimi nogami, najzręczniejszym i najszybszym udawało się podejść bardzo blisko. I cały czas uciekał, uciekał, uciekał, niemal nie patrząc, dokąd biegnie, i myśląc tylko o tym, że tym razem nie zdoła się wyrwać. Co się stanie z mamą?...

Jednak mimo tej myśli, mimo dzikiego pędu pozostawał myśliwym. Leciał na złamanie karku, ale nie stracił tropu Skórzanego Worka. Nawet wszystkie zebrane tu stwory nie zdołały zagłuszyć jego zapachu.

Nastała noc, a Aratarn ciągle uciekał. Pędził niczym wilk, sam zdumiony swymi niespożytymi siłami. Orda powoli zostawała w tyle, szybkobiegaczy ma niewielu. Już zaczął skręcać na północ, w stronę domu, gdy spostrzegł, że idzie za nim prawdziwa obława szeroka na ligę albo i więcej.

Do świtu walczył jeszcze trzy razy, gdy wpadały na niego stwory Ordy. Siekł, rąbał, ile tylko mógł, i znowu rozpływał się w ciemności, zbijając prześladowców z pantałyku. On jeden w całym chutorze umiał to robić – jakby tworzył fałszywy ślad.

Każdy mag by powiedział, że chłopak nieświadomie rzuca zaklęcie odwracające wzrok. Tylko jak się nauczył to robić?

I jak nauczył się rzucać siłę do nóg, żeby biec przez wiatrołomy całą noc bez przerwy?

Świt zastał go wiele lig od domu. Pogoń nie ustawała, odległość się nie zwiększała, lecz, za cenę ogromnych wysiłków, także nie zmniejszała. Aratarn nie mógł się ani zatrzymać, ani odpocząć, Orda niezmordowanie gnała go do przodu, i on pędził, w biegu pokrzepiając się zabranym z domu prowiantem, który rozmiękł w bagnie, ale jeszcze nadawał się do jedzenia.

I tak minął jeszcze jeden dzień. Pod wieczór Aratarn przestał się dziwić czemukolwiek. Stał się zwierzęciem, które mogło robić tylko jedno – pędzić przed siebie. O tym, żeby skręcić i przedrzeć się przez szeregi Ordy, nie mogło być mowy. Nawet on ze swoimi zdolnościami zostałby po prostu zmiażdżony.

A ślad Skórzanego Worka cały czas wił się przed nim. To ginął, to znów pojawiał się pod nogami i Aratarn kontynuował swą beznadziejną pogoń...

Odsuwali go na południowy wschód, w stronę gór Ar-an-Asparangu. Na dobrym koniu byłby to tydzień drogi, jeśli jechać przez lasy pełne Ordy. Ale Aratarn, biegnąc dzień i noc, sądził, że dotrze tam prędzej. To oznaczało ratunek. Górski naród do dziś dnia pełnił straż na granicy swoich gór i prześladowany mógłby liczyć na obronę. A jeśli potem przepuszczą go przez swoje ziemie, wróci okrężną drogą do domu i wszystko będzie dobrze.

Nie spał i prawie nie jadł od czterech dni. Każdy śmiertelnik na jego miejscu, nawet twardy kowal Dwalin, już dawno by się przewrócił ze zmęczenia. O tym, skąd biorą się te niespożyte siły, Aratarn nie myślał. Mógł myśleć tylko o depczącej mu po piętach pogoni. Stwory nie pozwoliły mu skręcić nawet na metr, pędziły go w stronę gór.

Przy naturalnych bastionach krasnoludów wypadł w niefortunnym miejscu. Skały biegły prosto w niebo i nie zdołałby – nawet z jego obecnymi siłami – wspiąć się po ich niemal pionowych zboczach. Raz spróbował i spadł prosto pod nogi sfory potworów. Obronił się cudem, ale stracił miecz i jeden nóż. I znów musiał biec, na południe, na południe, wzdłuż nieprzystępnych gór.

Niegdyś te góry wyglądały zupełnie inaczej, ale krasnoludy Ar-an-Aszparangu z iście mrówczym uporem przez setki lat ociosywały łagodne zbocza, tworząc urwiste skały, zasypując odłamkami wąwozy, zalewając wszystko gliną, która zastygając, stawała się trwalsza od palonej cegły. W ten sposób powstał prawdziwy skalny mur broniący ich ziemi przed Ordą. Żeby przepuszczać ludzi i towary, krasnoludy stworzyły kilka bram – ale do nich jeszcze trzeba się było dostać.

Obok jednej takiej bramy Orda przegoniła go nocą. Aratarn krzyknął dziko, widząc światło migoczące na wieży strażniczej. Dlaczego zobaczył ją tak późno! Zdążył tylko uderzyć całym ciałem o kute żelazne skrzydła bramy, zdołał krzyknąć przez wyschnięte gardło. Przyciśnięty do zbawczej żelaznej bramy, takiej chłodnej, takiej bezpiecznej, zaczął walczyć ze stworami siekierą.

Wszystko rozegrało się błyskawicznie. Rogacz zaatakował go z boku i Aratarn musiał odskoczyć, siekiera cięła szyję potwora, ale zdychający rogacz zdążył zrobić swoje. Zanim krasnoludzcy strażnicy się zorientowali, co się dzieje, nim otworzyli zasuwy, Orda odepchnęła swoją ofiarę od bramy i Aratarn musiał biec dalej.

Już biegnąc, rozpłakał się – po raz pierwszy w życiu. Siły topniały, rozpacz i bezsilność zalewała go niczym fala oceanu. Coraz częściej pragnął odwrócić się i rzucić do ostatniego straceńczego ataku, póki miał siłę unieść topór.

Orda pędziła go dalej.

*

Tego dnia Lidael poszła do lasu sama. Kami, starsza siostra, która (dzięki Staremu Hroptowi) stała się słynną uzdrowicielką, była zajęta w wiosce leśnych krasnoludów – myśliwi przynieśli tam morowe powietrze.

– W wiosce nie będzie z ciebie żadnego pożytku – powiedziała surowo do siostry. – Chcesz się na coś przydać, to idź do Słodkiego Strumienia i przynieś potogon. Rozpoznasz?

Lidael prychnęła oburzona. Była bardzo podobna do matki. Stary Hropt aż głową kręcił – czasem mu się zdawało, że na progu stoi Eltara. Te same wspaniałe złote włosy, wydłużone fiołkowe oczy z uniesionymi kącikami, te same wargi... Jednym słowem, ta sama twarz! Po Gordżelinie córka nie odziedziczyła niczego. Z charakteru również przypominała elfrańską księżniczkę, a nie ojca.

Skórzane spodnie, szeroki pas, nóż, skórzana kurtka i skrywająca włosy czapka – Lidael można było śmiało wziąć za chłopaka. Zabrała torbę i ruszyła do lasu.

Słodki Strumień płynął ligę od domu Starego Hropta. Woda w nim rzeczywiście była słodkawa, zwierzęta jej nie lubiły, za to na brzegach strumienia rosły najrzadsze i najcenniejsze zioła, potogon również. Wywar z potogonu był skuteczny przy najcięższych chorobach, nawet przy morowym powietrzu, czarnej śmierci pustoszącej nadmorskie miasta.

Lidael wiedziała, że jest czarodziejką. Stary Hropt uczył ją wielu rzeczy, dziwiąc się w duchu, skąd dziewczyna ma tyle sił, i to wcale nieotrzymanych w spadku. Z jakiegoś powodu delikatnej Lidael najlepiej wychodziły najczarniejsze i najbardziej zabójcze zaklęcia. Nawet teraz, mając niespełna osiemnaście lat, śmiało mogłaby stanąć w szranki z dowolnym magiem. Pewnie stać ją było na więcej, ale Ojciec Drużyn nie znał się na najnowszej magii bojowej i dlatego uczył dziewczynę tego, co umiał sam – pradawnych pierwotnych zaklęć, będących w użyciu jeszcze przed bitwą na Borghildowym Polu.

Rzecz jasna Lidael nie mogła niszczyć gór czy osuszać mórz. Ale przemienić wiekowy dąb w stertę drzazg – owszem, z łatwością. Inna sprawa, że nigdy nie przyszłoby jej do głowy kaleczyć piękne drzewo dla kaprysu.

Dotarła do Słodkiego Strumienia i wzięła się do pracy, gdy nagle poczuła coś niedobrego. Gdzieś z północy, od gór Ar-an-Aszparangu sunęło coś przepełnionego śmiertelną wściekłością i niemal śmiertelnym bólem. A za tym czymś pędziło coś ogromnego, złożonego z setek nierozumnych, żarłocznych istot. Goniły swoją ofiarę, o niczym innym nie myśląc. Było ich bardzo, bardzo dużo. Czyżby... Orda?!

Stwory szalejące niegdyś w całej Leśnej Granicy nie docierały do tych miejsc, zadowalając się ziemiami leżącymi na północ i zachód od siedziby Hropta. Lidael jeszcze nigdy nie stykała się z Ordą. Hropt, który czasem szedł na polowanie (nie mogąc znieść własnego próżniactwa), nie brał ze sobą Lidael ani jej siostry. I wracał zawsze następnego dnia – w przeciwnym razie Kami nie dożyłaby wieczora.

Lidael schowała do torby ścięte źdźbła, odruchowo strzepując ręce. Zdaje się, że będzie musiała pokazać, do czego jest zdolna. Ta ofiara uciekająca przed Ordą... Kto to jest? Czy to myśliwy zaatakowany znienacka przez stwory? Nie, nawet stąd dziewczyna mogła dostrzec słabe odbłyski cienia jego świadomości, nieprzypominającego cieni zwykłych ludzi. Ale skoro to nie jest zwykły człowiek, czemu ucieka przed Ordą?

Nigdy nie widziała stworów Ordy i nie zdawała sobie sprawy, do czego mogą być zdolne. Ponieważ była dość pewna siebie, sądziła, że z łatwością sobie z nimi poradzi. W marzeniach (o których nie wiedziała nawet starsza siostra, powierniczka wszystkich myśli Lidael) często wyruszała na wielką wyprawę przeciwko stworom nękającym Leśną Granicę i bez trudu przemieniała je w proch. A potem wracała w glorii i chwale, witana okrzykami wiwatujących tłumów. Skąd miałyby się wziąć takie tłumy przed stojącym na uboczu domem Starego Hropta, Lidael się nie zastanawiała.

Z zarośli na drugim brzegu Słodkiego Strumienia nagle wysunęła się ohydna morda, czarno-zielona i pokryta łuską, rozwarta paszcza ukazywała rzędy zębów ostrych jak kindżały. Za mordą wyłoniło się cielsko w grudkowatym pancerzu, wsparte na kolumnach nóg. Pancernik parł tępo do przodu, zostawiając za sobą szeroką przesiekę.

Lidael zaczęła piszczeć niczym galeńska panienka na widok myszy. Wiedziała, że stwory Ordy są ohydne, ale... ale nie do tego stopnia!

W ślad za pancernikiem pojawiła się jego świta – nogogryzy, kościożercy, ścianołamacze – a za tą procesją szedł niespiesznie Skórzany Worek, który dokładnie naprzeciw Lidael wychlusnął na brzeg Słodkiego Strumienia cały rój niewielkich zębatych stworzonek, które od razu wskoczyły do strumienia i popędziły prosto do niej. Płynęły szybko, sprawnie przebierając krótkimi łapkami.

Do oszołomionej Lidael jeszcze nie dotarło, że to przecież ta sama Orda, którą w wyobraźni tak często przemieniała w proch. Tymczasem zębatki wydostały się na brzeg, otrząsnęły z wody i podbiegły do zastygłej dziewczyny.

Czary Rozrywające? Młot z Góry? Ogień-Miotła? Gdy zastanawiała się, którego zaklęcia użyć, pierwszy stworek postanowił nadgryźć jej but.

Lidael aż podskoczyła. W tej samej chwili piasek przed nią strzelił w górę krwawą fontanną – Młot z Góry zadziałał bez zarzutu, przemieniając kilka zębatych stworów w krwawe placki. Ale reszta, zupełnie nieprzestraszona, żwawo zaatakowała.

Odrzucając kopniakiem najbardziej bezczelnego nogogryza, Lidael rzuciła się do ucieczki. Na razie nie umiała rzucać zaklęć bojowych w takim tempie! Za nią pognało z pół setki drobnych stworów uradowanych łatwą zdobyczą.

Dziewczyna nie wiedziała, że natrafiła na krawędź zaganiaczy, które pędziły Aratarna i właśnie skręcały ze wschodu w stronę gór krasnoludów. Nie mogąc biec na południe, do domu, musiała skręcić na północny wschód, biegnąc ku zagadkowej istocie ściganej przez Ordę.

Początkowo dość łatwo uciekła prześladowcom. Zatrzymała się, złapała oddech i czym prędzej rzuciła zaklęcie Ogień-Miotła.

Posapujący w krzakach pancernik wystawił mordę i skoczył do czarodziejki, zdzierając pazurami ziemię. Za nim turlały się zębatki i inne stwory w rodzaju kościożerców.

Ręce Lidael otoczyła czerwona mgiełka, szybko przemieniająca się w czerwoną kulę. Dziewczyna cisnęła ją przed siebie i kula zmieniła się w wir ognia, z rozpędu chlaszcząc pancernika po tępej mordzie. Osłonięte płytami pancerza ciało nie ucierpiało, lecz oko, najbardziej wrażliwe miejsce tego stwora, zostało doszczętnie wypalone. Pancernik zawył dziko, ale nie zrezygnował z ataku. Miał doskonały węch, a ból jedynie go rozjątrzył.

Ogień-Miotła załatwił prawie wszystkie zębatki, opalił do kości boki nogogryzów i zgasł. Lidael nie miała siły utrzymywać dłużej tego zaklęcia i pospiesznie rzuciła trzecie, ulubione – Czary Rozrywające.

Pancerz pancernika pękł z trzaskiem, ukazując różowe ciało; kilka kościożerców, które przypadkiem znalazły się obok, rozerwało na strzępy – ale to wszystko. Reszta stworów, nie zwracając uwagi na śmierć pobratymców, leciała do przodu, burcząc i chrumkając...

Lidael znów zaczęła biec, tym razem szybciej. Serce waliło jej tak, że zagłuszało nawet tętent i ryk stworów. Uciekać! Szybciej, szybciej, jeszcze szybciej! Dogonią, przewrócą, stratują! Wbiją zęby, rozerwą szponami, zdławią mackami!

Pędziła niczym górska łania, nie wiedząc, że właśnie polowanie na te stworzenia jest ulubioną rozrywką Ordy. Gonić i gnać, dzień za dniem, niezmordowanie, niepowstrzymanie, nie pozwalając ofierze złapać tchu, aż do chwili, gdy zrozpaczona zdobycz odwróci się i zaatakuje, szukając śmierci w walce.

...I mknąc tak, Lidael omal nie wpadła na biegnącego z przeciwka człowieka. To był młody chłopak, ale wyglądał jak żywy trup. Skóra przylegała do kości twarzy, czarne oczy zapadły się głęboko, z ust przy każdym ochrypłym wydechu wydostawały się czerwone bryzgi. Jego głowa była zupełnie naga i gładka, jak wyciosana z drewna kula. Biegł chwiejnie, jego ręce bezsilnie latały jak u szmacianej lalki, bezmyślny wzrok obojętnie przesunął się po Lidael. Chłopak miał zamiar ominąć dziewczynę, jakby była drzewem.

To właśnie jego goniła Orda.

– Stój! – Lidael chwyciła go za rękaw brudnej, podartej kurtki. – Za mną jest Orda! Uciekam przed nimi!

Chłopak się zatrzymał. W jego oczach pojawił się przebłysk zrozumienia.

– Czyli umrzemy razem, ślicznotko – wycharczał, podnosząc wyszczerbioną siekierę. – Mówisz, że gdzie jest Orda?

Lidael wyciągnęła rękę.

– Tam!

– Biegnij za mną! W góry! Może... – nie dokończył, machnął ręką i znów zaczął biec chwiejnie, jakby miał się za chwilę przewrócić. Lidael popędziła za nim, sama nie rozumiejąc, dlaczego to robi. Co im dadzą góry? Skąd miałby przyjść ratunek? Trzeba rzucać zaklęcia bojowe, a nie uciekać!

Jednak nogi same niosły ją za chłopakiem. Do gór było niedaleko – Lidael nawet nie zdążyła się zasapać. Naturalne mury krainy krasnoludów były tu niższe i mniej starannie strzeżone, u ich podnóży leżały granitowe głazy. Mogli się wspiąć dość wysoko, tylko po co? Stwory Ordy na pewno umieją się wspinać, może tylko nieco wolniej niż ludzie.

Niespodziewanie pod ich nogi skoczył kościożerca; Lidael nawet nie zdążyła okiem mrugnąć, gdy chłopak machnął siekierą – i wyszczerbione ostrze rozerwało grzbiet stwora. Kościożerca wił się w agonii, oni pobiegli dalej.

Gdy dotarli do głazów, z lasu wyskoczyli prześladowcy. To już nie było te kilkadziesiąt stworów, które goniły Lidael – były ich setki!

– Ręka! Daj rękę! – ryknął chłopak, wskakując na pierwszy kamień.

Lidael już miała powiedzieć, że zdoła wspiąć się wszędzie o własnych siłach, a jeśli nawet nie zdoła, to pomoże sobie czarami, ale zamiast tego pokornie wyciągnęła rękę. Wystarczyło jedno spojrzenie na napływającą falami Ordę, a słowa zamierały na wargach.

Ręce Lidael i chłopaka się zetknęły. Jego palce wydały się dziewczynie rozpalone, przeszedł ją dreszcz i omal nie cofnęła dłoni. Już stali na płaskim szczycie monolitu i przed oczami Lidael przemknęły dziwne obrazy: nieskończone kręgi czarnych kolumn... szare posągi stworów i czarny sześcian między nimi, a na górze kłąb mroku z płonącymi czerwonymi oczami...

I dwie dziecięce figurki biegnące w górę wśród ciemnych obłoków nieznanego świata.

Wizja zniknęła. Lidael z nieznajomym stali na górze, mocno trzymając się za ręce. Po ich ciałach sunęły fale upajającego żaru. Wydawało się, że gdyby razem uderzyli pięściami w skałę, rozwaliliby ją na drobne kawałki.

Chłopak patrzył na Lidael szeroko otwartymi czarnymi oczami.

– Co to? – wychrypiał. Jego twarz przybrała normalny kolor, już nie wyglądał na śmiertelnie wyczerpanego.

Lidael nie mogła się mylić – ich oboje wypełniła jakaś Siła.

Orda dotarła już do kamieni, najszybsze stwory zaczęły się wspinać; Lidael popatrzyła na chłopaka – nie wypuszczając jej ręki, coś szeptał. Od jego zaciśniętej lewej pięści oderwała się nagle błękitna kula i zygzakami popłynęła w stronę szeregów Ordy.

Błysk eksplozji był oślepiający, wstrząs omal nie zrzucił ich w dół. W szeregach Ordy pojawiła się ogromna wyrwa.

– Teraz ty – usłyszała Lidael na wpół obłąkany szept chłopaka. – Przecież wiem, że możesz! Szybko, wszystko, co umiesz, dalej!

To był rozkaz. Lidael posłuchała bez zastanowienia – nie mogła nie posłuchać. Rzuciła zaklęcie, zwyczajną Śmierć-Skałkę, ale efekt przeszedł najśmielsze oczekiwania. Na pół ligi od gór nie zostało nic żywego. Niewidoczny walec sunął, miażdżąc wszystko na swojej drodze, rozwałkowując stwory Ordy na placek. W górę strzelały fontanny czarnej krwi, rozlegał się chrzęst, trzask i mokre ciamkanie. Od skał do lasu pojawił się szeroki czarno-zielony pas spłaszczonych stworów.

– O matko! – wyszeptała osłupiała Lidael. – Co się stało?

– Siły się połączyły – rzekł chłopak, nie wypuszczając jej ręki i patrząc nieruchomo przed siebie.

– Co, co? Co się połączyło? – Lidael powoli dochodziła do siebie. Niedobitki Ordy rzuciły się do ucieczki. Nieustraszone stwory pędziły niczym tchórzliwe kuropatwy.

Chłopak wypuścił dłoń dziewczyny.

– Nie... nie wiem... – wyjąkał. – Tak mi się jakoś powiedziało... Jak wziąłem cię za rękę, to poczułem, jakbym stał się dziesięć razy silniejszy... A ty? Przecież tak samo?...

Lidael skinęła głową.

– Kim ty jesteś? – spytali jednocześnie i uśmiechnęli się zaskoczeni.

– Na początek stąd odejdźmy. Wyglądasz, jakbyś miał się przewrócić.

– Siedem dni biegłem – wychrypiał chłopak.

– Siedem... dni?

– Siedem.

– Coś ty, to przecież niemożliwe! Nie kłam!

– Nie kłamię – odparł chłopak zmęczonym, obojętnym głosem. Było mu zupełnie wszystko jedno, czy Lidael wierzy.

– Jak się nazywasz?

– Aratarn.

– A ja Lidael. – Dziewczyna kokieteryjnie poprawiła złoty lok.

– Skąd się tu wzięłaś?

– Słuchaj, a może pójdziemy do mnie? Mieszkam tu niedaleko, z dziadkiem i starszą siostrą. No chodź, nie mamy czego szukać na tym pobojowisku!

– Dobrze.

Jak strasznie jest wyczerpany, biedak, pomyślała z niespodziewanym współczuciem. I nawet na mnie nie spojrzy. Dlaczego?

O, kobiety, kobiety! Wokół was mogą szaleć żywioły, może trwać bitwa, ale wystarczy, że mężczyzna, który was zupełnie nie interesuje, nie będzie was adorował, od razu staje się w waszych oczach przestępcą...

– Chodźmy. – Aratarn z trudem zsunął się z kamienia. Zawahał się, ale jednak podał dziewczynie rękę, pomagając jej zejść. Lidael wsparła się na jego dłoni, lecz tym razem fali spopielającego żaru nie było.

– Aratarn, skąd się tu wziąłeś? – zapytała. A potem wstrząśnięta z otwartymi ustami słuchała, jak chłopak ze zmęczeniem opowiada o przeżytych koszmarach. – Ale ty... jesteś czarownikiem? – spytała w końcu.

– Ja? Nie. Umiem kilka rzeczy... widzieć, słyszeć... zwierza podejść i wziąć...

– Ale jak? Kto cię uczył? Czy u was, w chutorach, są czarownicy?

– Nie. Skąd mieliby się tam wziąć?

– No to skąd to wszystko umiesz?

– Ech, zakręcili kołem bez toczydła, jak mówią krasnoludy... A jak my patrzymy? No to i ja tak samo. Nie umiem wyjaśnić. A ciebie, Lidael, kto uczył? I imię masz dziwne, nieludzkie.

– Elfie – rzuciła niedbale dziewczyna, strasznie dumna ze swojego pochodzenia i tajemnicy, jaka otaczała ojczyznę jej matki.

– Elfie... – Aratarn pokręcił głową, ale nic więcej nie powiedział.

Zeszli ze skał, minęli pobojowisko. Kałuże czarnej krwi parowały, jakby w żyłach stworów płynął wrzątek.

Jest strasznie dziwny, myślała Lidael, zerkając na chłopaka. Ta łysa głowa, te oczy czarne jak dwa jeziora wiecznego mroku w niewoli brzegów powiek... i w dodatku umie czarować! Trzeba opowiedzieć dziadkowi, on na pewno będzie wiedział co i jak. I Kami, ona każdego na wylot widzi.

*

Mniej więcej w tym samym czasie na wschodzie na wybrzeżu Fejnu z morskich fal wyłoniła się łódka zaprzężona w dwie ryby piły. W łodzi siedziały dwie osoby, jedna na dziobie, druga na rufie. Na pierwszy rzut oka było jasne, że ci dwaj śmiertelnie się nienawidzą. Spojrzenia, jakie sobie rzucali, były bardzo wymowne.

Zresztą nic w tym dziwnego. To był nikt inny jak Gordżelin Obojętny i niezapomniany Hiss, wężowy król. W całym Hjörwardzie Północnym nie znalazłoby się dwojga nienawidzących się bardziej niż oni. I mimo to znaleźli się w jednej łódce.

Ryby piły zakręciły, kierując łódkę do łagodnego brzegu. Gordżelin skoczył do płytkiej wody, na Hissa nawet nie spojrzał.

Tymczasem ryby zamigotały na mieliźnie, rozbryzgując wodę, i zaczęły się przeistaczać – miały teraz ręce, nogi i szyję... Już po chwili na brzeg pokuśtykały dwa człekopodobne stwory. Piły, których nie utraciły, upodabniały ich do potwornych bocianów lub czapli.

Szli w milczeniu. Kilkaset kroków od brzegu Gordżelin zatrzymał się i zrobił gest, jakby odpędzał morskiego ducha, który przyplątał się przypadkiem. Z zasady magię należy stosować z daleka od wodnych przestrzeni.

– Dokąd idziemy? – zaskrzeczał jeden z ryboludzi.

Gordżelinowi zadrgały mięśnie szczęk, lecz powstrzymał się od wybuchu.

– Idziemy tam, gdzie będę mógł otworzyć wrota prowadzące do twórcy Ordy. – Usiłował mówić uprzejmie, ale nie wychodziło. Słowa z trudem przebijały się przez zaciśnięte zęby.

– Dobrze. – Dziwaczna istota, kołysząc się zabawnie, przydreptała do Gordżelina. – Zrób tak. Ale pamiętaj, mistrz Akcjum obserwuje każdy twój krok. Nie próbuj zwrócić swojej magii przeciwko nam, bo nic z tego nie wyjdzie!

– Wiem, wiem – wycedził Śnieżny Mag. – Nie potrzebuję twoich pouczeń! Idźcie blisko mnie i to wszystko! Miejsce, do którego zmierzamy, nosi nazwę Wzgórza Demonów i w swoim czasie nieźle się tutaj napracowałem.

Ryboludzie podeszli bardzo blisko. Hiss, kuląc się, ostrożnie, boczkiem przysunął się do Śnieżnego Maga, który złożył dłonie przed swoją piersią, zrobił ruch, jakby zaczerpywał coś z powietrza i podrzucał w górę. Chwilę później wszyscy czterej zniknęli.

*

Dokładnie w tej samej chwili Lidael i Aratarn złączyli dłonie i zadali pierwszy cios atakującej ich Ordzie.

*

– Nic się nie bój, mój dziadek jest bardzo miły! To prawdziwy czarodziej! On na pewno powie nam, o co tu chodzi.

– A ty wiesz, Lidael? Gdy wzięliśmy się za ręce, to było tak, jakby spotkały się dwie połówki całości... I razem mogliśmy zrobić dziesięć razy więcej niż każde z osobna. Dlaczego?

Lidael zrobiła minę typu: „No naprawdę, jak można nie rozumieć tak prostej rzeczy?", choć oczywiście sama wiedziała nie więcej niż Aratarn.

Do domu Starego Hropta dotarli bez przeszkód. Kami jeszcze nie wróciła, a Ojciec Drużyn siedział na ławce niczym zwykły wiejski staruszek. Na widok Lidael idącej obok dziwnie wyglądającego chłopaka – wyczerpanego, brudnego, łysego – omal nie wypuścił fajki. Na Wielkie Siły, co to za cudak?

– Dziadku, to Aratarn – powiedziała Lidael, ciągnąc chłopaka za rękaw. – Słuchaj, co nam się przydarzyło!...

Odyn słuchał opowieści i kręcił głową. Coś podobnego było nie do pojęcia! Niemożliwe! To prawda, że dziewczyna jest silną czarodziejką – i nie dziwota, przy takich rodzicach! – ale żeby za jednym zamachem położyć tyle stworów Ordy? I to jednym zaklęciem?! I to tak, że on, Hropt, nic nie poczuł?

Wziął chłopaka na spytki. Aratarn odpowiadał poważnie, z szacunkiem zerkając na Złoty Miecz – od czasu odzyskania broni Odyn się z nią nie rozstawał.

Aratarn, nakarmiony i odświeżony (zmęczenie zdjęto zaklęciem), chętnie mówił o sobie. Zawahał się tylko przy pytaniu: „Czyim jesteś synem?". Widać było, że chciał coś skłamać, ale się nie odważył. Słysząc, że ojcem chłopaka był przepadły bez wieści czarodziej o imieniu Elstan, Ojciec Drużyn załapał się za serce absolutnie ludzkim gestem.

Te dzieci poprowadził sam wszechpotężny Los. To on tak pokierował zdarzeniami, że chłopak znalazł się z dala od leśnych chutorów, aż na południowo-zachodnich zboczach Ar-an-Aszparangu!

Ale przecież ojcem tego chłopaka nie mógł być narzeczony saoi, elf z Domu Zrodzonych Falą! Stary Hropt nie miał co do tego wątpliwości, zwłaszcza po siedemnastu latach obserwowania córki Pierworodzonej.

W Aratarnie drzemała straszna, pierwotna siła odziedziczona po ojcu. Pozostawało tylko zgadywać, kim był jego prawdziwy ojciec.

I w ogóle cała ta historia opowiedziana przez Lidael wydawała się czystą fantasmagorią. Co to za obudzone siły? Skąd, dlaczego? Pytania, same pytania i żadnych odpowiedzi...

– Dobrze, Aratarnie, wszystkiego się dowiemy. A na razie rozgość się u nas.

Lidael z czysto kobiecym uporem pociągnęła chłopaka za sobą, żeby wybrał sobie porządne ubranie. A Odyn skoncentrował się i próbował sięgnąć myślą do głębokich podziemi Tardejlu.

Eltara odezwała się nie od razu. Jej myśli wypełniał ból. Ojciec Drużyn starał się mówić jak najzwięźlej. Eltara nie przepadała za rozmowami z tymi, którzy zostali na górze.

Lidael? I Aratarn, syn Elstana? Eksplozja Siły? A przy tym on nie jest synem Zrodzonego Falą? O wszechpotężny Losie... Czcigodny Odynie, na razie nie mogę powiedzieć ci nic pewnego. Spróbuję przeniknąć do myśli tego Aratarna, może tam znajdę odpowiedzi na twoje i swoje pytania. Ale jestem niemal pewna, że masz rację. Zdaje się, że w grę wchodzi ten stwór, który wydostał się ze Wzgórza Demonów. Nie zabiłam go, a on pochłonął ciało Elstana i przybrał jego postać! Jak mogłam wcześniej się tego nie domyślić! Potem opowiem ci dokładniej.

Gdy Lidael oznajmiła Aratarnowi, że jest już zadowolona z jego wyglądu i teraz on może iść, gdzie chce, chłopak doszedł do najbliższego łóżka i padł jak długi. Niech sobie śpi. To istny cud, że tu dobiegł. Kto mu pomagał? Skąd wzięły się jego siły? Nie wygląda na słabeusza, ale żeby przez tydzień ścigać się z Ordą przez wiatrołomy? No nic, na razie niech odpoczywa...

*

Coś się stało. Czary Śnieżnego Maga nie odesłały ich do Wzgórza Demonów, lecz rzuciły na daleką północ, aż do Pasma

Obronnego. Tutaj, w głębokich szczelinach osłoniętych skałami przed promieniami słońca, śnieg leżał w najlepsze, nie miał zamiaru stopnieć. Znaleźli się w głębokiej zaspie. Obok i nad nimi strzelały w górę ostre skały.

Po krzykach, kłótni i wzajemnych oskarżeniach Gordżelin zdołał zaprowadzić coś na kształt porządku. Nie mógł zrozumieć, co się stało. Zaklęcie rzucił właściwie, korzystał z niego nieraz. Widocznie stało się coś w strumieniach Wielkiego Eteru, coś, co splątało magiczne składniki jego zaklęcia. Już samo to było szalenie nieprzyjemne, a stawało się podwójnie nieprzyjemne, gdy Śnieżny Mag spróbował wyobrazić sobie siłę, która mogłaby zbić jego zaklęcie!

– Nie dzieje się nic złego! – rzekł, podnosząc głos. – Zaraz będziemy na miejscu!

Skupienie... Rzucenie zaklęcia... Już!

Nic się nie stało. Nadal stali po kolana w śniegu. Zaklęcie nie zadziałało.

Gordżelin krzyknął, chwycił się za głowę i usiadł prosto w zaspę.

Siedemnaście lat pracy dla tych łajdaków Czarnych Magów z wyspy Brandey! Umowa spisana krwią – jego i ich! Dwa bardzo trudne zadania wykonane w innych światach! I wszystko na próżno? Czy naprawdę nie zdoła wykonać trzeciego, ostatniego zadania, po którym ma zacząć działać zaklęcie przywracające Eltarze Elfrańskiej, matce jego córki, dawną postać? Czy naprawdę wszystko stracone? Co, na wieczne niebo, mogło się stać z jego czarami?!

*

Aratarn otworzył oczy. Ech, ale się wyspał! Zaraz, jak długo tu już leży? Chyba było jasno, gdy zasypiał, a teraz też jest jasno, tyle że słońce świeci z zachodu. Czyli wieczór. Wylegiwał się tu cały dzień! No, pora wstawać. Trzeba podziękować tej dziewczynie, Lidael, i ruszać w drogę. Matka i tak pewnie oczy sobie wypłakała...

Chwileczkę! – naszła go myśl. Przecież jak weźmiemy się z tą Lidael za ręce, to będziemy mogli wyciąć w pień całą Ordę!

Zawsze myślał bardzo praktycznie. Nawet się nie zastanowił, dlaczego się tak dzieje, że jemu i tej dziewczynie, którą widział po raz pierwszy w życiu, wychodzą takie rzeczy, o jakich nigdy nawet nie marzył.

Ech, kto by się nad tym zastanawiał! Pojawiła się niespodziewana możliwość skończenia z Ordą i grzechem byłoby z niej nie skorzystać! Myśleć i zgadywać można później.

– Obudziłeś się, przyjacielu? – zahuczał w pobliżu głos Starego Hropta. – Spałeś jak zabity! I nic dziwnego, siedem dni przed Ordą uciekać to nie żarty. Wstawaj, myj się i do stołu!

– Dziękuję... mistrzu Hropcie.

– Patrzę ja na was i nic zrozumieć nie mogę. Skąd się u ciebie i Lidael wzięła taka siła? I co ty teraz zrobisz?

– Jak to co? Wrócę do domu. Tylko... tylko że chciałbym ją zabrać ze sobą... wnuczkę waszą, Lidael... Jeśli razem jesteśmy taką potęgą, to jakże z tego nie skorzystać? Z Ordą najwyższy czas skończyć! I my skończymy...

– Czekaj no, czekaj, coś ty taki szybki! – zaczął swoim zwyczajem Ojciec Drużyn i urwał. Chłopak miał rację. Nigdy jeszcze Orda nie miała przeciwko sobie tak miażdżącej potęgi. Ale zgodnie z Prawem Równowagi im większa przewaga jednej ze stron w nadnaturalnej walce, tym większe niespodzianki z drugiej! Na przykład zlecą się demony z otchłani piekielnych...

– No nie wiem, sam zapytaj Lidael – mruknął Stary Hropt, odwracając wzrok. Za miękki się zrobiłeś, skarcił się w myślach. Przywiązałeś się do tej dziewczyny tak, że aż się boisz pomyśleć, jak będziesz bez niej żył...

Lidael nie kazała na siebie długo czekać.

– Gdzie to mnie bez pytania o zdanie wysyłacie? – wypaliła, wpadając do izby.

Stary Hropt pomyślał, że ta psotnica znowu podsłuchiwała pod oknem. Ale przecież nie będzie robił wnuczce wyrzutów przy obcym!

– Lidael... – zaczął Aratarn i zamiast wcześniej przygotowanego zdania wyrwało mu się z głębi serca: – Jakaś ty piękna!

– Prawda? – zapytała figlarnie, strzelając oczami. Stary Hropt aż jęknął w duchu – gdzie się tego nauczyła?!

– A właściwie to... no... krótko mówiąc, chciałbym, żebyś ze mną poszła. Ordę wybić trzeba! – wykrztusił Aratarn, czerwieniąc się na twarzy. – We dwoje góry ruszymy!

– We dwoje? Z tobą? – Lidael nagle się wystraszyła. To wszystko przestawało wyglądać na wesołą zabawę, stawało się niepokojąco poważne.

– Tak! – Aratarn pokiwał głową. Kpiące spojrzenie dziewczyny strasznie go peszyło, złościło go to i peszył się jeszcze bardziej. – Może mistrz Hropt...

– Jeśli już, to tylko z Kami – wyrwało się Ojcu Drużyn. Przecież nie zostawi tu Towarzyszki?!

Niech idą sami!

– Co, co? – wyrwało się osłupiałemu wojownikowi.

Powtarzam – niech idą sami!

– Dziadku? – zdumiona Lidael uniosła brwi. Stary Hropt zachowywał się co najmniej dziwnie. Nagle wytrzeszczył oczy i wyglądał, jakby czegoś słuchał.

Jeszcze nie zrozumiałeś? To ich droga! – głos rozbrzmiewający w umyśle Hropta wymawiał słowa bardzo wyraźnie.

Wielki Orlangur? – zapytał w myślach Stary Hropt, bojąc się w to uwierzyć.

Nareszcie się domyśliłeś. A przecież znamy się tak dobrze... Przypomnij sobie Obiecane!

Nigdy nie zapomniałem.

A więc niech tych dwoje rusza w drogę. Dziwne, że muszę ci to mówić. Od nich zależy teraz znacznie więcej niż los Leśnej Granicy.

Tak, ale powiedz mi, o Wielki, dlaczego?

Bogu Odynie! – huknęło w odpowiedzi. – *Dlatego że nikt inny pójść nie może! W całej Jedności Światów Uporządkowanego nie ma nikogo, kto mógłby zdziałać przeciwko Ordzie więcej niż ta para dzieciaków! Tylko im wyjaśnij, że polowanie w lasach na pojedyncze stwory nie ma sensu. Trzeba znaleźć tych, którzy kierują Ordą, znaleźć i unieszkodliwić. Poprzednikom Lidael i Aratarna to się nie udało. A teraz żegnaj! Przekażę twoje pozdrowienia Hedinowi i Rakotowi!*

I niesamowity głos umilkł. Duch Poznania, Wielki Orlangur nigdy nie odpowiadał na wezwania, ale sam mógł się zjawić bez zaproszenia w każdej chwili.

Stary Hropt odetchnął głęboko. Skoro nad tą parą dzieciaków czuwa sam Słup Trzeciej Siły, to znaczy, że sprawa jest bardzo poważna. Kto wie, może Orda jest jedynie odbiciem jakichś potwornych wojen, które kipią w Wielkiej Jedności Światów, i obowiązkiem tych dwojga jest włączenie się do tej wojny? Ojciec Drużyn opuścił głowę. Czy naprawdę jego czas minął bezpowrotnie? Jego, nieśmiertelnego boga, który przeżył koszmar bitwy na Borghildowym Polu? Inni idą do walki, a on zostaje na tyłach... on i teraz Kami, wyrwana z łap śmierci... Ale może Los jeszcze się zlituje i zmieni niekorzystny dla niego układ kości.

Stary Hropt wstał. Skoro do sprawy wtrącił się Duch Poznania, trzeba działać szybko. Tych dwoje nie ma chwili do stracenia.

– Musicie iść. Tylko nie należy bić Ordy... i Stary Hropt pokrótce przekazał im słowa Wielkiego Demogorgona.

– Panowie Ordy? – Aratarn wytrzeszczył oczy. – A są tacy?

– Są i trzeba się do nich dostać. Jak ich znajdziecie, od razu skończą się wszystkie nieszczęścia Leśnej Granicy – co tam Leśnej Granicy! Całego Hjörwardu Północnego! Nastał wasz czas!

– A ty, dziadku? – zaszczebiotała Lidael. – Nie idziesz z nami?

– Chciałbym – westchnął stary wojownik – ale...

Ale musimy przerzucić cię do nas! – W umyśle Starego Hropta zahuczał niczym grom głos Rakota. – *Bez twojego Złotego Miecza sobie nie poradzimy!*

Co za dzień, co za dzień! Nie zdążył odejść Duch Poznania, a tu zjawia się Rakot Miłościwy, którego nie słyszał od tylu stuleci! Podobne rzeczy działy się chyba tylko w dniach powstania Hedina, gdy zdeterminowany mag i jego nie mniej zdeterminowany uczeń ruszyli do szturmu Obiecanego.

– Krótko mówiąc, ja też nie będę tu siedział z założonymi rękami. Znalazła się praca i dla mnie! – wyjaśnił nie bez dumy Stary Hropt.

Znalazła, znalazła – potwierdził Rakot. – *Siadaj na Slejpnira i w drogę. Wrota otwarte, czekamy na ciebie! Tkanina świata na granicach z Nienazwanym rodzi jakieś dziwne istoty, chcemy, żebyś się nimi zajął!*

Ale nie będę sam!

Przybądź nawet z całym Hjörwardem! Tylko bez zwłoki!

*

I Stary Hropt pogalopował razem z Kami na ośmionogim wierzchowcu, który do głębi zadziwił Aratarna. Lidael została za gospodynię i od razu zaczęła pakować rzeczy, absolutnie niezbędne w leśnych ostępach. Pierwszego wariantu tych bagaży nie uniosłaby nawet karawana jucznych koni.

– Użyjemy magii – oznajmiła Lidael beztrosko i syn Saaty musiał ją długo przekonywać, że idąc do walki z magami, nie należy szastać zaklęciami na prawo i lewo, bo zdradza się własne zamiary.

Drugie podejście do pakowania również nie wypadło zadowalająco. W końcu Aratarn wziął sprawę w swoje ręce, dławiąc w zarodku wszelkie próby sprzeciwu i zmuszając nieszczęsną Lidael do wyruszenia na wyprawę, jak się wyraziła, „boso i w jednej koszuli".

Ani Aratarn, ani Lidael nie umieli rzucać Zaklęć Przemieszczenia, dlatego mieli pokonać całą drogę na własnych nogach. Dzięki temu mogli nauczyć się działać razem, jak jeden człowiek. Ciekawska Lidael nie traciła nadziei, że uda jej się zrozumieć, skąd wzięły się w niej te dziwne siły i kim jest ten chłopak, którego los przeznaczył jej na towarzysza.

Zrobili kilka prób. Pierwsza, bardzo udana, mogłaby poważnie zdenerwować krasnoludy. Aratarn i Lidael próbowali zrzucić kamienie z pobliskiej skały, źle wyliczyli siły i skała rozpadła się w drobny mak. Zupełnie jakby trafiło w nią Zaklęcie Rozerwania, w dodatku rzucone przez prawdziwego mistrza. W murach obronnych wzniesionych przez krasnoludy pojawiła się efektowna wyrwa.

W drogę wyruszyli po trzech dniach, które dla Aratarna były poważną próbą. Zawsze unikał dziewcząt, a teraz znalazł się tak blisko jednej z nich! I gdyby jeszcze mogli rozmawiać tylko o wspólnym zadaniu – ale nie! Lidael nie chciała o tym słyszeć. Uważała, że chłopak, który w jej towarzystwie mówi wyłącznie o zaklęciach, jest niewątpliwie pomyłką natury.

Cóż, nie tak dawno Stary Hropt, ulegając namowom młodszej wnuczki, zawiózł ją do Galenu i sprawił, że została przedstawiona na dworze jego wysokości. Na pierwszym balu zrobiła furorę i otrzymała pół tuzina propozycji ręki i serca.

Aratarn nie miał pojęcia o podobnych subtelnościach. I było mu obojętne, jaki stosunek ma do niego ta pięknotka o słomianych włosach. Musieli wykonać zadanie, cała reszta schodziła na bok.

Gdy wyruszyli, Lidael szła obrażona i nadęta. Wyglądało na to, że interesuje swego towarzysza wyłącznie jako źródło siły!

Na „naradzie wojennej" przed wyprawą postanowili schwytać jakiegoś żywego stwora Ordy i spróbować prześledzić, skąd przychodzą do niego rozkazy. A potem znaleźć to miejsce, przedrzeć się tam przez Wrota Rzeczywistości i dalej działać adekwatnie do sytuacji.

Jak postanowili, tak zrobili.

*

Gordżelin i jego kompania długo wydostawali się ze śnieżnej niewoli. Ryboludziom okrutnie doskwierał chłód, co dało Hissowi wspaniałe pole do popisu. Drwił z nich bezlitośnie, na przykład pytając troskliwie: „Czy aby nie zmarzliście?". Niektóre jego kpiny były płaskie, inne miały więcej polotu, ale żadne nie dosięgły celu – twory magii Akcjuma nie odpowiadały. Skończyło się na tym, że Gordżelin kazał Hissowi zamknąć paszczę, zanim on zrobi to za niego. Hiss zrozumiał i zamilkł.

W ponurym milczeniu wydostawali się z kamiennego korytarza. Ryboludzie naznosili chrustu, Obojętny pstryknął palcami, tworząc iskrę. Pomarańczowe języki ognia łapczywie rzuciły się na suche gałązki i już wkrótce ognisko buzowało na całego.

Oddział znalazł się w niewesołej sytuacji. Zapasów nie było, wyposażenia również. Ryboludzie nie mieli żadnego doświadczenia w leśnych wyprawach. Mieli je za to Gordżelin i Hiss, ale i ono na niewiele się zda w głuchych kniejach, jeśli nie masz przy sobie nawet topora. Magia Obojętnego była potężna, ale zaczęła zachowywać się w sposób nieobliczalny. Mogli zrobić tylko jedno – iść bez ustanku, zmęczenie odpędzając zaklęciem (ta magia nadal była posłuszna Gordżelinowi). I czteroosobowy oddział w milczeniu szedł to w górę, to w dół po stromych zboczach. Prowiant zdobywał Hiss – zaklęciami i gołymi rękami (Gordżelin nie tknął przynoszonego przezeń jedzenia), ryboludzie nosili chrust i rozbijali obóz. A Gordżelin, jak przystało na przywódcę, nie robił nic, jeśli nie liczyć tego, że prowadził oddział.

Kilka razy spotkali trolle, gobliny i jakieś stwory Ordy, które zbłądziły i oderwały się od głównych sił – Gordżelin zabijał wszystkie z zimną krwią, a nawet jakąś okrutną przyjemnością. Za każdym razem patrzył przy tym na Hissa, a król węży, widząc ten płomienny wzrok, pragnął przemienić się w dżdżownicę i wpełznąć pod ziemię.

Do Wzgórza Demonów szli cały miesiąc.

*

Lidael i jej towarzysz mieli szczęście. Stary trąbacz zapuścił się zbyt daleko na południe i był sam, bo jego świta została w tyle.

– Ty się nie wtrącaj – rzucił dziewczynie Aratarn. – Nie wiesz, jak sobie radzić z tymi stworami.

Widząc dwóch nieruchomych dwunogów, z których jeden był młodą samicą, trąbacz zaryczał radośnie. Zdobycz! Potruchtał do przodu.

Dłoń Lidael zadrżała na ręce Aratarna.

– Sieć – powiedział chłopak samymi wargami. – Już!

Sieć była wspaniała, mocna, spleciona z potrójnej liny, jaką robią garrydy słynące ze swoich sieci, powoli opadała na niepodejrzewającego niczego stwora, oplatała potężne nogi, długą szyję, macki...

Trąbacz nie mógł zobaczyć tej sieci, a jednak potknął się, ryknął zaskoczony, przewrócił się na bok i przez jakiś czas szamotał, próbując rozerwać niewidzialne pęta, ale sieć jedynie zaciągała się coraz mocniej. Wkrótce było już po wszystkim.

– No, no, całkiem nieźle – przyznała Lidael. Aratarn zręcznie wykonał tę sztuczkę; wmówił potworowi, że jest omotany nierozerwalną siecią, choć tak naprawdę nie było żadnej sieci. Teraz mogli zrobić z trąbaczem, co chcieli. – Posuń się. – Trąciła chłopaka łokciem, choć obok wielkiego cielska miejsca było aż nadto. Po prostu... po prostu nagle zapragnęła dotknąć swojego towarzysza. – Teraz moja kolej. Nie puszczaj mojej ręki! Weź wyżej, za nadgarstek. Nie bój się, pozwalam.

Aratarn tylko wzruszył ramionami. Ale cuduje...

Lidael czuła moc niczym falę oceanu sunącą po jej ciele. Palcami z niezwykłą zręcznością splatała maleńkie, niewidzialne pętelki, które następnie miały zostać narzucone na wyrostki umysłu stwora, ciągnące się z jego czaszki... Jest! Jedna narzucona!... Zaciągnąć i gotowe!

– Uff! – Wolną ręką Lidael otarła pot z czoła. No, wcześniej czegoś takiego nie zrobiłaby ani ona, ani nawet dziadek! Rzecz jasna, „pętelki i wyrostki" istniały tylko w jej wyobraźni, stanowiły wygodny, wizualny kształt zaklęcia.

– Udało się? – Głos Aratarna drgnął.

– Mnie by się miało nie udać? Zaczepiłam, teraz pozostaje tylko iść po tej nitce.

– Więc na co czekamy? – Aratarn niecierpliwie przestąpił z nogi na nogę.

– To straszliwie daleko! Całe mnóstwo światów! A na końcu nikt nas serdecznie nie powita...

– Przedrzemy się! – rzucił zarozumiale. – Z taką siłą mielibyśmy się nie przedrzeć?

Dziewczyna westchnęła. Jej wewnętrznemu spojrzeniu ukazała się jedynie najbliższa warstwa rzeczywistości – i stwory, które ją zamieszkiwały, nie przypominały potulnych owieczek. Ale rzeczywiście, nie ma co zwieszać nosa na kwintę. Z tą podarowaną przez kogoś siłą na pewno się przedrą. Szkopuł w tym, że nikt nie daje podobnych prezentów bezinteresownie. Na pewno zażądają od nich jakiejś służby, i to niezbyt przyjemnej. Lidael miała wrażenie, że udaje się jej dotrzeć do źródła ich dziwnego prezentu, ale im dalej sięgała, tym gęściejszy widziała mrok. Podarowana siła brała swój początek właśnie tam, w tej pradawnej, pierwotnej ciemności. Zwykle ta moc śpi i nie wtrąca się do spraw dziejących się w świetle dnia, ale skoro postanowiła się wtrącić...

– No, na co czekamy? – odezwał się niecierpliwie Aratarn. – Wiesz, jak otworzyć wrota?

Lidael pokręciła głową. Dziadek kiedyś o tym mówił, ale mówił też, że nie uda mu się pokazać tego zaklęcia „w naturze". A wkładać w niesprawdzone zaklęcie wielką moc, to tak jakby lać roztopiony metal do formy, w której stoi woda. Rozerwie...

– No to zrobimy po mojemu – postanowił Aratarn. – Zapamiętałaś choć jeden z tych światów, które musimy pokonać?

Dziewczyna przytaknęła. Tak, to chyba jedyne wyjście. Gdy nie ma klucza, trzeba wyłamać zamek. Zmrużyła oczy, próbując jak najdokładniej wyobrazić sobie błękitną dżunglę i zielone słońce, czarny piasek i czerwoną falę przyboju. Kolory były nienaturalnie przemieszane, jak na płótnie szalonego malarza.

I gdy pojawiła się ostatnia kreska w tym narysowanym w wyobraźni obrazie, świat wokół nich wybuchł długim ognistym spazmem. Aratarn uderzył w granice rzeczywistości całą mocą. Wszystko zniknęło.

★

– Tak, to Wzgórze Demonów – skonstatował Śnieżny Mag, rozglądając się niespiesznie. Za jego plecami dreptali w miejscu zmarznięci ryboludzie, Hiss kręcił się po krzakach. Chociaż było lato, narzuceni Śnieżnemu Magowi towarzysze ciągle nie mogli się rozgrzać i dlatego swoje zadanie – pilnowanie Gordżelina – wykonywali na pół gwizdka. Obojętny mógłby ich załatwić bez żadnej magii, przed którą mieli porządną osłonę.

– Jesteśmy na miejscu.

Teraz pozostawało już tylko zejść na dół i otworzyć Wrota Światów. Śnieżny Mag naprawdę był potężnym czarodziejem. Tak czy inaczej udało mu się spostrzec w głębiach Wzgórza Demonów to, co umknęło Gubicielowi, Eltarze i Hroptowi. Maleńka szczelina w tkaninie świata była świetnie zamaskowana. Zaklęcie otwierało przejście kanałami sił dających życie purpurowemu jezioru, w którym rodziły się stwory Ordy. I właśnie tę drogę chciał wykorzystać Śnieżny Mag.

Jakież było więc jego zdumienie i rozczarowanie, gdy schodząc tunelem do najgłębszej podziemnej komory, odkrył, że drzwi są wyłamane! Ktoś przeszedł tędy przed nim.

Udało mu się nawet ustalić jak dawno temu – siedemnaście lat. Znalazł jeszcze jeden ślad, bardzo dziwny. Jeśli okaże się, że to prawda, to faktycznie już wkrótce świat stanie do góry nogami. Jeśli dziewczyna, która tędy przeszła, rzeczywiście jest...

– Za mną! – krzyknął i Wrota Światów stanęły otworem. Ujrzeli wypełnioną oślepiającym białym ogniem bezdenną przepaść i właśnie tam, w samą paszczę płomieni wkroczyło sześciu wysłanników wyspy Brandey.

Rozdział 3

– I to jest ten słynny Słup Tytanów? – zapytał swarliwie Dwalin, zadzierając głowę i osłaniając oczy przed światłem lejącym się z perłowego nieboskłonu. – Co w nim takiego nadzwyczajnego? Wygląda jak ogryziona kość. Tfu, do licha!

– Nie złość się. – Jarina również patrzyła na słup spod osłaniającej oczy dłoni. – Dziwne miejsce... Nie wydaje ci się, Elstanie?

Elstan nie odpowiedział. W odróżnieniu od swoich towarzyszy nawet nie spojrzał na Słup. Zaciskając powieki i zakrywając uszy dłońmi, stał, jakby wsłuchując się w dźwięki zupełnie innej natury.

– Daj mu spokój. – Krasnolud machnął ręką. – Przecież wiesz, że dopóki sam nie zechce się odezwać, to i tak się go nie dowołasz. No, chyba że coś będzie chciało nas pożreć.

Mieli za sobą długą drogę. Według wyliczeń skrupulatnego krasnoluda ich mały oddział spędził w drodze dokładnie pięć tygodni. Gubiciel bez trudu odnajdywał ukryte Wrota Rzeczywistości i przed wędrowcami otwierały się coraz to nowe światy.

W niektórych nie zatrzymywali się nawet na chwilę, w niektórych spędzali kilka dni. Światy szokowały swoją różnorodnością, wyliczenie dziwów, jakie ujrzeli, zajęłoby zbyt wiele czasu. W jednych światach brano ich za bogów, w innych witano włóczniami i strzałami. Wędrowcy usiłowali unikać walki, ich główny cel był tak blisko...

I oto korowód światów, nieboskłonów, ziem i mórz się skończył. Przed trojgiem wędrowców pojawiła się pusta, pozbawiona życia równina, którą utworzyły zastygłe kamienne rzeki. A kilka lig od przybyszów wznosiła się gigantyczna wieża z kamiennych odłamków. Trzeba było mieć oczy krasnoluda, żeby w tym chaosie dostrzec zarysy tego, co niegdyś stanowiło podstawę olbrzymiego słupa. Wierzchołek wieży niknął w perłowym lśnieniu niebios.

– Ho! Patrzcie no, co to jest? – Dwalin wyciągnął rękę.

– Gdzie, gdzie? – spytała Jarina.

– O tam, z boku, w oddali. Toż to rusztowanie, albo nie jestem krasnoludem Dwalinem! Ktoś odbudowuje słup, przysięgam na moją brodę!

– Odbudowuje Słup Tytanów? – zapytała zaskoczona dziewczyna. – Ale kto i po co? A tak właściwie to dlaczego on runął? Hedin i Rakot go zburzyli?

– No... niby tak.

– To może oni go teraz odbudowują?

– W taki sposób? Nie! Gdyby nam, krasnoludom, dali takie zamówienie, to my byśmy faktycznie i rusztowań nastawiali, i dźwigi porobili, i różne takie. Ale bogowie? Po co im dźwigi i wyciągi, skoro wystarczy, że powiedzą słowo, a kamienie same się ułożą, gdzie trzeba?

– Więc kto to może być? – mamrotała Jarina. W głębi jej źrenic przebiegło kilka zielonych iskierek.

Elstan wyszedł z transu. Wyprostował się i machnął ręką.

– Czyli tak: jesteśmy pod Słupem Tytanów.

– Jakbyśmy nie wiedzieli! – palnął Dwalin. Biedak był strasznie zazdrosny o Jarinę i nie mógł nic na to poradzić, chociaż Elstan patrzył na Jarinę jeszcze rzadziej niż na niego.

– To najbardziej magiczne miejsce, jakie kiedykolwiek widziałem – ciągnął Elstan. – I rozmowa z tutejszymi gospodarzami nie będzie łatwa.

★

Wędrowaliśmy przez bardzo dziwne światy. Ja, Gubiciel, który poznałem w swoim długim życiu tysiące światów, byłem zdumiony. Nie tym, co widziały moje, czy raczej Elstana oczy, ale tym, jak szliśmy. Miałem wrażenie, że przedzieramy się przez grząskie bagno, jakbyśmy wypadli ze zwykłego strumienia czasu. Przyznaję, to mnie niepokoiło. O ile mi wiadomo, jeszcze nikt nie próbował żartować z potężnego Czasu! Jeśli tutejsi mieszkańcy zdołali znaleźć z nim wspólny język, walka z nimi mogła być dla mnie walką ostatnią.

Czułem, jak w mojej piersi rozpala się zapał bojowy. Przecież zwyciężyłem tę zagadkową przeciwniczkę, której ciało pochowałem w głębokim tunelu. Teraz też dam sobie radę!

Słup Tytanów hipnotyzował. Kiedyś znajdowało się tu połączenie rzek magicznych, splot wszechświatowych nici, na których podwieszono cały świat. Wówczas rozszalałe strumienie sił okiełznano potężnymi zaklęciami, magiczne rzeki pokornie oddawały swą moc panom Zamku Wszystkich Starożytnych. Wiele o nim słyszałem, a najwyraźniej już go nie ma...

Teraz magiczne rzeki szalały, nieograniczane tamami zaklęć. Mogły dać komuś życie i moc – i dały, czułem życie w chaosie kamiennych odłamków Słupa Tytanów. Czułem też, że te rusztowania, dźwigi i wyciągi to tylko pozory, niczym szary płaszcz zabójcy skrywający gotową do ciosu klingę. Mniej przenikliwy czarodziej, nawet posiadacz kostura, pewnie dałby się zwieść, ale ja nie. Ja już stykałem się z czymś podobnym.

Dwa Pokolenia Magów, dwie wielkie siły starły się w śmiertelnym pojedynku. Nowe Pokolenie pojawiło się przed czasem na skutek wstrząsów Wielkiej Matki i postanowiono, że ono musi odejść. Zostałem wysłany przez Młodych Bogów...

Z mojej pamięci spadła ostatnia zasłona. A więc to tak! Byłem mieczem Obiecanego. Najlepszym wojownikiem Jamerta, boga światła słonecznego. Na jego rozkaz zabijałem tych, którzy mogli stanowić zagrożenie. Czyniłem to do czasu, gdy Wielka Matka Ziemia posłała przeciwko mnie tego, który dorównywał mi potęgą. Znałem jego imię – Odradzający. Tam, gdzie ja zabijałem, on dawał życie. Ale to już zupełnie inna historia*.

Magowie, z którymi walczyłem, również zbudowali wielką świątynię, coś w rodzaju własnego Słupa Tytanów... i również się maskowali. Ale przede mną nie zdołali się ukryć – polegli w walce wszyscy, aż do ostatniego. A potem... potem zostałem pokonany i wtrącony do ciemnicy, z której teraz ktoś mnie wypuścił. Kto? I po co?

Zepchnąłem te myśli na dno świadomości. Nad tym zastanowię się później, teraz najważniejsze jest zadanie i tutejsi gospo-

* O tych wydarzeniach szczegółowo opowiada kronika „Niewolnik Nienazwanego".

darze. Co prawda nie było żadnej pewności, że to właśnie oni stworzyli Ordę.

Wychwytywałem słabe echa czarów tworzonych wśród ruin. Czarowano tu prosto, ostro i mocno. Kamienie jeden po drugim wznosiły się na wyznaczone miejsca, które zajmowały przed katastrofą. To było czarodziejstwo najwyższej próby. Takim wrogom należy się szacunek. Tak, oni mogliby stworzyć Ordę. Tylko po co?

Dałem znak moim towarzyszom – pora iść.

– A ty, Jarina, na wszelki wypadek przygotuj wszystko, co potrafisz.

*

Trach! Świat uspokoił się wreszcie i rozwiał się ognisty obłok. Lidael i Aratarn stali na martwej czarnej równinie, pod ich nogami był gładki kamień. Niegdyś rzeki stopionego kamienia płynęły, niszcząc wszystko, co napotkały na drodze, i dumne ze swojego zwycięstwa w końcu zastygły. Kamienne pustkowie pozostało martwym pustkowiem mimo upływu stuleci.

W górze wisiało perłowe sklepienie niebios, a na przedzie wznosiła się gigantyczny wieża. Właśnie tam prowadziła nitka, którą Lidael mocno ściskała w dłoni.

– Jesteśmy na miejscu. – Dziewczyna rozejrzała się, na wszelki wypadek nie puszczając ręki Aratarna. – Panowie Ordy są gdzieś tutaj...

– No to chodźmy – niecierpliwił się Aratarn. – Czemu stoimy? Chciałbym już tych drani...

– Aha, pójdziesz, staniesz przed nimi i powiesz: witajcie! – szydziła Lidael. – A oni zetrą cię na proszek.

– Na razie nie starli. Chodźmy, Lidael!

– Nie! – Dziewczyna wyrwała dłoń z ręki chłopaka. – Nie tak szybko! Najpierw dowiedzmy się, kim oni są!

– I długo to potrwa?

Wzruszyła ramionami. Aratarn mamrotał coś niepochlebnego, ale musiał przystać na jej warunki. Żeby działać w pełni sił, musieli się absolutnie zgadzać, wystarczy najmniejsza kłótnia, a wszystkie ich wysiłki legną w gruzach.

Lidael znów wzięła chłopaka za rękę.

Myśli dziewczyny popłynęły do gigantycznej góry kamiennych odłamków, gdzie biło serce obcej im mocy.

★

Gdy zamknęły się za nimi Wrota Rzeczywistości, Gordżelin od razu zrozumiał, że nie jest dobrze. Sam Czas splątano tu w mocne węzły, przez które trzeba by się było przebijać jak przez lepką pajęczynę. Słońce zwolniło bieg, gwiazdy zastygły na krystalicznych sferach.

Spowolniają czas! – przemknęło czarodziejowi przez głowę. Sprytna sztuczka! Każdy, kto spróbuje się do nich przedrzeć, utknie w rozlewisku rzeki czasu i nikt nie będzie mógł powiedzieć, że magowie kogoś zabili. A on sam niczego nie zauważy – tylko jego droga będzie się ciągnąć w nieskończoność.

Z tyłu Hiss niespokojnie zasyczał niczym kłąb rozzłoszczonych żmij – też poczuł, że coś jest nie tak.

Ale Gordżelin nie byłby Gordżelinem, synem potężnej Feloste, gdyby nie znalazł maleńkiej szczeliny – jednej jedynej furtki, przez jaką mógł się prześliznąć i przeprowadzić swoich towarzyszy tylko czarodziej jego klasy.

Uniknęli zastawionych sieci.

I znaleźli się obok Słupa Tytanów w tym samym czasie, w którym przybyły tam dwa inne oddziały.

I tak jakoś wyszło, że wszyscy wyczuli swoją obecność. Najbardziej zdumieli się Aratarn i Lidael. Kim są ci inni? Skąd się tu wzięli?

Jarina nic nie zauważyła, lecz Gubiciel...

★

Pojawili się znienacka z różnych stron. Mógłbym przysiąc, że ten oddział, w którym były cztery osoby, nie ma nic wspólnego z ruinami Słupa Tytanów, za to drugi... Tylko dwoje, ale jakich!

Może to awangarda tutejszych gospodarzy? Całkiem możliwe, zaraz to sprawdzimy. Nie znoszę stawać do walki, mają oddziały wrogów za plecami!

– Jarino, cztery ligi od nas, o tam, jest bardzo silna para, chyba miejscowi. Chcę zrozumieć, czy rzeczywiście są tacy mocni, jak się wydają. Zacznijmy od twoich zielonych mieczy, dobrze?

Jarina pokręciła głową.

– Nie zadam pierwsza śmiertelnego ciosu.

Rrrodgar, jakże ona się zmieniła! – pomyślał Dwalin. Po tamtej galeńskiej dziewczynie nie został nawet ślad. Maniery, mowa i takie tam... Oj, bracie krasnoludzie, niepotrzebnie się na nią zapatrzyłeś. Ona jest nie dla takich jak ty. Nawet nie masz co marzyć!

Tak, cała Jarina! – pomyślałem. Nie zada ciosu pierwsza, i już. Cóż, skoro ty nie chcesz, będę musiał sam. Nie wiem tylko, po co Wielki Ragnwald dał mi cię na towarzyszkę... No, nadeszła pora trochę się rozruszać. Hej, wy tam, jesteście gotowi? Gubiciel nigdy nie atakował znienacka i nie napadał z tyłu! Nie to co ludzie...

*

Ryboludzie tępo gapili się w jakiś punkt. Biedacy! Ich prymitywne mózgi ledwie sobie radziły z niespodziankami podróży, a tutaj od nadmiaru sił magicznych chyba w ogóle przestały działać. Hiss próbował ukryć się za Gordżelinem, lecz tylko głupiec pozwoliłby, żeby wężowy król stanął za jego plecami. I Obojętny odezwał się do niego po raz pierwszy od początku wędrówki:

– Masz stać z przodu! Sześć kroków ode mnie!

Hiss zasyczał, ale nie śmiał nie posłuchać. Poszedł i stanął, gdzie mu kazano.

Czyli nie są tu sami. Cóż, pierwsi zadają cios ci, którzy są nazbyt pewni siebie. Poczekamy i popatrzymy, kto się czym wykaże.

Gordżelin założył ręce na piersi. Nie musiał długo czekać.

*

– Czujesz go? – zapytał szeptem Aratarn, nie odrywając wzroku od horyzontu zasnutego perłową mgiełką.

– Aha... Nie przeszkadzaj, dobrze? Lepiej się rozejrzyj, może są tu żmije albo szczury. Boję się ich, że strach.

Chłopak przełknął gorzkie słowa. Wyjął naostrzoną siekierę i...

Horyzont nagle pociemniał. Perłową mgłę bezlitośnie rozerwała brutalna siła i pojawiły się kłęby czarno-granatowego dymu. Kłęby zwinęły się w gigantyczne kolumny i wznosiły coraz wyżej. Powiał ostry, zimny wiatr, w czarnych kolumnach coś błysnęło.

– Boję się! – pisnęła niespodziewanie Lidael, przytulając się policzkiem do ramienia towarzysza.

– To wyzwanie. – Aratarn cofnął się. – Musimy uderzyć, bo inaczej śmierć!

Ze splotów dymu powoli wysunął się połyskliwy kształt przypominający rybę młot. Machnął widmowymi skrzydłami-płetwami i poleciał prosto ku nim.

– Bijemy! – wrzasnął Aratarn. – Siłę, Lid, siłę! Pomóż!

Lidael znała znacznie więcej zaklęć bojowych niż Aratarn, ale nie było czasu na dyskusję o prawach kobiety i rycerskości mężczyzn. Siła dziewczyny wlała się w wysyłany przez Aratarna strumień czystej destrukcyjnej energii. Nie znając tak skomplikowanych form jak Zaklęcie Ognia, Aratarn intuicyjnie podjął właściwą decyzję – uderzył własną nienawiścią jak włócznią.

Buchnął do przodu ognisty spazm, jakby najmniejsze cząsteczki powietrza zderzały się ze sobą, szczodrze sypiąc iskry na drodze zaklęcia Aratarna. Nie oślepiający ognisty miecz, coś znacznie dziwniejszego i bardziej śmiercionośnego uderzyło w sploty dymu, po drodze zmiatając widmową rybę młot.

Dym nie był już tak smoliście czarny, powoli tracił kolor, stawał się szary, biały, potem przejrzysty, aż w końcu rozwiał się zupełnie. Ziemia jęknęła głucho i Lidael spostrzegła na kamieniu obok siebie pierwszą szczelinę.

Kilka chwil później znów widać było spokojne perłowe migotanie i piramidę kamiennych odłamków w miejscu Słupa Tytanów.

– Uff, chyba się udało! – Aratarn zatknął topór za pas i wytarł pot z czoła.

*

Gdy pociemniał horyzont i zatrzęsła się ziemia, Gordżelin uśmiechnął się sarkastycznie. No, dalej, dalej, moi wy niecierpliwi! Walczcie, traćcie siły, odsłaniajcie sekrety swoich zaklęć bojowych! A my postoimy sobie z boku i popatrzymy...

Jednak gdy stało się jasne, jakimi siłami dysponują nieznani przeciwnicy, Śnieżny Mag z trudem stłumił okrzyk zdumienia. Takie oceany czystej mocy, czystej destrukcji były jemu, synowi Feloste uzdrowicielki, absolutnie niedostępne. Ho, ho, tylko pozazdrościć takim bogaczom! I po cichutku przygotowywać własne wyjście, które dowiedzie, że powiedzenie „Gdzie siła, tam mózg niepotrzebny" jest błędne z założenia.

Chociaż z drugiej strony czy w ogóle warto tracić tu czas? Niech sobie walczą choćby do jutra, jeśli tu w ogóle nastaje jutro. On, Gordżelin, ma ściśle określone zadanie do wykonania.

Magowie wyspy Brandey chcą sprzymierzyć się z władcami Ordy i właśnie w tej sprawie Gordżelin – jako nadzwyczajny pełnomocnik – przybył do Słupa Tytanów.

Tymczasem spektakl trwał nadal. Niebo cięły gigantyczne płomienne klingi, wybuchały pęcherze pomarańczowego ognia i następowały inne równie efektowne (acz bezmyślne z punktu widzenia wyższej magii) działania. Dziecięce fajerwerki, pomyślał Gordżelin i zwrócił się do swojej gwardii:

– Idziemy, dość tego przedstawienia.

I ruszyli.

*

Tych dwoje okazało się twardym orzechem do zgryzienia. Było jasne, że na szturm kamiennej piramidy ruszymy dopiero wtedy, gdy ich wykończymy. Moje pierwsze ciosy odbili bez trudu, co prawda, ja też łatwo poradziłem sobie z wycelowanymi we mnie strugami zabójczych sił. Byli potężni, ale pomysłowością nie grzeszyli. Przepełnieni mocą, która nie wiedzieć skąd się brała i jak odnawiała, ciskali we mnie ognistymi klingami – każda z nich mogłaby spopielić całą Leśną Granicę ze wszystkimi jej mieszkańcami.

Ta zabawa zaczęła mnie w końcu nudzić. Pora spotkać się z nimi twarzą w twarz i pokazać, co znaczy rozgniewany Gubiciel.

Jarina nawet nie spojrzała w górę na ten szalony taniec ognia. Dwalin niemal siłą zaciągnął ją, żeby schowali się jakimś głazem. Ta kryjówka niewiele dawała, ale bezczynne stanie na otwartej przestrzeni było jeszcze gorsze.

Krasnolud ściskał w ręku siekierę i sam nie wiedział, co ma robić.

Przestałem miotać płomienie. Trzeba wziąć się za tę sprawę na poważnie. Widmowy wojowniku, nadeszła twoja kolej!

Tutaj, w miejscu po brzegi wypełnionym magią, znów stałem się dawnym niezwyciężonym Gubicielem. Hej wy tam! Trzymajcie się!

Niemal nieważki zawisłem nad osłoniętą mgłami kamienistą równiną; w mojej prawej ręce zalśnił groźnie miecz. Na tę okazję go obnażyłem. Dziwne, miałem go przy sobie cały czas i dopiero teraz przypomniałem sobie, gdzie się krył, w której mojej postaci bojowej.

Dwalin objął Jarinę ramieniem. Nie mógł się powstrzymać, a ona nie protestowała. Nie wiedzieli, co się dzieje – Elstan zniknął.

– Chodźmy, Jari – powiedział krasnolud łagodnie. – Chodźmy, nie wypada, żeby Elstan sam nadstawiał za nas głowy.

– To nie żaden Elstan – odparła Jarina. Zęby jej szczękały jak w gorączce. – On nie został zrodzony pod słońcem Hjörwardu. Ma pamięć Elstana i jego postać, ale nie jest nim. Dopiero teraz to zrozumiałam, gdy... gdy nabrałam sił w tym miejscu.

– To kim on jest? – zapytał osłupiały Dwalin.

– Nie wiem. I nie chcę wiedzieć. On jest silny, bardzo silny i jeśli dzięki niemu dowiem się wreszcie, kim jestem, to może być nawet wysłannikiem Chaosu. Posiedźmy tu jeszcze trochę, twoja siekiera i tak się tam nie przyda.

Dwalin prychnął, lecz nie protestował, od pewnego czasu Jarina miała nad nim dziwną władzę. Ostrożnie przysunął się do niej, opierając się plecami o zastygłą kamienną kroplę.

Dziewczyna nie patrzyła na niego, robiła rękami jakieś gesty, gładziła powierzchnię kamienia, coś mówiła... Nagle rozległ się lekki trzask. W kamieniu powstała szczelina, z której wyłonił się blady i jeszcze zupełnie słaby pęd. Jarina otuliła go dłońmi, jakby przed czymś osłaniając. Zielona łodyga pięła się w górę, rosnąc w oczach. Pojawiły się listki, nabrzmiał pąk, rozchyliły się łuski i wybuchł purpurowy płomień płatków.

To była cudowna róża. Dwalin widział taki kwiat tylko raz, w królewskim parku Galenu.

– Jak ty to...

– Co? – Jarina drgnęła, jakby zbudzona ze snu. – Co ja?... – popatrzyła zdumiona na stworzony przez siebie kwiat. – Nic nie rozumiem... jakoś tak samo wyszło... Ja nie znam takich zaklęć!

– Widocznie znałaś – rzekł Dwalin, wpatrzony w stworzone przez Jarinę piękno. – Tylko zapomniałaś.

– Ale skąd mogłam coś takiego znać? – niemal jęknęła Jarina.

Długo mogliby rozmawiać w taki sposób, lecz w tej właśnie chwili Elstan przeszedł do bardziej zdecydowanych działań i musieli się szybko rozejrzeć za kryjówką. Z nieba walił deszcz, śnieg i grad – jeśli tak można nazwać ulewę płomieni, oleistą ciecz rozpuszczającą wszystko, i kamienie wielkości ludzkiej głowy, i średniego byka.

Jarina zerwał się na równe nogi. Jej oczy zapłonęły jaskrawym ogniem i wokół zaczęła pękać ziemia – czy raczej ten kamienny monolit, który pokrywał ją szczelną warstwą. Z głębokich szczelin wysuwał się zielony gąszcz splątanych pędów.

Płomienie je paliły, kamienie miażdżyły, kwas zostawiał głębokie rany, ale spod ziemi wydobywały się coraz to nowe zielone legiony i po chwili nad głowami Dwalina i Jariny zamknęła się żywa zielona tarcza, której nic przebić nie mogło.

Wstrząśnięty Dwalin wpatrywał się w Jarinę nieruchomym wzrokiem. Coś tu nie tak, bracie krasnoludzie, teraz to już siłą boską zapachniało! – mówił sobie. A ty... ty chciałeś... Uważaj, żeby cię przypadkiem w jakiego jaskra nie zamienili!

– Ja tego nie zrobiłam! – zawołała przestraszona Jarina. – Nic nie zrobiłam! Ja tylko pomyślałam o ratunku, nie rzucałam żadnych zaklęć!

Dwalin milczał. Był zupełnie zbity z pantałyku.

Nad ich głowami huczały płomienie, magiczna walka rozgorzała na dobre. Elstan i jego nieznany przeciwnik byli sobie równi, reszta świata mogła zrobić jedno – czekać, aż skończy się ta apokalipsa.

*

Gordżelin i jego towarzysze zdążyli w samą porę. Do brzegu kamiennego osypiska dotarli na kilka minut przed tym, jak z nieba chlusnął płomień i kwas, jak posypały się kamienie. Śnieżny Mag zdążył rzucić zaklęcie odbijające.

Ryboludzie i Hiss w milczeniu czekali na to, co powie ich przywódca, i Obojętny poczuł mściwą satysfakcję. Przecież magowie wyspy Brandey kazali mu tylko doprowadzić Hissa do panów Ordy, to wężowy król miał prowadzić negocjacje i początkowo, jeszcze przed opuszczeniem wyspy, Hiss pysznił się i nadymał...

Musieli odszukać tutejszych gospodarzy.

– Ale po co szukać? – rozległ się kobiecy głos, niski i głęboki. – Jesteśmy tutaj! Dlaczego nie mielibyśmy spotkać się z naszymi gośćmi?

Gordżelin drgnął, Hiss podskoczył i tylko ryboludzie na skutek swej wrodzonej tępoty pozostali niewzruszeni. Ich zadanie było proste – w razie konieczności zabić Gordżelina lub Hissa, jeśli któryś spróbuje rozegrać własną grę, sprzeczną z planami strategów Czarnej Wyspy.

Z chaosu kamiennych skał wyłoniła się kobieta. Ostry podbródek, zapadnięte policzki, uważne złociste oczy – piękna jak sama miłość. A przy tym w jej postaci było coś z drapieżnego, gotowego do ataku ptaka. Gubiciel rozpoznałby ją od razu.

– Zapraszam! – Uśmiechnęła się. – Tak rzadko mamy okazję powitać gości.

Gordżelin uprzejmie skłonił głowę. Wobec tutejszych gospodarzy należało zachowywać się uprzedzająco grzecznie. W niczym nie ustępując magom wyspy Brandey, pod pewnymi względami znacznie ich przewyższali.

– Wejdźcie – prosiła kobieta. – Prędzej, Wrota zaraz się zamkną...

Kamienie za jej plecami otuliło błękitne lśnienie – właśnie otwierało się przejście do innych warstw rzeczywistości. Gordżelin szedł za kobietą, za nim jeden z ryboludzi. Hiss się zawahał. Nienawidził i bał się Gordżelina, nienawidził i bał się magów z Czarnej Wyspy, ale tej piękności bał się bardziej niż tamtych razem wziętych! Aż cały się trząsł. Uśmiech tej kobiety wróżył męki znacznie straszniejsze niż to, czego przyszło mu doświadczyć na widmowej wyspie.

Ryboczłowiek pchnął Hissa w plecy i wtedy strach wziął górę. Przecież król węży był uczniem Obojętnego Maga, i to dość zdolnym, a bliskość Słupa Tytanów dodała sił nie tylko Jarinie.

Zręcznie podciął ryboczłowiekowi nogi i z całej siły pchnął go do przodu. Zaskoczony stwór nie zdążył zareagować – błękitne lśnienie otwartych Wrót zniknęło i Hiss stał teraz sam przed kamienną ścianą.

Znowu napłynął strach. Co on zrobił! Nie było pewności, że kobieta o bursztynowych oczach ugotuje go żywcem. A Czarni Magowie zrobią mu teraz coś znacznie gorszego, gdy tylko dostaną go w swoje ręce. No dobrze, tutaj się nie dostaną, ale co on tu będzie sam robił?!

Ostrożnie wysunął się zza kamieni. Ognisty deszcz nie przestawał padać, dobrze chociaż, że skończył się grad kamieni... Hiss ostrożnie stworzył zaklęcie i osłaniając się niewidoczną tarczą przed kroplami płomieni, zaczął uciekać spod kamiennej piramidy. Co ma być, to będzie, teraz jego głównym zadaniem jest przeżyć.

*

Lidael i Aratarn byli w samym centrum szalejącej burzy. Stali na maleńkiej kamiennej wysepce, cała reszta już dawno przemieniła się w pył. Nieznany wróg okazał się bardzo silny – niemal cała ich moc szła na odbijanie sypiących się ze wszystkich stron różnorodnych ciosów. Z powietrza leciały uzbrojone w kły wężowe stwory, rozwierały paszcze trąby powietrzne, gotowe wciągnąć ich do niewiadomej otchłani, spadały wichry trujących igieł, raz nawet Aratarn i Lidael zaczynali przemieniać się w coś oślizgłego...

Jednak gdy tylko udawało im się odeprzeć atak, rzucali się do kontrataku. Ich ogniste miecze rozcinały wrogie chmury, spalały sunące na nich armady stworów. Ale do tej pory nie udało im się dosięgnąć twórcy tych wszystkich koszmarów. Nie widzieli go i nie rozumieli, gdzie jest.

Jak długo będzie trwało to pandemonium? Ta niekończąca się szalona walka? Kim jest ich wróg? Czy jest jednym z panów Ordy? Zaatakował bez uprzedzenia...

„Ej, ty! Ty, który jesteś tam, za dymem! Czemu nas zaatakowałeś?" – Wezwanie Lidael spadło w splot ognistych strug. O dziwo, już po chwili przyszła odpowiedź.

„Obrońcy tutejszych panów – brońcie się!".

„Nie jesteśmy obrońcami tutejszych panów! – oburzyła się Lidael. – Przyszliśmy tu po ich dusze! A ty kim jesteś?".

„Zatrzymajmy się i porozmawiajmy! I tak nikt nie jest w stanie odnieść zwycięstwa. Poza tym walkę możemy wznowić w każdej chwili".

Szalejące wichry zaczęły cichnąć. Niebo się oczyszczało, perłowe światło znów rozlało się po szarej równinie. Lidael i jej towarzysz ostrożnie ruszyli ku nieznanemu wrogowi.

*

– Jaka szkoda, że zabawa się kończy. – Siedząca obok Gordżelina czarnowłosa i czarnooka kobieta zrobiła rozczarowaną minkę. Za ogromnymi oknami wykwintnie urządzonej komnaty cichła nawałnica rozpętana przez nieznanych Śnieżnemu Magowi wrogów.

– Niestety, niestety – odezwała się piękność o bursztynowych oczach, która przyprowadziła tu Obojętnego. – Cóż, do wieczora jeszcze daleko, trzeba będzie zająć się czymś innym. Orkusie!

Dla nich liczy się tylko zabawa i rozrywka! – pomyślał oszołomiony Gordżelin. Za tymi oknami szaleją siły, które w każdej chwili mogą się tu przedrzeć nawet przez te kilka warstw rzeczywistości, a one... Powinny błagać wszystkich możliwych i niemożliwych bogów, żeby ta walka trwała jak najdłużej, w ostateczności dolać oliwy do ognia, a one tylko wyraziły żal, że rozrywka się skończyła! Wiele by dał za informację, co za wrogowie starli się na tej bezpłodnej równinie.

Wszystko szło zgodnie z planem. Hiss nawet nie zauważył rzuconego na niego zaklęcia i czary zadziałały bezbłędnie – Śnieżny Mag pozbył się jednego ze swoich trzech „nadzorców". O, Hissowi nie będzie łatwo... Jeśli nie przygniotą go spadające z nieba głazy, zajmą się nim magowie z wyspy Brandey. Dla nich jest zdrajcą, a więc zemszczą się straszliwie. Gordżelin Obojętny poczuł mroczną satysfakcję – w ten sposób pomści swego przybranego syna Cheorta, którego w Niebyt odesłał łucznik wężowego narodu.

Hiss został na zewnątrz, a Śnieżnego Maga i dwóch otępiałych ryboludzi prowadzono przez szereg tonących w przepychu komnat. Wydawało się, że nad ich urządzeniem pracowali najświetniejsi mistrzowie – krasnoludy i elfy. Kilkakrotnie uwagę Gordżelina przykuły stojące na komodach niczym bibeloty talizmany magiczne, stworzone do pracy ze strumieniami czystej energii. Mag chciał przystanąć, wziąć takie cudo do ręki, ale Królowa Cieni szła dalej szybkim krokiem.

– Co zwróciło twoją uwagę, czcigodny gościu? Ach, to! Ależ doprawdy, to przecież tylko jeden z drobiazgów znalezionych w ruinach Zamku Wszystkich Starożytnych. Potem pokażemy nasze prace. Mam nadzieję, że spodobają się wam bardziej niż te błahostki.

Śnieżny Mag uniósł brwi. Każda z tych błahostek mogłaby posłać na dno oceanu cały Hjörward Północny.

Znajdował się w gigantycznym pałacu – pałacu Królowej Cieni, Pani Błyskawic, Króla Zórz, Władcy Rzek i innych. Razem było ich dziewięcioro, pięć władczyń i czterech władców. Kim oni są, skąd się wzięli, nie wiedział. Jego magia spasowała – najprawdopodobniej w tych ścianach działało wyłącznie czarodziejstwo gospodarzy. Uznał to za bardzo rozsądne.

Zaprowadzono go do wielkiej sali, przedstawiono Władczyni Błyskawic – czarnookiej i smagłolicej – i poproszono o chwilę cierpliwości, zaraz mieli przybyć pozostali. Śnieżny Mag nie miał czasu się nudzić. Zbyt wiele ciekawych rzeczy działo się za oknami, zbyt wiele niewiarygodnych przedmiotów znajdowało się w samej sali. Na smagłolicą też warto było popatrzeć. Zerknął na siedzącą obok niego kobietę i szybko odwrócił wzrok. No żeby robić taki dekolt?!...

Niebo za oknami powróciło do swego perłowego koloru i Królowa Cieni zgasiła wizję. Gordżelin znów ujrzał splot parkowych ścieżek, stawy i wodospady, klomby i rabaty, jednym słowem cudowny park otaczający pałac Dziewięciu. Ciekawe, jakimi rozrywkami chcą go ugościć czarujące gospodynie?

Do sali wszedł Orkus – potężny drab wzrostu ośmiu stóp, z wielkimi łapami i nogami. Niskie czoło i krzaczaste brwi upodabniały go do goryli z Hjörwardu Południowego, jednak w małych oczkach błysnął spryt i inteligencja. Orkus wcale nie był taką bezmózgą kupą mięsa, na jaką wyglądał.

– Orkusie, co mamy aktualnie w stajniach?

– Centaury, jednorożce, gryfy, dwa feniksy... – wyliczał sługa.

Królowa Cieni z irytacją wydęła wargi.

– Co za nuda! Do czego to doszło, żeby nie było czym rozerwać takiego gościa! Żadnej porządnej walki! Błyskawica, a może ty masz coś w zanadrzu?

– Mam jednego chłopaczka, ale obawiam się, że już wkrótce będzie po nim. – Czarnooka westchnęła ze smutkiem. – A tak było ciekawie popatrzeć... Zwłaszcza że się nie wtrącałam.

– Czemu nic nie mówiłaś?! – Królowa Cieni klasnęła w dłonie. – Pokaż go szybko! Gdzie, w basenie? Czcigodny Gordżelinie, proszę z nami! Latające fotele zaraz przybędą...

Strzelając z bata, Orkus pędził całe stado eleganckich foteli bez nóg, za to z przezroczystymi skrzydełkami przypominającymi skrzydła olbrzymich ważek. Fotele zawisły nad podłogą, poczekały, aż Gordżelin i jego czarujące towarzyszki usiądą, i poleciały w stronę błękitnego basenu. Nad nim znieruchomiały. W ciszy rozlegało się leciutkie brzęczenie skrzydeł.

Śnieżny Mag spojrzał na wodę. Oglądanie odległych wydarzeń za pomocą wody to znany trik, ale zwykle wykorzystuje się w tym celu naturalne źródła, a nie baseny. Tym ciekawiej zapowiadał się spektakl.

Wizja nie kazała na siebie długo czekać.

Białe miasto nad samym morzem. Wysokie mury z wieżami bez blanek. Ich szczyty liże płomień, płoną też budynki w samym mieście, płoną dziwnym błękitnym ogniem, pożerającym nawet kamień. Obrońcy jeszcze walczą o każdą ulicę, a w zatoce od pirsów odbija flota pięknych statków przypominających olbrzymie łabędzie. Cumy nie oddane tylko na jednym – tam, przy trapie, z rękami założonymi na piersi, stoi wysoki majestatyczny czło... nie, nie człowiek! Elf wojownik! Stoi i czeka. Na kogo?

– O, to właśnie on! – szepnęła Błyskawica. – Idzie!

Skąpanymi w ogniu ulicami, między płonącymi domami kroczy postawny człowiek spowity w płaszcz ciemności. Człowiek, którego „nie można nazwać królem bez królestwa, albowiem królestwem jego stawało się całe Śródziemie".

Człowiek w płaszczu zbliża się do elfa... Jednak Gordżelin nie zobaczył, co się stało potem. Orkus, który najwyraźniej pełnił rolę sługi pilnującego wszystkiego, wszedł uroczystym krokiem, trzy razy uderzył w ziemię laską, która nie wiadomo skąd wzięła się w jego rękach, i oznajmił:

– Ich wysokości władcy i władczynie! W liczbie siedmiu!

– Dość tej zabawy. Każ wodzie zapamiętywać wszystko, potem obejrzymy. Muszę przyznać, że mnie to zaciekawiło – powiedziała do Błyskawicy Królowa Cieni.

Obraz znikł, basen znowu wyglądał zwyczajnie.

Skrzydlate fotele ani myślały opuszczać się na podłogę i strapiony Gordżelin zerknął na swoje towarzyszki. Królowa Cieni, albo po prostu Cień, jak nazywała ją Błyskawica, spostrzegła ruch Śnieżnego Maga i uspokajająco skinęła dłonią.

– Ależ nie ma potrzeby wstawać, czcigodny Gordżelinie. Nie jesteśmy na królewskim dworze.

Otworzyły się staromodne skrzydła drzwi.

O, trzeba przyznać, że władcy i władczynie robili wrażenie. Wszystkie kobiety wyglądały egzotycznie, ekstrawagancko i czarująco, wszyscy mężczyźni byli wysocy i muskularni (niektórzy przesadnie), mieli kwadratowe szczęki i stalowoszare oczy. Stroje kobiet szokowały różnorodnością i wymyślnością, za to wszyscy mężczyźni nosili proste skórzane kurtki i jasne spodnie wpuszczone w buty z cholewami. Na pasach wisiały miecze, szable, jatagany, akinaki i inne stalowe zabawki. Broń nosili wszyscy, damy także.

– Nasi bracia i siostry zostali powiadomieni o twoim przybyciu, Gordżelinie – zaczęła Cień, przejmując rolę gospodyni przyjęcia. – Pozwólcie, bracia i siostry, że przedstawię wam naszego gościa, potężnego czarodzieja Gordżelina, zwanego również Śnieżnym Magiem i Obojętnym, który przybył do nas ze specjalnym posłaniem od potężnych magów wyspy Brandey.

Nikt nie okazał zdziwienia, zupełnie jakby adepci Chaosu przesyłali im podobne noty codziennie.

– Czcigodny Gordżelinie, Śnieżny Magu, pozwól, że przedstawię moje siostry i moich braci, potężnych czarodziejów. Zaczynając od lewej: Mistrz Kamieni, Władczyni Fal, Król Świtów, za nim Władczyni Wichrów, obok niej Władca Rzek, przy niej Pani Tęczy i wreszcie Władca Niebios.

Mężczyźni kłaniali się, damy dygały, Gordżelin kłaniał się w odpowiedzi, przykładając rękę do serca. W końcu prezentacja dobiegła końca.

Nowo przybyli usiedli na latających fotelach. Obok Gordżelina pojawił się wiszący w powietrzu stolik z butelkami, kielichami, owocami i łakociami. Władcy i władczynie brali kielichy i półmiski wprost z powietrza.

– Czcigodny gościu, czy zechciałbyś nam przedstawić istotę posłania? – zagaił Władca Niebios, którego niewiarygodna muskulatura przywodziła na myśl sklep rzeźniczy.

– Zanim to zrobię, chciałbym zadać gościnnym gospodarzom jedno pytanie. Czy jesteście panami stada stworów, które to stado mieszkańcy Wielkiego Hjörwardu nazywają Ordą?

Zapadła niezręczna cisza. Władcy i władczynie nawet nie próbowali ukryć rozczarowania. Zerkali na siebie i na ich twarzach malowała się otwarta, dziecięca uraza – jakby czekali na fajerwerki, a dostali błysk zapałki. Gordżelin patrzył na nich zaskoczony.

– O czym on mówi? – spytała głośnym szeptem Pani Tęczy o siedmiobarwnych włosach.

– Jakaś Orda? – Władczyni Fal, wysoka i szczupła, o bladych wargach i wielkich błękitnych oczach, wzruszyła ramionami. – Nic nie...

– Zaczekajcie! – Mistrz Kamieni, niższy i szczuplejszy od swoich braci, rudowłosy i rudobrody, podniósł rękę, prosząc o ciszę. – W ten sposób niczego się nie dowiemy. Nasz czcigodny gość jest magiem i można powiedzieć, naszym krewnym... Poprośmy, żeby nam pokazał, gdzie się to wszystko rozgrywa.

Gordżelin skinął głową. Cóż, nic prostszego. Wystarczy nadać wspomnieniom postać obrazów.

Pokazał im Leśną Granicę, chutory otoczone potworami Ordy, konne ataki chutorian broniących swoich domostw i wszystko to, co składało się na życie codzienne Hjörwardu Północnego.

Gdy zgasł ostatni obraz, Cień powiedziała powoli:

– Przecież... przecież to nasze ludarium!

Wszyscy wyraźnie się ożywili i odetchnęli. No tak, ludarium! Kto by pomyślał! A oni sobie łamią głowy! Doprawdy, że też czcigodni Czarni Magowie zwrócili uwagę na tę niewinną rozrywkę!

– Czy mam przez to rozumieć, że to wy władacie Ordą? – zapytał Gordżelin. I tak wszystko było jasne, ale chciał otrzymać jednoznaczną odpowiedź. Kto ich tam wie, tych magów wyspy Brandey, a nuż przyczepią się do jakiegoś drobiazgu...

– Hm... – odchrząknął Król Świtów, wielki mężczyzna z topornymi rysami twarzy i gęstymi, zrośniętymi brwiami. – Znamy stwory, które nazywasz Ordą, ale nadal nie rozumiemy twoich pytań. Święcie czcimy prawa gościnności, niemniej pragnęlibyśmy usłyszeć posłanie. Nie chcę się wydać nieuprzejmy, ale proszę, byś je nam wyłożył.

Gordżelin spuścił głowę. Te typy nie muszą bez przerwy widzieć jego twarzy. Zwłaszcza że chwyty sprawdzające się w Hjörwardzie tu mogą nie zdać egzaminu.

– Jak sobie życzą czcigodni gospodarze... Oto posłanie, jakie kazano mi wam przekazać... – To nie do końca była prawda. Posłanie otrzymał Hiss, Śnieżny Mag tylko je skopiował z jego pamięci w chwili, gdy zadziałało zaklęcie strachu.

W powietrzu zgęstniał ciemny obłok. Pojawiły się zarysy widmowej wyspy, jej góry, gigantyczna kamienna paszcza... Mistrz Kamieni skrzywił się. Gordżelin pomyślał, że nikt z obecnych nie przejmował się zbytnio magami wyspy Brandey i tym poselstwem.

Przed widzami rozwijała się panorama wyspy z pełnym obrazem strumieni siły i kanałów prowadzących do Wiecznego Chaosu. Czarni Magowie demonstrowali całą swoją moc, dając do zrozumienia, że najlepiej od razu zgodzić się na ich propozycję.

Na zebranych w sali nie zrobiło to żadnego wrażenia. Najwyraźniej znudzeni pokazem, zaczęli szeptać między sobą; Gordżelin usłyszał nawet: „I tu też żadnej rozrywki! Co za licho go przyniosło!". Mógł tylko wzruszyć ramionami. Niech Czarni Magowie sami się nad tym biedzą. To Hiss miał przekonywać i namawiać tutejszych władców, a co on, Gordżelin może na to poradzić, że wężowy król uciekł? Budziła się w nim pycha, ale nie na darmo nosił przydomek Obojętnego. Potrafił udawać obojętność i posłuszeństwo – mimo że tak bardzo chciałby się znaleźć na wyspie Brandey z tajemnym zaklęciem w ręku. W imię uratowania Eltary można było zrobić nie tylko to! A więc patrzcie, patrzcie, drodzy gospodarze!

Wreszcie wizja zmieniła się i pojawiła się obrzydła gęba Akcjuma. Czcigodny prorektor rozciągnął usta w uśmiechu i rzekł:

– Mam nadzieję, że potężni panowie i władcy Ordy widzą mnie i słyszą. Ja, Akcjum, mag Brandeyu, cenię wasz i swój czas, więc postaram się mówić krótko. Od trzech stuleci wasze siły prowadzą wojnę w Hjörwardzie Północnym. Długo nie mogliśmy ustalić, kto włada tą armią, i pozwoliliśmy sobie wtrącić się do działalności Ordy, zwracając ją przeciwko naszym wrogom. Zdajemy sobie sprawę, że tym samym mogliśmy naruszyć wasze interesy, dlatego przede wszystkim pragniemy przeprosić (Gordżelin myślał, że się przesłyszał – Czarni Magowie kogoś przepraszali?!), a po drugie, chcielibyśmy poznać dalsze zamiary czcigodnych władców Ordy. Niewykluczone, że nasze cele w jakimś punkcie się przecinają. Nie ukrywamy: naszym celem jest zniszczenie Elfranu!

Zaskoczony szept władców: „Elfran? Co to takiego?". Gordżelin w kilku słowach wyjaśnił, że tak nazywa się Królestwo Pierworodzonych w jego ojczystym świecie Wielkiego Hjörwardu.

– I prosimy... – Akcjum wymówił to słowo z dużym trudem (czy magom Brandeyu zdarzyło się kiedykolwiek o coś prosić?) – prosimy o pozwolenie wykorzystania części sił Ordy. Pozbawione odpowiedniego dowódcy stwory nierzadko giną nadaremnie. Chcielibyśmy także poznać cenę tej transakcji. My ze swej strony możemy zaproponować władcom Ordy przymierze. Gdybyśmy mogli poznać – (najwyraźniej krtań Akcjuma nie była przystosowana do wymawiania tak pokornych słów!) – plany władców Ordy odnośnie do Hjörwardu Północnego, wówczas może udałoby się nam ustalić wspólne posunięcia...

Akcjum mówił jeszcze długo, nie wnosząc nic więcej do treści posłania. Władcy i Władczynie szybko się zorientowali, o co mu właściwie chodzi, i przestali się interesować tą sprawą. Zaczęły się rozmowy i dyskusje, dalekie od poselstwa Gordżelina. Często pojawiało się zdanie: „To niedobra rozrywka".

Jednak gospodarze wysłuchali do końca przemowy czcigodnego Akcjuma, a gdy obłok zniknął, zapadła krępująca cisza.

– Hm! – odchrząknął Król Świtów. Poczekał, aż wszyscy na niego spojrzą, westchnął i zaczął mówić: – Pragniemy podziękować panom wyspy Brandey za... za posłanie i słowa przyjaźni. Nie kryjemy swych... hm... niedobrych uczuć. Oni... hm... mogą dalej robić wszystko, czego zapragną, ehm... bez żadnego z naszej strony pozwolenia. – Władca rozejrzał się, jakby szukał poparcia słuchaczy. – Powiedziałem wszystko, jak trzeba?

– Najzupełniej – zapewniła go Cień. – Wszystko w porządku.

– Myślałem, że powiedzą coś o Gubicielu – westchnął Mistrz Kamieni. – A tu jakaś Orda, jakiś Elfran... Hej, czy ktoś się zajmował tym Elfranem? Cień, ty się często tym bawisz. Może coś wiesz?

Gordżelin Obojętny poczuł, że przestaje zasługiwać na swój przydomek. Zachowanie zimnej krwi było ponad jego siły. Kim oni w ogóle są?!

Królowa Cieni z gracją poprawiła tren jedwabnej sukni.

– Drodzy bracia i siostry! Niestety, nie mogę zaspokoić waszej ciekawości. Żyjemy w strachu przed pojawieniem się Gubiciela. Co nas obchodzą jacyś tam magowie Brandeyu? Niech sobie robią, co chcą!

Gordżelin postanowił się wtrącić. Nie mógł powstrzymać się od pytań.

– Przepraszam, jeśli zakłócam tok naszej dyskusji. Czy dobrze zrozumiałem, że magowie wyspy Brandey mogą wykorzystać Ordę wedle własnego uznania?

Władcy i władczynie skinęli głowami. Gordżelin nieco ośmielony kontynuował:

– A czy moglibyście mi powiedzieć, skąd wzięła się Orda? I przede wszystkim po co, w jakim celu? Sam jestem magiem, ale nie znalazłem odpowiedzi na te pytania. Może znajdę je tutaj?

– Co znajdziesz? – zainteresował się Mistrz Kamieni.

– Odpowiedzi – wyjaśnił Gordżelin.

– A! Myślałem, że pytania... Posłuchaj, krewniaku, czemu się związałeś z tym brandejskim towarzystwem? Przecież to typy spod ciemnej gwiazdy!

– Z radością odpowiem na to pytanie, jak tylko wy odpowiecie na moje.

– A po co ci to? – zapytało kilka głosów. – Po co ci ta odpowiedź? Nie lepiej nie wiedzieć?

– Nie, ja tak nie uważam – rzekł twardo Obojętny. – Przywykłem dążyć do jasności we wszystkim.

– I co ci to dało? – Błyskawica odwróciła swój fotel do Gordżelina. – Co osiągnąłeś z tą swoją jasnością? Czy twoje życie jest pełne i szczęśliwe? Nie! Zabijałeś kolejne tajemnice niczym myśliwy ufne ptaki. Wykorzeniałeś je posiadaną przez ciebie siłą i co otrzymałeś w efekcie? Jesteś tutaj! Ty, nasz krewniak, jesteś chłopcem na posyłki jakichś fakirów z Brandeyu!

– Hańba! – rzekł Władca Niebios, osuszając kielich.

Za jego przykładem poszli inni. Rozmowa umilkła na chwilę. Gordżelin nie mógłby teraz nic przełknąć.

– Dlaczego nazywacie mnie krewniakiem? – zapytał. – A może to też tajemnica, której nie wolno zabijać?

– Sam zgadnij! – Błyskawica mrugnęła do niego. – Dość już czekania na gotowe odpowiedzi! Znajdź je we własnej głowie.

– Dziwne podejście. A jeśli zachowanie tajemnicy będzie oznaczało czyjąś śmierć, czy wtedy również powiecie: „Zgadnij sam"?

– Zastanowimy się nad tym, gdy taka sytuacja już zaistnieje – odparła Błyskawica. – Po co tracić czas na niepotrzebne spekulacje? Zwłaszcza że są znacznie ciekawsze rozrywki! Na przykład – co zrobią z Ordą magowie Brandeyu...

– Chwileczkę! – Gordżelin postanowił coś wyjaśnić. – To, że jestem posłem widmowej wyspy, jeszcze nie znaczy, że pałam miłością do jej mieszkańców!

Ryboludzie stali się czujni. Spostrzegłszy to, Królowa Cieni zakomenderowała:

– Orkusie, wyprowadź... wyprowadź to!

Jeśli nawet twory Akcjuma miały zamiar coś zdziałać, to im się nie udało. Orkus błyskawicznie zjawił się obok nich, ujął potężną ręką za karki i zderzył łbami. Miecze tych dziwnych istot zrobiły swoje – przebijając się nawzajem własną bronią, ryboludzie obwiśli bezwładnie. Orkus skłonił się i wywlókł trupy za drzwi.

Władcy i władczynie nagrodzili sługę oklaskami.

– Teraz, czcigodny gościu, możesz mówić swobodnie – rzekł Władca Niebios. – Więc co z tą miłością do mieszkańców Brandeyu?

– Nienawidzę ich szczerze – powiedział Gordżelin. – I muszę zauważyć, że wkładacie w ich ręce potężną broń!

– No i co z tego? – Cień wzruszyła szczupłymi ramionami.

Gordżelin, zupełnie zbity z pantałyku, nie wiedział, co powiedzieć. Im naprawdę było wszystko jedno, czy Czarni Magowie podporządkują sobie Ordę, czy nie!

– A gdybym to ja zechciał podporządkować sobie Ordę?

– O, to mogłoby być ciekawe! – zachichotała Błyskawica.

Koło się zamykało. Śnieżny Mag czuł, że od niego spodziewają się czegoś więcej, jakiejś „rozrywki" – poszukiwanie rozrywek było, zdaje się, sensem istnienia mieszkańców tego pałacu. Gordżelin nie wiedział, jak zmusić ich do poważnej rozmowy. Może...?

– A gdybym poprosił was o pomoc? – powiedział z błyskiem w oku.

Zebrani popatrzyli na siebie.

– Sprawdza, jak zareagujemy na tę czy inną propozycję – zauważyła spokojnie Cień. – Powiedzmy mu, że pomożemy, jeśli zechcemy.

Na twarzy Gordżelina zagrały mięśnie. Trudno mu było zachować spokój, ale postanowił iść do końca. Równym głosem opowiedział historię Eltary Elfrańskiej, płynnie przechodząc do historii Elfranu i strasznego przekleństwa ciążącego nad ich mieszkańcami.

Wysłuchano go z uprzejmym zainteresowaniem. Nie wyglądało na to, żeby tragedia Elfranu wstrząsnęła władczyniami i władcami, ale wyraźnie ich zaintrygowała.

– Można by pomóc, czemu nie – powiedziała w końcu Pani Tęczy. – No, to dopiero będzie rozrywka!

– I ja tak myślę – poparł ją Mistrz Kamieni. – Z czymś takim jeszcze się nie stykaliśmy...

– Ha! Nowi Magowie kontra Stare Przekleństwo! To dopiero brzmi, co? – podjął Król Świtów.

– Nowi Magowie? – powtórzył Gordżelin.

– Tak się nazywamy – wyjaśniła Królowa Cieni. – Skoro są Nowi Bogowie, czemu nie miałoby być Nowych Magów?

– No to widzę, że wszyscy się zgadzają – podsumowała Władczyni Wichrów. – Sądzę, że nasz czcigodny gość zechce spędzić u nas kilka dni. Potem będziemy mogli wyruszyć razem z nim i zabawić się na całego!

Gordżelin się żachnął. Mówią o takim dramacie jak o kolejnej zabawie, zwyczajnej rozrywce!

Fotele jednocześnie zatrzepotały skrzydłami, opuszczając się na podłogę. Magowie już mieli udać się do swoich komnat, żeby przebrać się do uroczystej kolacji wydanej na cześć gościa, gdy nagle zamek drgnął cały, od cienkich iglic aż do głębokich fundamentów, a potem rozległ się łoskot, który wstrząsnął samym niebem. Szyby posypały się niczym lśniący wodospad maleńkich kryształków. Niebo nad pałacem szybko ciemniało.

Na chwilę wszyscy zamarli, a potem Władczyni Błyskawic zaczęła krzyczeć, przyciskając ręce do piersi:

– To on! To on! Gubiciel! Gubiciel!

– Gubiciel! – podchwycili inni.

– Cień, co z Odradzającym?! – ryknął Władca Rzek.

– Ona nie ma ciała, ale...

– Nieważne, wypuść go! To nasza jedyna nadzieja!

Królowa Cieni pobiegła w róg sali i zniknęła.

Pałacem znowu wstrząsnęło.

– Czcigodny gościu, niestety, sytuacja uległa pewnej zmianie. – Mistrz Kamieni mówił szybko, przez cały czas zerkając na okno. – Musimy przyjąć nierówną walkę i obawiam się, że...

– Będę walczył razem z wami – wypalił Gordżelin, zanim zdążył się zastanowić.

– Dziękuję. – Mistrz Kamieni się skłonił. – Wobec tego chodźmy czym prędzej, bo w przeciwnym razie wszystkich nas czeka śmierć w męczarniach.

Nie myśląc, co robi i po co, Śnieżny Mag szedł obok Mistrza Kamieni. Za oknami rozlegały się kolejne, coraz głośniejsze łoskoty.

*

Spotkali się na środku martwej równiny otulonej perłową mgłą. Pierwsza spostrzegła go Lidael – z naprzeciwka szedł wysoki człowiek, całkiem zwyczajny, z dwoma rękami i nogami oraz jedną głową. Nie wyglądało na to, że ma zamiar pluć dymem i ziać ogniem.

Aratarn, bardziej nieufny, przystanął, szykując się do odparcia ewentualnego ataku. Nieznajomy skrzyżował ręce na piersi, oglądając uważnie niedawnych przeciwników.

Niełatwo było im zacząć rozmowę. I pewnie gdyby nie Lidael (która, nie puszczając ręki Aratarna, zaczęła wyjaśniać, kim są i co tu robią), nie zdołaliby dojść do porozumienia. Siła blokowała dostęp do umysłu i pamięci przeciwników; jedyne, co mogli zrobić, to rozmawiać jak zwyczajni ludzie.

Ten, który powiedział, że jest Gubicielem, coraz uważniej przyglądał się Aratarnowi. Lidael poczuła się urażona – nawet na nią nie spojrzał! A trzeba przyznać, że ten Gubiciel był wysoki, postawny i przystojny. Znacznie przystojniejszy od jej łysego towarzysza.

– Powiedziałeś, chłopcze, że nazywasz się Aratarn? – rzekł w końcu Gubiciel, przerywając Lidael w pół zdania. Dziewczyna właśnie mówiła w natchnieniu, że absolutnie nie bronią panów Słupa Tytanów. – Znałem pewnego Aratarna. Skąd pochodzisz, kim są twoi rodzice?

Aratarn zmrużył oczy. Aha, już się rozpędził, żeby podawać imiona rodziców typowi, który omal nie odesłał jego i Lidael na tamten świat! Uśmiechnął się przebiegle i skłamał.

Gubiciel pokręcił głową.

– Nie mówisz prawdy, chłopcze. Ale rozumiem, nie ufamy sobie i dlatego krążymy wokół siebie jak dwa żbiki. Jeśli jesteście wrogami, to ta zwłoka sprzyja tym, którzy was posłali. Dlatego powiem wprost – jestem tu po to, żeby skończyć z tymi, którzy nasłali Ordę na Hjörward Północny. Mam dwoje towarzyszy.

– My też jesteśmy tu po to, żeby skończyć z Ordą – odpowiedział powoli Aratarn. – Skoro mamy ten sam cel, to chodźmy razem!

– Ale każdy będzie się obawiał zdrady – rzuciła jakby mimochodem Lidael.

– Ja nie! – zaśmiał się Gubiciel. – Żadne z nas nie mogło pokonać drugiego, więc czego mielibyśmy się obawiać? Zaskoczenia? Po co wobec tego zaklęcia, jeśli nie umiecie przewidzieć ataku?

– Umiemy! Oczywiście, że umiemy! – zapewniła go Lidael.

– W takim razie poznam was z moimi towarzyszami – i naprzód! Zbyt długo tu siedzimy.

– Brr! – dziewczyna otrząsnęła się. – Co za nieprzyjemne miejsce. Ani wody, ani roślin...

– Dlatego im krócej tu będziemy, tym lepiej. Ktoś odbudowuje Słup Tytanów, ale w pobliżu nikogo nie ma. Trzeba przeszukać Słup.

– Taki ogrom? – zdumiał się Aratarn.

– Masz inne propozycje? W takim razie słucham! – rzekł Gubiciel.

Aratarn odwrócił wzrok. Ten nowy sprzymierzeniec nie wzbudzał jego sympatii. Za to Lidael szczebiotała jak ptaszek, wpatrując się w Gubiciela. Niespiesznie ruszyli w stronę Słupa Tytanów, gdzie na Gubiciela czekali jego towarzysze.

*

– Zdaje się, że już po wszystkim. – Dwalin popatrzył zdumiony na czyste niebo. – Ciekawe tylko, czym się to skończyło.

– Niczym. – Jarina ciągle była jakby na granicy snu i jawy. – Właśnie rozmawiają. Chyba chcą się sprzymierzyć.

– Jaaasne. A co z tobą, na Rodgara?

– Nie wiem, Dwalinie. Czuję się jakoś dziwnie. Ale to pewnie przejdzie. O, chyba się dogadali! Tak, idą tutaj! Zaraz zobaczymy, z kim walczył Gubiciel...

– Kto, kto?

– Gubiciel. Nie pytaj mnie, kim on jest, bo nie wiem. Ale kiedy tu tak siedzieliśmy, zaczęłam się zastanawiać i chyba co nieco zrozumiałam...

– A skąd ma pamięć Elstana? Czy on go czasem nie pożarł?!

– Kto kogo? Elstan Gubiciela czy Gubiciel Elstana?

– Nie żartuj sobie! Gubiciel Elstana oczywiście!

– Bardzo możliwe, że pożarł. W każdym razie ciało i pamięć zabrał mu na pewno. Ale jak to się stało...?

– Więc wychodzi na to, że to łajdak i złodziej? – oburzył się krasnolud.

– Nie wiem. Chyba to nie jest takie proste...

– Ale przecież Elstan naprawdę zaginął! Eltara na darmo go szukała!

– Cicho! Idą tu!

– Idą czy nie idą, ja muszę to wyjaśnić! – Krasnolud chwycił za topór. – Elstan mi życie uratował i jeśli ten...

– Oto i oni.

Zza kamienia wyłonił się Gubiciel. Obok niego szli chłopak i dziewczyna, bardzo młodzi, chyba rówieśnicy Jariny. Wyglądali na przestraszone dzieciaki, a nie na potężnych czarowników, którzy mogą powstrzymać całą potęgę Gubiciela.

– Jarina, czarodziejka. Dwalin, górski krasnolud.

– Lidael, córka Eltary Elfrańskiej – przedstawiła się dziewczyna.

Dwalin aż otworzył usta ze zdumienia.

– Czyja córka? – zapytał tępo.

– Eltary Elfrańskiej – powtórzyła Lidael, wzruszając leciutko ramionami. – I Gordżelina, Śnieżnego Maga, jeśli czcigodny krasnolud życzy sobie poznać imię mojego ojca.

– A niech mnie! – szepnął Dwalin, nie odrywając spojrzenia od dziewczyny. No tak, jaka podobna do zaginionej elfrańskiej czarodziejki... Okazuje się, że Eltara miała córkę! – Jesteś z Elfranu?

– Ja? Nie, mieszkam z dziadkiem w lesie, na południe od Ar-an-Aszparangu.

– Z dziadkiem?... – Dwalin słyszał o potężnym czarowniku, który nazywał się Stary Hropt i był dawnym znajomym tamtejszych krasnoludów. – Więc twój dziadek...

– Ma na imię Hropt. Nazywają go również Igg albo Odyn – odparła Lidael z wyższością.

Krasnolud podrapał się po karku i pokręcił głową.

– Ciekawe. Spotkałem ja raz twoją matkę. Rok temu, gdy Orda przerwała Rycerską Rubież.

Teraz z kolei zdumiała się Lidael.

– Widziałeś mamę, krasnoludzie?! Ale jak to – w zeszłym roku? Przecież ona umarła siedemnaście lat temu, zaraz po moim urodzeniu!

Zapadła martwa cisza. Gubiciel zmrużył oczy, wpatrując się w Aratarna, który, zasłuchany w rozmowę Lidael i Dwalina, nie zauważył tego spojrzenia.

– Siedemnaście lat? – wykrztusił w końcu Dwalin. – Umarła siedemnaście lat temu? Ale, niech mnie Rodgar...

– Orda też przedarła Rycerską Rubież siedemnaście lat temu, a nie w zeszłym roku – dorzucił Aratarn. – I samej Rycerskiej Rubieży już dawno nie ma! Teraz tam jest Wolne Wojsko!

– Czekajcie no... czekajcie... – mamrotał krasnolud, a Gubiciel łagodnie położył mu dłoń na ramieniu.

– Wszystko jasne, Dwalinie. Spędziliśmy na tej wyprawie siedemnaście lat! To znaczy, że pozostaje tylko dopasować ostatni element. Aratarnie, powiedz mi, twoja matka nazywa się Saata, prawda? A ojciec Elstan?

Chłopak drgnął.

– Tak, dokładnie tak.

Na twarzy Gubiciela pojawił się dziwny wyraz, połączenie czułości i goryczy.

– Jestem twoim ojcem, chłopcze. Twoja matka znała mnie pod imieniem Elstana, lecz to nie jest moje prawdziwe imię.

– Nie wierzę! – krzyknął rozpaczliwie Aratarn. – Nie wierzę ci! Nie! Nie!

– W takim razie posłuchaj – westchnął Gubiciel i ze szczegółami opowiedział całą historię przyjścia Aratarna na świat. Zaciśnięte pięści chłopca powoli się rozwierały i wreszcie...

– Ojcze! – zawołał Aratarn.

O pomyłce nie mogło być mowy. Nikt nie zdołałby się przedrzeć przez bariery ochronne wzniesione wokół jego pamięci, nie zdobyłby tych wszystkich informacji!

Aratarn i Gubiciel objęli się mocno. Dwalin podejrzanie pociągał nosem, Lidael wycierała oczy. Nawet Jarina uśmiechnęła się słabo.

– Siedemnaście lat! – wyszeptał krasnolud. – Teraz wszystko jasne.

Ojciec i syn, Lidael i Dwalin mieli sporo tematów do rozmowy, ale pozostało jeszcze coś do wyjaśnienia.

– Kim jesteś? – zapytał krasnolud wprost, zwracając się do Gubiciela. – Wiem, że nie jesteś Elstanem. Masz jego ciało, twarz i pamięć, ale nim nie jesteś. Więc kim? Jeśli zabiłeś Elstana...

Gubiciel spuścił głowę.

– Nie pamiętam, jak znalazłem się w tym świecie – powiedział głucho. – Jakaś siła wyrwała mnie z niewoli. Nie wiem, jak długo byłem uwięziony, nie wiem też, kto i kiedy mnie uwięził. Teraz rozumiem, że śmierć tego, którego nazywacie Elstanem, pomogła mi się uwolnić... Ale nie zabiłem go! Zajrzyjcie we mnie, zajrzyjcie do mojej pamięci, odkryję wam wszystko. Ja tylko zająłem ciało, które opuściła dusza.

– On nie kłamie, Dwalinie – powiedziała Jarina wpatrzona w oczy Gubiciela. – Naprawdę tak właśnie było.

Gdy wszystko zostało już wyjaśnione, gdy krasnolud i Dwalin podali sobie ręce, a Lidael zacisnęła usta dłonią, żeby nie zasypać Dwalina pytaniami, odezwała się Jarina:

– Zmarnowaliśmy wiele czasu. Musimy się spieszyć! Czuję, że musimy się spieszyć!

– Dlaczego? – zdumiał się krasnolud. – Od trzech stuleci Orda w Leśnej Granicy zbójuje, co zmieni kolejna godzina?

– Możliwe, że bardzo wiele. Niewykluczone, że wtedy nie zdołamy już dotrzeć do jej panów. Trzeba iść!

*

Hiss widział pięciu ludzi idących wokół Słupa Tytanów. Szli, na przemian pojawiając się i niknąc między gigantycznymi blokami. Każdy głupi zrozumiałby od razu, że szukają tutejszych gospodarzy. Tych samych, przed którymi on, Hiss uciekał, skazując się na zemstę magów z widmowej wyspy.

Królowi węży było źle, bardzo źle. Jako silny czarownik rozumiał, że nie zdoła się stąd wydostać. Wprawdzie pożywienie zapewnią mu zaklęcia (wspomagane mocą niezwykle silnych w tym miejscu strumieni magicznych), ale o samodzielnym wydostaniu się stąd nie było mowy. Czy naprawdę jest skazany na spędzenie reszty życia na tej pustyni, u boku tych, których bał się bardziej niż magów Brandeyu?!

Błyskawicznie podjął decyzję. Poczekał, aż pięcioro wędrowców znowu się pojawi, wyszedł z kryjówki i ruszył im na spotkanie.

*

– Ty chcesz nam pokazać wejście, ty?! – huczał strasznym głosem Gubiciel. Hiss czuł się tak, jakby ten głos wyciskał mu mózg przez czaszkę. – Słynny kłamca i wiarołomca?!

Hiss nie mógł zaprzeczyć tym epitetom, jego powszechnie znane czyny mówiły same za siebie. Dwalin patrzył na niego jak morderca, co chwila łapiąc za topór, Lidael odsunęła się ze wstrętem i miała taką minę, jakby chciała zacząć wrzeszczeć, Aratarn świdrował go wzrokiem. Hiss czuł, że ten dziwny chłopak grzebie w jego umyśle, szukając zdradzieckich planów. Bez nienawiści i złości patrzyła tylko Jarina.

– Tak, tak, tak, pokażę wejśśście, jeśśśli czcigodni pańssstwo obiecają, że wezzzmą ze sssobą ssstarego Hisssa, gdy będą wracać...

– Doskonale! Czyli pokażesz nam wejście, a co potem? – huknął Gubiciel. Jego nienawiść paliła Hissa jak ogień.

– Idę z wami, oczywiśśście. – Wężowy król potrafił ocenić potęgę Gubiciela, połączone siły Lidael i Aratarna oraz zagadkową moc Jariny. Zdaje się, że oni naprawdę mogą pokonać panów Słupa Tytanów...

Zaprowadził ich do tajemnego przejścia.

– Oho! – Gubiciel z szacunkiem pokręcił głową. – Zdaje się, że długo musielibyśmy go szukać. Nic nie czuję!

– Zamknięte na głucho, i to z niezwykłym kunsztem – dodała Lidael. – Bez Hissa nigdy byśmy nie znaleźli.

– Czy ssstary Hisss zasłużył na powrót? – zapytał od razu wężowy król.

– Zasłużył, zasłużył – warknął Gubiciel. – Zaczekaj tu na nas.

– Nie! Nie! Achsss, ssstary Hisss prosssi, żeby pozzzwolono mu pójść z wami... Achsss!

– Z nami? – Gubiciel ściągnął brwi. – Co wy na to?

– Niech idzie – uprzedziła wszystkich Jarina. – Jego obecność w niczym nam nie przeszkodzi. Osobiście go przypilnuję.

– No, żeby czasem komu noża w plecy nie wsadził – mruknął nieufny krasnolud.

– Skądże znowu! – Jarina uśmiechnęła się ze smutkiem. – Należałoby się raczej nad nim litować.

– Oho, od razu litować! – zauważył gderliwie Dwalin, ale nic więcej nie powiedział. Wiadomo było, że spieranie się z Jariną nie ma sensu.

I tak Hiss został szóstym członkiem oddziału.

Niełatwo było wyważyć magiczne drzwi zamykające wejście do tajemnych warstw rzeczywistości. Ponieważ Gubiciel sam nie dał rady, dołączyli pozostali, nawet Hiss, jednak kamienie nawet nie drgnęły.

– Rrrodgar! – ryknął Dwalin i z całej duszy walnął obuchem topora w nieposłuszną ścianę. Wtedy coś głucho skrzypnęło, szczęknęło i kamienie otuliły się łagodnym błękitnym świeceniem. Drzwi były otwarte.

– Brawo, krasnoludzie! – rzekł z uznaniem Gubiciel i klepnął przysadzistego krasnoluda w ramię tak, że omal go nie przewrócił. – Nigdy bym nie pomyślał, że twój topór ma taką moc! A może to twój Rodgar tak ci pomaga?

– Obawiam się, że on w ogóle o mnie nie myśli – wymamrotał krasnolud, któremu to uznanie sprawiło wyraźną przyjemność.

Zaczęli iść poprzez światy.

Rozdział 4

– Ech, gdybyśmy chociaż wiedzieli, gdzie nas zaniosło! – westchnął Dwalin, oglądając ponurą okolicę.

Świat, w którym skończyła się magiczna ścieżka, mógłby ucieszyć najwyżej goblina. Ponure, czarne góry i doliny zarośnięte powykręcanymi fioletowymi drzewami – krasnolud przypomniał sobie Las Zagłady i postanowił trzymać się z daleka od tych podejrzanych roślin. Niebo przesłaniały ołowiane chmury, między którymi widać było jakieś liliowe migotanie. W chmurach przemykały szybkie skrzydlate cienie, one najbardziej nie spodobały się Dwalinowi.

– Ani chybi jakieś draństwo! – burczał dalej krasnolud. – Smoki albo co gorszego. Rrrodgar! Dlaczego znosisz takie stwory?

Sześcioosobowy oddział znalazł się na spłaszczonym deszczem i wichurami szczycie pradawnej góry. Stąd zaczynała biec ścieżka słabo widoczna na suchej kamienistej ziemi, zbiegała w dół po zboczu, łączyła się z inną, rozszerzała i stawała drogą. Każdy od razu zrozumiał, dokąd prowadzi – na przeciwległym zboczu doliny wznosił się wysoki zamek. Rzecz jasna czarny.

Jego brama wyglądała jak rozwarta paszcza wiecznie głodnej bestii, wieże – niczym ostre kły podziemnego stwora. W oknach wysokiej, sięgającej niemal chmur głównej wieży migotało złowieszcze czerwone światło. Jednym słowem, do tego zamku idealnie pasowałaby nazwa „cytadela ciemnych sił".

– Czegoś tu nie rozumiem. – Dwalin nie odrywał wzroku od twierdzy. – Jakim kamieniem stuknięto tego, który to budował?

Co to za bastiony? Czemu nie ma fosy? I w ogóle jak oni tu żyją? Jedna jedyna wieża, i sterczy jak kość!

– Daj spokój – mruknął Gubiciel. – Zamek jak zamek. A w nim, jeśli się nie mylę...

– Ciemny Władca! – zawołała Lidael.

Gdy przebrzmiały te słowa, wszyscy (prócz Gubiciela) jednocześnie pomyśleli: Jakie to straszne i ponure miejsce! Przeniknięte nienawiścią i pradawną śmiercią. Płonął tu wieczny, ciemny gniew. Najwyraźniej czarny zamek stał się siedzibą wszystkich stworów, które ludziom, elfom i krasnoludom udało się wypędzić ze swoich włości. Wyglądało na to, że wygnańców przyhołubiły te wysokie mury.

– Dokądżeś nas zaprowadził, co? – Aratarn chwycił siekierę i odwrócił się do Hissa. – Co to za miejsce, zdrajco?!

– Zaczekaj, nie wrzeszcz – pohamowała towarzysza Lidael. – Hiss, mój drogi, czy nic ci się nie pokręciło?

– Nie – odparł Gubiciel, uprzedzając Hissa. – Czuję w tym zamku siłę... siłę Ordy. Bez żadnych wątpliwości. Trzeba szturmować!

– Szturmować?! – zaskrzeczał Hiss, któremu nie uśmiechało się uczestniczenie w jakichś bataliach.

– A co, stać i się gapić?! – ryknął Gubiciel. – Muszą od razu zrozumieć, z kim mają do czynienia! Ja zamierzam działać bezzwłocznie.

– Chwileczkę – wtrąciła się Jarina. – Przyznaję, że jest tu ponuro i strasznie. No i co z tego? Czujesz tam siłę? – zwróciła się do Gubiciela. – Zgadza się! Ale najpierw należałoby porozmawiać.

– O czym z nimi rozmawiać?! – wybuchł Aratarn. – Przecież to władcy Ordy! W Leśnej Granicy od razu by wiedzieli, co z nimi zrobić... Na co mamy czekać?

– A może się mylimy? – zapytała Jarina z ciężkim westchnieniem. – Może to wcale nie są panowie Ordy? Co wtedy?

– Kto nam broni się dowiedzieć? – wtrąciła się Lidael. – Spróbujmy wszyscy razem. Jeśli stąd kierują Ordą, powinny zostać jakieś ślady, prawda?

Gubiciel postanowił działać od razu. Przyjął swoją ulubioną bojową postać widmowego wojownika i wznosząc nad głową długi, wielkości człowieka miecz, ruszył do bramy. Sunął nad ziemią niczym duch.

– Dalej, Lidael! – zawołał Aratarn. – Razem, w bramę!

Syn Gubiciela posłał sprawdzoną ognistą włócznię – rozkwitła pomarańczowym błyskiem, snopy iskier strzeliły w górę. Gdy języki płomienia opadły, w miejscu ciężkiej bramy ukazała się sterta stopionych odłamków. Gubiciel wpadł do wyrwy, a ku niemu już sunęli obrońcy zamku, stwory Ordy.

Gubiciel zaśmiał się – Hiss padł na ziemię, zaciskając uszy dłońmi (żmije są głuche, lecz Hiss był absolutnym wyjątkiem pod wieloma względami) – i chwilę później w bramie zaczęła się jatka. Obrońcy zamku nie mieli żadnych szans – stwory ginęły rozrywane na strzępy. Krew szybko wsiąkała w suchą ziemię.

Światła w oknach trwożnie zamigotały.

– Uwaga! – zawołał Aratarn, ale Jarina zareagowała wcześniej. Krusząc kamienie, spod ziemi wysunęły się źdźbła zielonej tarczy i zaraz rozbiła się o nią posłana z wieży ognista kula.

A Gubiciel walczył już na podwórcu.

– Idziemy tam! – Aratarn aż podskoczył. – Przecież on jest sam... mój ojciec jest tam sam!

– Nikt nie poradzi sobie lepiej niż on – zauważyła Jarina. – Stój spokojnie! Da nam znak, gdy będzie po wszystkim. A jak już koniecznie musisz coś robić, to osłaniaj go przed magią zamku!

Rzeczywiście, z okien wieży ciągnęły się mgliste nici o złowieszczym wyglądzie. Aratarn i Lidael od razu w nie uderzyli, znów źle wyliczyli siłę i kamień fasady spłynął w dół rozpalonymi strugami. Ale nici zniknęły.

I na tym, o dziwo, walka się skończyła. Ordę załatwił Gubiciel, jedyną próbę obrony zdławili Lidael i Aratarn. Potem już nikt nie ośmielił się im przeszkodzić.

Ponad murami pojawił się widmowy Gubiciel.

– Wchodźcie! Już można! – zahuczał.

Wszyscy popatrzyli na siebie.

– Coś za łatwo nam poszło – mruknął Dwalin. – Przysięgam na pas Rodgara, że w środku musi być zasadzka! No bo jak to? Co to za Ciemny Władca? Wpadamy do jego twierdzy jak krasnoludy do karczmy, a on nic!

Ostrożnie, skradając się, doszli do tego, co zostało z bramy. Ostatnie dziesięć kroków brnęli po kolana w rozszarpanych ciałach stworów.

Lidael, której zrobiło się niedobrze, oznajmiła, że nie pójdzie dalej nawet pod groźbą natychmiastowej kaźni. Jarina i Aratarn próbowali przemówić jej do rozumu, a Dwalin po prostu podszedł z boku i jednym ruchem zarzucił sobie dziewczynę na ramię jak worek mąki. W takiej pozycji Lidael pokonała resztę drogi, głośno protestując i domagając się, żeby nieść ją normalnie, na rękach, a nie Orda wie jak!

Gubiciel czekał na nich obok wyrwanych z zawiasów drzwi do głównej wieży. Wyłożony czarnymi płytami podwórzec był pusty, nikt nie próbował atakującym przeszkodzić.

– Idziemy na górę! – rzekł Gubiciel. – Tylko ostrożnie! Ja pójdę przodem, tam mogą być pułapki.

*

Pułapki faktycznie były. Pierwszą zauważyłem od razu, jak tylko przeszedłem przez próg. Rzecz jasna, ujrzałem ją nie tymi oczami, którymi zwykle patrzę na świat.

Na środku pustego holu szalał Wir, który miał za zadanie zabrać nieostrożnych przybyszów prosto do Dolnych Światów. Pułapka była potężna, ale nieskomplikowana. Do jej pokonania potrzebna była siła, nie spryt. Dość dziwne, w cytadeli Ciemnego Władcy...

– Nie ruszajcie się! – zawołałem do reszty. – Muszę tu zatkać dziurę.

Gdy Wir, dławiąc się i charcząc, próbował wciągnąć rzuconego przeze mnie „jeża" (twór siły z rozczapierzonymi igłami, zaczepiającymi się o wszystko, nawet o powietrze), po przerzuconym przez Hissa moście przeszliśmy na drugą stronę.

Na schodach czekały na nas bardziej typowe niespodzianki – przekręcające się płyty w podłodze, spadająca z sufitu krata i tak dalej. Na zakończenie ze strasznym hurgotem potoczyło się po schodach wielkie zębate koło. Lidael i mój syn roznieśli je w pył z dziecięcą powagą i starannością.

Tak, mój syn. Spędziliśmy siedemnaście lat w pułapce Słupa Tytanów. Siedemnaście lat! Chłopiec zdążył dorosnąć. Zupełnie nie wiadomo, skąd się w nim wzięła ta siła. Przecież nie odziedziczył jej po mnie! I dlaczego ta siła dzieli się na niego i tę dziewczynę, w połowie elfkę, a w połowie...

Nie potrafiłem znaleźć odpowiedzi. Miałem tylko nadzieję, że wszystkiego dowiem się od Ragnwalda Wielkiego – jego prawdziwe imię bałem się wymówić nawet w myślach. Ale żeby otrzymać prawo zadawania pytań i żądania odpowiedzi, musiałem wykonać jego wolę.

I nie chodziło wyłącznie o to. Chciałem zlikwidować Ordę nie tylko dlatego, że prosił mnie o to ten, któremu się nie odmawia. Widziałem Leśną Granicę, widziałem, jak żyją tam ludzie. Orda nie miała prawa istnieć.

*

Schody kończyły się masywnymi drzwiami, nie magicznymi, zwykłymi. Nie czekając, aż magowie dobiorą zaklęcia i jeszcze nie daj co zwalą sobie na głowę całe sklepienie, Dwalin dwoma ciosami topora zerwał zawiasy i wypchnął drzwi barkiem.

Otworzyła się przed nimi przestronna sala z wysokimi strzelistymi oknami. Podłoga była wyłożona czarnymi kwadratami z rysunkiem białych ludzkich czaszek. Na ścianach niczym w królewskiej sali myśliwskiej umocowano wypchane stwory, jeszcze ohydniejsze niż te, które tworzyły Ordę. W odległym końcu stał wielki stół zawalony zwojami pergaminów i kośćmi, zastawiony kolbami, butlami i klatkami, w których piszczały szczury, walały się tam również palniki, zakurzone butelki i inne przedmioty, które bardziej pasowałyby do siedziby przeciętnego czarodzieja niż do cytadeli Ciemnego Władcy.

A w masywnym fotelu przy stole siedział człowiek – niski, pomarszczony i łysawy. Jego czarną szatę ozdabiały wyhaftowane złotą nitką siedmioramienne gwiazdy. Długą białą brodę miał owiniętą wokół szyi niczym szal. Patrzył na nich wzrokiem zaszczutego zwierzęcia – widocznie zdawał sobie sprawę ze swojej bezsilności. Nie mógł ani uciec, ani walczyć.

– I ten typ ma być władcą Ordy? – Dwalin nie krył pogardy. – Załatwię cię jedną ręką! Szkoda brudzić siekierę!

– Zaczekaj, Dwalinie. – Szczupłe palce Jariny spoczęły na potężnej dłoni krasnoluda, już ściskającej broń. – Poczekaj. Najpierw z nim porozmawiajmy. Jeszcze zdążysz go zarąbać.

Człowiekowi za stołem tylko oczy łyskały. Jarina spokojnie zrobiła krok w jego stronę.

– Mów prawdę, magu. Czy jesteś panem Ordy?

Odpowiedzi nie było.

– No pewnie, że jest! – zagrzmiał Gubiciel. – Wszystkie stwory, które leżą teraz na podwórcu i czekają na sępy, należą do Ordy. Jeśli chcecie pytać, trzeba to zrobić inaczej. Dajcie go mnie, a ręczę, że wszystko wyśpiewa!

Czarodziej nie protestował, gdy go wiązali. Bezwolny jak szmaciana lalka, miał szklany wzrok, a z jego uchylonych ust wisiał ciemnoczerwony język. Wyglądał jak nieprzytomny.

– Udaje, łobuz – stwierdził Gubiciel. – Zaraz nam wszystko powie! A wy obejrzyjcie komnatę, tylko ostrożnie. W holu był Wir, może tu również coś jest...

– Poczekaj! – Jarina chwyciła Gubiciela za ramię. – Chcesz go torturować? Nie rób tego!

– Czemu? – zdumiał się Gubiciel. – A co miałbym z nim zrobić? Jak inaczej dowiedzieć się, kim jest?

– Spróbujemy. Ty go na razie przypilnuj, a my spróbujemy! Nigdy nie należy nikogo dręczyć! Nawet w imię najszlachetniejszego celu. Przecież tutaj jest tylu czarodziejów! Czy naprawdę nie zdołamy się niczego dowiedzieć bez dręczenia tego nieszczęśnika?

Gubiciel się zawahał.

– Dobrze, twoje na wierzchu – przyznał w końcu. – Spróbujmy. Słyszałeś, szczurze?! Podziękuj tej damie, że nie przypalam cię na wolnym ogniu – na początek! Potem poszczułbym na ciebie kilku wygłodniałych Pożeraczy Dusz...

– Przestań! To niegodne, haniebne upajać się męką bezbronnego! – Jarina aż tupnęła nogą. – Czym wówczas różnilibyśmy się od tych, którzy nasłali Ordę?!

Niespodziewanie Gubiciel spuścił głowę.

– Masz rację, Jarino – powiedział półgłosem. – Ja niczym się nie różnię. Jestem Gubicielem, stworzonym, żeby zabijać. Bitwy były moją jedyną radością, cieszyło mnie wszystko, co przybliżało zwycięstwo. Walczę teraz z panami Ordy, a przecież mogłem znaleźć się po ich stronie. Na wasze szczęście dostałem inny rozkaz.

– Rozkaz? Od kogo? – zdumiała się Jarina.

– Od tego, którego imienia nie mogę wymówić nawet w myślach. Ale nie sądź, że robię to dlatego, że muszę być posłuszny czyjejś woli. Nie! Nie na darmo żyłem jako Elstan w Leśnej Granicy. I nie na darmo zostałem ojcem.

Zamilkł i dokończył swoim zwykłym głosem, pewnym i twardym:

– Dobrze, pogadaliśmy sobie i wystarczy. Działajcie! I zawołajcie mnie w razie czego.

– Lidael, Aratarn! Poradzicie sobie? – Jarina przejęła dowodzenie. – Ja nie jestem mocna w Zaklęciach Poznania.

– Poradzimy, poradzimy! – zapewniła Lidael. Aratarn sapnął skonfundowany – on w ogóle nie znał żadnego bardziej złożonego zaklęcia.

– Świetnie. A ja przypilnuję Hissa.

Król węży planował właśnie skorzystać z zamieszania i pogrzebać w magicznych amuletach tutejszego gospodarza. Nie miał zamiaru być przez cały czas zakładnikiem. Może szczęście się do niego uśmiechnie? O, wtedy odpłaciłby wszystkim za doznane upokorzenia!

– Usiądź sobie, odpocznij – zarządziła Jarina, ale Hiss tylko złośliwie się wyszczerzył. Tej dziewczyny nie miał nawet za psi pazur, sądził, że to zwykła wiedźma, niezła w magii miłosnej, ale co się tyczy reszty...

– Achsss, czy ssstary Hisss nie zasssłużył sssobie na niewielką nagrodę? Przecież pokazzzałem wam wejśśście, tak jak obiecałem!

– Jeszcze mam tu z tobą dyskutować! – prychnęła Jarina.

Chwilę później płyty podłogi pękły z trzaskiem i w górę strzeliła zielona łodyga grubości ręki dorosłego człowieka. Jej cienki wierzchołek owinął się wokół szyi Hissa, przyginając go do ziemi.

– Widzisz, do czego mnie zmuszasz!

– Achsss... – jęknął przyduszony Hiss.

– Siedź spokojnie – pogroziła mu palcem Jarina i poszła z Dwalinem oglądać zamek.

Aratarn i Lidael wciąż trzymali się za ręce. Dziewczyna zaczęła tłumaczyć:

– Na początek idziemy w koło, wzdłuż ścian. Oglądamy podziemia, potem fundamenty – w ich podstawy często wmurowuje się różne magiczne talizmany. Dalej zakreślamy pole czarodziejstwa i patrzymy, czy zostało zrodzone przez sam zamek. Wypuszczasz trzy promienie i wymacujesz punkty oparcia tutaj, tutaj i tutaj. Muszą być co najmniej trzy. Potem szukamy głębinowego wichru, jeśli spostrzeżemy, że z polem czarodziejstwa coś nie gra. Zrozumiałeś? Nie? Ech, głuptasie! Dobrze, wszystko zrobię sama, ty mi tylko pomożesz.

– Coś zobaczymy? – zapytał Gubiciel, który trzymał pana tego zamku za kołnierz.

– Oczywiście, oczywiście. – Lidael posłała Gubicielowi swój najczarowniejszy uśmiech. – Wszystko pokażemy! To nieskomplikowane zaklęcie... Aj! Czemu mnie szczypiesz? – To pytanie skierowała do Aratarna.

– Skup się – wymamrotał chłopak, czerwieniąc się. – Nic, tylko pogaduszki. W ten sposób niczego się nie dowiemy.

– Ale z ciebie grubianin! – Lidael się obraziła. – Najlepiej żebym z nikim nie rozmawiała! A już zwłaszcza z twoim ojcem!

Chłopak poczerwieniał jeszcze bardziej. Za nic w świecie by się do tego nie przyznał, ale właśnie o ojca był najbardziej zazdrosny. Elstan-Gubiciel był bardzo przystojny, no i nie wyglądał na swój wiek. Aratarn nic nie mógł na to poradzić. Umysłem pojmował, że to jego ojciec, ale serce dopiero miało to zrozumieć.

A jednak jego uszczypnięcie zrobiło swoje – Lidael wzięła się do pracy.

W powietrzu pojawił się drżący obraz zamku i dość długo pozostawał niezmieniony. Ani w piwnicach, ani w fundamentach, ani w ogóle nigdzie nie było nic ciekawego. Zamek powstał cały od razu i nie miał żadnych tajemnych katakumb. Pole czarodziejstwa, pozbawione jakichkolwiek niespodzianek, również wyglądało najzwyczajniej w świecie. Jasnoliliowe, z ośmioma wichrami w rogach i jednym węzłem przemiany (od jego kształtu zależało, w jakim stopniu czarownik może wykorzystać dryfujące w świecie siły czarodziejskie*). I gdy pod najgłębszymi piwnicami twierdzy rozkwitł nagle jaskrawy pomarańczowy kwiat, Lidael wyrwało się westchnienie ulgi. Znalazła.

– Patrzcie! Patrzcie! Głębinowy wicher! I to jaki!

– Ha! – Gubiciel potrząsnął związanym czarownikiem niczym terier schwytanym szczurem. – Skądżeś ty wziął takie cudo, co?

Czarownik nie odpowiedział.

Aratarn, gryząc wargi, blednąc i czerwieniejąc na przemian, wpatrywał się w obrazy, które pokazywała Lidael. Bardzo chciał zapytać, co to wszystko znaczy, ale nie miał odwagi. Wyręczyła go Jarina, która bez skrępowania poprosiła, żeby wyjaśnić jej, o co tu chodzi.

Lidael natychmiast poczuła się ważna.

– Głębinowy wicher – zaczęła takim tonem, jakby tłumaczyła tępym uczniom rzeczy oczywiste – jest odbiciem tego,

* Szczegółowy esej na temat czarodziejstwa Wielkiego Hjörwardu, zawierający opis wszystkich istniejących systemów magii, znajduje się w latopisie „Niewolnik Nienazwanego".

skąd czarownik czerpie siłę. Taki jak tutaj, jakby odwrócony wir, zdarza się, jeśli siła wpływa z zewnątrz. Ta tutaj jest gigantyczna!

– W takim razie dlaczego tak łatwo go pokonaliśmy? – zapytała Jarina.

– Pewnie tę siłę można wykorzystać do celu wyznaczonego przez tych, którzy ją posyłają – włączył się Gubiciel. – Gdyby było inaczej, ten czarownik łatwo by się nie poddał!

– Ale, ale! Co się z nim dzieje? – wykrzyknęła Jarina, podbiegając do jeńca, lecz było już za późno. Ciało czarownika rozpadało się, przemieniało się w kałużę cuchnącego śluzu. Gubiciel odskoczył z przekleństwem – śluz parzył jak silny kwas.

– Umarł – wyszeptał Dwalin.

– Zabili go – poprawił go Gubiciel. – Zrozumieli, że trafiliśmy na trop, i zabili świadka! Lidael, trzeba się dowiedzieć, skąd przesyłali tę siłę i w jakim celu.

– Może on naprawdę władał Ordą? – zasugerował Aratarn.

– Może. Ale w takim razie po co te wszystkie zabawki? Zamek i cała reszta... Nie rozumiem! – Gubiciel wzruszył ramionami. – Nic nie wiemy, a czas ucieka!

Blada jak płótno Lidael znieruchomiała.

– Ja... ja nie mogę... nie widzę, skąd płynie siła – powiedziała zrozpaczona i opuściła bezradnie ręce.

– Jak to? Nie możesz? – Aratarn aż podskoczył. – Przecież znalazłaś wtedy drogę do Słupa Tytanów!

– Tam było łatwiej. Widocznie od tego zamku ciągnęła się nitka do Słupa, a od niego do wszystkich stworów Ordy. Nietrudno było ją zauważyć, ale tutaj... korzenie tego wichru są ukryte.

Zapadło ciężkie milczenie.

– Czyli co, jesteśmy w ślepym zaułku? – Aratarn zacisnął pięści, oczami ciskał błyskawice. – Przebyliśmy tyle ziem, omal się nawzajem nie pozabijaliśmy i teraz będziemy tu stać nad tą kałużą śluzu? I co teraz? Mamy zawracać? Ojcze! Dlaczego milczysz? Powiedz coś!

Gubiciel pokręcił głową.

– Nie gorączkuj się tak, synu, jeszcze nie wszystko stracone. Musimy zająć się resztkami tego typa i wichrem, który znalazła Lidael. Może nam się uda.

I wtedy odezwał się Hiss. Król węży potrafił wybrać idealny moment do zaproponowania swoich warunków transakcji.

– Achsss, jeśśśli zechcecie posssłuchać ssstarego Hisssa, to może sssię dowiecie, gdzie szszukać tych, którzy władali tym zamkiem.

Wszyscy drgnęli.

– Skąd możesz wiedzieć? – zapytał podejrzliwie krasnolud. – Już raz nas zaprowadziłeś demony wiedzą dokąd, nie wystarczy? Nie wierzę ci za grosz!

– Poczekaj, Dwalinie. – Gubiciel przykucnął obok Hissa, którego zielony „łańcuch" przyciskał do podłogi. – Gadaj!

– Najpierw mnie uwolnijcie!

– Co takiego?! – wrzasnął Dwalin. – Uwolnić cię, a jużci!

Gubiciel się skrzywił.

– Uspokój się, krasnoludzie. Przecież i tak nam nie ucieknie. Po prostu chce pokazać, że sobie bez niego nie poradzimy. Jarino, puść go!

Posłuszna spojrzeniu dziewczyny zielona obroża zsunęła się z króla węży. Hiss wstał, rozcierając szyję.

– No, mów! – Gubiciel zmarszczył brwi.

– Achsss, wszyssscy gardzili ssstarym Hisssem, a teraz prosicie mnie, żebym wam pomógł... O, moja cena będzie bardzo wysssoka! Chcę dossstać ją! – Zielony palec wskazał Lidael. – I to już! Natychmiast!

Bach! Aratarn trzasnął pięścią króla węży w szczękę. Hiss, którego odrzuciło aż do drzwi, wrzasnął, przekoziołkował i rzucił się do ucieczki, biegnąc w dół po schodach.

– Stój! – krzyknął Gubiciel nieludzkim głosem. – Stój, bo jak cię dorwę, będzie z tobą źle! Stój, mówię!

Hiss nie słuchał. Pędził w dół na złamanie karku. Gonili go Gubiciel i Aratarn.

Szybciej, szybciej, szybciej! Żeby tylko wydostać się z zamku! Wtedy otworzy wrota i ucieknie! Musi mu się udać przy tak potężnym głębinowym wichrze! Ci głupcy uważają go za nikczemnego czarownika, ale to nieprawda! Wystarczy kilka chwil, a strumień siły pochwyci go i wyniesie, wyniesie do świata, w którym jest gorąco i mokro, w którym drzewa rosną w wodzie, w którym panują jego pobratymcy. To nie będzie świat Wielkiego Hjörwardu, ale trudno, najważniejsze – wydostać się z tego chaosu!

Trzeba przyznać, że Hiss był przebiegły i inteligentny. Wiedział, że jego żądanie wzbudzi powszechną wściekłość – i o to mu chodziło.

Gniew to zły doradca, zbyt często później żałuje się tego, co zrobiło się w gniewie.

Hiss minął jedną pułapkę, drugą, trzecią... Już w biegu zaczął tworzyć Zaklęcie Przemieszczenia, by jak najszybciej rozpłynąć się w potędze głębinowego wichru. Gubiciel zrozumiał, że trzeba działać natychmiast.

Schody przed Hissem stanęły dęba. Stopnie trysnęły we wszystkie strony i wśród wybuchów strzelił w górę płomienny kwiat. Hissa odrzuciło do tyłu, prosto pod nogi nadbiegającego Gubiciela. Błyskawicznie schwytany i związany król węży mógł tylko syczeć i pluć.

– No, teraz się tobą zajmę! – ryknął Gubiciel.

– Achsss, to i tak nie pomoże potężnemu wojownikowi! – wysyczał zuchwale Hiss. – Nic nie powiem!

– To się jeszcze zobaczy. Chyba ciągle nie rozumiesz, kim jestem, przyjacielu. Otóż najpierw umieszczę na twojej głowie pewną przemiłą istotę. Zacznie od twojej skóry, potem weźmie się za kości czaszki, a następnie zajmie się tym, co jest pod nimi. Jak ci się podoba mój plan?

Zielonoskóry Hiss zzieleniał jeszcze bardziej, ale twardo milczał.

– E tam, wystarczy rozpalone żelazo! – nie wytrzymał Aratarn.

– Nie! Zaczekajcie! – zawołała Jarina, która właśnie nadbiegła. – Jesteście tu po to, żeby uwolnić Hjörward od stworów Ordy, czy po to, żeby zgubić swoją duszę zbrodniami?!

– Jeśli zbrodnie pomogą nam uwolnić Hjörward od Ordy, będziemy je popełniać – wycedził przez zęby Gubiciel. – Masz inną propozycję?

– Tak. – W oczach Jariny krzepł lód miesiąca białych ścieżek. – Dajcie go mnie. Ja wiem, jak postępować z tymi, którzy uważają się za zbyt... zbyt pociągających.

– Co chcesz zrobić?! – ryknął Dwalin. – Co masz zamiar zrobić?! – Ścisnął siekierę tak mocno, że żelazo jego rękawic zgrzytnęło żałośnie.

– Ależ nic takiego. – Jarina się uśmiechnęła. Jej oczy pozostały lodowate. – Nic złego mu się nie stanie. Mnie też nie.

– Nie! – Dwalin skoczył do przodu, stając dziewczynie na drodze. – Zrobisz to dopiero wtedy, gdy zgaśnie mój piec!

Jarina znów się uśmiechnęła, a w kącikach jej oczu pojawiła się serdeczność i kobieca duma.

– Mój drogi Dwalinie, wzięliśmy na siebie ten ciężar i musimy go nieść do końca. Rozumiem... pewnie nawet lepiej niż ty sam siebie. Nie dojdzie do tego, o czym myślisz. Nie ma potrzeby uciekać się do takich środków... Ej, Hiss! Idziemy! Zdaje się, że czegoś chciałeś? W takim razie chodźmy.

Nikt nie odważył się spojrzeć w oczy krasnoluda, gdy za uśmiechniętym Hissem i Jariną zamknęły się wysokie drzwi. Wszyscy usłyszeli jego szept i aż się wzdrygnęli od nienawiści, jaka w nim dźwięczała:

– Zabiję gada, jak tylko wyjdzie!

*

– Achsss, achsss, nie, nie! Wyssstarczy, dośśść!

– Ależ dlaczego, wasza wężowa wysokość? A tak nie chcesz? A tak? I tak?

– Achsss!!! Błagam, zzzmiłuj sssię!

– Głupcze, naprawdę myślałeś, że ci się oddam? O, skoro już się zgłosiłeś, to teraz cierp! Moim klientom w Galenie coś takiego bardzo się podobało...

– Achsss, nie, nie! Powiem wszyssstko! Wszyssstko, wszyssstko, wszyssstko!

– No to mów, słucham. Tylko szybko!

– Achsss, ssstary Hisss może wyśledzić tego czarownika, z którym trafił do Sssłupa Tytanów. Odnajdę jego ślad nawet między światami! Magowie wyssspy Brandey tak to urządzili! Ten czarownik poszszedł z tutejszszymi gossspodarzami i mogę przyprowadzić wasss do niego. Jeśli tylko potem wypuścicie mnie i nagrodzicie...

– A co byś chciał dostać w nagrodę?

– Achsss! – Hiss od razu poczuł się ważny. – Chcę tę Lidael...

– Ach ty! Więc mało ci tego, co ja zrobiłam?

– Achsss, nie! Nie zzzaczynaj od początku! Nie!!

– Jeśli jeszcze choć raz powiesz coś o Lidael, własnoręcznie wyrwę twoje klejnoty!

– Achsss, nie! Zzzgadzam się, zgadzam... Zaprowadzę wasss, dokąd chcecie!

– Już lepiej... Wiem, że niezły z ciebie czarownik, ale pamiętaj o tym, co mogę z tobą zrobić. Jeśli zdradzisz, to przysięgam na niebo, że będzie z tobą źle.

– Rozzzumiem! Rozzzumiem, pani...

– No właśnie, pani. Tak możesz do mnie mówić.

*

Wyszli z dziwnego czarnego zamku, przeszli przez podwórzec, gdzie nadal wisiały opary nad ciemnymi kałużami krwi, minęli to, co zostało z bramy, i szli dalej, dalej, dalej... Fantasmagoryczne przejście przez światy. Po niknącym śladzie, który Gordżelin zostawił w eterze, po śladzie, który złapał Hiss niczym pies myśliwski.

Ale zanim ruszyli w tę drogę, uderzyli w zamek. Razem, całą siłą, jaką dysponowali, przemienili czarną twierdzę w ogromne ognisko. I stali, patrząc w milczeniu na ogień, na zapadające się belki stropów, na rozpadające się mury i wieże, zawalające się podziemia.

Hiss poprowadził ich na stromą skałę. W dole pod nimi lśniło morze, absolutnie czarne, nawet piana na grzbietach fal była czarniejsza od sadzy.

– To tutaj – powiedział król węży. – Wrota sssą tutaj. Trzeba je otworzyć. A potem zobaczymy!

Nikt prócz niego nie widział nad urwiskiem żadnych wrót – dobrze je ukryto. Zresztą pewnie nikt by ich nie szukał. Każdy mag, nawet bardzo silny, poprzestałby na czarnym zamku i czarowniku-marionetce. Tylko siła Lidael i Aratarna pozwoliła im znaleźć głębinowy wicher i zrozumieć, co on oznacza.

– To jak tam wejść? – zapytał Dwalin. Ostrożnie wychylił się za krawędź urwiska i zaklął. – Rrrodgar! Czy naprawdę trzeba skakać?

– Achsss, nie – zasyczał Hiss. – Trzeba je otworzyć!

Otworzenie niewidocznego zamka nie było wcale proste. Dopiero potrójne uderzenie – gdy Gubiciel dołączył swoje siły do Lidael i Aratarna – zerwało wrota z zawiasów. W powietrzu otworzyła się biała paszcza drogi; Gubiciel poszedł pierwszy, za nim pozostali.

*

Zniknęło ponure, ciemne urwisko, rozszalałe fale i złowieszcze twierdze. Wokół nich pojawiła się różnobarwność Międzyrzeczywistości, świata tych istot, dla których Międzyrzeczywistość zasiedlona jest przez ludzi, bogów i demonów warstwy Wielkiej Sfery.

Droga po tęczowym moście nie była długa. Dalej majaczyło coś szarego – wyjście.

Wystarczyło, żeby sześcioro wędrowców stanęło na jego progu, a szara plama się przeistoczyła – ujrzeli wspaniały park w pięknej górskiej dolinie, który wyglądał jak zabawkowy. Zabawkowe góry pokryte płaszczami zielonych lasów, zabawkowe śnieżne czapki na szczytach (nie obeszło się bez magii – wieczne śniegi nie sąsiadują z zielonymi lasami), zabawkowe wodospady i strumienie, zabawkowy zamek pośrodku ogromnego parku, zabawkowy smok strażnik... Chociaż nie, chwileczkę, smok akurat nie wyglądał na zabawkę.

Składając zielone skrzydła, stwór przekręcił się w powietrzu i ostro spikował w dół, wyraźnie celując w zuchwałych przybyszów. Z rozwartej paszczy wyleciała pierwsza struga dymu – zwiastun magicznego płomienia.

– Hej, hej! – krzyknął ostrzegawczo Dwalin, wznosząc topór. – Którzy tam magowie!

„Którzy tam magowie" nie tracili czasu. Gubiciel zmrużył oczy, szukując się do płomiennego ciosu, gdy znów wtrąciła się Jarina.

– Zaczekajcie! Skąd w was ta wieczna żądza zabijania?!

– Przecież on zaraz... – zaczął Dwalin, ale Jarina nie słuchała. Podniosła dłonie do ust i zaśpiewała – nie zawołała, nie krzyknęła, lecz właśnie zaśpiewała – w dziwnym, melodyjnym języku, nie elfickim i nie magicznym – zupełnie innym, w którym czuło się prawdziwie boską moc.

Skrzydlaty stwór posłuchał. Machnął skrzydłami i zawrócił, skrywając się za wierzchołkami drzew.

– A on czasem nie wróci? – zaniepokoił się Dwalin.

– Nie – odparła Jarina. – Tak obiecał.

Wszyscy otworzyli usta ze zdumienia.

– Obie-ecał? – zająknęła się Lidael.

– Obiecał. Jeśli nie tkniemy jego pobratymców, smoki strażnicy nie wyrządzą nam krzywdy – wyjaśniła Jarina nie bez dumy.

– W takim razie idziemy dalej. – Gubiciel wskazał widniejący w oddali zamek. – Myślę, że tam wreszcie znajdziemy odpowiedzi na wszystkie nasze pytania.

*

To miejsce było przesiąknięte magią prawie tak jak okolice Słupa Tytanów. Ale jeśli tam czułem niepowstrzymane szaleństwo magicznych sił, tutaj było inaczej. Niewidoczne strumienie mocy wzięto w karby, umieszczono w korytach i podporządkowano surowym prawom. Tutejsi gospodarze znali się na magii. Walka z nimi nie będzie łatwa.

Sześcioro wędrowców szło przez piękny park.

– Żadnych zaklęć – ostrzegł Gubiciel. – Podchodzimy bliżej i uderzamy z całej mocy.

– Od razu uderzymy? – uniosła brwi Jarina.

– No daj spokój, to przecież nie smok! Jeśli nie my ich, to oni nas! Nie rozumiesz?

– Nim zaatakujemy, powinniśmy się dowiedzieć, kim oni są – upierała się dziewczyna. – Może nie mają nic wspólnego z Ordą i tamtym czarownikiem! To, że zaprowadził nas tutaj ślad, jeszcze nie oznacza, że stąd kierowano Ordą!

– Stąd Ordą nie kierowano – burknął ponuro Gubiciel. – Wszystko skazuje na to, że Ordą władał tamten, który się zmienił w kałużę. A jak był związany z mieszkańcami tego zamku, zaraz się dowiemy.

Znaleźli się bardzo blisko pałacu. Park się skończył, pod ich nogami pojawił się bruk.

– Stać! – krzyknęli niemal wszyscy jednocześnie. Przed nimi, w gościnnie otwartej bramie kryła się niewidoczna Śmierć. Nieproszonym gościom przygotowano serdeczne przyjęcie.

Dwalin ścisnął topór. Nie czuł żadnego niebezpieczeństwa, choć od małego odgadywał obecność górskich duchów w głębokich sztolniach. Za otwartą na oścież bramą widać było wielki wewnętrzny dziedziniec, fontannę... Pozostawało tylko zrobić kilka kroków...

– Nie ruszaj się! – Jarina zawisła na szyi krasnoluda.

Dwalin zastygł, nadal nic nie rozumiejąc. Jego towarzysze wymieniali się krótkimi zdaniami.

– Ani się prześliznąć, ani odwrócić uwagi...

– Tylko spalić...

– Ale wtedy już z całym zamkiem...

– Dlaczego? My ostrożnie, postawimy barierę. Lidael, postawisz?

– Mogę, czemu nie...

– W takim razie ja atakuję. Hej, odjedźcie wszyscy!

Gubiciel został sam przed łukiem bramy.

A chwilę później w bramie zapłonął ścisły węzeł ognistych strumieni. Huknął grom i wszyscy padli na ziemię. Dwalinowi wydawało się, że widzi wygięty w agonii potworny widmowy kształt, niepodobny do żadnego ze stworów Hjörwardu. Istota była uosobieniem Śmierci.

– Naprzód! – zakomenderował Gubiciel i w jego prawej ręce pojawiła się widmowa klinga.

Zaczął się szturm.

Teraz już nikt nie myślał o rozpoczęciu negocjacji.

*

Gordżelin Obojętny i Mistrz Kamieni zdążyli dotrzeć jedynie do najbliższego zakrętu korytarza, gdy płyty przemieniły się w coś żywego, miękkiego, wsysającego. Towarzysz Gordżelina wykrzywiony z bólu padł na kolana. Śnieżny Mag wyszarpnął go z tej pułapki w ostatniej chwili – czyjeś czarodziejstwo przemieniło kamienie w żarłoczne mięsożerne mchy z odległych bagien Hjörwardu Południowego.

Korytarz zasnuwał dym.

– Na podwórzec! – Mistrz Kamieni chwycił Gordżelina za rękaw. – Szybko!

Ale na dziedzińcu już szalał ognisty chaos. Pośrodku wirowało płomienne tornado, na murach rozpełzały się drapieżne liany. Od strony bramy, przemienionej w stertę odłamków, kroczyło sześć postaci. Jedną z nich Śnieżny Mag poznał od razu.

– Hiss! Ty zdrajco! – huknął. Wszystko było jasne. Ten przeklęty wąż znalazł sobie sprzymierzeńców, potężnych magów i teraz chce unicestwić cały plan ratowania Eltary! Nic dziwnego, w końcu to ona odebrała mu Pieczęć! No, trzymaj się, stworze!

I tak Gordżelin Obojętny stanął do walki po stronie Nowych Magów.

Ale Hiss się nie cofnął.

I Jarina, która, nieruchomiejąc i zaciskając powieki, już rozsyłała ręce-gałęzie po korytarzach zamku...

I Lidael z Aratarnem, którzy strumieniami załamanej przestrzeni niszczyli nasyłane na nich zaklęcia...

I Gubiciel, który ciął swoim widmowym mieczem potworne stwory wyłaniające się spod ziemi...

I Dwalin, który zarąbał już trzech wojowników w złocistych zbrojach, chcących zabić nieruchomą Jarinę...

Nikt z tej szóstki nie miał zamiaru się cofać – bo nie było już dokąd.

Bez trudu pokonali pierwszą linię obrony. Siła Lidael i Aratarna zmiotła niewidoczne przegrody, wola Gubiciela zmiażdżyła przygotowane do ataku potwory. Wdarli się do środka, a wtedy za nimi rozszalał się prawdziwy sztorm – sama ziemia stawała dęba i spadała z góry, niszcząc wszystko na swojej drodze.

Władcy i władczynie stanęli do walki. Srebrzyste bicze ze świstem cięły przestrzeń, rozsypując się w miriadach ognistych iskier, powietrze ściskało się z niesamowitym buczeniem, tworząc lodowate bryły, wewnątrz których gospodarze chcieli uwięzić napastników.

I tak się złożyło, że przeciw Hissowi i Dwalinowi walczyli pałacowi słudzy z Orkusem, władcy i władczynie walczyli z Jariną, Lidael i Aratarnem, a Gordżelinowi przypadł Gubiciel.

Śnieżny Mag obrzucił zimnym spojrzeniem widmową postać z mieczem, który wydawał się wydłużonym obłokiem mgły. Zaiste, straszny przeciwnik. Obojętny domyślił się, kogo ma przed sobą... ale odwrotu już nie było.

Wyregulowany bieg magicznych strumieni Wielkiego Eteru został zakłócony. Gordżelin nie próbował mierzyć się z wrogiem czystą siłą – na tym polu przegrałby na pewno. Należało spróbować czegoś chytrzejszego... O, na przykład Zaklęcie Przemieszczenia.

Jeszcze szykował zaklęcie, odwracając uwagę przeciwnika fantomami, gdy na podwórzu zaszła niespodziewana zmiana. Wokół huczał ogień (Lidael i Aratarn chyba nie uznawali innej broni), powietrze wypełniło się żarem, policzki Obojętnego musnął lodowaty podmuch. Coś niewidzialnego, pozbawionego kształtu przesunęło się obok Śnieżnego Maga i ruszyło na Gubiciela. Gordżelin się obejrzał – z odległego kąta podwórca Gubicielowi przyglądała się uważnie Królowa Cieni.

Gospodarze użyli nowej broni.

Gubiciel znieruchomiał. Jego oczy widziały teraz coś, co było ukryte przed pozostałymi. Nowa broń władców została skierowana przeciwko niemu jednemu i chyba ją poznawał. Widmowy wojownik zatrzymał i uniósł miecz do obrony – a naprzeciwko niego była pustka.

Wtedy rozległ się łagodny kobiecy głos:

– Czy naprawdę myślałeś, że już po mnie, Gubicielu? Że pogrzebałeś mnie i już po wszystkim, Odradzający już ci niestraszny? – I cichy szmer melodyjnego śmiechu.

Gordżelin musiał już tylko nałożyć ostatnie klamry zaklęć. Jeszcze chwila i...

Ale Gubiciel okazał się godnym przeciwnikiem. Wydawało się, że zapomniał o Śnieżnym Magu, a jednak... Mglisty miecz skoczył w szybkim wypadzie i tuż przed gardłem Obojętnego powietrze zapłonęło, jęknęło – klinga Gubiciela cięła z taką siłą i szybkością, że powietrze nie zdążyło się przed nią rozstąpić.

Gordżelin mógł już tylko przerzucić wektor gotowego zaklęcia na siebie – i gruchnął plecami w mur tak, że ból go ogłuszył. Spróbował wstać i nie mógł, nawet ręce nie chciały go słuchać. A Gubiciel znowu miał tylko jednego przeciwnika.

Zaczęła się opętańcza walka.

Tymczasem z odległego rogu podwórca do Gordżelina ruszył bezszelestny cień – Hiss.

*

Ciężko dysząc, Dwalin zatrzasnął za sobą drzwi i szybko zasunął zasuwę. Co za miejsce, niech mnie Rodgar! Ale maszkarony! Gdzie tam do nich stworom Ordy...

Walka na dziedzińcu rozdzieliła krasnoluda i jego towarzyszy.

Nieznośny żar i fale płomienia to nie dla niego! Nie potrafił bronić się zaklęciami tak jak pozostali i musiał wybierać – albo spłonie, albo... albo spróbuje walczyć z wrogiem gdzieś indziej. Tam, gdzie jego siekiera będzie miała jakieś znaczenie. Kilka chwil temu zabił jakiegoś pół goblina, pół trolla, wskoczył za żelazne drzwi z ciężką zasuwą i trafił do... zwierzyńca. W wysypanych piaskiem dołach siedziały takie stwory, że Orda przy nich to koteczki. I w każdej chwili taki maszkaron mógł wspiąć się na górę. Krasnolud wyskoczył ze zwierzyńca jak z procy, zatrzasnął drzwi za sobą. Nie miał zamiaru walczyć z tymi monstrami.

Z podwórca dobiegał taki huk i łoskot, że w pałacu kołysała się podłoga. Dwalin ostrożnie ruszył korytarzem przed siebie, apetyczne zapachy świadczyły o tym, że zbliża się do kuchni... W pewnej chwili stanął jak wmurowany. W kuchni rozmawiały dwie osoby, kobieta i mężczyzna, ich głosy słychać było bardzo wyraźnie.

– Do licha, nie utrzymają się nawet z pomocą Odradzającej! – powiedział ze złością mężczyzna. – Że też musimy porozumiewać się słowami! Rozumiesz mnie, siostro?

– Oczywiście, bracie – powiedziała kobieta głosem niskim, głębokim. – Obawiam się, że masz rację, nie utrzymają się. Nawet jeśli Odradzająca pokona Gubiciela... chociaż nie, wiadomo, że żadne z nich nie może pokonać drugiego. – Westchnęła. – A Lidael i ten Aratarn, syn Gubiciela...

– O tak, Czarny był bardzo hojny... Dlaczego to zrobił?

– Nieważne. Teraz to już nieważne. Trzeba to skończyć.

– Skończyć?

– Tak. Z Ordą nie wyszło zbyt dobrze...

– Dlaczego? Trzeba po prostu wszystko naprawić. A na początek przerwać walkę. Tych sześcioro...

– A Gordżelin?

– O niego się nie martw. Nie pozna jej.

– Uważaj, jeśli on się domyśli...

– Wiem, nie musisz mówić. A z resztą sobie poradzą.

– Niepokoi mnie ta dziewczyna, Jarina. Jest bardzo dziwna.

– Może najpierw zdecydujemy, co robimy teraz? Za chwilę pałac legnie w gruzach!

– Co robimy, co robimy... Ci dranie, Hedin i Rakot, ograniczyli naszą moc do minimum... Ale wystarczy, żeby przerwać jatkę i odrzucić tych sześcioro gdzieś daleko. Zwłaszcza że stracili wiele sił. A potem...

– Nic nie mów! Jesteśmy podsłuchiwani!

W tej samej chwili Dwalin przeskoczył próg, wznosząc siekierę.

Dwie osoby, kobieta i mężczyzna. Młodzi, piękni i silni. Aż nazbyt młodzi, piękni i silni...

– Ho! – wykrzyknął Dwalin, ale nie zdołał zadać ciosu. Wpadł z rozpędu na niewidzialną ścianę. Kobieta wysunęła rękę przed siebie i krasnoluda odrzuciło do drzwi, nie zdążył nawet spojrzeć, na co spada.

Z jego rozciętego czoła sączyła się krew. Zerwał się na równe nogi. Chyba ci wrogowie byli dla niego za silni. Do krocset! Czy to znaczy, że będzie tylko ciężarem dla swoich towarzyszy?! Nawet przeklęty Hiss bardziej się przydał!

Rrrodgar! Ar-hargra! – krzyczał Dwalin w myślach. Wieczna siło górskich korzeni! Pomóż jednemu z tych, który wyszedł z twego łona! Pomóż! Pozwól choć godnie umrzeć! Ar-hargra!

To był moment, w którym wojownik nie boi się już ani śmierci, ani hańby, ani tortur.

Dwalinowi wydawało się, że zamknęły się nad nim skały ojczystego Ar-an-Aszparangu, że jest w wąskim i ciasnym tunelu i ma przed sobą tłum zakutych w żelazo dzikich wściekłych koboldów.

Trzeba ich zabić, żeby nie zarazili innych, spokojnych, żeby ta straszna zaraza nie zaczęła hulać po jaskiniowych miastach... On może zginąć, ale musi zniszczyć to szaleństwo w zarodku. Jeśli zginie, zaraza nie oszczędzi nikogo. I nie może liczyć, że gdy polegnie, inni dokończą dzieło. Jest on i tylko on. Nie ma skąd spodziewać się pomocy...

Drugi zamach siekiery przebił niewidoczną tarczę.

*

Nad dziedzińcem ku nieboskłonowi mknęły połączone śmiertelnym uściskiem dwa słupy dymu – czarny i czerwony. Ich zwoje przeszywały błyskawice, wokół wył rozpaczliwie wściekły wiatr, jakby to nie były słupy dymu, lecz dziura w tkaninie rzeczywistości, przez którą ucieka powietrze. Walki na dziedzińcu zostały przerwane – nie dało się nawet stać, a co dopiero rzucać zaklęcia. Sam dziedziniec przechylał się to w lewo, to w prawo, niczym pokład statku.

A potem wydawało się, że pękło niebo – zresztą co tam niebo! Wyglądało to tak, jakby runęły kryształowe sfery niebios, rozpadły się na miriady bryzgów i do powstałej wyrwy, do tej ślepej i głodnej nicości, do Otchłani Nienazwanego spadły dwa splecione ze sobą, niewiarygodnie wydłużone słupy dymu.

Walczących rozrzuciło na wszystkie strony. I wtedy bardziej doświadczeni w magii władcy i władczynie umiejętnie przeciwstawili się powszechnemu chaosowi.

Wokół Lidael i Aratarna zahuczały zaklęcia bojowe. Ich wspólna siła sprawiała, że jeszcze się trzymali, dziewczyna niszczyła wszystko, nawet powietrze i tę pustkę, która jest w środku powietrza, nie przepuszczała ani jednego zaklęcia – ale jak długo jeszcze zdołają wytrwać? Po twarzy Aratarna, bladej i zapadniętej, płynęła strużka krwi sącząca się z kącika lewego oka. Chłopak był w rozpaczy od chwili, gdy jego ojciec przemienił się w słup dymu i starł z jakąś dziwną siłą, a potem zniknął. Co się z nim stało?...

Gordżelin próbował wstać. Ból mu przeszywał plecy, wybuchał oślepiającym ogniem przy każdym wydechu, ale mag nie miał teraz głowy do zaklęć leczniczych.

Jak mógł wcześniej tego nie zauważyć?! Jak mógł nie poczuć, że ona jest tuż obok?! Jak mógł nie poznać własnej córki, tak przecież podobnej do Eltary?!

Lidael, odbijając sypiące się ze wszystkich stron zaklęcia, nie myślała o osłonie pamięci. Kamieniejąc z przerażenia, Gordżelin czytał w córce jak w otwartej księdze. Nie mogło być wątpliwości – miał przed sobą własne dziecko, a to znaczyło, że starcie należy przerwać za wszelką cenę!

Uniósł się, wyciągnął rękę i zaczął się czołgać. Trzeba ich powstrzymać! Wszystko jedno jak, ale powstrzymać!

Znienacka tuż obok Śnieżnego Maga pojawił się Mistrz Kamieni – twarz miał lśniącą od potu, oczy wytrzeszczone, prawą rękę nienaturalnie wykręconą, jakby złamaną – a mimo to przygotowywał jakieś mordercze czary, w dodatku mierząc w Gordżelina córkę!

Ręce, pamięć, dar – to wszystko, co pozwala magowi czarować, okazało się szybsze od myśli. Rozpalone powietrze przed Mistrzem Kamieni przebiły tysiące cieniutkich lodowych igieł, wbijały się w jego piersi, a każda topniała i przemieniała się w żrący kwas...

Mistrz Kamieni wrzasnął dziko i zakręcił się w miejscu, przyciskając dłonie do twarzy; skóra na jego palcach niknęła, ukazując kości, błyskawicznie czerniejące od trucizny Gordżelina. I wtedy na Śnieżnego Maga rzucili się Władczyni Wichrów i Król Świtów. Wyglądało na to, że Obojętny nie zdąży się obronić...

*

Ponury Dwalin wytarł skrwawioną siekierę. Co za tchórze! Jedna jedyna rana, a oni już uciekają! I to z jakim wrzaskiem! Kobieta pierwsza rzuciła się do ucieczki, mężczyzna poleciał za nią... Ech, i nawet nie udało się porządnie uderzyć! Rrrodgar!

Krasnolud rozejrzał się szybko, zauważył stojącą na stole stągiew, powąchał i twarz mu się rozjaśniła.

– Rrrodgar, posyłasz mi piwo! W samą porę!

Jednym łykiem osuszył naczynie, beknął, otarł wąsy i brodę, ujął wygodniej siekierę (im dłużej trwała walka, tym cięższa stawała się rękojeść, którą sam kiedyś wyciosał). Nie zastanawiał się, kim byli jego niedawni przeciwnicy. Potem będzie myślał, teraz trzeba się bić!

To, że można myśleć i walczyć jednocześnie, nie przyszło mu do głowy.

Ruszył dalej. Korytarze były puste, komnaty również. Dwalin, który miał świetne wyczucie kierunku, szybko zrozumiał, że zakręcający korytarz zaprowadzi go z powrotem na podwórzec.

– Do licha! – wymruczał ze złością, spluwając w kąt i opuszczając przyłbicę. – Wychodzi na to, że nie uniknę tej ich magii. – Z całej siły kopnął drzwi wyjściowe.

Znalazł się na podwórzu w chwili, gdy Gordżelin posłał w Mistrza Kamieni swoją kłującą chmurę.

Jak to, on jest teraz z nami?! – pomyślał osłupiały Dwalin. Chwilę później pojawiły się przed nim plecy jakiejś rozzłoszczonej czarnulki i spoconego draba. Taki to mógłby w sztolni sklepienia umacniać! Nieczuły na cudzą magię krasnolud pojął, że zaraz będzie po Gordżelinie. Wydawało się, że powietrze jęknęło i śmiertelnie przerażone, próbuje się stąd czym prędzej wynieść. Drab podniósł rękę, ślicznotka coś wysyczała...

Obojętny się skulił. Nie zdążyłby postawić nawet najprostszej tarczy. Nieopodal wił się Mistrz Kamieni, nieco dalej walczyła Lidael, a Śnieżny Mag szykował się na śmierć.

Wtedy rozległ się głuchy trzask. Król Świtów padł jak podcięty i oczom Obojętnego ukazał się krasnolud z toporem w rękach, który zamachnął się powtórnie, celując we Władczynię Wichrów. Kobieta uchyliła się i w tym momencie Gordżelin rzucił zaklęcie, przychodząc swojemu zbawcy z pomocą.

Odrzucona zaklęciem Władczyni Wichrów potoczyła się po bruku, prosto w zielone objęcia sieci Jariny. Mocne żywe liny, które zdążyły już opleść niemal wszystkie ściany, wczepiły się w jej ręce i nogi, zacisnęły na szyi – nie dusiły, lecz unieruchomiały.

Dwalin skoczył w bok, a płyta, na której właśnie stał, zapłonęła i rozpadła się w popiół.

Bywa, że jeśli siły walczących są równe, to o zwycięstwie decyduje przypadek. W tej bitwie przypadek objawił się pod postacią Dwalina – Gordżelin został uratowany, dwoje władców zneutralizowanych i szala zwycięstwa przechyliła się na stronę Jariny i jej towarzyszy.

Zachłystując się krwią, Gordżelin krzyknął: „Stójcie!", lecz byli sprzymierzeńcy nie mieli zamiaru go słuchać; walka trwała nadal. Ale zanim władcy i władczynie dobrali się do Obojętnego, zrobił to Hiss.

Długo czekał na odpowiednią chwilę i wreszcie się doczekał.

Żelazo z chrzęstem weszło w ciało Śnieżnego Maga poniżej lewego obojczyka.

Córko, pomóż!

Lidael zastygła. Czas wokół niej się zatrzymał, zastygł Aratarn, skamieniał Hiss ściskający rękojeść kindżału wbitego w pierś przeciwnika, znieruchomiała Jarina prowadząca do ataku swoją zieloną armię... W jednej chwili to wszystko przestało mieć jakiekolwiek znaczenie.

Dlatego że ten, któremu Hiss wsadził w pierś pół łokcia stali, był jej ojcem.

Najpierw Aratarn, a teraz ona. Znaleźć ojca i od razu go stracić...

– Aaaa!!!!!

Tak krzyczą dzikie zwierzęta, gdy już wiedzą, że nie unikną strzał i włóczni myśliwych. Nad podwórcem jakby przeleciała ognista kosa rozrzucając na boki wszystkich – i swoich, i wrogów. Dwalin omal nie został pozbawiony głowy, w ostatniej chwili padł plackiem na ziemię. Hiss ocalał, tworząc jakieś zaklęcie, ale razem z kindżałem odrzuciło go do odległej ściany – tam wpadł w zielone objęcia wojska Jariny, które chwytało i niewoliło każdego.

Lidael pobiegła do ojca, ciągnąc za sobą Aratarna, chłopak nawet nie zdążył zaprotestować.

Napór dziewczyny był niepowstrzymany niczym sunąca z gór lawina i podobnie jak lawinę, Lidael mogłoby zatrzymać tylko zaklęcie – ale tego władcy i władczynie dobrać nie zdążyli.

Stając się pożerającą wszystko otchłanią, Lidael zmiotła wzniesione spiesznie warstwy zaklęć ochronnych. Była otchłanią, w której tonęło nawet światło, w której nie było ani ciepła, ani ruchu, wchłonęła całą magię władców i władczyń, przemieniając ich – na jakiś czas – w zwykłych śmiertelników.

Od razu wszystko ucichło. Walka ustała, nie było już żadnych zaklęć. Na gładkich kamiennych płytach leżeli ranni.

Wąska dłoń Lidael wysunęła się z ręki Aratarna. Dziewczyna zachwiała się i runęła na ziemię.

I nikt nie zauważył, że w odległej części dziedzińca, zasłonięte łodygami Jariny, pojawiło się jeszcze jedno ciało – ciało Elstana Zrodzonego Falą.

Pokonując szalejący w jego ciele pożar – krew w żyłach przemieniła się w płomień, bezlitośnie wypalając wnętrzności – Gordżelin uniósł się na łokciach. Jego córka, jego Lidael leżała nieprzytomna na kamieniach niczym rzucona przez rozzłoszczone dziecko szmaciana lalka. Na jej nieruchomej twarzy zastygło zdumienie, jakby pytała: za co?

– Rrrodgar! – wyrwało się Dwalinowi. Dzielny krasnolud zdążył już ochłonąć. – Czy my ich wszystkich... tego?...

Z całego oddziału na nogach trzymało się tylko dwoje – on i Jarina. Aratarn potrząsał Lidael, sam drżał na całym ciele. Krasnoludowi wydawało się, że chłopak płacze.

Wszyscy władcy i wszystkie władczynie byli nieprzytomni.

– Czyli co, wychodzi na to, żeśmy zwyciężyli? – Krasnolud nie mógł uwierzyć.

– Zwyciężyliśmy, krasnoludzie – odparła cicho Jarina. Ale teraz to już nie była tamta dziewczyna. Oczy, twarz, postać – wszystko zmieniło się nieuchwytnie. Teraz jej ciało tchnęło pradawną siłą, surową i spokojną, siłą, która nie szuka władzy czy bogactwa, której nie trwoni się w nikczemnych bitwach i bataliach, ale której używa się do tworzenia.

Dwalin aż opuścił topór. To niemożliwe! Przecież... przecież oni wszyscy zginęli!

– Boga nie da się tak po prostu zabić – usłyszał. – Masz rację, przyjacielu, jestem Jalini, Pani Zielonego Świata. Odkupiłam swoją winę i pamięć mi wróciła. A moi bracia i siostry... Wyrzekłam się ich. Ale o tym pomówimy później. Przyszliśmy tu, żeby skończyć z Ordą, prawda? W takim razie zmuśmy któreś z nich do mówienia. – Wskazała nieruchome ciała władców i władczyń.

Dwalin odchrząknął. Fakt, że jego przyjaciółka okazała się boginią, jakoś nie sprzyjał jasności myślenia.

– Nie bój się. – Jalini się uśmiechnęła i Dwalin miał wrażenie, że promień słońca zamigotał na tysiącach kropli rosy ozdabiających wiosenne listki.

Aratarn dalej trzymał w objęciach nieprzytomną Lidael i chyba nie zwracał na nic uwagi. Zastawiając za sobą krwawy ślad, Śnieżny Mag czołgał się resztką sił w stronę córki.

Jarina-Jalini popatrzyła na niego uważnie.

– On do nich nie należy... – szepnęła i pochyliła się nad rannym.

– Co z nią? – wychrypiał Gordżelin, oczami wskazując Lidael.

– Żyje, ale jest nieprzytomna – oceniła szybko i nieomylnie Jalini. – A ty... – Zmrużyła oczy.

Gordżelin, drżąc, uniósł się na łokciu. Jego oczy rozszerzyło zdumienie.

– Tak, to ja, synu Feloste, ja, przezwany Dzieckiem Goryczy! Ja, Jalini! Wróciłam, aby... zresztą nie wiem. Wróciłam i już. A co ty tu robisz, zwany Obojętnym? Ale... jesteś ranny! Pozwól, że cię opatrzę!

Gordżelin miał chyba zamiar dumnie odmówić, lecz Jalini nie czekała. Przez kamienie podwórca przebił się żółty kwiat, jego płatki dotknęły rany i z oczu Śnieżnego Maga zniknął ból.

– Co robię? To długa historia... – Gordżelin odwrócił się. – Ale nie mówmy o tym teraz! Po co przybyliście tutaj?

– Żeby skończyć z Ordą. Żeby się dowiedzieć, kto i po co nasłał ją na ziemie Hjörwardu Północnego. I żeby sprawić, aby w najbliższym czasie nikomu takie pomysły nie przychodziły do głowy.

*

Zdołali ocucić jedynie Królową Cieni. Przesłuchanie prowadzono na podwórcu. Lidael nadal nie odzyskiwała przytomności mimo wszelkich wysiłków Jalini i Gordżelina. Aratarn nie odchodził od dziewczyny nawet na krok. Pytać musiała pani Zielonego Świata.

– Odpowiadaj! Kim jesteście?

Cień tylko się uśmiechnęła.

– A ty myślałaś, bogini, że powstanie Hedina i Rakota strąciło tylko was, Młodych Bogów? Nie! Padło również całe Pokolenie Prawdziwych Magów, razem ze Słupem Tytanów! – Cień mówiła z pogardą, cedząc słowa przez zaciśnięte zęby. – Feloste poczęła dziecko – jego, Gordżelina, i zgodnie z Prawem Starożytnych magowie musieli odejść, a ich miejsce mieliśmy zająć my, Nowe Pokolenie.

– Ale rozpadły się więzy, zniknęły połączenia i droga do świata Mimira jest zamknięta – powiedziała głucho bogini. – I wy nie przeszliście Wtajemniczenia...

Cień skinęła głową. Mówiła ze wzgardą, ale chętnie.

– Tak. Lecz nas, dzieci żywiołów, przepełniała siła! Wiesz, jak wygląda zmiana Pokolenia... Starych Magów mogą zabrać do siebie bogowie i wtedy byli magowie stają się ich strażnikami, świtą. Niezbyt ciekawa perspektywa... Pokolenie może wrócić do łona Wielkiej Matki – Wszechrodzącej Ziemi, może też zginąć, jeśli narodzi się Dziecko Goryczy. Gdy odejście jest dobrowolne, pozostają dzieci, prawdziwe dzieci magów, które prowadzi się tajemnymi ścieżkami. Jeśli nie ma dzieci, rodzić zaczyna sama Wielka Matka Ziemia. Byliśmy młodzi, bardzo młodzi, i było nas niewielu, zaledwie czternastu, z których jeden stał się Gordżelinem, a drugi... drugi został Czarnym i nikt nie wie, co się z nim dzieje w samym sercu pierwotnego mroku. Nie będę opowiadać, jak dostaliśmy się do Dżybulistanu. Pałace i parki były opuszczone, więc je zajęliśmy.

– A Orda? Skąd się wzięła Orda?

– Co? Znowu ta Orda? Gordżelin też mówił tylko o niej... Orda i Orda, o co wam chodzi? Przez nią rozpętaliście całą tę wojnę? Przecież my chcieliśmy się tylko trochę rozerwać! Tu jest tak strasznie nudno!

– Rozerwać?! – zawołali jednocześnie Jalini, Dwalin, Aratarn i Gordżelin. – Rozerwać?!

– No tak, co w tym złego? Niektórzy z nas stworzyli Ordę, inni Obrońców... A żeby było jeszcze ciekawiej, wymyśliliśmy Ciemnego Władcę. Poza tym chcieliśmy zrozumieć, kto z nas jest najsilniejszy! No co, mieliśmy wyrównywać rachunki w Dżybulistanie?!

– Wyrównywać rachunki... – Z gardła Aratarna wyrwał się głuchy ryk. – Rozerwać! Żeby was wszystkich zaraza!

– Jak śmiesz, śmiertelniku! – żachnęła się Królowa Cieni.

– Ciebie tylko na wolnym ogniu przypiekać! – wysyczał chłopak prosto w piękną twarz Królowej. Cień odwróciła się wyniośle.

– Na Rodgara! Myśmy żyły rwali, zgadywali, co to za łajdak tak mąci, a oni się bawili! – Dwalin schwycił za siekierę. – No, za takie zabawy...

– Głupcy – powiedziała cicho Cień z niespodziewaną żałością. – Żałośni głupcy z żałosnego świata! Tak, przez kilka godzin macie nad nami przewagę, ale potem... Zresztą o czym to ja...? Wszystko jedno, i tak już nieważne. Nie rozumiecie? My daliśmy wam wroga! Cel życia! Sens bytu! Tylko dzięki niemu nie zdziczeliście do końca w tych lasach. Nie ubraliście się w zwierzęce skóry, nie zaczęliście ryć sobie ziemianek. Tylko dzięki Ordzie nie wyrzynaliście się nawzajem w swoich ulubionych wojnach! Wróg, którego możecie zabijać bez wyrzutów sumienia, wylewając na niego całą swoją nienawiść i złość – czyż taki wróg nie jest szczęściem? Ale teraz to już koniec. Zamek Ciemnego Władcy został zniszczony. Bez pomocy z zewnątrz go nie odbudujemy.

– A kto pomagał wam poprzednio? – zapytała spokojnie Jalini, puszczając mimo uszu gniewną tyradę Królowej Cieni.

– Jeszcze się nie domyśliłaś? – Cień uśmiechnęła się z goryczą.

– A właśnie! Widziałem tu takich dziwnych... – wtrącił się Dwalin i szczegółowo opisał tę parę, która omal nie odesłała go do krainy przodków, a potem uciekała przed jego toporem.

Jalini jęknęła słabo.

– A co, znasz ich? – spytał zaciekawiony Dwalin.

Pani Zielonego Świata zasłoniła twarz rękami.

– To moi brat i siostra, Jambren i Jawłata... Na Wielkie Siły! Więc tutaj się wybierali! A ja... ja chciałam za wszelką cenę wrócić do świata... i błagałam wszechpotężnego Demogorgona... i on wyznaczył mi pokutę...

– No dobrze, a co teraz? – nie ustępował krasnolud. – Co z nimi? I skąd się wziął ten Gubiciel?

– Ktoś wypuścił go z klatki – warknęła Cień. – Pociesza mnie tylko to, że skoro walczy z Odradzającym, to znaczy, że wcześniej czy później rozerwą ten świat na kawałki. To się już zdarzało. Czcigodna Jalini może o tym powiedzieć więcej niż ja. Ile razy puszczaliście w ruch Kosę Śmierci?

Jalini poczerwieniała aż do nasady włosów. A Cień z mściwą satysfakcją mówiła dalej, pognębiając znienawidzoną boginię.

– Ile światów zamieniliście w cmentarze? Ile dusz wijących się ze strachu i bólu odesłaliście do Demogorgona? Ile istot zostało pozbawionych bogów, ponieważ strącił ich Gubiciel? Kto spuścił go z łańcucha tym razem? Czy przypadkiem nie nasi ulubieńcy, Nowi Bogowie?

– Ja to zrobiłem – zahuczał potężny bas.

Kilka kroków od nich pojawił się człowiek – a raczej istota kształtem przypominająca człowieka. Tak naprawdę był to absolutny mrok z czerwonymi ogniami zamiast oczu. Dwalin aż się cofnął.

– Czarny... – wyszeptała wstrząśnięta Królowa Cieni. – Więc to twoja sprawka?!

– Nie do końca – rzekł przybysz. Płynęło od niego zło, zło mroku zasnuwającego słońce i niszczącego urodzaje. – Gubiciel, najlepszy, najbardziej niezwyciężony z niezwyciężonych mieczy Młodych Bogów... To prawda, oni nieraz spuszczali go z łańcucha. Gubiciel wygrywał tam, gdzie pasowali Pozbawieni Ciał. Plan Jamerta był prosty – podczas gdy Nowi Bogowie są zajęci Nienazwanym, Gubiciel przemieni w popiół cały ten świat i wtedy oni, ukochane dzieci Stwórcy, będą mogli zacząć wszystko od początku. Gdyby Gubiciela uwolniła właśnie ich wola, wówczas nic by go nie powstrzymało, zalałby ten świat krwią i usypał nowe góry z trupów. Przecież już to robił... Musiałem wyprzedzić byłego pana Światła Słonecznego, choć wiedziałem, czym to grozi mojemu

Pokoleniu. Ale teraz nie ma już powodów do niepokoju. Odradzający dorównuje siłą Gubicielowi, teraz oboje tracą siły w równej walce. W końcu nie będą już w stanie kontynuować tego pojedynku, na świecie przybędzie jeden czarodziej i jedna czarodziejka. – Wydawało się, że Czarny się śmieje. – I świat nie będzie się już musiał niczego obawiać. Jak widać, musiałem szybko naprawić wiele rzeczy, w przeciwnym razie nic by was nie uratowało, siostrzyczko.

– Siostrzyczko?! – Gordżelinowi mącił się rozum. Pozostali Nowi Magowie pojawili się ze splotów potęgi żywiołów, ale skąd wziął się Czarny? Kim on jest?

Jakby czytając w jego myślach, ciemne widmo odwróciło się do niego. Śnieżny Mag cofnął się odruchowo – czerwone klingi spojrzenia przenikały jego duszę i syn Feloste nie znał ochrony przed tym czarodziejstwem.

– Jeszcze się nie domyśliłeś, bracie? Byłem jednym z nich, najstarszym. Oni bawili się wszystkim, co im w ręce wpadło. Poprzednie Pokolenie odeszło na wyspę Brandey, a ponieważ Młodych Bogów już nie było, nie miał kto wprowadzić Nowych Magów przez Wielkie Wtajemniczenie. Ja przeszedłem je sam w głębiach pierwotnego mroku. Stałem się jego sercem. Myślałem, że będę mógł wrócić, ale zapadłem w sen... A gdy się obudziłem, było już za późno.

– Za późno? Na co za późno? I dlaczego wystąpiłeś przeciwko nam?! – jęknęła Cień. – Myśleliśmy...

– Że zasnąłem na wieki i już nigdy nie wtrącę się do spraw tego świata? O nie! Ciemność dała mi pamięć moich niezliczonych poprzedników! Stałem się nimi, a oni stali się mną. Częścią mnie stał się sam Rakot! Ich czyny zlały się we mnie... Ale nastał dzień, gdy mój sen został przerwany. Za mocno rozkołysaliście szale wagi, moi drodzy! Musiałem się wtrącić, musiałem was ratować.

– Niby dlaczego? – wyrwało się Królowej Cieni.

Zamiast odpowiedzi Czarny coś zrobił i pojawiła się dziwna wizja.

Z płonącej purpurowym ogniem otchłani powoli wychodziła niezwykła procesja. Przodem leciał brązowy sokół, zmęczony, rzadko machając opalonymi skrzydłami. Za nim szedł, kulejąc, ośmionogi źrebiec, a na jego grzbiecie jechał zgarbiony, brodaty, barczysty starzec ze złotym mieczem w kryształowej pochwie. Przed nim siedziała młoda kobieta, również zmęczona, ale spokojna. Procesję zamykał potężny mężczyzna z gęstą grzywą granatowoczarnych włosów. Za jego plecami rozwiewał się czerwony płaszcz.

– Wracają Nowi Bogowie, siostro, Hedin, Rakot i Odyn. Nienazwany został odepchnięty na dłuższy czas. Wracają, żeby zaprowadzić porządek w swoim świecie. Teraz rozumiesz? Ratowałem was! Z mojego sześcianu zrobiłem wszystko, co mogłem. Posłałem tych, którzy byli w stanie powstrzymać wasze zabawy. Gdyby nie ja, nasze Pokolenie przeszłoby do historii jako najgłupsze i żyjące najkrócej. Pokonała nas nasza własna siła i będziemy musieli się tłumaczyć przed Bogami Równowagi. A bawić będziecie się inaczej, podpowiem wam jak...

Epilog

Nadszedł czas rozstania.

Aratarn i Lidael wracali do domów. Dziewczyna obiecała, że potem odwiedzi ojca, a syn Gubiciela, ponury i skupiony, poprzysiągł odnaleźć tego, kto dał mu życie. Wprawdzie nikt nie wiedział, gdzie go szukać, ale Gordżelin obiecał pomóc.

Krasnolud Dwalin odchodził razem z Jalini. Nie mógł zerwać łączącej ich nici. Pani Zielonego Świata chciała obejrzeć wszystkie lasy Wielkiego Hjörwardu. Nie po to, żeby władać – wszak nadszedł czas Bogów Równowagi! – ale żeby leczyć, bronić i pomagać.

Gordżelin spieszył do Śnieżnego Zamku, przygotować się na przyjęcie córki.

Hissa postanowiono ułaskawić i wypuścić. Niech wraca na swoje bagna.

Gubiciel zniknął bez śladu.

Był jeszcze Elstan... Jego pierś unosiła się powoli, oddychał spokojnie we śnie, lecz niedługo miał się obudzić. I Gordżelin wiedział, że jego, Śnieżnego Maga, czeka okrutna walka – nie wątpił nawet przez chwilę, że teraz znajdzie sposób, by uratować Eltarę.

W Wielkim Hjörwardzie kończył się czas zamętu.